ポケットマスターピース13

セルバンテス

Miguel de Cervantes Saavedra

野谷文昭=編

編集協力=三倉康博

集英社文庫ヘリテージシリーズ

❶

❷

❶セルバンテス本人の肖像画については、確実に本人とされるものはなく、カバー袖の伝ハウレギ画も同様だが、セルバンテスの肖像画として人口に膾炙してきたもの。18世紀作とされる、これもそのひとつ。
❷フェリペ２世（1527-1598）。在位1556-1598。イタリアへの渡航、レパントの海戦、アルジェでの虜囚生活、牧人小説『ラ・ガラテア』出版、政府官吏としての放浪生活など、セルバンテスの波瀾万丈の前半生は、この王の統治期に属している 。

❸フェリペ3世(1578-1621)。在位1598-1621。『ドン・キホーテ』(前篇)に始まり遺作『ペルシーレスとシヒスムンダの苦難』に至るセルバンテスの晩年の旺盛な創作活動は、この王の統治期に属している。❹レパントの海戦(パオロ・ヴェロネーゼ画)。セルバンテスは、1571年、フェリペ2世の異母弟ドン・フアン・デ・アウストリアが率いるキリスト教連合艦隊がオスマン帝国艦隊に勝利したレパントの海戦に参加するが、左手を負傷、生涯不具合が残る。

❺『ドン・キホーテ』初版本の扉(1605)。1604年、バリャドリードで出版許可を得、翌年1月、マドリードの印刷業者フアン・デ・ラ・クエスタより刊行。発売後間もなく好評を博し、版を重ねた。
❻マドリードの「スペイン広場」にあるドン・キホーテとサンチョ・パンサの銅像。後ろに見えるのはセルバンテス像。

❺

EL INGENIOSO
HIDALGO DON QVI-
XOTE DE LA MANCHA,
Compuesto por Miguel de Ceruantes
Saauedra.
DIRIGIDO AL DVQVE DE BEIAR,
Marques de Gibraleon, Conde de Benalcaçar, y Bañares, Vizconde de la Puebla de Alcozer, Señor de las villas de Capilla, Curiel, y Burguillos.
Año, 1605.
CON PRIVILEGIO.
EN MADRID Por Iuan de la Cuesta.
Vendese en casa de Francisco de Robles, librero del Rey nro señor.

❻

13｜セルバンテス｜目次

ドン・キホーテ　抄

第一部

第一章　名高き郷士ドン・キホーテ・デ・ラ・マンチャの人となりと暮らしぶりについて

　今は名前を思い出せないラ・マンチャ地方のある村に、ひとりの郷士が住んでいた。遠い昔のことではない。槍掛《やりか》けには槍、古い盾、やせた馬に、足の速い猟犬を備えていた。羊の肉よりも牛肉のほうがいくらか多い煮込み、たいていの晩はひき肉と玉ネギの和え物、金曜日はレンズ豆、土曜日は脂身入りの卵焼き、日曜日には小鳩あたりが添えられるという食事のために、農場の収入の四分の三は費やされた。残りは祭日に身に着ける厚手の布の上っ張り、ビロードの半ズボン、同じ素材の上履きに充てられ、平日はごく薄手の布地の服で世間体を保っていた。屋敷には四十過ぎの家政婦と、二十歳前の姪《めい》、それに畑仕事や買い物を受け持ち、さらにやせ馬に鞍《くら》をつけたり庭木の剪定《せんてい》をしたりする使用人がいた。件《くだん》の郷士は間もなく五十歳を迎えるところだった。体つきは頑丈だったものの、やせぎすで、頬はこけ、おそろしく早起きで、狩りには目がなかった。通り名はキハーダあるいはケサーダだったといわれているものの、それについては触れている書き手によって若干異なる。ただし、信頼できる推測によると、ケハーナという名だったとのことである。だが、この物語にとってはさして重要ではない。それを語る中で真実から逸《そ》れなければ十分だ。

　ここで知っておくべきことは、今述べた郷士が、暇なときは――実際には年中暇ばかりだったのだが――、愛する騎士道物語を嬉々《きき》として読みふけったあげく、とうとう狩りに行くのを忘れ、屋敷や土地を管理することさえすっかり忘れてしまったということだ。こうして高まる一方の好奇心に読書が止《や》められなくなった郷士は、何百アールもの畑を売ってまでして読みたい騎士道物語を買い求め、手に入る限りすべてを屋敷に持ち帰った。中でも名だたるフェリシアノ・デ・シルバの筆になる物語ほど素晴らしいものはないと思った。文の明快さ、作者特有の複雑に入り組んだ論理は実に見事であり、しかも口説き文句や果たし状となると、いっそう見事だった。たとえばこんな具合だ。「私の道理が道理に外れる理由は私の道理がやせ細るからであり、そうさせる貴女《あなた》の美しさを私が嘆くのは道理にかなったことです」またこんな例もある。「貴女の神々しさは、天の星々によってさらに神々しく強められ、貴女は貴女の偉大さに値する値にふさわしい人となる」

　そんなことから哀れな郷士は理性を失《な》くしてしまい、こうした文章を理解し、意味を解読することに専念したものの、たとえアリストテレスその人が、それだけが目的で生き返ったとしても、文句を理解することも意味を解読することもできなかっただろう。ただし、ドン・ベリアニスが受けたり負わせたりした刀傷について述べたくだりは、それほど見事ではなかった。なぜなら、どんな名医たちが治療にあたったとしても、顔をはじめ体中傷跡だらけだったはずだからである。それでも彼は、その作者の、冒険はまだ終わらないと約束する終わり方を絶賛し、自分もペンを執って、約束されているように続きを書き、物語を終わらせてみたいという気持ちにしばしば襲われた。だからもっと大きな、常に頭の中にあった別の考えに邪魔されなかったとすれば、間違いなくそうしていただろうし、きっとやりとげていただろう。彼は村の司祭（シグエンサ大学出身の学のある男だった）を相手に、パルメリン・デ・イングラテーラとアマディス・デ・ガウラでは、どちらがより優れた騎士だったかということで、しばしば意見を戦わせた。だが同じ村の床屋、ニコラス親方に言わせると、どちらも〈太陽神の騎士〉には及ばないが、仮に比べられる騎士がいるとすれば、それはアマディス・デ・ガウラの弟、ドン・ガラオールだった。彼ならどんなことにも見事に対応でき、兄ほど気取らず、めそめそ泣くこともなく、その勇敢さは兄にも引けを取らないからというのだ。

つまり、彼は本の虫となり、毎夜一睡もせず、夜が明ければ日が暮れるまで読書三昧というありさまだったので、寝不足と読みすぎが原因で脳みそが干からびてしまい、正気を失った。彼の頭は本で読んだ、魔法、喧嘩、戦い、決闘、手負い、女性への褒め言葉、色恋沙汰、感情の爆発、およそありえない荒唐無稽の数々といった想像の産物でぎっしり埋め尽くされた。そのため、本の中の作り事は何もかも本当のことで、自分にとって世の中にこれほど確かな話はないと思い込んでしまった。エル・シドは実に見事な騎士だが、一太刀浴びせ、返す刀で、雲つくばかりの恐ろしい巨人二人を真っ二つにした〈燃える剣の騎士〉にはかなわないと、彼は口癖のように言ったものだ。だがそれに勝るのがベルナルド・デル・カルピオで、〈大地〉の息子アンテオを二本の腕で抱き上げて絞め殺したヘラクレスの先例に倣い、魔法に掛かったローランをロンセスバリェスで亡き者にしたからというのがその理由である。さらに巨人モルガンテを、傲慢《ごうまん》で横柄な者ばかりの巨人族のなかではただひとり気さくでしつけがよいからといって、大いに褒めあげた。とはいえ、誰にもまして称賛を浴びせたのはレイナルドス・デ・モンタルバンであり、この騎士が城を出て、出くわす者を打ち倒しては戦利品を獲得し、物語の伝えるところでは、海の向こうでマホメットの純金の像を得たというので、称賛はいや増した。それにひきかえ、裏切り者のガヌロンについては、これを手痛い目に遭わせられるなら、自分の家政婦に姪を添えてくれてやってもいいとさえ思ったほどだった。

実際、郷士は分別を失い、世の狂人が思いつきもしなかった奇妙な考えに取りつかれてしまった。それは自分が遍歴の騎士となって、武器を携え馬に乗り、冒険を求めて世界を巡り、書物で読んだ遍歴の騎士たちと同じように、あらゆる種類の不正をなくし、危機や危険に身を曝《さら》しつつそれを乗り越え、手柄を立てることで名を上げて、その名を永遠に残すことが、

H. PISAN

自らの名誉を大きくするためにも祖国に奉仕するためにも、ふさわしくまた必要であるというものだ。この哀れな人物は、早くも自分の武勇で頂点を極めたとでもいうように、少なくともトラピソンダ帝国の皇帝ぐらいにはなった気でいた。このような何とも楽しい思いに耽《ふけ》り、そのとき味わう奇妙な歓びに導かれた彼は、望んでいることを直ちに実行に移した。

真っ先にしたことは、長い間屋敷の片隅に放って置かれたまま忘れられ、今は錆《さ》びつき黴《かび》が生えた曾祖父の武具を磨くことだった。そこで精一杯磨いたり繕ったりしたところ、大変な不備があることがわかった。兜《かぶと》が面頬のない、ただの鉄兜だったのだ。しかし彼は工夫を凝らしてこの不備を補った。厚紙でもって面頬のまがい物を作り、それを鉄兜にくっつけると、面頬つき兜らしくなったのである。だが、出来上がったものが本当に頑丈か、相手の切っ先に耐えうるかどうかを試すために、自分の剣を抜いて二度ほど切りつけてみた。すると、一太刀浴びせただけで一週間分の苦労が一瞬にして吹っ飛んでしまった。こうもたやすく木《こっ》端微塵《ぱみじん》になってしまうのはまずいし、確かに危ないと思った彼は、今度は内側に鉄の芯棒を何本か入れてみたところ、丈夫になったので満足した。ただし、もう一度試したいとは思わなかったため、それを出来の良い面頬つき兜と見なすことにした。

次に厩《うまや》に行って自分のやせ馬を見ると、蹄《ひづめ》には一レアル銀貨分の小銭《クアルト》の数より多いひび割《クアルト》れがあり、実際には「体ときたら骨と皮」という道化役ゴネラの馬にも増して欠点だらけの駄馬だったのだが、我らが郷士にはアレクサンドロス大王の馬ブケファロスやエル・シドの馬バビエカすら足元にも及ばぬ名馬に見えた。さて、どんな名前をつけようかと考えあぐねて四日が過ぎた。というのも（自らに言い聞かせていたところでは）、自分のような極めて名高い騎士が乗る馬というだけでなく、馬として極めて優れているのに、世に知れ渡った名前がないというのはどうにも納得がいかなかったからだ。そこでこの馬が、遍歴の騎士の持ち物となる以前はいかなる馬だったのか、そして今はどんな馬なのかが自ずとわかる名前をつけようと、あれこれ知恵を絞った。なぜなら、主《あるじ》の身分が変われば馬も名を変え、今成し遂げようとしている新たな使命や務めにうってつけの、誰もが知っていそうな格調高い名をつけることこそ理にかなうと思えたからである。そこで記憶と想像を頼りに、多くの名前を作っては消し、削っては加え、壊してはまた作ったあげく、ついにロシナンテと名付けることにした。彼の考えるところでは、高級にして響きの高いこの名は、この馬がかつて《アンテス》は駄馬《ロシン》であったことと同時に、今は世の中のありとあらゆる駄馬の頂点に立つ逸物であることも示していた。

　自分の馬につけた名前がすこぶる気に入ると、今度は自分自身にも名前がほしくなり、一週間考え続けた末に、ドン・キホーテと名乗ることにした。前に述べたように、この嘘偽《うそいつわ》りのない物語の作者たちが、主人公の名は間違いなくキハーダであり、他の連中が唱えたがるケサーダではないとする理由はここにある。だが、あの勇敢な騎士アマディスが、あっさりアマディスと名乗るだけでは物足りず、祖国たる王国の名を加えてそれを高めようと、アマディス・デ・ガウラと名乗ったことを思い出し、由緒正しい騎士として、自分の名に生国の名をつけ足しドン・キホーテ・デ・ラ・マンチャと名乗ろうと考えた。そうすれば自分の家柄と生国が明らかになり、土地の名を添えることで、生国に名誉をもたらすだろうという気がしたのだ。

武具を磨き、鉄兜を面頰つき兜に仕立て、駄馬に名前をつけ、自分の名前を変えてみると、残るは愛を捧《ささ》げる貴婦人を探すことだけだと気づいた。なぜなら愛する貴婦人のいない遍歴の騎士など、葉も実もない樹木、魂の抜けた肉体にすぎなかったからである。彼は心の中で独り言を言った。

「我が身から出た錆《さび》ゆえか、あるいは幸運によってか、遍歴の騎士の身によく起きることだが、どこかそこらで巨人に出くわし、そいつを一撃で倒すか、胴切りにしたとする、あるいはついに完膚なきまでに打ち負かし、屈服させたとすると、そいつに目通りさせる相手が誰かいるのが望ましいのではないか。その巨人が我が愛しき貴婦人の前に行って跪《ひざまず》き、しおらしい声でこんなことを言うのだ。〈奥方様、私はマリンドラニア島の領主、カラクリアンブロという名の巨人でありますが、このほど、いかなる称賛も及ばぬ騎士、ドン・キホーテ・デ・ラ・マンチャ殿と一戦を交えて敗れ、あの方から、あなた様にお目通りして、あなた様の望まれることを何なりと申しつけられよと命じられた次第です〉」

その台詞《せりふ》を声に出して言ったときも嬉《うれ》しそうだったが、思い姫の名をつけるにふさわしい女性を見つけたときの喜びようといったら、そんなものではなかった！　噂《うわさ》によれば、彼の村にほど近いある村に、とても器量のよい農家の娘がいて、一時期彼は恋心を抱いていたという（ただし当の娘はそんなこととはつゆ知らず、彼のほうも自分の気持ちを伝えなかったようだ）。彼女はアルドンサ・ロレンソといい、彼はこの娘になら自分の思い姫という称号を与えてもいいという気になった。そこで元の名前とそれほど不釣り合いではない、それでいてどこかの姫君か貴婦人を思わせる名前をいろいろ探し、トボソ村の生まれだったことから、ドゥルシネア・デル・トボソと呼ぶことにした。その名は自分自身そして自分の馬や持ち物につけたすべての名前と同様、響きがよくて、素晴らしいことこのうえなく、しかも含蓄に富んでいるように思えたのだった。

第二章　機知に富むドン・キホーテが故郷を離れる最初の出立のこと

さて、このように準備が整うと、ドン・キホーテは自分の考えを今すぐ実行に移したいという気になった。その気持ちに拍車を掛けたのが、もたもたしていると世の中に、我こそが打ち破るべきだと見なす蹂躙《じゅうりん》、正すべき不正、排すべき理不尽、改善すべき乱用、果たすべき責務といった様々な害悪がはびこるという思いだ。そこで、七月の暑い盛りのある朝、まだ暗いうちに、誰にも目的を知らせず、誰にも見られずに、すべての武具を身につけ、できの悪い面頰つき兜をかぶり、盾に腕を通し、槍を握ると、ロシナンテに跨《また》がって、裏庭の通用門から外に出た。自分の善意から生まれた願いがこんなにもやすやすとかなえられ実現し始めたので、彼は喜色満面大いに満足していた。しかし、野に出たとたん、ある恐ろしい考えが頭に浮かび、始めたばかりの冒険をあやうく止めるところだった。つまり、自分がまだ正式な騎士ではないこと、騎士道の掟《おきて》にしたがえば、どんな騎士とも戦えないし、また戦ってはならないことを、ふと思い出したのだ。それに叙任されて正式な騎士になっていたとしても、自分の手柄によって盾に紋章を刻めるようになるまでは、新米騎士として紋章なしの盾を使わなければならない。そんなことを考えると、目的を果たそうという気持ちにためらいが生じた。それでも、彼の狂気は他のどんな理屈にも勝っていたので、彼は自分が読んだ本に書いてあったことに従い、多くの騎士がすることを真似《まね》、真っ先に出会った騎士に自分の叙任を任せることにした。紋章のない盾については、白テン《アーミン》よりも白くピカピカになるように磨きたててやろうと考えた。こうして雑念を振り払い、また旅を続けたが、行く先はもっぱらロシナンテに任せた。そうすることにこそ冒険の醍醐味《だいごみ》があると思ったからだ。

こうして旅路に着いた我らの新米冒険家は、独り言をつぶやきながら歩みを進めた。

「将来、私の名高い偉業の数々が実録として世に出ることになったとき、それを記録する学識のある者が、このような朝まだきの最初の旅立ちについて描くなら、きっとこう語るにちがいない。〈赤みの差したアポロンが、広大無辺なる大地の上に、その美しい髪をなす金の糸を広げ、バラ色のアウロラが、嫉妬深い夫を柔らかな褥《しとね》に残し、ラ・マンチャの地平のあらゆる戸口とバルコニーから姿を現し、色とりどりの小鳥たちが、妙なるさえずりで甘い調べを奏でてその訪れに挨拶を送るやいなや、その名も高き騎士ドン・キホーテ・デ・ラ・マ

ンチャは、惰眠を招く羽毛の寝床を後にして、これも名高きロシナンテに跨り、古くから人に知られたモンティエルの野を歩み始めたのだった〉」

実際、彼はその野を歩んでいた。そしてさらに独り言を続ける。

「幸福な時代にしてめでたい世紀よ、そこで私の手柄が明るみに出る、それは未来永劫《えいごう》にわたって記憶されるために、青銅に彫られ、大理石に刻まれ、絵に描かれるにふさわしい。おお、賢い魔法使いよ、お前が誰であれ、この遍歴の旅を記録する役を担うべきお前に頼みたい、どこへ行くにも決して変わらぬ私の伴侶、愛馬ロシナンテのことを忘れないでほしい！」

それから今度は、本当に恋する男であるかのように、また独り言を始めた。

「おお、ドゥルシネア姫、我が心を虜《とりこ》にした方よ！　美しいあなたの前に現れてはならぬと命じて私を遠ざけ、咎《とが》めるという厳しい仕打ちによって、私は大きな痛手を負いました。どうか、あなたへの愛ゆえに大いに苦しみ悩むこの囚《とら》われの心をお忘れなきよう」

そんな文句に加え、さらに御託を並べ立てていたが、どれもこれも本で読み覚えたものばかりで、言い回しもできる限り真似ていた。そんなことを言いながら、えらくゆっくりと馬を歩かせる間にも、日はさっさと昇り、きびしい暑さになっていたので、彼の脳みそは（多少なりともあったとすれば）溶けてしまいかねなかった。

その日はほぼ丸一日歩きづめだったが、語るべきことは何も起こらなかったので、彼はがっかりした。自分の腕の強さを試せる相手に出会いたいと思っていたからだ。この真実の物語の作者の中には、ドン・キホーテの最初の冒険は、プエルト・ラピセで行ったものであると言う者もいれば、風車の冒険であると言う者もいる。だが、この件について、語り手の私が調べ得たことと、ラ・マンチャの年代記に記されている内容をまとめるとこうなる。つまり、彼もやせ馬も、日がな一日歩みを続けたものだから、日が暮れるころにはへとへとになり、恐ろしい空腹に襲われた。そこで、自分たちを泊めて、ひどい飢えを癒してくれそうな、城か羊飼いの小屋がないかとあたりをくまなく見回したところ、今たどっている道からさして遠くないところに、宿屋が一軒見つかった。それはまるで、王宮への門ではなくても彼らを救ってくれる城塞へと導く星のように見えた。そこで彼は足を速め、夜の帳《とばり》が下りるのと同時に、宿屋に着いた。

たまたま戸口に二人の若い女が立っていた。それは旅する遊女と呼ばれる娼婦たちで、いずれもその晩泊まり合わせたロバ追いたちと一緒にセビーリャに向かうことになっていた。ところが我らの冒険家には、自分が頭で考え、目にし、あるいは想像することは何もかも、かつて本で読んだとおりの出来事のように思え、やがて宿屋は、銀色に輝く四つの尖塔《せんとう》がそびえ、跳ね橋と深い堀のある、ふさわしい道具立てをすべて備えた、本に描かれる城のように見えてきた。そこでドン・キホーテは、城としか思えない宿屋に近づいていったが、ほんの少し手前のところでロシナンテの手綱を引き締めた。銃眼のついた胸壁に小人が現れて、トランペットを吹き鳴らし、騎士が城に着いたという合図を送るのをそこで待ったためだ。だが、どうやら時間が掛かりそうだったたし、ロシナンテが早く厩に行きたそうにしていたので、宿屋の門まで歩みを進めると、女が二人そこにぼんやり立っているのが目に入った。それが彼には城の門の前で気晴らしをしている美しい姫君か魅力的な貴婦人に見えた。まさにそのとき、ひとりの豚飼いが、麦を刈ったあとの畑に放しておいた豚の群れ（失礼ながらそのものの名で呼ばせていただくが）を集めようと、角笛を吹いた。この合図によって豚が集まってくるのだ。しかし角笛が鳴り響いたとたん、ドン・キホーテには自分が望んでいたこと、つまり小人の誰かが彼の到着を知らせる合図を送ったと思ったのだ。そこで彼は、何とも言えない歓びを感じながら、宿屋と女たちに近づいた。すると女たちは、鎧《よろい》兜《かぶと》を身に着け、槍と盾を持つという例の格好をした男がやってくるのが目に入ったものだから、恐ろしさに震え上がり、宿屋に逃げ込もうとした。だがドン・キホーテは、彼女たちが逃げたことからその恐怖心を推し量り、厚紙製の面頬を上にあげ、埃《ほこり》まみれのやせこけた顔を見せ、穏やかな声で礼儀正しく話しかけた。

「そこのお二方、お逃げなさらぬよう願いたい。危ないことはないので心配無用。なぜなら、他人に危害を及ぼすことなど、私が従う騎士道の掟とはおよそ縁がないからです。ましてやお姿から見て取れるような高貴な方々となればなおのこと」

娘たちは彼を眺め、顔を探していた。出来の悪い目庇《まびさし》に隠れていたからだ。だが高貴なお方と言われたときには、自分たちの仕事とはあまりに縁遠かったので、笑いをこらえきれなくなった。その笑い方にドン・キホーテは気を悪くし、二人に向かってこう言った。

「美しい女性にふさわしいのは節度なのに、なんと愚かな振る舞いを。しかもその笑いにはさしたる根拠もない。ただし、私がこのように言うのは、お二方に苦い思いをさせ、機嫌を損ねるためではありません。私の望みは貴女方にお仕えすることです」
娘たちには我らの騎士の言っていることが理解できず、おまけにその身なりが奇妙奇天烈《きみょうきてれつ》なので、ますます激しく笑い、それが彼の怒りを煽《あお》った。そのとき宿屋の主が出てこなかったら、おそらく事態はさらに悪化していただろう。主はでっぷり太っているだけに、たいそう穏やかな性格の持ち主だったが、面懸《おもがい》、轡《くつわ》、手綱をつけた馬に乗り、槍を握って盾を持ち、胴鎧をまとったなんともちぐはぐな格好を目にすると、可笑《おか》しくてたまらず、娘たちとともに大笑いしそうになった。だが、実際には、武具だらけの機械のような姿は恐ろしくもあり、控えめな口をきくことにしてこう言った。
「騎士殿、もしも宿をお探しなら、当方の宿には寝台をのぞけば（というのもこの宿屋には寝台がひとつもなかったからだ）、何でもふんだんにございます」
いま城塞に見えている宿屋の、城主に見えている主の腰が低いので、ドン・キホーテはこう答えた。
「城主殿《カステリャノ》、私ならどんなものでも結構、なぜかと言えば、
我が身を飾るは武具であり、
戦うときこそ憩うとき、云々《うんぬん》。

と申しますからな」

宿の主は、自分がカスティーリャ人と呼ばれたのは、カスティーリャの健全な人間と思われたからだと考えた。だが実はアンダルシア、それもいかがわしいサンルカルの浜の生まれであり、怪物カクス顔負けの盗人にして、学生くずれの小姓に劣らぬ悪賢い男だったので、こう応じた。

「ということは、あなたの褥《しとね》は固い岩、眠るときは常に寝ずの番、なのでしょう。だったら馬から降りてかまいませんよ、このあばら家でなら間違いなく、一夜どころか一年中寝ずの番をする機会に恵まれますから」

そう言って相手の鐙《あぶみ》を押さえてやった。そこでドン・キホーテは、いかにもその日朝から食事をとっていなかった人間らしく、ひどく骨を折りながら、やっとのことで馬から降りた。

それから宿の主に向かって、この馬は飼い葉を食べる逸物の中でも飛び切りなのだから、扱いには大いに気をつけてほしいと言った。そこで主は馬をじっと眺めたが、ドン・キホーテが言うほど、それどころかその半分ほども優れているようには見えなかった。それでも馬を厩に連れて行き、次の注文を聞こうと客のもとへ引き返したところ、いまはすっかり仲よくなった娘たちに鎧を脱がせてもらっているところだった。彼女たちは胸当てと背当てははずせたものの、喉当てをどう取ったらいいかわからず、不格好な兜にも手こずっていた。兜は緑色の紐《ひも》できつく結んであり、結び目がほどけないので切る必要があった。だが、ドン・キホーテは紐を切ることを決して許さず、その結果、一晩中兜をかぶったままでいた。その姿ときたらこれ以上は考えられないほど珍妙かつ滑稽だった。しかも鎧兜を脱がせてもらう間（手伝ってくれているすれっからしの女たちを、城の貴婦人や女官だと思い込んでいるものだから）、なんとも優雅な調子でこんな一節を口ずさんだりしていた。

「故郷の村からやってきた折の
ドン・キホーテにもまして
淑女たちに厚くかしずかれた
騎士はいない。
乙女《おとめ》たちは彼を癒し
姫君たちはその愛馬を……

というかロシナンテを、なぜなら、淑女の方々、これが私の馬の名前だからであり、ドン・キホーテ・デ・ラ・マンチャというのは私の名前です。ただし、貴女方に仕え、貴女方に利益をもたらすために立てる手柄によって、私が何者かわかってもらえるまでは、自分から名乗りたくはなかったのですが、何よりも、この場にふさわしいと思って引用した古いランスローテ［ランスロット］のロマンセがもとで、私の名前を知られてしまいました。とはいえ、いずれ、貴女方の命じることに私が従い、この腕の力が、お二方に仕えたいという思いを明かしてくれる機会もあるでしょう」

娘たちは、この手の持って回った言い方に慣れていなかったので、一言も返すことができず、ただ、何か食べたくないかと訊《き》いただけだった。

「何なりと頂戴いたします」とドン・キホーテは答えた。「というのも、私の理解するところでは、まさにうってつけのようだからです」

折悪《おりあ》しくその日は金曜日だったので、宿中探したところで見つかるものといえば、カスティーリャではアバデホという名で呼ばれ、アンダルシアではバカラオ、他の地方ではクラディーリョあるいはトルチュエラという名で知られるタラの干物くらいだった。そんなわけで他に食べられる魚はないのですが、ひょっとして小ダラ《トルチュエラ》でも召し上がりますかとドン・キホーテは訊かれた。

「たとえ小鱒《トルチュエラ》でも、何匹も集まれば大鱒《トルーチャ》一匹分として出せるでしょう」と彼は答えた。「なぜかと言えば、八レアルを小銭でもらっても、銀貨一枚でもらっても、同じことだからです。しかも牛肉なら仔牛《こうし》、山羊《やぎ》なら仔山羊のほうが上等であるように、それらの小鱒もきっと上等でしょう。それはともかく、早く出してもらいたい。なにしろ重い鎧兜をまとっての行動は、腹に力が入らなくては耐えられません」

涼しいようにと食卓が宿屋の戸口に置かれると、主は、塩抜きがいい加減で火もろくに通っていないバカラオを一人前と、客人の武具に負けないほど黒くて薄汚れたパンを運んできた。だが、ドン・キホーテがそれを食べる様子を見たら、大笑いせずにはいられなかった。なにしろ、兜をかぶったまま目庇を両手で持ち上げているために、他の人間が食べさせてやらないと、自分では何も口に運ぶことができないのだ。そこで淑女のひとりが食べさせる役を引き受けてやっていた。そして今度は飲み物を与えようとしたが、できない。もしも主が葦《あし》の芯をくりぬいてストローを作り、片方の端を客人の口に突っ込み、もう片方から吸えるようにしてやらなかったら、葡萄酒《ぶどうしゅ》を飲ませることはできなかっただろう。兜の紐を切らない代わりに、彼は何もかもじっと耐え続けていた。こうしてみんなが大わらわになっているところへ、豚の金抜きを仕事にしている男がひょっこりやってきた。そして自分が来たことを知らせようと、葦笛を四、五回吹き鳴らした。それを聞きつけたドン・キホーテは、いま自分がどこかの名高い城にいて、音楽付きの接待を受け、干鱈《ひだら》は何匹もの大鱒《おおます》、パンは白パン、遊女は淑女、そして宿屋の主は城の主であることを確信し、意を決して旅に出た甲斐があったとほくそ笑んだ。しかし、彼には大きな悩みの種があった。それは自分がまだ正式に認められた騎士ではないことで、彼の考えでは、騎士に叙されないうちは、どんな冒険にも正式には乗り出せないのだ。

第三章　ドン・キホーテが騎士となる愉快な叙任式の話

さて、こんな思いが募ったドン・キホーテは、宿の質素な食事を大急ぎで食べ終え、主を呼んだ。そして二人で厩に行って中に閉じこもると、彼は主の前に跪き、こう切り出した。

「勇敢なる騎士殿、私の望むお恵みをあなたから授けていただけるまでは、こうして跪いたまま決して立ち上がりません。あなたから授かるお恵みは、やがてあなたへの賞賛に変わり、果ては人類のために役立つこととなるでしょう」

足元に跪いたままの客からそんなことを言われた宿の主は困惑し、どうしていいかわからず、何と言えばいいかもわからないまま、じっと相手を見つめた。それから、とにかく立ち上がるように頼んでみたが、相手にその気がないので、とうとう、お望みの恵みとやらを授けましょうと言わざるを得なかった。

「さすがは騎士殿、思った通り寛大なお方だ」とドン・キホーテは言った。「ではお聞きください。私があなたに請い、あなたが授けてくださるお恵みとは、明日の朝、私を正式の騎士にしてくださることです。今宵《こよい》私はあなたのお城の礼拝堂で、夜を徹して鎧兜を見張るつもりです。そうすれば明日、今申し上げたように、私は長らく願ってきたことが叶《かな》って騎士となり、冒険を求めて世界のあらゆるところを目指す旅に出られます。苦境に置かれた者たちを救うその旅は、騎士道の、そして私のような遍歴の騎士の義務であり、その望みは旅において手柄をあげることなのです」

すでに述べたとおり、宿の主はちょっぴり悪知恵がはたらき、この客がどうやらまともではないらしいと薄々感づいていたが、この理屈を聞いたとたん、間違いなく頭がおかしいと確信した。ならばその夜笑いものにしない手はないと思い、相手の戯言《たわごと》に調子を合わせることにした。そこでドン・キホーテに向かってこう言ってやった。あなたが望み、頼んでいることは実に的を射ています。そのような申し出は、あなたの颯爽《さっそう》とした姿から窺《うかが》える秀でた

G. Doré
H.PISAN

騎士につきものであり、またふさわしくもある。それにわたし自身若いころ、あの高潔な修行に我が身を捧げ、冒険を求めてマラガのペルチェレスはもとより世界各地を巡り歩いたものです。これもマラガのリアラン地区、セビーリャのコンパス、セゴビアのアソゲホ、バレンシアのオリベラ、グラナダのロンディーリャ、サンルカルの浜辺、コルドバのポトロ、トレドのベンティーリャス、その他にもいかがわしい場所をあちこち訪れては、手先の器用さと逃げ足の速さを武器にさんざん悪《わる》をやり、やもめをごまんと口説き落とし、生娘《きむすめ》にも手を出し、下宿人をだますという具合で、ついにはスペインのほとんどすべての裁判所と法廷で顔になりました。そしてしまいにこの城へと戻ってきて、自分の財産と他人の財産で暮らしながら、遍歴の騎士ならいかなる品格や身分であろうと誰でも泊めているのです。そうするのは、遍歴の騎士にとても愛着があり、こうした善意への見返りとして、客人の持ち物を分けてもらうためでもあります。

主はさらにこうも言った。この城には、鎧兜を徹夜で見張れる礼拝堂はありません。というのも建て替えのために取り壊してしまったからです。ただ、わたしの知るところによると、夜明かしがどうしても必要ならば、場所はどこでもかまわない。だから今夜は城の中庭で夜を明かすことができるでしょう。そして夜が明けたら、神のご加護を受けながら、然《しか》るべき儀式を執り行って、あなたは騎士になる、それもこの世に勝る者のいない、騎士の中の騎士になるのです。

それから主は、お金《かね》はありますかと訊いた。ドン・キホーテは、金など持ち合わせてはいない、これまで読んだ遍歴の騎士の物語で、騎士が金を持っていたためしはないからだと答えた。すると主はこう言った。それは誤解です、物語に書かれていないのは、お金や清潔なシャツを持っていく必要があることなど当たり前すぎて、作者たちがわざわざ書くまでもないと思ったからです。しかし、だからといって、持っていかなかったと考えるべきではありません。これは調べのついている確かなことですが、山ほどある本に出てくる遍歴の騎士たちは皆、何が起きてもいいように、たんまり入った財布を携えています。それに着替えのシャツと、傷を負ったときのための軟膏《なんこう》を詰めた小箱も用意していた。騎士が野原や荒れ地で戦い、傷ついたとき、その場に手当をしてくれる人間が常にいるとは限らないからです。ただし友人に魔法が使える賢者がいて、その魔法で乙女か侏儒《しゅじゅ》を空飛ぶ雲に乗せて助けに行かせ、届けさせたフラスコ入りの霊水を、手負いの騎士が一滴口に含めば、傷もたちまち治り、何もなかったかのようにきれいになるというのであれば話は別です。だがそうは問屋が卸さない。だから昔の騎士たちは、お金や、包帯用の布、軟膏の類を従者に用意させるのが当たり前だと思っていました。また遍歴の騎士に従者がいないときには（滅多にないことだが）、騎士が自分で何もかも薄手の鞍袋に詰め込み、大事なものに見せかけて、馬の尻にくくりつけて運びました。そんなことをしたのは、遍歴の騎士の間では、従者がいない場合でもなければ鞍袋を自分で運ぶのはあまり感心したことではないとされていたからです。そう教えたうえで、主は、これから自分の名付け子同然になるはずだから、ドン・キホーテには親のように命令してもいいところだったが、今後はお金や先に述べた必要欠くべからざるものを持たずに旅に出ないことだと忠告するにとどめ、そういうものは思いもかけないときに役立つはずだと言って聞かせた。

ドン・キホーテは主に、忠告されたことはきちんと果たすと約束した。そこで主が、宿の片側にある広い家畜用の囲い場で寝ずに鎧兜の番をするように命じると、ドン・キホーテは鎧兜をすべてまとめ、井戸の脇にある石造りの水飲み場の上に置いた。そして盾に腕を通し、槍を握ると、水飲み場の前を威厳に満ちた態度で行ったり来たりし始めた。彼が歩き出したとき、夜の帳が下りてきた。

主は宿にいた皆を相手に、ひとりの泊まり客の頭がおかしいこと、鎧兜を寝ずに見張っていること、騎士に叙任されるのを待ち焦がれていることを伝えた。何とも変わった種類の狂気に驚いた人々は、その男を遠くから見物することにした。すると彼らの目の前に、落ち着いた身のこなしで鎧兜の前を行き来しては、槍にもたれかかってそれを見つめ、目を離さずにいる人の姿があった。宵闇があたりを包んだところだったが、月が光の貸主の太陽と競わんばかりに明るく輝いていたために、騎士の卵の姿は誰にもはっきりと見えた。このとき、宿に泊まっていたラバ追いのひとりが、自分のラバに水をやろうと思った。そのためには水飲み場の縁の上に置かれたドン・キホーテの鎧兜をどけなければならない。ラバ追いが近づくのを見たドン・キホーテは、声高らかに言った。

「お待ちなさい、どなたかは存じあげないが、大胆不敵な騎士よ、一度も剣を帯びたことがないとはいえ最も勇敢な遍歴の騎士の武具に触るつもりか！　自分が成すことに注意するが

G. Doré
PISAN

よい、武具に触れてはならん。さもなくば、その大胆な行為の償いに、命を落とすことになろう」

けれどもラバ追いはそんな言葉に耳を貸さず（だが耳を貸すほうがよかっただろう、そうすれば自分の身が守れたからだ）、それどころか革紐をつかむなり、鎧兜をはるか遠くへ放ってしまった。それを見たドン・キホーテは、天を仰ぎ、ドゥルシネア姫に祈願しながら（そう見えたのだが）こう言った。

「助けたまえ、私の姫君よ、あなたに仕えるこの魂が初めて辱《はずかし》めを受けました。この最初の危機に瀕《ひん》した私を守り、惜しむことなく力をお貸しください」

そんな言葉をつぶやくと、ドン・キホーテは盾を投げ捨て、両手で槍を振り上げるや、ラバ追いの頭めがけて思い切り振り下ろしたので、ラバ追いはどっと地面に倒れ込んだ。もう一撃食らわせていたら、もはや医者が来て手当する必要もなかっただろう。ラバ追いを手ひどい目に遭わせると、ドン・キホーテは鎧兜を拾って元の場所に置き、何事もなかったかのようにまた歩き始めた。それからまもなく、別のラバ追いが、何があったかも知らずに（というのも、最初のラバ追いはまだ息を吹き返していなかったからだが）、自分のラバに水を飲ませようとやってきて、水飲み場の鎧兜をどけようとした。するとドン・キホーテは、今度は一言も口をきかず、誰かに祈願することもなく、盾を投げ捨て槍を振り上げると、その槍を折ることなしに、二人目のラバ追いの頭を三つ以上にしてしまった。つまり四か所に切り傷をつけたからだ。この騒ぎに、宿にいた人々すべてが駆けつけ、その中には宿の主もいた。それを見たドン・キホーテは、盾を腕にはめ剣を手に、こう言った。

「おお、美しき姫君、私の弱った魂に張りと精気をもたらす方よ！　壮大な冒険に挑もうとする、あなたの虜となった騎士に、今こそあなたの眼差《まなざ》しを注いでくださるときです」

そう言うと彼はひどく勇気が湧き、世界中のラバ追いが襲いかかってきても、一歩も退くまいという気になった。一方、仲間が二人も傷つけられたのを見たラバ追いたちは、離れたところからドン・キホーテに向かって、雨あられと石を投げつけ始めた。彼は精一杯盾で石を防ぎ、そうしながらも鎧兜を見捨てないために水飲み場から離れようとはしなかった。主が、先ほど言ったとおり相手は狂人であり、狂人なら宿にいる者を皆殺しにしたところで罪を免れてしまうのだから、相手にするなと大声で言った。するとドン・キホーテもそれに勝る大声で、まず皆を裏切り者呼ばわりし、続いて遍歴の騎士をこんな目に遭わせておく城主は虚勢を張るだけの素性の卑しい騎士であり、自分が騎士に叙任されていたなら、信義に背いたことをわからせてやるものをと言った。

「だが、貴様たちのごとき下劣なごろつきを相手にする気はない。さあ、好きなだけ石を投げろ、そして掛かってこい、ここへ来て、私を攻めるがよい。そうすれば、貴様たちは自分の愚かで横柄な行為の報いを受けることになるだろう」

そう叫んだドン・キホーテのあまりの猛々《たけだけ》しさに、彼に襲いかかっていた連中は恐怖に怖気《おじけ》づいてしまった。そこへもってきて宿の主が説得したために、ラバ追いたちは石を投げるのを止めた。するとドン・キホーテは傷ついた二人を連れて行かせ、自分は先ほどと同じく落ち着いた様子で、ふたたび鎧兜の寝ずの番を開始した。

問題の客をそれ以上からかうのはまずいと思った宿の主は、またひと騒動起きないうちに、縁起でもない騎士の叙任式をさっさと済ませることにした。そこでドン・キホーテに近づくと、自分は何も知らなかったとはいえ、あの身分の低い卑しい輩《やから》が働いた無礼をお詫《わ》びします、でも彼らは無謀な行為に対する罰をすでに十分受けていますと言った。そして、すでに述べたように、この城に礼拝堂はないものの、今から執り行うことにとって必要ではありません。自分が騎士の儀式について知るところでは、叙任式の要点は、平手で首筋を叩《たた》き、剣で肩を打つことにあり、それなら野原の真ったただ中でもできるし、鎧兜の寝ずの番ならもう果たしています、なぜならたった二時間で足りるところを、あなたはもう四時間以上も見張っているのですから、と言った。主の言葉をすっかり真に受けたドン・キホーテはこう言った。私はあなたに従うつもりでいるので、できるだけ速やかに式を終えてほしい、というのも、ふたたびあのような攻撃を受けたとき、私が正式な騎士になっていれば、城の中の者は誰ひとり生かしておかないつもりだからだ。ただし、あなたが生かしておくよう求めた者は、あなたに免じて見逃すことにしよう。

この警告に怖気づいた城の主は、ラバ追いたちに売ったワラや大麦の代金を書きつけた台帳を大急ぎで取ってきた。そして少年が持ってきた燃えさしのロウソクを手に、すでに述べた二人の若い娘を連れてドン・キホーテのところに戻ると、彼に跪くよう命じた。それから例の台帳を（何やらありがたい祈禱《きとう》を唱えるように）読み始め、途中で片手を挙げると掌《てのひら》でドン・キホーテの首筋を激しく叩き、続いて相手の剣で肩をこっぴどく打ち付けた（そうしながらも絶えず祈っているかのようにぶつぶつつぶやいていた）。それが済むと、娘のひとりに命じて彼に剣を帯びさせた。儀式の途中でいつ噴き出してもおかしくなかったのに、彼女はその役を滞りなく見事にこなしてみせた。だが実は、この新米騎士が蛮勇を振るうのをすでに見ていたために、一同は笑うに笑えなくなっていたのだ。彼に剣を帯びさせるとき、良き淑女はこう言った。

「どうか神があなたを運の良い騎士にしてくださいますように、そして戦いでは幸運に恵まれますように」

ドン・キホーテは彼女に名前を尋ねた。なぜならこれから先、自らの腕の力で勝ち取るであろう誉れの一部を捧げたいと思い、この恩恵を誰から受けたのか知っておきたかったからだ。彼女はやけにおずおずとした調子で、名前はトロサ、トレド生まれでサンチョ・ビエナヤの商店街に住む靴の修理屋の娘であり、これからはどこにいてもあなたに仕え、あなたを主人と見なすつもりだと答えた。するとドン・キホーテは、ではどうか今後は名前に女性用の敬称ドニャをかぶせてドニャ・トロサと名乗ってほしいと応じた。彼女はそうすると約束し、もうひとりの娘が彼の足に拍車をつけた。彼はこの娘とも、先に剣を帯びさせてくれた娘と同じ会話を交わした。名前を訊くと、モリネラといって、アンテケラに住む誠実な粉ひきの娘だと答えた。ドン・キホーテは彼女に対しても、ドニャをかぶせてドニャ・モリネラと名乗るように頼み、今後は奉仕と庇護《ひご》を行うことを申し出た。

さて、それまで見たこともなければ聞いたこともない儀式が、馬の疾駆顔負けの速さで済んでしまうと、ドン・キホーテは少しでも早く馬に乗って冒険を求める旅に出たいと思った。そこで直ちにロシナンテに鞍を置いたが、跨る前に宿の主を抱擁し、親切にも自分を騎士に叙任してくれたことに礼を述べたのだが、そのなんとも奇妙な謝辞をいちいち紹介することは不可能だ。主のほうは、早いこと騎士を宿の外へ追い払いたくて、数こそ少なかったが負けずに飾り立てた言葉を連ねて相手に応《こた》えた。そして宿泊代を求めることもせずに、さっさと彼を旅立たせた。

第四章　宿屋を出た我らの騎士に起きたこと

ドン・キホーテが宿屋から出発したのは、夜が明ける時刻だったようだ。正式な騎士となった彼は大いに満足し、喜色満面、颯爽としていて、嬉しさが馬の腹帯からほとばしるほどだった。だが宿屋の主の忠告がよみがえった。常に携えていなければならない必需品、とくにお金とシャツのことだ。そこで家に戻ってすべてを揃《そろ》え、さらには従者をひとり連れて行こうと決心した。彼が当てにしていたのは近所に住んでいる農夫で、貧しく妻子持ちだったが、遍歴の騎士の従者役にうってつけだった。そう考えてロシナンテを自分の故郷の方角に向けると、古巣を知っているらしい馬は大喜びで歩きだし、その歩き振りときたらまるで蹄が宙に浮いているかのようだった。

さして進まないうちに、右手の森の茂みから、人が呻《うめ》いているようなか細い声が聞こえた気がした。それを聞きつけるが早いかドン・キホーテは言った。

「天のおかげでなんという恵みよ、騎士の務めにともなう義務を果たせ、良き願いが実を結び、その実を収穫できる機会がこんなにも早く目の前に訪れるとは。違いない、あれは窮地に陥った男か女、私の助力と支援を必要としている誰かの声だ」

そこで手綱をめぐらせると、ロシナンテを例の声が聞こえてくると思われる方へ向かわせた。そして森に何歩か入り込んだところ、一頭の雌馬が樫《かし》の木につながれ、別の樫の木には十五かそこらの少年が上半身裸で縛りつけられているのが見えた。少年が呻き声を上げていたのには理由があった。がっしりとした体つきの農夫が革の帯で少年を盛んに鞭打《むちう》ち、一回打つごとに何かを問《と》い質《ただ》しては戒めていたのだ。農夫いわく、

「減らず口叩くひまがあったら、ちゃんと目を開けとけ」

すると少年はこう応えた。

「もう二度としねえよ、旦那。神かけて、しねえと誓うよ。これからは羊たちにもっと気をつけるって約束するよ」

目の前で起きていることを見ていたドン・キホーテは、怒りに満ちた声で言った。

「これは何とも無礼な騎士だ、自分の身を守れない者を相手にするとは。さあ、馬に乗って槍を構えよ（その男も槍を携え、雌馬をつないだ樫の木に立て掛けてあった）。今の仕業がいかに卑怯《ひきよう》であるかを教えてやろう」

甲冑《かっちゅう》姿の人物が自分の頭上で槍を構えているのを目にした農夫は、恐怖に心臓が止まりそうになり、相手を刺激しない物言いで、こう応えた。

「こうして懲らしめているこの小僧は、騎士様、当方が雇った餓鬼です。わたしらがこのあたりに飼っている羊の群れの見張りをさせているんですが、こいつときたらとんでもないぼんくらで、羊が毎日一匹いなくなるんですよ。それでこいつの怠慢というか横着ぶりを咎めると、わたしのことを払うべきものを払わないしみったれだと抜かしやがる。神かけて、そしてわたしの魂にかけて言いますが、そんなのは大嘘です」

「私の前で大嘘などとは言わせないぞ、この下劣な田舎者めが」とドン・キホーテは言った。「我らを照らす太陽にかけて言うが、私はこの槍でもってお前を滅多突きにしたい気持ちでいるのだ。口答えなどせずに、今すぐ払ってやるがいい。さもないと、我らを統《す》べる神にかけて、この場でお前を成敗し、亡き者にしてやるぞ。さあ、直ちにこの若者の縄を解いてやれ」

農夫は頭を垂れ、一言も返さずに、少年の縄を解いた。ドン・キホーテが少年に、主人が払うべきはいくらなのかを訊くと、毎月七レアルで九か月分だという答えが返ってきた。ドン・キホーテが計算したところ、合計七十三レアル［作者の誤り］だとわかったので、彼は主人に対し、この件で命を落としたくなければ即刻支払うようにと申し渡すと、農夫はびくつきながらも、この苦境と先ほどの誓いにかけて（ただし誓いなどまだ立ててはいなかった）、そんな額にはならないと言う。少年に与えた靴三足分の金額と、病気のときに施した瀉血《しゃけつ》二回分の一レアルを考慮して、それを合計から引いた額になるというのが理由である。

「それはすべて理にかなっている。だが」と言ってドン・キホーテは反論する。「靴と瀉血の代金は、罪のない少年を鞭打ったことで棒引きになる。理由はこうだ。少年がお前の買い与えた靴の革を破ったとすれば、お前は少年の体の皮膚を破ったのであり、少年が病気のとき、お前が床屋に悪い血を抜かせたとすれば、少年が健康なとき、お前はその手で良い血を抜いたからだ。したがって、こと靴と瀉血に関しては、少年はお前に何ら借りはない」

「問題は、騎士様、ここには持ち合わせがないことです。だからアンドレスをわたしと一緒に家に来させてもらえれば、一レアルまた一レアルと銀貨を数えて払いますよ」

「おいらが一緒に行くって？」と少年が口を挟む。「冗談じゃない！　だめだよ、騎士のおじさん、まっぴらだ。だって、おいらひとりになったら、旦那に生皮剝がされて、聖バルトロマイの二の舞になっちまうだろう？」

「そんな真似はしまい」とドン・キホーテは応じた。「私が命じれば、そのとおりにするはずだ。この男が叙任された騎士ならば、騎士道の掟にのっとって私に誓えば、ここから自由に行かせてやろう。例の支払いの件は、この私が保証する」

「自分の言葉に気をつけておくれよ、騎士のおじさん」と少年は言った。「だって、おいらの旦那は騎士じゃないし、騎士の位なんか何も受けちゃいない。キンタナルに住んでるファン・アルドゥードという名のお金持ちなんだ」

「それは大したことではない」とドン・キホーテは応えた。「なぜなら、アルドゥードという姓を持つ人々が騎士であってもかまわないからだ。それに人はそれぞれ自らの行いが生む子供なのだ」

「それは本当だね」とアンドレス少年は言った。「だけどこのおいらの旦那は、どんな行いの子供なんだい。汗水たらして働いても、給料を払ってくれないんだ」

「いや、払わないなんてことはないよ、アンドレス」と農夫が応じた。「だからわたしと一緒に来ておくれ、兄弟。この世にあるすべての騎士団の騎士の位にかけて、お前に払うと誓うよ。さっき言ったとおり、銀貨で一レアルずつ、しかもおまけつきだ」

「おまけは結構だが」とドン・キホーテは言った。「まずはレアル銀貨で払ってくれれば、私は満足だ。先ほど誓ったことをそっくりそのまま果たすのだぞ、さもないと、その誓いゆえに、戻ってきてお前を探し、懲らしめてやると私も誓おう。たとえトカゲよりもこそこそ隠れ潜もうと、きっと見つけ出してやる。このように命じる者が誰なのか知りたければ、お前が誓いを果たす義務をいっそう心するように、教えてやろう。我こそは、この世の不当や不正を正す者にして勇敢なるドン・キホーテ・デ・ラ・マンチャなり。それでは神のご加護を受けるがよい。だが、先に述べた懲らしめを受けたくなければ、約束し誓ったことを、裏切ってはならないぞ」

このように言うと、ドン・キホーテはロシナンテに拍車を掛け、二人を置いてすぐさまその場を後にした。農夫は彼を目で追ったが、森を出て、もはやその姿が見えなくなると、アンドレスのほうに向きなおり、こう言った。

「いい子だから、こっちへおいで。あの不正を正すというおやじが命令したように、お前に払うべきものを払ってやろう」

「そうこなくちゃ」とアンドレスが言う。「あの立派な騎士のおじさんの命令どおりにするほうが賢いよ。あの人には長生きしてほしいな。勇敢だし判事みたいに裁きが公平だからね。おいらに払ってくれないと、聖ロケに掛けても戻ってきて、言ったとおりのことを必ずやるよ!」

「それはこっちの台詞《せりふ》だ」と農夫は言った。「だがな、わしはお前をとても可愛《かわい》がっているものだから、いっぱい払ってやるために、借りを増やしたいのさ」

そして少年の腕をつかむと、また樫の木に縛りつけ、革の帯でしこたま打ちすえて、息も絶え絶えにしてしまった。

「そら、アンドレスさんよ」と農夫は続けた。「あの不正を正すおやじを呼んでみろ。そうすりゃこんな不正を正すこともできないことがわかるだろうよ。ただし、この不正はまだ終わっちゃいないらしい。なぜって、お前が恐れていたとおり、わしはお前の生皮を剝がしたくなってきたからさ」

しかし、結局そうはせずに縄を解いてやり、下された判決を実行に移してもらう目的で少年が例の判事を探しに行くのを許した。アンドレスは意気消沈し、勇敢なドン・キホーテ・デ・ラ・マンチャを探し出して今起きたことを逐一話し、主人を七倍痛い目に遭わせてもらうのだと誓いながらその場を後にすることになった。だが、そんなこんなで少年は泣きながら出発し、主人のほうは笑顔でそこに残ったのだった。

一方、勇敢なドン・キホーテのほうは、こうして不正を正したということで、事の成り行きに大いに満足し、騎士として順風満帆かつ崇高な第一歩を踏み出したと思っているらしく、いかにも得意げに故郷の村へ向かう道々、小声でこんなことを言っていた。

「おお、美しいがうえにも美しいドゥルシネア・デル・トボソよ！　今日はこの地上に住むありとあらゆる女性にもまして、ご自分を幸せ者と見なすことができますぞ。なぜなら、あなたの意のままに仕えさせ、従わせることのできる、あまりにも勇敢かつ名高い騎士を幸運にも得たからです。その特徴は現在においても未来においてもドン・キホーテに当てはまり、彼は（誰もが知っているように）昨日騎士に叙任され、そして早くも今日、理不尽が生み、非道が犯した不正の極みを正しました。すなわち、今日、か弱い少年をさしたる理由もなく激しく殴打していたあの無慈悲な敵の手から鞭を奪ってやったのです」

そのとき、道が四つに分岐するところに差し掛かった。すると直ちに、遍歴の騎士たちが四つ辻でどの道を選ぶか考え始めるところが思い浮かんだ。そこで彼も真似をして、しばらくその場に立ち止まり、よくよく考えた末にロシナンテの手綱を放し、このやせ馬の意思に任せてみると、馬は初志貫徹、自分の厩に通じる道を歩き続けた。そして半レグア［一レグア＝約五・六キロメートル］ばかり進んだとき、ドン・キホーテは人の群れを見つけた。あとでわかるように、それはトレドの商人の一行で、絹の買い付けにムルシアに向かうところだった。商人は六人で馬に乗って日傘《ひがさ》を差し、やはり馬に乗った四人の使用人と、ラバを引いた徒歩の三人が付き従っていた。はるか彼方に一行の姿を認めたとたん、ドン・キホーテはそれを新たな冒険の始まりだと思い込んだ。本で読んだ出来事をすべてできる限り忠実になぞるのにうってつけの場が到来すると思ったのだ。そこで、品格と勇気に満ちた表情を作り、鐙を踏む足に力を込め、槍を強く握りしめ、盾を胸元にぐいと引き寄せ、道の真ん中に馬を止め、向こうから遍歴の騎士たちがやってくるのを待ち構えていた。彼が遍歴の騎士たちと思い込んでいた一行が、はっきりと見え、その声が聞こえるほどに近づくと、ドン・キホーテは大声を上げ、勇ましい調子でこう言った。

「そこの方々、ラ・マンチャの女帝であられる類なきドゥルシネア・デル・トボソに勝る美しい姫君はこの世のどこにもいないことを、一同が認めないうちは、ここから先は通しませんぞ」

この威圧的な物言いに商人たちは足を止め、何やらふっかけてきた男の奇妙奇天烈な格好を目にした。その格好と物言いから、すぐさまこの人物が狂っていることを見て取った。だが、自分たちに認めさせようとするその一件が、どういう形で落ち着くのか知りたいと思い、仲間のひとりで、お調子者だが抜群に機転の利く男が、彼に訊いた。

「騎士殿、私どもは、あなたがおっしゃるその美しい女性がどなたか存じません。ですからその方に会わせてください。おっしゃるほど美しいならば、何ら催促されずとも、仰せのとおりそれが本当であることを喜んで認めましょう」

「姫に会わせてしまったら」とドン・キホーテは言い返した。「これほど明らかな真実をもはや認めるも何もないではないか。重要なのは、姫を見ずしてその美しさを信じ、認め、肯定し、誓い、擁護することだ。それができないときは、この思い上がった極悪非道の者どもめが、ここで戦うのみだ。さあ、（騎士道の掟にしたがい）一騎ずつ、あるいは貴様ら下衆《げす》どもの習慣と悪しき流儀にしたがい束になって掛かってこい。我が道理を信じつつ、ここで貴様らを待ち受けてやる」

「騎士殿」と機転の利く男がこう返した。「ここにおります王子と皇太子一同を代表し、お願いがあります。我々が一度も見聞きしたことがないうえに、アルカリアやエストレマドゥーラの王妃、王女の方々の機嫌をひどく損ないかねないようなことを認めて、良心の呵責《かしゃく》に苦しむことはできません。そこで、たとえ麦粒大であろうとも、その姫君の絵姿をお見せいただきたいのです。一を以て万を知ると言いますが、そうすれば、我々は満足がいって確信できますし、あなたも報われ満ち足りた気持ちになるでしょう。しかも、こちらはすでにあなたの言葉をほぼ真に受けていますから、たとえ絵姿の姫君の片目が斜視で、もう片方の目からは朱色や黄色のヤニが流れ出ていようと、あなたに喜んでいただけるよう、お望みの褒め言葉を何でも申します」

「そんなものは流れ出ておらんぞ、忌々しいごろつきめが」とドン・キホーテは、怒りで顔を真《ま》っ赤《か》にして言った。「いいか、流れ出るのは、お前が言うようなものではなく、リュウゼンコウとジャコウの仄《ほの》かな香りだ。それに姫は斜視でもなければ猫背でもなく、グアダラーマ産の紡錘《つむ》より背筋はまっすぐだぞ。それにしても、我が思い姫が備えるような美しさに対し冒瀆《ぼうとく》の言葉を吐くとは何事だ、そのつけを払わせてやる！」

そう言い終わらないうちに、槍の先を低く下げ、激しい怒りに身を任せ、けしからんことを言った相手に向かって攻撃を仕掛けようとした。だが幸い、ロシナンテが何かにつまずいて転んでしまった。そうでなければ、その向う見ずな商人は、ひどい目に遭わされていただろう。ロシナンテが転んだために、乗っていた主は投げ出され、野原をかなり転がっていった。そして立ち上がろうとするものの、どうしても立ち上がれずにいた。槍、盾、拍車、兜が邪魔なうえに、古びた鎧が重かったからだ。立ち上がろうとしてもできない彼は、それでもこう言い続けた。

「逃げてはならんぞ、この腰抜けの悪党どもめ、そこで待つがいい。こうして伏しているのは、我が身のせいではなく、馬のしくじりによるものだ」

一行のなかのラバ引きのひとりは、それほど善意の持ち主ではなかったようで、落馬したままの格好でいる哀れな人物が盛んに偉そうな口をきくのを耳にするうちに、堪忍袋の緒が切れて、相手の横っ腹に返礼を見舞わずにはいられなくなった。そこでつかつか歩み寄ると槍を取り上げ、柄《つか》をぼきぼき折り、断片のひとつで槍の持ち主を繰り返し打ち据え始めたので、我らがドン・キホーテは兜をかぶり鎧を着ていたにもかかわらず、麦粒が碾臼《ひきうす》に掛けられたようにくたくたに伸びてしまった。それを見た商人たちは、そこまでするな、もう放っておけと声を掛けたものの、すっかり頭に血が上っていた若者は、怒りを最後まで使い切らないうちは、相手をいたぶるのをやめようとしなかった。そして摑《つか》んでいた柄の断片が砕けると、他のを拾い、それが砕けるまで殴り続けるのだった。地面に倒れている哀れな男のほうは、雨あられと殴打を浴びながらも、決して口を閉ざさず、天と地を罵り、彼には悪党にしか見えない連中を罵倒し続けた。

若者がついにくたびれると、商人たちは旅を再開し、棒の殴打を食らった哀れな男のことを道々話のタネにしながら、先を急いだ。ひとりきりになった男は、起き上がれるかどうかまた試してみた。だが、まだ体のほうは無事だったときでさえできなかったことが、こてんぱんにされ、体がばらばらになりかけた今、どうしてできようか。それでも、彼は自分を幸せ者と見なした。先の出来事は、遍歴の騎士につきものの災難だと思えたからだ。すべては馬がへまをしたせいなのだ。とはいえ、体中が真綿のようで力が入らず、起き上がるのは無理だった。

第五章　ここでも我らの騎士の災難のことが語られる

さて、実際に身動きできないとわかったので、ドン・キホーテはいつもの手段に訴えることにした。自分が読んだ本のどこかに出てくる件のことを考えるのだ。すると狂った頭に浮かんだのが、カルロートに傷を負わされたバルドビーノスが、山に置き去りにされ、それをマントゥア侯爵が助けるというあの個所だった。その話は子供も若者も知っていて、老人にいたっては大絶賛するばかりか実話だと信じているほどだったが、本当のところは、マホメットの奇跡に備わる程度の信憑性《しんぴようせい》すら欠いていた。だが彼にはそれが、いま苦境にある自

分のことのように思えた。そこで、いかにもひどく悲しんでいる様子で地面を転げまわり、手負いの森の騎士バルドビーノスが言ったとされるのと同じことを、消え入りそうな声で口ずさみ始めた。

夫の不運に心も痛めず
どこにいるのだ、我が妻よ?
それとも、妻よ、この不運を知らないとでも
それともお前は夫を裏切る不実な女か。

そんな調子でロマンセを口ずさみ続け、ついにこの詩行に行き着いた。

おお、高貴なるマントゥア侯爵
我が血族の叔父にして主よ!

この件までできたとき、ひとりの農夫が偶然そこを通りかかった。それは彼と同じ村の者で、しかも近所に住んでいた。その男は小麦を粉ひき場に運び終え、村に戻る途中だったのだが、道に人が横たわっているのを見つけると、そばに寄り、あなたは誰で、どうしてそんなに嘆き悲しんでいるのかと尋ねた。するとドン・キホーテは、その農夫を自分の叔父のマントゥ

ア侯爵だと思い込んだにちがいなく、問われたことに対しても、答えの代わりに相変わらずロマンセを口ずさみ、その中で自分の不幸とその元である妻とシャルルマーニュ大帝の息子の道ならぬ恋のことを、ロマンセに歌われているとおりに語ったのだった。

そのとんでもない内容を聞いて、農夫はびっくりしたが、槍の柄で殴られ台無しになっていたドン・キホーテの面頬をはずし、埃だらけの顔を拭いてやった。埃が取れて、それが誰だかわかったとたん、農夫は彼に向かって叫んだ。

「これはキハーナさんじゃありませんか（彼がまだ正気で、穏やかな郷士から遍歴の騎士に変わる前は、そう呼ばれていたにちがいない）。いったい誰があんたをこんな目に」

だがドン・キホーテは、どんなことを訊かれようがロマンセを口ずさむばかり。それを見た親切な農夫は、可能な限り手際よく鎧の胸当てと背当てをはずしてやり、体のどこかに傷がないか調べたが、血も出ていなければ何の跡も見つからなかった。そこでなんとか彼を地面から立ち上がらせ、さんざん苦労したあげく、自分のロバの背中に乗せた。こちらのほうがロシナンテよりも温厚そうに見えたからだ。それから落ちている武具を、折られた槍のかけらまで拾い集めると、まとめてロシナンテの背に括《くく》りつけ、片手でその手綱を、もう片方の手でロバの端綱をつかみ、ドン・キホーテが語る妙な話を聞かされて気が重くなりながらも、自分たちの村に向かって進み始めた。ドン・キホーテはドン・キホーテで鬱々としていたばかりか、これでもかと打ちのめされた体ではロバの背に乗っていることもままならず、ときどき空に向かって長々とため息をついた。そこで農夫は、いったい全体どうしたのかと、

Gve Doré
H.PISAN

ふたたび尋ねざるを得なかった。すると、悪魔の仕業としか思えないが、この一連の出来事にうってつけの話がドン・キホーテの頭に浮かんだ。彼はそのときもはや森の騎士バルドビーノスのことは忘れ、モーロ人アビンダラエス・アベンセラへのことを思い出したのだ。というのもこのモーロ人は、アンテケラの城塞主、ロドリーゴ・デ・ナルバエスに捕えられ、その城塞に引っ立てられたからである。だから農夫に、具合はどうか、気分は悪くないかとまた尋ねられたとき、その逸話が書かれている、かつて読んだホルヘ・デ・モンテマヨルの小説『ラ・ディアナ』の中で、捕虜になったアビンダラエスがロドリーゴに答えているのとそっくり同じことを一句違えず述べ立てた。その引用があまりにぴったりだったものだから、農夫はそんな調子でばかばかしいことを聞かされるのにだんだん腹が立ってきた。ただ、その話しぶりから隣人が狂っていることがわかったので、その長々とした弁舌がもたらす不愉快さから早く逃れようと、村への道を急いだ。熱弁の末に、ドン・キホーテはこう言った。

「ときにドン・ロドリーゴ・デ・ナルバエス殿、貴方に知っておいていただきたいのは、私がお話しした美しきハリファ姫が、今は見目麗しきドゥルシネア・デル・トボソであって、私はあの方のために、これまでと同様、今も、さらに未来においても、人が見た中で最も見事な、さらには人がまだ見たことがない、騎士道の手柄を立て続けるということです」

これに対して農夫は次のように言った。

「いいですか、旦那、すまないけれど、あっしはドン・ロドリーゴ・デ・ナルバエスやマントゥア侯爵なんかじゃなく、あんたの家の近くに住んでるペドロ・アロンソですよ。あんただってバルドビーノスやアビンダラエスじゃない。立派な郷士のキハーナさんだ」

「私は自分が誰か知っているぞ」とドン・キホーテは言った。「それに私は自分がいま言われた二人だけでなく、フランスの十二勇将のすべてにも、世界に知られる九豪傑にさえもなれることを知っている。なぜなら、彼らが全員で立てた手柄をも、各々が立てた手柄をも、私の手柄は凌《しの》ぐからだ」

　こんな類の会話をあれこれ交わすうち、彼らは日暮れどきに村に着いた。だが農夫は、叩きのめされた郷士があまりにも悲惨な姿でロバに乗っかっているのを見られないようにと、もう少し暗くなるのを待った。そして頃合いを見て村に入り、ドン・キホーテの家に寄った。一方、家の中では一大騒動が起きていた。そこには彼の親友である村の司祭と床屋が来ていて、その二人に向かって家政婦が大声でまくし立てていたのだ。

「旦那様の不幸をどう思ってくれるんです、学士のペロ・ペレスさん（これが司祭の名前だった）？　旦那様もいなければやせ馬もいないし、盾も槍も鎧兜も見当たらなくなってもう三日ですよ。情けないったらありゃしない！　あたしにはわかってるんだから、自分が生まれてきたのが死ぬためであるのとおんなじくらい本当のことだけど、旦那様は、ご自分がお持ちで、いつも読んでおられた、あのしょうもない騎士道本のせいで、おかしくなっちまったんですよ。いま思えば、遍歴の騎士になり、冒険を求めて世界を巡りたいなんてしょっちゅう独り言を言ってました。ラ・マンチャで一番切れる頭を台無しにしたあんな本、一冊残らず悪魔か盗人のバラバにでもくれてやりゃいいんだ」

ドン・キホーテの姪も同じようなことを言ってから、さらに言い足した。

「そうそう、ニコラス親方（それが床屋の名前だった）、叔父様に何度も起きたことだけれど、不幸の元になるたちの悪い本を二日にわたって昼も夜も読みふけり、そのあげく、手にしていた本を放り出すと、剣に手を掛け、壁をめがけてやたら切りつけてたわ。そして、へとへとになったところで、塔みたいに大きな巨人を四人退治したぞと言ったり、そうやって流した汗のことを、戦いで負った傷から流れ出た血だと言ったりするのよ。そのあと大きな水差しの水を飲み干したところでようやく落ち着いて、いつもの叔父様に戻るものの、この水は自分の友人で魔法使いの賢人エスキーフェが持ってきてくれた霊水だなんて言うんだから。でもすべてあたしが悪いんです。だって、叔父様のでたらめぶりをあなた方に知らせなかったんだもの。もし知らせていれば、こうなる前になんとかしてもらえただろうし、ろくでもない本だって全部燃やしてもらえたわ。叔父様、たくさん持ってるの。異端者みたいに火あぶりにするのにふさわしい本をね」

「私もそう思いますよ」と司祭は言った。「だから明日、日付が変わらないうちに、本どもを裁いて火刑を宣告してやらなけりゃ。誰かがその本を読んで、良き友人が犯したのと同じ過ちを繰り返す機会を与えないようにね」

この一部始終を農夫とドン・キホーテは聞いていたが、そのおかげで農夫はようやく隣人の病がどんなものかわかり、そこで大声でこんなことを言い始めた。

「戸を開けてくださいませ。深手を負ったバルドビーノス様とマントゥア侯爵様がお出《い》でです。それにモーロ人のアビンダラエス様もお出でです。アンテケラの勇猛果敢な城塞主ロドリーゴ・デ・ナルバエス様が、捕虜として連れて来られました」

この声を聞きつけた一同が一斉に飛び出すと、家政婦と姪には彼女たちの主と叔父であり、司祭と床屋には彼らの友人である人物が、ロバから降りることもできず、しがみついたままでいるのを見つけたので、駆け寄って抱きかかえようとした。するとドン・キホーテはこう言った。

「お待ちください、皆さん。私が手負いの身で戻ったのは、馬のせいです。どうかこの身を寝床に運んで寝かせ、できれば魔法を使える賢女ウルガンダを呼び、傷の具合を調べて治療するよう頼んでいただきたい」

「まあ、気の毒なことになって!」家政婦がすかさず言った。「旦那様が足を引きずって帰ってきそうな気がしてましたよ。さあ、早く入ってください。そんなややこしい女《ウルガーダ》が来なくても、こっちで治してあげられますから。まったく、いくら呪っても呪い足りないのはあの騎士道本ですよ、旦那様をこんな体にしちまって!」

それからドン・キホーテはベッドに運ばれ、体の傷を調べてもらったが、結局何ひとつ見つからなかった。すると彼は、この広い世界でもそうは見当たらないほどばかでかい十人のならず者を相手に戦っているとき、自分の馬のロシナンテとともに激しく転んでしまったのだが、そのときの打ち身だけだから外からは見えないのだと言った。

「おやおや!」と司祭が言った。「ならず者の巨人どもまで登場したとは! 十字を切って誓いますが、私は明日、夜にならないうちに、その手の本を焼き捨ててしまいます」

皆はドン・キホーテに数限りない質問を浴びせたが、彼はひとつも答えようとせず、食べるものがほしい、そして眠らせてほしい、それが何より肝心だと言うばかりだった。そこで皆は彼に言われたとおりにする一方、司祭は農夫から、ドン・キホーテを見つけたときの様子を、時間をかけてつぶさに聞いた。農夫は、彼を見つけて連れ帰るまでに聞かされたばかげた話を含め、何から何まで語って聞かせた。すると学士は翌日行うことになることを、是が非でも実行したいという気持ちになった。それはまず友人の床屋であるニコラス親方の家に寄り、彼と一緒にドン・キホーテの屋敷に向かうということだった。

第六章　機知に富む我らの郷士の書斎で司祭と床屋が行った大掛かりで傑作な本の取り調べについて

郷士はまだ眠りから覚めなかった。司祭が姪に、災難の元である書物が置かれた部屋の鍵がほしいと言うと、彼女は二つ返事でそれを手渡した。そこで床屋と家政婦も加わって、皆で書斎に足を踏み入れると、実に見事な装丁の大型本が百冊以上も見つかり、さらに小型本もあった。それを見たとたん家政婦は大あわてで部屋を飛び出し、直ちに聖水を入れた器と灌水器《かんすいき》を手に戻ってきてこう言った。

「さあ、学士さん、これでもって部屋を清めてくださいな。ここの本にごまんと巣食ってる魔法使いの連中のうちには、この世から追っ払われるのを嫌がって、あたしたちに魔法を掛けたりするのがいないとも限らないからね」

家政婦の単純素朴な口ぶりに学士は思わず笑ってしまったが、床屋に向かって、ことによると火あぶりの刑にふさわしくない本もあるかもしれないので、何が書かれているか知るために、一冊ずつ自分によこすようにと言った。

「だめよ」と姪が遮った。「一冊だって赦《ゆる》せるもんですか。どれもこれも人に害を及ぼしてきたんだから。全部窓から中庭に放り出して、山積みにして火をつけてしまえばいいのよ。でなけりゃ裏庭に持って行くの。あそこだったら火が燃やせるし、煙が出ても平気だから」

家政婦の意見も同じだった。そんな具合に二人の女は、罪のない書物たちの死を強く望んでいた。ところが司祭はその意見を受け入れず、まずは題名だけでも読むべきだと主張した。そしてニコラス親方から最初の本を受け取ったところ、それは『アマディス・デ・ガウラ全四巻』だった。すると司祭はこう言った。

「不思議なことがあるものだね。というのも噂によると、この本はスペインで印刷された最初の騎士道本で、類書はすべてこれを先駆と見なしてきたからですよ。だから、こんなにも害をもたらす異端の教義を説いた本として、口実などつけず、さっさと火あぶりにしないとまずいね」

「だめだめ」と床屋が待ったをかけた。「これも人の噂だが、そいつは騎士道本として書かれたすべての本の中の最高傑作だそうだ。だから、この様式によるものじゃ、ただひとつ火あぶりを赦されるべきだ」

「確かにそうだね」と司祭は言った。「今度のところは生き延びさせてやるとしましょう。じゃあその隣にあるのを調べることにしようかな」

「こいつは」と床屋が言う。「アマディス・デ・ガウラの嫡出の息子の物語、『エスプランディアンの偉業』ときた」

「それなら、実のところ」と司祭が応じる。「息子が父親の素晴らしさを凌ぐことはないはずだ。ほれ、家政婦さん。そこの窓を開けて、こいつを裏庭に放っておくれ。これから始まる数限りない火あぶりの手始めにしてやろうじゃないか」

家政婦がほくほく顔で言われたとおりにしたために、善良な男エスプランディアンは、裏庭に飛び降り、我が身に炎が及ぶのをじっと待つはめになった。

「次を頼むよ」と司祭は言った。

「次の本は」と床屋が応じる。「『アマディス・デ・グレシア』だ。どうやらこちら側にあるのは、どいつもこいつもアマディス一族に属するものらしいぞ」

「それなら、どれもこれも裏庭送りにしてやりましょう」と司祭がのたまう。「王妃ピンティキニエストラに牧人ダニエル、この男が口ずさむ牧歌、そしてこの本の作者の、悪魔に取りつかれたみたいな持って回った言い方を焼き払ってしまえるものならば、うちの親父殿を道連れにしてもかまいませんよ。ただし親父が遍歴の騎士の格好でうろついていた場合の話だが」

「おれも同じ意見だ」と床屋が相槌《あいづち》を打つ。

「あたしだってそうよ」と姪も同意する。

「そういうことなら」と家政婦は言った。「こっちによこしておくれ。裏庭に運ぶから」

そこで家政婦に本が渡されたが、相当な数だったので、彼女は階段を昇り降りする手間を省き、すべて窓から放り投げてしまった。

「そこにおられる巨体の主《ぬし》は？」と司祭が訊いた。

「これは」と床屋が答える。「『ドン・オリバンテ・デ・ラウラ』様だよ」

「その本の作者なら」と司祭が言う。「『花盛りの園』を書いた人物と同じだが、本当のところ、二つのうちどちらにより真実味があり、というか、どちらのほうがより嘘っぽくないかは私には決められない。ただひとつ言えるのは、その本がでたらめかつ傲慢であるがゆえに、裏庭送りになるということだね」

「続いての登場は『フロリスマルテ・デ・イルカニア』様だ」

「フロリスマルテ殿がそこにおられるのか？」と司祭が尋ねる。「ならば、その数奇な生まれ、数ある素晴らしい冒険はともかく、あのなんとも硬く潤いのない文体では、さっさと裏庭に行ってもらうしかないね。家政婦さん、それも前のと一緒に裏庭に送ってしまいなさい」

「喜んでそうしますよ、司祭さん」と彼女は応じ、嬉々として命じられたとおりにした。

「こいつは『騎士プラティール』」と床屋が言う。

「それは作者不詳の古い本ですよ」と司祭は指摘した。「でも赦してやるほどの理由は見つからないね。つべこべ言わずに他のと一緒にしてしまいなさい」

そこでその本は言われたとおりになった。次の本を開くと、『十字架の騎士』という題名だった。

「このような聖なる題名を持つ以上、内容の無知ぶりは見逃してやってもかまわない。でも、〈十字架の陰に悪魔あり〉ともよく言うので、そいつも焚き火に送りましょう」

床屋は別の本を手に取り、こう言った。

「今度は『騎士道の鑑《かがみ》』とあるぞ」

「その本だったらもう読了済みです」と司祭が応じる。「それにはレイナルドス・デ・モンタルバンが、あのカクスに勝る大泥棒の友人や仲間と一緒に出てくるうえに、フランスの十二勇将も真の歴史家テュルパン大司教とともに登場する。本音を言えば、彼らをせいぜい永久に追放するくらいでいいと思いますよ。なぜなら、彼らは名だたるマテオ・ボヤルドの創作にヒントを与えているし、キリスト教徒の詩人ルドヴィコ・アリオストも自分の織物の糸を彼らに負っているからね。ただしアリオストもこの地で自国語以外の言葉で語るとなると、私の尊敬の念は消えてしまうのだけれど、彼が自国語で語る場合には、どうしても最敬礼せざるを得ないんだな」

「アリオストならイタリア語版を持ってるよ」と床屋が言った。「だけどちんぷんかんぷんでさっぱりわからん」

「ちんぷんかんぷんのほうがいいと思いますよ」と司祭が応じた。「アリオストをスペインに連れてきたあの隊長さんも、彼にスペイン語を使わせたりしなければ赦せるのだが。なまじ翻訳したりするものだから、原文本来の良さがかなり失われてしまった。ただし、韻文の本を他の言葉に変えたりする者はみんな同じ轍《てつ》を踏むだろうね。どんなに注意を払い、技巧を駆使したところで、原文が書かれたときに生まれた価値には決して及ばない。だからこの本ばかりでなく、フランス物はすべて空井戸に放り込んでおいて、それをどうするかは考えが十分まとまったところで決めることにしよう。といっても、いま巷《ちまた》に出回っている『ベルナルド・デル・カルピオ』、それに『ロンセスバリェス』という本は別です。その二つは手に入りしだい家政婦に手渡し、彼女の手から、情け容赦なく火の手に渡ることになるだろうね」

床屋はすべてに納得が行き、司祭が言ったことは正しく、至極まともな意見だと思った。というのも、司祭がいたって善良なキリスト教徒で、こよなく真実を愛し、この世のすべてをやると言われても決して嘘をつかないとわかっていたからだ。そして次の本を開くと、それは『パルメリン・デ・オリーバ』で、隣にあったのが『パルメリン・デ・イングラテーラ』だった。それを見た学士はこう言った。

「最初のオリーブの木はさっさと引き裂いて燃やすとしよう。灰も残してはいけない。もうひとつのイギリスの棕櫚《パルマ》のほうは、類まれな本として残し、しまっておくことにします。アレクサンドロス大王が、ダリオス王から奪い取ったものの中に見つけ、詩人ホメロスの作品を保存するために用いたのと同じような箱を作って、そこにしまっておくのです。いいかね、この本は、二つの点でそうするだけの値打ちがある。ひとつは、作品そのものがきわめて優れているからで、もうひとつは、ポルトガルのさる賢王がこれを手がけたと噂されているからです。ミラグアルダ城での冒険は、どれをとっても実に見事で、驚くような技巧が使われている。優雅で明確な理性的物言いによって、的確そのもので分別のある言葉を話す人物の気品が保たれるように工夫されているのです。そこでだね、ニコラス親方、お前さんの考えにもよるが、私はこの本と『アマディス・デ・ガウラ』を火あぶりにしないでおこうと思う。そして他の本は、もう取り調べはやめて、十把《じっぱ》一絡《ひとから》げにして燃やしてしまおう」

「ちょっと待った、司祭さん」と言って床屋が待ったをかけた。「今この手に持っているのは有名な『ドン・ベリアニス』なんだが」

「ああ、それはだね」と司祭が応じる。「続く二巻、三巻、四巻ともども胆汁が多すぎて怒りっぽいから、少しばかり大黄《だいおう》を飲ませて薄めてやる必要がある。それに〈名声の城〉の件をそっくりと、とても妥当とは思えない個所をいくつか削らなくては。それができるか、猶予を与えてみようじゃないか。それで悔い改めるかどうか、その度合いによって慈悲を施されるか、裁きを受けるかが決まる。その間、おまえさんの家にしまっておいてくれ。ただし、誰にも読まれないようにするのだよ」

「そうこなくちゃ」と床屋は言った。

騎士道本を調べ続けてくたびれるのがいやになってきた司祭は、家政婦に向かって、大型本を片っ端から取り出して裏庭に捨てるように言いつけた。相手はうすのろでも耳が遠いわけでもなく、どんなに大きくて薄い布であろうとそんなものを織っている暇があれば本を焼き払ってしまいたいと思っている女だったので、八冊ばかりを一度に抱え上げると、窓から放り投げた。だがたくさんの本をまとめて抱えたものだから、一冊が床屋の足元にこぼれ落ちた。床屋は誰が書いたのか知りたくて、それを拾い上げ、見ると『その名も高き騎士ティラン・ロ・ブラン』と書いてある。

「これは、これは！」と司祭は大声を上げた。「ティラン・ロ・ブランの本がこんなところにあったとは！　それをこちらによこしなさい。私はその本の中にまさに娯楽の宝庫と気晴らしの鉱脈を見つけましたよ。なにしろこの本ときたら、勇敢な騎士ドン・キリエレイソン・デ・モンタルバンとその弟トマス・デ・モンタルバン、それに騎士フォンセカが出てくれば、勇猛果敢なティラン・ロ・ブランが獰猛《どうもう》なマスチフ犬を相手に戦うし、侍女のプラセルデミビーダが機知を発揮したり、未亡人のレポサーダが恋の手管を駆使したり、なんと女帝が侍者のイポリトに熱を上げたりするのです。実のところ、文体によっても、これは世界一優れた本ですよ。だって、騎士たちは物を食べたり眠ったりするし、ベッドで死にもすれば、死ぬ前に遺言したりもするという具合に、類書には見られないことをあれこれするんですからね。とはいえ、これを書いた人間は、あんなにも多くの戯言を意識して書いたわけではないのだから、ガレー船に送って一生船を漕がせてやるのが妥当です。家に持ち帰って読んでみれば、今私が言ったことが何もかも本当だとわかるはずですよ」

「じゃあそうするよ」と床屋は言った。「だが、この残った小型本はどうしよう？」

「これらの本はだね」と司祭が言う。「たぶん騎士道本ではなく、詩集にちがいない」

そこでそのうちの一冊を開いてみると、ホルヘ・デ・モンテマヨルの牧人小説『ラ・ディアナ』であることがわかったので、他の本も同じ類だろうと思い、こう言った。

「これらは他のみたいに火あぶりにするには及ばないよ。騎士道本とちがって、今も、これからも、悪さをすることはないからね。読めばわかるし、害もない」

「まあ、司祭さまったら！」と姪が言った。「他のと同じように燃やせと命じてくださいな。だって、叔父様が、騎士道病が治ったときにそんなものを読んだりすれば、今度は牧人になって森や野原をうたったり楽器を奏でたりしながら歩き回りたいなんて気になるかもしれないわ。もっと困るのは、詩人になることよ。噂によると、詩人病は決して治らないし、人に移るんですって」

「このお嬢さんの言うことはもっともだね」と司祭は応じた。「我々の友人からあらかじめ災難や危険の元を取り除いておくのは良いことだと思いますよ。では最初にモンテマヨルの『ラ・ディアナ』から手をつけようか。私の見たところでは、燃やすには及ばないが、賢女フェリシアと魔法の水を扱った個所をばっさり、それに長詩句の個所をほとんど削る必要がある。でも散文の部分とこの種の本の先駆けになったという名誉は残してやりたいね」

「次なる本は」と床屋が言う。「まずこれが『ラ・ディアナ』の第二部と謳《うた》ってる、サラマンカ人が書いたもの、もう一冊も同じ題名で、作者はヒル・ポーロだ」

「だったら、サラマンカ人が書いたほうは」と司祭が応じる。「裏庭行きを言い渡された書物と一緒にして、その数を増やしてもらおう。で、もう片方のヒル・ポーロの本は、さながらアポロ神が自ら手がけたもののように、大事に取っておくことにしよう。では親方、次を頼みますよ。それにだいぶ遅くなってきたので、先を急ぎましょう」

「この本だが」と、床屋は次の本を開きながら言った。「サルジニアの詩人、アントニオ・デ・ロフラーソ作の『愛の運命 全十巻』だよ」

「自分が授かった聖職位にかけて誓うが」と司祭が応える。「アポロ神がアポロ神となり、詩神ミューズたちが詩神となり、詩人が詩人となってからというもの、その本くらい愉快で突飛なものは書かれたことがありません。その特徴によって、これまで世に出たこの種の本の中で一番出来がよく、しかも異彩を放っている。これをまだ読んだことがない人間は、いまだかつて面白いものを読んだことがないと見なせるほどですよ。親方、それをこちらによこしなさい、たとえフィレンツェ産の高級な布地で作った僧服をもらったとしても、これにまさる価値は見出せないね」

司祭が大いに満足してその本を脇に置くと、床屋はふたたび本の題名を読み上げる。

「続いては『イベリアの羊飼い』『エナレスの妖精』、それに『嫉妬の教訓』だ」

「そんな本は」と司祭が応じる。「家政婦さんに渡して裁いてもらうしかないね。理由は訊かないこと。答え出したら切りがない」

「今手にしているのは『フィリダの羊飼い』だ」

「それはだね」と司祭は言った。「羊飼いじゃなくて、実はひどく思慮深い宮廷人なんだよ。

だから貴重な宝物として取っておきなさい」

「このでかい本の題は」と床屋が言う。『珠玉の詩選集』となっているぞ」

「拾っている詩の数がそれほど多くなかったら」と司祭が応じる。「もっと評価が高いのに。傑作に混じった駄作を間引いて、すっきりさせる必要があるね。それでも取っておきなさい。なにしろ作者は私の友人だし、彼が書いたものの中にはもっと堂々としていて高尚な詩もあることを考慮してあげましょう」

「次は」と床屋が続ける。『ロペス・マルドナード歌集』ときた」

「この本の作者も」と司祭が明かす。「我が大親友なんだ。彼が自作の詩を読むと、それを聞く者は皆うっとりしてしまう。朗読《カンタ》するときの甘く優しい声が、誰をも魅了《エンカンタ》するんだな。田園詩にはいくぶん長さが気になるものもあるが、出来の良い詩は長すぎたりしない。これまで選《え》り分けた本と一緒に取っておきなさい。で、その隣にある本だが、何かな?」

「ミゲル・デ・セルバンテスの『ラ・ガラテア』だよ」と床屋は答えた。

「そのセルバンテスというのも私の長年の大親友でね。だから知っているんだが、あの男は詩《ベルソ》よりも不運を熟知《ベルサード》しているんです。彼の本にはそれなりの独創性が認められますよ。何かを提起している、ところが尻切れトンボになってしまっているんだ。なので、彼が約束している第二部に期待するしかありません。たぶん不備な点を改めて、今は得られていない慈悲を十分得られると思います。そうなるまでの間、それはお前さんの家に閉じ込めておきなさい」

「もちろんさ」と床屋は応えた。「さて次に、束になって現れた三冊は、ドン・アロンソ・デ・エルシーリャの『ラ・アラウカーナ』にコルドバの司法官、ファン・ルーフォの『ラ・アウストゥリアーダ』、それからバレンシアの詩人、クリストバル・デ・ビルエスの『エル・モンセラーテ』だが」

「その三冊は」と司祭は言う。「スペイン語で書かれた英雄詩の傑作で、イタリアの一番有名な英雄詩に勝るとも劣らない。スペインが生んだ最高の詩の証《あかし》として取っておきなさい」

司祭はもはや書物の取り調べに疲れてしまい、残りの本は調べることなく全部まとめて燃やしてしまいたいと思った。だがときすでに遅く、床屋が次の本を開いてしまい、その題は『アンジェリカの涙』だった。

「そんな本を燃やせと命じていたりしたら」と題名を聞いた司祭は言った。「泣くのは私のほうでしたよ。だって作者ときたら、スペインはおろか世界で一番有名な詩人の一人で、オウィディウスの寓話のいくつかを訳して大成功を収めているんですからね」

第七章　我らの善良な騎士、ドン・キホーテ・デ・ラ・マンチャの二度目の旅立ちについて

こうして本の取り調べを行っていると、突如ドン・キホーテが大声を上げ、こんなことを

言いだした。

「さあ、今だ、勇猛果敢なる騎士諸君、今こそ諸君の手並みを見せつけてやるときだ。さもなければ、馬上槍試合の手柄は廷臣たちのものとなろう」

あたりに響き渡るこの凄《すさ》まじい声を聞きつけ、全員揃って飛んで行ったものだから、残った本の取り調べはそこで打ち切られてしまう。そのため、残った本の中に交じっていたにちがいない『カルロス五世伝』や『スペインの獅子《しし》』、さらに『皇帝の事績』などは目に触れることも内容が確かめられることもないまま、炎の中に送りこまれたようだ。もしも司祭の目に留まっていたなら、そこまで過酷な判決が下されることはなかっただろうに。

皆がドン・キホーテのもとへ駆けつけると、彼はもう寝床から起き上がり、相も変わらず戯言を叫びながら剣を振り回し、四方八方に向かって突いたり切りつけたりしている。その目は大きく見開かれ、とても眠っていたとは思えないほどだ。そこで皆で抱きすくめ、力ずくで寝床に組み伏せた。その後いくぶん落ち着いた彼は、今度は司祭に向かってまた喋《しゃべ》り出す。

「そうなのです、テュルパン大司教、十二勇将を名乗る我らにとり、この馬上槍試合の勝利を宮廷の騎士たちにあっさりくれてやるなどというのは、それこそ大恥をかくようなものです。なぜなら過去三日の間、勝利の栄誉に浴していたのは我ら遍歴の騎士のほうだからです」

「まあ、落ち着いて」と司祭が言う。「神のご意向しだいで運は変わり、今日は負けても明日は勝つということだってありますよ。だからここは自分の体に気をつけることです。見たところ、ひどい傷は負っていないにせよ、どうやら疲労困憊《ひろうこんぱい》の様子ですから」

「傷など負ってはおりません」とドン・キホーテは応じる。「しかし、叩きのめされて、どうやら体がこなごなになったようです。それというのも、妾《めかけ》の子ドン・ロルダンめに、樫の丸太でさんざん打ちすえられたことによりますが、すべて嫉妬が原因なのです。なぜなら、あいつめの武勇に対抗できるのが、この私しかいないのを奴《やつ》が知っているからにほかなりません。ですが、この寝床から起き上がり、奴が操る魔法という魔法をはねのけて、仕返しをしないうちは、私は自分をレイナルドス・デ・モンタルバンと名乗ることなどできません。ところで、さしあたり、何か食べる物をいただけませんか。今の私にとってそれが一番大事ですから。もちろん仕返しのことは任せておいてください」

そこで言われたとおり食事を与えると、それを平らげた彼がまた眠りに落ちたので、一同はその狂人ぶりに呆《あき》れてしまった。

その晩、家政婦は、裏庭に出ている本だけでなく、まだ家の中に残っていた本もすべて集め、火をつけて燃やしてしまう。中には古文書館に永久保存されるに値するものもあったのだが、おそらく同じ憂き目に遭ったにちがいない。運命と検閲人の怠慢により、結局保存されることはなかった。こうして残りの本がすべて焼かれたことで、無実の者もときに罪人の罪を着るという諺《ことわざ》が成り立ったのだった。

ここで司祭と床屋が、友人の病のために思いついた解決策のひとつが、書斎を壁ですっかり塗りこめてしまうことだった。なぜなら、彼が起きたとき、本が見つからないようにしておいて（原因を取り除けば、結果も消滅するはずである）、魔法使いが何もかも書斎ごと運び去ったと説明すればいいからだ。そしてそれは直ちに実行に移される。それから二日後、ドン・キホーテは寝床から起き上がり、まず何をしたかといえば、自分の本を見に行くことだった。ところが、書斎がもとあった場所に見つからないので、あちこちうろうろ探し回っている。そして、本来なら書斎の扉があるべき個所に行っては両手で壁をさすり、口もきかずにあたりをくまなく眺めていたが、しばらくすると家政婦に、自分の書斎はどのあたりにあったかと訊いた。すると家政婦は、いかに応えるべきかをすでに十分心得ていたので、こう言った。

「書斎って、旦那様はどんな書斎をお探しかね？　この家にはもう書斎も本もありゃしませんよ。なんせ例の悪魔がやってきて、全部運んでいっちまったからね」

「あれは悪魔なんかじゃないわ」と姪が反論する。「魔法使いよ。叔父様がこの家から出て行った日より後のこと、ある晩雲に乗ってやってきたの。そして跨っていた大蛇の背中から降りると書斎に入って行って、中で何をやったのか知らないけれど、じきに屋根から飛び去ったわ。すると家中に煙が立ち込めたので、みんなはっと我に返り、あいつがいったい何をしたのか見に行ったら、本も書斎も消え失せているじゃない。あたしと婆やが唯一はっきり覚えているのは、あのたちの悪い老いぼれが、飛び去るときに大声でこう言ったことよ。あとでわかるだろうが、わしがこの家に災いをもたらしたのは、あの本と書斎の持ち主に密《ひそ》かに敵意を抱いているからだって。それにこうも言ったわ。わしの名は賢者ムニャトンだってね」

「それはフレストンではあるまいか」とドン・キホーテが言った。

「さあどうだか」と家政婦が口を出す。「フレストンだったかフリトンだったか、覚えてるのはトンで終わる名前だってことだけですよ」

「そのとおり」とドン・キホーテ。「あれは賢者にして魔法使い、我が最大の敵であり、私に深い恨みを抱いている。なぜなら、その時が来れば、自分が目を掛けているさる騎士と私が一騎打ちを行い、奴がどんなに邪魔したところで私が勝つことを、奴は幻術と学識によって知っているからだ。だからこそ、可能な限りの嫌がらせをしようとする。しかし、奴に言っておくが、天命は、背くこともできなければ、避けることもできないのだ」

「それは疑う余地のないことよ」と姪が言う。「でも叔父様は、いったい誰のせいでそういう争いごとに関わるようになったの？　羊の毛を刈りに行って刈られて帰るなんてことを考えもせずに、小麦のパンに勝るパンを探し求めて世界を巡ったりするよりも、この家で穏やかに暮らすほうがよくないかしら？」

「ああ、我が姪よ」とドン・キホーテが応じる。「なんと思慮のないことを言うのだ！　私は刈られるどころか、この髪の毛一本の先にでも触れようなどと思う者がいれば、こちらが先にそいつの顎鬚《あごひげ》を一本残らずむしり取ってやる」

姪と家政婦はそれ以上言い返そうとはしなかった。主人の怒りに火がつきかかっているのがわかったからだ。

ところで、実際には、彼は二週間ばかり自宅できわめておとなしく過ごし、以前のような戯《ざ》れ事《ごと》をまた始めようとする様子は見えなかった。そんな日々を彼は司祭と床屋という二人の友人と実に傑作な話を交わして過ごすのだが、そこで彼が披露したのは、世界にとって一番必要なのは遍歴の騎士であり、今の世に遍歴の騎士道を復活させることだという持説だった。司祭はときに反論し、ときには認めもした。なぜかと言えば、そうでもしなければ、彼と折り合うことができなかったからだ。

この時期ドン・キホーテは、近くに住む農夫で善良な（貧しい輩をそう呼べるのなら）、ただし頭のほうは空っぽに近い男を説き伏せようとする。要するに、その気にさせようと言葉を尽くし、あれこれ約束しまくった。するとその効果があって、哀れにもこの村人は、彼と旅を共にし、従者として仕えようと決心してしまった。ドン・キホーテが言ったことのなかには、私と一緒に喜んで旅に出るがよい、なぜならいつかどこかの島がやすやすと自分のものになるような冒険に出遭うこともあるだろうからで、そのときはお前をその島の統治者にしてやるぞ、というのもあった。こうしたいくつもの約束にまんまと乗せられ、サンチョ・パンサという名のこの農夫は、妻子持ちであることをよそに、隣人の従者の役を引き受けてしまう。

そのあとドン・キホーテは、旅費をなんとかひねり出そうとした。そこであれを売ったりこれを質に入れたりしたうえに、一切合財を捨て値で手放すことで、ついにそれなりの金額

PISAN

た。ドン・キホーテは偶然にも最初の旅のときと同じ道を同じ方角に向かって進んでいた。

を手に入れる。また胸を守る丸い盾を入手する。ただしこれは友人に頼んで借りたものだった。さらに傷みの激しい面頬つき兜を可能な限り繕って用意すると、従者のサンチョに、旅立つつもりの日と時間を知らせ、従者が最も必要と思うものを揃えさせる。中でも振り分けの背負い袋は必ず持って行くようにと命じた。するとサンチョは必ず持って行くと応え、さらに、自分はあまり長く歩くのに慣れていないから、家で飼っているとても出来の良いロバで行くつもりだと言う。ロバと言われたところでドン・キホーテは少々考え、いまだかつて従者がロバに乗っている遍歴の騎士がいたかどうか思い出そうとした。だがひとりとして思い浮かばない。それにもかかわらず、彼はロバで行くというサンチョの言い分を認めた。機会があれば、もっと世間体のいい乗り物を与えるつもりだったからだ。彼は最初に出遭う礼儀知らずの騎士から、馬を奪い取ってやろうと考えていた。彼自身は以前宿屋の主から受けた助言にもとづいて、シャツやその他手に入る限りのものを揃えた。こうして旅の仕度がすっかり整うと、サンチョは妻と子供にいとまを告げず、ドン・キホーテも家政婦と姪に黙ったまま、ある晩、人に見られることもなく、共に村を後にする。夜通し進んだ二人はかなり先まで行ったので、夜が明けるころには、かりに追いかけられたとしてももはや見つかることはないと確信した。

振り分け背負い袋と葡萄酒入りの革袋を身に着け、ロバに跨ったサンチョ・パンサは、まるで族長のようだった。彼は早く主が約束してくれた島の領主になりたくてうずうずしていた。ドン・キホーテは偶然にも最初の旅のときと同じ道を同じ方角に向かって進んでいた。

PISAN

そこはモンティエルの野だったが、前回ほど苦労はしなかった。なぜなら、朝の早い時間で、日差しもまだ斜めだったので、厳しいというほどではなかったからだ。このときサンチョが主に声を掛けた。

「いいかね、遍歴の騎士の旦那、おれに約束してくれた島のこと、忘れちゃ困るよ。どんなにでっかい島だって、おれは治められるんだから」

するとドン・キホーテはこう言った。

「我が友サンチョ・パンサよ、お前も知っておくべきことだが、自分の従者を、獲得した島や王国の領主に抜擢《ばってき》するのは、古《いにしえ》の遍歴の騎士たちが盛んに行っていた習わしなのだ。だから私は、まことにありがたいそのしきたりに従うことにした。それどころか、そのしきたりの先を行こうと思う。なぜなら、古の騎士たちはときに、というよりおそらく多くの場合、自分の従者が老いるのを待つ。そして従者が奉公したり、昼も夜も辛《つら》い思いをしたりするのに辟易《へきえき》したあとになって、彼らにどこかの谷間か田舎の伯爵、あるいはせいぜい侯爵の称号を与えるにすぎなかったからだ。だが、もしもお前が生きていて、私も生きながらえていれば、六日と経《た》たずして、私は他の王国をいくつも従えた大王国を手に入れる可能性が十分にある。中にはお前を王位に就けてやるのにうってつけの王国もあるだろう。大げさだと思ってはいけない。遍歴の騎士には様々な事や場合が、およそ見たことも考えたこともないような形で生じるのが常だから、約束以上のものを難なくお前にやれそうだ」

「だったら」とサンチョ・パンサが言う。「旦那が言った奇跡のどれかによって、おれが王様になったとすると、少なくともかかあのフアナ・グティエレスはお妃様で、餓鬼どもは王子様ってわけだ」

「そのとおり、疑う余地はない」とドン・キホーテは応じる。

「おれは疑うね」とサンチョ・パンサは言い返す。「だってさ、たとえ神様が冠を地上にばらまいたって、マリ・グティエレスの頭にぴったりのなんかひとつもありゃしないと思うからだよ。いいかね旦那、あいつはお妃としちゃ三文の価値もない。伯爵夫人ぐらいがいいところだね。しかも神様の助けあってのことだ」

「神に一切任せるのだ、サンチョ」とドン・キホーテは応じた。「神はお前の女房に一番ふさわしいものを授けてくれるはずだ。だが、お前は臆して、どこか地方の統治者で十分などと思うことはない」

「おれはそんな風に思わないよ、旦那」とサンチョは言う。「それに、おれには旦那というたいそう立派な主人がいて、おれのためになり、おれに負えるようなことをなんでも与えてくれるからね」

第八章　勇ましいドン・キホーテが、これまで誰も想像しなかった凄まじい冒険で得た成果と、思い出すのも愉快な出来事について

野を行く二人は、前方に三十基か四十基の風車が立ち並んでいるのに気づく。風車群を見たとたんドン・キホーテは、従者に向かってこう叫んだ。

「運の良いことに、物事は我らが望んでいたよりももっとうまい具合に進んでいるぞ。見るがいい、我が友サンチョ・パンサよ、あそこに並外れて大きな巨人どもが三十人ばかり姿を見せた。私は今からあの連中と戦い、ひとり残らず片づけるから、手に入る戦利品で我らは裕福になるだろう。なぜならこれは善にもとづく戦いであり、あのような悪の種を地上から取り除くことは、神への大きな奉仕となるからだ」

「どんな巨人かね？」とサンチョ・パンサが訊く。

「あそこに見える連中だ」とドン・キホーテは答える。「そら、あの腕の長い、中には腕の長さが二レグアに近いのも結構いるぞ」

「でも旦那」とサンチョは応じる。「あそこに見えるのは巨人じゃなくて、風車だよ。それに腕に見えるのは、本当は羽根で、あれが風を受けてくるくる回り、石臼を動かすんだ」

H. PISAN

「どうやらお前は」とドン・キホーテが言う。「こうした冒険のことにまるで通じていないようだな。あれは巨人なのだ。もし怖気づいたのなら、ここにいなくて構わない。私が連中と多勢に無勢の戦いを激しく繰り広げる間、祈りでも唱えているがいい」

こう言うと彼は、旦那が攻撃を仕掛けようとしているのは間違いなく風車だ、巨人なんかじゃないと諫《いさ》めるサンチョの声に耳を貸そうとはせず、愛馬ロシナンテに拍車を掛けた。彼は端《はな》から巨人だと信じ込んでいたので、従者サンチョの声が聞こえず、風車が目と鼻の先に迫っても、その正体に気づきもしない。それどころか、大声で叫んだ。

「逃げるな、下劣な臆病者ども、貴様らに挑むのはたかがひとりの騎士ではないか」

このときいくらか風が立ち、巨大な羽根が回り出す。それを見たドン・キホーテはこう叫んだ。

「たとえ巨人ブリアレオより多くの腕を振り回そうと、貴様らを痛い目に遭わせてやるぞ」

そう言うと彼は、このような窮地にある我を助けたまえと、ドゥルシネア姫の力添えを心から願いつつ、丸い盾でしっかり身を守り、槍を小脇に抱え、ロシナンテを疾駆させて、一番近い風車に突っ込んだ。そして羽根に槍を突き立てたとき、風が猛烈な勢いで羽根を回転させたため、槍は折れて木っ端と化したばかりか、馬と騎士は羽根の彼方《かなた》へ飛ばされて、惨めな姿で野を転がった。サンチョ・パンサは主を救おうとしてロバを全速力で走らせたが、いざ駆けつけてみると、主はまったく動けないことがわかった。ドン・キホーテとロシナンテはそれほど激しく地面に落下したのだった。

H PISAN

「なんてことだ！」とサンチョが言う。「自分のすることにゃ気をつけるように、あれはただの風車だって、旦那に言わなかったかね？　それに、頭の中で風車がいくつも回ってる人間でもなけりゃ、わからないはずはないんだが」

「黙れ、サンチョ」とドン・キホーテは一喝した。「戦いに関することはだな、他のことよりもはるかに、時々の絶えざる変化に左右されるのが常なのだ。それに私が思うには、しかもそれは当を得ているのだが、私の書斎と書物を奪っていったあの賢者フレストンが、今度は巨人退治の功績を奪おうとして、巨人を風車に変えたのだ。あいつは私に対する敵愾心《てきがいしん》からそんなことをする。とはいえ、しまいのしまいには、あいつの妖術も私の善なる剣の前には歯が立たないだろう」

「そりゃ神様の意向によるね」とサンチョ・パンサは言ってのけた。

それから主を助け起こし、ふたたびロシナンテの背に乗せてやったのだが、馬も馬で肩を脱臼しかけていた。やがて二人は、今しがたの冒険のことをあれこれ話題にしながら、プエルト・ラピセに通じる道を進む。ドン・キホーテによると、その峠《プエルト》は人の行き来がとても激しいので、様々な冒険に絶えず出くわさないわけがなかったからだ。それだけに彼は道々、槍を失ったことをひどく嘆き、従者にこんな話を聞かせた。

「昔、本で読んだのを思い出したのだが、ディエゴ・ペレス・デ・バルガスというスペインの騎士が戦っている最中に、剣が折れてしまった。そこで彼は樫の木のがっしりした枝だったか幹だったかを折り取ると、それを握ってその日大暴れし、モーロ人をごまんと叩きのめし《マチュコ》た。その手柄によって彼に〈叩きのめし男《マチュカ》〉というあだ名がついたばかりか、本人同様その子孫もバルガス・イ・マチュカと名乗るようになったそうだ。お前にこんな話をしたのは、私が最初に出くわす樫か楢《なら》の木から、その騎士が使ったものに匹敵すると思われる見事な幹を折り取って、それでもって目覚ましい功績をあげる、そしてお前に、その場を目の当たりにして、およそ信じがたい出来事の証人になれたことを幸運と思ってほしいからだ」

「そりゃ神様しだいだね」とサンチョが言う。「おれは旦那の言うことを、そのとおり何でも信じるよ。だが、もう少し背筋をぴんとさせないと、倒れる寸前みたいだ。きっと地面に落ちたとき、えらく体を打ったせいだな」

「お前の言うとおりだ」とドン・キホーテは応じる。「それでも、痛いからといって私が騒がないのは、遍歴の騎士はどんな傷を負っても騒いではならないからだ。たとえ傷口から腸《はらわた》が飛び出そうともな」

「それならおれがつべこべ言うことじゃないね」とサンチョは言った。「だけど、どこかが痛けりゃ痛いと旦那が言ってくれたほうが、おれにとっちゃ嬉しいってことを、神様はご存知さ。なにせこのおれときたら、どこかがちょっとでも痛けりゃ、間違いなくすぐ騒ぐからね。ただし、騒いじゃならないという決まりが、遍歴の騎士の従者にゃ当てはまらない限りの話だがね」

この従者の単純さにはドン・キホーテも笑わずにはいられなかった。そこで彼に、その気があろうとなかろうと、いつでも好きなだけ騒いでかまわない、これまで騎士の掟でそうするのを認めないと書かれている例は読んだことがないと言ってやった。するとサンチョは、もう食事の時間だと主に告げた。だが主は、私は要らないが、お前は好きなときに食べてかまわないと言う。お墨付きをもらったサンチョは、ロバの背で一番楽な姿勢を取ると、振り分け袋から詰め込んだものを取り出し、それを食べながらいかにものんびりと主の後に従った。そしてときどき革袋を傾けては中の葡萄酒を飲んでいる。そのいかにも満ち足りた様子は、マラガで一番のうのうとしている居酒屋の主が羨んでもおかしくなかった。そんな具合にちょくちょく飲《や》りながら進むうちに、自分の主の約束などまるで忘れてしまったばかりか、いかに危険であろうが、冒険を求めて遍歴を続けるのも、骨が折れるどころかいい気晴らしになると思い始めた。

そんなこんなで二人は、その夜を木立の中で過ごすことになる。ドン・キホーテは、そこに生えている木の一本から、どうにか槍の柄になりそうな枯れ枝を折り取ると、柄が砕けてしまった槍の先をそれに取りつけた。その夜、ドン・キホーテは、思い姫ドゥルシネアのことを思って一晩中眠らずにいた。それは、遍歴の騎士は森や荒野で自分の思い姫を偲《しの》び、いく夜も眠らずに過ごしたという、かつて本で読んだ故事に倣ってのことだった。サンチョ・パンサは違う。彼はとうに満腹になり、それもチコリーのスープなどではないものでくちくなっていたために、すっかり眠気が差していた。だから（もしも主が呼びかけなかったら）顔に降り注ぐ朝の日差しも、新しい日の訪れを嬉々として迎える数多《あまた》の鳥たちのさえずりも、彼を目覚めさせはしなかっただろう。彼は起き上がると、まず葡萄酒の入った革袋に触り、それが前の晩よりもかなりやせ細っていたので、胸が痛くなった。減った分を旅の途中で直ちに補うことはできないと思えたからだ。ドン・キホーテは朝食をとる気がなかった。というのも、すでに述べたように、美味な思い出から滋養を得ることができたからだ。二人はまた、プエルト・ラピセに通じる道を進み出し、午後の三時近くにその町を見つけた。

「ここだ」とドン・キホーテは彼方の町を見ながら言う。「我が兄弟サンチョ・パンサよ、ここでなら、冒険とされる事柄に、我らは両手どころか肘までも存分に浸すことができる。だが、忘れるな、たとえ私がこの世で最大の危機を迎えても、私を助けようとして自分の剣に手を掛けてはならないぞ。ただし、私に危害を及ぼそうとする者がごろつきや下衆だと見て取れるなら、話は別だ。その場合は助太刀してもかまわない。しかし、相手が騎士である場合、お前が騎士に叙されないうちは、騎士道の掟によって、お前が助太刀することは不当であり、認められてはいないのだ」

「大丈夫だよ、旦那」とサンチョは応じる。「その件についちゃ旦那の言いつけをちゃんと守るよ。それに、おれは穏やかなのが好きで、騒ぎや喧嘩《けんか》にかかわるのは嫌いなんだ。でも自分の身を守るとなりゃ、そんな掟なんかあんまり気にしないよ。だって神様が作った掟だろうが人が作った掟だろうが、掛かってくる奴から自分の身を守ることはちゃんと認めてるからね」

「私はそこまでは言ってないぞ」とドン・キホーテは応じた。「だが、騎士を相手に私に加勢するという件については、お前のかっと熱くなる質《たち》を抑えてくれ」

「言われたとおりにするよ」とサンチョは応じた。「それにその掟なら、安息日とおんなじにちゃんと守るって」

二人がそんなやりとりをしていると、向こうからサン・ベニート会修道士が二人、それぞれヒトコブラクダに乗ってやってきた。と思ったら、乗っているのはラクダのように大きなラバだった。修道士たちは埃よけのガラスの眼鏡《めがね》を掛け、日傘を差している。その後ろには、一台の馬車と、それに付き添う四、五人の馬に乗った男、さらにそれぞれラバを引く徒歩の男二人が続いている。あとでわかるように、馬車には、夫のいるセビーリャへ向かう途中の、ビスカヤ県から来た婦人が乗っていた。その夫は大変名誉ある任務でインディアスに渡る予定だった。修道士たちはたまたま同じ道をやってきたのであって、彼女の連れではなかった。だが彼方に一行を認めたとたん、ドン・キホーテは従者に言った。

「私の思い違いでなければ、今から始まる冒険は、これまで人が目の当たりにした中でも最も名高い冒険になるはずだ。なぜなら、あそこに見える黒装束に身を包んだ者どもは、さらってきた姫君を馬車で運んで行こうとしている魔術師のはずだから、いや、はずどころかまぎれもない事実だからだ。それゆえ私はこの不正を全力で阻まなければならない」

「こりゃあ風車のときより面倒なことになるぞ」とサンチョはつぶやき、そして言った。「ほら、旦那、あれはサン・ベニート会の修道士で、馬車は誰か旅人のものに違《ちげ》えねえ。いいかね、自分のすることには気をつけて、くれぐれも悪魔にだまされたりしねえように」

「前にも言ったはずだぞ、サンチョ」とドン・キホーテは応じる。「お前は冒険のことがあまりわかっていないが、私の言うことは正しいのだ。今それをわからせてやる」

そう言うとドン・キホーテは、修道士たちが進んでくる方へと歩みを進め、道の真ん中で立ち止まった。そして彼の言うことが聞こえそうな距離まで相手が近づいたところで、大声を上げた。

「悪魔憑《つ》きの化け物どもめ、お前たちが馬車に押し込めて連れ去ろうとしている気高い姫君たちを、今すぐ解き放つのだ。さもないと、悪しき行いへの当然の報いとして、ただちに死を招くことを覚悟せよ」

修道士たちはラバを止め、ドン・キホーテの格好と自分たちへの言いがかりにたまげた顔で、こう応えた。

「これは騎士殿、私たち二人は悪魔憑きでも化け物でもなく、旅の途中のサン・ベニート会修道士です。この馬車に姫君たちが無理やり乗せられているかどうかなど存じません」

「のらくらした物言いをしても無駄だ。お前たちの正体はとっくに知っているぞ、大嘘つきの悪党めが」とドン・キホーテは言った。

そして返事も待たずにロシナンテに拍車を掛けると、槍を低く構え、猛烈な勢いでひとり目の修道士に果敢に攻撃を加えようとしたので、相手がラバから勝手に落ちなければ、ドン・キホーテの攻撃を受けて地面に叩きつけられ、命を落とさないまでも、ひどい怪我を負っていただろう。二人目の修道士は、相棒がひどい目に遭ったのを見て、自分のラバの城を思わず巨体を蹴って走らせ、風よりも速く野原を逃げていった。

最初の修道士がラバから落ちて地面に倒れたのを見たサンチョ・パンサは、ロバから軽々と飛び降りて彼に襲いかかり、着ていた修道服を脱がせにかかる。そこへ修道士たちのお供の二人が駆け寄り、なぜ服を脱がせたりするのかと訊いた。するとサンチョは、これは主のドン・キホーテが合戦で得た戦利品だから、従者の自分がもらって当然なのだと答えた。だが、冗談が通じず、合戦や戦利品という言葉の意味もわからないお供の二人は、ドン・キホーテがその場を離れて、馬車で来た女性たちと口をきいていることに気づき、それとばかりサンチョに襲いかかって地面に倒し、顎鬚を残らず引き抜き、さらに殴ったり蹴ったりして痛めつけた。地面に転がされたサンチョは息ができず、意識も失っていた。一方、ラバから落ちた修道士はそのすきに、急いでふたたびラバに乗ったのだが、恐ろしさのあまりすっかり怖気づき、顔から血の気が失《う》せていた。彼はラバに跨ると拍車を当て、この恐ろしい事態がどこで治まるのか、はるか彼方で成り行きを見ながら待ちうけていた相棒のところへ逃げて行った。それから二人の修道士は、もはやこの出来事が決着を見るのを待とうともせず、背中に悪魔が取りついているとでもいうように、十字を切りまくりながら、先を急いだのだった。

このときドン・キホーテは、前述のように、馬車の中の婦人に声を掛け、こんなことを言っていた。

「さても麗しきご婦人よ、もはやご自身のお気に召すまま、何をなさろうと自由です。というのも、貴女がたをさらった不遜な輩は、私の剛腕に叩きのめされ、もはや地面に横たわっているからです。また貴女が救い主の名を知ろうとされないので、こちらから申し上げると、私の名はドン・キホーテ・デ・ラ・マンチャ、冒険を求める遍歴の騎士であり、類なき美女ドゥルシネア・デル・トボソの虜でもあります。貴女に施してさしあげた恩恵への報いとして私が望むことはただひとつ、私に代わってトボソに戻り、ドゥルシネア姫に謁見して、貴女を自由にするために私が何を行ったかを、あの方に伝えていただくことです」

こうしてドン・キホーテが口にすることを、馬車に付き従っていた従者のひとりでビスカヤ出身の男が、ことごとく聞いていた。この男は、ドン・キホーテが馬車を先へ進ませないだけでなく、今すぐトボソへ戻れなどと御託を並べているのを知ると、彼のもとへ歩み寄って槍を引っつかみ、ビスカヤ訛《なま》り丸出しのお粗末なカスティーリャ語でこう言った。

「さっさと失せろ、このへっぽこ騎士。おれを創りなすった神掛けて言うぞ、馬車から離れないと、て前《めえ》このビスカヤ人に殺されちまうぞ」

この男の言うことは十分に理解できたが、ドン・キホーテは落ち着き払って応えた。

「貴様が騎士ではないからいいものの、もしも騎士であったなら、その戯言とぶしつけな振る舞いを決して許さないところだぞ、このしょうもない下衆めが」

するとビスカヤ人が言い返した。

「おれが騎士じゃねえってか？　キリスト教徒のおれが神に誓って言うが、て前はとんでもねえ嘘つきよ。て前なんぞ槍放って剣抜いた日にゃ、川ん中の猫みたいにたちまち一巻のお終《しめ》えさ！　ビスカヤ人は陸《おか》だろうと海だろうと武人《つわもん》なんだ、悪魔が相手だっておんなしよ。違うと言いくさるなら、大嘘つきだよ、お前《めえ》は」

「今こそ目に物見せてやるとアグラヘス」とドン・キホーテは鬨《とき》の声を上げた。

そして槍を地面に放り投げ、剣を抜き、盾を構えると、相手を仕留める覚悟でビスカヤ人に襲いかかる。騎士が向かってくるのを見たビスカヤ人は、自分が乗っているのが賃貸しのろくでもないラバで頼りにできないため、本当は降りたかったのだが、もはや自分も剣を抜くしかなかった。だが幸い馬車のそばにいたので、そこにあったクッションをひとつ取り、それを盾にする。そして二人は、不倶戴天《ふぐたいてん》の敵のごとく相対した。その場にいた人々がなんとか丸く収めようとしても、うまくいかない。というのも、ビスカヤ人がぎくしゃくした訛りで、この戦いにけりを付けさせてくれなければ、女主人も邪魔する人間もすべて自分の手で始末してやると騒いだからだ。馬車の中の婦人は目の前のことに驚き、恐れて、御者に馬車を移動させ、離れた場所からこの激しい戦いを眺めることにした。そうこうするうち、ビスカヤ人はドン・キホーテの肩をめがけて思い切り剣を振り下ろした。もしも盾で阻まなかったら、ドン・キホーテは腰まで切り裂かれていただろう。この激しい一撃がずしんと身に応えた彼は、大声で叫んだ。

「おお、美しきこと極まりない我が心のドゥルシネア姫よ、貴女の大いなる善意に報いようとして今最大の危機を迎えたこの騎士を、どうか助けたまえ！」

こう言って剣を握りしめ、盾で十分に身を守ると同時に、彼はビスカヤ人めがけて突進した。すべてを最初の一撃に賭けていたのだ。

騎士が向かってくるのを見たビスカヤ人は、その果敢さから相手の怒りのほどを見て取った。そこで自分も同じことをしようと意を固め、クッションでしっかり身を守って相手を待つのだが、ラバの向きを右にも左にも変えることができずにいた。ラバは疲労困憊していたうえに、こうした児戯に等しいやり合いに慣れていなかったので、一歩も動けなかったのだ。

さて、前述のように、ドン・キホーテは剣を振りかざし、用心深いビスカヤ人を一刀両断にする覚悟で迫っていく。ビスカヤ人はビスカヤ人で剣を高く構え、クッションを盾にして待ち構える。その場に居合わせた者たちは誰もが怯《おび》えつつ、今にも始まりそうな激しい衝突の行方を、固唾《かたず》をのんで見守っている。そして馬車の中の婦人と侍女たちは、神がビスカヤ人の従者と自分たちをさし迫る危険から逃れさせてくれるよう、スペインのありとあらゆる聖像と聖堂に祈願したり捧げものを約束したりしている。

さて、ここで困ったことが起きた。物語の作者がこの戦いを途中で終わらせているのだ。ドン・キホーテの勲《いさおし》については、すでに語ったことしか書かれたものが見つからないというのが言い訳である。だが、実を言えば、この作品の第二の作者は、これほど好奇心をそそる物語が忘れ去られるとは信じたくなかったし、ラ・マンチャ地方の才人たちが、この名高い騎士を扱った何らかの文書を資料室や書斎に残しておかないほど好奇心を欠いているとも信じたくなかった。そう考えた第二の作者が、希望を失うことなく、心を和ませる物語の最後の部分を探したところ、天の恵みか、見つかった。それは第二部で語られることになるだろう。

第二部

第九章　この章では堂々としたビスカヤ人と勇敢なラ・マンチャ人の見事な戦いに決着がつく

　この物語の第一部は、勇ましいビスカヤ人とその名も高きドン・キホーテが、抜き放った剣を真っ向高く振りかざし、怒り狂った表情で相手めがけて切りかかろうとするところで終わっていた。もしも二人がそのとおりにするならば、少なくとも互いに上から下まで真っ二つになり、ザクロのような切り口がぱっくり開いてしまう。そのぎりぎり手前で、この中身の濃い物語は尻切れトンボになっていた。だが作者は、続きがどこで見つかるか教えてはくれないのだ。

　それゆえ私はひどく残念な思いがした。なぜなら、見たところ先の長そうな、この実に読みごたえのある物語の続きを探す道はさぞかし困難だらけだろうと思うと、ほんのちょっぴり読んで得られた歓びが、不愉快な気分に変わってしまったからである。これほど素晴らしい騎士の、かつて見たこともない功績を書き記す労を取る賢人がいなかったということはありえないだけでなく、あらゆる良き慣《なら》わしに反すると私には思えた。かつて遍歴の騎士にはその種の書き手が必ずいた。

冒険の旅を行う者と
人の言う

遍歴の騎士たちには、ひとりか二人うってつけの賢人がいて、それぞれ彼らの行いを記述するだけでなく、どんなに隠れたものでもごく小さな考えや児戯に等しいことまで描き出す。だからあれほど優れた騎士が、プラティールやこれに類する騎士たちにあり余っていたことが不足するような不運な目に遭うことはないはずだ。それゆえ私は、これほど堂々とした物語が一部欠けて損なわれたままになったなどと信じる気がしないので、あらゆるものを貪って消滅させる時間の悪意のせいにした。思うに、時間が物語を隠したか、消し去ったのだ。

一方、ドン・キホーテの蔵書のなかには『嫉妬の教訓』や『エナレスの妖精』『イベリアの羊飼い』のようにごく新しい本も見られるので、彼の物語も新しいはずである。ならば完全には書き上がっていないとしても、故郷や近隣の村に住む人々に記憶されているのではないか。そう考えた私は途方に暮れながらも、ラ・マンチャの騎士道の手本にして鑑となる名高きスペイン人、ドン・キホーテ・デ・ラ・マンチャの全生涯と奇跡にも似た武勇伝の真実をそっくりそのまま知りたいと思うようになった。彼こそはこの不幸な時代にあって、遍歴の騎士道を実践し、世の中の不正を正し、寡婦を救い、乙女たちを守ろうとした最初の人物だったからだ。そのころは鞭を握って馬に乗り、いまだ処女を背負ったままの身で森から森、谷から谷を歩き回る乙女たちがいて、どこかのならず者か頭巾をかぶり斧《おの》を手にした悪党、あるいはとてつもない巨人に手込めにされたりしなければ、齢《よわい》八十歳を迎え、それまでずっと一日たりとも屋根の下で寝ることがなく、なのに母親のお腹から生まれ出たときと変わらぬ無垢《むく》の体で墓に入るということもあったのだ。このように敬意を払うべき理由があれこれ数多くあることから、我らの高潔なドン・キホーテは、記憶に残る称賛を絶えず浴びるにふさわしいと主張したい。それにこの読んで楽しい物語の結末を探すのに注いだ私の努力と熱意にも称賛が贈られていいはずだ。もちろん天と偶然の機会と幸運の助けがなければ、この物語を熱心に読む方が二時間ほど体験できる気晴らしと楽しみが、この世から消えたであろうことは十分わかったうえで言っている。さて、物語の欠けた部分だが、それは次のようにして見つかった。

ある日、トレドのアルカナの商店街を歩いていると、少年が絹商人に何冊かの古いノートと紙を売りにきた。読めさえすればそれが通りに落ちている破れた紙でもかまわないという この生まれつきの癖によって、少年の売り物のノートを一冊手に取ると、そこに書かれているのがアラビア文字であることがわかった。アラビア文字とわかったものの、私には読めないので、スペイン語が通じるキリスト教徒のモーロ人でそれが読める者はいないかと探してみた。その種の通訳を見つけるのはそれほど難しくなかった。それどころかアラビア語よりも優れ、もっと古い言語であるヘブライ語の通訳でさえ容易に見つかっただろう。結局、運良くひとり見つかったので、こちらの希望を言って例のノートを渡すと、相手は真ん中あたりを開き、ちょっと読んだかと思うと噴き出した。

何がおかしくて笑うのか訊いてみると、ノートの欄外の書き込みがおかしいと言う。そこで何と書いてあるか教えてほしいと頼んだところ、笑いながらこう言った。

「今言ったように、欄外にたとえばこんな書き込みがあるんです。〈この物語にしょっちゅう出てくるドゥルシネア・デル・トボソという女は、ラ・マンチャのどの女よりも、豚肉を塩漬けにするのが上手《うま》いそうだ〉なんてね」

〈ドゥルシネア・デル・トボソ〉という名前を聞いてびっくり仰天した。その何冊かのノートにはドン・キホーテの物語が書かれていると察しがついたからである。そこで通訳に早く出だしを読むようせかした。するとこちらの要求どおりその場でアラビア語をスペイン語に訳し、「アラビアの歴史家、シデ・ハメーテ・ベネンヘーリによって書かれたドン・キホーテ・デ・ラ・マンチャの物語」とあると言うではないか。その題を耳にしたとき、私は歓《よろこ》びを隠すために必死で何食わぬ顔をしなければならなかった。そして絹商人から奪うようにして、少年の持っていた紙とノートのすべてを半レアルで買い取った。機転のきく少年なら相手がほしがっていることに気づき、売値を吹っかけて六レアル以上せしめることもできただろう。そのあと私は通訳を大聖堂の回廊に連れていき、ドン・キホーテのことが書いてあるノートは、何かを削ったり付け加えたりせず、一言一句全部スペイン語に訳してほしい、お礼はそちらがほしいだけやると言って頼んだ。すると通訳のモーロ人は、干しブドウを二アローバ［一アローバ＝約一一・五キログラム］、それに小麦を二ファネガ［一ファネガ＝約五五・五リットル］で結構だと言い、きちんと原文に即して、ごく短い期間で訳すと約束してくれた。だが、頼んだ仕事がさらに容易になるように、また実に大事な掘り出し物が絶えず手元にあるようにと思い、訳者のモーロ人を我が家に連れてきたところ、彼はひと月半ちょっとで、以下に見るとおりすっかり訳し終えてしまった。

一冊目のノートには、ドン・キホーテとビスカヤ人の戦いの挿絵が実に自然に描かれていて、二人は物語にあるとおりの体勢で剣を振りかざし、一方は丸い盾で、もう一方は盾代わりのクッションで身を守っている。ビスカヤ人のラバは生き生きとしていて、石弓で放った矢の届く距離から見たとしても、賃貸しのラバだとただちにわかる。ビスカヤ人の足元には〈ドン・サンチョ・デ・アスペティア〉という説明文があり、この人物の名前に違いない。ロシナンテの足元にはドン・キホーテと書いてある。ロシナンテ自身の描かれかたは驚異的で、体がやたらひょろ長くて力がなさそうであり、背骨がすっかり浮き出ているところはどう見ても肺病みそのもので、ロシナンテという名が鋭い観察力によって的確につけられたことを明らかに示している。この馬のそばにいるのが自分のロバの端綱を持つサンチョ・パンサで、その足元には〈サンチョ・サンカス〉という説明が付されている。挿絵が示すように、背が低く、太鼓腹《パンサ》と細長い《サンカス》足の持ち主にちがいない。この特徴からパンサとかサンカスという名がついたのだろう。物語でも彼はときにこれら二つの通称で呼ばれる。他にも指摘すべき小さな点はいくつかあるが、どれもほとんど重要ではないうえに、物語の真の叙述には関係がない。真実が語られていれば悪い物語など存在しないからである。

かりにこの物語が作り話ではないということに何らかの異議を唱えうるとすれば、それはまさに作者がアラビア人であることが原因だろう。嘘つきというのは、あの民族特有のものだからだ。だが、我々の不倶戴天の敵であることから、事実をふんだんに提供するというよりはむしろ出し惜しんでいるようだ。そう思えるのは、傑出した騎士を褒めたたえられそうな、またそうするべきときに、故意に無視しているらしいからだ。それは悪しき行為であり、悪しき考えに由来する。そもそも歴史家とは真理と正確さを求めるべきであり、決して情に流されてはならず、利害、恐怖、恨み、好き嫌いなどによって真理の道を踏み外してはならない。真理の母である歴史とは、時と張り合い、出来事を保存し、過去の証人となり、現在を知らしめる模範、さらには来るべき未来に対する警告ともなるのだ。この物語には、最高に楽しめる物語に望みうる要素がすべて備わっているとわかってはいるが、かりに何か美点が足りないとすれば、それは主題のせいではなく、作者が犬すなわちアラビア人だからだと思う。それはともかく、例の翻訳の続きによると、第二部はこのように始まる。

二人の怒りに燃える勇ましい闘士が、切れ味鋭い剣を高々と振りかざすと、まるで天と地と地獄を威嚇しているように見える。それほど凄まじい迫力と顔つきなのだ。最初に切りつけたのは猛り狂ったビスカヤ人のほうで、怒りに任せ力の限りに剣を振り下ろしたから、もしも狙いが外れていなければ、その一撃でもって情け容赦のない戦いにけりがついたばかりか、我らが騎士の冒険もすべてここで終わっていただろう。だが、もっと大きな冒険をこれからもできるようにと運命が彼を守ったので、切っ先はそれ、左肩に当たって鎧の左半分をすっかり打ちこわし、ついでに兜の大半とともに耳の半分を道連れにするだけですんだ。壊れた破片は凄まじい音を立てて地面に散らばり、ドン・キホーテは見るも無残な姿になった。

やれやれ、なんとも無様な我らがマンチャの騎士の胸中に燃え上がった怒りの炎のことを、いったい誰がうまく語れるだろう。今は、次のようであったことのみ伝えておく。ドン・キホーテは鐙を踏んでふたたび姿勢を整え、剣を握った両手にさらに力を込め、猛り狂ってビスカヤ人に切りかかったところ、刃が相手の盾代わりのクッションと頭にもろに当たる。まるで自分の上に山が崩れ落ちてきたような具合だったので、ビスカヤ人は身を守ることもできず、鼻と口と耳から血が噴きだし、ラバから危うく落ちかける。もしもラバの首にしがみつかなければ、間違いなく落ちていただろう。ただし、しがみついてはみたものの、足は鐙からはずれ、さらに腕の力は抜けてしまい、恐ろしい攻撃に仰天したラバがいきなり野原を走り出し、何度か跳ねたところで乗っていた男は地面に振り落とされてしまった。

その有様を悠然と眺めていたドン・キホーテは、男がラバから落ちたのを見たとたん自分の馬から飛び降りて、軽い足取りで近づくと、剣の切っ先を相手の目の前に突きつけ、降参しろ、さもなければ首をはねるぞと言った。ビスカヤ人はひどくうろたえ、まるで口がきけずにいた。ドン・キホーテのほうも興奮のあまり見境がなくなっていたから、そのときまで失神しそうになりながら争いの行方を見ていた馬車の婦人たちが、彼のもとへやってきて、後生だからこの従者の命を助けてほしいと盛んに慈悲を請わなかったなら、いかなる事態が生じていたことか。婦人たちの言葉に対し、ドン・キホーテはえらくもったいぶった調子で重々しく応えた。

「麗しきご婦人方、もちろん私は喜んでみなさんの願いどおりにいたします。ただし、ひとつだけ受け入れてほしい条件がある。それはこの騎士が、トボソ村に行って私の代わりに類なく美しいドゥルシネア姫に謁見し、姫に意のままの処分を下してもらうと私に約束することです」

恐れおののいていた婦人たちは、ドン・キホーテの要求の内容を吟味せず、ドゥルシネア姫とは誰かと訊くこともせずに、今命じられたことはすべて従者にさせますと約束した。

「ならばその言葉を信用し、本来ならばもっと痛い目に遭ってしかるべきところですが、ここまでにしておきましょう」

H.PISAN.

ドン・キホーテとビスカヤ人のあいだの
第十章　さらなる出来事およびヤングアス人の一団と
ぶつかって生じた危機について

修道士のお供をしていた若者たちにいくらか痛めつけられたサンチョ・パンサもこのころにはもう起き上がり、主人のドン・キホーテが戦うのをじっと見守りながら、心の内で神に祈り、どうか主人が勝ちますように、勝ってどこかの島を得て、約束どおり自分をその島の総督にしてくれますようにと祈り続けていた。そこで戦いにけりがつき、主人がふたたびロシナンテに乗ろうとするのを見ると、ここぞとばかり走り寄って鐙を押さえ、相手が鐙に足を掛けるより先に跪き、その手を取って接吻してからこう言った。

「ドン・キホーテの旦那、今の容赦のない戦いで手に入れなすった島を治めるんだったら、おれに任せてもらえねえかな。どんなにでかくたって、今までこの世で島を治めた誰にも負けないくらい見事に治める自信がおれにはあるんだ」

それを聞いてドン・キホーテは応えた。

「よく聞け、サンチョ、この手の冒険というのは、島が得られるような類のものではなく、たかが四つ辻での小競り合いにすぎない。うまくいったところで、頭を叩き割るか、せいぜい耳を片方削ぎ落とすぐらいのことだ。早まるな、いずれ我が兄弟のお前を、島の領主どころかそれ以上の身分にしてくれるような冒険が待っている」

それを聞いたサンチョは大いにありがたがって、主人の手にもう一度接吻したばかりか鎧の帷子《かたびら》の裾にも接吻し、ロシナンテに乗るのを手助けしてから、自分はロバに跨り、主人の馬のあとを歩き始めたが、ドン・キホーテのほうは馬車の婦人たちに挨拶もしなければ声も掛けずに馬の足を速め、近くに広がる森のなかへ入ってしまった。そこでサンチョもロバを精一杯急がせ、必死であとを追う。ところがロシナンテの足取りがやけに軽いものだから、たちまちおいてきぼりになり、大声を上げて呼び止めざるを得なかった。するとドン・キホーテはサンチョに言われたとおり、手綱を引き絞ってロシナンテを止め、へとへとになった従者を待ってやった。ようやく追いついたサンチョはこう言った。

「旦那、どうやらどこかの教会にでもこもったほうがよさそうだ。だって旦那があいつと戦って、こてんぱんにやっつけちまったから、聖同胞会に知らせが行って、おれたちが取っ捕まるってことは大いにありうるからね。で、捕まったら最後、牢屋《ろうや》から出る前に二人ともこっぴどい目に遭うに決まってる」

「黙りおろう」とドン・キホーテは一喝した。「どんなに人を手に掛けようが、その咎《オミシディオ》で遍歴の騎士が裁きの場に立たされるのを、お前はどこかで見たか、さもなくば本で読んだことがあるのか?」

「いや、おれは恨《オメシーリョ》みなんか知らねえよ」とサンチョは応える。「生まれてからずっと人を恨んだりしてねえし、知ってるといや、野原で喧嘩すると聖同胞会が只じゃおかねえってことだけで、恨みなんてこちとらの知ったこっちゃないね」

「ならば友よ、気にしなくてよい」とドン・キホーテは言った。「たとえ相手がカルデア人でもお前をその手から救ってやるのだから、ましてや聖同胞会など物の数ではない。そこで教えてほしいのだが、お前はこの世界で私に勝る勇敢な騎士を目にしたことがあるか？　攻撃するときの迫力、耐えるときの辛抱強さ、切りかかるときの腕前、相手を打ち倒すときの巧みさにおいて私を凌ぐ騎士を、かつて物語で読んだことがあるか？」

「本当のところ」とサンチョは応える。「おれは読み書きができねえから、物語なんてひとつも読んだことがねえな。だけど賭けてもいいが、旦那ほど向う見ずなご主人様に仕えたことはこれまで一度もねえよ。その向う見ずさがたたって、おれがさっき言った場所のごやっかいにならねえようにと神様に祈ってるくらいだ。ところで旦那、手当てをしなけりゃ。かたっぽの耳からえらく血が出てるじゃねえか。この鞍袋に布きれと白い膏薬が少しばかり入ってるよ」

「そんなものはなくてもよかったものを」とドン・キホーテが言う。「フィエラブラスの妙薬を一瓶ばかり作るのを忘れなかったらな。あれが一滴でもあれば、手間もかからず薬も要らないのだが」

「その瓶だとか妙薬だとかいうのは何かかね」とサンチョが訊く。

「霊験あらたかな薬だ」とドン・キホーテが応じる。「私はその作り方を覚えている。その薬があれば死は恐れるに足りないし、何らかの傷がもとで死ぬなどということを考えなくても済む。なので、私がそれを作ってお前に与えさえすれば、いつか戦いで私の体が真っ二つにされるのを見たときに（そういうことは起こりがちだ）、地面に落ちた半分を手早く拾い上げ、血が固まらないうちに、それを鞍に残っているもう半分に注意深くぴったりくっつけてもらいたい。そのあと、今言った妙薬を二口ばかり飲ませてくれれば傷は治り、私の体は元通りリンゴのごとくはちきれんばかりになるだろう」

「そんな薬がありゃ」とサンチョが言う。「約束してくれた島の領主にならなくたってかまわねえよ。精魂込めてさんざん奉公してきたことの報酬だったら、他には何にも要らねえから、旦那、そのありがてえ飲み薬のこしらえ方を教えてほしいな。それならどこへ行っても一オンス「約二八・四グラム」当たり二レアルは下らねえだろうから、残りの人生は左団扇《ひだりうちわ》で暮らせるってもんだ。だけど、それをこしらえるには金がたんとかかるのかどうか、今すぐ知りてえもんだ」

「三レアルもかけずに三アスンブレ「一アスンブレ＝約二リットル」は作れるぞ」とドン・キホーテは応えた。

「そいつは驚きだ！」とサンチョは叫んだ。「だったら何でさっさとこしらえて、やり方を教えてくれねえんだ」

「黙るがいい、サンチョ」とドン・キホーテは応じる。「私はそれより格が上の秘法をお前に伝授し、もっと大きな恩恵を施してやろうと思っているのだ。だがとりあえず今は、傷の手当てをしようではないか、思っていたより耳が痛むからな」

サンチョは鞍袋から布きれと軟膏を取り出した。だが、自分の面頬が台無しになっているのを見たドン・キホーテは逆上のあまり我を忘れ、剣に手を掛け、天を見上げると、こう言った。

「万物の創造主そして聖なる福音書四部に長々と記された言葉にかけて私は誓うぞ。偉大なるマントゥア侯爵が、甥《おい》のバルドビーノスの死に対する復讐《ふくしゅう》を誓ったときに行ったことに倣い、パンは食卓に就いて食べず、妻とは閨《ねや》の睦言《むつごと》を交わさず、その他すぐには思い出せない諸々もここで挙げたことにして、あのような無礼を働いた男に対する復讐を果たすまでは、私も禁欲的な暮らしを実践するのだ」

その言葉を聞いたサンチョが言った。

「だけどドン・キホーテの旦那、考えてみな、あの騎士が旦那の命令を守って〈わが思い姫ドゥルシネア・デル・トボソ〉のところへ行って前に進み出たとすりゃ、自分の義務を果したことになる。だったら別の罪でも犯さねえ限り、またもや罰を受ける必要はねえと思うよ」

「なるほど、お前の言うことはたしかに当を得ているな」とドン・キホーテは言った。「それでは、あいつめに新たな復讐をする件については誓いを撤回しよう。しかし、誰か他の騎士から力ずくで、これに引けを取らない立派な面頬を奪い取るまでは、先ほど言った厳しい生活を送ることを改めて誓うぞ。だがサンチョ、私がこうしていい加減な誓いを立てているなどと思わないでくれ、これには倣うべき模範がちゃんとある。つまり、これとまったく同じことがマンブリーノ王の面頰つき兜に起きているのだ。そのおかげでサクリパンテはとんでもないことになる」

「旦那、そんな誓いなんか悪魔にくれてやりな」とサンチョは応じた。「そんなものはえらく体に悪いばかりか、心にだってよくねえからさ。違うと言うなら今すぐ教えてもらいてえな、もし、何日たっても鎧姿に兜をかぶった人間に出遭わなかったとしたら、おれたちはどうすりゃいいのかね。服を着たまま寝っころがるとか、人里じゃ寝たりしねえとか、旦那が今甦らせようとしてる、マントゥア侯爵とかいうあの頭のおかしい爺《じい》さんの誓いのなかにある数限りねえ苦行が、不便なことや不愉快なことを山のようにもたらしても、旦那は誓いを果たそうっていうのかね。ほら旦那、よく見るがいい、ここらの道にゃどこを見たって鎧兜を身に着けた人間なんかいやしねえ、歩いてるのは馬方や荷馬車引きばっかりで、面頰つき兜なんてかぶっちゃいねえし、面頰つき兜なんて言葉は生まれてこのかた聞いたことさえなさそうな連中だ」

「それはお前の誤解だ」とドン・キホーテが言い返した。「もう一時《いっとき》ほどこの四つ辻にいれば、麗しのアンジェリカを救い出すためにアルブラカ城へと向かった軍勢を超える数の、甲冑に身を固めた人々に出遭うはずだからだ」

「だったら口をつぐむよ」とサンチョが言う。「神様の助けで、うまいこと行って、おれの苦労のたまものの島が手に入りますように。そうなりゃもう死んだって構わねえよ」

「前にも言ったはずだぞ、サンチョ、そのことなら心配無用だとな。それに、たとえ島がなくても、デンマークやソリアディーサ王国がある。それなら指輪が指にはまるみたいにお前にぴったりだろうし、そのうえ島ではなく陸地にあるから、なお喜ばしいはずだ。だが、この話は時期が来るまで措《お》くとしよう。で、お前の鞍袋に何か食べるものを持ってきてないか見てくれ。なぜなら、このあと今宵のねぐらとなる城を探しに出かけ、見つかればそこで前に話した妙薬を作るつもりだからだ。神に誓って言うが、耳がやけに痛みだした」

「なかにあるのは玉ネギ一個と、チーズが少しばかり、それにパンのかけらがいくつかだ」とサンチョが言う。「だけど、旦那みてえに勇敢な騎士が口にするようなもんじゃねえな」

「お前は勘違いしているぞ！」とドン・キホーテは応じた。「しっかり頭に入れておけ、サンチョ、遍歴の騎士の名誉というのは、ひと月は食事をせずにいられることとなのだ。何か口に入れるとしても、手近なものに限る。私のように多くの物語を読んでいれば、得心が行くはずだ。読んだ本は相当数に上るが、たまに与《あずか》る盛大な晩餐《ばんさん》を別にすれば、それらのどこにも遍歴の騎士が食事をしたとは記されていない。普段は、騎士は食わねど高楊枝《たかようじ》だったのだ。ただし、我ら同様騎士も人の子、当然のことだが、実際、何も食べず用も足さないというわけにはいかない。それに、これも自明のことだが、その生涯の大部分を森や人気のない土地を巡って過ごし、料理人を伴うこともなかったのだから、今お前が挙げて見せたような粗末な食べ物を日頃は食していたのだろう。だから我が友サンチョよ、私の好みを気にかける必要はない。また、騎士道について何かを新たに始めたり、遍歴の騎士道をその枠から逸脱させたりしてはならないのだ」

「すまなかったよ、旦那」とサンチョは言った。「前に言ったけど、おれは読み書きができねえから、騎士道の規則がわかってなかったんだ。これから先は、騎士の旦那のためにいろんな種類の干した木の実を袋に入れとくから。で、おれ用には、騎士じゃねえから、鳥の肉だとか、もっと栄養になるもんを入れとくよ」

「そうではないのだ、サンチョ」とドン・キホーテが応じる。「遍歴の騎士はお前が言うような木の実しか食べてはならないというわけではない。ごく普通の食べ物が、木の実だったり野原で見つけた野草だったりすると私は言っているのだ。騎士は食べられる野草を知っていたし、私も知っている」

「そりゃいいこった」とサンチョが言う。「そういう草がわかるなんて。おれの勘で言や、その知識を使うことになる日がそのうちやってきそうだからね」

そう言ってサンチョは袋のなかにあるものを取り出し、二人は和気あいあいとそれを分け合って食べた。だが、その夜を過ごす場所を探さなければならなかったので、その潤いに欠ける粗末な食事をあっという間に済ませた。そしてそれぞれ鞍に跨ると、日が暮れる前に村に着こうと急いだものの、山羊飼いの小屋がいくつか建っているところまで来たときにはもう日が落ちてしまい、村に着く望みが失せたので、二人はそこで一晩過ごすことにした。サンチョとしては村にたどり着けなかったことが気に食わなかったが、主人のほうは野宿することに満足していた。なぜなら、野宿するはめになるたびに、それが自分の騎士道を試すのに都合がいいことのように思えたからだ。

第十一章　ドン・キホーテと山羊飼いのあいだで起きたこと

ドン・キホーテが山羊飼いの一同に快く迎えられる一方、サンチョはまずロシナンテと自分のロバの世話をてきぱきすませてから、火にかけた鍋でぐつぐつ煮える山羊の肉が放つ匂いに導かれてやってきた。そして彼は、肉が鍋から胃袋へと移されるのにおあつらえ向きの煮え具合かどうか今すぐ試したいと思ったのだが、それはしないでおいた。なぜなら山羊飼いたちが肉の入った鍋を火から下ろし、地面に羊の毛皮を敷くと、あっという間に素朴な食卓をしつらえ、好意に満ちた態度で二人をありあわせの食事に招いてくれたからだ。小屋には山羊飼いが六人いて、はじめに素朴ながら恭しく挨拶し、ドン・キホーテに伏せた桶《おけ》の上に腰掛けるよう勧めると、自分たちは敷いた毛皮を囲んで車座になった。ドン・キホーテは腰を下ろし、サンチョのほうは、主が握った角製の杯に酒を注ぐつもりで座らずにいた。従者が立ったままでいるのを見た主は、こう言ってやった。

「さあ、サンチョ、遍歴の騎士道その内に善意が存在すること、そしていかなる種類であれ騎士道の務めにたずさわる者が、どれほど速やかに世間から評価と敬意を得られるかがわかるように、この善良な人々と並んで私の隣に座るがよい。そしてお前の主人、本来は君主である私と分け隔てなく、私の皿でものを食べ、私の飲む杯で酒を飲んでほしい。なぜ

PISAN

なら、遍歴の騎士道に関しても、愛に関して言われるのと同じことが言えるからだ。つまり、何もかも平等にするということだ」

「そりゃ何ともありがてえ！」とサンチョが言う。「だけど旦那、言わせてもらうが、食えるものさえどっさりありゃ、ひとりきりで立ったままだって、おれは皇帝のそばに座って食うのとおんなじか、もっとおいしく食えるさ。それどころか、本当のことを言や、たとえパンと玉ネギだけだって、家で食うほうが、格好つけたり遠慮したりしないで済むから、他所《よそ》の家で出された七面鳥よりもずっと旨いと思えるんだ。なにせ、堅苦しい場所だと、やれゆっくり嚙《か》めだとか、あんまり飲むなとか、こまめに口を拭けとか、くしゃみや咳《せき》はしたくなってもするなといった具合で、ひとりだったら自由勝手にできることができねえんだから。なので、旦那、おれが遍歴の騎士道に従う僕《しもべ》だという理由で、そりゃ旦那の従者だからそのとおりなんだが、おれに名誉をくれるというんなら、もっと役に立って得になるものに替えてほしいね。くれようという気持ちはありがたく受けるけれど、名誉なんてものは、今はもちろんこの世が終わるまで真っ平だ」

「言い分はともかく、まあ座れ。神は身を低くしてへりくだる者を高く持ち上げるというからな」

そう言うとドン・キホーテはサンチョの腕をつかみ、自分の隣に強引に座らせた。

従者や遍歴の騎士という言葉の意味がさっぱりわからない山羊飼いたちは、黙々と食べる一方で、拳ほどの大きさの肉の塊を二人の客が慣れた手つきで旨そうに平らげるのをひたすら見つめるばかりだった。肉が振る舞われたあと、次は毛皮の上にハシバミの実が大量に広げられ、大きなチーズの塊半分もどんと置かれたが、このチーズは漆喰《しっくい》でできているのかと思えるほど固かった。この間《かん》も角の杯が遊んでいるはずがない。一同のあいだをぐるぐる回り（さながら揚水機の桶のように満たされては空になり）、その場に出ていた革袋二つのうちのひとつをやすやすと空けてしまった。胃袋をしっかり満たしたドン・キホーテは、ハシバミの実を片手一杯つかみ取ると、それをまじまじと見つめながら、こう語り出した。

「あの幸福な時代、いくつもの幸福な世紀を、古の人々が黄金時代と名付けたのは、当時は黄金が、（この鉄の時代に珍重される）黄金が苦もなく得られたからというのではなく、そのころ生きていた人々が、〈お前のもの〉と〈私のもの〉という二つの言葉を知らなかったがゆえなのです。あの聖なる時代には、すべてが万人のものだった。日々食するものを得るために、大きな樹に手を差し伸べるだけで、その樹が甘く熟した果実を気前よく与えてくれたものでした。澄み切った泉と細流《せせらぎ》は、透きとおった旨い水をふんだんに提供してくれた。岩の割れ目や木々の虚《うろ》では、まめまめしく働く利口なミツバチが共同体を作り、作業による甘さこの上ない収穫を、損得抜きで誰にでも振る舞ってくれた。堂々たるコルク樫は、ただ好意を示すことだけを目論《もくろ》んで、幅広で軽い樹皮を脱ぎ、人々はそれを用いて、天がもたらす雨露を防ぐためにのみ、粗雑な柱が支える屋根を葺《ふ》くようになったのです。そのころは、並《な》べて平和で友愛に満ち、何もかも調和が取れていた。曲がった重い犂《すき》が、我らの最初の母である大地の慈悲深い内奥を、大胆にも開いたり、掘り進んだりすることはまだなかった。

なぜなら、大地は無理強いしなくても、その豊かで広々とした胸のあらゆるところから、そのとき自分を母としていた子供たちのお腹を満たし、養い、喜ばせることのできるものを与えていたからであります。

そのころは、そう、三つ編みの髪を飾らない、純朴で美しい乙女たちが、慎みが今に至るまで被《おお》い隠すことを常に求めてきた個所を必要最低限慎ましやかに被うだけの身なりで、谷から谷へ、丘から丘へと歩きまわっておりました。身に着けていたのは、今日使われているようなテュロス産貝紫の染物やあれこれ手のかかった絹ではなく、ゴボウの緑の葉だったりキヅタを編んだものだったりしたにもかかわらず、おそらく彼女たちは、暇がもたらす好奇心から生まれる珍奇な装飾物をつけた今の宮仕えの女たちに負けず劣らず、派手に着飾ったつもりでいたのでしょう。当時は、愛の言葉も、心に生じたとおりを単純素朴に表現し、回りくどい言葉を探してわざとらしく大げさに語ることもなかった。真実やわかりやすさのなかに、ごまかしやペテン、悪意が混じってはいませんでした。正義は文字通り正義そのものであって、えこひいきや損得勘定によって大きく損なわれ、乱され、迫害されている今とは違い、踏みにじられたり害を受けたりすることはなかったのです。便宜裁量という考え方もまだ裁判官の判断には存在していなかった。なぜならそのころは、裁く必要などなかったし、裁かれる者もいなかったからです。清らかな乙女たちは、前に申したとおり、ひとりきりで純潔のままどこへなりと、男の身勝手と色欲に被害を受ける心配もなく、出歩くことができました。よって、純潔を失うとすれば、それは本人の望みと意思によるのです。ところが今、この忌まわしい世紀においては、たとえクレタの迷宮のような新たな迷宮に閉じ込め匿ったところで、誰ひとり安全とは言えません。その割れ目あるいは空気を通じて、劣情を伴い呪わしくも執拗《しつよう》に迫る恋の疫病が入り込み、匿った乙女たちを傷物にしてしまうからです。時が経つにつれこの悪性は募る。そこで彼女たちの安全のために遍歴の騎士団が創設され、生娘を守り、寡婦を保護し、孤児や貧困にあえぐ者を救い助けるようになったのです。

山羊飼いの方々、私はその騎士団に属する者でありますが、私と従者に対する皆さんのこの手厚いもてなしに感謝いたします。自然の法則により、この世のすべての人間が遍歴の騎士の味方となることを義務としているとはいえ、皆さんはこの義務を知らずして私を温かく迎え、もてなしてくれたのですから、皆さんの好意に私が精一杯感謝するのは当然のことであります」

我らの騎士はこうして（言わなくてもよさそうなことを）長々としゃべった。というのも、ハシバミの実を振る舞われたことから黄金時代のことが記憶によみがえり、山羊飼いを前にこんな無駄話を延々と話して聞かせる気になったからである。山羊飼いのほうは、呆気《あっけ》にとられたまま、返す言葉もなく彼の話を聞いている。サンチョもまた一言も口をきかず、黙ってハシバミの実を食べては、二つ目の革袋までせっせと通っていた。中の葡萄酒が冷えるように、コルク樫の木にぶら下げてあったのだ。

ドン・キホーテは、食事を終えることよりも話をすることのほうに時間がかかったが、ようやく食べ終えたとき、山羊飼いのひとりがこう言った。

「遍歴の騎士さま、わしらが善意から迷わずもてなしてさしあげたと、あなたさまに本気で言ってもらえるように、もうじきここにやってくる仲間の男に歌をうたわせますんで、どうか心行くまで楽しんでください。えらく賢い若者で、恋わずらいに罹《かか》っちゃいるが、なんたって読み書きができるし、三弦楽器のレベックがこれ以上望めないほどうまく弾けるものだから」

山羊飼いがこう言い終えるか終えないうちに、一同の耳にレベックの調べが聞こえ、間もなく楽器を奏でている人物が姿を現す。それは二十二歳かそこらの、とても品のいい若者だった。仲間の山羊飼いたちに、もう夕食を終えたのかと訊かれると、終えたと応えたので、先ほどうたわせると言いだした男がこう持ち掛けた。

「そんなら、アントニオよ、余興に歌をうたってくれないか。ここにおいでのお客さんに、山や森ん中にだって音楽をたしなむ者がいるってことを知ってもらいたいんでな。お前がどんなに上手いかは、この方にもう話してあるから、腕のほどをお見せして、わしらの言ったことが本当だと明かしてほしいんだ。だからお願いだ、ここに腰掛けて、お前の叔父貴の司祭さんに作ってもらった恋のロマンセをうたってくれ。村じゃ大評判らしいな」

「喜んでうたうよ」と若者は応じる。

そしてもう一度頼まれるまでもなく樫の切株に腰を下ろすと、レベックを調弦し、やおら魅力たっぷりにうたい始める。歌はこんな内容だった。

アントニオの歌

オラーリャよ、君の恋心を
僕は知る、君の口は語らず
口の代わりのその目でさえも
何も語りはしなくても。

賢い君と知るがゆえ
まごうことなき君の愛
互いに認める恋ならば
不幸に終わるためしなし。

とはいうものの、オラーリャよ
君が見せたあの兆し
もしや心は青銅で
白き胸は岩なのか。

だが君の咎めの言の葉と

あまりに冷たい言の葉の
間に希望が衣の縁を
きっと覗《のぞ》かせることだろう。

おとりに惹《ひ》かれることがあろうとも
僕のこの固い心は
呼ばれずとも萎縮せず
選ばれても増長せず。

恋が礼儀と節度なら
君の礼節からこう解釈できる
僕の希望が迎えるのは
予想に違《たが》わぬ結末だと。

尽くすことで
相手の心が和らぐならば
僕が尽くしたことのうちには
役立つ何かもあるだろう。

君が気づいていたならば
一度ならず目にしたはずだ
日曜日の晴れ着を君のため
僕が月曜日にも着ている姿を。

恋と晴れ着が歩むのは
同じ道ゆえいつだって
君に見せたいこの僕の
あかぬけた姿を。

僕はやめよう
君のために踊ったり
一番鳥が鳴く頃
時ならぬときに君が耳にした
音楽を奏でたりすることを。

真実なれどいくつかが

娘たちの不興を買った
君の麗しさを称《たた》える言の葉を
数えることなどできやせぬ。

テレサ・デル・ベロカルは
君を褒めそやすとこう言った
「天使のように崇めちゃいるが
相手はただの猿娘

数多の飾りと
入れ毛で仕立てた
偽りの美に
愛の女神も騙《だま》される」

それを嘘だと言ったらば
怒った彼女は従兄《いとこ》をよこし
僕と従兄は戦うはめに
その行方は知ってのとおり。

この恋が浮ついたものであるならば
君をこれほど愛したり
想《おも》いを募らせ尽くしたりはせぬ
僕が抱くは良き心。

教会には絹の紐がある
それは二人を結ぶ軛《くびき》の絆《きずな》
君の首に結んでほしい
僕も首に結ぶから。

さもなくば今から誓おう
聖人の中の聖人にかけて
決してこの山を下りはせぬと
清貧の修道士にならぬ限りは。

ここで若い山羊飼いは歌を終える。ドン・キホーテは何か他にもうたってほしいと頼んだが、サンチョ・パンサが認めない。歌を聴くよりもう寝たかったからだ。そして主人にこう言った。

「キホーテの旦那、今夜のねぐらへ行って、もう寝なけりゃ。この親切な人たちは日がな一日働くんだから、夜通しうたってるわけにはいかねえよ」

「わかったぞ、サンチョ」とドン・キホーテが言う。「お前はあの革袋に足繁く通っていたから、その報いで音楽よりも眠気に惹かれることが、私には透けて見えるぞ」

「誰にとってもありゃ旨い、神様のおかげだ」とサンチョが応じる。

「それは認める」とドン・キホーテは言う。「だったらお前はどこで寝てもかまわないぞ。ただし私のように遍歴の騎士道を務めとする者は、眠るより夜を徹するほうがよさそうだ。それはそうと、サンチョよ、もう一度耳を診てくれ、必要以上に痛むのだ」

サンチョが命じられたとおりにすると、山羊飼いのひとりが傷を見て、心配は要らない、すぐ治る薬をつけてやろうと言った。彼はそのあたりに生い茂っているローズマリーの葉を少しばかり摘み取ってきて、それを嚙んでから塩をちょっぴり混ぜ、痛む耳につけてやり、その上からきっちり包帯を巻きながら、これで他の薬は要らないと断言した。すると実際そのとおりになった。

第十二章　ある山羊飼いが、ドン・キホーテと一緒にいた者たちに語ったことについて

そんなとき、食糧を手に入れるために村に出かけていた若い山羊飼いが、帰ってくるなりこう言った。

「おおい、みんな、村で事件が起きたの知ってるか？」

「知ってるわけねえだろうが」と一同のひとりが応じる。

「それならしっかり聞いてくれ」と言って、若者は語りはじめた。「今朝のことなんだが、グリソストモっていう、あの名物学生の羊飼いが死んだんだ。それが噂じゃ、例の厄介な娘のマルセラに恋焦がれた末の死だとさ。金持ちのギリェルモの娘で、羊飼いの格好して辺鄙《へんぴ》な場所をあちこち歩き回ってる女だよ」

「マルセラのせいだと？」とひとりが訊く。

「おお、そうとも」と山羊飼いが応える。「おもしれえことに、あいつは遺言で、まるでモーロ人みてえに、野原に埋めてくれって言ったそうだ。コルク樫の泉の近くの大きな岩があるとこだ。これも噂だけど、そこはあいつがあの娘《こ》に初めて会った場所なんだとよ。他にもああしろこうしろと言い残したらしいが、村の司祭たちは、遺言どおりにはしません、まる

で異教徒みたいだからそうするのはよくありませんなんて言ってたらしい。ところが、あいつの大親友で、一緒に羊飼いの格好してた学生のアンブロシオが文句つけて、何もかもグリソストモが言い残したとおりにしなけりゃだめだと言い張るもんだから、村中大騒ぎになっちまった。で、他人《ひと》の話じゃ、結局アンブロシオやグリソストモの友だちだった羊飼いのみんなが望んだとおりになったんだとよ。そんなわけで、明日、ど派手な葬式やって、さっき言った場所に亡骸《なきがら》を埋めるんだそうだ。どうやら大した見ものになりそうだから、少なくともおいらは、明日、もう一度村に行く必要がなくても、必ず見物に行くつもりだ」

「俺たちもみんなで見に行こう」と山羊飼いたちが応じた。「じゃあ、誰が残ってみんなの山羊の見張りをするか、くじ引きで決めることにしようや」

「そりゃええ考えだ、ペドロ」とひとりが言う。「だがよ、そんな手使わんでもええぞ。この俺がみんなの代わりに残ってやるからな。だからって、別にそれが俺のええとこだとか、俺にゃ野次馬根性が足らんなんて思わんでくれよ。このあいだ木の根元から飛び出てた固い枝みたいなもんが足に刺さっちまってな、まともに歩けねえのさ」

「そいつはともかく、みんなにとっちゃありがてえな」とペドロが応える。

ここでドン・キホーテが、死んだ若者はどんな人物だったのか、また恋の相手の羊飼いはどんな娘なのか教えてほしいとペドロに頼んだ。するとペドロは、自分の知っているところによると、死んだ若者はこの山間《やまあい》の村に住む豊かな郷士の倅《せがれ》で、何年もサラマンカ大学で学び、学業を修めたのち故郷に戻ってきたが、なにしろ大変な学識の持ち主で、物事を知り尽くしているというので評判だったと言った。

「噂だと、何よりも星の学問に強くてだな、空で太陽や月にどんなことが起きるかよく知ってたそうだ。太陽と月が起こすショグのことをわかりやすく話してくれるんだと」

「君、それはショグではないぞ。あの大きな恒星二つが陰ることは蝕《しょく》と言うのだ」とドン・キホーテが正した。

だがペドロは、そんなささいな違いにはかまうことなく話を続ける。

「それにグリソストモは、豊作になる年と、ブサクになる年がいつなのか当てて見せたんだ」

「君、そりゃ不作だよ」とドン・キホーテがふたたび正す。

「不作でもブサクでもおんなしこった」とペドロが応じる。「何せグリソストモの言葉を信用したおかげで、親父《おやじ》さんや友だちは皆大金持ちになった。忠告どおりにしたからだよ。あいつはこう言ったんだ。〈今年蒔《ま》くのは大麦だ、小麦じゃない。今はガルバンソ豆なら蒔いていいけど、大麦はだめだ。来年はオリーブ油がうんと搾れるが、向こう三年はこれっぽっちも搾れないだろう〉ってな具合だ」

「その学問は占星術といってだな」とドン・キホーテが口を出す。

「何ていうかは知らねえな」とペドロが応じる。「だが俺は、グリソストモがそういうことは何でも知ってたし、他にもいろいろ知ってたってことは知ってるよ。で、サラマンカから帰ってきて何か月も経たないころのある日によ、あいつはそれまでいつも着てた学生用のガウンを脱いじまって、革のコートに長い杖《つえ》っていう羊飼いの格好で現れたんだ。一緒にいたのは、おんなしように羊飼いの格好したアンブロシオという名の親友で、大学で一緒に勉強した仲だった。言い忘れてたが、死んだグリソストモは詩を作らせたら大したもんで、主の降誕祭の夜にうたう歌《ビリャンシーコ》を作ったり、聖体の祝日に村の若いもんが演《や》る神秘劇を作ったりもしたんだ。出来映えを誰もが褒めてたよ。二人の学生がいきなり羊飼いの格好になったのを見た村の連中はたまげるばかりで、なんで二人が妙なことにそんな風に変わっちまったのか、原因がさっぱりわかんなかった。そのころにはグリソストモの親父さんはもう死んじまってて、遺産がごっそり手に入った。土地や家具、牛や馬、羊みてえなでけえのからちっこいのまで相当な数の家畜、それにうなるような金《かね》さ。そのおかげで若いのにとんでもねえ大地主になったんだが、実際のところ、まったくそれにぴったしの人間だったよ、なんせ仲間としちゃ最高で、思いやりがあったし、善人の味方で、神の祝福を受けたって顔をしてたもんな。あとでわかったんだが、羊飼いの格好をしたのは、ついさっき仲間の若い奴が名前を口にしたマルセラっていうあの羊飼いの娘のあとを追っかけて、人が住んでねえ土地をあちこち歩き回るためだったってよ。可哀《かわい》そうに死んだグリソストモはあの娘にぞっこん惚《ほ》れこんじまったんだ。で、今度は、あの娘がどんな女か、あんたも知っておくほうがいいと思うんで話すことにするよ。たぶん、じゃねえ、絶対、たとえあんたが疥癬《サルナ》よりか長生きしたって、生きてるうちにこんな話を聞くことはねえだろうよ」

「それならサラよりもと言いたまえ」と山羊飼いの取り違えに我慢できず、ドン・キホーテが咎める。

「疥癬はけっこう長く生きるのさ」とペドロが口答えする。「だけどそうしょっちゅうこっちの言うことにケチつけられたんじゃ、一年かかったって話が終わりゃしねえな」

「これはすまなかった」とドン・キホーテが言う。「疥癬《サルナ》とアブラハムの妻のサラでは大きな相違があるので、そう言ったまでだ。だが君は実に見事に応じたぞ。たしかに疥癬のほうがサラよりも長く生きるだろうからな。では話を続けてくれたまえ。これ以上口は挟まないことにしよう」

「なら話すよ、騎士の旦那」と羊飼いが言う。「俺たちの村に、グリソストモの親父さんよりもっと金持ちの農夫がいたんだ。ギリェルモって名前で、神様は莫大《ばくだい》な財産のほかに女の子をひとりその男に授けた。ところがお袋はその子を産んだときに亡くなっちまってね。この母親ってのが、ここらのどの村にも見かけねえくらいよくできた女だった。今でも目に浮かぶよ。顔の半分はお日様、もう半分はお月様みてえに輝いてた。それに、なんったって大した働きもんで、貧乏人に親切だったからな、今ごろはあの世で魂が神様に可愛がられているにちげえねえ。そんな出来のいいかみさんに先立たれて辛《つれ》え思いしたもんだから、亭主のギリェルモも後を追って死んじまった。でもって、残された娘のマルセラは大金持ちになって、村の司祭の叔父さんに預けられたってわけだ。その娘は大きくなるのに合わせておそろしく器量よしになったんだが、やっぱり美人だったお袋さんを思い出させたよ。だけど皆からは、器量にかけちゃ娘のほうが上だと思われてるね。

そんなわけで、年が十四か十五にもなると、その姿を見た者は、あんまりきれいに育ったっていうんで決まって神様に感謝したもんだし、惚れて夢中になる奴もひとりや二人じゃなかった。そこで叔父さんはそれこそ注意深く、家に閉じ込めるようにして守ってたよ。だけど、そんなに大事にしてても、めっぽう美人だという評判は広がる一方さ、娘の美貌と財産目当てに、村の男たちばかりか周りの何レグアも離れた村々に住む、それもとびきりの家柄の男たちまでが、彼女を嫁にくれと叔父さんに頼み込んだり、申し込んだり、せがんだりするという有様だ。だけど、本物の敬虔《けいけん》なキリスト教徒だった叔父さんは、年ごろだった姪っ子を早いところ嫁がせたかったんだが、本人の考えを無視してまでそうしたかなかった。かといって、嫁ぐのを遅らせることで、姪っ子の財産の管理から上がる儲《もう》けや実入りを当てにしてたわけじゃねえんだ。だから村で人が輪になって世間話をするときなんか、立派な司祭だってみんなで褒めることもよくあったよ。遍歴の旦那、あんたに知っておいてほしいんだが、こういう小さな村じゃ、どんなことでも噂の種になるし、あれこれ陰口を叩かれる。だから、教区の信者、それも狭い村の信者たちに褒められるってえのは、よっぽど立派な司祭だと思うし、あんたもそう思って間違いねえよ」

「たしかにそうだ」とドン・キホーテは応じる。「さて、先を続けてくれたまえ。至極興味深い話であるし、それにわが友ペドロよ、君の語り口にはとても味《グラシア》があるからな」

「神様のお恵み《グラシア》がありますように。俺には絶対必要だからね。じゃあ、その先だが、叔父さんは姪っ子に結婚話を持ち掛けて、彼女を嫁にしたいと言ってきた大勢の男たちがそれぞれどんな奴か教えて、お前の好みどおりに誰かを選んで結婚してほしいと言ってみた。けれども姪っ子は、今のところ結婚するつもりはない、自分は小娘にすぎないから、夫婦の義務を引き受ける資格がないと応えるばかりだった。それでもこの言いぐさはまっとうに思えたんで、叔父さんもしつこく迫るのはやめにして、もう少し年端が行って、姪っ子が自分好みの相手を選べるようになるまで待つことにしたってわけだ。なぜって、これは実にまともな考えなんだが、司祭に言わせると、親が子の望みに逆らって結婚させるべきじゃねえからさ。ところがなんと、予想もしなかったことに、ある日その品のいい娘のマルセラが、羊飼いの格好で人前に現れたじゃねえか。やめさせようとする叔父さんや村の連中の言葉に耳を貸さず、村の他の羊飼いの娘たちと一緒に野原に出かけて、自分ちの家畜の見張りを始めたんだよ。そんな具合で、あの娘が人前に姿を見せて、その美人ぶりが知れ渡ったもんだから、彼女を口説こうと、グリソストモみたいな格好して野原をうろつく独り身の金持ちやら郷士やら農夫やらがどんだけいたことか。さっき言ったとおり、死んじまったグリソストモはそんな連中のひとりだった。噂じゃ、あいつはマルセラに惚れるのはもうやめにして、崇拝してたって話だ。

だけど、マルセラがそんな風に勝手気ままで、引きこもるどころか人目につくような自由な生活を始めたからといって、身持ちの固さや節操をなくしはじめたとか、そんな兆しが見えだしたなんて思っちゃいけねえよ。それどころか、むしろ自分の名誉を汚さないように十分気をつけたから、彼女を取り巻き、言い寄った男たちのうち、自分の望みが叶えられそうだとほんのちょっとでも思わされたと自慢できた者なんかひとりもいなかったし、本当のところ、これからだって誰もそんな自慢はできねえだろうよ。なぜって、マルセラときたら、羊飼いの男たちと一緒にいることも話すことも、絶対に避けたりかわしたりしねえし、しかもいい加減なんかじゃなく、親しそうにするんだ。ところが、その中のひとりが胸の内を明かそうもんなら、たとえそれが結婚したいという真面目でまじりっけのない思いでも、とたんに鉄砲玉でも食らわすみたいな猛烈な勢いで撥《は》ねつけちまうのさ。そんな調子だから、この土地に疫病が入ってくるよりかはるかにたちが悪いんだ。なんせ、あの気立てのよさと器量のよさで、自分を慕い、恋心を持った者の気持ちを惹きつけておいて、いざとなると蔑んだりがっかりさせたりして、相手を絶望の淵《ふち》へと追いやっちまうんだ。そうなると、男どもは言うに事欠いてよ、大声でもって残酷だとか恩知らずだとか、あの娘の性根に見合ったその手の悪口を言いだすのさ。だからここにしばらくいれば、いつか、あの娘を追っかけて望みを絶たれた男どもの嘆きが、そこらの山や谷から響いてくるのが聞こえるはずだよ。

こっからそんなに遠くないとこに、二十本を超す背の高いブナの木が立ってる場所があるんだが、すべすべした幹にマルセラの名前が刻んでねえのは一本もありゃしねえし、そん中にゃ上の方に冠が彫ってあるのもあって、まるで惚れた男がマルセラの美しさこそ世界最高で、冠をかぶるにふさわしいとあからさまに言ってるようなもんだ。こっちじゃ羊飼いがひとりため息をついてるかと思えば、あっちじゃ別の羊飼いが愚痴をこぼしてる。向こうから恋の歌が聞こえるかと思えば、ここじゃ物悲しい歌が聞こえる。樫の木か大岩の根方に夜通し座ったまんま、泣きはらした目をつむりもしないで、思いに耽ってうっとりしながら夜明けを迎える奴がいれば、夏の真昼の我慢ならねえ焼けつく暑さの只中《ただなか》で、焼けた砂の上に寝っころがって、慈悲深い天を見上げて盛んに嘆いてる者がいるって具合さ。なのに器量よしのマルセラときた日にゃ、この男、あの男、あの男ども、この男どもと、勝手気ままに、ケロッとした顔で片っ端から袖にするもんだから、俺たち、あの娘を知る者はみんな、いったいあの高慢ちきはどこで治まんのか、そしてあの手に負えない性根を馴《な》らしてこの世に二人といいねえ美人をものにする幸せ者は誰なのかがわかるのを、じっと待ってるんだ。これまで話してきたことは全部本当のことで、知らねえ者はいねえから、グリソストモが死んだ原因について今しがた仲間の若い者が言ったことも本当だと思うよ。だから言うんだが、明日の葬式は見逃さないこった。グリソストモには友達が大勢いるんで、さぞかし見ごたえがあるだろうよ。それにあいつが自分を埋めてほしいと言った場所は、ここから半レグアと離れちゃいねえしな」

「言われたことは心に留めおこう」とドン・キホーテは言った。「まことに興味深い話を聞かせてもらい、おかげで楽しむことができた。礼を言う」

「とんでもねえ!」と山羊飼いが応じた。「俺はまだマルセラに惚れた男どもに何が起きたかその半分も知らねえよ。けど、明日、葬式に行く途中で、誰か俺たちにあれこれ教えてくれる羊飼いに会わねえとも限らねえ。だから今は、屋根の下で寝たほうがいい。夜露に当たんのは傷によくねえからな。ただし、塗ってやった薬はよく効くんで、それ以上悪くなる心配はねぇよ」

山羊飼いの話があまりに長いのを腹立たしく思っていたサンチョ・パンサも、今こそとばかり口を挟み、ペドロの小屋で寝るようにと主を促した。それを聞きいれたドン・キホーテは小屋の中で、マルセラを恋する男たちに倣い、ドゥルシネア姫を偲びつつ夜の残りを過ごしたのだった。サンチョ・パンサはというと、ロシナンテと自分のロバの間に横になり、恋のかなわぬ男のようにではなく、馬に蹴られてぐったりした男みたいに眠り込んだ。

第十三章　牧人マルセラの話がここで終わるとともに、他の出来事も話題になる

だが、東の空のバルコニーから日が姿を見せ始めたとたん、六人の山羊飼いのうち五人までが飛び起き、ドン・キホーテを起こしにやってきて、誰もが知るグリソストモの埋葬をまだ見に行く気があるのなら、自分たちが付き添うと言う。するとドン・キホーテは待ってましたとばかりに起き上がり、馬とロバに直ちに鞍をつけるようサンチョに申し付けた。サンチョは手早く命令を実行し、すぐさま全員揃って出発した。そして四分の一レグアも進まないうちに四つ辻に出くわし、そこを横切ろうとしたとき、脇から六人もの羊飼いがこちらへ向かってくるのが見えた。いずれも黒い革のコートに身を包み、頭に哀悼を表す糸杉と夾《きょう》

H.PISAN

竹桃《ちくとう》の冠をかぶり、手にはそれぞれ柊《ひいらぎ》の太い杖を握っている。彼らとともに、十分な旅支度をした紳士が二人馬に乗り、さらに三人の付き添いが徒歩で従っている。やがて出遭った両者は丁重に挨拶を交わし、互いに行き先を尋ね合った。すると全員が埋葬のある場所を目指していることがわかったので、両者は一団となって進み始めた。

馬上の紳士のひとりがもうひとりに話しかける。

「ビバルドさん、我々は誰もが知る埋葬に立ち会うために寄り道をするのだが、それを時間の無駄と見なしてはいけないようだ。一緒になった羊飼いたちから聞いた、死んだ羊飼いの若者の話も男泣かせの羊飼いの娘の話も、滅多にあるものじゃない。だから埋葬は間違いなく評判を呼ぶだろう」

「私もそう思う」とビバルドが応えた。「しかも私なら、それを見るのと引き換えに、一日どころか四日遅れるのもいとわないね」

そこでドン・キホーテが、マルセラとグリソストモについてどんなことを聞いたのかと二人に尋ねた。すると旅人は、その朝早く羊飼いたちに出遭ったとき、あまりに陰気な身なりをしていたので、どうしてそんな格好をしているのか問《と》い質《ただ》したところ、そのうちのひとりが、マルセラという名前の美しくも薄情な羊飼いの娘について、彼女に恋心を抱く多くの男たちの恋愛騒動について、そして例のグリソストモの死について話し、これから行くのがその男の埋葬であることを教えてくれた。結局、彼はペドロがドン・キホーテに話して聞かせたのと同じことをまるまる語ったのだった。

それが終わると、ふたたびやりとりが始まり、今度はビバルドという名の男がドン・キホーテに対して、これほど平和な土地なのに、どんな理由に駆られてそのように武装して歩き回っているのかと訊いた。その問いにドン・キホーテはこう答えた。

「実戦に臨むことこそ私の生業《なりわい》であるがゆえ、他の出で立ちで歩き回ることはできないし、許されてもいないのです。気楽な暮らし、平穏、安楽などというのは、やわな廷臣どものためにあちらで考案されたものですが、しかし苦労、気掛かり、武器などは、世の人々が遍歴の騎士と呼び慣わす者たちのためにもっぱら考え出され、作られたものです。そしてこの私もまた、不相応ながらも、騎士の端くれなのであります」

その言葉を耳にしたとたん誰もがこの男は狂っていると思ったが、さらにそれを確かめ、狂気の種類を知ろうと、ビバルドが遍歴の騎士とは何を意味するのかとふたたび訊いた。

「皆さんは読んだことがありませんか？」とドン・キホーテは言った。「大ブリテン王国の年代記や歴史です。そこでは我々がスペイン語でアルトゥス王と呼び慣わすアーサー王の名高い手柄の数々が扱われていますが、イギリス王国で古よりあまねく知られる伝説によると、アーサー王は亡くなってはおらず、魔法によってカラスに変身させられたのであり、時が経てばふたたび王国を治め、笏《しゃく》を取り戻すことになっています。その時以来今日まで、カラスを殺したイギリス人がひとりでもいると証明できないのは、そのことが原因なのです。それはそうと、例の人も知る円卓の騎士たちを生む騎士団ができたのも、湖の騎士ランサローテと王妃グニエーヴル［グィネヴィア］の恋愛沙汰の数々が、何もかも書物に書かれているとおりに生じたのも、この優れた国王の治世でした。そして二人の不義の恋の仲立ちを務めたのが誠実な女官のキンタニョナです。ここから我らのスペインで人口に膾炙《かいしゃ》し、好んで詠《うた》われる、

ブリテンから来たりし折の
ランサローテに勝るほど
貴婦人方にかしずかれた
騎士はかつてなし

というロマンセが生まれ、そこではランサローテの恋と勲が実に甘くまろやかに語られています。そのときから騎士道というものが代々受け継がれ、世界各地に広まったのですが、その中でも数々の手柄によって名を挙げ、人々に知られるところとなったのが、勇猛果敢なアマディス・デ・ガウラと、五世代にわたるその子孫、勇壮の士、フェリスマルテ・デ・イルカルニア、そして尽きせぬ称賛を浴び続けるティラン・ロ・ブラン、さらに、今の時代に我々が実際に見たり、話をしたり、声を聞いたりしたかのような気がする無敵の勇者、ドン・ベリアニス・デ・グレシアであります。さて、皆様、これを遍歴の騎士というのであり、私がお話ししたのは彼らの騎士道なるものであります。そして繰り返し申し上げますと、この私も、罪深いとはいえ、今挙げた騎士の面々同様騎士道を奉じ、騎士を生業としておりま

す。それゆえ私はこのような人気のない荒野を巡って冒険を求め、か弱き者や困窮に見舞われた者たちを救うために、運命がもたらす過酷きわまりない危険にも立ち向かい、我が腕を振るうつもりでいるのです」

こうしたドン・キホーテの理屈を聞いた旅人たちは、ついに彼が正気ではないことに気づき、取りつかれている狂気の種類がいかなるものかを知る。そのときの彼らの驚きは、彼の狂気を初めて知る人々の驚きとまったく同じだった。ここで、大いに気が利き、陽気な性格の持ち主であるビバルドが、埋葬のある丘にもうしばらくすると着くというころ、残りの道中をうんざりしないで済むように、ドン・キホーテに妄言を吐かせ続けようという気になった。そこで彼はこう言ってみた。

「遍歴の騎士殿、私が思うに、あなたは世に存在する最も厳しい職業のひとつを選ばれたようです。カルトゥジオ会の修道士たちの仕事でさえそれほど厳しくはないと思いますよ」

「確かに修道士の仕事は厳しいでしょう」と我らのドン・キホーテは応じた。「ですが、世において騎士道ほど必要かとなると、どうも疑わしい。というのも、本当のところ、隊長の命令を実行する兵士は、その命令を出す隊長と同じ程度に重要だからです。要するに、修道士は、あくまでも穏やかな安らぎの中で、天を仰ぎつつこの世の幸福を請うわけですが、我々兵士ならびに騎士というのは、彼らが天に請うのに対し、自らの腕と剣の刃の力によって、しかも屋根の下ではなく天空の下、夏は耐え難い陽光を浴びながら、冬は霜柱を踏みしめて、この世の幸福を実現し、それを守るのです。したがって、我々は、この世において神の僕となり、神の正義をつかさどる者の腕となるのです。そして戦いやそれにまつわる物事は、汗を掻《か》き、骨を折り、労することなくしては成し遂げることができませんから、それを生業とする者が、穏やかな安らぎの中で弱者を助けるよう神に祈る者たちより苦労が多いことは、疑うべくもありません。ただし、遍歴の騎士という身分が、僧院の中で暮らす修道士の身分と変わらないなどと言うつもりはなく、そんな考えが脳裏をよぎることもありません。ただ、私が今経験しつつあるところからすると、どうやら騎士というのは修道士よりもっと苦労が多くて痛い目に遭い、もっと飢えと渇きに苛《さいな》まれ、もっと悲惨でみすぼらしく、シラミだらけらしいと言いたかっただけです。なぜなら、古の遍歴の騎士がその生涯に多大な苦労を味わったことは疑う余地がないからです。中にはその腕の力によって皇帝の座に就いた者がいるとしても、それは多くの血と汗を流した代償であり、それほどの高い地位に就いた者にしても、彼らを援助してくれる魔法使いや賢人が必要で、そうでなければその願望は裏切られ、希望は失望に変わっていたでありましょう」

「私もそう思います」と旅人が言った。「しかし、遍歴の騎士については納得できないことが多々あるのですが、およそ合点がいかないのが、危険きわまりない大冒険を行おうというとき、一命を落とす危険が明らかなその冒険に踏み出す瞬間、決して神には身を委ねないことです。そのような危険に際して、キリスト教徒なら誰もが神に身を委ねて然《しか》るべきところを、遍歴の騎士はそれぞれの思い姫に、まるで自分の神であるかのように、一心不乱に身を捧げようとする。私にはそれが何やら異端臭く感じられるのです」

「お待ちください」とドン・キホーテが言った。「それだけはどうにもなりません。仮に遍歴の騎士が他のことをしようものなら、作法から外れます。遍歴の騎士道では、遍歴の騎士は運命の一戦に臨むとき、その場に思い姫がいるならばそちらを向いて、今から始まる勝利の不確かな大胆きわまりない戦いにおいて、味方となって守ってほしいと請うかのように、愛の眼差しを優しく向けるのが、一般的な慣習となっているからです。また誰にも聞こえないとしても、心をこめて思い姫に我が身を委ねます、というような言葉をつぶやかなければならないことになっています。こうした例は物語の中に数えきれないほど見つかります。とはいえ、遍歴の騎士たちが神の加護を願うのをやめたわけではありません。戦いが行われている間でも、神に願う暇や機会はありますから」

「たとえそうであっても」と旅人は応じる。「引っ掛かることがあるのです。私が読んだ騎士道物語では多くの場合、まず二人の遍歴の騎士の間で言葉が交わされます。そのうち怒りに火が点き、双方馬を引き離して十分に距離を取る。それからやおら相手めがけて全速力で馬を走らせ、走っている間にそれぞれ自分の思い姫に祈念するのです。そして両者が激突すると、決まって片方は相手の槍で深々と突き刺され、馬の尻から落っこちる。もう片方は、自分の馬のたてがみにしがみつくことで、地面に落ちずにすむという具合です。わからないのは、そんなあっという間の戦いのあいだに、死んだ騎士にどうして神に祈念する暇があったのかということです。だったら、走りながら思い姫に向けて祈念することに費やした言葉を、キリスト教徒が果たすべき務めのほうに費やすほうがよかったのでは。しかも、すべての遍歴の騎士に我が身を捧げる思い姫がいたとは思えない。なぜかと言えば、誰もかれもが恋をしているとは限らないからです」

「そんなことはありえない」とドン・キホーテが言う。「思い姫のいない遍歴の騎士が存在することなど断じてありえません。なぜかと言えば、遍歴の騎士たちにとって恋することは、空に星があるのと同様、ふさわしくかつ当然のことだからです。恋せぬ遍歴の騎士が登場する物語など見たことがない。しかも恋せぬ場合には、嫡出ではなく庶出の騎士と見なされ、遍歴の騎士道という砦《とりで》に門から入ったのではなく、まるで追いはぎか盗人のように塀を乗り越えて押し入った者として扱われるのです」

「そうおっしゃいますが」と旅人が言う。「私の記憶が正しければ、アマディス・デ・ガウラの弟であるドン・ガラオールは、その身を捧げられるような定まった思い姫を一度も持たなかったということを、本で読んだように思います。それでも彼は軽んじられたりせず、たいそう勇敢にして高名な騎士でした」

この言葉に我らのドン・キホーテが応じて言う。

「ちょっとお待ちください、燕《つばめ》一羽では夏にはならず、それは早合点というものです。それに、あの騎士は人知れず充実した恋をしていたことを私は知っております。自分が気に入ったすべての女性に思いを寄せてしまうというのは生まれついての癖であり、抑えようがありませんでした。しかし、結局のところ、すでに確かめられていますが、彼には自分が好意を寄せる女性がひとりだけいて、その女性に密《ひそ》かに祈念することもしばしばあったのです。

密かにというのは、彼が秘密の騎士を自任していたからです」

「なるほど、あらゆる遍歴の騎士の精髄は恋していることにあるとすると」と旅人は言う。「騎士を生業としているからには、あなたも恋していると十分考えられます。そこでですが、もしもあなたが、ドン・ガラオールに負けず劣らず秘密主義を誇るのでなければ、ここにいる一同と私自身の名にかけて、心の底からお願いしたいのですが、あなたの思い姫のお名前と生まれ故郷、御身分、美しさについて教えてください。あなたのような優れた騎士が思いを寄せ、仕えていると世の人々に知られれば、その方も自分を幸せだと思われるでしょう」

この言葉にドン・キホーテは大きなため息をつき、そしてこう言った。

「私が姫君に仕える身であると世の人々が知ることを、優しくも愛想のないあの方がよしとされるか否かは判断しかねます。ですが、それほど熱を込めて問われたことに対してただひとつお答えできるのは、お名前がドゥルシネアで、生まれ故郷はラ・マンチャ地方に位置するトボソ村、御身分は少なくとも王位継承権を持つ王女のはずであるということです。なにしろ私がお仕えする王女なのですから。その美しさはこの世のものとは思えないほどです。というのも、詩人たちが意中の女性に寄せる、およそありえず現実味のない美しさの表現が、我が姫君においてはすべて事実となっているからです。つまり、髪は金、額は天の園、眉は空に掛かる虹、瞳は太陽、頰は薔薇《ばら》の花、唇は珊瑚《さんご》、歯は真珠、首は雪花石膏《アラバスター》、胸は大理石、手は象牙、肌は白雪、そして慎ましさから人目を憚《はばか》る箇所にいたっては、思慮に満ちた考察によってのみ捉えることはできても、それを何かに喩えることはできません」

「血筋、家柄、家系についてはいかがでしょうか」とビバルドが追い打ちをかける。
この問いに対してドン・キホーテは次のように応じた。
「姫は古代ローマのクルティウス、ガイウス、スキピオのような、あるいは近代ローマのコロンナ、ウルシーノのような名門出身ではありません。また、カタルーニャのモンカダやレケセン、バレンシアのレベリャやビリャノバ、アラゴンのパラフォックスやヌサ、ロカベルティ、コレリャ、ルナ、アラゴン、ウレーア、フォス、グレーア、そしてカスティーリャのセルダ、マンリケ、メンドサ、グスマンといった旧家、さらにはポルトガルのアレンカストロ、パリャ、メネゼスなどとも関係はありません。とはいえ姫が属するラ・マンチャのトボソ村の一族は、まだ新興勢力でありながら、これからの世紀において最も傑出した家柄の高貴なる始祖となることでしょう。ですが、チェルヴィーノが戦利品であるオルランドの武具を据え置いたとき、その下に刻んだ条件を満たさない限り、この件に関してのさらなる取り沙汰は無用に願います。それは次のようなものです。

ロルダンに挑めぬ者は
誰もこれを動かしてはならない」

「私はラレドのカチョピン家に連なる者です」と旅人が待ったをかけた。「だからといって、そのことをラ・マンチャのトボソ家と敢えて比較するつもりはないのですが、本当のところ、そのような家名はいまだかつて聞いたことがありません」

「聞いたことがないとは信じがたい！」とドン・キホーテが応じた。

連れの者たちはそろって二人のやりとりを、耳を澄ませて聞いていた。そして山羊飼いや羊飼いすらも、我らのドン・キホーテがあまりに理性を失っていることに気づいていた。ただ、サンチョ・パンサだけは、主がいかなる人物であるかを知っていたうえに、生まれてこのかたの知り合いでもあったので、主の言葉はすべて真実だと思っていた。だが、そうはいっても、ドゥルシネア・デル・トボソのことだけはいささか引っ掛かった。なぜなら、トボソ村の近所に住んでいたのに、そのような名前も姫君のことも一度も噂に聞いたことがなかったからである。

そんなことをあれこれ話しながら揃って道を進むうちに、二つの高い山が作る狭間《はざま》を、二十人ばかりの羊飼いが下ってくるのが見えた。彼らは黒い羊の毛皮のコートをまとい、頭には、あとでわかるのだが、セイヨウイチイか糸杉の冠をかぶっていた。そのうちの六人は様々な花や枝葉で覆われた輿《こし》を担いでいる。それを見た山羊飼いのひとりが声を上げた。

「ほら、あそこを下ってくるのが、グリソストモの骸《むくろ》を運ぶ連中だよ。あの山のふもとに、埋めてほしいと言った場所があるんだ」

そこで揃って足取りを速めたが、着いてみると、遺体を運んできた羊飼いたちはもはや輿を地面に下ろし、そのうちの四人が先の鋭いつるはしで、がっしりした岩の脇に墓穴を掘っていた。

先に着いた者たちと今着いた者たちは、礼儀正しく挨拶を交わし、そのあと、ドン・キホーテとその連れが輿を覗くと、そこには羊飼いの格好をした、三十歳くらいの男の遺体が花に埋もれているのが見えた。だが死んではいても、生きているときはさぞかし美男で颯爽としていたであろうことが見て取れる。輿の中には遺体を囲むように何冊かの書物と、折りたたんだ、あるいは開いたままの紙がかなり置いてある。輿の中を見ている者も、墓穴を掘っている者も、そこにいる他のすべての者たちも、不可思議とも言える沈黙を保っていたが、遺体を運んできた者のひとりがついに沈黙を破って仲間に言った。

「なあ、アンブロシオ、グリソストモが指定した場所は本当にここだろうね。一言一句遺言どおりにしようと言ったのは君なんだからな」

「ああ、ここさ」とアンブロシオが応える。「僕の不幸な友は、実らぬ恋のことをここで何度も話してくれたよ。彼の話だと、人類にとっての仇《かたき》であるあの女を初めて見かけたのはここだし、彼女に初めて恋心を誠実に打ち明けたのもここ、最後にマルセラが彼を無視して絶望させ、その惨めな悲劇の生涯を終わらせたのもここだ。それでグリソストモは、いくつもの不幸を思い出させるこの場所で、自分が永遠に忘れ去られることを望んだのさ」

そう言うと彼はドン・キホーテと旅人たちのほうに向きなおり、さらに続けた。

「皆さん、今、あなた方が哀れみのこもった目でご覧になっている亡骸には、天から無限の豊かさを授かった魂が宿っていました。そこにあるのは、知恵と才能において唯一無二の存在で、礼節に関してその右に出る者はなく、並外れた品格を備え、友情においては不死鳥を思わせ、限りなく鷹揚《おうよう》で、真摯であって自惚《うぬぼ》れず、快活だが下卑ることなく、つまるところ、善と名がつくあらゆることにおいて誰よりも優れ、不幸という不幸において他を寄せつけなかった、グリソストモの亡骸なのです。彼は深く愛しながらも相手にされず、心から慕っても侮られるばかり。懇願しても相手はまるで獣。どんなにせがもうと向こうは大理石像に等しい。風を追って走り、荒野に向かって叫び、忘恩に奉仕したあげく、その報いが人生半ばにして死に見舞われることでした。その人生を終わらせたのがひとりの羊飼いの娘であり、グリソストモは彼女が人々の記憶の中で永遠に生き続けるようにしようとした。そのことは、みなさんがご覧になっている原稿が十分に語ってくれるでしょう。ただし、自分の亡骸が埋葬されたらその原稿を火中にくべろと、僕が言い遺ってなければのことですが」

「そんなことをすれば」とビバルドが応じる。「原稿の扱いにおいて、あなたはそれを書いた本人よりも厳しく残酷だということになる。なぜなら、命じていることがおよそ常軌を逸していながらそれに従うのは、正しくもなければ妥当でもないからです。仮にローマのアウグストゥス帝が、マントゥアの詩人ウェルギリウスが遺言で命じた『アエネイス』の草稿の破棄を許していたとしたら、それを善行とみなせるでしょうか。ですからアンブロシオさん、あなたの友人の亡骸は大地に委ねるとしても、彼が遺した原稿を忘却に委ねるつもりになってはいけません。彼が感情の高ぶりからそう命じたとしても、あなたが軽率に実行するのはまずい。それよりむしろ、この原稿に命を吹き込んで、マルセラの残酷さを永久《とわ》に留《とど》め、来るべき時代に生きる者たちが、この種の深い谷底に近づいたり落ち込んだりしないように、戒めとして役立たせることです。というのも、私も同行の者たちも、あなたの友人の恋と絶望の話に加えて、あなたがた二人の友情、彼が死んだ原因、死に際に言い残したことなどをすでに知っていたからです。この痛ましい話からは、マルセラがいかに残酷だったか、グリソストモの愛がいかに深いものだったか、あなたがたの友情と信頼ぶりがいかに堅固なものだったか、さらには狂気の愛に目がくらみ、手綱を放して突っ走る者たちがどこに行き着くか、およその見当がつきます。昨夜、私どもは、グリソストモが亡くなり、この場所に埋葬されるということを知りました。そこで好奇心と同情心から旅の予定を変更し、話を聞いて大変胸が痛んだことをこの目で見ようということになり、やってきたのです。この胸の痛みと、できればそれを癒したいという気持ちを考慮して、ああ、思慮深いアンブロシオさん、私どもからのお願いです、いえ、少なくとも私個人としては、その原稿を焼き捨てたりせずに、その一部なりとをどうしても見せていただきたいのです」

そして羊飼いが返事をするのも待たずに、やおら手を伸ばすと、最も近くにあった何枚かを手に取った。それを見たアンブロシオが口を開いた。

「丁重なご依頼ですので、今あなたが手にされた分はお譲りします。ですが、残った分は焼かないと思われたら大間違いです」

何が書かれているか知りたいビバルドは、直ちに原稿の一枚を開いてみた。するとそこには〈絶望の歌〉という題名が書きつけてあった。彼がそれを読み上げるのを聞くと、アンブロシオはこう言った。

「それは不幸な友が最後に書き記した分です。そこには彼が不運に弄ばれる様が記されているので、そのことをみなさんに知っていただけるように、どうか読み上げてください。墓穴を掘る間、時間はたっぷりあるでしょう」

「もちろん喜んでそうします」とビバルドは応えた。

そこにいた者はすべて同じことを願っていたので、彼の周りに集まった。彼が澄んだ声で読み始めた詩はこう歌っていた。

第十四章　この章では亡き羊飼いの詩が明らかにされ、意外な事件のことが語られる

グリソストモの歌

つれない君よ、なんとも酷《むご》いその仕業を
人から人へ口伝えに
広めてほしいと願うなら
悲嘆にくれる僕の胸に、他ならぬ地獄から
痛ましき音色を招きよせ

声音を変えて歌ってみせよう。
悲しみに暮れる僕の嘆きと君の勲を
敢えて語ろうとするこの心に応じ
その声の調子は凄まじく、哀れにも
千切れた腸《はらわた》の切れ端が
入り混じることだろう。
それではじっと聞くがいい
調和のとれた音でなく
僕の苦い胸の奥底から
やむを得ない戯言とともに湧きあがる
僕を喜ばせ、君を苦しめる騒音を。
獅子の咆哮《ほうこう》、獰猛な狼《おおかみ》の
ぞっとする遠吠《とおぼ》え
鱗《うろこ》だらけの大蛇《おろち》が吐く
身の毛もよだつ息、正体不明の怪物の凄まじい叫び
鴉《からす》の不吉な鳴き声、怒濤《どとう》の海を渡る風の音
執拗に続く手負いの牡牛《おうし》の呻き声
伴侶を亡くしたキジバトの痛ましい鳴き声

夜目が利くので妬まれるフクロウの悲しい歌声
それに暗黒地獄から聞こえる亡者どもの泣き叫び
そのすべてが混じり合ってひとつの音となり
苦痛に満ちた魂とともに外に出ろ
そしてあらゆる感覚を混乱させるのだ。
僕の裡《うち》にある残酷な苦痛を語るには
新たな旋法が要るからだ。
父なるタホ川の川砂にも
名だたるベティスのオリーブ林にも
雑音交じりの悲歌の響きなど聞こえはしまい。
死んだ舌が生きた言葉で放つ
僕の激しい苦悩が飛び散るのは
切り立つ崖や深い洞
暗い峡谷、わびしい浜辺
そこは訪れる者もなく
陽《ひ》が射すこともない
あるいはリビアの平原にはびこる
害獣の群れの中。

人気のない荒れ野で
僕の不運から生じるしわがれ声は
君のこの上ないつれなさを嘆き
その声はか細くとも、僕のはかない生の
特権ゆえに、広く世界に届くだろう。
冷淡さは人の命を奪い、疑いは
真偽のほどは別にして、忍耐を損なう。
嫉妬は一層残酷に人を死に追いやり
長く会わなければ人生は狂う。
忘却の恐れの前には
幸いを固く願う心も役立たぬ。
あらゆるものに死は避けがたく宿る
だが僕は、奇跡的にも生き長らえている
嫉妬に狂い、放心し、蔑まれ、疑いに
死ぬほどの思いを味わいながら
忘却されて僕の炎は燃え上がりながらも
苦悩につぐ苦悩に僕の目は希望の影も見ず
絶望のあまり僕は希望を求めもせず

むしろ悲しみの極みに身を置いて
永久に希望を捨て去ると誓おう。
不安の原因がより確かなとき、果たして
望みかつ恐れることはできるだろうか
またそうすべきか？
手強い嫉妬が目の前にあり
魂の千の傷口を通して見えるとき
この目を閉ざすべきか？
蔑みがあからさまになり、疑惑が現実と化し
ああ、なんという変化だろう！　汚れのない真実が
虚偽に変わるのを見たときに
心の扉を大きく開き
不信を招き入れない者がいるだろうか？
ああ嫉妬よ、愛の王国の残忍な暴君よ！
僕のこの手に刃をくれ。
蔑みよ、強く縒《よ》った縄をよこせ。
だが悲しいかな、この苦しみにけりをつけ
残酷にも勝利を収めるのは、君の思い出なのだ。

そしてついに僕は死ぬ、だが死にも生にも
果報を望めないのなら、せめて甘い夢にこだわろう。
僕は言おう、深く愛する者は賢明だ
古い愛の支配に服すれば服するほど
その魂は自由になると。
僕を常に苦しめるその女《ひと》は
身も心も美しく
忘却されるのは僕の罪
我らに災厄をもたらすからこそ
愛の帝国は公正な秩序のうちに保たれる。
こう考えて丈夫な縄を持ち
彼女の蔑みに
乏しい生の日々を急《せ》き立てられて
いつか栄誉を受けることもなく
僕は身も心も風に捧げることにする。
疲れ切った疎ましい命を
いかに処すべきかを
度重なる理不尽をもって僕に教えた君よ

こうして僕が深い傷心の証を
いかに喜んでつれない君に差し出すか
君にもわかることだろう。
たとえ僕の死が、君の麗しい瞳の澄み切った空を
曇らせるだけの価値があると運良くわかっても
涙で曇らせたりしないでほしい。
僕の魂の残骸を君にあげようとも
見返りは要らない。
それより、僕が禍々《まがまが》しい時を迎えるとき
その最期が君の宴《うたげ》であると笑顔で知るのだ
だがこう伝えるのは愚かさの極み
僕の即座の死によって
君の誉れは知れ渡るからだ。
さあ、時が来た、深淵より出で来たれ
渇きに苦しむタンタロス
岩の重みを課されたシシュフォス
禿鷹《はげたか》に啄《ついば》まれるティティウス
炎の車に繫《つな》がれたエギオンも遅れぬよう

また多大な苦労に喘《あえ》ぐ姉妹たちも
そろって訪れこの胸に
耐え難い苦痛をもたらせ
そして小声でもって哀悼の歌を
(もしも望みのない男にも可能なら)
いまだ死衣を着ない亡骸にうたってほしい。
冥界を護《まも》る三つ頭の犬よ
千の怪獣、千の怪物とともに
悲痛な声で唱和してほしい。
恋する男の死を悼むのに
これに勝る華麗な儀式はないだろうから。
絶望の歌よ、哀れな仲間を亡くしても
嘆くことはない。
お前を産んだ女の幸福が
僕の不幸で増すのなら
墓の中でも悲しみに暮れることはない。

グリソストモの歌を聞いた者たちにはその出来は素晴らしいと思えたが、朗読した男には、彼が聞いていたマルセラの慎み深さや善良さとは一致しないようだった。つまり、歌の中でグリソストモが、嫉妬や疑惑、上の空といった要素について、すべて彼女の信用や評判を損ねるように嘆いているからというのだ。それに対して、友人の心を底の底まで熟知している者としてアンブロシオがこう応えた。

「その疑問を解くには、いいですか、この歌を書いたとき、あの不幸な男はマルセラのそばにはいなかったということを知る必要があります。彼女から遠ざかったのは自分の意思によるのであって、距離をおけばそれなりの効果があるのではないかと試してみた。ところがそれが裏目に出たんです。恋する男の弱みで何もかもが自分を悩ませ不安がらせるものだから、グリソストモときたら、でっち上げの嫉妬や疑いのために、まるでそれが本当のことであるかのように苦しむはめになった。だからマルセラが善良であることは世間で言われているとおりであって、思いやりに欠け、少しばかりお高くとまっていて、かなり冷たいことを別にすれば、やっかみからでさえケチをつけるべきではないし、ケチはつけられません」

「そうだったんですか」とビバルドが言った。

そして焼かれるところを救った紙のもう一枚を読もうとしたそのとき、はっとするような幻（そう見えた）が突然目の前に現れたので、やめてしまった。根方で墓穴が掘られている最中の岩場の上に、マルセラがいきなり姿を見せたからだ。その美しさは評判をはるかに凌いだ。彼女を目にするのはそれが初めてという者たちは驚嘆し、言葉もなくただ見つめるばかり。見慣れているはずの者たちですら、負けずに呆気にとられている。ところが彼女を見たアンブロシオは、突然怒りを露《あらわ》にして言い放った。

「よくも出てきたな、この山に棲《す》む獰猛な怪獣め！　お前の酷い仕打ちが命を奪った哀れな男の傷口から、もっと血が流れ出るのを見ようと現れたのか？　それとも生まれつきの残酷さが挙げたお手柄を自慢するつもりか、あるいは無慈悲な暴君ネロよろしく、燃え盛るお前のローマを高みから見物したいのか、でなけりゃ父親のタルクィニウス王の亡骸を踏みつけた恩知らずな娘みたいに、この不幸な友人の亡骸を傲慢にも踏みつけようというのか？　何しに来たのかすぐに答えろ、望みはなんだ？　俺は知っているが、グリソストモが生きていたとき、あの男の考えることは常にお前の思うがままだった。だから、あいつが死んだ今は、ここにいる友人と名のつく皆も、お前の思うがままになるだろうよ」

「それは違うわ、アンブロシオ！　あなたが言ったことは全部違ってる」とマルセラは応えた。「わたしは自分のために戻ってきたの。だってグリソストモの悩みも彼が死んだこともすべてわたしのせいにすることがいかに間違っているかわかってほしいからよ。だからここにおいでの皆さんに、わたしの言うことを注意して聞いていただきたいの。でも思慮深い人たちに本当のことを納得してもらうのだから、さして時間はかからないし、それほどしゃべらなくてもすむはずだわ。

皆さんがおっしゃるとおり、わたしは美しく生まれつきました。この美しさのために矢も楯もたまらずわたしに恋心を抱いてしまうほどだそうですね。その恋心への返礼として、わたしも皆さんを恋するようにと、恋してほしいと、そして恋さなくてはいけないと言われます。美しいものが恋されることは、神から授かった元々の分別によってわかります。でも美しいので恋されたからといって、恋してくれる相手を恋さなければならないというのが腑《ふ》に落ちません。それに美しいものを恋する男が醜いことだってあるでしょう。醜いものは忌み嫌われるにふさわしいのですから、『美しいお前が好きだ、俺は醜いけれど、愛してほしい』なんて言うのはすごく変です。それに、美しさの釣り合いが取れていても、相手を求める気持ちも同じというわけじゃないし、美しければ必ず恋心を抱かせるわけでもない。目の保養にはなっても気持ちはちっとも動かない美しさというのもあります。もしもすべての美が恋心をかき立て、相手を虜にするのなら、心は留まるところを知らず、迷い、道を踏み外し、歩き続けるばかりでしょう。なぜなら美しい人は限りなくいるし、それを求める心もきりがないからです。わたしが聞いたところによると、真の愛は分けることができず、自由な意志にもとづくものであって、強いられるものではないそうです。そうだとすると、わたしはそのとおりだと思いますが、なぜ皆さんは、わたしを愛しているというだけで、わたしの意志を力でねじ伏せようとするのでしょうか。ちがいますか。かりにわたしが、生まれつきの美人であるように、生まれつきの醜女《しこめ》だったら、皆さんはなぜわたしを愛してくれないのかと不平を言うのは正しいですか？　おまけに、わたしは自分の美しさを選び取ったわけじゃない。これは天からの授かりもの。ほしいと言ってもいないし選んでもいない。天が授けてくださったのです。毒があるからといってマムシに罪を着せたりはしないでしょう。その毒で人を死なせるとしても、それは自然からの授かりものだからです。わたしが美しいことだって咎められる筋合いはありません。慎み深い女性の美しさというのは、遠くで燃える炎か鋭い剣みたいなもの。近づかなければ、人を火傷《やけど》させることもないし切りつけることもないのです。貞節と美徳は魂を飾り、それのない体は、本当は美しくても、そうは見えないはずです。節操というのは体と心をより一層美しく飾るもの、だとすれば、美しいという理由で愛される女性は、ありとあらゆる力と手段を使って自分の欲望を満たすために節操を捨てさせようと迫る男の意図に、なぜ応えなければならないのでしょうか？

わたしは自由に生まれつき、自由に暮らすために人のいない田園を選びました。この山の木々は友であり、この流れの澄んだ水は鏡です。この木々や水に思いや美しさを伝えるのです。わたしは遠くで燃える炎、遠くにある剣です。見かけでわたしに恋した人は、言葉で迷いから覚めさせてあげました。期待が欲望を育むなら、わたしはグリソストモにも他の人にも、つまり誰にも期待を持たせたことはありませんから、彼が死んだのはわたしの薄情さより自分のこだわりが原因だと言えるでしょう。彼の思いはひたむきだったからそれに応えるべきだったと、わたしのせいにされるなら、こう言いましょう。たった今墓穴を掘っているその場所で、彼は純粋な胸の内を明かしました。そこでわたしは、自分の望みはずっと独りで暮らすことであり、大地だけが隠遁《いんとん》生活の果実と美しさの残骸を味わえるのだと彼に言ったのです。そうやって幻滅させたにもかかわらず、彼は希望もないのにこだわるのを止めず、風に逆らって船を走らせようとしました。無謀な航海ゆえ大海の只中で溺れ死んだとしても当然の報いです。もしも彼を喜ばせていたなら、それは偽善になります。それに、満足させてあげていたら、わたしが一番大切にしている自分の意志に反することになります。片思いだとはっきり言ってあげたのに、あの人は諦めようとせず、嫌われたわけでもないのに、絶望してしまったのです。さあ、これでも彼の苦しみの責任はわたしにあるのでしょうか！　わたしに惑わされたのなら不平を言いなさい。気を持たせておいて約束を反故《ほご》にされたというのなら憤慨すればいい。わたしに声を掛けられたというのなら自信を持ちなさい。わたしが受け入れたというのなら自慢するがいい。でもわたしが約束もせず、惑わしもせず、声を掛けもせず、受け入れてもいない人から酷いだとか人殺しだとか言われたくはありません。

これまでのところ天はわたしに宿命の人を愛することを許されませんし、自分の選んだ人を愛するなんて考えることもできません。こうして広く男性を拒むことは、それぞれ自分の勝手で言い寄ってくる人にももちろん当てはまります。ですから今後、わたしのために死ぬ人がいても、原因は嫉妬や不運ではないことをご理解ください。誰ひとり愛さない者が嫉妬を招くはずがないですし、片思いだと知らされたからといって、軽蔑されたと思う必要はありません。わたしを残忍な獣だとか見た者を殺す怪獣呼ばわりする人には、周りに害を及ぼす悪女と見なされても構いません。つれない女と呼ぶなら、ちやほやしないでください。恩知らずというなら、知り合わなければいいのです。薄情というなら、あとを追わないように。この獣、この怪獣、つれない、恩知らずな女は、決して相手を求めず、媚《こ》びもせず、知ろうとしないし、つきまとったりもしませんから。グリソストモの死の原因が、こらえ性がないことと向う見ずな欲望だとすれば、なぜわたしの誠実で慎重な振る舞いが槍玉に挙がるのでしょう？　木々を友に純潔を守ってきたというのに、人が相手でも純潔を守ってほしいと願う人が、どうしてそれを失わせようとするのでしょうか？　ご存知のように、わたしには自分の財産があり、他人のものまでほしいとは思いません。生まれつき自由な性格で、他人に縛られるのを好みません。誰も愛さず憎みもしない。誰かを騙したりしないし言い寄りもしない。他人をからかうことも楽しむこともしません。ここらの村の娘さんたちと本音の話をしたり、自分の山羊の世話をしたりするのが楽しいんです。自分が望むこともこの山間にありますし、外に出るとすれば、空の美しさを眺め、魂がその最初の住処《すみか》に向かって歩くときだけなのです」

このように言うと、マルセラは、彼女の機知に富んだ言葉と美しさに呆気にとられた人々を後に残し、返事を聞こうともせずにくるりと背を向け、近くの山の鬱蒼《うっそう》とした森に姿を消してしまった。中には、彼女のきっぱりとした拒絶の言葉を聞いたにもかかわらず、後を追い掛けそうな素振りを見せた者（彼女の美しい瞳の放つ強力な眼差しの矢に射られてしまったのだ）も何人かいた。それを見たドン・キホーテは、危機に陥った乙女たちを救うという騎士道精神を発揮するための好機が訪れたとばかりに、剣の柄に手を掛け、誰にも聞き取れる大声で叫んだ。

「いかなる身分階級の者であれ、私の逆鱗《げきりん》に触れたくなければ、ひとりたりとも麗しきマルセラの後を追うことはあいならない。あの方は、グリソストモの死についてほとんど、あるいはまったく罪がないことを、明解な言葉で道理を尽くして示したではないか。しかも恋心を抱く男どもの求愛などまるでどこ吹く風という暮らしぶりだそうだ。その主義主張は、彼女がつけ回されたり迫害されたりする代わりに、この世のすべての善良なる人々によって称えられ、尊ばれることをもって報われるべきではないか。これほど誠実な意図をもって暮らす女性は他にはいないことを教えてくれたのだから」

ドン・キホーテの脅しの効き目か、あるいは良き友のためにしなければならない仕事を終えてしまおうと言ったアンブロシオの言葉のせいか、羊飼いはひとりもその場から動きもしなければ離れることもなく、やがて墓穴が完成し、グリソストモの詩の草稿が焼かれると、居合わせた者たちが泣きじゃくる中で、亡骸は穴の底に横たえられた。穴の上には蓋がわりの大岩がかぶせられたが、アンブロシオによると、それはこれから作らせるつもりの墓碑銘を刻んだ蓋ができるまでの仮のもので、碑文にはこう書かれるはずだった。

ここに、かつて羊飼い
愛を得られず破滅した
愛に生きた男の
哀しくも冷たい亡骸が眠る。
その手で死を招いたのは
美しくもつれない女
恋という名の暴虐は

お蔭《かげ》でその領土を広げる。

続いて墓の上に大量の花や花束が撒かれ、羊飼いたちはそれぞれ友人のアンブロシオに悔みの言葉を述べると、全員そこから立ち去った。ビバルドと連れの男も彼らに倣い、ドン・キホーテも自分をもてなしてくれた人々や旅人たち二人に別れを告げた。すると二人は一緒にセビーリャに行かないかと彼を誘った。そこが冒険探しにうってつけで、他のどこよりも通りごと、街角ごとに冒険に出遭えるというのだ。ドン・キホーテはその情報と自分に示してくれた心遣いに感謝しながらも、当面セビーリャに行く気はないし、行くことができないと応えた。このあたりの山々にはびこっていることが知られている質《たち》の悪い山賊どもを、まずは一人残らず退治しなければならないからだと言う。彼の決然とした思いを知った旅人たちはそれ以上無理強いするのはやめ、ふたたび別れの挨拶をして彼を残し、旅を再開した。道中、マルセラとグリソストモの一件やドン・キホーテの狂気についてなど、話のタネは尽きなかった。一人残ったドン・キホーテは、牧人のマルセラを探しだし、自分が役立つことなら何でもしようと心に決めた。だが、この真実の物語で語られているように、そうは問屋が卸さなかった。ただし物語の第二部はここで終わっている。

H.PISAN

第三部

第十五章

この章では、極悪非道なヤングアス人たちに出遭ったドン・キホーテが巻き込まれた不幸な冒険のことが語られる

博学の人シデ・ハメーテ・ベネンヘーリが語るには、ドン・キホーテは自分を招いてくれた人々やグリソストモの埋葬に立ち会ったすべての人々に別れを告げると、彼の従者とともに、マルセラが姿を消すのを見た森に分け入った。そして二時間以上も歩きまわってくまなく探したが、彼女は見つからなかった。そのうち二人は草が青々と茂る場所にやってきた。近くにはひんやりとした水が静かに流れる小川があり、すでに始まっていた暑さの厳しい真昼の時間帯をそこで過ごすように、二人を否応《いやおう》なく誘うのだった。

H PISAN

ドン・キホーテが馬から降りるとサンチョもそれに倣い、ロシナンテとロバには一面に茂った草を思う存分食べさせてやり、自分たちは鞍袋に手を突っ込んで、主従の分け隔てなく和気あいあいと、中にあったものを食べたのだった。

ロシナンテという馬はとても聞き分けがよいうえに、みだらな気を起こしたりはしないとサンチョは思い込み、コルドバ中の放牧地にいる牝馬《めすうま》が誘いを掛けたところでなびかないと信じていた。だから足枷《あしかせ》をはめることなど思いもよらなかった。すると運命の悪戯か、常に眠っているとは限らない悪魔の仕業か、同じ谷間で何人かのヤングアス人の馬方のものであるガリシアの若い牝馬の群れが草を食べていたのだ。馬方たちは草と水に恵まれた場所で馬とともに休むのが習慣だった。そしてドン・キホーテがいたのは、まさにヤングアス人たちにとって休むにもってこいの場所だったのである。

そのうち牝馬の匂いを嗅ぎつけたロシナンテがなんと情欲にかられ、主に許可を求めることもせずに、いつもどおりの足取りで歩き出すと速度をいくぶん上げて、牝馬たちに自分の思いを伝えに行った。しかし牝馬たちは、どうやら牡馬《おすうま》を相手にするよりも草を食べるのに夢中だったらしく、やってきたロシナンテは蹄鉄《ていてつ》で蹴飛ばされるわ嚙みつかれるわと手荒く迎えられたので、たちまち腹帯は破れ、鞍は落ち、丸裸になってしまった。だが、それだけでは済まなかった。自分たちの牝馬にちょっかいを出しているのを見た馬方たちが棍棒《こんぼう》を手に駆けつけ、ぼこぼこに殴りつけたので、ロシナンテは地面に倒れ込んでしまった。

そのとき（ロシナンテが手痛い目に遭っているのに気がつき）ドン・キホーテとサンチョ

PISAN

が息せき切ってやってきた。そしてドン・キホーテがサンチョに言った。

「我が友サンチョよ、私の目にはこの者たちが騎士ではなく、粗野な下衆どもに見えるぞ。私がお前にこう言うのは、我らの目の前でロシナンテに対して狼藉《ろうぜき》を振るった者たちが下衆ならば、お前も仕返しの助太刀ができるからだ」

「おれたちがどんな仕返しをするって？」とサンチョが応える。「向こうは二十人を超えてるっていうのに、こっちは二人きり、いや、もしかすると一人半かもしれねえな」

「私は百人に値するぞ」とドン・キホーテ。

そう言うが早いか、剣を引っつかみ、ソリアのヤングアス人たちめがけて突っ込んだ。すると主の振る舞いに刺激され、それとばかりにサンチョも続いた。そしてドン・キホーテは最初に振るった剣でひとりの男に切りつけ、相手が着ていた革の上着の背中を大きく切り裂いてしまった。

だが、自分たちのほうが多勢なのに、たった二人にいいようにやられていることがわかったヤングアス人たちは、ふたたび棍棒を取ってきて二人を取り巻くと、猛烈な勢いで殴り掛かった。実のところ、サンチョは二発目を食らったところで地面に転がり、ドン・キホーテも、その腕前と勇気も虚しく、同じ目に遭った。そして偶然にもドン・キホーテは、まだ起き上がれずにいたロシナンテの足元に倒れ込んだのだった。このことからも、怒り狂った粗野な男たちが、握った棍棒でもっていかに激しく殴りつけたか察しがつくだろう。

そのうち相手を痛めつけすぎたとわかったヤングアス人たちは、目にもとまらぬ早業で牝馬に荷物を積むと、なんとも情けない姿で息も絶え絶えの二人の冒険家を置き去りにして、先を急いだのだった。

先に我に返ったのはサンチョ・パンサだった。自分が主人のそばに横たわっているのに気づくと、彼はか細い声で哀れっぽく言った。

「ああ、ドン・キホーテの旦那！　旦那ってば！」

「何の用だ、サンチョ？」とサンチョと同様、痛々しい声で力なくドン・キホーテが応じる。

「できればってことだが」とサンチョ・パンサが言う。「あの、ぶ男《フェオ》ブラスとかいう飲みもんを二口ばかりもらいてえんだ、もし旦那が今持ってたらの話だが。傷によく効くというから、折れた骨にも効き目があるんじゃねえかな」

「たしかに、ここにあのフィエラブラスがあればよいのだが、残念」とドン・キホーテが言う。「だがサンチョ・パンサよ、遍歴の騎士の名誉にかけて誓うが、今から二日と経たないうちに（運悪くよけいな邪魔が入らない限り）、あの薬を手に入れてみせるぞ。さもないと、私の腕も鈍ったことになる」

「だったら、おれたちの足はいったい何日で動くようになるのかね」とサンチョが尋ねる。

「それについてはだな」と叩きのめされた騎士のドン・キホーテが応える。「何日というわけにはいかんのだ。それはともかく、今回の災いの責任はすべて私にある。なぜなら私のように武具をつけた騎士ではない者どもを相手に剣を抜くべきではなかったからだ。思うに、騎士道の掟から逸脱するという罪を犯したがゆえに、戦《いくさ》の神は私にこのような罰を与えたのだろう。だからサンチョ・パンサよ、今からお前に述べることをしかと聞き、胸に留めてもらいたい。というのも、これは我ら二人が健やかでいられるために大いに重要なことだからだ。つまり、今後、あの種のごろつきが我らに何らかの狼藉をはたらこうとするのを見たときは、私が剣に手を掛けるのを待たずに、お前自身の剣を取って連中を好きなだけこらしめてやるとよい、なぜなら私は金輪際関わらないつもりだからだ。ただし、あちらに加勢しようと騎士が馳せ参じたりすれば、私もお前に助太刀し、全力で相手を痛い目に遭わせてやれるぞ。この剛腕の威力がどれほどのものか、数えきれぬほどの証と経験によってお前はすでに知ったはずだ」

哀れな騎士は、勇敢なビスカヤ人を打ち負かしたことからすっかり傲慢になっていた。だが、サンチョ・パンサにとり、主の言葉はあまりありがたいとは思えなかった。そこでこう応えざるを得なかった。

「旦那、おれは争いごとが大嫌《でえきれ》えで、大人しくて穏やかな人間だ。それにどんなに侮辱されようが平気の平左さ。なにせ女房子供を養わなきゃなんねえからよ。だから、おれからも知らせとくけど（命令なんてできねえもんな）、相手が悪党だろうが騎士だろうが、おれは剣を抜いたりしねえよ。この先、神様の裁きを受ける日まで、これまで受けたどんな侮辱も、これから受ける侮辱も、今受けてるかもしれねえ侮辱だって、たとえ受けたとしても、それに受けるだろうとしても、向こうの身分が高かろうと低かろうと、金持ちか貧乏人か、貴族か平民かに関係なく、身分とか家柄なんか一切考えねえで、侮辱という侮辱を赦しちまうつもりさ」

この言いぐさを聞いた主は次のように応じた。

「息がもう少し楽につけて、口がききやすくなるといいのだが。それに脇腹の痛みがもうちと和らいでくれんことにはな。だがパンサよ、お前が間違っていることを教えてやるぞ。しょうもない奴だ、もっと近くに来い。今までもっぱら反対向きに吹いていた運命の風が順風に変わり、希望の船は災難に見舞われることもなく確実に、我らをお前に約束したいずれかの島の港に運んでくれそうだ。そこでその島を獲得し、お前をそこの領主にしてやるつもりなのに、お前がそんなでどうする。騎士ではないお前が、騎士になる気もなければ、自分が受けた侮辱の仕返しをしたり、領地を守ったりする勇気も意図もないとすれば、領主の座をみすみす棒に振ることになるではないか。なぜかと言えば、よく頭に入れておけ、新たに征服された国や地方では、住民たちの気持ちは決して落ち着かず、新たな領主に従う気もそれほどないので、恐れもせずに、物事をもう一度変えようとして何かとんでもない事をしでかしたり、いわゆる運試しをまたやったりするからだ。よって新たに領主の座に就いた者には、治める能力とともに、どのような状況が生じても敵を攻め、味方を守る勇気が要る」

「今さっきおれたちに災いが降りかかったあんときに」とサンチョが応じる。「旦那が言った能力と勇気がおれにあったらよかったんだが。だけど貧しいもんの信念にかけて言わせてもらうと、今はお説教よりか湿布をいただくほうがありがてえな。それに旦那、もし起き上がれるんだったら、二人してロシナンテを助け起こしてやるってのはどうかね。といったって、こんなにぶっ叩かれたのも、もとはといや全部あいつのせいなんだから、そうする価値なんかねえんだが。まさかロシナンテがあんな奴だったとは。おれみたいに生まれ育ちがよくって、えらくおっとりしてると思ってたよ。とどのつまりが、他人を知るにゃ時間が掛かるとか、この世に確かなことなんかねえってのは正しいね。旦那があの運の悪いビスカヤの遍歴の騎士をばっさりやったあと、後ろから追っかけてくるようにして、おれたちの背中に棍棒がどしゃ降りみたいに降ってくるなんて誰に予想できた?」

「なあサンチョ」とドン・キホーテが言う。「お前の背中ならこの種のどしゃ降りにも耐えられるようにできていようが、私の背中はちがうぞ。真綿とオランダ産の上等の布にくるまれて育った私の背中には、当然ながら不運の痛みがひどくこたえる。だからもしも、このような厄介ごとのすべてが、武者修行にはまさにつきものであると想像して……、もとい、確信していなかったなら、私はここで憤死しているはずだ」

するとと従者が応じる。

「旦那、こんな災いが騎士道がもたらす恵みだとすると、こいつはしょっちゅうもたらされるものかね、それとも限られたときだけなのか、教えてもらえねえかな。だって二度ももたらされた日にゃ、おれたち三度目にゃ耐えられねえもの。神様が限りない慈悲でもっておれたちを助けてくれねえ限りは」

「よいか、我が友サンチョよ」とドン・キホーテが応える。「遍歴の騎士の生活は数多の危険と不運にさらされているのだ。だからこそ遍歴の騎士は国王や皇帝の座に手が届く位置にいる。そのことは様々な騎士の例が盛んに示しており、その類の物語なら私はいくらでも知っている。もしも傷の痛みがなければ、自分の腕の力のみで、今言った高位に上りつめた騎士の例を語ってやれるのだが。それらの騎士たちもその座に就く前にも後にも、種々の災難や悲惨な目に遭っている。勇者アマディス・デ・ガウラを例にとれば、仇敵《きゅうてき》の魔法使いアルカラウスの手に落ちて捕虜になったとき、中庭の柱に縛りつけられ、馬の手綱で二百回以上も鞭打たれたということが確かめられている。また名前は伏せているがかなり評判のよい作者によると、〈太陽神の騎士〉は、ある城の中で、自分の足元に仕掛けられた罠《わな》にはまってしまった。気がつくと深い穴の底にいて、手足は縛られている。しかも彼はそこで、雪解け水に砂を溶かした浣腸剤《かんちょうざい》と呼ばれるものを注ぎ込まれ、命を落としかける。したがって、もしも危機に瀕していたときに親友の賢人に救い出されなかったら、哀れな騎士は最悪の事態を迎えていただろう。だからこうしたお歴々の中に交じれば、私だって十分耐えることができる。彼らが被った屈辱の大きさに比べれば、我らが受けた辱めなど微々たるものだ。お前に教えておきたいのは、サンチョ、誰かに偶然手に持っていた道具で傷つけられたとしても、こちらにとってその傷は恥とはならないということだ。このことは果たし合いの掟に明記されている。かりに靴職人が、偶然手に持っていた木型で人を殴りつけたとして、木型はたしかに木でできてはいるが、それで殴られた者を棒打ちに遭ったとは言わないものだ。お前にこんなことを言うのは、今度の争いで我らは打ちのめされはしたが、辱めを受けたとは思わないでほしいからだ。なぜならあの連中が持っていて、今しがた我らを手痛い目に遭わせた武器は、彼らが常に持ち歩いている木の棒に他ならず、私が覚えている限り、彼らのうちひとりとして剣も刀も短剣も持ってはいなかったからだ」

「おれには無理だ」とサンチョが言った。「とてもそんなとこまで見てる暇はなかったよ。だっておれが自分の名刀を抜こうとしたら、たちまちあいつらが棒でもっておれの肩を殴りつけたんだ。だもんで、目はくらむわ足の力は抜けるわで、今横になってるところにぶっ倒れちまったってわけさ。だから棒を食らったことが恥になるかならねえかなんてことは、殴られたことに比べりゃ痛くもかゆくもねえ。だけどあの痛さはおれの記憶にも背中にもずっと残るだろうよ」

「言い分はわかるが、サンチョよ、知っておくべきことがある」とドン・キホーテが応じる。「それは、時が消さぬ記憶なく、死が消さぬ痛みなしということだ」

「だったら、どんな不幸があるのかね」とサンチョが訊く。「痛みが消えるのを待つ時間や、死ぬのを待つ時間以上の不幸なんてあるもんか。おれたちが食らったこの災難が、湿布の二枚も貼って治るならまだしも、病院中の湿布を長いこと貼っておいたって足んねえと思うな」

「ぼやくのはいい加減にして、元気を出せ、サンチョ」とドン・キホーテが言う。「私も元気を出すから。で、ロシナンテはどんな具合だ。どうやらあの馬も今度の災難では、気の毒なことにかなりの被害をこうむったようだからな」

「別に驚くようなことじゃねえよ」とサンチョが言う。「だってあれは立派な遍歴の馬だからね。それよりかびっくりしたのは、おれたちが背中を痛めつけられて綿みたいになってるのに、おれのロバが傷ひとつなくケロッとしてることさ」

「運命というのは、災難の最中でも、戸口の片方は開けておき、救いの道を残してくれるものだ」とドン・キホーテが言う。「というのも、あのロバがロシナンテの穴埋めをして、代わりにここから私を乗せ、傷の手当てができるどこかの城へ運んでくれるからだ。さらに言えば、私はロバに乗るのを恥とは思わない。なぜなら、かつて読んだ本にこう書いてあったのを覚えているからだ。陽気な笑いの神バッカスの守役で教育も施したかの老シレノスは、百の門を備えた都市であるテーバイに入るとき、実に見事なロバにうち跨り、喜色満面だったとな」

「たしかにその神さまは、旦那が言ったように、ロバに乗っかってたんだろうね」とサンチョが応じる。「だけど乗っかると言ったたって、跨るのとゴミの袋みてえに担がれるのとじゃ大ちげえさ」

こう返されたドン・キホーテが言う。

「戦場で負う傷は、名誉をもたらしこそすれ、不名誉にはならない。だから我が友パンサよ、つべこべ言うのはそれくらいにして、なんとか起き上がり、お前の好きな方法でかまわないから、ロバに乗せてもらえないか。そして夜になる前に、この人気のない場所からさっさとおさらばしようではないか」

「だけど旦那はこう言ってなかったかね」とサンチョが突っ込む。「一年の大半を荒れ野や人のいねえ場所に寝泊まりするのが遍歴の騎士にはいかにもふさわしいし、そうすることに大きな幸せを感じているのだとかなんとか」

「そのとおりだ」とドン・キホーテが応える。「ただし、それはそうせざるを得ない場合か恋に陥っている場合に限る。実際、こんな騎士がいた。岩山の上で二年も過ごし、日が照ろうが陰ろうが、雨風にも耐えて、じっとそこにいた。しかも思い姫にはそのことを知らせなかったのだ。その種の騎士のひとりがアマディス・デ・ガウラで、ベルテネブロスと名乗り、ペニャ・ポブレという岩山に、八年だったか八か月だったか、私は数にそれほど強くないので失念したが、そこにずっと留まっていた。それはともかく、オリアナという名の思い姫からどんなにつらい目に遭わされたのか、その場所で苦行を行っていたのだ。だがもうこの話はよそう、サンチョ、そしてロシナンテと同様の災難が今度はロバに起こらないうちに、事を済ませてくれ」

「そうならないともかぎらねえ」とサンチョが応える。

それから「あーあ」を三十回連発し、ため息を六十回つき、百二十回連続で、自分をこんなところへ連れてきた者に呪いの言葉を浴びせ、悪態をつきながら起き上がったものの、背筋を伸ばしきることができず、動作の途中で、トルコの大弓よろしく前かがみのままでいた。そうこうしながらもロバに鞍を載せると、ロバのほうも、その日あまりに自由を謳歌しすぎたために、何やらだるそうにしていた。次にロシナンテを起こしてやったが、もしこの馬が口がきけて不平が言えたなら、その主もサンチョもたじたじだったに違いない。

H. PISAN

そうこうするうちにサンチョはドン・キホーテをロバの背に乗せ、ロシナンテを綱でつなぐとロバの端綱《はづな》を引き、街道があるらしき方向へ歩き始めた。その後、運がしだいに上向いて、わずか一レグアも進まないうちに件の街道に出くわし、おまけに旅籠《はたご》まで見つかったが、サンチョにとっては嘆かわしいことに、一方ドン・キホーテにとっては喜ばしいことに、それは城だということになる。サンチョが旅籠だと力説すれば、主はいや、城だと言い張った。二人の主張は平行線をたどり、決着がつかないうちに一同はそこに着いてしまった。するとサンチョはもはや主張するのをやめ、馬とロバを引いてさっさと中に足を踏み入れたのだった。

第十六章　城だと思い込んでいた旅籠屋で、機知に富む郷士に起きたこと

ドン・キホーテがロバの背中に横ざまに担がれているのを見て、旅籠屋の亭主はサンチョに、いったいどんな災難に見舞われたのかと問いただした。するとサンチョは、別にたいしたことじゃない、岩から落っこちて、背中をけがしただけだからと応えた。亭主には、この手の職種にはめったに見られない女房がいた。というのも彼女は生まれつき情け深く、他人の不幸に心を痛めるのを常としていたからだ。そんな女だったので、すぐさま飛んできてド

ン・キホーテを介抱し、まだういういしく見目の良い自分の娘にもこの泊まり客の介抱を手伝わせた。旅籠屋にはまた、顔幅が広く、首も太く、団子っ鼻で、片目は見えず、もう片方もつぶらな瞳とは言い難いアストゥリアス出身の若い女が下働きをしていた。だが実のところ、その颯爽とした身のこなしは、身体の欠点を補って余りあった。頭のてっぺんから足の爪先までは七掌尺〔約一四七センチ〕ほどで、背中が曲がっていたため、見ようとしなくても地面と顔を突き合わせるようにして動き回っていた。そして、この毅然とした女中が娘を手伝い、かつては長年にわたり干し草置き場として使われていた節のある屋根裏部屋に、ドン・キホーテ用にとんでもなく粗末なベッドを用意した。同じ旅籠屋に、先にひとりの馬方が泊まっていて、そのベッドが我らがドン・キホーテの寝場所のもう少し奥にあった。それは自分のラバの荷鞍や毛布でできていたが、ドン・キホーテのベッドに比べたら、ずっとましだった。とにかくこちらは長さの揃わない長椅子二つの上にざらざらの粗板を四枚並べ、その上に敷布団といってもあまりの薄さにベッドカバーと見まちがえるほどで、破れ目のところどころから羊毛の毛玉がのぞいていなければ、触り心地から石ころが詰まっていると錯覚を起こす代物が敷かれていた。さらに二枚のシーツときたら盾の材料に使う革に劣らずごわついていて、しかも糸を数えようと思えば一本残らず数えられそうな毛布が掛かっているという具合だった。

このとんでもないベッドにドン・キホーテが横たわると、マリトルネス、これがアストゥリアス出身の女の名前だったが、彼女がかざす明かりを頼りに、旅籠屋の女房と娘が上から下まで体中に湿布を貼ってやった。そうしてやりながら、ドン・キホーテの体があまりに痣《あざ》だらけなのを見た女房は、これは岩から落ちたというよりも誰かにぶたれたみたいだわと言った。

「ぶたれたんじゃねえ」とサンチョが応じた。「ごつごつした岩であちこちに飛び出たところがあってな、そのひとつひとつにぶつかってできた痣さ」

彼はさらに続ける。

「なあ、おかみさん、すまねえがその膏薬《こうやく》をちょっぴり残しておいてもらえねえかな。それが入用な人間が他にもいるんだ。実はおれも背中がちょっとばかりいてえのさ」

「それなら」と女房が言う。「あんたも落っこちたんだね」

「おれは落ちなかったよ」とサンチョ・パンサが返す。「旦那が落っこちるのを見てびっくりしちまって、それで体が痛むのさ。まるで棒打ちを何百発も食らった気がするよ」

「そういうのってすごくありうるわ」と娘が口をはさむ。「あたしがよく見る夢は、塔の上から落っこちるんだけど、決して地面に着かないの。なのに夢から覚めると、まるで本当に落っこちてぶっつけたみたいにあちこちが痛いのよ」

「それだよそれ」とサンチョ・パンサが応じる。「おれなんて夢なんか何にも見ねえで、目ん玉だって今よりか覚めてたっていうのに、ドン・キホーテの旦那に負けねえくらい痣だらけになっちまったからね」

「この騎士の旦那さん、何ていう名前だって？」とアストゥリアス女のマリトルネスが訊いた。

「ドン・キホーテ・デ・ラ・マンチャって言うんだ」とサンチョ・パンサが応える。「冒険の騎士さ。はるか昔から今までこの世に現れたうちで一等立派で、一等強い騎士のひとりなんだ」

「冒険の騎士って何のこと?」と女中が尋ねた。

「そんなことも知らねえなんて、お前さん、もしかしてぽっと出かい?」とサンチョ・パンサが応じる。「だったら覚えておきな、ねえさん。冒険の騎士ってのはな、ぶん殴られてぼこぼこにされても、あっという間に皇帝になっちまう方のことだよ。今日はこの世で一等運に見放された人間が、明日になりゃ王冠の二つや三つ手に入れて、従者にも恵んでくれるってわけだ」

「だったらあんたはどうなのよ、そんなに立派な方に仕えてるのに」と女房が突っ込む。「見たところ、伯爵領ひとつ持ってなさそうなのはどうしてさ?」

「まだそのときじゃねえってことさ」とサンチョが応じる。「だって、おれたちが冒険探しの旅に出て、まだひと月にしかなんねえし、今んとこ、冒険と呼べそうなことにゃ何ひとつ出遭っちゃいねえもんな。たぶん、あれを探せばこれが見つかるってやつだね。だが本当のところ、ドン・キホーテの旦那のけがが、おっと、つまり落っこちたときの打ち身が治って、おれのほうも元通りになった日にゃ、スペインで一等上の位をくれると言われたって、おれは自分の望みを引き替えにするつもりはねえな」

こうしたやりとりを一言も漏らさずじっと聞いていたドン・キホーテが、やっとのことでベッドの上に起き上がり、女将《おかみ》の手を取るとこう言った。

「よろしいかな、麗しき奥方殿、あなたは私をこの城にお泊めくださったことにより、自らを幸いなる者と見なすことができましょう。私が自らを称えないのは、自画自賛は品格を落とすと一般に言われるからです。私の素性については従者が紹介することでしょう。ただ申し上げておきたいのは、あなたに示していただいた多大なご厚意を私が記憶にしかと刻みつけ、命ある限り感謝し続けるということです。そして愛が私をその掟に厳しく服させ、その名を口にするのもおこがましい、かの麗しくも薄情な方の瞳が私を縛りつけるのが天の思《おぼ》し召《め》しでなかったら、ここにおいでの美しき方の瞳こそ、我が自由を意のままに操る主となるところなのですが」

この遍歴の騎士の言葉を聞いていた旅籠屋の女房とその娘、それに善良な女マリトルネスは、言われていることがすべて申し出やお世辞であることとは理解できたが、まるでギリシャ語で話されているみたいに頭がこんがらがってしまった。そんな言葉を使われたことがなかったものだから、三人とも呆気にとられながら彼を見つめていたが、どう見ても日頃見慣れているのとは別の種類の人間のようだった。とにかく三人は好意の申し出に対し、いかにも旅籠屋の人間らしい言葉で礼を言い、彼をベッドに残すと、アストゥリアス女のマリトルネスがサンチョの手当をしてやった。こちらも主に劣らず手当が必要だったのだ。

このマリトルネスは、実はその晩馬方と二人でよろしくやることになっていた。泊まり客が寝静まり、旅籠屋の主夫婦もすっかり寝入ってしまったら、彼女が馬方のところへ忍んで行き、思う存分何でも好きなことをしてやるという約束をしていた。噂によると、この気立ての良い女は、自分がやんごとなき出であることを誇りにしているために、たとえ山の中で、しかも証人なしに交わした約束でも、自分が言ったことは必ず守るということだった。それに旅籠屋でそんなふうにして働くことを別に恥とは思っていなかった。なぜなら、彼女が言うには、運の悪さと不幸な出来事が元で、今の身の上になってしまったからだ。

ドン・キホーテのベッドというのが、固くて幅が狭いなんとも粗悪な間に合わせで、それが星明かりの差し込む家畜小屋の中ほどにあり、その隣にはサンチョが自分用にこしらえたベッドがあった。とはいえそれもまた、ガマを編んだ敷物に毛布一枚という代物で、毛布にいたっては羊毛製というより毛をこそげた布に見えた。この二つの先に馬方のベッドがあり、前に述べたように、自分が引いてきた最良のラバ二頭の荷鞍と飾り布を使ってしつらえてあった。だが、この物語の作者に言わせれば、馬方はアレバロという土地の富裕な馬方のひとりであって、所有するラバは十二頭、どれも毛に艶があり、肉付きがよく、人目を惹くという。なぜ作者が特にこの馬方にこだわるのかといえば、自分の知り合いだからであり、二人は遠い親戚同士でもあったようだ。シデ・ハメーテ・ベネンヘーリは万事においてきわめて好奇心が旺盛で几帳面《きちようめん》な歴史家だった。そのことは、今述べられたことがおよそ取るに足りない些末《さまつ》な事柄でありながら、黙って見過ごせないところからもわかるはずだ。このあたりを、しかつめらしい歴史家たちは手本にすべきだろう。彼らときたら、登場人物の活躍ぶりを手短にしか語らず、うっかりしてか、悪意からか、あるいは無知からか、作品の肝を、読者がほとんど味わわないうちにインク壺《つぼ》に残してしまうのだから。だからこそ見事というほかないのは、『タブランテ・デ・リカモンテ』の作者と、トミーリャス伯爵の挙げた成果を語った本の作者で、すべてに及ぶそのこと細かな描写ぶりときたらどうだろう！

さて、話を元に戻すと、自分のラバのところへ行って、もう一度飼い葉をやった馬方は、そのあと荷鞍のベッドに横たわり、時間に几帳面なマリトルネスが来るのを待っていた。膏薬を貼ってもらったサンチョはすでに床に就き、どうにか眠ろうと努めていたが、背中が痛くて眠れずにいた。ドン・キホーテはと言えば、彼も背中がうずくために、野兎《のうさぎ》のようにかっと目を見開いていた。旅籠屋中が静まり返り、玄関の中ほどに吊《つ》られたランプが投げかける光以外に明かりはなかった。

この見事なまでの静けさと、自分の不幸の元凶である書物のそこかしこで出来事に出くわすたびに生じた思いが相まって、我らの騎士は、よくぞ思いついたとしか言いようのない途方もない妄想に囚われた。つまり、自分は名高い城にやってきた（以前述べたごとく、彼の目に自分が泊まる旅籠屋はすべて城に見えた）、そして旅籠屋の亭主の娘というのは城主の姫君であり、騎士である彼の気品に抗《あらが》えずに恋心を抱いた彼女はその夜、両親の目を盗んでしばらく共寝をしに訪れる約束をしたというものだ。彼はこの（自分で作り上げた）妄想を確固とした現実だと思い込み、自分の貞操が窮地に陥ることを考えて悩み始めた。そして、たとえ王妃グニエーヴルその人が、侍女のキンタニョナを従えて目の前に現れても、思い姫ドゥルシネア・デル・トボソを裏切ったりはしないと心に誓った。

さて、こんなたわけた思いに耽っているうちに、アストゥリアス女がやってくる（彼にとっては不幸な）時刻になった。彼女は裸足で下着姿、頭に綿のネットをかぶり、三人が横になっている部屋に忍び足で入ってくると、馬方を探そうとした。だが戸口を過ぎたあたりでドン・キホーテが気づき、湿布だらけの背中が痛むにもかかわらずベッドの上に起き直り、麗しい乙女を受け止めようと両腕を伸ばした。思い切り身をかがめ、足音を立てずに入ってきたアストゥリアス女も、両腕を前に伸ばして相手の男を探り当てようとしていたので、それがドン・キホーテの腕とぶつかった。すると彼は、女の片方の手首を鷲《わし》づかみにし、有無を言わせず自分のほうへ引き寄せ、ベッドの上に座らせてしまった。それから下着を手で探ったのだが、粗末な麻の下着だったにもかかわらず、彼にはそれが実に滑らかな薄絹に思えた。また手首にはめた飾りはガラス玉の輪だったが、彼には見事な東洋の真珠が輝いているように見えた。どこか馬のたてがみに似た髪の毛は、光り輝くアラビアの金糸で、その輝きは日の光をも陰らせるのだった。それに間違いなく宵越しのサラダの悪臭がする彼女の息さえも、彼の鼻には彼女の口からもれる甘い芳香に感じられた。とどのつまりが、妄想の中で、アストゥリアス女の身なりを、かつて本で読んだ姫君の身なりと重ねて思い描いたのだった。その姫君は恋心に打《う》ち克《か》てず、今述べた装飾品をすべて身につけて、深い傷を負った騎士に会いに来るのだ。哀れな郷士はすっかり分別を失い、触り心地やその息はもとより、この気のいい女の特徴は、馬方以外の男には吐き気を催させるものだったにもかかわらず、幻滅しなかったどころか、自分の腕の中に美の女神がいる気になっていた。そして彼女をきつく抱きしめながら、愛をこめてささやき始めた。

「見目麗しくも気高き姫君よ、あなたのこの上ない美貌をお見せいただくという私には過ぎたるご好意に対し報いることができればと思うしだいであります。しかしながら、善良なる者たちをあくなき迫害の的にする運命の手によって我が身は打擲《ちようちやく》を浴び、打ち砕かれたため、こうして寝台の上に横臥《おうが》しておりました。然るに、我が意はあなたの望みを叶えてさしあげたいと願いつつも、それができません。さらにまた、これに勝る差しさわりが存在するのです。それは、私が心に秘めた唯一の類まれな女性であるドゥルシネア・デル・トボソに立てた誓約のことです。こうした障害が存在しなければ、私は、あなたの多大なご厚意によって賜った絶好の機会を見逃すほど愚鈍な騎士ではありません」

ドン・キホーテに強く抱きすくめられたマリトルネスは困惑し、汗だくになっていた。自分にささやかれている言葉の意味などさっぱりわからなかった彼女は、じっと耳を傾けるどころではなく、口もきかずにひたすら身を振りほどこうとしていた。これに対し、お人好しの馬方は、よこしまな欲望から寝ずにいて、愛人が部屋に入ってきたとたんそれに気づき、ドン・キホーテの一言ひとことに聞き耳を立てていたが、アストゥリアス女が約束を破って他の男になびいたのではと疑って嫉妬に駆られ、ドン・キホーテのベッドにしだいに近寄るとその場に潜み、意味不明の言葉がどこで終わるのか知ろうとした。しかし、女が身を振りほどこうと必死にもがいているのにドン・キホーテが抱きすくめたままでいるのがわかったので、馬鹿にされたと思った彼は腕を高々と振り上げ、恋する騎士のとがった顎に強烈な拳固《げんこ》を見舞ったものだから、騎士は口中血だらけになってしまった。それでも治まらない馬方は、騎士の背中に乗っかると、隅から隅まで馬の速足よりも激しい勢いで踏んづけたのだった。

ベッドはいささか造りが華奢《きゃしゃ》で、土台も頑丈ではなかったため、馬方の体重が加わったことに耐えきれずぺしゃんこにつぶれてしまい、そのすさまじい音で亭主が目を覚ました。彼は直ちに、マリトルネスが絡んだもめごとにちがいないと思った。大声で彼女の名前を呼んでも返事がないからだ。そう思いつつ起き上がり、ランプを点《とも》し、争う音が聞こえたほうへ向かった。すると女は主人が来るのに気づき、その気性の荒さを思って震え上がり、まだ目を覚まさないサンチョ・パンサのベッドの上に大慌てで逃げ込むと、身を縮めて丸くなっていた。そこへ亭主が入ってきて、こう言い放った。

「こら、どこにいる、このあばずれが？　こんな騒ぎはお前のしわざに決まってる」

このときサンチョが目を覚ましかけた。そして自分のほとんど真上に塊が乗っているのを感じると、悪い夢を見ているのだと思い、ところかまわず拳固を振り回した。するとそのうちの何発かがマリトルネスに命中してしまった。痛みを覚えた彼女は、節操などかなぐり捨てて、サンチョに倍返しをしたものだから、不本意ながら彼の眠気はすっ飛んでしまった。正体不明の相手に散々な目に遭っていると知った彼は、精一杯体を起こし、マリトルネスに抱きついた。こうして二人の間で、前代未聞の熾烈《しれつ》にして何とも傑作な取っ組み合いが始まった。

亭主が手に持つランプの明かりで自分の女の様子を目にした馬方は、ドン・キホーテのほうは後回しにして、急いで彼女を助けに行った。亭主も彼女のもとへ向かったが、目的は別だった。こちらは騒ぎ全体の原因が間違いなく彼女ひとりにあると思い込んでいたからだ。こうしてネコはネズミに、ネズミは縄に、縄は棒にと昔話にあるように、馬方はサンチョに、サンチョは女に、女は彼に、亭主は女にという具合に、休む間もなくそれぞれが相手めがけて拳固を見舞った。なおも都合のいいことに、亭主のランプが消えてあたりが真っ暗になったため、全員が情けもへったくれもなく、所構わず手当たりしだい殴りつけたので、無傷ですんだ者は誰ひとりいなかった。

その晩この旅籠屋に、偶然にも、トレドの聖同胞会という名の古い警察組織に属する警官がひとり泊まっていた。この男も予期せぬ争いの物音を耳にし、警棒と身分証明書の入ったブリキの箱をつかむと、真っ暗な部屋に足を踏み入れ、こう叫んだ。

「静かにしろ！　聖同胞会の者だ、静粛に！」

そして真っ先にぶつかったのが拳固で痛めつけられたドン・キホーテで、ひしゃげたベッドの上にあお向けになり、虫の息だったが、警官は手探りで彼の顎鬚をつかみ、なおも続けた。

「騒ぐな、おとなしくしろ！」

だが押さえたはずの相手がぴくりとも動かないので、もはや死んでいて、犯人は部屋にいる連中にちがいないとにらんだ彼は、さらに大きな声で言った。

H PISAN

「旅籠屋の戸口をふさげ！　誰も外に出てはならないぞ。ここに死人がいる！」

この声に全員がぎょっとして、身に覚えがある者から順に争うのをやめた。亭主は自分の部屋に引き上げ、馬方は荷鞍の寝床へ、女はあてがわれている部屋へ戻ったが、不幸なことに、ドン・キホーテとサンチョだけはその場を動くことができなかった。ここで警官はドン・キホーテの顎鬚を放し、犯人を探しだして捕まえるために明かりを求めて部屋を出た。しかし明かりは見つからなかった。亭主が自分の部屋に引き上げるときに、故意にランプを消してしまったからだ。そこで警官はわざわざ暖炉まで行って、さんざん苦労した末に、ようやくもうひとつのランプに火を点けたのだった。

第十七章　勇敢なドン・キホーテが善良な従者サンチョ・パンサと共に経験した困難の数々がまだ続くいつもの病によって城と取り違えた旅籠屋で、

このときにはドン・キホーテも昏睡《こんすい》から覚めていて、前日、〈棍棒の谷〉でこてんぱんにされて伸びてしまったときと同じ調子の声でサンチョに呼びかけた。

「我が友サンチョよ、眠っているのか？　眠っているのか、我が友サンチョよ？」

「眠ってるわけねえだろうが」とサンチョが悲痛な声で恨めしそうに応えた。「今夜は悪魔がどいつもこいつもみんなおれにとっついてるのとちがうかな？」

「もちろんそう考えて間違いなかろう」とドン・キホーテが言った。「私もよくわかっていなかったようだが、ここは魔法の城だったのだ。実はだな……だが待て、今からお前に打ち明けようと思うこのことは、私があの世に行くまでは秘密にしておくと誓うのだぞ」

「ああ、誓うとも」とサンチョが応える。

「お前に誓ってほしいのはだな」とドン・キホーテが言う。「私は他人の名誉を奪うのを何より嫌うからだ」

「だから誓うと言ってんのに」とサンチョがまた応える。「旦那が生きてるうちは黙っておくさ。だけど、できることなら明日にでもばらしちまいたいね」

「私にそれほど早く死んでほしいと願うほど」とドン・キホーテが返す。「私はお前をひどい目に遭わせたかな、サンチョ」

「そういうことじゃねえよ」とサンチョが言う。「そうじゃなく、おれは物をあれこれしまっとくのが何より嫌《きれ》えだからさ。しまっといて腐らせちまうのが嫌なんだ」

「それはそれとしてだな」とドン・キホーテが言う。「私はお前が情に厚く礼儀をわきまえていると、しかと信じている。だからこそ打ち明けるのだが、今宵私に、またとない素晴らしい出来事が生じたのだ。手短に話すとこういうことだ。ほんの少し前に、この城の当主の姫君が私のもとを訪れた。それが実にあでやかで美しく、この世に二人といないほどの方だった。その身につけた飾りのなんと見事なことか。なんという頭の冴《さ》え。そのほかの秘められた事々のすばらしさについては、我が思い姫のドゥルシネア・デル・トボソに対する忠義のために、触れることなく黙しておこう。ただお前に伝えておきたいのは、私の手の中に善きものと幸運がともに到来したことを妬んだか、あるいは（これが最も確かなことなのだが）、先に言ったごとく、この城が魔法の城であるからか、私が姫君とこの上なく甘美な睦言を交わしている最中に、人目に触れることもなくどこから入り込んだのかわからないが、桁外《けたはず》れに大きな巨人の腕が現れて、私の顎に拳固を食らわせたのだ。そのため口の中は血の海になった。向こうはさらに私を打ちのめし、昨日、ロシナンテの悪ふざけによって、お前も知るとおり、ヤングアス人どもの狼藉に遭ったときにも増して私を痛めつけおった。こうしたことからおもんぱかるに、あの美の至宝とも言うべき姫君は、どこかの魔法に掛かったモーロ人によって守られているに相違なく、私が目当てではなかったようだ」

「おれが目当てでもなさそうだね」とサンチョが口を挟んだ。「だってよ、おれなんか四百人じゃきかねえモーロ人にめった打ちにされたんだから。それを思えば、棍棒でぼこぼこに殴られたことなんて屁でもねえさ。だけど、旦那、なんで今度のことをまたとないすばらしい出来事なんて言ってんのかね、おれたちがこんなひでえことになっちまったっていうのによ。そりゃ旦那はいいさ、この世に二人といねえほどのべっぴんさんとかいうのを抱けたんだから。でもおれときたら、生きてるうちにこれほどのことはねえだろうってくらいぶん殴られちまっただけだからね。まったく、情けねえったらありゃしねえ。こっちは遍歴の騎士でもなけりゃ、そんなものになる気もねえのに、不幸という不幸のほとんどがおれに降りかかるなんてよ！」

「ということは、お前も打ちのめされたのかな？」とドン・キホーテが応じる。

「ぶん殴られたって言っただろうが、まったく」とサンチョが言う。

「まあそう嘆くな、我が友サンチョよ」とドン・キホーテが返す。「今から私があっという間に痛みが消える特効薬を作ってみせるからな」

そこへようやくランプに火を点した警官が、死んだと思った男の様子を見に入ってきた。すると、それを目にしたサンチョは、警官が下着姿で頭には布の帽子をかぶり、手にしたランプの明かりの具合で恐ろしい形相に見えるものだから、思わず自分の主に訊いた。

「旦那、ひょっとして、あれは魔法に掛かったモーロ人が、まだ足りねえってんで、また殴りにきたんじゃねえかな？」

「モーロ人のはずはない」とドン・キホーテが応じる。「魔法に掛かっていれば、誰にも姿は見えないはずだからな」

「姿は見えなくたって、気配は感じるよ」とサンチョが言う。「だいいち、おれの背中に訊きゃわかる」

「私の背中に訊いてもわかるだろう」とドン・キホーテが応じる。「しかしそれだけでは、姿が見えたのが魔法に掛かったモーロ人だと信じるに足る証拠にはなるまい」

そこへ警官がやってきて、二人がやけに穏やかに話し合っているのを見てたまげてしまった。とはいえ、ドン・キホーテは、痛めつけられた体を湿布だらけにして、あお向けになったまま動くこともできずにいるというのが事実だった。警官は彼のそばに来るとこう訊いた。

「で、おやじ、具合はどうだ?」

「私ならもっとたしなみのある言葉遣いをいたすぞ」とドン・キホーテが応じた。「この土地では、遍歴の騎士に対してそのような口のきき方をするのが常なのか、このたわけ者!」

警官は、なんとも情けない格好でぐったりしている男から悪しざまに言われたのでもはや我慢できず、油の入ったランプを高々と振りかざすと、ドン・キホーテの頭めがけて叩きつけた。そのため、頭はひどく傷ついた。あたりが真っ暗になったところで、警官は部屋から出て行った。するとサンチョ・パンサが言った。

「やっぱりだ、旦那、あれは魔法に掛かったモーロ人だよ。あいつめ宝物は他の人間に取っといて、おれたちには拳固とランプだけ食らわしやがった」

「そのとおりだな」とドン・キホーテが相槌を打った。「しかし、この種の魔法がらみのことは気にしなくていい。また腹を立てたり怒ったりする必要もない。なぜなら向こうは目に見えない幻みたいな存在なので、どう頑張ってみても、復讐の相手にならないからだ。起きられるものなら起きてくれ、サンチョ。そしてこの城塞の主を訪ねて、効験あらたかな妙薬を作るためにオリーブ油、葡萄酒、塩、それに迷迭香《ローズマリー》を少量ずつもらってきてはくれまいか。今まさに妙薬が要る。あの幻めから受けた傷の血が止まらないのだ」

サンチョは身体の節々が痛むのをこらえて立ち上がると、暗闇の中を亭主のいる方へ向かった。すると自分の敵《かたき》の様子をうかがって聞き耳を立てていた警官と鉢合わせしてしまった。

そこでサンチョはこう言った。

「あんたが誰だかわかんねえが、頼まれちゃくれねえかな。迷迭香にオリーブ油、それに塩と葡萄酒を少しばかりもらえるとありがてえんだが。この世で一等立派な遍歴の騎士のひとりを治すのに要るもんでね。その方は大けがをして、そこのベッドで横になってるよ。この旅籠屋にいる魔法に掛かったモーロ人にやられたんだ」

サンチョの言葉を聞くと警官は、この男はきっと脳みそが不足しているのだろうと思った。だが、もう夜が明けかかっていたこともあり、旅籠屋の戸を開けて亭主を呼び、脳足りん男が何を望んでいるかを伝えてやった。すると亭主は必要とするものをすべて与え、サンチョはそれをドン・キホーテのもとへ運んだ。騎士は両手で頭を抱え、ランプの一撃による痛みを訴えていた。ところが実際には、瘤《こぶ》が二つばかり盛り上がっていただけのことであり、血だらけだと思ったのも、少し前のドタバタ劇がもたらした苦痛で脂汗を垂らしていたにすぎなかった。

それはともかく、材料をもらったドン・キホーテはそれを全部一緒くたにして混ぜ合わせ、ちょうどいい塩梅《あんばい》になるまで長いこと煮立てた。それから、できあがった液を入れるフラスコがほしいと言ったが、旅籠屋にそんなものはなかったため、亭主がただでくれたブリキの油差しを代用にして液を注ぎ入れた。続いて油差しに対して主の祈りを八十回以上、アベ・マリア、聖母の祈り、使徒信経をそれぞれ同じ回数唱え、一言唱えるごとに、祝福するかのごとく十字を切った。この工程には初めから終わりまでサンチョ、亭主、警官がずっと立ち会ったが、馬方がいなかったのは、そのころにはもうのうのうと自分のラバの世話をしていたからだ。

こうしてできあがると、彼はただちに、妙薬だと思い込んでいるその液体の効能を自分で試してみたいと思った。そこで油差しに入りきらず煮立てた鍋に残っていた半アスンブレほどを飲み込んでみた。すると飲み終えるか飲み終えないうちに吐き気を催し、胃の中にあったものを残らず戻してしまったのだ。そして吐くときにもがき苦しんだため、汗を滝のようにかいていた。そこで彼は、自分を毛布でくるみ、ひとりにするようにと言った。他の三人が言われたようにすると、彼は三時間以上もこんこんと眠り続け、やがて目を覚ます。そのとき身体がやけに楽になった気がし、打撲の痛みも薄らいで、もうすっかり治ったのだと思った。そして、自分が作ったものがまさしくフィエラブラスの妙薬であり、その薬さえあれば以後は身を滅ぼしかねないどんなことでも、戦闘であれ、争いごとであれ、たとえそれらがいかに危険であろうとも、何ら恐れることなく臨むことができると本気で信じたのである。

サンチョ・パンサにも主の回復ぶりは奇跡と思えたので、彼はまだ鍋にたっぷり残っている薬を自分にも飲ませてもらいたいと頼み込んだ。主の許しを得ると、効き目を信じ切った彼は上機嫌で鍋を両手で持ち、主に負けない量をがぶ飲みした。ところが哀れなサンチョの胃袋は主の胃袋ほど繊細にできてはいなかったにちがいなく、そのため最初は吐き気とむかつきに襲われるばかりで吐くことができず、あまりに冷や汗をかき、気を失いかけさえしたものだから、ついにあの世へ行く時が来たかと本気で思ったほどだった。そして悶絶《もんぜつ》しそうになりながら、妙薬を呪い、それをくれたとんでもない奴に対して悪態の限りを尽くした。それを見ていたドン・キホーテが言った。

「私が思うに、サンチョよ、お前に降りかかったその災難は、すべてお前が正式に叙任された騎士ではないことに原因がある。なぜなら、この妙薬は正規の騎士以外には効かないはずだからだ」

「それを知ってたなら」とサンチョが返す。「まったく情けねえったらありゃしねえ！　いったい旦那はなんで飲んでもいいって言ったんだよ？」

そのときこの飲み薬の効き目が現れて、哀れな従者は上と下の管から排泄《はいせつ》を始めた。それもあまりに突然だったので、自分が横になっていたガマの敷物も身をくるんでいた麻のように固い毛布も役に立たなくなった。そのうえ、大汗をかき続け、何度か発作を起こすわ、気絶しかけるわという具合だったので、当人ばかりでなく、誰もが彼の命もこれまでかと思ったほどだった。こうして波乱に満ちたひどい過程が二時間ばかり続いたうえに、そのあとの症状は主の場合とは異なって、あまりに体力を消耗し、ぐったりしてしまったため、立ち上がることすらできない有様だった。

これに対しドン・キホーテのほうは、すでに述べたとおり、気分は上々、体調も戻り、今すぐ冒険探しの旅に出かけたくてうずうずしていたので、ここで時間を食っては、自分の援助と庇護を待つ世界中の人々に応えるのが遅くなる気がしたが、それもとりわけ手作りの妙薬に対する信頼と確信があってのことだった。そうなると矢も盾もたまらない彼は、自らロシナンテに鞍をつけ、サンチョのロバにも荷鞍を置いたばかりか、従者を手助けして着替えさせ、ロバの背に乗せてやった。それから自分も馬に乗り、旅籠屋の敷地の隅に行くと、そこにあった短い槍を騎士用の槍として使うつもりで手に取った。

旅籠屋には二十人をこす人々がいて、全員がドン・キホーテの動きを目で追っていた。その中には亭主の娘もいて、やはりじっと見守っている。彼のほうも娘から目を離さず、ときおり腹の底から絞り出すようにため息をついている。しかし誰もがそれを背中が痛むからにちがいないと思い、少なくとも前の晩、彼が湿布を貼ってもらうのを見た者たちはそう信じて疑わなかった。

ドン・キホーテが馬に、サンチョがロバにまたがって、旅籠屋の門まで進んだとき、騎士は亭主を呼んで、とても穏やかだが重々しい声でこう言った。

「城主殿、この城で私が受けたご厚意は多大にして計り知れず、私は生涯を通じ、一日たりとも欠かさずあなたに感謝せざるを得ません。それゆえ、あなたに何らかの狼藉をはたらく不届きな輩がいれば、敵を取ってさしあげることが、あなたへの恩返しになりましょう。なぜなら私の務めが、非力な者の役に立ち、不当な扱いを受けている者の恨みを晴らし、人の道から外れたことに鉄槌《てっつい》を下すことだからです。それゆえ、記憶を渉猟し、こうした申し立てるべき何かが見つかれば、ぜひ私に伝えていただきたい。騎士道が定めるところにより、あなたに満足していただけるよう、遺恨を晴らして差し上げましょう」

旅籠屋の亭主も同様に落ち着き払って返した。

「これはこれは騎士の旦那、こちらは仇討ちなんぞしてもらわなくても構いやしませんよ。なぜって、何か悪さをされたと思えば仕返しぐらいできますからね。ただ、必要なのは、ゆうべの宿代を払ってもらうことで、馬とロバにやった藁《わら》と大麦の餌代、それに旦那方の夕食代とベッド代をいただかなけりゃ」

「すると、ここは旅籠屋なのか？」とドン・キホーテが訊いた。

「それもいたってまともな」と亭主が応える。

「すると今まであざむかれていたわけだな」とドン・キホーテが返す。「実のところ、私はここを城だと思ったのだ、しかもなかなかの城だと。だが、城ではなく旅籠屋だとすれば、そちらが今なせることは、宿泊代を帳消しにすることだ。なぜなら、私は遍歴の騎士道が定めるところに背けないからだ。私が確実に知る限り（これまでこれに反することを読んだためしがないのだが）、遍歴の騎士は泊まった宿で決して代金などを支払ったりはしない。というのも、どのような歓待を受けようと、それは夏も冬も、昼夜を問わず冒険を求め、あるときは徒歩またあるときは馬に乗り、飢えや渇き、暑さ寒さに耐え、ありとあらゆる厳しい天候にさらされ、大地のもたらす障害に行く手を阻まれながらも務めを果たすことに見合う正当な権利だからだ」

「こちとらにゃそんなこと関係ないね」と亭主が応じる。「とにかく、いただくものをいただこうじゃないか。言い訳も騎士道ももうたくさんだ。代金さえいただけりゃそれで結構」

H. PISAN.

った。


「愚か者の亭主めが」とドン・キホーテが吐き捨てた。そしてロシナンテの腹を蹴ると、槍を小脇に抱え、旅籠屋をあとにした。誰も止められなかったばかりか、彼は従者があとに続いているか確かめもせず、かなり遠くまで行ってしまった。

彼が宿代を踏み倒して去ったのを見て、亭主は相手を変えて取り立てようとサンチョ・パンサに詰め寄った。ところが彼は、主が払いたがらなかったのだから自分も払わない、なぜかと言えば、自分は遍歴の騎士の従者であり、宿屋や旅籠屋で宿代を払わないという決まりは自分にも通用するからだと言った。これを聞いて亭主はかんかんに腹を立て、もしも払わなければ力づくでふんだくってやると言って脅した。これに対しサンチョは、主が守っている騎士道の掟に従い、たとえ命を失おうとも、びた一文払う気はないと言って応じた。自分のせいで、遍歴の騎士たちが守ってきた古くからの美風がすたれてはならないし、今後世に出る騎士の従者たちに、これほど正当な特権を捨て去ったとして嘆かれたり責められたりしたくないというのがその理由だった。

だが、サンチョにとって不運だったのは、旅籠屋の泊まり客のなかにセゴビアの毛梳《けす》き職人が四人、コルドバはポトロの針職人が三人、セビーリャはフェリア地区の住人が二人交じっていたことだ。陽気で悪気のない、悪戯《いたずら》好きでお調子者の彼らは、どうやら同じ気持ちに突き動かされたらしく、サンチョに近づくとロバから引きずりおろし、そのうちのひとりが部屋から持ち出してきた泊まり客用の毛布の上に、みんなで彼を放り込んだ。そして連中が目を上げたところ、天井の高さが今から始めるひと仕事に必要なだけなかったので、上を遮るものは大空のみという裏庭に出ることにした。そこでサンチョを毛布の真ん中に置き、謝肉祭のときに犬でやるように、彼を空中高く放り上げて遊び始めた。

毛布上げされた哀れなサンチョは声を限りに叫び、その声が主の耳に届く。あらためて耳を澄ませたドン・キホーテは、何か新たな冒険が訪れたのかと思ったが、やがて叫んでいるのが自分の従者であることをはっきりと悟った。そこで手綱を返して馬を無理やり飛ばし、旅籠屋に戻る。ところが着いてみると入り口は閉まっていたため、どこか入れるところはないかと宿の周りをぐるっと回ってみた。そしてそれほど高くない裏庭の土塀まできたときだった。自分の従者がいい玩具《おもちゃ》にされているのを目にするのだ。彼の目の前で従者が宙を舞っては落ちてくるその様は、なんとも軽やかで可笑しかった。だからもしも怒り心頭に発していなければ、主は噴き出していただろうと、語り手のわたしは考える。彼は馬から土塀によじ登ろうとする。だがさんざん痛めつけられていたために、馬から降りることさえできない。そこで、サンチョを毛布上げして弄んでいる連中に向かって悪口雑言《あっこうぞうごん》をふんだんに浴びせ始めるのだが、その口汚さときたらとても正確には書き表せないほどだった。だがそれでも連中の笑いは止まず、宙を舞うサンチョの悲鳴が止むこともなく、今や悲鳴には脅し文句や懇願の言葉が混じっていた。しかし何を言おうがさして、いやまったく役に立たず、連中がようやく悪戯を止めるのは、自分たちが疲れ切ったときだった。

すると彼らはロバを引いてきてサンチョを背に乗せ、外套《がいとう》を掛けてやった。すると思いやりのあるマリトルネスは、彼がくたくたになっているのを見て、元気づけてやるには水を飲ませるのがいいだろうと思い、よく冷えた井戸水を水差しに汲《く》んできてやった。サンチョがそれを受け取り、口に運ぼうとしたそのとき、主の発した声にその手が止まった。

「これサンチョ、水を飲んではいかん！　飲むと命を落とすぞ！　そら、ここにまことにありがたい妙薬があるではないか」そう言って件の飲み物の入った油差しを掲げてみせた。

「二滴も飲めば必ず治る」

声が聞こえたほうを横目で見やると、サンチョはそれを凌ぐ大声で応じた。

「ひょっとして、旦那さまはおれが騎士じゃねえってことを忘れたのかね、それとも昨夜《ゆうべ》吐かずにすんだ腸《はらわた》まで吐かせるつもりかい？　そんな飲み薬は悪魔どもに取っときゃいいんだ。おれのことはほっといてくれ」

そう言い終わるか終わらないうちにサンチョはもう口をつけていた。だが一口飲んでそれが水だとわかるとそれ以上飲もうとせず、マリトルネスに葡萄酒をもってきてくれと頼んだ。彼女は滅法《めっぽう》親切で、言われたとおりにしたうえに、なんと勘定を自分で持った。それもそのはずで、今のような仕事に就いてはいるものの、実際、彼女にはどこかキリスト教徒らしいところがあるという噂が立っていたほどなのだ。

こうしてサンチョは、葡萄酒を飲み干すとすぐにロバの脇腹をかかとで蹴って、彼のために目いっぱい開かれた旅籠屋の門から、したり顔で出て行った。いつも身代わりになってくれる自分の背中には痛い思いをさせたが、結局、びた一文払わず、自分の思惑通りにいった

PISAN

ので、得意満面だった。実を言えば、旅籠屋の亭主は自分に払うべき代金のかたに、サンチョの鞍袋を押さえていた。ところがサンチョは旅籠屋を去るときすっかり舞い上がっていたために、それに気づかなかったのだ。彼が出て行ったとたん、亭主は表の扉にしっかり閂《かんぬき》を掛けようとした。だが毛布上げをやった連中がそうさせなかった。たとえドン・キホーテが本物の円卓の騎士だったとしても、これっぽっちも畏れてはいなかったからである。

第十八章　サンチョ・パンサが主のドン・キホーテと交わした会話と、語るに値するさらなる冒険について

すっかり生気を失い失神寸前のサンチョは、やっと主に追いついたものの、自分のロバを急がせることもできないような状態だった。それを見たドン・キホーテはこう言った。

「いまわかったぞ、サンチョ、あの城あるいは旅籠屋は、間違いなく魔法に掛かっている。なぜなら、お前をさんざっぱら弄んだあの連中が、亡霊かあちらの世界の人間どもでないわけがないからだ。その証拠が、裏庭の土塀越しにお前のなんとも悲劇的な嘆かわしい有様を見たときに、私が塀に登ることはおろか馬から降りることすらできなかったことだ。私は魔法に掛かっていたにちがいない。騎士という我が身分にかけて誓うが、もしも土塀に登るか馬から降りることができていたなら、あのぐうたらのならず者どもが悪ふざけしたことを一

生忘れないように、お前に代わって仕返しをしていたはずだ。ただし、そうしていたら、騎士道の掟に反することになっただろう。すでに繰り返し聞かせたように、そもそも騎士というのは、急を要しどうしても必要な場合、それも自分の命と身を守るためでなければ、騎士にあらざる者に手出ししてはならないからだ」

「そりゃおれだって、叙任された騎士であろうがなかろうが、できるもんなら自分で仕返ししたかったさ、だけどできなかった。でも思うに、おれに悪さをはたらいた奴らは、旦那さまが言うような亡霊でも魔法に掛かった人間でもなく、おれたちと同じ骨もあれば肉もある人間だよ。放り上げられている最中に、名前を呼び合うのが聞こえたんだが、それによるとみんな名前を持ってて、ひとりはペドロ・マルティネス、もうひとりはテノリオ・エルナンデス、それから旅籠屋のおやじはぎっちょのファン・パロメケって言ってたな。だから、旦那さまが裏庭の土塀を越えられなかったり、馬から降りられなかったりしたのは、魔法じゃなく何か別のことのせいだね。これまでのことをあれこれ考えてみてはっきりわかったんだが、こうやって冒険《アベントゥラス》を探し歩いてると、しまいにゃ災難《デスベントゥラス》が体中に引っついて、右足と左足の区別もつかなくなりそうだ。おれのちょっぴりしかない脳みそによると、この際何よりぴったりで、一等いいのは、世間で言うように、あちこちうろつき回るのはやめにして自分の村に戻るってことだね。だって今は小麦の刈り入れ時だし、野良仕事をやんなけりゃ」

「お前はおよそ無知だな。口を閉じて辛抱しろ。こうして修練を積みつつ遍歴を続けるのがどんなに栄えあることか、それを目の当たりにする日がいずれ訪れるはずだ。ちがうと言うなら、答えてみろ。戦いに勝利することを凌ぐ、あるいは敵に打ち勝つことに匹敵する満足が、この世に存在するというのか。そんなものがないことは、火を見るより明らかだ」

「きっとそうなんだろうね」とサンチョが応じた。「おれにはわかんねえけど。わかってるのはただひとつ、おれたちが遍歴の騎士になってからというもの、おっと騎士になったのは旦那さまだった(おれがそんな大層な身分になれるわけがねえ)、あのビスカヤ男との一戦をのぞけば、おれたちが勝ったことは一度もねえってことだ。それにあんときだって旦那さまは片耳と兜を半分失くしちまったもんな。そのあとといや、何べんも棒で殴られたり、拳固を食らったりだ。おまけにおれなんか毛布上げまでされちまってよ。しかも悪さをした奴らが魔法にかかってて、仕返しができねえときてるんじゃあ、旦那さまが言う、敵をやっつける喜びの大きさなんてわかるわけがねえよ」

「その点は遺憾《いかん》に思うし、サンチョよ、お前もそう思っているにちがいない」とドン・キホーテが応じた。「だが今からは、誰か名匠の手で鍛えられた剣を手に入れるように努めよう。それを携えている者にはいかなる種類の魔法も掛からないという剣だ。それに、ことによると、アマディス・デ・グレシアが〈燃える剣の騎士〉という名前だったときに使っていた一振りを運よく授からないとも限らない。この世の騎士が手にした名剣中の名剣だ。というのも、いま言った力を備えていただけでなく、切れ味の鋭さが剃刀のようだったので、どんなに頑丈で魔力を帯びた甲冑であろうがそれを受け止めることはできなかったのだ」

「あーあ、おれは本当に運がいいよ」とサンチョが言う。「だって筋書きどおり旦那さまにそんな名剣が見つかったとしても、あの飲み薬とおんなじで、叙任された騎士にしか役に立たねえから、従者はひでえ目に遭うに決まってるもの」

「その心配なら無用だぞ、サンチョ」とドン・キホーテが返す。「天がお前にもいい目を見させてくださることだろう」

二人がこんなやりとりをしていると、ドン・キホーテが、道の行く手に視界を遮る土煙の巨大な塊が近づいてくるのに気づいた。それを見た彼は、サンチョのほうをふり向きこう言った。

「おお、サンチョよ！　今日ついにその日が来た。運命が私のために取っておいてくれた幸運が、この目で見られるぞ。間違いない、これまで以上にわが腕の力を振るってみせ、来るべき世紀にわたって歴史に名を残す手柄を立てる日が訪れたのだ。そら、あそこに巻き上がった砂塵が見えるだろう、サンチョ？　あれは多種多様な兵からなる軍勢が、こちらに向かって雲霞《うんか》のごとく進んでくるところなのだ」

「そうすると軍勢はきっと二つだ」とサンチョが言う。「だって、反対のこっちからも、よく似た土煙がおんなじように上がってるからね」

そう言われてドン・キホーテが目を向けると、たしかにそのとおりだった。すると彼は喜び勇み、その広々とした平原の真ん中で、二つの軍勢が今から激突するにちがいないと思い込んだ。なぜなら、彼の頭のなかは四六時中、騎士道物語で語られる戦闘、魔法、出来事、無謀な言動、色恋沙汰、決闘のような空想の産物で埋めつくされ、話すこと、考えること、行うことは、何もかもその種のことに結びついてしまうからである。そして彼の目に映った砂塵とやらを巻き上げていたのは二つの羊の大群で、同じ道を向かい合わせにやってくるところだったが、土煙のために近づいてくるまで羊だとはわからなかった。しかもドン・キホーテがあまりに熱っぽく軍勢だと言ってきかないので、ついにサンチョもその気になって、こう訊いた。

「だったら、旦那さま、おれたちはどうすりゃいいのかね？」

「何を言うのだ？」とドン・キホーテが応じる。「無論、助けが必要な弱き者たちに味方して、加勢してやるに決まっている。いいか、サンチョ、われらの正面からやってくる軍勢は、トラポバナ島の領主、アリファンファロン大帝が指揮を執り、背後から進んでくる軍勢は、その宿敵であるガラマンタ族の王、〈袖まくり〉のペンタポリンの軍勢で、このあだ名がついたのは、戦いに臨むとき必ず右袖をまくるためだ」

「それにしても、二人の王様はどうしてそんなに仲が悪いのかね？」とサンチョが訊く。

「二人が犬猿の仲なのには訳がある」とドン・キホーテが答える。「アリファンファロンは勇猛な異教徒なのだが、ペンタポリンの娘に恋心を抱いてしまった。それが実に美しく優雅な姫君でしかもキリスト教徒ときている。それで父親は、大帝が偽の預言者マホメットの教えを捨てて、自分と同じキリスト教に改宗しなければ娘を譲らないと言っているのだ」

「この顎鬚に掛けて言うが」とサンチョが応じる。「ペンタポリンの分が良くなけりゃ、おれは目いっぱいこの王様に加勢するよ！」

「そうすればお前も義務を果たせるというものだ、サンチョ」とドン・キホーテが言う。

「この種の戦いに加わるのに、叙任された騎士である必要はないからな」

「そのくらいおれにもわかるさ」とサンチョが応じる。「だけど、このロバはどうしたらいいかな。戦が終わったら絶対見つかるところへつないでおきたいんだが。だってよ、ロバに乗って戦いに加わるなんて、今までなかったと思うからさ」

「確かにそうだ」とドン・キホーテが言う。「お前がすべきは、そのロバがいなくなろうとどうなろうと、運任せにすることだ。我々が勝ち組となったそのときには、多くの馬が得られるだろうからな。ロシナンテですら他の馬と交換されかねないぞ。だがまず、私の言うことを注意して聞くのだ。今から両軍の戦列にいる主だった騎士について講釈してやるからな。で、もっとよく見えてはっきりわかるように、あちらの小高くなったところへ移ることにしよう。あそこからなら両軍が見渡せるにちがいない」

二人は場所を変え、丘の上に立った。そこからは、ドン・キホーテが軍勢と見なした二つの羊の群れがよく見えるはずだった。だが、土煙がもうもうと巻き上がって視界は曇り、遮られていた。それでも、彼は実際には見えないもの、存在しないものを自分の思い描いた光景に見て、声も高らかに解説を始めた。

「そら、あそこに見える黄色の甲冑を着た騎士、手に持っている盾に王冠を被った獅子が乙女の足元にひれ伏す図が描かれているだろう。あれは〈銀の橋〉の領主、勇敢なラウルカルコだ。次に、黄金の花柄の甲冑をまとい、青地に銀色の王冠を三つあしらった盾を手にしているのは、恐怖のキロシア大公、ミココレンボだ。その右側の、巨人並みの手足を備えた騎士は、三つのアラビアの領主、怯むことなきブランダバルバラン・デ・ボリチェで、例の蛇皮の鎧に身を包み、扉板を盾代わりにしているが、一説によると、あの扉板は、怪力サムソンが命を懸けて復讐をとげたときに破壊した、敵の寺院の扉のひとつだそうだ。ここで目を向こう側に向けることにしよう。すると軍勢の先頭に見えるのが、ヌエバ・ビスカヤの大公で負け知らずの常勝の騎士、ティモネル・デ・カルカホナだ。甲冑は青、緑、白、黄色の四色からなり、獅子の毛の色をした盾には金色の猫の図柄とともに〈ミアウ（ニャオ）〉という言葉が刻まれているが、これは彼の思い姫ミウリナの名前の冒頭に当たり、噂によれば、アルフェニケン・デル・アルガルベ公爵の娘で、類なき美女だそうだ。あの大柄で力強そうな牝馬の背にどっかと跨り、雪白の甲冑に身を固め、図案なしの白い盾を構えているのは、フランス出身の新参騎士で名前はピエール・パパン、ウトリケ男爵領の領主だ。それから、青と銀の盃をあしらった甲冑を着て、金具付きの踵で足の速いシマウマの脇腹を蹴っているのは、有力なネルビア公のエスパルタフィラルド・デル・ボスケで、手にした盾にはアスパラガスの模様が描かれるとともに、スペイン語で〈わが武運よ永遠なれ〉と記されているぞ」

このようにドン・キホーテは、自分が想像した、双方の軍勢に交じる騎士の名を次から次へと挙げていき、いまだかつてない狂気がもたらす妄想のおもむくままに、それぞれの騎士がまとった甲冑とその色、紋章、刻まれた銘などを即興で思いついては休むことなく語り続ける。

「あの手前の軍勢を形作っているのは様々な国から馳せ参じた人々だ。そこにいるのは、トロヤの名高いクサント川の美味き水を飲み水にしている者たち、アフリカの地マシロスの野を踏みしだく者たち、豊潤なアラビアで細かく純度の高い砂金をふるいにかける者たち、カッパドキアの澄み切ったテルモドンテ川の名高い涼やかな岸辺で憩う者たち、リディアの砂金豊かなパクトロ川の水を、多種多様な水路を通じて抜いてしまった者たち、約束を破りがちなヌミディア人、名うての射手たるペルシャ人、逃げつつ戦うパルティア人やメディア人、移動式の家屋に住むアラビア人、肌は白いが残忍なスキタイ人、唇に穴を穿《うが》ったエチオピア人、その他にも、名前は覚えていないが顔は見分けられる、数えきれない民族が戦いに加わっているぞ。一方、こちらの軍勢に加勢しているのは、流域でオリーブを産するベティス川の、透明な流れを飲み水にする者たち、常に金色の水をたたえたるタホ川で顔に磨きをかける者たち、神聖なヘニル川のありがたい水を享受する者たち、牧草の豊かなタルテソスの野を踏む者たち、楽園を思わすへレスの牧場に楽しげに集う者たち、黄金色の麦穂を授かったラ・マンチャの富める者たち、ゴート族に由来する鉄製の甲冑をまとった者たち、ゆったりとした流れで有名なピスエルガ川で水浴びをする者たち、伏流の存在で知られる曲がりくねったグアディアナ川沿いに広がる牧草地帯で家畜に草を食ませる者たち、樹木茂れるピレネー山脈の寒さと聳《そび》え立つアペニン山脈が頂く白き氷雪に震える者たちであり、つまるところ、ヨーロッパ全域に含まれる、ありとあらゆる民族の者たちがいるということだ」

地方の名前、民族の名前が次から次へと出てくるわ出てくるわ！　しかもそれぞれに備わる特性を実に素早くつけ足して見せたのだが、すべては嘘八百を述べ立てる書物に熱を上げ、どっぷり浸かったあげくのことだった。

一方、サンチョ・パンサは口もきけず、主の言葉に圧倒されながら、ときおり、主が名を挙げる騎士や巨人が見えないかと首を動かしていた。だが、ひとりも見えなかったので、こう言った。

「旦那さま、そこに広がる野に見えると旦那さまが言う人も巨人も騎士も、おれは全部悪魔に任せるよ。少なくとも、おれにゃひとりも見えねえからね。たぶん、何もかも昨夜の亡霊みたいに魔法の仕業にちげえねえもの」

「何ということを」とドン・キホーテが応じる。「あの馬のいななきや、ラッパが鳴り渡る音、太鼓の響きがお前には聞こえないのか？」

「聞こえるのは」とサンチョが返す。「どえらい数の羊どもが鳴く声だけだが」

そしてそれは事実だった。なぜなら二つの羊の大群がすぐそばまで来ていたからだ。

「サンチョよ」とドン・キホーテが言う。「お前は恐怖のために、きちんとものを見たり聞いたりできなくなっている。恐怖がもたらす影響のひとつが人の感覚を乱し、物事を本来の姿には見えないようにすることだ。だから、それほど恐れているなら、お前はどこか離れたところに退いて、私をひとりにしてくれ。加勢すべき軍勢を勝たせるには、私ひとりで不足はない」

そう言ってロシナンテに拍車を掛けると、ドン・キホーテは槍を脇に抱え、稲妻のごとく丘を駆け下りる。そこでサンチョが大声で叫ぶ。

「旦那さま、ドン・キホーテさま、神かけて言うが、いま攻め込もうとしてるのは羊の群れだ！　頼むからどうか引っ返しとくれ！　なんちゅう狂い方だ。ほれ、巨人も騎士もいねえし、猫もいなけりゃ鎧兜もねえよ、色分けした盾も色分けしてねえ盾も、青い盃だかなんだかもありゃしねえって。いったい何するつもりなんだよ？　もう、しょうがねえな！」

その声にもドン・キホーテは引き返すことなく、それどころか鬨の声を上げて突っ込んでいく。

「それっ、勇敢なる〈袖まくり〉のペンタポリン王の旗の下に従い戦う騎士の諸君、ひとり残らず私についてくるのだ、そうすれば私が諸君の敵たるアリファンファロン・デ・ラ・トラポバナに、いかにたやすく仕返しするかをご覧に入れよう！」

そう言いながら、彼は羊の群れの只中に突進し、本当に仇敵を相手にするように、勇猛果敢に槍を振るいはじめた。羊の群れと一緒にいた飼い主や羊飼いたちは止めさせようと大声を上げたが、役に立たないとわかると、投石器を取り出して、こぶしほどの石を彼の顔めがけて飛ばし始めた。だがドン・キホーテは石つぶてもなんのその、縦横無尽に駆け巡り、こう叫んだ。

「尊大なるアリファンファロンめ、いったいどこにいるのだ？　私のもとに現れよ。騎士なる私は、一騎打ちにて貴様の腕を試し、その命をもらう覚悟をもってひとりここにいる。それというのも、勇ましきペンタポリン・ガラマンタに破廉恥な行為をはたらいた貴様に思い知らせてやるためだ」

そのとき、川原で見かけるような小石が飛んできたかと思うと、ドン・キホーテの脇腹に当たり、肋骨《ろっこつ》を二本折ってしまった。あまりに痛い目に遭ったものだから、彼は自分が瀕死の重傷を負ったと思ったにちがいない。そこで飲み薬のことを思い出し、その妙薬が入った油差しを取り出すと口にあてがって、胃の中に注ぎ込みはじめた。しかし、まだ十分飲んだとは思えないうちに別のつぶてが飛んできて、今度は彼の手と油差しに当たった。それもものの見事に命中したので、油差しは砕け、ついでに彼の前歯と奥歯が三、四本折れたばかりか、手の指が二本ひどく潰れてしまった。

最初の痛手もさることながら、二度目の痛手も相当なものだったため、哀れにも騎士は馬から転げ落ちてしまった。そこへ羊飼いたちが駆けつけたものの、てっきり彼を殺してしまったと思い込み、大急ぎで羊を集め、死んだ七頭分かそれ以上を担ぐと、他のことは確かめもせずに逃げ去った。

そうこうする間、サンチョはずっと丘の途中から自分の主がしでかす狂気の沙汰から目を離さなかったが、顎鬚を掻きむしったり、運命が自分に主を引き合わせた時と場所を呪ったりしていた。だが、主が地面に転げ落ち、羊飼いたちが立ち去ったのを目にすると、斜面を下り、主のもとに駆け寄った。そして意識は失ってはいないものの、なんとも無様な格好で

H. PISAN

ひっくり返っているのを見て、こう言った。

「だから言ったんだよ、ドン・キホーテさまったら、引っ返しとくれ、旦那さまが攻め込もうとしてるのは軍勢なんかじゃなく、羊の群れだって」

「なに、私の敵で、たちの悪い魔法使いの賢人なら、ああして何かの姿を変えたり消したりできる。知るがよい、サンチョ、あの種の悪党どもにとって、人の姿を自分たちの好き勝手に変えることなどごくたやすいことだ。だから絶えず私につきまとうあの悪党は、私がこの戦いで勝利することを知り、私が浴するはずの栄光に嫉妬するあまり、敵の軍勢を羊の群れに変えてしまったのだ。もしも疑うのなら、サンチョよ、お前が迷いから覚め、私の言葉が真実であるとわかるように、頼まれてもらいたいことがある。自分のロバに乗り、ひそかに連中のあとをつけてほしいのだ。そうすれば、ここからしばらく行ったところで、連中が元の姿に戻り、羊ではなく、私が最初に描いてみせたとおり、正真正銘の人間になっているだろう。だが今は行かないでくれ。お前の支えと助けが要る。そばに来て、奥歯と前歯が何本なくなったか見てほしい。どうやら一本も残っていない気がするのだ」

そこでサンチョは主の口の中に目玉を突っ込みそうなほど顔を近づけた。それはちょうどドン・キホーテの胃袋の中で妙薬が働き出したときだった。そしてサンチョが主の口の中を調べようとしたまさにそのとき、胃袋がありったけの中身を鉄砲よりも激しく噴射し、それが思いやりのある従者の顎鬚にもろにかかってしまった。

「サンタ・マリア！」とサンチョが叫ぶ。「なんてこった。こりゃよっぽどひでえけがにちげえねえ。あの世行きかもしんねえぞ。口から血を吐くなんて」

だが、もう少し調べると、色も味も匂いも血ではなく、しばらく前に主が油差しから飲んでいるのを見た妙薬のものであることに気がついた。そのとたん、おそろしいむかつきを覚え、胃の中が引っくり返り、今度は中身を主に向かって吐き出した。そのため二人ともなんともすさまじい姿になってしまった。そこでサンチョはロバのところへ飛んでいき、鞍袋から何か顔を拭くものと、主の手当をするためのものを探しだそうとしたが、見つからなかったので、ほとんど気が狂いそうになった。そして彼はふたたび自分の運命を呪い、たとえこれまで仕えた分の給金や約束された島を治めるという希望を失っても、主を見限り、故郷に帰ろうと決心するのだった。

そのときドン・キホーテが立ち上がったが、左手で口を押さえていた。残った歯が飛び出さないようにしていたのだ。もう片方の手はロシナンテの手綱を握っていた。この馬は決して主のそばを離れなかった（それほど忠実で性質が穏やかだった）。そして彼は、胸をロバに預けて頰杖をつき、いかにも物思いに耽っているような格好でいるサンチョのところへやってくると、従者がやけに悲しげに見えるので、こう切り出した。

「知るがよい、サンチョ、人を上回ることをしなければ、人並みの人間にしかなれないことを。我らを襲うこうした嵐はすべて、荒れた天候がたちまち治まり、物事がうまくいくことの兆しなのだ。なぜかといえば、良いことも悪いことも長続きはしないからで、悪いことばかりがしばらく続いた今、良いことはもう、すぐそこまで来ている。だから、私の身に降りかかった禍《わざわい》のことを嘆き悲しんではならない。お前にはかかわりがないのだからな」

「かかわりがないって?」とサンチョが聞きとがめる。「ひょっとして、昨日毛布上げされたのは、親父のせがれのこのおれじゃねえとでも? それに、おれの大事なもんが全部詰まった鞍袋が今ここにねえが、あれはおれのじゃねえってか?」

「すると鞍袋がないのかな、サンチョ?」とドン・キホーテが訊く。

「ああ、ねえですとも」とサンチョが答える。

「そうなると、我らは今日食するものがないわけだな」とドン・キホーテが言う。

「そういうことだね」とサンチョが答える。「この草っぱらに、旦那さまが知ってるという草が生えてなけりゃの話だが。旦那さまみたいにえらく運の悪い遍歴の騎士たちが、今みたいに食うものがないとき、よく食いものの代わりにするというあの草だよ」

「それはそれとして」とドン・キホーテが応じる。「ディオスコリデスが書き著し、たとえ挿絵がラグナ博士によるものだとしても、私が今すぐほしいのは、そんな草より、丸パン四分の一か、フスマパンとニシンの頭二つなのだ。だが、それはそれとして、サンチョよ、お前のロバに乗って私についてこい。すべてを与えてくださる神が我らを、しかもこうして遍歴の旅の途にありながら神への奉仕を欠かさない我らを見放すはずがない。なにせ空中の蚊や地中のうじ虫、水中のオタマジャクシさえ放ってはおかないくらいだ。しかもその慈悲は実に深く、善き者の頭上にも悪しき者の頭上にも日を昇らせ、行いが正しい者にも正しくない者にも等しく雨を降らせるほどなのだ」

「旦那さまが向いてんのは」とサンチョが言う。「遍歴の騎士よりも説教師だね」

「遍歴の騎士というのはだな、サンチョ、何でも知っていたし、しかも知っている必要があるのだ」とドン・キホーテが応じる。「過去の時代には、野営地の只中で足を止め、兵士たちに向かって、まるでパリ大学出の学士のように説教を垂れたり講話を行ったりした者もいたくらいだからな。この事実から推し量れるのが、槍がペンを鈍らせることは決してないし、その逆もないということだ」

「ところで、旦那さまの言うとおりなんだろうが」とサンチョが口出しする。「今はここを離れて、今晩泊まるところを見つけなけりゃ。神さまの思し召しで、できることなら、毛布上げの毛布もなけりゃ、毛布で悪さをする連中も、亡霊も、魔法に掛かったモーロ人もいねえところがいいんだが。そんなもんがいたら、悪魔に手玉に取られるのと同じだからね」

「そう神に願うがよい」とドン・キホーテが言う。「どこでもいいから案内を頼む。今度泊まるところは、お前に選んでもらおう。だが、まずここを手で触ってくれ。そして指で探りを入れて、右の上顎の前歯と奥歯が何本抜けたか、よく調べてほしい。そのあたりがずきずき痛むのだ」

サンチョは指を突っ込み、探りながら訊く。

「旦那さま、いつもはここに何本奥歯があったのかね？」

「四本だ」とドン・キホーテが答える。「親知らず以外は、どれも傷んでいない、完全な歯ばかりだった」

「よく考えて言わなけりゃだめだよ、旦那さま」とサンチョが返す。

「だから五本でなければ四本だ」とドン・キホーテが応じる。「なぜなら、これまで前歯も奥歯も一本も抜いたことがないし、虫歯やリウマチにやられて抜けたこともないからな」

「だけど、この下のところにあるのは」とサンチョが言う。「奥歯二本と半分だけだ。それに上のところにゃ半分どころかなんにもねえ。まるで手のひらみてえにつるつるだ」

「運に見放されたのだな！」と、従者から悲しい知らせを聞いて、ドン・キホーテが言う。「これなら、剣を使わないほうの腕でももぎ取られたほうがましだった。その理由はだな、サンチョ、歯のない口は石臼《いしうす》のない粉挽き場のようなもので、一本の歯は一粒のダイヤよりもはるかに価値があるからだ。しかし、我ら騎士道の厳格な規律を信奉する者は、こうしたことの一切を免れない。我が友、サンチョよ、ロバに乗って先導してくれ。どこへなりと私はお前について行く」

サンチョは言われたとおり、先を行き、そこからはまっすぐに伸びている街道からはずれることなく、宿が見つかりそうな方向に進んだ。

彼らの足取りは遅々としていた。ドン・キホーテの顎の痛みが治まらず、急ぐのは無理だったからだ。そこでサンチョは何か話をして主の気を紛らわせ、楽しませてやることにした。そのとき話したことのひとつが次の章で語られる。

第十九章　サンチョが主と交わした機知に富んだ会話、主に起きた死体絡みの冒険および世に知られたいくつかの出来事

「旦那さま、ここんとこおれたちの身に災難が次から次へと降ってくるのは、きっと、どれもこれも旦那さまが騎士道の掟に背いた罰《ばち》にちげえねえ。だってよ、何て名前だったかちゃんと思い出せねえけど、あのマランドリーノとかいうモーロ人の兜を取ってくるまでは、テーブルでパンは食わねえとか、女王さまといちゃつかねえとか、ああだのこうだのと誓ったくせに、守ったためしがねえからさ」

「図星だ、サンチョ」とドン・キホーテが応える。「だが、実を言うと、誓いのことはすっかり忘れていたのだ。それにもうひとつ確かなのは、肝心なときに私にそれを思い出させてくれなかったので、お前はああして毛布上げにされる目に遭ったということだ。しかし、私は罪を償うつもりだぞ。騎士道にはどんなことでも埋め合わせをする方法がある」

「もしかして、おれも何か誓ったかな？」とサンチョが言う。

「お前が誓わなかったかどうかはさして重要ではない」とドン・キホーテが応じる。「お前がそれと知らずにこの件に関わったと私が承知していれば済むことだ。ただし、万一に備え

て、罪を償う準備をするのは悪いことではないだろう」

「だったら旦那さま」とサンチョが言う。「今言ったことを誓いとおんなじに忘れちゃ困るよ。あの亡霊どもがまたその気になって、おれのことを玩具にしねえとも限んねえし、旦那さまだって、とんでもねえ強情っ張りだと知られたら、毛布上げされちまうよ」

こうしてあれこれ話しながら進むうち、道半ばで日が暮れてしまったが、二人がその夜を過ごせる場所は見つからない。その上、好ましくないことに、猛烈な空腹が襲ってきていた。鞍袋を失くしたために、食糧も他の細々した中身もそっくり失われてしまったからだ。そこへこの災難を災難と思う必要がなくなるような冒険が生じる。今回のは、無理にこじつけなくても、いかにも冒険らしい冒険となる。すでに日は落ち、暗くなりかけていた。だがそれでも、二人は歩き続ける。その道は街道なのだから、一、二レグア先に旅籠屋が見つかって当然だとサンチョは考えていた。

こうして暗い夜道を、腹を空かせた従者とひもじい思いの主が歩いていると、同じ道の前方から、数多くの灯火が自分たちに向かって近づいてくるのが見えた。まるでたくさんの星が動いているようだった。それを見たサンチョはびっくり仰天し、ドン・キホーテもいぶかった。そこで従者はロバの端綱を、主はやせ馬の手綱を引いて立ち止まり、何がやってくるのかと目を凝らすと、灯火の群れが自分たちのほうに近づいてくることがわかった。そして近づけば近づくほど大きくなってくるので、それを見たサンチョはまるで水銀中毒に掛かったみたいに震えだし、ドン・キホーテの髪の毛は逆立った。だが騎士はいくらか勇気をふるってこう言った。

「間違いないぞ、サンチョ、これは危険このうえない一大冒険にちがいない。ここでこそ私はあらん限りの力と勇気を示さなければならないのだ」

「おれはなんて運が悪いんだ！」とサンチョは応じた。「もしもこの冒険に亡霊どもが関わってるとしたら、どうもそんな気がするんだが、どうせ痛《いて》え目に遭うのはおれの背中だもんな」

「たとえ亡霊の数が増えようが」とドン・キホーテが言う。「お前の着ているものにさえ指一本触れさせはしないぞ。この間、お前が連中に弄ばれたのは、私が裏庭の土塀を越えられなかったからだが、このたび我らがいるのは平らな野原だから、私は思う存分剣を振るうことができる」

「でもよ、この前みてえに、あいつらが旦那さまに魔法を掛けて動けねえようにしちまった日にゃ」とサンチョが言う。「野原にいたって、何の役にも立ちゃしねえよ、ちがうかね？」

「それはそうだとしても」とドン・キホーテが応じる。「よいかサンチョ、元気を出すのだ、私の勇気がいかなるものか今見せてやるからな」

「わかった、元気を出すよ、神さまの助けを借りて」とサンチョが応える。

そして二人は道の脇に寄り、近づいてくる正体不明の灯火の群れが何なのかを知ろうと、ふたたびまじまじと見つめた。すると間もなく、白装束の男がぞろぞろ現れ、そのなんともおぞましい光景にサンチョ・パンサはすっかり気力を失い、四日熱の患者みたいに歯をがちがち言わせ始めた。さらにその正体がはっきりすると、歯の鳴る音はさらに大きくなった。というのも、白装束の男は二十人もいて、すべて馬に乗り、手には火の点いた松明《たいまつ》を持ち、その後ろに黒い布で覆われた輿が続くとともに、さらにラバに乗った、裾がその足元まで届く喪服姿の男六人が付き従っていたからだ。乗っているのが馬でないことは、その静かな足取りから明らかだった。白装束の男たちは、死者を悼むような言葉を小声でささやき合っている。そんな時刻にそんな人気のない場所で目にするこのなんとも奇妙な光景は、サンチョはもとより主にも恐怖心を抱かせるに十分だった。ドン・キホーテでさえそんな具合で、サンチョときたらもはや全身の力が抜けてしまっていた。しかし、主には逆のことが生じる。そのとき彼は、空想の翼を羽ばたかせ、その場面が、かつて自分が本で読んだ冒険のひとつであると思い込むのだ。

くだんの輿が運んでいるのは棺であって、中に横たわっているのは手負いの騎士か死んだ騎士にちがいなく、その仇討ちは自分だけに任されていると勝手に想像した彼は、それ以上あれこれ考えるのはやめにして、槍を抱え、鞍にしっかり座り直し、顔つきも凜々《りり》しくさっそうと飛び出すと、白装束の一行がどうしても通らざるを得ない道の真ん中で行く手を遮った。そして彼らが近づくのを見て、大声を上げ、こう言った。

「そこで止まるのだ、騎士の諸君、あるいは何者であろうとかまわない。諸君がどなたなのか、どちらから参られ、どちらへ行かれるのか、その棺の中に何があるのかをお教え願おう。見かけからすると、何か道理に外れたことを行ったか、その種の目に遭わされたようだ。諸君の悪しき行為に罰を与えるにせよ、諸君が被った不正に仕返しをいたすにせよ、まずは事情を知ることが必要不可欠なのだ」

「わたしたちは急いでいるのです」と白装束の男のひとりが返答した。「それに宿は遠いので、ここで止まって、そちらがお訊きになりたいことに応えている余裕はありません」

そう言うとラバに拍車を当て、そのまま進もうとした。この受け応えにドン・キホーテは大いに気分を害し、相手のラバの轡をつかむとこう言った。

「こら止まらんか、きちんと礼儀をわきまえよ、私が問い質したことに答えるのだ。さもないと、ひとり残らず私を相手に戦うことになるぞ」

そのラバはすぐに驚く癖があり、轡をつかまれただけで怯えて棒立ちになり、乗り手を尻の端から地面に落としてしまった。彼が落ちるのを見て、徒歩で付き添っていた若者のひとりがドン・キホーテに罵詈雑言《ばりぞうごん》を浴びせはじめた。すると、すでに憤懣《ふんまん》やるかたない思いでいたこの騎士は、ついに堪忍袋の緒が切れて、槍を脇に抱えて攻撃の姿勢をとり、喪服を着たひとりに襲いかかると大けがを負わせ、地面に突き落としてしまった。続いて他の連中に向かっていったのだが、彼らを攻撃し、追い立てるときの素早さは目を見張らせ、しかもこのときのロシナンテときたら、まるで背中に翼でも生えたかのごとく軽々とまた誇らしげに走り回ったのだった。

白装束の者たちはいずれも臆病で、武器を携えていなかった。そして、あっけなく抵抗するのを止めて、火の点いた松明を手に野原を走って逃げたのだが、その有様は、まるで歓びあふれる宴の夜に仮面をつけて仮装した人々が走り回っているかのようだった。喪服の人々はと言えば、丈長の法衣《ほうえ》の裾に足が絡んでもつれ、動き回ることができなかった。そのためドン・キホーテはまったく危なげなくひとり残らず叩きのめしてしまったので、彼らはしぶしぶその場から立ち去った。というのも、誰もがあれは人ではなく、自分たちが輿で運んできた死体を奪い取ろうと地獄から出てきた悪魔だと思ったからである。主の勇猛ぶりを一部始終見守っていたサンチョは、感嘆のあまりこう独りごちた。

「ちげえねえ。うちの旦那さまは自分で言うとおり、勇ましくて恐れ知らずだわ」

ドン・キホーテがラバから転落させた最初の男のそばで松明が一本まだ燃えていて、その明かりで彼は男の姿を認めることができた。そこで男に近づくと、顔に槍の穂先をつきつけ、降参せよ、さもないと命がないぞと言った。すると横たわった相手が返事をした。

「降参ならもうさんざんしていますよ。なにしろ、脚が片方折れていて、動けないんですから。お願いです。あなたがキリスト教徒なら、殺さないでください。そんなことをすれば、冒瀆の大罪を犯すことになりますよ。なにしろわたしは学士で、下級とは言え聖職者なのですから」

「すると聖職者でありながら」とドン・キホーテが言う。「いったい誰にこのような場所に連れてこられたのかな?」

「誰にですって?」と横たわった男が応じる。「我が不運にですよ」

「ならばさらに大きな不運が差し迫っているぞ」とドン・キホーテが言う。「もしも今の問いに満足のいく返答をしなければな」

「あなたの満足のいくようにすることなどお安い御用です」と学士が応じる。「いまわたしは学士だと言いましたが、実を言うと、そうではなくて得業士なのです。名前はアロンソ・ロペス、アルコベンダスの生まれで、先ほど松明を持って逃げてしまった他の十一人の司祭と一緒にバエサ市から来ました。あの輿に乗せた亡骸を運んでセゴビアに向かう途中だったのです。亡骸の主はバエサで亡くなったさる紳士で、その地にいったん安置したのち、お話ししたように、それを故人の生まれ故郷のセゴビアにある墓地へ運んでいくところでした」

「で、誰に命を奪われたのかな？」とドン・キホーテが訊く。

「神にです。ペストに罹って熱にやられました」と得業士が答える。

「ということは」とドン・キホーテが言う。「他の誰かに命を奪われたのであれば、私はその敵討ちをしなければならないが、神はその手間を省いてくださったということだな。その死が神の思し召しとあらば、私は黙って肩をすくめるしかない。かりに私が同じ目に遭ったとしても、やはりそうするであろうからだ。ここであらためて紹介させていただくと、私はドン・キホーテという名のラ・マンチャの騎士で、世界を巡り歩いて曲がったことを正し、他人《ひと》の屈辱を晴らすことを我が務めとして勤しんでおります」

「その曲がったことを正すというのには納得がいきません」と得業士が言う。「だって、わたしの真っ直ぐだった脚を一本折って、もはや死ぬまでずっと真っ直ぐにはならないようにしたじゃないですか。それにわたしの屈辱を晴らしてくれたと言っても、それがわたしの屈辱のもととなり、おかげでわたしは永久に屈辱を感じ続けることでしょうよ。そもそも冒険《アベントゥラス》を求めて歩き回っているあなたに出くわしたことが運の尽き《デスベントゥラス》でしたよ」

「物事というものは」とドン・キホーテが返す。「何もかもが同じように起こるわけではない。痛い目に遭った原因は、アロンソ・ロペス得業士、あなたがたがやったように、夜だというのにあんなふうに白衣に身を包んだり喪服をまとったりして、火の点いた松明を持ち、何やらぶつぶつ唱えながら進んできたことにあるのです。その様は、それこそ何かまがまがしいものが、あの世からやってきたようでした。だから私は自分の務めを果たさないわけにはいかず、あなたがたに立ち向かったのです。それに、たとえあなたがたが地獄の悪魔そのものだとわかったとしても、また実際、先ほどまでずっとそうだと思い込んでいたのですが、あなたがたに向かって行ったでしょう」

「運命がこうなることを望んだ以上」と得業士が言う。「あなたにお願いがあります、(私にあまりの不運をもたらした)遍歴の騎士さま、どうかこのラバの下から私を引き出してくれませんか、片方の脚が鐙と鞍にはさまれているものですから」

「しまった、明日までしゃべり続けるところでした!」とドン・キホーテが応える。「それであなたは、その苦しみのことをいつまで言わずにいるつもりでしたか?」

そう言ってすぐさまサンチョ・パンサに来るように命じた。しかし従者は来ようとしない。というのも、ラバの一頭から積み荷を頂戴するのに忙しかったからだ。それは善良な一行が連れていたラバで、食糧をたっぷり積んでいた。サンチョは自分の上着を袋にして、中にいただいた食糧を詰め込める限り詰め込んで自分のロバの背に載せ、それから主の声のするほうへ向かった。そしてラバの下敷きになっている得業士を引っ張り出すのを手伝い、彼をラバに乗せ、松明を手渡してやった。ドン・キホーテは得業士に、敗走した仲間の後を追うようにと言う一方、捨て置くことができなかったとはいえあのような行為を働いたことを、自分にかわって彼らに謝ってほしいと頼んだ。するとサンチョが言い添えた。

「もし連れの人たちが、自分らをこっぴどい目に遭わせたあの勇ましい方は誰なのかって訊いたら、こう答えてやってもらえねえかな。あれは有名なドン・キホーテ・デ・ラ・マンチャさまといい、またの名を〈情けねえ顔《トリステ》の騎士〉というってね」

かくして得業士は去って行った。するとドン・キホーテはサンチョに、どうしてよりによってあんなときに初めて〈憂い顔《トリステ》の騎士〉などという呼び名を用いる気になったのかと訊いた。

「それはだね」とサンチョが答える。「さっき、あの運の悪い得業士が持ってた松明の明かりで旦那さまをちらっと見たら、ここんとこ見た覚えがねえほど暗《くれ》え顔してたからだよ。きっと、さっきの戦いで参ったせいか、前歯も奥歯もなくなっちまったせいにちげえねえな」

「そうではない」とドン・キホーテが応じる。「むしろ私が戦であげた手柄の歴史を記す務めの賢人が、私にも何か通称があったほうがよいと思ったからだろう。過去に現れた騎士がすべて通称を備えていたようにな。たとえば、〈燃える剣の騎士〉〈一角獣の騎士〉とか、

〈乙女の騎士〉〈不死鳥の騎士〉というのもあれば、〈グリフィンの騎士〉〈死神の騎士〉などというのもある。こうした通称あるいは意匠によって、彼らは地表の隅から隅まであまねく知られていた。そこで、先に挙げた賢人は、私を〈憂い顔の騎士〉と呼ぶことをお前の考えに植えつけ、口に出させたのだろう。私も今後はこの名を名乗るつもりだ。それにこの通称がより似つかわしくなるように、機会があれば、盾に深く憂い《トリステ》に満ちた顔を描《か》かせることにしよう」

「そんな顔を描かせるのに時間や銭を使うこたあねえよ」とサンチョが言う。「それよりか、やらなくちゃいけねえのは、旦那さまの顔をさらすことだ。見てえ連中にゃその顔を見せてやるのさ。そうすりゃ、似顔絵や盾なんかなくったって、それだけで〈情けねえ顔の騎士〉って呼んでくれるさ。信じていいよ、本当だって、(冗談で言っているのかもしれないが)腹ペコと歯抜けでもって目も当てられねえ顔になってるから、今言ったみてえに、情けねえ顔の絵なんかなくても平気だって」

ドン・キホーテはサンチョの機知に富んだ言葉に思わず笑ってしまった。だが、それでも、自分の長盾あるいは円盾に、想像したとおりの似顔絵を描くことができたら、例の通り名を名乗ろうと心に決めた。

「そのとき、得業士が戻ってきて、ドン・キホーテに言った」

「言うのを忘れていましたが、騎士の方、あなたは神聖なものに手を出すという狼藉を働いたがゆえに、〈juxta illud: Si quis suadente diabolo, etc.(人ガ悪魔ニソソノカサレ云々、トイウ条項ニ従イ〉、破門されるでしょう」

「そのラテン語がどういう意味かはわからないが」とドン・キホーテが応じた。「私は手ではなく、この槍を突き出したことは十分承知している。しかも私は、敬虔なカトリック教徒として、まさか自分が敬愛する聖職者や教会に属するものを攻撃しているとは思わず、あの世の亡霊や化け物が相手だと思ったのだ。それはそれとして、いま私が思い出すのは、エル・シド・ルイ・ディアスの身に起きたことだ。彼は法王猊下《げいか》の面前で、フランス国王の使者の椅子を打ちこわし、そのため破門されてしまった。だが、その日、好漢エル・シドは、実に高潔かつ勇敢な騎士として振る舞ったのだ」

これを聞くと得業士は、一言も返さず、そそくさと立ち去った。ここでドン・キホーテは、輿の遺体が骸骨なのかどうか見たくなった。しかしサンチョはこう言ってそれを認めなかった。

「ちょっと旦那さま、そりゃ今回はこの危ねえ冒険を、今までおれが見たうちじゃ一等無事に終えたよ。でもあの連中は、こてんぱんにやられて逃げてったけど、たったひとりの相手にやられたと気づいたら、みっともねえやら悔しいやらで、また奮い立って戻ってくるかもしれねえよ。そうしたらおれたちはどうなっちまうか。ロバの仕度はできてるし、山は近えし、腹は十分空いてるし。あとはさっさとずらかるだけだよ。諺の言うとおり、〈死人は墓へ、生きてる者はパンへ〉だ」

そしてロバの端綱をつかむと、あとに続くよう主を促した。主のほうもサンチョの言うことがもっともだと思えたので、もはや反論もせず、従者につき従った。それから二つの山の間を進んでいくと、まもなく、隠れてはいるが広々とした谷間に出たので、二人はそこで馬を降り、サンチョはロバの積み荷を軽くしてやった。彼らは青草の上に寝そべり、空腹は絶好の調味料とばかりに、朝飯、昼飯、おやつ、それに晩飯までを一気に取り、亡骸を運んでいた聖職者たち（めったにまずいものを食べることはない）のラバに積まれていた食糧袋ひとつ分以上を平らげて、胃袋を喜ばせてやった。

だがここでまた不幸に見舞われる。サンチョにとっては最悪と思えたその不幸とは、飲み物が葡萄酒はおろか、口を湿らす水すらないということだった。そのため二人は渇きに苦しむことになったが、そのときサンチョが、自分たちがいる場所が細かい青草に覆われていることに気がついて、次の章で語られるようなことを言った。

第二十章　勇敢なドン・キホーテが、この世の名だたる騎士により成し遂げられたどんな冒険よりも危険な目に遭うことなく成し遂げた、見たことも聞いたこともない冒険について

「草がこんなに繁ってるのは、旦那さま、水分を取れる泉か小川がこのあたりにある証拠だよ。だからもう少し先まで行ってみるほうがいい。そうすりゃこのおっそろしい喉の渇きが

癒せる場所に出くわすからさ。まったく、喉の渇きにゃかなわねえよ。まちげえねえ、空きっ腹よりよっぽどたちが悪い」

この忠告がもっともらしく思えたので、ドン・キホーテはロシナンテの手綱を取り、サンチョは、夕食の食べ残しをロバの背にくくりつけると端綱を取って、二人で草地を手探りしながら先へと進みはじめた。なぜなら、闇が深く、何も見えなかったからだ。だが二百歩も行かないうちに、水の轟《とどろ》く音が聞こえてきた。まるで切り立った高い岩山から落下しているような音だ。その音に彼らは狂喜し、その場に立ち止まって、音が聞こえてくる方角を知ろうと耳を澄ませた。すると突然、別のすさまじい音がしたので、水が得られる喜びは水を差され、とりわけ生来臆病で肝っ玉の小さいサンチョはしゅんとなってしまった。規則正しく何かを打つ音に鉄と鎖が軋《きし》む音が加わり、それが水の轟音《ごうおん》と合わさって聞こえるものだから、ドン・キホーテをのぞけば、どんな人間でも心臓が縮みあがっていただろう。

すでに述べたことだが、その夜は真っ暗で、二人は偶然にも背の高い木立のなかに入り込んでしまった。木の葉がそよ風に揺れて、静かだが恐ろしげな音を立てている。そのため、人気のない場所、暗闇、水の音、木の葉のそよぎ、それらすべてが合わさって、恐怖心はいやがうえにも煽られた。しかも打撃音は止まず、風は収まらず、夜は明けないとなると、恐怖心はさらに増した。おまけに彼らは自分たちがどこにいるのか皆目見当がつかなかった。だがドン・キホーテは、強心臓ぶりを発揮してロシナンテに打ち跨ると、円盾に腕を通し、槍を構えてこう言った。

「我が友サンチョよ、お前に知ってほしいのだが、私が天意によってこの鉄の時代に生を享《う》けたのは、今日にあって金の時代、いわゆる黄金時代を復活させるためなのだ。だから危険はもとより目覚ましい武勲、果敢さをもってのみ達成される偉業の数々が私を待ち受けている。もう一度言うが、私は円卓の騎士やフランスの十二勇将、令名高い九豪傑を甦《よみがえ》らせるべき者であり、私が生きるこの時代に、プラティール、タブランテ、オリバンテ、ティラン、フェボ、ベリアニスらをはじめ、過ぎ去った時代の群れ成す騎士たちが成し遂げた最も輝かしい成果を陰らせるような、偉大にして驚くべき武功を立てて、かの騎士たちを人々の記憶から消し去る役目を担う者なのだ。よいか、忠実にして信頼に足る従者よ、よく覚えておくのだぞ。今宵の闇、奇妙な静けさ、これらの木々の秩序を欠いた鈍いざわめき、我らをここに招いた水の、あたかもルナ山の頂から落下して砕けるがごとき恐怖の大音響、そして我らの耳をつんざき聾《ろう》する、止むことのないあの打撃音。あれらが合わさると、あるいはひとつひとつでも、軍神マルスの胸にすら恐怖、驚愕《きようがく》、戦慄をもたらすに足るのだから、こうした出来事や冒険に不慣れな者にとってはなおさらだろう。しかし、今お前に語ったことの一切が、私にとっては刺激となって、気力が呼び覚まされ、勇気が胸に戻り、この冒険がいかに困難なものに見えようとも、取りかかってやろうという気にさせられるのだ。そこでサンチョよ、ロシナンテの腹帯をもう少し締めてくれ。そしてお前は神の御加護を受けつつ、ここで三日ばかり私を待っていてくれないか。その間に私が戻らなければ、お前は村に帰ってかまわない。ただし、私への好意を示す行いとして、村からトボソに足を運んでわが比類な

H. PISAN

きドゥルシネア姫にまみえ、あなたの虜となった騎士が、あなたの下僕と名乗るにふさわしい手柄を立てようとして落命しましたと伝えてほしいのだ」

この主の言葉を聞いたサンチョは、しくしく泣き出し、そして言った。

「旦那さま、おれにはわかんねえよ、なんでそんなおっかねえ冒険をおっぱじめようってのかが。今は夜中だし、人っ子ひとり見ちゃいねえ。三日ぐらい水が飲めなくたっていいから、道を変えて、あぶねえ目に遭わねえようにしようよ。誰も見ちゃいねえし、ましておれたちのことを臆病者呼ばわりするやつなんかいねえって。それに、旦那さまもよく知ってる村の司祭さんがこう言うのを聞いたことがあるよ、危険を求める者は危険によって死ぬってね。だから、奇跡でも起きなけりゃ助かりっこねえような、とんでもねえことをやらかして、神さまを試すなんてよくねえよ。それに奇跡だったら、これまで天が旦那さまに起こしてくれたやつだけで十分でしょうが。おれみてえに毛布上げにされなかったんだし、あの亡骸に付き添ってた連中みたいに大勢の敵に囲まれても無事で、あちらさんをやっつけちまったんだからね。これだけ言っても、その石みてえな心がびくとも動かなけりゃ柔らかくもなんねえなら、旦那さまがここを離れたとたん、おれはおっかなくて、誰であろうとおれの魂がほしいっていう奴にくれちまうと、そう思って考え直してもらえねえかな。おれが、女房と子供たちのいる生まれ故郷を出て、旦那さまに仕えるようになったのは、そうすりゃよくはなっても悪くはならねえだろうと信じたからだよ。なのに、欲深は袋を破る、と言うとおり、おれの袋は望みの詰め込みすぎで破れちまった。だってよ、旦那さまが繰り返し約束してくれた、あのちっとも辿《たど》りつけねえ忌々しい島に、いざ辿りつけそうになったと思ったら、その代わり、今度はこんな人気のねえさみしい場所におれを置いてきぼりにするつもりなんだから。ひとりきりしかいねえ神さまにかけて頼むよ、旦那さま、おれをこんな理不尽な目に遭わせねえでもらいてえな。でも旦那さまが、何がなんでもそうしなきゃならねえというなら、せめて明日の朝まで待ってくれねえかな。おれが羊飼いだったときに身につけた知恵によると、今から夜が明けるまでもう三時間もねえはずだ。だって、こぐま座の口が今は頭の上にあるけど、あれが左腕を伸ばした線の上にくるときが真夜中だからね」

「おいサンチョ」とドン・キホーテが言う。「こんなに暗く、星ひとつ見えないというのに、どうしてそんな線だの、小熊の口だの、頭の後ろだのが見えるのだ?」

「そのとおりだけど」とサンチョが応える。「でもよ、怖がる人間は目が利きすぎて、地面の下にあるものまで見えちまうから、空にあるものなんか見えて当たりめえさ。ちゃんと考えりゃ、じきに夜が明けるとすぐわかる」

「じきにであろうがなかろうがかまわない」とドン・キホーテが応じる。「今ばかりではなくいつであろうと、私にとって、涙や懇願にほだされるあまり、騎士道に則ってなすべきことをなおざりにしたと言われるのは禁物なのだ。だから頼むぞ、サンチョ、黙ってくれ。今私の心に、見たことも聞いたこともない、かくも恐ろしい冒険を企てるよう促された神が、私の身の安全を守り、悲しむお前を慰めてくださるはずだ。お前がなすべきは、ロシナンテの腹帯をしっかり締め直し、ここでじっとしていることだ。生き死にはともかく、私はすぐに戻る」

　さて、主がついに心を決めたこと、そして自分が泣いても忠告しても懇願してもほとんど役に立たないことを知ると、サンチョは頭を働かせ、できることなら主を夜が明けるまで引き留めようと思った。そこでロシナンテの腹帯を締め直すときに、自分のロバの端綱で主の馬の前脚を二本とも、気づかれないようにうまく縛ってしまった。そのためドン・キホーテは出発しようとしてもできない。馬が跳ねるばかりで動けなかったからである。自分の策略が見事に成功したのを見て、サンチョ・パンサはこう言った。

「ほれみな、旦那さま、神さまがおれの涙とお祈りに心を動かされて、ロシナンテを動けなくしちまったんだ。だから旦那さまが粘って、しつこく拍車を当てたりすると、幸運の女神さまを怒らせることになるし、それはよく言う、無駄な抵抗ってもんだよ」

　この言葉にドン・キホーテは苛立《いらだ》って、馬の脇腹をさかんに蹴ったが、どんなに蹴っても動かすことができない。脚が縛られていることに相変わらず気づかない彼は、ここは気を落ち着けて、夜が明けるのを待つか、ロシナンテが歩き出すのを待つかするほうがよさそうだと思った。原因がサンチョの策略ではなく他にあると思い込んで疑わない彼は、こう言った。

「さてサンチョよ、このとおりロシナンテが動けないのであれば、私は喜んで暁《あかつき》が微笑むのを待つことにしよう。ただし、暁がなかなか訪れないのを泣いて待つのだが」

「泣くことはねえよ」とサンチョが応じる。「今から夜明けまで、おれが旦那さまに何か話でもして楽しませてやるからさ。ただし、遍歴の騎士のしきたりどおり、旦那さまが馬から降りて、草っぱらに横になってちょっと眠ろうっていうんじゃなければの話だが。まあ、そうするほうが、夜が明けて、旦那さまを待ち受けている誰も知らねえ冒険にいざ出かけようってときに、体が休まってるはずだけどね」

「馬から降りるだの眠るだのと、何のつもりで言っているのだ？」とドン・キホーテが言う。「ことによると、私のことを、危険にさらされているときに、のんびり休んでいるような騎士だと思っているのか？　お前こそ眠れ、眠るために生まれてきたのだから。あるいは何でも好きなことをしろ。私は自分の意図にもっともかなうことをするつもりだ」

「怒っちゃいけねえよ、旦那さま」とサンチョが応じる。「そんなつもりで言ったわけじゃねえんだから」

そして主に近寄ると、片方の手で鞍の前を、もう片方で後ろをつかんで主の左の腿《もも》にぴったり身を寄せ、しがみついたきりほんの少しも動こうとしなかった。あいかわらず規則的に聞こえている打撃音がそれほど怖かったのだ。そこでドン・キホーテが、先ほど約束したように、何か話をして楽しませてくれと言ってやった。するとサンチョは、今聞こえているあの恐ろしい音が止んでくれればもちろん話すと応えた。

「だけど、それでも頑張って、ひとつ話してみるよ。邪魔されねえで上手く話せりゃ、こいつは数ある話の中でも一等出来のいいやつだ。じゃあ始めるから、旦那さま、じっくり聞いとくれ。〈昔々その昔、幸いはみんなのところへやってこい、そして禍は探し求める者に……〉。いいかね、旦那さま、昔の連中が昔話の頭にくっつけた始まりの文句は、勝手気ままに作ったもんじゃなく、ローマの検閲官カトーの有名な科白なんだ。〈そして禍は探し求める者に〉っていうのは、指輪が指にはまるみたいに、今のおれたちにぴったりだよ。旦那さまに、留まるように、禍を探し求めになんかどこにも行くな、そんなことせずに戻ってきて、他の道を進むようにと、そう言ってるもんね。だいいち、ぎょっとするようなおっかねえことだらけのこの道を進めと誰かに命令されたわけじゃねえんだから」

「話を続けてくれ、サンチョ」とドン・キホーテが言う。「そして、我らが進むべき道のことは私に任せておくのだ」

「じゃあ、話すよ」と言って、サンチョは先を続けた。「昔、エストレマドゥーラのある村に、ひとりの羊飼いだか山羊飼いだかがいたとさ、つまり山羊の見張りをしてたから羊飼いというより山羊飼いだろうね、で、この話に出てくる羊飼いだか山羊飼いだかは、ロペ・ルイスという名前だった、で、このロペ・ルイスには惚れてる女羊飼いがいて、名前をトラルバと言った、このトラルバという名の女羊飼いはある牧畜業を営む金持ちの娘で、この牧畜業を営む金持ちは……」

「なあ、サンチョ」とドン・キホーテが口を挟む。「そんな調子で、同じことを二度繰り返しながら進めるのでは、二日かけても終わらないぞ。いちいち切らず、続けざまに話してくれないか、道理のわかった人間らしくな。そうでなければ、何も話さないことだ」

「だけどおれが話すのとおんなじなんだ」とサンチョが応える。「おれの故郷じゃ昔話はどれもこんな風に話されるのさ。だからおれには違う話し方なんてできねえし、それに旦那さまがおれに、新しいやり方をしてくれって頼むのはよくねえよ」

「だったら好き勝手に話せ」とドン・キホーテが応じる。「お前が話すのを聞くしかないというのが、我が運命らしい。続けるがよい」

「それじゃあ、旦那さま」とサンチョが続ける。「さっき言ったように、この羊飼いは女羊飼いのトラルバにぞっこん惚れちまってた、ところがこの娘ときたら丸々肥えていて、愛想がないうえに、ちょっと男みてえなとこがあったんだ、なにせ口に少し髭《ひげ》が生えてたからね、今だって顔が目に浮かぶよ」

「ならばお前は会ったことがあるのか?」とドン・キホーテが訊く。

「いや、会ったことはねえよ」とサンチョが応える。「でも、この話を聞かせてくれた奴が言ったんだ。この話は絶対に確かで嘘はねえから、誰か別の人間に話すときは、誓って全部自分が見たと言い切ってかまわねえってね。さて、そんなわけで、月日がどんどん経って、そのうち、眠ることもしねえで人に悪さばっかり働いてる悪魔の奴が、羊飼いの恋心を恨みと憎しみに変えちまったんだ。口の悪い連中に言わせると、娘がちょくちょく嫉妬させるもんだから、それが積もり積もって度を越して、とうとう堪忍袋の緒が切れちまったんだと。それからは、羊飼いの憎しみは増すばっかりで、ついに娘に会わねえように、その土地を離れて二度と姿を見ずに済みそうなとこへ行きてえと思うようになった。で、トラルバのほうは、ロペが冷たくなったとわかると、それからは相手のことを恋しく思うようになったんだ、それまで好きだなんて一度だって思ったことがなかったくせにだよ」

「女とは生来そういうものなのだ」とドン・キホーテが言う。「求愛する男には見向きもせず、自分が心を寄せた男には捨てられる。話を続けてくれ、サンチョ」

「でもって羊飼いだが」とサンチョが話を再開する。「自分の決心を実行に移し、山羊の群れを先立てて、エストレマドゥーラの野を進み、ポルトガル王国との国境を越えるつもりだった。それを知るとトラルバはあとを追い、はるか遠くから、裸足《はだし》のまんま長い杖を手に歩いて進んだんだ。首にゃ荷袋をぶら下げてて、噂じゃそん中には、小さな鏡とクシ、それに小瓶につめた化粧水らしきものが入ってたらしい。荷袋の中身がなんであろうが、今はどうでもいいことで、肝心なのは、この話によると、羊飼いが山羊の群れと一緒にグアディアナ川まで来て、そこを渡ろうとしたら、その時期は水かさが増していて、河床が見えねえほどだったってことだ。ところが着いたあたりにゃ、おっきなのもちいせえのも舟が見当たらねえ。羊飼いと山羊を向こう岸へ運んでくれる渡し守もいねえもんだから、羊飼いはすっかり弱っちまった。なにせトラルバがすぐそばまで来てんのがわかってたし、来たら泣きの涙でせがまれて、閉口させられるにちげえねえからね。だけど、そこらじゅうをさんざん見て回ったところ、ちっちゃな舟を持った漁師が見つかったんだ。といっても、人ひとりと山羊一頭がなんとか乗れるだけのやけにちっちゃい舟だ。それでも漁師と掛け合って、自分と連れていた三百頭の山羊を向こう岸に渡してくれるよう話をつけた。そこで漁師は舟に乗り、一頭を運んだ。そして戻ってきて、また一頭運んだ。また戻ってきて、また一頭運んだ。旦那さま、漁師が運んでいく山羊の数を数えといてくれよ、なにしろ一頭でも数えそこなうと、そこでこの話は終わっちまって、それ以上続けられねえからよ。じゃあ先を続けるとするか、言っとくけど、向こう岸の船着き場は泥が緩んで滑りやすくなってたんだ、だから漁師は行ったり来たりにえらく手間取った。それでもまた一頭運び、もう一頭、もう一頭……」

「全部運び終えたことにしてくれ」とドン・キホーテが言う。「そんな具合に行ったり来たりするのは終わりだ。でないと、一年経っても運び終えないぞ」

「だったらここまでで何頭運ばれたかね？」とサンチョが訊く。

「まさか私が知るわけがないだろう？」とドン・キホーテが応える。

「だから言ったでしょうが。しっかり数えていてくれって。なんてこった、この話はここで終わっちまった。もう先には進めねえよ」

「そんな馬鹿なことがあるか」とドン・キホーテが返す。「運ばれた山羊の数を知ることが、話にとってそれほど大事なことなのか、一頭でも数を間違えたらもう話を進められないほどに？」

「まったくそのとおりだよ、旦那さま」とサンチョが応じる。「だって、山羊が何頭運ばれたかって訊いたら、旦那さまは知らねえと答えた、その瞬間に、まだ残ってた話がおれの頭から全部すっ飛んじまったんだから。すごく面白くてためんなること請け合いだったのによ」

「ならば」とドン・キホーテが訊く。「さっきの話はもう終わったのか？」

「お袋とおんなじくれえあの世に行っちまったよ」とサンチョが答える。

「実を言うとだな」とドン・キホーテが言う。「お前が語ってくれたのは、物語というのか寓話というのか、初めて聞く昔話で、世の中で誰ひとり考えつかなかったものだ。始め方といいあの終わらせ方といい、見聞きしたことがなく、今後も決して見聞きすることはないだろう。ただし、私はお前がきちんと話し終えるのを期待していたのだ。だが驚きはしない。あのしばしも止まぬ打撃音のせいで、お前の頭の働きは乱れているにちがいないからな」

「まさにそうかもしれないね」とサンチョが応じる。「でも、おれの話はあれで終わりなんだ。山羊を運ぶ回数が狂いだすところでね」

「好きなところでめでたく終わるがいい」とドン・キホーテが言う。「さあ、ロシナンテが動けるかどうかたしかめよう」

彼はもう一度馬に拍車を当てた。すると馬はふたたび飛び跳ねただけで、動くのをやめてしまった。それほどきっちり縛ってあったのだ。

そのときサンチョは、間近だった夜明けの冷え込みのせいか、夕食に腸を刺激する何かを食べたせいか、さもなければ自然現象のせいか(最も説得力があった)、他人には代わってもらえないあることをしたいという欲求に襲われる。だが、心に入り込んだ恐怖があまりに大きかったので、彼はほんのわずかでも主のそばから離れるようなまねをあえてしたくはなかった。とはいえ、欲求を我慢し、考えないようにすることも不可能だった。そこで、背に腹は代えられぬと試みたのは、鞍の後ろをつかんでいた右手を離し、左手は使わず片手だけで、半ズボンを支えている紐の結び目を音も立てずにうまくほどくことだった。脱げた半ズボンは下にずり落ち、足首のところで足枷のようになった。それから今度はシャツを思い切りたくし上げて、どう見ても小さくはない尻を丸出しにした。それ（今いる窮地と苦悶から逃れるために最もしなければならないと彼が考えたこと）が済むと、さらに大きな問題が生じた。派手な音を立てずに事を済ませることができないと思えたからだ。そこでできるかぎり息を殺して歯を食いしばり、肩をすくめてみた。しかし、こうした努力にもかかわらず、なんとも不幸なことに、最後の最後に少しばかり音を立ててしまった。それはサンチョがあれほど怖がっていた轟音とはまるで異なる音だった。それを聞きつけたドン・キホーテが訊いた。

「今の小さな音は何かな、サンチョ？」

「さあわからねえな、旦那さま」とサンチョが答える。「きっと別口の何かだろうね。冒険も不運も小さなことから始まるからね」

彼はもう一度試した。すると運よく成功し、前のように音を立てたり、ひと騒動起こしたりすることもなく、大きな苦痛のもとだった荷物を片づけることができた。だが、ドン・キホーテは鼻が耳に負けず劣らず鋭かったうえに、サンチョにぴったりくっつかれていたため、ほとんど真っ直ぐ立ち上る湯気の一部を鼻に届かせずにすませることは不可能だった。鼻に達するやいなや、彼はそれを防ごうと指で鼻をつまみ、いくぶん鼻声で言った。

「どうやら、サンチョ、お前はひどく怖がっているようだな」

「ああ、おっかねえとも」とサンチョが応じる。「だけど、なんで今になって気がついたのかね？」

「今になってやけに臭うからだ。ジャコウの香りではないな」とドン・キホーテが返す。

「そうかもしれねえ」とサンチョが言う。「でも、おれじゃなく旦那さまのせいだよ、だってこんな無茶苦茶な時間に、こんな来たこともねえ場所におれをつれてきたんだから」

「なあ、三歩か四歩離れてくれないか」とドン・キホーテが（鼻をつまんだまま）言う。「それに今後は、自分が何者かをわきまえ、私への礼儀を忘れないでもらおう。お前とは気軽に口をききすぎたために、こうして見くびられるようになったのだ」

「賭けてもいいが」とサンチョが返す。「旦那さまは、おれがなんか身のほど知らずのことをしたと思ってるにちげえねえな」

「そのことに触れるのはまずいだろう、我が友サンチョよ」とドン・キホーテが言う。

主と従者はそんなことやこれに似た類の話をしながら夜を過ごした。しかし、朝が足早にやってくるのを見て取ったサンチョは、ロシナンテの脚を縛ってあった端綱を手早くほどいてやり、自分は半ズボンの紐を結んだ。ロシナンテは、元来力強い馬ではなかったが、自由になったとわかると、甦ったように、前脚で地面を掻きはじめた。というのは、（ロシナンテには申し訳ないが）この馬は後脚での棹立《さおだ》ちなどできなかったからだ。ロシナンテがもはや動けるとわかったドン・キホーテは、それをよい兆しと見なし、例の恐怖に満ちた冒険に取り掛かれという合図だと思った。

このころには夜もすっかり明け、まわりの状況もはっきりと見えるようになった。するとドン・キホーテは、自分が背の高い木々に囲まれていて、それが黒々とした陰を作っている栗の木立であることに気づいた。彼は例の打撃音がまだ止まないことにも気づいたが、誰がその音を立てているのかはわからなかった。そうなると、もはやそこにじっとしてはいられず、ロシナンテに拍車を当て、ふたたびサンチョに別れを告げて、前に言ったのと同じく、その場所で最も長くて三日間待つように命じ、三日経っても戻らなかったら、神の思し召しにかない、この危険に満ちた冒険の最中に落命したものと見なすようにと告げた。さらに、自分の代わりに思い姫のドゥルシネアに伝えるべき言づけについても再度言い及んでから、自分に仕えた分の報酬の支払いについては心配しなくていい、なぜなら、村を出る前に遺言を書き残し、そこにサンチョの給金については奉仕した時間に応じて支払うことをしたためてあるからだが、もしも神のお蔭で無事に危険を乗り越えられれば、約束した島は間違いなく得られたと思ってかまわないと言った。

善良な主から悲しみをもたらす理にかなった言葉をあらためて聞かされ、サンチョはまたしくしく泣き出した。そして、今度の事態が決着を見るまでは決して主を見捨てまいと決心した。

この涙と真心あふれる決心のしかたから、物語の作者は、サンチョ・パンサを生まれのいい、少なくとも旧キリスト教徒であるにちがいないと考えている。サンチョのけなげさに主はいくらか心を動かされはしたが、少しも気勢を殺《そ》がれることはなかった。それどころか、胸の内を精一杯隠し、水の音と打撃音が聞こえてくるらしい場所をめざして歩き出した。

するとサンチョは、いつものように、順風のときも逆風のときも変わらぬ永遠の伴侶であるロバの端綱を引いて、徒歩でそのあとを追った。二人が栗の木立や鬱蒼と茂る樹木の間をかなり歩くと、切り立つ岩がいくつかそびえる下に、わずかながら草地が広がり、岩の上から大量の水が激しく落下している。岩の下には何軒か粗雑な造りの家が建っているが、家というよりは建物の残骸に見える。今も聞こえている例の大音響と打撃音は、そのあたりで生じていることがわかった。

水の轟音と凄まじい打撃音にひどくびくつくロシナンテを落ち着かせながら、ドン・キホーテは、全身全霊をこめて思い姫にすがり、この恐ろしい冒険を企てることへの加護を願い、ついでに神に対しても、自分のことを忘れないでほしいと祈りつつ、少しずつ家に近づいていく。サンチョは彼のそばを決して離れず、自分をあれほど驚かせ、びくつかせたものが何なのかわかるかもしれないと、ロシナンテの脚の間から精いっぱい首を伸ばし、先を見すえている。

さらに百歩ばかり進み、ある岩の角を曲がったときだった。二人を腰が抜けるほどたまげさせ、しかも一晩中びくつかせ、脅し続けた、例の不気味な音の原因そのものが、はっきりと姿を見せた。なんとその正体は（読者の皆さん、どうかがっかりしてお怒りにならぬよう！）毛織物を縮める装置についた六つの大きな木槌で、それがかわるがわる打ちつけるときに凄まじい音を立てていたのだ。

正体を知ったドン・キホーテは呆然《ぼうぜん》とし、その場に立ち尽くしてしまった。サンチョが見

G. Doré
H. PISAN

やると、いかにもばつが悪そうにうなだれている。ドン・キホーテもサンチョを見やった。従者はほっぺたをふくらませ、笑いをこらえているが、今にも噴き出しそうなことは明らかだ。その顔を見ると、しゅんとなっていた主ももはや笑い出さざるを得なかった。主が笑い出したのを見たサンチョは、堰《せき》を切ったようにこらえていた笑いを解き放ち、その勢いでお腹が破裂しないように脇腹を両の拳で押さえつける必要があったほどである。サンチョの爆笑は四度収まったが、同じ回数だけ繰り返され、いずれも最初と変わらぬ激しさだった。こうなるとさすがにドン・キホーテも腹を立てはじめ、さらにサンチョがまるでからかうようにこう言ったときには、かっとなった。

〈我が友サンチョよ、お前に知ってほしいのだが、私が天意によってこの鉄の時代に生を享けたのは、今日にあって金の時代、いわゆる黄金時代を復活させるためなのだ。だから危険はもとより目覚ましい武勲、果敢さをもってのみ達成される偉業の数々が私を待ち受けている……〉

こうしてサンチョは、例の恐るべき打撃音が最初に聞こえたときにドン・キホーテが言った言葉を、ほぼそっくりそのまま真似て見せたのだ。サンチョに愚弄されたことがわかったドン・キホーテは、辱めを受けたとして怒り心頭に発するあまり、槍を振り上げると二度もサンチョを打ち据えた。それもあまりに激しかったので、もしも背中でなく頭に食らわせていたら、相手が相続人ならともかく、従者自身に報酬を払う必要はなくなっていただろう。自分の冗談がなんともまずい事態を招いてしまったのがわかると、サンチョは、主がそれ以上怒りを募らせるのを恐れ、ここはごく下手《したて》に出た。

「どうか落ち着いてもらえねえかな、旦那さま。今のはただの冗談なんだからさ」

「たとえお前には冗談でも、私は本気だ」とドン・キホーテは応じた。「このおっちょこちょいめが、ここへ来い。あれは木槌ではあったものの、かりに別の危険な冒険だったとしたら、私がそれに挑んで打ち克つに十分な気概を示すことはなかったとお前は思うのか？ このとおり騎士である私には、あれこれ物音に精通し、聞き分け、どれが大木槌の音でありどれがちがうかを知っている義務があるとでもいうのか？ しかも私には、これまで見た経験がないかもしれないではないか、そう、事実見たことなどない。お前みたいに、あの手のものに囲まれて生まれ育った卑しい農民とちがってな。私の言葉を疑うなら、あの六個の大木槌を六人の巨人に変えて、ひとりずつでも六人束になってでもいいから私に立ち向かわせてみろ。そしてもし私が全員をなぎ倒すことができなければ、好きなだけ私のことを愚弄するがいい」

「そのくらいにしておくれよ、旦那さま」とサンチョが音を上げた。「からかいの度が過ぎたことは認めるよ。だけどどうかね、旦那さま、こうやって何事もなく収まってみると、神さまは旦那さまの身に起きるどんな冒険からも、今度みたいに無事に救ってくださるんじゃないかね。だったらおれたちがあんなに怖がったことも、笑い飛ばしたり、他人に話して聞かせてもいいんじゃねえかな。まあ、少なくともおれがおっかながったことをさ。旦那さまが恐怖なんかと縁がねえことは知ってるよ、心配や恐れなんて屁《へ》の河童《かっぱ》だしね」

「それはそうだ」とドン・キホーテが応じる。「われらに生じたことが笑うに値しないとは言えない。だが、他人に語るに値するとも言えないぞ。あらゆる人間が物事を完璧にこなせるほど思慮深いとは限らないからだ」

「少なくともだよ」とサンチョが応じる。「旦那さまは槍の扱いを完璧にこなせたよ。おれの頭をめがけて振り下ろした槍が背中に当たっちまったのは、神さまのお蔭と、おれがとっさによけたからさ。だけどまあ、そのうち、善い行いも悪い行いも全部ちゃんとわかるときがくるからね。こんな言葉を聞いたことがあるよ。〈お前を深く愛する者はお前を泣かせるってね。それに、すぐれた主人は、召使を罵ったりすると、あとでズボンぐらいくれるのが普通だとも聞くよ。棒で叩きのめしたあとは、普通何をくれるのか知らねえが、主人が遍歴の騎士だと、棒で叩いたあとは、島とか、陸《おか》にある王国をくれたりするのかもな」

「サイコロがそういう具合に転がって」とドン・キホーテが言う。「お前の言ったことがすべて実現することもあるだろう。さきほどのことは許してくれ。思慮深いお前のことだからわかっていると思うが、人は衝動的な行動を抑えることができないものなのだ。それから、お前がやたら私と口をきかぬよう、今後心得ておくべきことがある。それは、これまで読んだ数知れぬ騎士道物語のなかに、お前みたいに主人とむやみに口をきく従者が登場したためしはないということだ。それに実のところ、私はそれを双方の大きな過ちだと思う。つまり、お前の過ちは私をあまり敬わないことで、私の過ちは自分をお前にあまり敬わせないことというわけだ。いいか、アマディス・デ・ガウラの従者ガンダリンは、フィルメ島の伯爵になった。だが書物によると、その人物は主人と口をきくときは常に帽子を脱いで手に持ち、トルコ式平身低頭の姿勢でいたそうだ。ドン・ガラオールの従者ガサバルの場合はどうかというと、あまりに口数が少ないので、その驚異的寡黙ぶりが並外れていることを我ら読者に知らせるために、あの真実からなる一大長篇を通じてたった一回しかその名は挙がっていない。こうしてお前に話して聞かせたことの全体から、サンチョよ、主人と使用人、主と下僕、それに騎士と従者の間には、明確な差をつける必要があるということを察してほしいのだ。そこで今日からは、我らも相手にもっと敬意を抱いて付き合うことにして、ふざけ合うのはやめにしよう。なぜなら、理由がなんであれ、私がお前に腹を立てたところで、石と水瓶の諺どおり、痛い目に遭うのは水瓶たるお前のほうだからだ。お前に約束した恩恵や報賞は、その時がくれば届くだろう。かりに届かないとしても、少なくとも給料は、すでに言ったように、受け取れないはずはない」

「旦那さまが言ってることはいいことずくめだよ」とサンチョが言う。「でも知りてえのは(もしかして恩恵を受けられる時がこねえで、給料に頼らにゃしょうがねえとなったらだけど)、昔の遍歴の騎士の従者ってえのは、どのくらい稼いでたかってことさ。それと、給料は月々もらってたのか、それとも煉瓦《れんが》職人みてえに日毎の手当だったのか」

「あの時代はだな」とドン・キホーテが応じる。「その種の従者というのは給料を支払われるのではなく、主人に奉公していたのだと思う。だから、我が家に残してきた正式な遺言状に給料のことをしたためたのは、不測の事態に備えてのことだ。この不幸な時代にあって、騎士道がこの先どうなるのか私にはわからないし、私の魂があの世において取るに足らないことで苦しむのは不本意だからな。お前にも知っておいてほしいのだが、サンチョよ、この世で遍歴の騎士ほど危険な身はないのだ」

「そりゃ本当だ」とサンチョが言う。「だって、毛織物をぶったたく木槌の音だけで、旦那さまみてえに勇ましい遍歴の騎士でも、心臓がひっくりけえるわ縮みあがるわって具合だからね。だけど、もう安心してかまわねえよ、この先おれが口を開けるのは、旦那さまのあれこれを茶化したりするんじゃなしに、おれの御主人として、それに本来の雇い主として敬うためだけだからね」

「そうだ」とドン・キホーテが返す。「そうしてこそお前もこの世界で生きていけるというものだ。なぜなら、主人というのは、両親の次に敬われてしかるべきだからだ」

第二十一章　達成困難な冒険とマンブリーノの兜を見事奪い取ったこと、および我らの無敵の騎士に新たに起きたいくつかのこと

このとき雨がぱらつき出したので、サンチョは木槌が据えられた水車小屋に逃げ込もうとした。だが、面目を丸つぶれにされたことで気を悪くしていたドン・キホーテは、決して足

を踏み入れようとしない。そこで二人は道を右にそれ、前日たどったのと同じような道に出た。

それから間もなく、ドン・キホーテは、ひとりの男が馬に乗り、何か金ぴかに光るものを頭にかぶってやってくるのを見つける。それを見たとたん、彼はサンチョのほうを振り向き、こう言った。

「どうやら、サンチョ、真実を突いていない諺というものは存在しないらしいな。なぜなら、どれもこれもあらゆる学問の母である経験そのものから得られた名言だからだ。とりわけそう思えるのがこれだ。〈片方の扉が閉まればもう片方が開く〉。こんなことを言うのは、昨夜は運命が木槌によって我らをあざむき、我らが探し求める扉を閉ざしてしまったが、今度は別の扉を、もっと好ましくそして確実な冒険のために、いっぱいに開けてくれているからだ。もしもこの扉から入ることをしなければ、私は罪を犯すことになる。木槌のことをよく知らなかったからとか、夜だったので暗かったからといった言い訳は通用しない。こう言うのも、私の勘違いでなければ、マンブリーノの兜を頭にかぶった男がこちらに向かってやってくるからだ。手に入れてみせるとお前に誓ったあの兜だ」

「いいかね、旦那さま、自分の言うことにゃよく気をつけてもらいてえし、することにゃもっと気をつけるこった」とサンチョが返す。「木槌の二の舞はごめんだよ、しまいにゃおれたちの判断力がぼろぼろになっちまう」

「お前という奴は悪魔みたいなわからず屋だな！」とドン・キホーテが言い返す。「兜と木槌にどんな関係がある？」

「さあね」とサンチョが応じる。「だけど、おれに前みてえにいくらでも話させてもらえるなら、きっと旦那さまが自分の言ってることが間違ってるとわかるようなことを言ってやれると思うよ」

「私の言うことが間違っているわけがないだろう、小うるさく主人に歯向かいおって！」とドン・キホーテが言う。「ならば頭に黄金の兜をかぶり、まだらの葦毛に乗ってこちらに向かってくる、あの騎士が見えないと言うのか？」

「遠目だけど、おれに見えるのは」とサンチョが応える。「おれのみてえに茶色っぽいロバに乗って、なんかぴかぴか光るものをかぶった男だけだ」

「そうだ、それがマンブリーノの兜だ」とドン・キホーテが言う。「お前はちょっとどいて、あの男と私の二人だけにしてくれ。いいか、見ておけ、時間を無駄にしないように言葉も交わさずこの冒険を終わらせ、長らく望んでいた兜をあっさり我が物にしてみせるからな」

「そりゃ、気をつけてどいてるさ」とサンチョが応じる。「だけど、繰り返し言うが、どうか本物であって木槌じゃねえことを祈るよ」

「言っただろう、サンチョ、あの木槌のことにはもう触れるな、考えてもいけないと」とドン・キホーテが言う。「私は誓うぞ……、これ以上言わないが、お前の魂を木槌で叩きつぶしてやるとな」

サンチョは口を閉じた。主人が今自分に対して誓ったことが、そっくりそのまま果たされるのを恐れたからだ。

さて、ドン・キホーテが兜、馬、騎士を目にしたことには、以下のようなわけがあった。つまり、そのあたりには村が二つあり、ひとつは小さくて、薬屋もなければ床屋もなかった。一方、隣り合ったもうひとつの村にはどちらもあった。そして大きい村の床屋が小さい村の注文にも応じていた。その日は小さな村に、瀉血が必要な病人と髭を剃りたいという客がいたため、床屋が真鍮製《しんちゅうせい》の金だらいを携えて出かけたところ、運悪く雨が降り出した。そこで彼は真新しかったにちがいない帽子に染みがつかないよう、上に金だらいをかぶった。すると、一点の曇りもないそれが、半レグア先からでも光って見えたのだ。サンチョが言ったとおり、床屋は茶色のロバに乗っていて、その姿がドン・キホーテにはまだらの葦毛に跨り、黄金の兜をかぶった騎士に見えた原因だった。目に映るものすべてを、支離滅裂な騎士道やとりとめのない考えとただちに結びつけてしまうのである。というわけで、哀れな騎士が近づいてくるのを見ると、言葉を交わしもせずに、槍を低く構えて攻撃姿勢を取り、相手の体を刺し貫くつもりでロシナンテを疾駆させた。ただし、目の前に迫ったところで、ロシナンテの激走を保ったまま、彼はこう言った。

「さあ、立ち向かえ、この臆病者め、さもなくば、私に属して当然の兜を進んで差し出すのだあ！」

このまさかの事態を思ってもみず、予想もしていなかった床屋は、亡霊みたいなものが襲いかかってくるのを見て、槍の攻撃から身を守るためには、ロバから落ちるしか方法がないと思った。そして地面に落ちるが早いか、シカより身軽に起き上がり、風も追いつけない速さで野原を突っ走って逃げ去った。地面には金だらいが転がっている。それを見つけたドン・キホーテは至極ご満悦で、あの異教徒はうまい手を使いおった、海狸《ビーバー》を真似るとはな、あの獣は猟師に追い詰められたことがわかると、相手が欲しがっているものが何かを本能的に知り、それを自分の歯で嚙み切って逃げるのだと言ってから、サンチョに兜を拾い上げるように命じた。サンチョは言われたとおりそれを拾い上げると、こう言った。

「こりゃ驚きだ、上物の金だらいだ、レアル銀貨八枚分にはなるよ」

そしてドン・キホーテに渡すと、主はそれをすぐに頭にかぶり、左右に回しながら顎の部分を探した。だが見つからないので、こう言った。

「この名高い面頰つき兜を最初に作らせた異教徒は、この寸法からすると、かなりの大頭だったにちがいない。ただ、何とも残念なことに、下半分が欠けている」

金だらいを面頰つき兜と呼ぶのを聞いたサンチョは、笑わずにはいられなかった。だが、主人が怒る様子が目に浮かび、笑いを途中で押し殺した。

「何が可笑しいのだ、サンチョ?」とドン・キホーテが訊く。

「何が可笑しいって」とサンチョが応じる。「この兜を持ってた異教徒のどでけえ頭さ。だってこの兜ときたら、床屋の金だらいそっくりなんだもの」

「私が何を想像していると思う、サンチョ? この魔法に掛かった名だたる兜だが、何か不思議な経緯があって、その価値を知らず、評価もできない者の手に渡ったにちがいない。そして純金製だとわかったので、自分が何をしでかしているかも知らぬまま、下の半分は溶かして売り飛ばし、残りの半分で、お前が言うように床屋の金だらいに似たこれを作ったのだ。だが、何はともあれ、元の兜を知っている私には、形が変わっていることなどどうでもいい。どこか鍛冶屋《かじや》のいるところがあれば、すぐにそこで手を加え、鍛冶の神が戦の神のために鍛えて作りあげた兜に勝るとも劣らぬ見事なものを作らせる。だから今のところは、これでしのぐことにしよう。何もないよりはましだ。石を投げつけられても十分防げるだろう」

「投げられた石ならまだいいが」とサンチョが言う。「二つの軍勢が戦ったときみたいに、石投げ器でやられたらもうだめだ。あんとき旦那さまは歯は折られちまうし、ありがてえ飲みもんがへえった油入れまで壊されちまった。おれの腸《はらわた》を吐き出させた飲みもんがへえってたやつだ」

「妙薬を失ったからといって、さして困りはしないぞ、サンチョ」とドン・キホーテが言う。「お前も知っているように、あれの処方なら私の頭の中にあるからな」

「おれの頭の中にだってあるさ」とサンチョが応じる。「だけど、あんなもん作りたくねえし、もう飲みたくもねえよ。飲んだりしたら一巻の終わりだ。それどころか、あれが要るような目に遭わねえようにしてるよ。自分も他人《ひと》さまも傷つけねえように、五感を目いっぱい使って気をつけてるんだ。また毛布上げを食らうかもしれねえってことについちゃ、何も言えねえ。ああいう災難を防ぐのは難しいし、降りかかってきたら最後、肩をすぼめて、息を殺して、目をつぶって、あとはどうなるか、運と毛布に任せるしかねえもんな」

「困ったキリスト教徒だな、サンチョ」と、従者の言葉を聞いてドン・キホーテが言う。「お前ときたら、他人から受けた侮辱は決して忘れないのだから。いいか、気高く寛大な心というものはな、児戯に等しいことを気に掛けたりしないのだ。ああして愚弄されたからといって、片足が不自由になったか？ あばら骨が折れたか？ 頭が割れたか？ じっくり考えてみれば、あれは冗談であり気晴らしだったのだ。そう理解しなければ、私はとうにあの場に戻り、お前のために、かつてギリシャ人が奪われたヘレナのために行ったよりも、もっと厳しい復讐を果たしていただろう。そのヘレナだが、もしも今の時代に生きていたなら、あるいは我がドゥルシネアがあの時代に生きていたならば、彼女は美女としてあれほどの名声を得ることはなかったにちがいない」

ここでドン・キホーテは天を仰ぎ、雲に届きそうなため息をついた。するとサンチョが言った。

「ならあれは冗談だってことにしとこう。だって復讐なんて本当はありっこねえもの。だけど、あんときの本気と冗談がどんなもんだったか、おれはわかってるよ。それに、あれはおれの心から消えねえし、背中がどんな感じだったか忘れられねえってこともわかってる。それはともかく、旦那さま、このまだらの葦毛の馬をどうするかね。旦那さまがやっつけたあのマルティーノがここに置き去りにしてった、茶色のロバみてえなやつをよ。ものすげえ勢いで走ってったあの逃げっぷりからすると、二度と取り返しに戻ってくる気配はねえな。おれのあごヒゲにかけて言うが、すげえ馬だよこの葦毛は！」

「私はだな」とドン・キホーテが言う。「自分が勝った相手から何かを奪い取ったりはしないのだ。それに敗者から持ち馬を取りあげ、徒歩で去らせるというのは騎士道のしきたりではない。ただし、勝者が戦いで自分の馬を失ったときはこれに当てはまらず、その場合は相手の馬を、正当な戦いにおける戦利品として得るのは正当ということになっている。だから、サンチョ、馬なのかロバなのかはお前の好きに任せるが、とにかくそれを手放すように。我らがここを離れるのを見たら、持ち主が連れに戻るかもしれないからな」

「できりゃこれを連れて行きてえんだよ」とサンチョが返す。「さもなきゃ、せめてこのおれのロバと取っかえてえよ、だって、おれのはあんましいいロバとは思えねえからね。まったく、騎士道の掟ってえのは窮屈だね、なにせロバを取っかえさせてもくれねえんだから。じゃあ、馬具を取っかえるのもだめってことかね?」

「そのあたりは私もあまり確かではない」とドン・キホーテが答える。「したがって、はっきりしない場合は、さらなる知識が得られるまで、取り換えてもかまわない、お前がどうしてもそうする必要があるというのであればな」

「どうしてもなんてもんじゃねえよ」とサンチョが応じる。「おれが自分にくっつけるもんだったら、そんなに必要じゃねえけども」

こうして主人の許しを得ると、サンチョはすぐさまロバの衣替え《ムターティオ・カパールム》を始め、自分のロバにもう片方のロバの馬具や飾りをびっしり施し、見紛うほど美しく仕立て上げた。

それが終わると、二人は司祭たちのラバから頂戴した野営用の食糧の残りで腹ごしらえをして、木槌を動かす水車を回している流れの水を飲んだが、水車小屋のほうには顔を向けもしなかった。自分たちに恐怖を味わわせたものに対する彼らの嫌悪感はそれほど大きかったのだ。

空腹が治まり、さらに沈んでいた気持ちも回復すると、二人は鞍に跨った。あらかじめ決まった道をたどらないのがいかにも遍歴の騎士にふさわしいということで、彼らは行き先をロシナンテの意思に任せて出発し、主を乗せた馬のあとには、どこに行こうと常に仲むつまじくそのあとを追う、サンチョのロバがつき従った。そんな調子で進んでも、彼らはふたたび街道に出たので、そのまま当てどのない旅を続けたのだった。

さて、こうして進んでいく途中、サンチョが主人に言った。

「旦那さま、ちょっとばかり話をさせちゃもらえねえかな？　だって、しゃべっちゃいけねえってきつく命令されてから、おれの腹んなかで、言いてえことが四つも五つも腐っちまってんだから。しかも今、舌の先まで出かかってんのがあるんだが、そいつはこのまんまにしておきたくねえんだ」

「話してみろ」とドン・キホーテが応じる。「ただし、話すのはいいが、短くな。長話にはろくなものがない」

「じゃあ、話すよ、旦那さま」とサンチョが言う。「ここんとこずっと考えてたんだけど、こんな人のいねえ土地だとか街道の辻で旦那さまが探してるみてえな冒険を探したところで、ちっとも儲からねえし、得にもならねえんじゃねえかな。だってよ、こんなとこで、えらくあぶねえ冒険やって、うまくいったところで、誰も見てねえし、知っちゃもらえねえもんな。でもって永遠に忘れられちまう。そうやって、旦那さまのもくろみも冒険の価値もぱあになっちまうんだ。だから、おれがいいと思うのは(旦那さまにもっといい考えがありゃ話は別だが)、どっかの皇帝か、でなけりゃ、今、戦をおっぱじめた偉い王族にでも仕えて、旦那さまにゃ度胸も力も知恵もたっぷりあるんだってところを見せてやることさ。そうすりゃ、おれたちが仕えるご主人がそれを見て、それぞれの働きに見合うように、褒美をくれねえわけがねえ。そういうとこだったら旦那さまの手柄を、いつまでもみんなの記憶に残るように書き残してくれる人間だっているだろうよ。おれの手柄だったら言うほどのことは何もねえ。従者の枠からはみ出ねえからね。ただし、騎士道じゃ従者の手柄も書き残すのが慣わしっていうなら、おれの手柄だって捨てたもんじゃねえと思うよ」

「なかなか言うな、サンチョ」とドン・キホーテが応じる。「だが、その域に達する前に、世に認められるまでの手順というものがある。冒険を求めて世界をめぐり、そのいくつかを見事に成し遂げて、名を揚げ評判を博す。そしてどこかの偉大な君主の宮廷にいざ参るときには、その成果によってすでに人に知られた騎士となっている必要があるのだ。それも町の入り口の城門をくぐるのを見たとたん、子供たちがみんなあとを追ってきて彼を取り囲み、口々に言う。『これは〈太陽神の騎士〉だぞ』と。あるいは〈大蛇の騎士〉だとか、その他、大手柄を立てたときに騎士が名乗っていたあだ名で呼ぶのだ。人々はこうも叫ぶだろう。『この騎士こそ、怪力の巨人ブロカブルノに、前代未聞の一騎打ちを挑んで勝利を収めた方だ。ペルシャの大マメルーコに九百年近く掛かりっぱなしだった魔法を解いてみせた騎士だ』こうして、件の騎士の数々の手柄が噂になって、人から人へと広まっていく。すると子供たちやさまざまな人々が引き起こす騒ぎに、国王が何事かとその国の王宮の窓辺に立つ。そして騎士を見やったとたん、その身にまとった甲冑や武具、盾に刻まれた紋章から、間違いなくこうのたまうだろう。『おお、なんとこれは！　我が宮廷の騎士はすべて出てくるがよい、そしてあれに見える騎士道の華を迎えるのだ！』この命令が下るや、騎士という騎士がひとり残らず姿を見せ、国王自ら階段の中ほどまで下りたち、くだんの騎士を強く抱擁し、頰への接吻により挨拶をする。それからこの騎士の手を取って、王妃の部屋にいざなうと、騎士はそこで夫妻の娘の王女にまみえる。この王女がまた、広大な地上のいずこを探しても見つけるのがほぼ不可能なほどの美しさを備えた、非の打ちどころのない乙女のはずなのだ。

ここでたちまち王女が騎士に目を奪われ、騎士は王女の瞳に目を奪われるという事態が起きる。そして各々が相手を、人間を超えた神聖な存在と感じ、なぜなのか理由もわからぬまま、込み入った恋の網に捕えられてしまう。だが二人は身を焦がすような思いを打ち明けたくとも、それを告げる術《すべ》を知らぬがゆえに、胸に秘めたまま苦しみ悩むのだ。それから騎士は、装飾をふんだんに施した王宮の一室に通されるにちがいない。そこで騎士は甲冑を脱がされ、運ばれてきた贅沢な真紅のガウンをまとう。甲冑姿も見事だが、この部屋着を着た姿も同様に、いやそれ以上に見栄えがするはずだ。

夜になり、国王、王妃、そして王女とともに、騎士は晩餐の席に就く。そこでも周りに気づかれぬようにしながら王女を見やり、決して目を離しはしない。王女のほうも同じ鋭敏さでもって騎士と同様のことをするだろう。なぜなら、すでに述べたように、実に鋭い頭の持ち主だからだ。食卓が片づけられると、突然広間の扉が開け放たれ、醜悪な小人が、両脇に巨人二人を従えた美しい女性を伴って入ってくる。この小人は、はるか昔の賢人によって作られた解きがたい問題を携えている。それを解いた者は世界一の騎士と見なされるのだ。国王はそこにいるすべての騎士たちに、取り組むように命じる。しかし誰ひとり歯が立たないその難問を、客人の騎士が解いてみせる。そのため彼の評価は大いに高まり、王女はこのうえない満足感にひたり、さらにこれほど素晴らしい騎士に自分が思いを寄せたことを喜び、鼻高々だった。ここで追い風になったのは、この国王、あるいは大公でも何でもかまわない、それが同等の勢力を誇る他の国王と熾烈な争いを繰り広げている最中だったことで、客人の騎士は（何日かこの宮廷に滞在した末に）、くだんの戦に味方として赴くことを願い出るのだ。国王は二つ返事で許しを与え、騎士は好意に対し感謝をこめてその手に丁重に接吻する。

その夜、騎士は、庭に面した王女の寝室の格子窓越しに別れを告げる。そこは二人が、王女の信頼の厚い何もかも心得た侍女の仲立ちで、すでに幾度となく言葉を交わした場所だった。彼がため息をつく、王女は気を失う、侍女が水を運んでくるが、ひどく気が急いている。夜が明け、二人が見つかるのを、王女の名誉のために恐れているからだ。王女はやっと意識を取り戻し、格子の向こうに白い両手を差し伸べる。騎士はその手に繰り返し口づけ、落ちる涙で濡らしてしまう。やがて二人の間で、良きにつけ悪しきにつけ互いの身に起きたことを知らせ合うという約束が交わされる。そして王女が、戦場に留まるのはできる限り短い期間にしてほしいと強く願うと、騎士は誓いの言葉をいくつも並べて約束し、ふたたび王女の手に口づける。そして危うく命が尽き果てそうなほどの悲しみをあらわにして別れを告げる。それから騎士は自分の部屋に戻って寝台に横たわるが、旅立つ辛さに眠ることができず、朝まだきに起き出して、国王、王妃、王女にいとまを告げに行く。夫妻への挨拶を終えたとき、王女は体の具合が思わしくないので会いにこられないと告げられる。騎士は自分の出立が辛いからだろうと思うと胸に鋭い痛みを感じ、苦悩の色を見せそうになる。そこに二人の仲立ちをした侍女が居合わせ、すべてを察し、王女に伝える。それを聞いた王女は涙を流し、いま自分が何より心を痛めているのは、あの騎士が何者なのか、王家の血を引く者なのか否かがわからないことだと言う。すると侍女は、あの騎士のような丁重さ、上品さ、勇敢さが身についた方は、王家の血を引く重要な人物であるはずだと言い切る。打ちひしがれていた王女はそれを聞いて生気を取り戻し、両親に患っていると思われぬよう立ち直ろうと努め、二日後には公の場に姿を現す。

騎士はすでに戦地に赴き、戦い、国王の敵を打ち負かし、都市をいくつも手中に収め、数々の戦いを勝ち抜き、宮廷に戻ってくる。そしていつもの格子窓のところで王女に会い、幾多の勲功への褒美として彼女を妻に迎えることを国王に願い出ると言い、彼女の同意を取りつける。ところが父君は娘を与えようとはしない。騎士の身元が不明だからだ。それでも騎士は、奪うか何かの手段に訴え、王女をめとってしまう。しかし、父君はやがてそのことを大いなる幸運と見なすようになる。なぜなら、件の騎士が、ある勇敢な国王の子息であることが突き止められるからだ。ただし国の名はわからない。地図には載っていないはずだからだ。やがて王女の父君が亡くなると、彼女が王位を継承し、夫の騎士はたちまち国王となる。するとここで従者をはじめ、彼がそれほど高い地位に昇るのに貢献した者たち全員に、報賞が与えられることになる。騎士は従者に王女の侍女をめとらせるが、彼女は二人の恋の仲立ちをした侍女で、ある大公の娘なのだ」

「そう願うよ、出まかせじゃなしに」とサンチョが応じる。「おれはそれが頼りなんだ。だって、何もかも今の話のとおりに起こっていいことだからね、〈情けねえ顔の騎士〉って名乗ってる旦那さまの身にさ」

「疑わなくてもよいぞ、サンチョ」とドン・キホーテが返す。「いま語って聞かせたとおりの段取りと過程を経て、遍歴の騎士たちは国王や皇帝になるのであり、すでにその座に就いた者もいる。だから、今、必要なのは、キリスト教徒であれ異教徒であれ、どの国王が戦を行っているか、そして美しい王女を持っているかを知ることだけだ。しかし、その種のことを考えるための時間ならまだあるだろう。先にお前に言ったように、宮廷に参上する前に、まずあちこち他の場所で名声を得る必要があるからだ。それにもうひとつ私には必要なことがある。かりに戦の最中にある国王や美しい王女が見つかり、私が世界に知れわたるような、信じがたいほどの名声を博したとしても、自分が王家の血筋を引く者、少なくとも皇帝のまた従兄弟《いとこ》であるということを、どのようにして相手に信じさせればよいか、それがわからないのだ。たとえ私の偉業には血筋などに勝る価値があろうとも、最初に血筋のことをはっきりさせておかなければ、国王は娘を妻としてくれようとはしないだろう。この弱みが存在するがゆえに、私はこの腕が受けるに十分値するものを失うのではないかと恐れているのだ。だが、私は人も知る名家の出身で、土地もあり資産もあり、侮辱を受ければ五百スエルドをその補償として受ける権利を有する郷士であることは紛れもない事実なのだから、私の物語を書くことになる賢人が、一族や家系を調べ、私がどこかの国王の五代目か六代目にあたる子孫であることを突き止めるかもしれない。お前にこう言うのは、サンチョよ、この世には二種類の血筋があることを教えるためなのだ。ひとつは王族や君主の家系にありながら、時とともに落ちぶれていき、しまいには逆さにしたピラミッドの頂点のように先細ってしまった者たち。もうひとつは、始まりは身分が低かったのに少しずつ上昇していき、ついには王侯貴族にまで上り詰めた者たちだ。したがって、違いといっても、片方はかつてあった身分を失くし、もう片方はかつてなかった身分を得たというだけのことだ。だから私だって、調べてみたら、後者と同じで始まりは偉大かつ名だたる一族だったということもありうる。そうなれば、私の舅《しゅうと》となるはずの国王は満足するにちがいない。かりにそうでなくても、王女は私を大いに愛しているはずで、たとえ私が水売りの子であることをはっきりと知ったとしても、父の国王の反対にもかかわらず、私を主人として、また夫として認めてくれるはずなのだ。それに、うまくいかない場合には、王女を奪って、私の一番気に入っている場所へ連れて行くという手段に訴えよう。時が経つことで、あるいは死が訪れることで、両親の怒りも消え去るはずだからな」

「そりゃまさにあれだね」とサンチョが突っ込む。「たちの悪い連中が言うところの、〈力ずくで手に入るものを、下さいと言うな〉とおんなじだよ。もっとも、こっちのほうがぴったりかもしれねえよ。〈善人面して頼むより、盗んでずらかれ〉。こんなこと言うのは、もし旦那さまのお舅さんの王さまが、王女さまをやらねえって言い張るんだったら、旦那さまが言うとおり、さらってっちまうしかねえからさ。だけど、あちらさん側と仲直りできて、旦那さまが穏やかに国を治められるようになるまで、哀れな従者は報賞についちゃおあずけってことになりそうだな。もし、従者の女房になるはずの仲立ちの侍女が、王女さまにくっついてお城からずらかり、天が風向きを変えてくれるまで、従者と一緒に不幸に耐えるってんじゃないかぎりね。だって、ご主人はすぐに侍女を正式な妻として与えてくれると思うからさ」

「それを阻む者はいないだろう」とドン・キホーテが応じる。

「だったらここは」とサンチョが言う。「神さまに任せて、いいほうに運が転がってくれるのを眺めてるしかねえな」

「神は叶えてくださるぞ」とドン・キホーテが応じる。「私の望みどおりに、そしてサンチョよ、お前が必要とするとおりにな。それに、自らを卑しいと思う者は卑しくなるのだ」

「神に誓ってそのとおりさ」とサンチョが言う。「それにおれは旧キリスト教徒だし、それだけで十分伯爵になれるよ」

「それどころか、十分すぎるほどだ」とドン・キホーテが応じる。「それに旧キリスト教徒でなくとも、少しもかまいはしない。私が国王なら、お前に貴族の称号を与えることぐらいわけなくできるからな。お前が称号を金で買ったり、私に無理に奉仕などしなくてもだ。お前を伯爵にすれば、人が何と言おうともはやお前は貴族なのだから、たとえ不本意でも人はお前を閣下と呼ばざるを得まい」

「ってことは、おれにシャクシはそぐわねえってことかい!」とサンチョが言う。

「爵位というのだ、杓子ではないぞ」と主人が返す。

「その爵位ってやつだよ」とサンチョが応じる。「おれはそれにぴったりの人間になれるってことさ。だってよ、これは本当のことだけど、前に信徒会のお触れ役を務めたことがあって、そんときの衣装がえらく似合ってたもんだから、みんなからその信徒会の頭《かしら》になれるくれえ見映えがするぞと言われたほどだもの。だからおれが白テン《アーミン》の毛皮のマントを羽織ったり、外国の公爵用の金糸と真珠で飾られた衣装を着た日にゃどうなると思う? きっとおれを見に、百レグア先から人が大勢やってくるにちげえねえ」

「さぞかし立派に見えるだろう」とドン・キホーテが応じる。「だが、お前はその髭をもっと頻繁に剃る必要があるぞ。そのように濃くて、伸び放題で、見苦しいと、少なくとも一日おきに剃刀《かみそり》で手入れをしなければ、鉄砲玉の届く距離からでさえ、お前の正体がばれてしまうからな」

「お安いご用さ」とサンチョが応じる。「床屋をひとり雇って、給料払って家に置いとくんだ。それでも間に合わなけりゃ、そいつにおれのあとを歩かせるよ、大貴族の馬丁みてえにね」

「ほう、どうして知っているのだ」とドン・キホーテが訊く。「大貴族が後ろに馬丁を従えているなどということを?」

「それはこういうわけさ」とサンチョが答える。「何年か前、ひと月ばかり都にいてね、そこで見たんだよ、他人の話じゃえらく身分が高《たけ》えらしい、えらくちっこい貴族の旦那が、出かけるときは、いつも、馬に乗った男が、どこへ行くにもついて回るんだ。それがまるで小男の尻尾にしか見えねえのさ。そこでおれは他人に訊いてみた。なんであの男は、並ばねえで四六時中後ろにくっついて回るのかって。そうしたら、あれは馬丁といって、あの手の男を後ろに従えるのが身分の高《たけ》え人たちの慣わしなんだと教えてくれたんだ。なるほどと思ったそんときから、頭にこびりついて離れねえんだよ」

「それは理屈にかなっているな」とドン・キホーテが応じる。「だったらお前も床屋を従えるがいい。慣わしというものはすべてが一斉に始まるわけではないし、一時に作られるものでもない。だからお前が床屋を後ろに従える最初の伯爵になってもかまわない。しかも馬に鞍を置くより髭を剃るほうが、より信頼を必要とするからな」

「床屋のことはおれに任せていいよ」とサンチョが言う。「旦那さまの仕事は、なんとかして国王になって、おれを伯爵にすることだよ」

「それはそうだ」とドン・キホーテが応じる。

そして目を上げたとき、騎士が見たものは。それについては次の章で語られるだろう。

第二十二章　望まぬ場所に無理やり引き立てられる多くの不幸な人々にドン・キホーテが与えた自由とは

ラ・マンチャ出身のアラビア人作家、シデ・ハメーテ・ベネンヘーリは、重厚きわまりなく、荘重に響き、しかも詳《つまび》らかにして甘やか、そして創意に富んだこの物語の続きをこう語っている。名だたるドン・キホーテは従者のサンチョ・パンサと、第二十一章の最後に記された会話を交わした。そして目を上げたとき、騎士が見たのは、二人がたどる道の向こうから、十人を超える男たちが、首を太い鉄の鎖で数珠つなぎにされ、全員手錠をはめられて、歩いてやってくるところだった。彼らには馬に乗った男が二人、そして徒歩の男が二人付き添い、馬上の二人は回転式発火装置付きの銃を、徒歩の二人は投げ槍と剣を携えていた。この行列を見つけたとたん、サンチョ・パンサが言った。

「あの鎖につながれた連中はガレー船の漕ぎ手だよ。王さまに強いられて、ガレー船を漕ぎに行くんだ」

「なに、強いられてだと？」とドン・キホーテが訊く。「国王たる者が人々に強いるなどということがあってよいのか？」

「そういうんじゃねえんだ」とサンチョが応じる。「連中は、自分たちがしでかした悪事が原因でしょっぴかれて、王さまへの奉仕としてガレー船で働かせられるんだよ」

「つまり」とドン・キホーテが応じる。「何がどうあれ、あの連中は無理やり連れて行かれるのであって、自分たちの意思に基づいて行くのではないということだ」

「まあそういうことだね」とサンチョが言う。

「それなら」と主が返す。「今こそ我が務めを果たすのにうってつけのときだぞ。暴力を打ち砕き、力なき人々を救ってやるのだ」

「ちょっと、旦那さま」とサンチョが口を挟む。「言っとくけど、裁判ってのは国の王さまとおんなじで、ああいう連中に暴力をふるったり、辱めを受けさせたりはしねえよ。ただ、やらかした罪に罰を与えるだけさ」

そうこうするうち、ガレー船送りになる人々が数珠つなぎになってやってきた。するとドン・キホーテは見張りの者たちに、いたって丁重な言葉で話しかけ、これらの人々をこのような形で引き立てていく理由を、どうか教えてほしいと頼んだ。

馬上の見張りのひとりが、この連中は国王陛下に仕えるガレー船の漕ぎ手で、これからガレー船に向かうところだが、それ以上話すことはないし、またそちらが知る必要もないのだと応じた。

「それはそうとして」とドン・キホーテは食い下がる。「私は彼ら個々人の不幸の原因を知りたいと思うのです」

さらに、彼が知りたいことを囚人たちが話せるように、これに丁寧な言葉を言い添えて相手の心を動かしたものだから、馬上のもうひとりがこう言った。

「ここにこの不幸な連中ひとりひとりの記録と判決の内容を記した書類を持っていますが、今は立ち止まってそれを取り出したり、読み上げたりする暇はありません。あなた自身がこちらに来て、彼らに直接訊いてみたらいかがですか。彼らにその気があれば話すでしょう。そうだ、きっと話しますよ。とにかく、とんでもないことを喜んでしでかしたり話したりする連中ですから」

こうして許可を得たので、また許可なしでもそうしただろうが、彼は鎖につながれた人々に近づき、最初の男に、どんな罪によってこんなひどい目に遭っているのかと訊いた。すると男は、恋をしたことが原因でこのような身の上になったのだと答えた。

「原因はそれだけか？」とドン・キホーテが訊く。「恋することでガレー船送りになるのなら、私などははるか前に船を漕いでいてもおかしくないぞ」

「恋は恋だけど、あんたが考えているようなのとはわけがちがうよ」と男が答える。「俺の恋というのは、白い洗濯ものでぎっしりの籠にすっかり惚れちまってね、そいつを思い切り抱きしめちまったのさ。だからもしお上に無理やり取り上げられなかったら、まだあれを抱いたまんまで、自分から手放すことはなかっただろうね。だけど、なにせその場でとっ捕まったから、拷問も何も要らなかったよ。裁きが下って、背中に鞭を百発食らい、おまけにこれから三年ばかりグラパスで漕がされる、これにて一件落着ってわけだ」

「なんだそのグラパスというのは？」とドン・キホーテが訊く。

「グラパスってのはガレー船のことだよ」と男が答える。

男は二十四歳前後の若者で、ピエドライタ出身だと言った。ドン・キホーテは二番目の男にも同じことを訊いた。だが男は悲しげであり、ふさぎ込んでいて、一言も答えない。すると最初の若者が代わりに答えて言った。

「旦那、こいつはカナリアでね、つまり、楽士で歌手だから引っ立てられるんだ」

「なんだと？」とドン・キホーテが訊く。「楽士や歌手だという理由でもガレー船送りになるのか？」

「そうだよ、旦那」と若者が答える。「苦しくてうたっちまうのは最低だからね」

「他人がこう言うのを聞いたことがあるが」とドン・キホーテが言う。「歌う者は災いを追い払う」

「ここじゃまるっきり逆だよ」と若者が応じる。「一度うたった者は死ぬまで泣く、なんだ」

「よくわからんな」とドン・キホーテが言う。

ここで見張りのひとりが割り込んで言った。

「騎士の方、苦しくてうたうというのは、この罰当たりたちのあいだでは拷問を受けて音《ね》を上げるという意味なんですよ。この罪人は拷問を受けて、自分の悪事を白状してしまったんです。悪事というのは家畜ドロ、つまり家畜を盗んだんですが、それを白状したために、すでに受けた背中に二百回の鞭打ちの他に、ガレー船で六年漕がされるという刑を食らったんです。で、四六時中何か考え込んでしょげた顔してるのは、まだ牢にいる盗人やここにいる盗人たちから、『いえ《ノ》』と言い続ける根性がないために白状してしまったということで、いじめられたり、こっぴどい目に遭わされたり、馬鹿にされたり、無視されたりするからなんです。連中に言わせると、『いえ《ノ》』も『はい《シ》』も字数は同じだからで、それにこんなことも言ってます。死ぬか生きるかが、証人や証拠じゃなく、自分の舌先三寸しだいの罪人はとても幸せだなんてね。まあ私の見るところ、それほど外れているとも思えませんが」

「私も同感です」とドン・キホーテが応じる。

続いて彼は三人目の男に移り、前の二人と同じことを訊いた。すると男はごく気安い調子で即座に答えた。

「こちとらは金が十ドゥカド足りなかったんで、五年ばかりグラパスさんのところへ行くのさ」

「ならば二十ドゥカドでも喜んで出そう」とドン・キホーテが言う。「その苦しみから解き放ってやれるなら」

「それじゃまるで」と囚人は応える。「海の真っ只中で、金はあるのに今ほしいものが買える場所がなくて、飢え死にしかけるようなもんだよ。こんなことを言うのは、あんたが今出してくれるという二十ドゥカドがあのときあれば、それを使って書記のペン先を甘くして、検事には機転を利かせてもらい、そうすりゃ今頃はトレドのソコドベル広場の真ん中にいただろうよ。それにこうやって猟犬みたいに鎖につながれて、この道を歩かされることもなかったはずだ。だけど神さまは偉大だから、ここは辛抱すりゃなんとかなるさ」

ドン・キホーテは四人目に近づいた。顔立ちは威厳を感じさせ、白い顎鬚が胸の下まで伸びている。この男は、何が原因でこんな身の上になったのかと尋ねると、急に泣き出し、一言も答えられなかった。だが五番目の囚人が、彼に代わって話した。

「この奇特な御大は、四年ばかりガレー船送りになるんだが、その前に罪人の服を着て馬に乗せられ、必ず引き回されることになっている通りを派手に引き回されたんだ」

「ていうことは」とサンチョ・パンサが口をはさむ。「おれが思うに、人前で晒《さら》し者《もの》にされたってこったな」

「そうなんだ」と男が応じる。「それで、こんな目に遭う原因となった罪というのは、商売の仲立ちで利ざやを稼いでいたことだ、それに体の仲立ちもね。実のところ、この御大は男と女の斡旋屋《あっせんや》だっていうのに加えて、魔法使いみたいなこともやってたから」

「その魔法使いみたいなことというのが加わらなければだが」とドン・キホーテが言う。「純粋な斡旋人というだけでは、ガレー船を漕ぎに行くには及ばないだろう。むしろガレー船に司令官として送るにふさわしいではないか。なぜなら、斡旋人というのは誰でもなれるわけではないからで、それは思慮深い者が担う仕事であり、十分に秩序だった国家においては至極必要なのだ。しかも、いたって生まれのよい者だけが携わらなければならない。そして、たとえば商品取引所の仲買人がそうだが、選ばれた、世に知られる、ごく限られた者のみが関わるだけでなく、他の仕事に存在するような検査官や審査官を置くべきだ。そうすることによって、この仕事あるいは任務が、愚かで分別が足りない者たち、たとえば、たわいのない女どもや年若く経験の浅い小姓、ペテン師たちに委ねられていることを原因とする数多くの害悪を一掃できるだろう。なにせ、その種の連中ときた日には、肝心なとき、重要な手段を講じる必要があるときになると、狼狽《ろうばい》してしまい、自分の右手がどちらなのかすらわからなくなってしまうのだ。私の主張をさらに進め、国家において不可欠な重要責務を背負うべき人間をきちんと選ぶことの利点とそのわけを説明したいのだが、今はそれに適した場ではない。いつか、この問題に対処できる人物に説明することにしよう。今はただ、威厳に満ちた顔の白髪の御仁が、斡旋業が原因でひどい目に遭っているのを見て、私が感じた心の痛みが、魔法使いだという言い足しによって消え失せてしまったとだけ言っておこう。ただし、無知な連中が考えるような、人の意思に働きかけて動かしたり何かを強いたりできる魔法など、この世に存在しないことは十分わかっている。我らの意思というものは自由であって、これを操れる薬草も魔法もありはしないからだ。

無知な女やずる賢いペテン師が、何やら混ぜ合わせたものや毒薬をしばしば作り、それで男どもを狂わせて、惚れ薬だと思い込ませたりするのだが、すでに述べたように、人の意思を操ることなどできないのだ」

「そのとおりなのです」と善《よ》き老人が言う。「ですが、旦那様、本当を言うと、魔法使いの件は身に覚えがないことです。斡旋業のほうは否定できませんが。だからといって、それで

もって何か悪いことをしていると思ったことは一度もありません。わたしの目的は、ひたすら世のすべての人に喜んでもらい、争いも悩みもなく、平和で穏やかな生活を送ってもらうことなのです。しかし、この善意も空しく、とても戻ってこられそうにない場所へ連れて行かれるはめになりました。齢《よわい》を重ねているうえに、排尿の問題も抱え、一時たりとも寛《くつろ》げないというのに」

ここで老人は、また初めと同じように泣き出した。するとサンチョがいたく同情し、懐から四レアル銀貨を一枚取り出し、恵んでやった。

ドン・キホーテはさらに進み、次の罪人に罪の内容を尋ねる。こんどの男は、先の老人に劣らず、というよりはるかに毅然と応じた。

「僕がなぜここにいるのかといえば、従姉妹《いとこ》二人と、それから身内ではない姉妹二人と、ふざけ過ぎたからです。つまり、四人とのふざけの度が過ぎて、どんな悪魔でも言い当てられないほどややこしい姻戚関係ができ上がってしまいました。証拠は出そろい、僕にツテはなく、金もない。あやうく縛り首になるところを、ガレー船に六年という判決が下されたので、受け入れました。まあ、墓穴を掘ったというところですね。でも僕はまだ若いですし、生きてさえいれば、どうにでもなります。とはいえ、騎士の方、あなたが僕たち哀れな者の助けになるものを何かお持ちでしたら、恵んでいただければ、天国で神様が報いてくださるでしょうし、僕たちはこの世で神に祈ることを心がけ、あなたがその見事なお姿にふさわしく健康で長生きされるよう願うようにしますよ」

この若者は学生服を着ていて、見張りのひとりによれば、口が減らず、ラテン語にたけているとのことだった。

囚人たちのしんがりを務めていたのは三十歳ぐらいの男で、いくぶん斜視ではあったが偉丈夫そのものだった。彼は他の囚人たちとは異なる縛り方をされていた。というのも、足に始まり全身に太い鎖が巻きつけられ、首には二重の枷がはめられていたからだ。ひとつは鎖と結ばれ、もうひとつは〈友の見張り〉とか〈友の足〉と呼ばれるもので、そこから二本の鉄の棒が腰まで垂れ下がり、その先についている手錠で両手は拘束され、しかも手錠にはやけに大きな南京錠がついているという念の入れようだったので、男は手を口にもっていくことも、頭を下げて手に届かせることもできないという状態だった。それを見たドン・キホーテは、どうしてこの囚人は他の者たちよりも枷が多いのかと訊いた。すると見張りは、その男ひとりで他の囚人の分を合わせたよりも多くの罪を背負っているからだと答えたうえで、さらに、大胆不敵な大悪党なので、これほど厳重に警戒して引き立てていても安心とはいえず、逃げ出す恐れがあるのだと付け加えた。

「刑がガレー船送りだけとは」とドン・キホーテが言う。「さしたる悪事を犯したとも思えぬが」

「いや、ガレー船送りといっても十年だから」と見張りが返す。「社会的には死刑囚といっていい。このたいそうなお方こそ、かの有名なヒネス・デ・パサモンテ、別名ヒネシーリョ・デ・パラピーリャだと言えば、あとは推して知るべしでしょう」

「隊長さんよ」とそのとき囚人が口をはさんだ。「口を慎んでもらいたいね。ここで名前やあだ名をばらすのはやめときましょうや。俺の名前はヒネスであって、ヒネシーリョじゃありませんぜ。パサモンテが一族の苗字《みようじ》で、あんたが言ったパラピーリャじゃないんだ。自分の周りだけ見てりゃいい、そうすりゃまず間違いないからね」

「調子に乗るんじゃない」と隊長が返す。「この桁外れの泥棒さんよ。その減らず口を力ずくでふさがれたくなかったならな」

「結構なことさ」と囚人が応じる。「神さまみたいな人間が刑に服すんだ。だがいつの日か、俺の名前がヒネシーリョ・デ・パラピーリャかどうかわかる奴もいるだろうよ」

「すると、お前はその名前で呼ばれていないとでも言うのか、このペテン師め」と見張りが言う。

「ああ、そう呼ばれてるよ」とヒネスが応じる。「だがいずれそう呼ばせないようにするさ。さもなきゃ、俺は腹立ちのあまり、自分の髭という髭をむしり取るだろうよ。ところで騎士の旦那、何か俺たちに恵んでくれるものがあるなら、さっさとよこして、おさらばしたらどうかね。他人の身の上をやたら知りたがられるのにはもううんざりだ。俺のことを知りたいんだったら教えておくが、俺はヒネス・デ・パサモンテだ、身の上話ならこの手でもう書いたよ」

「今言ったのは本当のことですよ」と隊長が言う。「自分で身の上話を書いていて、出色の出来なのですが、ただ、それを二百レアルの借金のかたに牢に置いてきてしまいました」

「だけど請け出すつもりさ」とヒネスが言う。「二百ドゥカド払ってもだ」

「そんなによい出来なのか？」とドン・キホーテが訊く。

「そりゃもう」とヒネスが応じる。「『ラサリーリョ・デ・トルメス』だとか、あの手のものは、全部形無しだね、これまで書かれたものもこれから書かれるものもひっくるめて。旦那に言えることは、俺の身の上話に書いてあるのは真実で、それも正真正銘、混ざりものなしだから、どんな嘘だってこれに敵《かな》うわけがないってことよ」

「して、その本の題名は？」とドン・キホーテが訊く。

「『ヒネス・デ・パサモンテの生涯』さ」とヒネス自身が答える。

「すでに書きあがっているのかな？」とドン・キホーテが尋ねる。

「書きあがってるわけがないだろうが」とヒネスが答える。「この俺の生涯がまだ終わっちゃいないんだから。書き終えたのは、生まれた時からこの前ガレー船送りになったところまでだ」

「ということは、前にも送られたことがあるのかな？」とドン・キホーテが訊く。

「神さまと王さまへのご奉仕で、この前は四年ばかり船の中にいたよ。だから乾パンの味も鞭の味もすっかり覚えちまった」とヒネスが答える。「だけどガレー船送りもさして重荷じゃないんだ、なぜって、あそこでなら俺の本を書き終える暇があるだろうからだよ。書くべきことがまだごまんと残ってる。それでも、書くのにそんなに時間はかからない。なにしろ材料は全部頭に入ってるんだ」

「才能に恵まれているようだな」とドン・キホーテが言う。

「それに不運にもね」とヒネスが応じる。「優れた才能はいつだって不運に迫害されることになってるんだ」

「迫害されるのはごろつきだ」と隊長が言う。

「もう言ったでしょうが、隊長さんよ」とパサモンテが言い返す。「もう少し穏当な口のき方をしてもらいたいね。あんたがその警棒をお上からいただいたのは、ここにいる俺たちみたいな不幸者を手荒に扱うためじゃなく、国王陛下が命じられる場所へ、俺たちをちゃんと連れて行くためだと思うが。でなけりゃ、命かけて……、もういいや！ どなたかが旅籠屋でやらかしたあくどいことが、そのうちばれるかもよ。さあ、みんな、静かに」

パサモンテの脅し文句に仕返ししようと、隊長は警棒を振り上げ、殴りかかろうとした。だが、ドン・キホーテが割って入り、隊長に向かって、乱暴は働かないでほしい、両手をこれほどきつく拘束されているのだ、口ぐらい多少過ぎるのは許してやってもらいたいと頼んだ。それから鎖につながれた囚人全員のほうを振り向くと、こう言った。

「親愛なる兄弟の方々、皆さんが語ってくれたことから明らかになったのは、自ら犯した罪によるとはいえ、これから受ける刑罰を、皆さんはあくまでも喜んでいるわけではなく、意思に反し、それこそいやいや受け入れているということです。気力が足りず拷問に耐えられなかったこと、賄賂《わいろ》に用いる金銭がなかったこと、てづるに恵まれなかったこと、果ては裁判官の判決が偏っていたことなどが、皆さんを破滅させた原因であり、身の潔白を明らかにできなかった原因であるのかもしれません。こうしたすべてがいま思い浮かび、それが私に語りかけ、説き伏せ、強いさえする。天が私をこの世につかわし、現に職としている騎士道に就けさせた目的と、騎士としての私を必要とする者たち、強者に虐げられた者たちを助けるという誓いを、皆さんに対して実践してみせるようにと言っているのです。しかし、分別の一端は、善によって成しうることを悪によって成すなかれというところにあるとわかっているので、ここは見張りの方々と隊長殿に、皆さんの拘束を解き、自由の身にしてもらうよう頼むことにしましょう。ここぞというときに国王に仕えるべき者たちなら、おそらく他にもいるでしょう。それに、神と自然が元来自由な存在として創ったはずの人間を奴隷にするというのは、なんとも酷なことに思えるからです。ましてや、見張りの方々」とドン・キホーテが言い継ぐ。「これらの哀れな者たちは、あなた方に何ら害を及ぼしてはおりません。各人が自らの罪を背負ってあの世に行けばよいのです。天にまします神は、悪人を懲らしめ、善人を称えることを怠りはしないので、誠実な人間が、何の関係もない他の人間に対し、刑の執行を行うというのはいかがなものでしょうか。こうして穏やかに落ち着いてお願いしているのは、この願いを聞き入れてくだされば、感謝の印をさしあげるつもりだからです。しかし、喜んで聞き入れてくださらない場合には、この槍と剣、それに腕っぷしによって、無理にでも受け入れていただくまでです」

「大層なことを言うじゃないか！」と隊長が応じる。「次から次へと御託を並べくさって！国王の囚人を解き放ってほしいとは、まるで我々にそうする権限があるか、我々にそうするよう命じる権限がそっちにあるとでも言わんばかりだ！　さあ、お前さん、さっさと自分たちの道を行くことだな、それから頭の上の金だらいを真っ直《まっす》ぐに直しな、そして三本足の猫を探したり余計なことするんじゃないぞ」

「貴様こそ猫にして鼠《ねずみ》だ、このごろつきめが！」とドン・キホーテがやり返す。

そして言ったとたん、相手が身構える暇もないほどの素早さで攻撃し、槍の一撃で深傷《ふかで》を負わせ、地面に突き倒してしまった。幸いだったのは、倒したのが銃を持った男だったことだ。他の見張り番は、このまさかの出来事に呆気にとられていたが、我に返ると、馬上の者は剣を手にし、徒歩の者は投げ槍を構えて、ドン・キホーテに襲いかかった。すると騎士は少しも動ぜずに身構えた。だが、もし、自由を得られる絶好の機会が訪れたのを見た囚人たちが、自分たちを数珠つなぎにしている鎖を断ち切って自由になろうとしなければ、彼は悲惨な目に遭っていただろう。その場の混乱ぶりは凄まじかった。見張りたちは、鎖を解きかかっている囚人たちのところへ駆けつけたかと思うと、今度は攻撃してくるドン・キホーテを相手にするといった具合で、さっぱり収拾がつかなかった。

一方、サンチョはサンチョで、ヒネス・デ・パサモンテの鎖を解くのを手伝った。おかげでヒネスは真っ先に自由になり、戦いの只中に飛び込んで、倒れている隊長に襲いかかると、剣と銃を奪い取った。ヒネスはさらにその銃で、一人ずつ見張りに狙いをつけた。すると、一発も撃たないのに、見張りの連中はひとりもいなくなってしまった。彼らはパサモンテの銃だけでなく、すでに自由になった囚人たちからさかんに浴びせられる石つぶてをもこわがって、逃げてしまったのだった。

この一件でサンチョはひどく陰鬱な気分になった。なぜなら、逃げて行った見張りたちが、〈聖同胞会〉にこのことを知らせるだろうし、そうなれば〈聖同胞会〉は警鐘を打ち鳴らし、犯人を探しにかかるだろうと思ったからだ。そこで自分の考えを主に伝え、すぐにそこを離れて、一緒に近くの山の中に隠れてほしいと頼んだ。

「それは名案だ」とドン・キホーテが言った。「だが、今ここでしておくべきことがあるのだ」

そしてドン・キホーテは囚人たち全員を呼び集めた。隊長から身ぐるみ剝ぎ取ったり、騒ぎまくったりしていた囚人たちは、次は何をやれというのか知ろうとひとり残らず集まり、彼を取り巻いた。すると彼はこんなことを言い出した。

「生まれのよい人間ならば、自分が受けた恩恵に感謝するのが当然であり、神が最もお怒りになる罪のひとつは忘恩です。こんなことを言うのは、皆さんは私から受けた恩恵がいかなるものであるかを、明らかに身をもって知ったはずだからです。その返礼として、また私からのお願いでもありますが、皆さんの首からはずしてあげた鎖を担ぎ、トボソの町へ向かってほしいのです。そして着いたら、ドゥルシネア・デル・トボソ姫のもとに参上し、姫に仕える〈憂い顔の騎士〉にこれを託されてきたことを伝え、皆さんが念願の自由を得るまでの、この名高い冒険の全容を、こと細かに語ってもらいたい。それがすんだら、どこであろうが勝手気ままに行ってかまいません」

これに対してヒネス・デ・パサモンテが、皆に代わって応じた。

「俺たちを自由にしてくれた旦那さんよ、あんたの命令どおりにするのは、無理中の無理ってもんですよ。だって、みんなで一緒に道を歩くことなんかできないから、ひとりひとりばらばらになって、間違いなく俺たちを探しに出たはずの〈聖同胞会〉に見つからないように、地下に潜るようにしなけりゃならない。で、あんたができること、それにやるべきことは、ドゥルシネア・デル・トボソ姫のところへ参上するというのを、アベ・マリアと信徒信経のお祈りを何度か唱えるというのに取り換えることだ。それだったら、あんたの命令の代わりになるし、昼でも夜でも、逃げながらであろうが休みながらであろうが、戦っていようがいまいが実行できるからね。だけど、ここでまた振り出しに戻らなけりゃならないなどと、つまり鎖を担ぎ、トボソ村に向かうなどと考えるのは、今が夜で、まだ朝の十時じゃないと考えるようなものだし、俺たちにそうしろというのは、楡《にれ》の木に梨の実をならせろと注文するようなものですよ」

「このたわけ者が！」と、すでに堪忍袋の緒が切れていたドン・キホーテが叫ぶ。「どこの売女のせがれだか、ヒネシーリョ・デ・パラピーリョだか、あるいはなんという名前だか知らないが、だったら貴様ひとりで鎖を全部担ぎ、尻尾を巻いて行ってこい」

パサモンテは生来気が短かった。しかも、囚人に自由を与えようとするようなでたらめを行ったことから、ドン・キホーテがそれほど正気とはいえないことをすでに見抜いていて、そこへ先の暴言を浴びたものだから、仲間たちに目配せをして、自分は退いた。すると囚人たちはドン・キホーテめがけつぶてを雨あられと降らせ、それは円盾ひとつではとても防ぎきれるものではなかった。そのうえ哀れなロシナンテはブロンズ製の馬のように、拍車を当ててもまったく反応しなかった。一方、サンチョはロバの陰に隠れ、二人の上に降り注ぐ大量の石をしのいでいた。だが、従者のように要領よく自分をかばえなかったドン・キホーテは、つぶてを数えきれないほど体に受け、あまりの激しさにとうとう落馬し、地面に倒れ込んでしまった。するとそのとたん、学生服の若者が襲ってきて、頭から金だらいを奪い、それでもって彼の背中を三、四回殴りつけ、さらに地面に何度も叩きつけたので、金だらいはいくつかに割れてしまった。暴徒はドン・キホーテが鎧の上に着ていた上着を奪い、もしも脛当てが邪魔しなければ、長靴下まで脱がせていただろう。サンチョからは外套を奪い、下着を残すだけにしてしまった。他の戦利品も仲間のあいだで分配し終えると、彼らは鎖を担いでドゥルシネア・デル・トボソ姫に見参することなどどこ吹く風、自分たちが恐れる〈聖同胞会〉から逃げおおせることだけに気を配り、それぞれの目指す方角へと散っていった。

その場に残ったのは、ロバとロシナンテ、そしてサンチョとドン・キホーテだけだった。ロバは頭を垂れ、もの思わしげな顔つきで、ときおり耳を動かし、先ほどまで浴びせられていたつぶての雨がまだ止んでいないのではと訝《いぶか》っているようだった。ロシナンテは主のそばに横たわっていた。彼もまたつぶてを受けて、地面に倒れ込んだのだった。下着姿のサンチョは、〈聖同胞会〉のことを思うと気が気でなかった。そしてドン・キホーテだが、彼はあんなにも善を施してやった連中に散々な目に遭わせられたために、ひどく憂鬱な気分になっていた。

第二十三章　シエラ・モレナ山中で名高いドン・キホーテの身に起こったことがら、すなわちこの真実の物語で語られる中でも、最も珍しい冒険のひとつ

四人たちに手痛い目に遭わされたドン・キホーテが従者に言う。

「常に耳にしてきたことではあるが、サンチョよ、下劣な者たちに恩恵を施すのは海に水を注ぐに等しいものだな。お前に言われたことを信じていれば、このような忌々しい目に遭わなくともすんだものを。しかし、もう起こってしまったからには、ここは我慢して、今後の教訓としよう」

「旦那さまが懲りるなんて」とサンチョが応じる。「おれがトルコ人になるくらいありえねえな。けど、おれが言ったことを信じてれば、こんなひでえ目に遭わずにすんだっていうんなら、今度はおれの言うことを信じな、もっとひでえ目に遭わねえですむから。なぜって、知ってもらいてえのは、〈聖同胞会〉の連中に騎士道なんて言ってみても始まらねえし、遍歴の騎士が束になったところで屁の突っ張りにもならねえってことだ。なにしろ、連中が射

た矢がびゅんびゅんいう音がもう耳に聞こえてるくらいなんだから」

「お前という奴は生来の臆病者だな、サンチョ」とドン・キホーテが言う。「しかし、私が頑固者で、お前の助言などまったく受けつけもしないと言われないように、今回はお前の忠告を受け入れて、お前に恐怖を与えるものから離れることにしよう。ただし、ひとつ条件がある。この世はもちろんあの世でも、私が難を避けるのはお前の頼みを聞いてやるからであり、怖気づいてこの危険を回避し、遠ざかったなどとは口が裂けても言わないことだ。余計なことを言いふらそうものなら、それは大嘘をつくことになる。そうなれば、今からあの世に至るまで、あの世に行けば遡って今に至るまで、私はお前の嘘を曝露《ばくろ》し続け、何か考えたり言ったりするたびにお前は必ず嘘をつき、これからも嘘をつくだろうと、他人に言わずにおかないぞ。口答えは無用だ。何らかの危険、とりわけ恐怖の影を孕《はら》んでいるらしきこの危険を回避して遠ざかろうなどと考えるよりも、むしろこの場に留まって、お前が口にし恐れている〈聖同胞会〉はもとより、イスラエルの十二部族や、マカビー一族の七兄弟、カストルとポルックスの双子の兄弟、さらにはこの世のすべての兄弟や同胞会さえも迎え撃ってやろうという気分だ」

「旦那さま」とサンチョが応じる。「回避するってのは逃げるのとは違うし、危険のほうが希望よりかでかいときにゃ、一日《いちんち》で全部やっちまわないで、今日の分を明日に取っておくのが賢いってもんだ。おれはがさつな田舎もんだけど、舵取りってやつならちょっとはできるのさ。だからおれの忠告を聞いたことを後悔なんかしてねえで、ロシナンテに乗ってくれねえか。ひとりじゃ無理ならおれが手伝うよ。で、おれについてきてくれ。おれが判断するところじゃ、今おれたちに入り用なのは手より足なんだ」

ドン・キホーテはもはや言い返すのはやめて馬に乗り、ロバに跨ったサンチョに導かれて、もう目と鼻の先だったモレナ山脈に一緒に分け入った。サンチョが目論んだのは、この山脈を縦断し、ビソかアルモドバル・デル・カンポに出て、たとえ〈聖同胞会〉が探しにきても見つからないように、そのあたりの険しい山地に何日か潜んでいることだった。彼をその気にさせたのは、ロバの背中にくくりつけてあった食糧が、囚人たちとの一件があったにもかかわらず無事だったのを知ったからだ。囚人たちが手当たりしだい何もかも奪い去ったため、サンチョにしてみればそれはまさに奇跡そのものだった。

山地に入ったとたん、ドン・キホーテの胸はときめいた。そのあたりの地形が、自分が探し求める冒険にうってつけのように思えたからだ。そこによく似た人気のない険しい土地で、遍歴の騎士たちに起こった驚嘆に値する数々の出来事が、彼の頭に一気に押し寄せた。そんなことを考えているうちに彼は我を忘れてうっとりとなり、他のことは何も頭に浮かばなかった。サンチョはサンチョで（安全な場所を歩んでいると思えてからは）、司祭たちから奪い取った食糧の残りで胃袋を満たすこと以外何も頭になかった。そこで彼はロバの背中に横座りになって、主のあとについていきながら、鞍袋から取り出したものを自分の太鼓腹に詰め込んでいた。そうして進んでいるかぎり、新たな冒険を見つけることなど彼にとってはびた一文の価値もなかっただろう。

そのときサンチョが目を上げた。すると主が馬を止め、槍の穂先で、地面に落ちていた何か塊のようなものを持ち上げようとしているところだった。そこで必要なら手伝おうと急いで駆けつけると、ちょうどそのとき主は槍の穂先で、鞍用のクッションとそれにくっついたカバンを持ち上げていた。どちらも腐りかけか、あるいはすっかり腐り果て、ぼろぼろになっていた。だが、かなり重さがあり、サンチョが手を貸して地面に下ろさなければならなかった。主は彼にカバンの中身を調べるように命じた。

サンチョはてきぱきと言われたとおりにした。カバンは鎖で縛られ、南京錠がかかっていたが、壊れたり腐ったりした部分から中身が見えた。詰まっていたのは薄手のオランダ地のシャツ四枚と、まだ真新しく珍しいリンネルの衣類、それにハンカチにくるんだ相当な額のエスクード金貨だった。それを見たとたん、サンチョが言った。

「天のおかげだよ、こんなにがっぽり儲かる冒険を授かるなんて！」

そしてサンチョがさらに探すと、豪華な装丁の手帳が見つかった。ドン・キホーテはその手帳を所望し、サンチョには、金貨はとっておいて自分のものにするようにと言った。従者は主の手に接吻して好意に感謝し、カバンからリンネルの衣類を取り出すと、食糧の入っている鞍袋にしまい込んだ。その一部始終を眺めていたドン・キホーテが言う。

「なあサンチョ、どうやら、いやきっとそうなのだが、これは道に迷った旅人がこの山中に入り込んでしまい、そこへ山賊どもが襲いかかって旅人の命を奪い、その遺体を運んできてこの辺鄙な場所に埋めたにちがいない」

「それはありえねえな」とサンチョが応じる。「だってそいつらが山賊だったら、この金貨を残していくわけがねえもの」

「たしかにお前の言うとおりだ」とドン・キホーテが言う。「となると、いったいどういうことなのか、さっぱり見当がつかないな。だが、待てよ、ことによるとこの手帳に、我らが知りたいと思うことに到達するための手がかりになりそうなことが、何か書かれているかもしれないぞ」

そう言うとドン・キホーテは手帳を開いた。最初に見つけたのは、実に見事な筆跡ではあったが、下書きとして書かれたソネットで、彼はそれをサンチョにも聞かせるために声に出して読んだ。その内容は以下のようなものだった。

恋には分別が欠け、残酷さばかりが
有り余るのか、僕が味わうこの苦悶は
最も厳しい拷問の
もたらす苦痛に他ならない。
だがもし恋が神ならば
すべてを知ってのことであり、神が
残酷ではないことの証であるはずだ。
ならば誰の命《めい》なのか、僕が崇め苦しむこの苦痛は？

G. Doré
H. PISAN

フィリよ、それを君と言うのは当たらない
善なる君に悪の余地はない
さりとて天がもたらした破滅でもない。
僕はじきに息絶える、それは火を見るより明らかだ
原因不明の病に効く薬を見つけ出すには
ただ奇跡があるのみだ。

「この詩からは」とサンチョが言う。「なんもわかりゃしねえな。そん中にある糸を引っ張って糸玉がそっくり取り出せりゃ、話はちがうけどね」

「ここにどんな糸があるのかな？」とドン・キホーテが訊く。

「たしか」とサンチョが言う。「旦那さまは今さっき糸《イロ》って言ったと思うが」

「いや、フィリと言ったのだ」とドン・キホーテが応じる。「それにフィリというのは、どう見ても、このソネットの作者を悩ませている女性の名前だ。誓って言うが、これは大した詩人にちがいない。でなければ、私にはあまり詩がわからないということになる」

「だったら、旦那さまは」とサンチョが言う。「詩のこともわかるのかね？」

「それも、お前が思っている以上にな」とドン・キホーテが答える。「そのうち我がドゥルシネア・デル・トボソ姫に宛てて、冒頭から末尾まで韻文を書き連ねた手紙を、お前に届けてもらうから、そのとき合点がいくだろう。なぜそうするかといえば、サンチョよ、過ぎし

日の遍歴の騎士はすべてがすべて、いやほとんどすべてが偉大な詩人であり、偉大な音楽家でもあったということを、お前に知ってほしいからなのだ。この二つの芸、あるいはもっと適切に言うなら、天が与えた才能というものは、恋する遍歴の騎士につきものだった。ただし、古《いにしえ》の騎士たちの詩が、その出来栄えよりも気骨に見るべきものがあることは事実だ」

「その先を読んでもらえねえかな、旦那さま」とサンチョが言う。「何かおもしれえことが書いてあるかもしれねえよ」

ドン・キホーテはページをめくり、そして言う。

「これは散文だ、しかも手紙らしいぞ」

「よくある手紙かね？」とサンチョが訊く。

「書き出しを見ると、恋文らしいな」とドン・キホーテが答える。

「だったら声に出して読んでくれねえかな」とサンチョが言う。「そういう色恋沙汰は三度の飯より好きなんだ」

「喜んでそうしよう」とドン・キホーテが応じる。

そこでサンチョに頼まれたとおり、声に出して読んでやると、こんなことが書かれていた。

貴女の偽りの約束と僕の紛《まご》う方ない不幸に導かれてやってきたここは、僕の嘆きの言葉より、僕の死を報《しら》せる言葉のほうが、先に貴女の耳に届きそうな場所です。ああ、つれない女《ひと》よ、貴女が僕を捨てたのは、人としての価値でなく、富によって僕に勝る男のため。

しかし、美徳もまた尊重すべき富であるならば、僕は他人の幸福を妬んだり、自分の不幸を嘆き悲しむことはしません。貴女の美しさが築いたものを、貴女の仕打ちが壊してしまいました。美しさによって貴女を天使と見なしましたが、仕打ちによって、あなたも女であることがわかりました。僕の闘争心をかき立てた貴女が、どうか平和の裡にいられますように。そして天が貴女の夫のまやかしを絶えず隠し続けてくれますように。貴女が自分の成したことを悔やまず、僕が望まぬ復讐に訴えることのないように。

手紙を読み終えると、ドン・キホーテが言った。

「これも先ほどの詩とさして変わらないな。わかるのは書いたのが恋人にふられた男ということだけだ」

そして手帳のページをほぼすべて繰ってみると、他にも詩や手紙が見つかり、判読が可能なものもあれば不可能なものもあった。だが、内容は似たり寄ったりで、どれも恋するゆえの嘆きや苦しさ、疑い、歓び、失意、好意、軽蔑を含み、気持ちの高まりがうかがえるものもあれば、涙にくれた調子のものもあった。

ドン・キホーテが手帳を調べているあいだ、サンチョのほうはカバンの中をくまなく調べ、クッションはその縫い目をほどき、羊毛のあんまでほぐして、何ひとつ残すまいと徹底的に探しまくっていた。百枚以上の金貨を見つけたことで、欲が出たからだ。最初に見つかったもの以外、もはや何も見つかりはしなかったが、それが自分のものになるという恩恵に浴したことで、今まで善良な主に仕えながら経験してきた毛布上げ、妙薬を吐いたこと、激しい棒打ちの洗礼を受けたこと、馬方に拳固を食らったこと、鞍袋を失くしたこと、外套を奪われたこと、そして飢えや渇きや疲れのすべても、十分すぎるほど報われた気がしたのだった。

これに対し、〈憂い顔の騎士〉は、カバンの持ち主が誰なのか知りたくてしかたがなかった。ソネットや手紙、金貨、上質な衣類などから推測すると、どこかの高貴な人物で、それが恋心を抱いた相手の蔑みやつれない扱いが原因で自暴自棄に陥ったにちがいない。ところが、そのあたりは人の住まない険しい場所で、道を教えてくれそうな相手も見当たらない。そのためロシナンテが行きたがる道、すなわち彼が歩ける道をさらに進むしかなかったが、その手の茂みに分け入れば、珍しい冒険に出くわすだろうという想像に絶えず駆られていたことは言うまでもない。

さて、そんなことを考えながら先へ進むと、目の前に立ちはだかる小さな山の頂にひとりの男が現れ、それが信じがたいほど軽々と、岩から岩へ、茂みから茂みへと跳び移っていくのが見えた。格好は裸同然で、黒くて濃い髭が顔を覆い、髪はぼさぼさで、足も脛も剝き出しのようだ。太股を隠していたのは見たところ黄褐色のビロードの半ズボンだが、ぼろぼろなのであちらこちらから肌がのぞいている。頭にも何もかぶっていない。その動きは先に述べたように素早かったにもかかわらず、〈憂い顔の騎士〉は、こうした細々としたことを見逃さなかった。彼は後を追いかけようとしたができなかった。体力の弱ったロシナンテではその険しい山地を歩くのは無理だったし、そのうえ、この馬はもともと足が遅く、動きも鈍かったからだ。そしてドン・キホーテは、その男がクッションとカバンの持ち主だと想像し、たとえこの山地を一年かけて歩くことになってもいいから、彼を探しだそうと決心した。そこでサンチョに、ロバから降りて先回りするようにと命じ、自分は反対側から行き、こうすることで、自分たちの前から即座に姿を消した男を挟み撃ちにできるだろうと言った。

「そんなことできっこねえよ」とサンチョが応じる。「だって、旦那さまから離れたら、もうおっかなくってしょうがねえもの。お化けやらなんやらがうようよ出てくるじゃねえか。だから言っとくけど、これから先、旦那さまからはこれっぽっちだって離れたりしねえからね」

「そうするがいい」と〈憂い顔の騎士〉が応じる。「それに、お前が私の勇気を頼りにしているのを大いに嬉しく思うぞ。たとえお前の体から勇気が消えてなくなっても、私の勇気でお前を守ってやる。では、ゆっくりと、いやお前にちょうどいい速さで後についてくるがいい、ただし目はよく光らせておくのだぞ。その山の周りをまわってみよう。そうすれば、我らが目にした男に出くわすだろう。あの男こそ、我らが見つけた品々の持ち主にちがいない」

この言葉にサンチョが次のように応じる。

「探さねえほうがずっとましだよ。だってよ、そいつが見つかって、もしかしてこの金貨の持ち主だったりしたら、もちろん返さなきゃならねえもの。だから、そんな無駄なことするのはよしにして、もっと手間が省けて面倒くさくねえ方法で本物の持ち主が出てくるまで、

H. PISAN

おれが真心こめて預かっとくほうがいいと思うけどな。それに、そのころにゃ、多分使い切っちまってるから、そうなりゃ王さまも帳消《チャラ》しにしてくれるだろうし」

「それは思い違いだ、サンチョ」とドン・キホーテが応じる。「我らはすでに持ち主が誰か予想がつき、それもほぼ目の前にしている。だから探しだして、返してやる義務があるのだ。それに探さずにいれば、あの男にちがいないと思っているそのことによって、我らは彼が持ち主である場合と同様の罪を犯すことになる。それゆえ、我が友サンチョよ、あの男を探すのを厭《いと》わないでくれ、見つかれば私の罪の念は消えるのだから」

こうして彼はロシナンテに拍車を当て、サンチョは慣れ親しんだロバに跨り、あとに続いた。山の周りを巡るうち、小川のほとりに、鞍と馬銜《はみ》のついたラバの死骸が横たわっているのを見つける。それは半ば犬に食われ、カラスに啄まれていた。だが、彼らにとってそのことは、先ほど逃げるのを見た男がラバとカバンの持ち主らしいという仮説をさらに裏づけていた。

二人が死骸を眺めていると、家畜の見張り番が吹くような口笛が聞こえ、左手からいきなりかなり多くの山羊が現れたかと思うと、その後を追って、山の頂に男が姿を現した。だがそれは老人だった。ドン・キホーテは大声を上げ、自分たちのいるところまで下りてきてくれるように頼んだ。すると老人も大声で応え、いったい誰に連れられて、山羊か狼かそこらをうろつく獣以外、滅多にあるいはまったく足を踏み入れないこんな場所へ入り込んだのかと訊いた。そこでサンチョが、下りてくれれば何もかもすっかり話すと言った。すると山羊飼

H. PISAN

いはドン・キホーテがいるところまで下りてきて、こう言った。

「あんたらはきっと、そこのくぼ地で死んでる賃貸しのラバを見とったんだろう。あれはだな、実は半年も前からずっとそこにあるんだ。どうかね、あんたらはそのあたりで持ち主に出くわさんかったかな？」

「いや誰にも出くわさなかったが」とドン・キホーテが答える。「ただ、鞍用のクッションとカバンなら、ここからさして離れてはいない場所で見つけました」

「カバンならわしも見つけたさ」と山羊飼いが言う。「だけども、あれを持ち上げようとは思わんかったし、そばへ寄ろうとも思わんかった。得体がしれねえのが不気味だし、下手して盗人扱いされても困るからな。悪魔って奴はこすっからくて、人の知らねえうちに、足の下になんか突っ込んで、けつまずかせて、転ばしやがる」

「おれもおんなじことを言おうと思ったんだ」とサンチョが口を出す。「おれもあれを見つけたけど、石を投げて届く距離よりかそばに近寄りたかなかった。それで、あそこに置きっぱなしさ。だから元のまんまあそこにあるよ。やっかいなものにゃ手を出したくねえから」

「ご老人、教えていただきたいのだが」とドン・キホーテが言う。「あの遺留品の所有者をご存知かな？」

「わしが話せるのは、まあこんなところだろう」と山羊飼いが答える。「もう半年かそこらになるが、こっから三レグアほどのところにある羊飼い用の小屋に、折り目正しく、おとこっぷりもいい若者がやってきた。そこに死んでるラバに乗り、鞍布団とカバンを持ってな。

あんたらが見つけたが手をつけなかったというやつだ。で、この山で一番険しくて、人目につかないところはどこかとわしらに訊くんだ。そこで、今わしらがいるここだとみんなで答えた。実際そうだったからな。半レグアばかり奥に入ってみるがいい、たぶん二度と出てこれんだろう。だから、あんたらがどうしてここまでこられたのか、わしは不思議に思っとるんだ。なぜって、ここに通じる道など細いのも太いのも一本もないからな。さて、話を続けると、わしらの返事を聞くと、若者は手綱を返して、わしらが教えたほうへ向かったんで、みんなその物腰の見事さに感心しちまったよ。だけど、なんであんなこと訊いたのか、しかもなんであんなに慌てて山のほうに向かったのか、妙な気がしたよ。そのとき以来、若者の姿を見かけることはなかったんだが、それから何日かして、仲間の羊飼いのひとりが道を歩いていると、行く手に現れたんだ。そしてものも言わず、つかつか寄ってくると、さんざん拳骨で殴ったり蹴ったりしたあげく、荷物を運ぶロバのところへ行って、積んでいたパンとチーズをごっそり盗んだと言う。びっくりするほどの素早さでことを済ませると、また山の茂みの中へ姿を消したそうだ。わしら何人かの山羊飼いがこれを知って、二日近くかけて山の一番草木が生い茂った場所を探し回った。そしてとうとう、どでかくてがっしりとしたコルク樫の洞《うろ》の中に若者が隠れているのを見つけたのさ。若者はえらくおとなしく出てきたよ。着てるものはぼろぼろだった。すっかり日に焼けて、顔つきも変わっちまってた。だもんで、同じ人間だとは思えなかったほどだ。それでもぼろぼろとはいえ、着てるものに見覚えがあったんで、それが探してた若者だとわかったというわけさ。

若者はわしらに丁寧に挨拶すると、口数は少ないがきちんとした言葉でもってこう言ったよ。自分がこんな暮らしをしているのを見ても驚かないでほしい。というのも、多くの罪を犯してきたために科された苦行を果たすには、こうするのがふさわしいのだとね。わしらは、お前さんがどなたなのか教えてほしいと頼んでみたが、最後まで教えちゃくれなかった。そこでわしらはこう申し出てみた。何か食べ物(それがないと生きちゃいけない食べ物)が要るときは、わしらが喜んでこっそり届けるので、居場所を教えてほしいとな。それが嫌なら、せめて自分からもらいに出てくるようにして、羊飼いたちから奪うのはやめてほしいとも言ったよ。そうしたら、この申し出に感謝して、前に襲ったりして申し訳なかったと謝ってから、これからは誰にも迷惑をかけず、神の愛ゆえに施しをいただくと応えたよ。居場所については、夜になったときたまたまいた場所がねぐらになるんだと。それで、ここまで話し終えると、さめざめと泣くもんだから、話を聞いてたわしらも、最初に会ったときの姿と今の変わり果てた姿のあまりの違いを思って、もらい泣きしちまったよ。さもなけりゃ、わしらの心は石でできてるということだ。さっき言ったように、あれは実に折り目正しく、男っぷりのいい若者だったからな。丁寧で筋の通った話し方に、生まれがよくて品がいい人間だってことが見て取れた。話を聞いてるわしらが田舎者だったにしても、その田舎者の目から見たってあの品のよさはすぐわかるくらいだったな。

それが、話が一番いいところへ来ると急に止めて、黙り込んじまってな。しばらく地面をじっと見つめてたよ。そのあいだ、わしらはみんな呆気にとられたまま身動きしねえでいた。

なんかに取りつかれたみてえな様子がいつまで続くのか、えらく気の毒に思いながら見てたよ。なにせ、目を見開いたまんま、長いことまつ毛も動かさねえで、地面を見てるかと思うと、今度は目をつぶって、口をぎゅっと結び、眉毛を吊り上げたりするもんだから、なんかの具合で突然狂っちまったってことが、傍《はた》からもすぐにわかったからだよ。しかも、わしらの思ったとおりだったことを若者が証明して見せたんだ。座り込んでいた地面からいきなりがばっと立ち上がると、すぐ近くにいた仲間におっそろしい勢いで飛びかかったもんだから、もしもわしらが引き離さなかったら、相手を殴り殺すか、嚙み殺しかねないところだった。しかもそのあいだずっと、こんな独り言を言っておった。『ああ、フェルナンドの裏切り者め！　今ここで、貴様の卑劣な行為の仕返しをしてやる！　ありとあらゆる悪が、とりわけいんちきとごまかしが詰まって悪臭を放つお前の心臓をつかみ出してやるぞ』とな。そのあとも、あれこれ言ってたが、どれもこれもそのフェルナンドとやらの悪口で、二股かけた裏切り者と決めつけておったな。

それで、わしらはやっとのことで若者を仲間から引き離したよ。そうしたら若者は、もう何も言わずにわしらから離れ、そこの藪《やぶ》ん中へ駆けこんじまったんで、後を追うことはできなかった。その有様から、若者はときどき発作的に狂うということ、そしてそんなふうになるからには、フェルナンドという名の男によっぽどひでえ目に遭わされたんだろうと、わしらは見当をつけた。これが見当はずれじゃないとわかったのは、その後、若者がときどき（というかちょくちょく）道に出てきちゃ、羊飼いたちに食い物をねだったり、ときには無理やり奪い取ることもあるからさ。なにせ、発作が出て狂いだすと、たとえ羊飼いが快く食い物を差し出しても、それを受け取らねえで、拳骨を振り回してひったくるんだ。ところが、まともなときは、丁寧に、しかも控えめな調子で、どうかお願いしますと頼んでくる。そして何かもらうと何遍も礼を言って、涙さえ浮かべる始末さ。で、旦那がた、実を言うとな」と山羊飼いの老人が続ける。「昨日、わしと仲間四人でもって、そのうちの二人は雇った人間であとの二人は友人なんだが、若者を、何が何でも探しだそうと決めたんだ。見つかるまであきらめないとな。で、見つけたら、力ずくであろうが、自分から進んでであろうが、ここから八レグアのところにあるアルモドバルの町に連れてって、その病が治るもんならそこで治してやって、まともになったら、どこの誰なのか、そしてこんなひでえ目に遭ってることを知らせてやれる身内がいるのかどうか、訊き出そうというわけさ。旦那がたが尋ねなすったことに答えられるのはこれくれえなもんだな。それで、あんたらが見つけたという品々の持ち主だが、裸同然で軽々と通り過ぎるのを見たと言いなさったのと同じ人間と考えてかまわんだろう」老人がそう言ったのは、ドン・キホーテが、その人物が山の中を飛び跳ねるように通り過ぎるところをすでに見たと彼に話していたからである。

老人から聞いた話にドン・キホーテは仰天し、その不幸な狂人が何者なのかますます知りたくなった。そこでこうなれば考えていたことを実行しようと決心した。山の中をくまなく探し、どんな隠れた場所も洞穴も見逃さず、必ず見つけてやろうというのだ。だが、彼が考えもしなければ期待もしていなかった幸運によって、事はうまく運んでしまった。なぜなら、まさにそのとき、山間から目指す若者が姿を現し、彼らがいるところへやってきたからだ。若者は何やらつぶやいていたが、遠くからはもとより近くにきても、意味不明で理解しがたかった。着ているものについてはすでに述べたとおりだが、そばにきたとき、ドン・キホーテは、彼のぼろぼろになった胴着に竜涎香《りゅうぜんこう》が焚き染められていることに気づいた。そこから、このような衣類を身に着けている者の身分が卑しいはずがないという確信を抱くにいったのだった。

若者は彼らのもとへやってくると、声はしわがれ、上ずっていたが、実に礼儀正しく挨拶した。ドン・キホーテはそれに負けず劣らず丁重に挨拶を返し、ロシナンテから降りると、上品かつ優雅な物腰で、抱擁するため相手に進み寄った。そしてしばらく、昔からの知り合いでもあるかのごとく、両腕でしっかり抱きしめた。この若者を、我らは（ドン・キホーテを〈憂い顔の騎士〉と呼んだように）〈泣き顔の襤褸《ぼろ》騎士〉と呼んでもかまわないが、抱擁されていた彼は、やがて少し体を離し、ドン・キホーテの両の肩に手を置いて、見知った顔かどうかを知ろうとするように、騎士を見つめた。その顔や姿、甲冑を目にしたときの驚きは、おそらくドン・キホーテが若者を見たときのそれに匹敵しただろう。抱擁のあと、ついに口をきいたのは〈襤褸騎士〉のほうで、彼が言ったことは次の章で語られる。

第二十四章　シエラ・モレナ山中の冒険が続く

物語は、ドン・キホーテが粗末な身なりをした山中の騎士の話に多大な関心を示し、じっと耳を傾けたと伝えている。若者はこう語った。

「ところで、あなたがどなたかは存じませんが、どなたであるにせよ、わたしに示してくださったお気遣いとご好意に対し、感謝申し上げます。また、そちらから手厚くおもてなしいただいたことに、わたしは、自分が望むところにも増して何か報いることができるようになれば、とも思っております。しかしながら、自分に施していただいた慈善にふさわしいこととして、運命がわたしに可能にしてくれるのは、なんとかその慈善に報いたいとひたすら望むことだけなのです」

「私が望むのは」とドン・キホーテが応じる。「貴方のお役に立てることであります。この望みはたいそう強く、貴方を見つけ出し、貴方の奇妙な生活に窺える苦しみに、何らかの種類の救いの手立てがあるのかどうかを、貴方ご自身の口から聞かせていただくまでは、この山中から出まいと決心したほどです。そして、もし必要とあらば、労をいとわず必ずや探し出すつもりでおりました。また、貴方の不幸が、どんな種類の慰めにも扉を閉ざしているような類のものであれば、貴方のために可能な限り涙を流して嘆き悲しもうとも思っていたのです。というのも、不幸の只中にあっても、共に悲しんでくれる者がいれば、まだしも慰め

になるからです。そこで、私の善意が何らかの礼節をともなう感謝に値するとすれば、貴方に備わっていると思われる豊かな礼節にかけてお願いすると同時に、貴方がこの世で最も愛してこられ、また今愛しておられるものにかけて心からお願いする次第ですが、貴方が何者なのか、そして何が原因で、このような人里離れた場所で、まるで獣のように生き、そして死を迎えるつもりでおられるのか、話していただけませんか。というのも、獣たちのあいだにあって、貴方の暮らしぶりは、身に着けておられるものや人柄が示しているような本来の貴方には、およそ似つかわしくないからです。そこで私は」とドン・キホーテが言い添える。「罪深くかつ至らぬ身ではありながら、騎士道の掟を拝した者として、また遍歴の騎士という職業にかけてお誓いいたすが、私の身分が強いる誠意をもって喜んで貴方にお仕えし、もし貴方の不幸を救うための手立てがあれば、それを講じ、あるいはお約束したように、共に涙を流してさしあげましょう」

〈山中の騎士〉は、〈憂い顔の騎士〉がこのように言うのを聞いても、ただ相手の顔を繰り返し見つめるばかりで、さらには頭のてっぺんから足の爪先まで眺めまわすという具合だった。そしてしばらくまじまじと眺めたあとで、こう言った。

「何かいただけるような食べ物をお持ちなら、お願いです、どうかお恵みを。それを食べ終えたら、今示していただいたご好意への感謝の印に、どんなことでもおっしゃるとおりにいたします」

　この言葉を聞いたとたん、サンチョが鞍袋から、山羊飼いは革袋から食べ物を出して渡したので、〈襤褸男〉はもらったもので飢えを癒したが、そのがつがつ貪る様はまるで痴《し》れ者《もの》を思わせ、次から次へと休みなく、食べるというよりも飲み込んでいるようだった。そんな調子で食べているあいだ、本人もそれを眺めている者も、まったく口をきかなかった。彼は食べ終えると、三人に付いてくるようにという合図をした。三人が付いていくと、彼はそこからいくらか離れたところにある、大きな岩の裏手に青々と広がる草地に、三人を連れていった。目的地に着くと、彼は草の上に腰を下ろし、三人も同じ姿勢を取った。そのあいだ、誰ひとり口をきかなかったのだが、その場で足を投げ出した〈襤褸男〉がついに口を開いた。

「皆さん、わたしのとてつもなく大きな不幸を、わずかな言葉で語らせようというのでしたら、約束してください。質問や口を挟んだりして、わたしの悲惨な物語の糸を断ち切らないこと。そんなことをすれば、その瞬間に、わたしの話は終わってしまうからです」

この〈襤褸男〉の言葉は、ドン・キホーテに、以前従者が語った話を思い出させた。川を渡った山羊の数を当てられなかったばっかりに、話は突然途中で終わってしまったという一件である。しかし、〈襤褸男〉のほうは、次のように続けた。

「こんな注意をするのは、わたしの不幸の話をさっさと済ませたいからです。あれを思い出すのは、不幸に不幸を上塗りすることになるだけですから。皆さんにあれこれ訊かれなければ、それだけ早く話を終えられます。ただし、皆さんの望みをすっかり叶えるのに必要な大事な要素は言いもらしません」

三人を代表してドン・キホーテが、余計な口出しはしないと約束したので、保証を得た若者は、こんな具合に切り出した。

「わたしの名前はカルデニオです。このアンダルシアで最良の町のひとつで生まれました。貴族の家柄で、両親は裕福です。でもわたしの不幸はあまりに大きく、両親を泣かせ、一族を悲しませたにちがいありませんが、それは富によって和らげられるものではなかった。天から与えられた不幸を癒すのに、財産など普通はほとんど役に立ちません。その町に、天からの贈り物のような乙女がいて、わたしが望みうるかぎりの愛の輝きに包まれていました。ルシンダの美しさはそれほどだったのです。彼女はわたしと同じくらい裕福な良家の子女でしたが、幸運についてはわたしよりずっと恵まれる一方、その思いはわたしの誠実な思いほど揺るぎないものではありませんでした。わたしは幼い子供のころからこのルシンダに好意を抱き、愛し、慕っていました。彼女のほうも、年端のいかない子供ならではの素朴な気のよさでわたしを好いてくれたものです。いずれの両親もわたしたちの思いを知っていましたが、さして気にしてはいませんでした。なぜなら、二人がそのまま大きくなれば、いずれ結婚を目指すにちがいないが、双方の家柄と財産に差がないことから釣り合いが取れるとはっきりわかっていたからです。二人が成長するにつれ、二人の愛も大きくなっていきました。するとルシンダの父親は、世間への配慮から、わたしに彼女の家への出入りを禁じるべきだと思いはじめたのです。これについては、多くの詩人たちによって称揚されてきた、あのバビロンの悲恋の主人公ティスベの両親の例に倣ったことになります。ですが、こうして禁じられたことが、火に油を注ぎ、恋心を煽る結果をもたらしました。なぜかといえば、口をきかないようにはさせましたが、ペンを黙らせることはできなかったからです。ペンは舌よりも自由に、心の内に秘めたことを愛する相手にそっとわからせます。人は愛する相手を前にすると、しばしば落ち着きを失って、大胆不敵な口は麻痺し、確かに心に決めたはずのことを言葉にできなくなってしまいがちです。ああ、それにしても、なんと数多くの手紙を書き送ったことでしょう！　そしてなんと繊細で慎ましやかな返事をもらったことでしょう！　どんなに多くの歌や詩を、恋心を込めて作ったことか！　そこでは魂が愛を告白し、燃えあがる思いを描き、思い出を懐かしみ、決意を新たにしたものです。しかし、やがてわたしは焦《じ》れ、会いたいあまりに心が憔悴《しょうすい》しきってしまったので、わたしが待ち望み、与えられてしかるべき褒美を自分のものにするのに一番かなっていると思ったことを実行し、一気にけりをつけようと決心しました。それはルシンダを正式な妻として迎えたいと彼女の父親に願い出ることで、実際そうしたのです。すると父親の応えは、名誉となることを申し出てくれたことはありがたく、自分も大事な娘を嫁がせたいが、貴殿の父君が健在であるからには、そういう申込みをする正当な権利は父君にある、なぜなら、父君がたいそう好意を抱き、気に入っているのでなければ、ルシンダを嫁がせるわけにも、そっと差し上げるわけにもいかないからだというものでした。

わたしは彼女の父親のもっともな考えをありがたいと思いました。言っていることは筋が通っているようでしたし、わたしが父に頼めば、うまく取り計らってくれると思ったからです。その考えを土産にわたしはすぐさま自分の望みを父に伝えに行きました。父のいる部屋に足を踏み入れると、開いた手紙を手にしていて、わたしが何も言わないうちに、それをよこしてこう言ったのです。『カルデニオ、その手紙を読めば、リカルド公爵がどんなにお前に目を掛けておられるかがわかるだろう』このリカルド公爵という方は、きっと皆さんもご存知でしょうが、スペインの大貴族で、このアンダルシアの最も良い土地に領地があります。父から受け取った手紙を読むと、大変な称賛ぶりで、そこで要請されていることに父が応えなければ、このわたしですらまずいのではないかと思うほどでした。要するに、すぐにわたしを彼のもとによこしてほしいというのです。そして長男の、使用人ではなく、対等な話し相手になってほしい、そうすれば、わたしを公爵の高い評価に見合う地位に就けることを請け合うとありました。手紙を読んだわたしは、読みながら黙り込み、父からこう言われたときには口がきけませんでした。『カルデニオ、今日から二日後に出発して、公爵のご意向どおりにするのだ。そして、お前が自分に見合った地位に就くための道を拓いていただけることを神に感謝しなさい』これ以外にも、父はいくつか助言をくれました。

ついに出発の日になります。その前の晩に、わたしはルシンダに事情をすべて話し、彼女の父親にも話して、しばらく時間がほしい、そしてリカルド公爵がわたしに何を求めているのかわかるまで、求婚のことはもう少し待ってもらいたいと頼みました。すると彼女の父親はわたしの言うとおりにすることを約束してくれ、ルシンダも繰り返し誓ったり気を失ったりしながらも延期することを認めてくれたのです。そこで、わたしは、思い切ってリカルド公爵のもとへ行きました。するとたいそう歓迎され、手厚いもてなしを受けるのです。ところが、当然のことながら、それが嫉妬を買う原因となり、わたしは古くからの召使たちに妬まれてしまいました。公爵がわたしに目を掛けてくださるので、彼らは既得権を奪われると思ったのでしょう。それに対し、わたしを迎えたことを誰よりも喜んだのが公爵の次男、フェルナンドでした。凜々しいうえに品のいい若者で、自由な精神の持ち主である一方、女性に惚れっぽいところがありました。彼はすぐに、親友になろうと言ってきて、わたしたちは周囲から噂されるほど仲良くなりました。長男のほうもそれなりにわたしを好いてくれたし、親切にしてもくれましたが、ドン・フェルナンドがわたしに示す極端な好意ともてなし振りは、その比ではありませんでした。

さて、友人同士のあいだには、教え合えない隠し事は存在しません。わたしとドン・フェルナンドのあいだにあるのも、もはや寵愛《ちようあい》を超えた友愛であるということで、彼は自分の考えをすべて話してくれましたが、中でも特別なのが、彼をいささか落ち着かなくさせていた恋の問題でした。彼は公爵に仕えるとても裕福な農民の娘にぞっこんだったのです。その娘は際立って美しく、分別を備え、慎みがあり、それらの長所のどれが一番優れ、どれを一番上に置くべきかとなると、たとえ本人をよく知っている者でさえ、誰にも決められないほどだったのです。この美しい娘の長所はついにドン・フェルナンドの欲望を掻きたてました。そこで彼は娘を手に入れ、貞操を征服するために、妻にしてやると言うことにします。というのも、他の方法で彼女の操を奪うことは明らかに不可能だったからです。そこでわたしは、友人としての義務だと思い、知っている限りの言葉を尽くし、様々な実例を挙げて、ドン・

ですが、フェルナンドをなんとか押しとどめ、そのような企てを止めさせようとしました。ですが、この努力も役には立たないことがわかりました。そこでわたしは意を決し、父親のリカルド公爵にこの一件を伝えることにしたのです。ところがドン・フェルナンドは狡猾《こうかつ》で利口な男だったので、わたしの考えを見抜き、恐れました。彼の企みが、主である公爵の名誉を傷つけかねないことを、わたしが忠実な使用人に代わって言いつけるかもしれないと考えたのです。そこでわたしの気をそらし、欺くために、こう言いました。俺を捉えて離さないあの美しい娘のことを忘れるには、何か月かこの地を離れるしかない。そして留守のあいだはお前の実家に二人で泊まり、公爵には、世界一の名馬を生むお前の町で、特別良い馬を探して買い求めることを口実にすればいいと言うのです。

この言葉を聞いたとき、そこに窺える決意が褒められたものではなかったにもかかわらず、わたしは自分の恋心に背中を押され、わたしが、それは一番いい決断だと言って認めてしまいました。なぜなら、あのルシンダに再会できる絶好の機会だと思ったからです。そう考え、彼女に会いたい一心で、彼に同意し、計画を後押ししたのです。しかもわたしは、実行するならできるだけ早いほうがいいとさえ言いました。なぜなら、揺るぎのない思いでいても、離れれば疎くなるからだと。これはあとで知ったのですが、わたしにその計画をもちかけたとき、彼はすでに、結婚話を餌に農民の娘を物にしたあとで、その愚行を知った父親の公爵から厳しい仕置きを受けるのを恐れ、ほとぼりを冷ます機会を狙っていたのです。

そもそもこの一件は、若者の恋愛によくあることでした。若者の愛というのは、大方が、愛というよりも欲望であり、その先にあるのは快楽という目的で、それが得られれば終わってしまう。そして愛と見えたものは退《ひ》いてしまいます。その理由は自然が定めた限界を超えられないことです。一方、本物の愛の場合にはこの限界というものが存在しません……。つまり、ドン・フェルナンドは、農民の娘を物にしたとたん欲望が治まり、熱も冷めたというわけです。したがって、初めのうち、自分の欲望や熱を冷ますために土地を離れようとするふりをしていたとすれば、今や恋が成就しないようにまさに逃げようとしていたのです。公爵は息子の言い分を認め、わたしに連れ立つように命じました。彼と一緒にわたしの故郷に着くと、父は彼をその身分にふさわしい丁重さで迎えました。わたしのほうはすぐさまルシンダに会いました。するとわたしの裡で恋の炎が（消えていたわけでも弱まっていたわけでもありませんが）あっというまに勢いを取り戻したのです。わたしはこの恋心のことをドン・フェルナンドに話しました。それが失敗でした。彼が盛んに示してくれる友情に応えるためには、何も秘密があってはいけないと思ったのですが。ルシンダの美しさ、しとやかさ、分別を褒め上げたところ、その褒め言葉が、それほど多くの美点を備えた乙女をぜひ見てみたいという彼の欲望を刺激してしまいました。運の悪いことに、ある晩わたしは彼の希望どおり、ルシンダとわたしがいつも言葉を交わしていた窓辺で、ロウソクの明かりを頼りに、彼女の姿を見せてやったのです。ガウンを着た彼女の美しさを目にしたドン・フェルナンドは、それまでに見た美しい女性をすべて忘れ去るほどでした。呆気にとられ、言葉を失い、呆然となったあげく、すっかり彼女の虜になってしまったのです。しかし、それについては、わたしの不幸の物語をさらにお話しするなかで明らかになるでしょう。しかも（わたしには隠しながら、神にだけは打ち明けていた）彼の欲望を燃え上がらせることになるのですが、運命の仕業によって、ある日、彼女がわたしに宛てた手紙を彼が目にしてしまいました。その中で彼女は、自分を妻に迎えたいと父親に頼んでほしいと訴えていたのです。その文面が実に慎み深く、誠実で、そのうえ愛情あふれるものだったので、それを読んだ彼は、ルシンダただひとりの裡に、世界中の女性たちに分け与えられている美しさと分別という美点がすべて含まれていると言ったものです。

今だから打ち明けようと思うのですが、実のところ、ドン・フェルナンドがルシンダを褒めそやすのには十分な根拠があるとわかっていながらも、そうした褒め言葉を彼の口から聞かされると胸が締めつけられる思いがして、わたしは不安を感じるようになり、彼を疑いはじめました。というのも、わたしと一緒だと、彼はいつでもルシンダのことを話題にしたがったからで、前後の脈絡もなく、突然彼のほうから切り出すのです。そんなときはさすがにわたしも何やら嫉妬を覚えたものです。ただし、ルシンダの真心や忠実さが変化するのを恐れたからではありません。それでも、彼女は不安を感じさせないというまさにその事実によって、むしろ悪い予感がしたのです。ドン・フェルナンドは、わたしがルシンダに送る手紙や彼女から返ってくる手紙を、二人の機知に富んだやりとりが実に面白いからという理由で、いつでも読みたがりました。さて、ある日のこと、ルシンダが彼女の愛読する騎士道物語の本を貸してほしいと書いてきました。それは『アマディス・デ・ガウラ』で……」

騎士道物語という言葉を聞きつけたとたん、ドン・キホーテが口を挟んだ。

「もしも貴方が、身の上話のはじまりで、ルシンダ殿が騎士道物語の愛読者であるとおっしゃっていたなら、その聡明ぶりがいかなるものかを私に伝えるのに、それ以外の褒め言葉は要らなかったでしょう。なぜなら、あれほど味わい深い読み物を好まないとあれば、あなたが描いて見せたほど素晴らしい方ではないはずですから。それゆえ、私に対しては、その方の見目麗しさ、才能、聡明ぶりを言い表すのに、それ以上言葉を費やす必要はありません。その趣味を知っただけで、この世で最も美しく思慮深い女性であることが確かめられました。しかし、私としては、できることなら貴方が『アマディス・デ・ガウラ』と共に、出色の出来の『ドン・ルヘル・デ・グレシア』を送ってさしあげればよかったと思います。きっとルシンダ殿は、登場するダライダやヘラヤが気に入り、牧人ダリネルの機知に富んだ話しぶり、彼がその魅力や分別を遺憾なく発揮してうたってみせる見事な牧歌の詩句に魅入られたことでしょう。しかし、貴方がそうされなかったことの埋め合わせができるときもいずれ訪れるはずです。それに、私と一緒に故郷にお越し下されば、埋め合わせなどたちまちできます。そこでなら、三百冊を超す蔵書をお見せすることができますから。蔵書はわが魂への贈り物であり、生涯にわたる愉しみとなるものです。ただし、今は、悪辣で嫉妬深い魔法使いどもの悪さのせいで、一冊も手元にはありませんが。ところで、貴方のお話に口は挟まないとの約束を破ってしまったことをお赦しください。ただ、騎士道や遍歴の騎士といった言葉を聞きつけると、何か言わずにはいられなくなる。それは日光が地表に熱を与え、月光が潤いを与えずにはおかないのと同じなのです。そんなわけで、何卒《なにとぞ》お赦しいただいたうえで、話を続けてください。それが今何より大事なことですから」

ドン・キホーテがそんなことを話しているあいだ、カルデニオは深くうなだれたまま、何やら考え込んでいる様子だった。そしてドン・キホーテが一度ならず二度までも、先を続けるように頼んでも、顔も上げなければ一言も応えなかった。だが、しばらくすると顔を上げ、こんなことを言った。

「わたしはこう考えずにはいられないし、この考えを消し去ってくれる人もいなければ、別のことを考えさせてくれる人もいない。あの悪質な医者のエリサバットがマダシマ王妃と情を通じていたことに反論したり信じなかったりするのは愚か者でしかない」

「それは違うぞ、神に誓って言う！」とドン・キホーテは怒りもあらわに（例のごとく激しい言葉を投げつけ）彼に応じた。「それは悪意のこもった中傷であり、もっと適切に言うなら、下衆の勘繰りだ。マダシマ王妃は高貴な方であり、あのような気高い王妃が外科の藪医者《やぶいしゃ》と情を通じているなどとは滅相もない。それでもそうだと言い張る者は、大嘘つきのごろつきに他ならない。こうなれば力ずくでわからせてやるから、徒歩《かち》であろうと騎馬であろうと、武器を使おうが使うまいが、昼夜を問わず、いつでも好きなときにかかってこい」

すでに狂気の発作を起こしかけていたカルデニオは、話を続けることもできず、このドン・キホーテをじっと見据えるばかりだった。一方、ドン・キホーテのほうも、マダシマについて言われたことが不愉快で、彼の話を聞くどころではなかった。それにしても不思議なことだ、実在しない彼女を、まるで自分の実の主であるかのごとく贔屓《ひいき》するとは！　始末が悪い書物のせいで、彼はこうなってしまったのだ！

カルデニオは狂気の発作に襲われていたと言ったが、そこへ大嘘つきだのごろつきだのと言われ、他にもよく似た罵《のの》りの言葉を浴びたものだから、どうにも腹の虫が治まらず、そばにあった石ころを拾いあげると、ドン・キホーテの胸にそれを激しく投げつけ、彼を仰向《あおむ》けに引っくり返してしまった。主人がそんな目に遭うのを見たサンチョ・パンサは、拳をかため、狂ったカルデニオに飛びかかったが、迎え撃ったこの〈襤褸男〉の拳固を食らい、相手の足元に倒れ込んでしまった。おまけに若者はサンチョの上に飛び乗って、あばら骨を好きなだけ踏みつけた。サンチョを守ろうとした山羊飼いも、結局同じ目に遭った。そして全員を完膚なきまでに打ちのめしてしまうと、カルデニオは、彼らをあとに残し、悠々と山の中へ消えていった。

ようやく起き上がったサンチョは、自分が理由もなくこてんぱんにされたことに腹が立ち、山羊飼いのところへ行くと、あの男が時々狂気の発作に襲われることを、あらかじめ自分たちに教えなかったのは、あんたの手抜かりだ、それがわかっていれば、おれたちだって気をつけて、身を守れただろうと言って、腹いせとばかりに相手に詰め寄った。すると山羊飼いは、そのことは前もって言ってある、聞いていなかったのなら、自分の責任ではないと応えた。そこでサンチョ・パンサが言い返すと、山羊飼いも負けじと言い返す。そうしてすったもんだやったあげく、ついに顎鬚をつかみ合い、拳固での殴り合いが始まってしまった。もしもドン・キホーテがあいだに入ってなだめなかったら、二人はぼろぼろになっていただろう。サンチョは山羊飼いをつかんだまま言った。

「手を出さねえでくれ、〈情けねえ顔の騎士〉の旦那、こいつはおれとおんなじ田舎もんで、甲冑着た騎士なんかじゃねえんだから、面目を潰されたお礼ならおれひとりでたっぷりしてやるよ、まともな男として素手の一対一で戦うさ」

「そのとおりだ」とドン・キホーテが言う。「ただし、この一件についてその御仁に一切罪がないことは誰の目にも明らかだ」

そう言って二人のあいだを取りなすと、ドン・キホーテはもう一度山羊飼いに、カルデニオの身の上話の終わりを知りたくてしかたがないのだが、彼を見つけることは可能だろうかと訊いた。すると山羊飼いは前と同じことを繰り返し、あの若者のねぐらがどこにあるかはよくわからないが、このあたりをくまなく歩けば、正気か狂気かはともかく、彼に出くわさないはずがないと言った。

第二十五〜二十六章　梗概

ドン・キホーテはアマディス・デ・ガウラを真似て、シエラ・モレナの山奥で、思い姫ドゥルシネアのために苦行を演じる決意をする。そして自分の切ない心情をドゥルシネアに伝える手紙をサンチョに託すべくその草稿を書くが、サンチョはそれを受け取るのを忘れたまま出発する。ドゥルシネアに主人の手紙を渡すためにトボソ村に向かったサンチョは、道中、自分の村の司祭と床屋に出くわし、そこで手紙の草稿を忘れたことに気付く。司祭と床屋はドン・キホーテの狂気とサンチョの純朴さに呆れつつ、ドン・キホーテを村に連れ戻すための方策を思いつく。騎士の助力を求める遍歴の乙女を司祭が演じ、ドン・キホーテを山奥から連れ出すというものだった。

第二十七章　司祭と床屋の着想の行方、およびこの一大物語で語られるにふさわしい事々について

床屋にはこの司祭の着想がお粗末であるどころか、実に見事だと思えたので、二人は直ちにそれを実行することにした。そこでまず司祭が旅籠屋の女将からスカートと帽子を借り、その形《かた》として自分の真新しい僧衣を置いていくことにした。また床屋は、旅籠屋の主が櫛《くし》を差すのに使っていた、灰色のような赤のような牛の尻尾で長い顎鬚を作った。すると女将が、どうしてそんなものが入り用なのかと二人に訊いた。司祭が、ドン・キホーテの狂気について手短に説明し、彼を今こもっている山から連れ帰るには、変装するのがうってつけの方法なのだと言った。それを聞いた旅籠屋の主夫婦は、狂人というのがかつての泊まり客で、妙

薬で騒ぎを起こし、毛布上げされた従者の主人であることにはっと思い当たり、司祭にその客のせいで自分たちの身に降りかかったことはもとより、サンチョが内緒にしていたことまで洗いざらい語って聞かせた。それはともかく、結局のところ、女将は司祭に衣装を着せてやったのだが、その有様ときたら、ただ目を見張るしかなかった。まず穿《は》かせたのが毛織のスカートで、手の幅ほどの黒いビロード地が縞《しま》模様を描き、無数の切れ込みが入っている。次に着せたのは緑色のビロードの胴着で、白い繻子《しゅす》の縁飾りがついている。この胴着もスカートも、七世紀のバンバ王の時代あたりに作られた代物にちがいなかった。ただし、司祭は頭を女性風に飾るのを嫌って、夜寝るときに使う詰め物をしたリネンの縁なし帽をかぶり、額には黒い絹の布を巻き、また同じ布で作った覆面でもって髭面をすっかり覆い隠した。続いてその上から、日傘代わりになるほど大きなつば広の帽子をすっぽりかぶり、裾の短い外套に身を包むと、ラバの背に横座りになった。床屋は床屋で自分のラバの背に跨ったが、腰まで届く顎鬚は、先に述べたとおり、赤茶けた牛の尻尾で作ったものなので、赤と白のあいだのなんとも奇妙な色合いだった。

　二人は旅籠屋の人々に別れを告げた。一同のなかにいた親切な女中のマリトルネスは、自分は罪深い女だけれど、ロザリオの祈りを捧げ、二人が手がけている、キリスト教徒ならではの困難きわまりない仕事がうまくいくように、神様にお願いしてあげるわと約束した。

　しかし、旅籠屋から出発したとたん、司祭の胸にある考えが浮かんだ。こんな格好をしてはいけなかったのではないか、たとえどんなに理由があっても、司祭ともあろう者が女装をするのはふしだらではないか。そこでその考えを床屋に話し、衣装を取り換えてほしいと頼んだ。床屋には悲しみに暮れる乙女役が、自分には従者役が似つかわしく、そのようにすれば司祭としての品位があまり傷つけられずにすむからというのが理由だった。しかも、それがいやなら、たとえドン・キホーテが悪魔に連れ去られようが、これ以上芝居は続けないことにするとまで言った。

そこへサンチョがやってきて、二人の扮装《ふんそう》を見たとたん噴き出してしまった。それはともかく、床屋は司祭の申し出をすべて受け入れた。二人が役回りを交換したところで、司祭は床屋に、どんな仕草をしなければならないか、そしてドン・キホーテの心を動かして、彼が無意味な苦行のために選んだ場所へのこだわりを捨て、付いてこさせるには、どんな言葉を言えばいいかを教えようとした。すると床屋は、教えられなくてもちゃんとできると応えた。そしてドン・キホーテがいるところに近づくまでは、まだ女装したくないと言って、衣装をたたんでしまったが、司祭のほうは鬚をつけ、かくして二人はサンチョ・パンサの案内で目指す場所へと赴いた。途中、サンチョは、山中で狂人と出くわした件についてあれこれ語ったが、カバンを見つけたことやその中身に関しては、一切口にしなかった。愚かな男ではあったが、少しばかり欲深なところがあったのだ。

翌日、三人は、主人を残した場所がわかるようにと、サンチョがエニシダの小枝を目印に置いておいたところに着いた。目印を見つけたサンチョは、そこが入り口なので、自分の主人を自由な身にしてくれるのに必要なら、ここで変装するといいと言った。なぜそう言ったかといえば、司祭と床屋がサンチョに、このようにして出かけるのも変装するのも、彼の主人が、敢《あ》えて自分で選んだ悲惨な生活から抜け出すためにとても大事なことなのだと、あらかじめ言い聞かせてあったからだ。さらに、彼の主人に自分たち二人の正体を明かしてはならないし、ましてや自分たちを知っているなどとはゆめゆめ言ってはならない。また、きっと訊かれるにちがいないが、もし、ドゥルシネア姫に手紙を届けたかと訊かれたら、届けたことは届けたが、姫君は読み書きができないので口頭で返事があり、直ちに自分に会いにくるように、さもないと好意を無にすることになる、と言われたと応えるように。そうするのはいっそう大事なことだ。というのも、今述べた内容と、自分たち二人が主人に話そうと思っている事柄によって、彼は間違いなくまともな生活に戻り、直ちに皇帝あるいは大公の座に就くための道を歩み出すことができる。また大司教になるかもしれないという懸念については、なんら心配する必要はないと言い含めた。

これらの言葉にじっと耳を傾けていたサンチョは、それをしっかり記憶に留め、自分の主人を大司教ではなく皇帝になるよう助言してくれるという二人の意図に大いに感謝した。従者に恩恵を施せるということでは、遍歴の大司教よりも皇帝のほうがもっと力があると勝手に思い込んでいたからだ。さらにサンチョは二人に、自分が先に主人を探しに行って、姫君の返事を伝えるのがいいだろう、なぜなら、二人に骨を折ってもらわなくても、その返事があれば十分主人をあの場所から連れ出せるだろうからだと言った。サンチョ・パンサの言うことをなるほどもっともだと思った二人は、彼が主人を見つけたという知らせとともに戻るまで、待っていることにした。

そこでサンチョは、司祭と床屋を谷間に残し、山間の道を奥に向かった。二人がいる場所は、小さな谷川が穏やかに流れ、周囲の岩やあたりに茂る木々が涼しい陰を作り、心地がよかった。彼らがやってきたのは八月のある日で、その地域の八月というのは猛烈に暑いのが普通であるうえに、しかも時刻は午後三時。だからこそ、そこはこのうえなく快適な場所であり、サンチョが戻るのを待つのにうってつけということで、二人はそうすることにしたのだ。

さて、岩や木々が作る陰が心地よいその場所で二人がくつろいでいると、その耳に、楽器の伴奏抜きだが、甘く快く響く歌声が聞こえてきた。まさかそこが、それほど見事にうたう人間がいるような場所だと思っていなかった二人は、それこそびっくりしてしまった。なぜなら、森や野にはすばらしい声を持つ羊飼いが存在するとよくいわれるものの、それは事実というより詩人たちが誇張したことだからだ。しかも彼らが聞いた歌が、粗野な羊飼いのものなどではなく、思慮深い宮廷人による詩句そのものだったので、驚きはいや増した。この事実は、二人が聞いたのが以下のような詩句だったことにより確証された。

私の幸福を損なうのは誰なのか？

それは蔑み。

ならば私の苦悩を増やすのは誰なのか？

それは嫉妬。
ならば私の忍耐力を試すのは誰なのか？
それは不在。
それなら私の心の痛手に
つける薬は何ひとつない
蔑み、嫉妬そして不在によって
私の希望は潰《つい》えてしまうから。

私の苦しみの元は誰なのか？
それは愛。
ならば私の誉れを嫌うのは誰なのか？
それは運命。
ならば私の心痛をよしとするのは誰なのか？
それは天の御心。
それならこの奇異な病によって
私の命は果てるかもしれない
愛、運命そして天の御心が合わさって
私の痛手はいや増すから。

私の運を回復させてくれるのは誰なのか？
　それは死。
愛の至福を手にするのは誰なのか？
　それは移り気。
愛の病を癒すのは誰なのか？
　それは狂気。
それなら情熱を鎮めようと願うのは
正気の沙汰ではない
死、移り気そして狂気が
その薬なら。

歌い手の声と見事な節回しは、この時節にこの時刻、人気のない場所という条件と相俟《あいま》って、聞いた二人をいたく感銘させ、喜ばせた。彼らは別の歌が聞こえてくることを期待して、じっと耳を澄ませていた。だが、静けさばかりがかなり続くので、あれほどの美声でうたう人物を探しに行くことにした。そこで立ち上がろうとすると、また同じ歌声が聞こえたので、動きを止めた。今度二人の耳に届いたのは、次のようなソネットだった。

ソネット

神聖な友情よ、軽き翼持つお前は
見掛けのみを地上に残して天上へと
舞い上がり、清らかな魂たちの住む
天空の部屋に、嬉々として居残る。
　そこからお前は気まぐれに、薄布にくるんだ
安らぎを我らに示し
そのため時に善き所業への熱意が垣間見えはするが
それもとどのつまりは悪行にすぎない。
　おお、友情よ、天空を離れろ、さもなくば
欺瞞《ぎまん》がお前のお仕着せを着るのを許すな、
それは真摯な意図を壊してしまうから。
　欺瞞からお前の見掛けを取り去らなければ、
世界はたちまち始原の混沌《こんとん》に似た
不和が招く争いの渦と化すだろう。

歌声はしまいに深いため息となって潰えた。じっと聞いていた二人は、もっとうたうので

はないかとふたたび耳を澄ませて待った。しかし、歌がすすり泣きと悲しげな嘆きに変わったので、歌声が見事なだけでなく、嘆きぶりが痛ましさを感じさせるその哀れな歌い手が何者なのか知りたいということで意見が一致した。そこで二人はしばらく歩き、岩の角を曲がったときだった。サンチョ・パンサがカルデニオの話をしたときに描いて見せたのと同じ背格好と顔つきの若者を見かけたのだ。彼は二人を見てもぎょっとせず、物思いに沈んだ様子でうなだれたまま身動きすらしなかった。二人が突然現れたときに、一度目を上げて彼らを見やったものの、それきりだった。

その特徴から相手が誰だかわかった司祭は、その不幸について噂を聞いていて、しかも彼は人と話すのを得意としていたので、若者に近づくと、短いながらも実に思慮に満ちた言葉で、このような惨めな生活は終わりにするように、こんな場所で命を落とそうものならそれに勝る不幸はないからと、言い含めたり懇願したりした。そのときのカルデニオはすっかり正気に戻り、しばしば彼を襲っては我を忘れさせてしまう激しい狂気の発作を免れていた。だから、そのような人気のない場所を歩く人々にまるでそぐわない格好の二人を見ると、やはり驚きを隠せなかったし、まして自分の身の上が既知の事柄のように（司祭が語る言葉がそう思わせたからだが）話されるのを耳にすると、驚きはいや増した。そこで彼はこのように応じた。

「お二人がどなたかは存じませんが、わたしには天意がよくわかるのです。天は、善人はもとより、しばしば悪人すらも救ってくださいます。したがって、そんな価値のないわたしをも救おうと、普通なら人の営みのないこんな辺鄙な場所にまで人を遣わされたのです。その方々が今目の前で、わたしの送っている生活がいかに常軌を逸しているかを力強い言葉で説き、わたしをここからより良い場所へ連れ出そうと努められました。ですが、この苦境から抜け出せば、さらに大きな苦境に陥ることがわたしにはわかっています。ところが、その人たちは、わたしにはわかっているということを知らないので、たぶんわたしのことを頭の弱い人間、それにもっと悪ければ、正気を欠いた人間と見なすにちがいありません。もっとも、そうなったところで不思議ではない。なぜなら、自分の不幸のことを思うと心が激しく揺れ動いて身の破滅を招きそうになり、どうすることもできず、意識も感覚もなくなって、まるで石みたいになってしまうことが薄々わかるからです。そして、その凄まじい発作に襲われている間に自分が行ったことについて人から言われたり、証拠を見せられたりしたときに、それが事実だったことに気づくのですが、そこでできるのは、空しく心を痛めたり、自分の運命を甲斐もなく呪ったり、原因を聞きたがる人には、狂態をさらした言い訳として、その原因をお話しすることだけです。というのも、まともな人なら、何が原因かがわかれば、その結末をおかしいとは思わないでしょうし、かりに解決策を与えてくれないとしても、わたしの身勝手に対する怒りは不幸に対する憐《あわ》れみに変わり、少なくともわたしを咎めたりはしないでしょう。ですから、あなた方も、もしこれまでここに来た人たちと同じ目的でおいでになったのなら、的を射た説得を続ける前に、決して終わらないわたしの不幸の物語をどうか聞いてください。なぜかというと、納得がいけば、どんな慰めも役に立たない不幸を慰める手間を省くことができるからです」

二人は、災難の原因を本人の口から聞くことだけが望みだったので、助けるにせよ慰めるにせよ、彼の意に染まないことはしないからと言って、原因について話してくれるように頼んだ。すると、悲しみにくれる若者は、その哀れを誘う物語を、わずか二、三日前にドン・キホーテと山羊飼いに語ったのとほとんど同じ言葉と調子で始めた。その物語が、医者のエリサバットの件で、ドン・キホーテが騎士道の尊厳をきちょうめんに保とうとしたために尻切れトンボになっていたことはすでに述べたとおりだ。だが今回は、幸いにも、狂気の発作は起きず、カルデニオは最後まで語ることができた。さて、話が進んで、ドン・フェルナンドが『アマディス・デ・ガウラ』の本に挟まれていた手紙を見つけるところまで来たとき、若者は手紙の内容をよく覚えていると言って、このように語って聞かせた。

ルシンダからカルデニオへ

わたしは、日毎《ひごと》あなたのうちに価値をいくつも見出し、あなたを一層尊敬せずにはいられません。ですから、もしもこの負い目を、わたしの名誉を損なわずになくしてくださる気でおいでなら、ぜひそうなさってください。わたしの父はあなたを存じあげていますし、わたしを大変愛してくれているので、わたしの望みを踏みにじるようなことはしないでしょう。それにあなたが、常々おっしゃっているように、そしてわたしがそう信じているように、わたしの価値を認めてくださっているのなら、当然抱いておいでのはずの望みも、父は叶えてくれるでしょう。

「すでにお話ししたように、わたしはこの手紙をもらったことで心が動き、ルシンダを妻にほしいと願い出る気になったのですが、同じ手紙がドン・フェルナンドの胸の内に、ルシンダが当代きっての思慮深く控えめな娘のひとりであるという印象を残しました。そしてこの手紙は、わたしが望みを遂げる前に、わたしを破滅させてやろうという欲望を彼に抱かせもしたのです。わたしはドン・フェルナンドに、ルシンダの父親から釘《くぎ》を刺されたこと、つまり彼女への求婚はわたしの父を通じて行われるべきであると言われたことを話しました。父がきっと受け入れてはくれないだろうと思い、わたしは求婚のことを父にはなかなか言い出せずにいました。ルシンダの素晴らしい性質、善良さ、貞淑なこと、美しさを、そしてどんな家柄に嫁ごうとその家の名を高められるだけの資質を備えていることを、父がよくわかっていなかったからというのではありません。そうではなく、リカルド公爵がわたしにどんな態度を示すかわかるまでは、そんなに急いで息子を結婚させたくないと思っていることが、わたしには理解できたからです。そのことや、どれがどれとは言えないが、ほかにも不都合なことがいくつもあってひるんでしまい、自分の望んでいることは決して実現しそうもないという気がするために、父に切り出せずにいる。要するにそんなことをドン・フェルナンドに言ったのです。

これを聞くとドン・フェルナンドは、自分がまずわたしの父に事情を話し、次に父からルシンダの父親に求婚の話を持ち掛けるように仕向けると応じました。おお、野心に満ちたマリウスめ、おお、残酷きわまりないカティリーナめ、おお、よこしまなシーラめ、おお、大嘘つきのガヌロンめ、おお、裏切り者のベリードめ、おお、執念深いフリアンめ、おお、強欲なユダめが！　裏切り者にして残酷な男、執念深い大嘘つきよ、心の内なる秘密と喜びを隠すことなく打ち明けたこの哀れなわたしが、お前に対してどんな義務を怠った？　どんな侮辱を働いた？　お前の名誉を高め、益をもたらすこと以外の目的で、どんな言葉を口にし、どんな忠告を与えた？　それにしても、この意気地なしのわたしが、今さら何を嘆いているのでしょう、星の流れが不幸をもたらすとき、その不幸は天の高みから下に向かって激しい勢いで落ちてくるので、地上にはそれを止《とど》める力がないばかりか、あらかじめ防ぐための人の知恵もないことは明らかなのに。いったい誰に想像できたでしょう、名門に属し、分別を備え、わたしの奉仕に感謝し、欲情に駆られれば所構わず思いを果たすことのできる、ドン・フェルナンドという男が、まだわたしの手に入ってもいなかった、たった一匹の羊を、(世間で言うように)ずる賢くかっさらうなんて。でも、こんなことを愚痴ったところで何の役にも立ちませんから、ここでわたしの不幸の話の途切れた糸を繋ぐことにしましょう。

さて、ドン・フェルナンドにとって、わたしの存在は、自分の誤ったよこしまな考えを実行するうえで不都合だったらしく、六頭の馬を買うのに掛かった費用を借りてこさせるという名目で、わたしを彼の兄のところへ使いに遣《や》ることにしたのです。その馬を買ったのは、彼がわたしの父に話してやろうと言ったまさにその日で、意図的に（自分の悪巧みをうまく成し遂げるために）わたしを遠ざけることだけが目的でした。そしてわたしに金を借りてこさせようとしたのです。こんな裏切り行為を、どうして予測できたでしょう？　ことによると、想像できたのではないかと？　まさか、絶対無理です。それどころか、彼が良い買い物をしたことを嬉しく思い、今すぐ喜んで出発しますと言い出してしまったほどです。その晩、わたしはルシンダと話し、ドン・フェルナンドと意見が一致したことを伝え、わたしたち二人の真摯で正当な望みが叶うことをしっかり願っているように言い聞かせました。わたしと同様、ドン・フェルナンドの裏切りなどみじんも疑っていなかった彼女は、早く帰ってきてほしい、なぜなら、わたしの父が彼女の父親に伝えるのに手間取ってはいるが、もうすぐわたしたち二人の望みが叶うだろうからと応えました。どうしたのかわかりませんが、そう言い終えると、彼女は目に涙を浮かべ、喉を詰まらせてしまい、もっと言いたいことがありそうでしたが何も言えなくなってしまいました。

それまで一度も見せたことのなかった彼女の感情の変化にわたしは驚きました。なぜなら、わたしがあれこれ策を講じ、幸運にも会えたときには、二人とも喜びと嬉しさに溢《あふ》れ、会話に涙やため息、嫉妬や疑いあるいは不安が混じることなどなかったからです。わたしは天がルシンダを妻として授けてくれることの幸福を称え、彼女の美しさを褒めそやし、その魅力や分別に感嘆したものです。すると彼女も、そのお返しにと、恋する乙女から見て、褒めるに値すると思われる点を褒めちぎってくれるのでした。そんなふうにして二人は、およそ取るに足りないことを数限りなく話したり、隣人、知人にまつわる出来事を取り沙汰したりしたものです。そして、わたしがやって見せた最も向う見ずな振る舞いといえば、二人を隔てる低い鉄格子のせまい隙間を利用して、ほとんど強引に彼女の真っ白な美しい手を取り、それを自分の口に押し当てることぐらいなものでした。ですが、わたしの悲しい出発の前の晩、彼女は涙を流して嘆き悲しみ、ため息をつき、そして姿を消しました。残されたわたしはひどくまごつくとともに驚いてしまいました。ルシンダがあんなふうに苦しみや悲しみを露にするのを目《ま》の当たりにするなんて思いもよらなかったからです。それでも、わたしは希望が潰えないように、すべてを彼女がわたしに抱く愛の強さと、深く愛し合う二人が別れるときに感じる辛さのせいにしたのです。

　結局、わたしは出発しましたが、悲しく、思いは複雑で、想像と疑いが心の中で渦巻いていました。とはいえ、何を想像し、疑っているかは自分にもわかっていなかった。しかしそれは、わたしが見舞われることになる悲しい出来事と不幸の兆しを明らかに示していたのです。使いに遣られた場所に着くと、ドン・フェルナンドの兄に手紙を渡しました。わたしは十分に手厚いもてなしを受けたのですが、物事のほうは十分に手早く片づくことはありませんでした。というのも、（苛立たしいことに）なんと一週間も、それも公爵の目につかない場所で待つように命じられたからです。理由は、父親に知られないように金を送ってほしいと弟の手紙にあったからだというのですが、何もかもが不誠実なドン・フェルナンドが仕組んだことでした。なぜなら、兄にはすぐにもわたしに渡せる金がなかったわけではないからです。わたしにとってこの命令は、従う気になれないものでした。ルシンダがいない日々をそれほど長く過ごすことは不可能に思えたし、さらに彼女を、今お話ししたように、悲しませたまま残してきたからです。それなのに、しかも自分の健《すこ》やかな生活を犠牲にするであろうことがわかっていながら、わたしは良き僕として命令に従いました。

そこに着いてから四日目のことです。ひとりの男がわたしを訪ねてやってきました。男は携えていた手紙をくれたのですが、上書きを見たとたん、ルシンダからだとわかりました。筆跡が彼女のものだったからです。近くにいてもめったに手紙をよこさない彼女が手紙をよこす気になったのは、何か重大なことが起こったからにちがいないと思ったわたしは、どきどきしながら、おそるおそる封を切りました。文面を読む前に、届けてくれた男に向かって、いったい誰に渡されたのか、ここに来るまでにどのくらい時間が掛かったのかと尋ねました。すると男は、昼時に市内を歩いていて、たまたまある通りに差し掛かったところ、それは美しい女性が窓辺から彼を呼びとめ、目に涙を浮かべながら、せわしい口調でこんなことを言ったんだそうです。『「そこの方、キリスト教徒とお見受けしますが、もしそうなら神の愛にかけてお願いです、どうかこの手紙を、宛先の住所に滞在されているその宛名の方に至急届けてください。その住所なら誰でも知っています。引き受けてくだされば、神への大きな奉仕になるでしょう。お願いしたとおりにしていただくのに支障がないように、このハンカチの中身をお収めください」そう言って、その女《ひと》はハンカチを投げてよこしましたが、それには今お渡しした手紙といっしょに、ここにある百レアルと金の指輪が包んであったのです。

H. PISAN

それからその女《ひと》は、返事も待たずに窓辺から姿を消してしまいました。ただし、その前に、こちらが手紙とハンカチを拾い、身振りでもって、言いつけられたとおりにしますと伝えたのを、見届けてからの話ですが。先にいただいた手間賃は手紙を届けるには十分すぎるほどでしたし、記されている宛名から、届ける相手が貴方だとわかったのです。なぜって、貴方のことは、前からよく知っていましたからね。それに、あの美しいご婦人の涙にほだされたものだから、誰か他の人間に任せるのではなく、自分で届けることに決め、手紙をもらってから十六時間かけてやってきました。ご存知のように、距離にして十八レグアになります』

このなんともありがたい急ごしらえの郵便配達人が、そんなことを語っているあいだ、わたしは彼の言葉を、身を任せるようにして聞いていましたが、脚が震え、ほとんど立っていられない状態でした。そして手紙を開くと、案の定、こんな内容がしたためられていたのです。

ドン・フェルナンドは、あなたのお父様からわたしの父に求婚してもらうようにするとあなたに口で約束し、実際に約束を果たしました。ところが、それはあなたのためではなく、自分の利益のためでした。なんと彼は、わたしを妻にしたいと言ってきたのです。そして父は、あなたよりもドン・フェルナンドのほうが利するところが大きいと考え、求婚に応じてしまいました。しかもずいぶん積極的で、二日後には、神様と家の者が何人か立ち会うだけの内輪の式をこっそり挙げることになっています。わたしがどんな立場に立たされているか、ご想像ください。戻ってきてくださることを、どうかご考慮くださいますよう。わたしがあなたを本当に愛しているかどうかは、この件がどうなるかによって、おわかりいただけるでしょう。誓った約束を守れない人の手とわたしの手が結ばれることになる前に、あなたの手にこの手紙が届くよう、神様にお願いするばかりです。

要約すれば、今言ったようなことが手紙に書いてあり、その文面を読んで、わたしはもはや新たな命令も馬の費用も待つことなく、すぐに帰途に着きました。そのときはっきりわかったのです、ドン・フェルナンドがわたしを彼の兄のもとへ使いに遣る気になったのは、馬を買うためなどではなく、自分の欲望を満たすためだったと。わたしはドン・フェルナンドに対して怒りを覚えると同時に、長い年月にわたって思いを寄せ、一緒になることを望んできた愛しい女《ひと》を失うのではないかという恐れから、脚に翼が生えて空を飛ぶかのような速さで町に着いたのですが、それはルシンダのところへ行って話すのに最適な時刻でした。人目を避けて市中に入ると、乗ってきたラバを、手紙を届けてくれた奇特な男の家に預けました。すると運のいいことに、ルシンダが彼女の家の、何度も二人の愛の証人となったあの鉄格子にもたれていたのです。ルシンダはすぐにわたしだとわかり、わたしも彼女であることがわかりました。でも、そのときは、互いに気づきながらも以前とは反応がちがっていた。しかし、ひとりの女性の曖昧な思いや変わりやすい気質を見通し、理解するに至ったことを自慢できるような者が、果たして世の中にいるでしょうか？　もちろんひとりもいやしない。というのも、ルシンダはわたしを見るなりこう言ったんですから。『カルデニオ、私、もう花嫁衣装を着てしまったわ。それに広間では、裏切り者のドン・フェルナンドと欲深なお父様が、他の立会人たちと一緒に、私を待っているの。でもあの人たちは婚礼よりも先に私の死に立ち会うことになるでしょうね。いいこと、お願いだから取り乱したりせずに、この犠牲を捧げる儀式をしっかり見届けてちょうだい。私、匕首《あいくち》を隠し持っているから、私への無理強いを言葉で止められないときは、それを阻むためにこの匕首で命を断って、あなたにこれまで抱いてきたし、今も抱いている気持ちを、あなたに証明するつもりよ』

わたしは返事をする暇がなくなることを恐れて、戸惑いながらもあわてて応えました。『ルシンダ、その言葉を実際の行為で示してほしい。君が気持ちを証明するために匕首を持っているなら、僕は君を守るか、運命がそっぽを向いたときに自分の命を断つために、ここに剣を持っている』彼女がこの言葉を全部聞き取れたとは思えません、新郎が待っているので早く来るようにと急き立てる声がしたからです。こうして喜びの陽が暮れて、悲しみの夜が訪れました。わたしの目から光が消え、頭は分別を失った。家の中に入ることができず、といって、どこか他の場所に行くこともできなかった。ですが、今から起こりうることにとり、わたしがここにいることがどんなに大事かということを考え、精いっぱい勇気を振るって中に入りました。入り口も出口もすべて熟知していたうえに、中は内輪ながらも式のことでてんやわんやだったので、誰にも気づかれませんでした。そんなわけで、他人に見られることなく、他ならぬ式が始まる広間の窓辺のくぼみになったところに身を潜めました。そこは左右二枚のタペストリーの端がかぶさり、その隙間からなら、誰かの目に留まることもなく、広間で行われていることがすべて見渡せたのです。そこにいるあいだ、どんなに心臓が高鳴ったか、わたしがどんなことをどれだけ思い、考えたかを、語れる者がいるでしょうか？　それはとても語り得ないし、むしろ語られないほうがいいことでもあるのです。広間に入ってきた新郎が、取り立てて飾ることもなく、普段と変わらない服装だったことを知っておいてくだされば十分です。付添人を務めていたのはルシンダの従兄でしたが、広間を見回しても、いるのは家の使用人ばかりで、外からの客はいませんでした。

それから間もなくして、次の間のひとつから、母親と二人の侍女に付き添われ、ルシンダが姿を現しました。彼女の品位と美しさにふさわしい見事な装いで、まるで宮廷人のような完璧な盛装でした。わたしは驚くとともに見とれてしまい、何を着ていたか、細かいところまで見たり気にしたりする余裕はありませんでした。気づいたのは赤と白という色と、ベールや衣装全体にちりばめられた宝石類がきらめいていたことぐらいです。それを凌ぐのが彼女のすばらしい金髪の並外れた美しさで、宝石や広間を照らす四本の大きなロウソクと競いつつ、それらに勝る輝きを放っていました。おお、記憶よ、わが安らぎの大敵よ！　かつてあんなにも恋焦がれた敵《かたき》の比べようのない美しさを、今さらわたしに思い出させて何の役に立つ？　それよりも、残酷な記憶よ、あのとき彼女が何をしたかをわたしに思い出させるほうがましではないか？　あからさまな屈辱に突き動かされても、もはや復讐したりはしないのだから、せめて命を捨てることに努められるように。

話が逸れてしまいましたが、皆さん、どうか辟易《へきえき》されませんように。わたしの悲しい恋の経緯は、手短に語ったり、はしょったりできないし、またそうしてはならないのです。というのも、その時々の状況が、どれもこれも長々と語られるにふさわしいと思えるからです」

すると司祭が、あなたの話は聞いていて辟易するどころか、細々としたところがとても面白く、省いたりするのはもったいない、本筋と同じくらい熱心に耳を傾けるに値すると応じた。

「では話を続けます」とカルデニオが言った。「全員が広間にそろったところで、教区司祭が入ってきました。そして、この儀式に必要なことを行うために二人の手を取り、こう言いました。『ルシンダ殿、あなたは母なる教会の命ずるところにしたがって、ここにいるドン・フェルナンド殿を正式な夫と認めますか？』わたしはタペストリーのあいだから精一杯首を出し、動揺しながらも耳を澄ませ、ルシンダがどう応えるか聞き取ろうとしました。まるで、わたしに死刑宣告が下るのか、それとも生き長らえることが認められるのかとでもいうように、彼女の返事を待ったのです。それにしても、今思えば、あのとき思い切って飛び出して、大声でこう叫べばよかったんだ！　『ああ、ルシンダ、ルシンダ！　どうするつもりだ、僕への義務を忘れるな、君は僕のものなんだ、他の男になんかやるものか！　気づいてくれ、君が《はい》と言ったら、その瞬間に僕の命は尽きる。ああ、裏切り者のドン・フェルナンド、僕の栄光を奪い取り、僕の命を奪う死神め！　何が欲しいんだ？　狙いは何だ？　お前もキリスト教徒である以上、自分の望みを叶えることなんかできないと知れ、ルシンダは僕の妻で、僕は彼女の夫なんだから』ああ、なんてバカだったんだろう！　目の前に危機がなく、かつての危機もはるか遠くなった今になって、自分がしなかったことを、すべきだったと言って悔やむなんて！　最愛の女性を盗まれるままにしておきながら、今頃その盗人を呪っているんですから。こうして愚痴るだけの気力があのときあれば、復讐してやれたのに！　結局、あのときわたしは臆病で愚かでしたから、今ここで自分を恥じ、後悔し、狂い死にしたところで、別にどうということもないのです。

さて、教区司祭はルシンダが返事をするのを待っていましたが、彼女はなかなか応じなかった。そこで、もしかすると自分の気持ちを証明するために匕首を取り出すのではないか、あるいはわたしのためになるように、なんらかの真実か、挙式がまやかしであることを述べ立てるのではないかと思った、そのときでした。消え入りそうなか細い声がこう応えるのが聞こえました。『はい、認めます』そしてドン・フェルナンドも同じことを言うと、彼女の指に指輪をはめ、こうして二人は解きえない絆によって結ばれてしまったのです。ところが、新郎が抱擁しようと新婦に近づくと、彼女は片手を胸に当てたまま失神して、母親の腕の中に倒れ込んでしまいました。あとお話しできることといえば、耳にしたあの《はい》という返事のために、期待を裏切られ、ルシンダの言葉や約束が嘘っぱちだったとわかり、あの瞬間に失った幸福を取り戻すことは永遠にできないということを悟ったときに、わたしがどうなったかということぐらいです。わたしは理性を失くし、おそらく天から見放され、自分が踏みしめている大地とも折り合えず、空気はため息をつかせてくれず、水は目に涙を与えてくれませんでしたが、ただ炎だけが激しさを増し、そのため怒りと嫉妬で全身が燃え上がっていました。

ルシンダが失神したことで一同は騒然となり、母親が風を入れようと胸元のボタンをはずしてやったところ、そこに折りたたんだ紙が見つかったのです。ドン・フェルナンドはすぐにそれを手に取り、ロウソクの明かりに照らして読み始めました。そして読み終えると、新婦に意識を取り戻させようと介抱している人々に交じろうともせず、椅子のひとつに腰を下ろし、頰杖をついて、じっと物思いに耽っていました。家中が蜂の巣をつついたような騒ぎになっているのを見たわたしは、思い切ってその場を離れることにしたのですが、そのときは、もはや他人に見られようが見られまいがかまわない、もし見られたら、ドン・フェルナンドの偽善と気を失った裏切り者の心変わりに罰を与えようとするわたしの憤りが正当なものであると、みんながわかるような、何かとんでもないことをしてやろうと、心に決めていました。けれども、運命は、もっと大きな不幸のために（ただし、そのような不幸がありうるとすればですが）わたしを取って置いたにちがいなく、あれ以後わたしから失われてしまった判断力を、あのときだけは十分すぎるほど働くよう仕向けたのです。そんなわけで、最大の敵どもに復讐しようとは思わず（二人はそのときわたしにまるで気づいていなかったので、わけなく実行できるところでしたが）、自分自身に復讐する気に、それも彼らにふさわしい罰を自分に与える気になったのです。しかも、あのとき二人の命を奪っていれば、彼らにもたらしたはずの死よりも、はるかに厳しい罰です。というのも、突然襲われる死の場合、苦しみはたちまち終わりますが、責め苦をともなっていつまでも続く死は、止めを刺さずに絶えず殺し続けるからです。

結局、わたしはルシンダの家を出て、ラバを預けた家に赴きました。そしてラバに鞍をつけさせると、主の奇特な男には別れの挨拶もせずにラバに乗り、町を出たのですが、旧約聖書に出てくるロト同様、振り返って町を見ることは敢えてしませんでした。野原まで来て、ひとり夜の闇に包まれ、あたりの静けさに悲しみを誘われたとき、わたしは、他人に聞かれたり知られたりする恐れも気にせず、声を上げて泣きわめき、ルシンダとドン・フェルナンドに対して口火を切ったように悪態の限りを尽くしました。あたかもそうすることで、二人から受けた屈辱を晴らせるかのように。残酷な女、人でなし、偽善者、恩知らずという具合に悪罵を投げつけましたが、極めつけは強欲な女というやつです。だって、敵の財産に目がくらみ、わたしへの愛情を、富を自由に気前よく使える男に譲り渡してしまったのですから。けれど、こうしてののしり、非難を浴びせながらも、わたしは彼女を弁護してもいました。両親の家で乳母日傘《おんばひがさ》の生活を送り、常に親の言いつけに従うようしつけられ、それが習い性になってしまった箱入り娘が、親の望みを受け入れるのは当然のことだ。なぜなら、あれほど高貴な紳士にして、裕福で見た目も立派な男性を夫として与えられながら、それを受け入れたくないとすれば、正気の沙汰ではないとか、他に愛している男がいるのではないかと思われるかもしれず、それは彼女の評判を貶《おとし》め、名を汚すことになるからだと、そう口に出して言ったのです。

それからこうも言いました。彼女が夫はこのわたしにすると言ったとしても、両親は娘がわたしを選んだことを、許せないほど不都合だとは思わなかっただろうと。なぜかといえば、ドン・フェルナンドが求婚する前は、彼女の親たち自身、自分たちの望みをちゃんと吟味してみれば、わたしに勝る別の男を娘の婿に望むことはできなかったはずだからだ。それに、彼女だって、追い込まれて結婚を承諾せざるを得なくなる前に、すでにわたしの求婚を受け入れていると言えたのに。そうすればこっちも、親のもとへ行き、彼女がこの件に関して取り繕うことすべてに口裏を合わせられたはずだ、と。

つまり、薄っぺらな愛情、分別の足りなさ、大きな野心、貴族への憧れといったもののために、彼女はわたしとの約束を忘れてしまったのですが、わたしのほうはその約束に支えられてきた強い希望と誠実な願いを欺かれ、弄ばれたのです。こんなことを口にしながら、落ち着かない気持ちで、その夜の残りをラバで歩き続け、夜が明けるころ、この山地の入り口に着きました。それから三日間、およそ道らしい道のない山中を歩き回り、ようやく牧草地がいくつか連なる場所に辿り着いたのですが、そこがこの山地のどのあたりになるのかわからなかったので、家畜の世話をしていた男たちに、この山中で一番険しいところはどの方角にあるかと訊きました。すると彼らはここを教えてくれたのです。わたしは最期を迎えるつもりですぐさま言われた場所に向かいました。そして険しい箇所にさしかかったときでした。疲労と飢えのために、ラバが倒れ、息絶えてしまったのです。あるいは、わたしの思うところでは、ラバが死んだのは、こんな役立たずの積荷を背中からなくしたかったからでしょう。

わたしは自分で歩き出しました。自然の摂理には勝てず、空腹が募りましたが、救ってくれる者はいませんし、救ってもらうつもりもありませんでした。

そんな具合でどのくらい時間が経ったのか、わたしは地面に倒れていました。やがて起き上がったのですが、空腹感はもう治まっていて、気がつくと、そばに山羊飼いが何人かいました。わたしを窮地から救ってくれた人々に違いありません。なぜなら、彼らは、わたしを見つけたときの様子、支離滅裂な戯言をわめき立てていたことや、正気を失ったとわかる明らかな兆候が見られたことなどを教えてくれたからです。そして、その後今日に至るまで、わたしは、自分が常にまともなわけではないことがわかっています。まともでないときは、ひどく横柄になったり、気が弱ったりして、さんざん狂態をさらし、着ているものを引きちぎってみたり、この誰もいない場所で、あたりに向かって声を張り上げ、自分の不幸を呪ったり、我が愛する敵の名を空しく繰り返したりするばかりです。そういうときはただひたすら、叫び続けながらこの命を終わらせてしまうのが目的で、それ以外何も考えていませんでした。ところが、我に返ると、すっかりくたびれ切っていて、ほとんど身動きすらできないという有様なのです。わたしが普段ねぐらにしているのは、この惨めな身体がすっぽり入る、コルク樫の洞《うろ》です。このあたりの山で働く牛飼いや山羊飼いは慈悲心に富んでいて、食事の面でわたしを支えてくれています。彼らは道端や岩の上といったわたしが通りかかって気がつきそうな場所に、食べ物を置いておいてくれるのです。そんなわけで、たとえそのとき正気ではなくても、自然の欲求が食べ物の存在を知らせてくれ、自分の裡で食欲が目覚め、それを食べようという気が起きます。一方、正気のときに聞かされたことですが、わたしは道に飛び出し、食べ物を持って村から山の家畜小屋に向かう途中の羊飼いたちを襲って、彼らとしては与えることにやぶさかではないのに、力ずくでその食べ物を奪うのだそうです。

そんなふうにして、わたしは自分の惨めな余生を送っているのです。やがて天の導きによって最期を迎えるか、記憶に終止符が打たれるかして、ルシンダの美しさと裏切りも、ドン・フェルナンドの不義も思い出すことがなくなるときまで、このまま余生は続くでしょう。もしも天が、わたしから命を奪わぬまま、その種のことを思い出させないようにしてくれるなら、わたしも考えを健全な方向へと向けるでしょうが、そうしてもらえないとなれば、どうかわたしの魂に全き慈悲をと乞うしかありません。わたしには、自分が好んで陥ったこの窮地から、この身を抜け出させる気力も力もないからです。

お二方！これがわたしの不幸についての悲しい物語なのです。いかがでしょう。今お聞きになったよりも感情をこめずに話すことなど、果たしてできるでしょうか。ですから、わたしを説き伏せようとか、わたしを救うのに役立つと、理性が告げることを伝えようとするような無駄な行為はやめてください。そんなことをしても、名医が処方した薬を、飲むのを嫌がる患者に飲ませようとするのと同じですから。ルシンダがいなければ、健康など必要ありません。彼女はわたしのものなのに、いやわたしのものであるはずなのに、自分から希望して他所《よそ》の男のものになってしまった。だから、幸福になれたかもしれないわたしは、望んで不幸に身を任せようと思うのです。彼女は心を変えることで、わたしの破滅を確かなものにしようとした。だからわたしは、自分を破滅に追い込むことで、彼女の思いを叶えたいのです。そうすれば、将来、人々に、他の不幸者には余っていたものが、わたしひとりに欠けていたという事実が伝わるはずです。不幸者にとり、普通、慰めを持てなくなることはそれ自体慰めとなるのですが、わたしの場合は、それが一層大きな悲しみとなり苦しみをもたらします。なぜかといえば、その悲しみや苦しみは、たとえ死を迎えたとしても終わらないと思うからです」

ここでカルデニオは、長い身の上話を語り終え、愛と悲運の物語に終止符を打った。そして、司祭が何か言葉を掛けて慰めようとした矢先に、彼らの耳に何やら声が聞こえてきたので、司祭は何も言わずにおいた。彼らに聞こえたその声が、悲しげな調子で語った内容については、この物語の第四部で触れられるだろう。なぜなら、賢明にして注意深い歴史家シデ・ハメーテ・ベネンヘーリは、ここで第三部を終わらせているからである。

第四部

第二十八～三十一章　梗概

司祭、床屋、カルデニオたち一行はドロテーアに出会う。ドロテーアは自分がドン・フェルナンドの結婚の約束に釣られて身を任せたあと捨てられ、両親の家を出奔して山中に入った経緯を告白する。カルデニオは自分の素性をドロテーアに明かし、彼女を助けることを約束する。サンチョが一行に再び加わり、武勲を立てるまで山中にとどまり続けるというドン・キホーテの決意を伝える。ドン・キホーテを連れ戻すための方策を聞いたドロテーアは、自分が遍歴の乙女の役割を演じると申し出る。ドン・キホーテの助力を求めるミコミコン王国のミコミコーナ姫を名乗るドロテーアは、当人の前で自分の役割を見事に演じ、巨人に王国を奪われ、ドン・キホーテの助力を求めてスペインにやって来たという架空の身の上話をドン・キホーテに話し、信じ込ませる。ドン・キホーテは出立を決意する。一方サンチョは、実際には会っていないドゥルシネアに会った架空の経緯を主人に説明し、その気にさせる。そこへドン・キホーテが第四章で主人の虐待から解放した少年アンドレスが現れ、ドン・キホーテが去ったあと主人から腹いせにまた虐待された経緯を話し、ドン・キホーテを罵《ののし》って走り去る。

第三十二〜三十五章　梗概

一行は第十七章でサンチョが毛布上げされた旅籠屋に入る。ドン・キホーテが寝ているあいだに、司祭たちは旅籠屋の主人一家と騎士道物語について論じあう。その後、かつて客が旅籠屋に置き忘れた短編小説『無分別な物好き』の原稿を、皆の前で司祭が朗読する（第三十三〜三十四章はすべて『無分別な物好き』の叙述に当てられている。メインストーリーと直接の関係はない）。朗読が終わりに近づいたとき、巨人と戦う夢を見たドン・キホーテが眠ったまま、巨人に斬りつけるつもりでぶどう酒の革袋に次々斬りつけ、旅籠屋の主人夫婦を激怒させる。彼らをなだめたあと、『無分別な物好き』の朗読が再開され、結末に至る。

第三十六～四十二章　梗概

旅籠屋にドン・フェルナンドとルシンダの一行が現れ（ドン・フェルナンドは修道院に身を寄せたルシンダを無理やり連れ出した）、カルデニオ、ドロテーアと再会する。ドロテーアの切実な訴えとその他の人々の忠告を聞いたドン・フェルナンドは、ドロテーアとの約束を果たして彼女と結婚し、ルシンダを相思相愛のカルデニオに委ねる決意をする。一方で、ドン・キホーテを村へ連れ帰るためのドロテーアのミコミコーナ姫への偽装は続けることが決まり、ドン・キホーテに引き続きそのフィクションを信じさせる。そこに北アフリカの虜囚生活から帰国した捕虜とその連れのモーロ人女性ソライダが現れる。夕食の席でドン・キホーテが「文」と「武」を比較する演説をしたあと、捕虜が身の上話をする（第三十九章～四十一章はすべて捕虜の身の上話にあてられている。メインストーリーと直接の関係はない）。捕虜の話が終わったあと、新大陸のスペイン領植民地に赴任するための旅の途上にある聴訴官が現れるが、この人物は実は捕虜の弟であることが判明し、司祭の仲介で兄と感動的な再会を果たす。

第四十三～第四十六章　梗概

夜明け近く、聴訴官の娘クララと相思相愛の貴公子ドン・ルイスがラバ引きに身をやつして彼女のいる部屋の外から歌をうたい、それを聞いたクララはドロテーアに恋心を打ち明ける。一方、旅籠屋の主人の娘と女中マリトルネスが夜の歩哨《ほしょう》をしていたドン・キホーテに悪戯をしかけ、ドン・キホーテは干し草置き場の壁の穴から宙づりになる。ドン・キホーテが窮地から救われたあと、旅籠屋に泊まっていたドン・ルイスが追いかけてきた家の者に発見され、帰宅するよう説得される。そのとき、旅籠屋の主人が宿賃の支払いをめぐり他の客とトラブルになり、妻と娘がドン・キホーテに助太刀を求めるが、ドン・キホーテは戦いの相手が自分の身分に釣り合わないと言い出す。さらに、第二十一章でドン・キホーテに金盥（ドン・キホーテはマンブリーノの兜と思い込んでいる）を、サンチョに馬具を奪われた床屋が現れ、サンチョと喧嘩を始める。金だらいがマンブリーノの兜であるかどうかドン・キホーテとこの床屋が議論し、周囲の人々は娯楽のためにドン・キホーテに肩入れする。さらに〈聖同胞会〉の捕吏たちが現れ、ドン・キホーテとささいなことから喧嘩を始め、一時大騒動となる。その間、ドン・ルイスがクララの父の聴訴官に恋心を打ち明け、彼の処遇が決定する。ガレー船漕刑囚たちを解放した件（第二十二章）で〈聖同胞会〉のお尋ねものになっていたドン・キホーテが目の前にいることに捕吏たちが気づき、また騒動となるが、捕吏たちはドン・キホーテの捕縛を結局断念する。捕吏たちと司祭の仲介で、サンチョと金だらいの持ち主の床屋が和解する。宿賃と旅籠屋に与えた損害をドン・フェルナンドが支払う。村の司祭と床屋は、ドン・キホーテを手っ取り早く村へ連れ帰るために一芝居打ち、魔法使いの仕業にみせかけてドン・キホーテを檻に入れ、牛車に乗せる。

第四十七〜第四十八章　梗概

ドン・キホーテを連れて一行が旅籠屋を出発し、ドン・フェルナンド、ドロテーア、カルデニオ、ルシンダ、捕虜、ソライダたちと別れる。道中、旅の途上にあるトレドの聖堂参事会員と出会う。騎士道物語が引き起こしたドン・キホーテの狂気について知った聖堂参事会員は、司祭と文学論議を展開する。その間、サンチョがドン・キホーテに、司祭と床屋が彼を監禁しているのであり魔法使いの仕業ではないと理解させようとする。

第四十九章　サンチョ・パンサがドン・キホーテと交わした思慮に富む会話

「おっと！」とサンチョが言う。「ついにつかんだぞ！　それなんだよ、おれが命懸けて、心底知りたかったのは。旦那さま、ちょっとこっちへ来な。世間じゃ、人の様子がおかしいと、よくこんなことを言うけど、それは間違いだって言えるかね？　つまりこうだ。『誰それはいったいどうしたんだ、食べもしなけりゃ飲みもしねえ、眠りもしなけりゃ、訊かれたことに応えもしねえぞ、なんだか魔法に掛かってるみてえだ』ってね。そんなふうに、飲みも食いもしねえし、眠らねえ、しかもおれに言わせりゃ、自然に出るものも出さねえ、そんな連中を魔法に掛かってるって言うんだ。だけど、旦那さまみてえに、催すときにゃ催して、もらったものを飲んだり、手元に何かありゃそれを食い、訊かれたことにゃ全部答えるような人間は魔法に掛かってなんかいねえって」

「確かにお前の言うとおりだな、サンチョ」とドン・キホーテが応じる。「だが、前にも言ったように、魔法の掛け方にもいろいろあってだな。おそらく時代とともに変化してきたのだろう。それゆえ、かつてはなかったことだが、今は、魔法に掛けられた者たちが、すべて私がするのと同じことをするような種類の魔法が用いられているのかもしれぬ。したがって、各時代の用い方に対して反論したり、一貫性がないと文句を言ったりしてはならない。私は自分が魔法に掛かっていることを知っているし自覚してもいる。その事実だけで私の良心は十分安泰なのだ。かりに私が、自分が魔法に掛かっておらず、それでいてこの檻《おり》の中で臆病にも無為に過ごし、まさに今このとき、私の助けと擁護をこのうえなく必要としているにちがいない、多くの暮らしに事欠く者たちや困り苦しむ者たちを、援助してやれずにいると考えたりしたら、ひどく良心が咎めるにちがいない」

「まあ、そりゃそうだろうけど」とサンチョが応じる。「だったら旦那さま、念には念を入れて、自分の気が済むように、その檻から出られるかどうか試すことだよ。そこから出られるように、おれも目一杯力を貸すから。出られたら、またかわいいロシナンテに乗っかれるかどうか試すのさ。あいつもすっかりふさぎ込んじまって寂しそうにしてるよ。まるで魔法に掛かったみてえだ。うまいことといったら、またおれたち二人で、運任せの旅に出て、もっと冒険を探すのさ。うまくいかなくても、そのときは二人で檻に戻り、おれは忠実で良き従者の掟に従って、旦那さまと一緒に檻に入ると約束するよ。ただし、旦那さまがよっぽど運が悪いか、おつむの弱いおれが、自分の言葉どおりにことが運べなかったらの話だけどね」

「我が友サンチョよ、私は喜んでお前の言葉に従うぞ」とドン・キホーテが応える。「だから、今こそ私を自由にできるとお前が思ったら、そのときは一から十までお前の言うとおりにしよう。だが、サンチョ、お前はきっと、私の災難がいかなるものか誤解していたことがわかるだろう」

遍歴《アンダンテ》の騎士と足取りの重い《マル・アンダンテ》従者のあいだでこんな会話が交わされているうちに、騎士を乗せた牛車はついに、すでに馬から降りた司祭と聖堂参事会員それに床屋の三人が待つ場所に到着した。御者《ぎょしゃ》は直ちに牛を荷車から解き放って、草が青々と茂る心地よい地面を勝手気ままに歩き回らせてやった。その草地のさわやかさは、ドン・キホーテのようにすっかり魔法に掛かってしまっている者はともかく、彼の従者のように意識がしっかりしていて思慮も備わった者たちに対し、満喫するよう誘いかけるのだった。そこでサンチョは司祭に、自分の主人をしばらく檻から出してやってほしい、閉じ込めたままだと、あの牢獄は主人のような騎士が品位を失わずにいられるほど清潔ではなくなるだろうからと言って頼んだ。司祭は従者の意図するところをくみ取り、喜んで言われたとおりにするが、件の主人が自由になったとたん勝手な振る舞いをして、人の目の届かないところへ雲隠れしないことが条件だと応えた。

「ずらかったりしねえってことは、おれが請け合うって」とサンチョが言う。

「わたしも保証しますよ」と参事会員が合いの手を入れる。「それにもし彼が、我々に認められないうちは我々の許《もと》を離れないと、騎士として約束してくだされば言うことなしです」

「約束しましょう」と、一同の会話をすべてもれなく聞いていたドン・キホーテが応じた。

「しかも私のように、魔法に掛かっているとなれば、自分のしたいことをする自由はありません。なぜなら、魔法使いというものは、魔法を掛けた相手を、三世紀にわたって同じ場所から動けないようにさせることができるばかりか、たとえ逃げ出したとしても、空中を飛んで連れ戻すことができるからです」

彼はさらに、そういうわけなので、自分を解放することは可能だし、そうするほうが皆にとっても都合がいい、というのも、自分が解放されなければ、この場を離れていない者は皆、必ず嗅覚に支障を来すだろうからだと主張した。

そこで聖堂参事会員が、縛られたままのドン・キホーテの手を取り、誓いと約束をさせた。その上で、彼は檻から解き放たれたのだが、檻の外に出たことは彼にとり、何にも勝る喜びだった。彼がまずしたことは、全身を思い切り伸ばすことだった。続いてロシナンテのいるところへ行き、尻を二度ばかり平手で叩いてやってから、こう言った。

「ああ、ロシナンテ、馬の華にして鑑よ、私はまだ神と聖母に期待しているぞ、我ら二人がじきに望みどおり人馬一体の姿に戻れることをな。お前は主人を背に乗せ、私はお前の背に乗り、神がこの世に私を遣わした目的の務めを果たすのだ」

このように言うと、ドン・キホーテはサンチョとともにその場を遠く離れ、やがて身も心もすっかり軽くなり、従者に指示されることを実行したくてうずうずしながら戻ってきた。

彼の様子を眺めていた参事会員は、その狂気がなんとも奇妙で度を越えていることに改めて驚嘆した。なにしろ、話したり答えたりするときは甚だしい分別を示すのに、以前何度か述べたように、話が騎士道に及んだとたん、タガが外れてしまうのだ。そこで同情を禁じ得なくなった参事会員は、一同が青々とした草の上に腰を下ろし、ラバに積まれた彼の食糧を待っているときに、ドン・キホーテにこう言った。

「郷士殿、あんな面白くもなければ役にも立たない騎士道物語をさんざん読《よ》み漁《あさ》ったからといって、理性を失くして、魔法に掛けられたとか、その手の事実から程遠い、嘘と真《まこと》のあいだの距離ぐらい隔たったことを信じるようになるなどということがあるんでしょうか？　だってですよ、アマディスの子孫がごまんといるし、名だたる騎士がうじゃうじゃいるかと思えば、トラピソンダのような皇帝も群れを成すほど出てきます。フェリスマルテ・デ・イルカルニアの類の豪傑たち然り、王や貴婦人の乗る豪華な馬然り、野山を徘徊《はいかい》する乙女たち然り、大蛇ども然り、人間の姿をした妖怪たち然り、巨人ども然り、前代未聞の冒険然り、多種多様な魔法然り、数々の合戦然り、壮絶な一騎打ち然り、奇抜な衣装然り、恋する王女たち然り、従者上がりの伯爵たち然り、愛嬌《あいきよう》のある小人たち然り、愛の手紙然り、口説き文句の数々然り、女性の勇者然り。つまり騎士道物語に詰め込まれている眉唾物《まゆつばもの》を、実際に存在したことだと思う人間なんているんだろうか？　わたしはといえば、その手の物語を読むとき、書いてあることが何もかもいい加減な嘘だと思ったりしないうちは、多少は楽しめます。ところが、その本質に気づいたら、わたしは一番出来の良いものであろうが壁に投げつけてやります。あるいは、その辺で火でも燃えていようものならその中にくべてやる。自然の掟の要求に沿わない、間違いと嘘の塊で、焚書《ふんしよ》の憂き目に遭って然るべきものとして、新たな宗派や新たな生活様式を生み出すものとして、そして無知無学な庶民に、中に含まれている膨大な戯言を信じ、それを真実だと思い込む機会を与えるものとしてね。

それに、あの類のものは実に不届きで、思慮分別を備え生まれも良い郷士たちの頭を混乱させてしまうくらいです。そのことは、あなたが被《こうむ》った被害からも十分見て取れますよ。だって、あなたは狂った末にとうとう引き立てられ、無理やり檻に閉じ込められて、牛車で引き回されています。まるで金稼ぎのためにあちこち連れ回され、見世物にされるライオンか虎みたいですよ。いいですか、ドン・キホーテ殿、自分を大切にして、思慮分別を取り戻すことです！　そして、天から授かった豊かな思慮分別を正しく用い、あなたのすばらしい頭脳と才能を、あなたの良心に役立ち、名誉を高めるような、他の種類の読書に使いなさい！それでもまだ、生まれつきの好みから、勲《いさお》しや騎士道の本を読みたいのであれば、聖書の『士師記』をお読みなさい。それには壮大な事実と、真実にして勇壮な出来事に出遭えます。また、ルシタニアからはヴィリアートが出ましたし、ローマからはカエサルが、カルタゴからはハンニバルが、ギリシャからはアレクサンドロスが、カスティーリャからはフェルナン・ゴンサレス伯爵が、バレンシアからはシッドが、アンダルシアからはゴンサロ・フェルナンデスが、エストレマドゥーラからはディエゴ・ガルシア・デ・パレデスが、ヘレスからはガルシ・ペレス・デ・バルガスが、トレドからはガルシラソが、さらにセビーリャからはドン・マヌエル・デ・レオンがという具合にそれぞれ英雄が現れていて、彼らの勇ましい快挙が書かれた書物を読めば、抜きんでた才覚を備える読者も、楽しめ、教えられ、歓びと感嘆の念を覚えることができます。ドン・キホーテ殿、これこそがあなたの優れた分別にふさわしい読書ですよ。その読書によってあなたは、歴史に通じ、美徳を愛し、善とは何かを教えられ、習慣が垢抜《あかぬ》けし、無鉄砲ではない勇者、卑怯なこととは無縁の豪傑になるのです。

こうしたことのすべてが、神の威光と、あなたにとっての利益と、あなたの生地だと教わったラ・マンチャの栄誉とを高めることになるはずですよ」

参事会員の言葉を一言ももらさず聞いていたドン・キホーテは、話が終わったところで、長々と相手を見つめてから、こう言った。

「参事会員殿、あなたのお話の目的は私にこうわからせようということのようですね、この世に遍歴の騎士など存在しなかった、騎士道物語で語られることはすべて嘘偽りであり、国家にとって害にこそなれ何の役にも立たない、私がそれを読んだのはまずかったし、そこに書かれていることを信じたのはもっと悪く、なお悪いのはそれを真似、本に書かれた遍歴の騎士というまことに困難な職業を極めようと旅に出たことだと。なにしろ、この世にアマディスの一族はガウラにせよグレシアにせよ存在しないし、さらには書物に満ち溢れる他の騎士たちも同じく存在しないのだとおっしゃるのですから」

「すべてご指摘のとおりです」と参事会員が応じた。

するとドン・キホーテが畳み掛ける。

「あなたはこうもおっしゃった。あの種の書物は私に大きな害を及ぼした。なぜなら私の理性を狂わせ、檻に閉じ込められるはめに追いやったからだ、だからここらで心を改め、読書の対象を変え、より多くの真実を含む、もっと愉《たの》しめて、しかも教えられるところのある他の書物を読んだほうがいいとね」

「そのとおり」と参事会員が言う。

「それなら言いましょう」とドン・キホーテがやり返す。「私が思うに、理性を失い、魔法に掛かっているのはあなたです。なぜかといえば、人口に膾炙《かいしゃ》し、疑いようもない真実として認められているものに対して、あんなにも多くの悪口雑言を浴びせたからです。あなたのような、それを否定する人間は、読んだ書物に腹立たしさを覚えたときにその書物に加えるとおっしゃったのと同じ刑罰を、ご自身が受けるにふさわしい。というのも、アマディスはもとより、物語を冒険で彩る騎士たちはすべてこの世に存在しなかったという説を他人に吹き込もうとするのは、太陽は輝かない、氷は冷やさない、大地は実りをもたらさないと思い込ませようとするのと同じだからです。いったい全体、王女フロリーペスとグイ・ド・ブルゴーニュのあいだの恋が、またカール大帝の治世に生じた、今が昼であるのと同様に明々白々たる事実だと神に誓って言える、騎士フィエラブラスがマンティブレ橋で行った冒険が、真実に反すると述べて、他人を説き伏せられるほどの器量を備えた人間が、この世にいるでしょうか？　仮にどれもが嘘偽りであるならば、ヘクトルやアキレウス、トロイ戦争にフランスの十二勇将、それに今日まで鴉に変貌して生き延び、王位復帰を常に国民に待望されているイギリスのアーサー王も等しく存在しなかったことになるはずです。さらに、グアリノ・メスキーノの冒険の記録や、聖杯探求という歴史上の事実も嘘偽りであり、騎士トリスタンと王妃イゾルデの悲恋も、ヒネブラとランサローテのそれと同様捏造《ねつぞう》されたものだと大胆なことを言い出す輩もいるでしょう。しかし、酒を注《つ》ぐことにかけては大英帝国随一という侍女のキンタニョナを自らの目で見た覚えがわずかにでもある者たちだって存在するのです。その証拠に、いまだに覚えているのですが、父方の祖母は、高級な頭巾をかぶったご婦人を見かけると、こう言ったものです。『あの女のひとを見てごらん、坊や、侍女のキンタニョナに似ていますよ』このことから推し量るに、祖母はキンタニョナを知っていたか、少なくとも、肖像画でも見ていたに違いありません。それに、プロバンスの騎士ピエールとナポリの麗しい王女マガローナの物語が事実であることを誰が否定できるでしょうか？というのも、今日でも、王室の兵器庫に行くと、勇者ピエールを乗せて天空を駆け廻《めぐ》った木馬の、向きを変える、牛車の長柄よりもいくぶん大きい梶棒《かじぼう》が見られるからです。その梶棒の隣にはバビエカの鞍が置かれている。さらに、ロンセスバリェスには、ローランが吹き鳴らした大きな梁《はり》ほどの角笛が残っている。こうした事実から、十二勇将は実在し、ピエールもシッドも、そして、

冒険の旅を行う者と
人の言う

と称えられた同じような騎士たちも、実在したと推論できるのです。

それでも否定なさるなら、ブルゴーニュに赴き、ラス市において、ピエール様と敬われたシャルニの名高い領主と戦い、続いてバシレア市で領主のアンリ・ド・ラムスタンと一戦を交え、双方の戦いで勝利を収め、名声を得た、あの勇敢なポルトガルのファン・デ・メルロ

が遍歴の騎士であったことや、やはりブルゴーニュで、数々の冒険や一騎打ちに勝利した勇猛なスペイン人のペドロ・バルバとグティエレ・キハーダが（私はこの名門一族の男子直系に連なる者なのです）、サン・ポロ伯爵の息子たちを撃破したことも事実ではないということになる。そしてまた、フェルナンド・デ・ゲバラが冒険を求めてドイツに行き、オーストリア公爵家の騎士ゲオルゲ殿と一騎打ちを行ったことを認めず、さらにはスエロ・デ・キニョネスによるエル・パソでの馬上槍試合の数々を虚構と見なし、ルイス・デ・ファルセス殿がカスティーリャの騎士ドン・ゴンサロ・デ・グスマンを斃《たお》したことも偽りだとする。しかしながら、我が国および諸外国のキリスト教徒の騎士によって成された多くの武勲は、正真正銘の事実でありますから、もう一度言いますが、それらを否定する者は、理性と思考力を欠いているのです」

ドン・キホーテが虚実をないまぜにして語るのを聞き、彼が遍歴の騎士道に関してありとあらゆる情報を持っていることを知って、参事会員は呆気にとられてしまった。そこで相手にこう応えた。

「ドン・キホーテ殿、あなたが述べられたことの一部、とりわけスペインの遍歴の騎士についての部分が事実であることは否定できません。同様に、フランスの十二将が実際にいたことも認めます。とはいえ、彼らが、テュルパン大司教が書いているようなことをことごとく行ったと信じる気にはなれない。なぜなら、事実と言えるのは、彼らが、フランス国王が選りすぐった騎士たちで、いずれもその価値、品格、勇気において並び立《パーレス》っていたことから、並び立つ勇将《パーレス》と呼ばれたことぐらいですから。仮に並び立ってはいなかったとしても、少なくとも、言葉のあやでそういうことになっていた。それは、今日、サンティアゴ騎士団とかカラトラバ騎士団などと呼ばれる宗教団体みたいなもので、それに帰属する者たちは資質に優れ、勇敢で、高貴な家柄の騎士のはずだ、あるいはそうであるにちがいないと思われていたのです。そして、現在、聖ヨハネ騎士団の騎士とかアルカンタラ騎士団の騎士と呼ぶように、当時は十二将団の騎士と呼んでいました。それは彼らが、この宗教的な騎士団のために選りすぐった十二人の並び立つ勇将だったからです。シッドが実在の人物であることに疑問の余地はなく、ベルナルド・デル・カルピオについては言わずもがなです。しかし、彼らが今に伝わる偉業をいくつも成し遂げたかとなると、実に疑わしい。先ほどあなたが挙げられた、ピエール伯爵が木馬の梶にしたという棒のことですが、王室の兵器庫でバビエカの鞍の隣に並んでいるというその棒に関して、わたしは大きな過ちを犯したことを告白します。わたしは、よほどの物知らずか、ひどい近視眼なのでしょう、なにしろ鞍は見たのに、棒は目に入らなかった。おまけに、あなたのおっしゃったところによると、それは大きな棒だそうですからね」

「そう、確かにあそこにあるのです」とドン・キホーテが応じる。「しかも黴が生えないように、仔牛の革で覆われているそうです」

「いちいちごもっともです」と参事会員が言う。「とはいえ、わたしは自分の聖職の位にかけて誓いますが、それを見たという記憶がないんです。しかし、一歩ゆずって、そこに飾られているとしても、それでわたしに、ごまんといるアマディス一族の話や、掃いて捨てるほどいる騎士について語られている話を、無理やり信じさせられるわけじゃない。それはともかく、あなたみたいに高潔で、多くの美点を備え、思慮分別に十分恵まれた方が、でたらめもいいところの騎士道物語に記されているような、奇妙奇天烈な狂気の数々を、真実であると思い込むとは、なんとも納得がいきませんね」

第五十〜五十一章　梗概

ドン・キホーテと聖堂参事会員の談義が続き、ドン・キホーテは騎士道物語の真実性とそれを読んで得られる効能を主張する。牝の山羊に話しかけながら躍起になって群れに戻そうとする山羊飼いが現れ、興味をもった一行に自分の経験を話す（第五十一章はすべて山羊飼いの身の上話にあてられている。メインストーリーと直接の関係はない）。

ドン・キホーテと山羊飼いの間に生じた喧嘩と、ドン・キホーテが汗まみれになって丸く納めた苦行者相手の奇妙な冒険

第五十二章

山羊飼いが語った話は耳を傾けていた者たちすべてを楽しませたが、とりわけ参事会員に大いに受け、しかも彼は、山羊飼いの話しぶりが、粗野な山羊飼いからはほど遠く、むしろ思慮に富む宮廷人を思わせることに気づいた。そこで彼は、山地が学識のある人間を育むと司祭は言ったが、言い得て妙だと評した。一同はエウヘニオに援助を申し出た。しかし、この点で誰よりも気前がよかったのがドン・キホーテで、彼はこう言った。

「山羊飼いの若者よ、もしも私が何らかの冒険を開始できる身であれば、直ちに取り掛かってそなたに加勢するところだ。私としてはレアンドラ様を、修道院長はもとよりどれだけ邪魔が入ろうと（ご自分の意思に背いて収容されているにちがいない）修道院から救い出し、そなたの手に戻してさしあげるつもりだ。そうなれば、あとはそちらの意のまま気の向くままにされるがよい。ただし、いかなる乙女に対しても無礼を働いてはならないとする騎士道の掟を守るという条件のもとでな。私は、悪賢い魔法使いの力が、善意溢れる他の魔法使いの力によって打ち破られることを、神に掛けて望んでおり、それが叶えば、そなたに加勢し、

手助けすることを約束しよう。私の務めが、弱き者と困り苦しむ者に味方することであるからには、そうすることは私にとって義務なのだから」

山羊飼いはドン・キホーテを見た。ところが、身なりといい顔つきといいとんでもなく異様だったので、ぎょっとして、そばにいた床屋に訊いた。

「すみませんが、あんな格好で、あんな口のききかたをするあの人は、いったい誰ですか？」

「あの方はだな」と床屋が応じる。「誰あろう、世の中の汚辱を濯《すす》ぎ、不正を正し、乙女らを護り、巨人どもを驚愕させ、歴戦において勝利を収める、その名も高き、ドン・キホーテ・デ・ラ・マンチャ様だ」

「それって」と山羊飼いが突っ込む。「なんだか遍歴の騎士の物語を読んでいるみたいですね。その手の騎士たちは、あなたが今この人について言ったようなことを何でもかんでもやりますから。だけど、どうやらあなたはふざけているみたいだ、でなければ、お城で暮らしていそうなこの人の頭の中が空っぽかどちらかだ」

「貴様はとんでもない悪党だ」とドン・キホーテは、山羊飼いに激しくやり返した。「貴様こそ頭がすかすかの大ばか者だ。私の頭なら、貴様を産んだ下劣な売女が貴様を孕んだ腹よりも、ぎっしり詰まっているぞ」

そう言うが早いか、そばにあった棒パンをつかみ、それでもって山羊飼いの顔面を思い切り殴りつけ、鼻をぺしゃんこにしてしまった。冗談の通じない山羊飼いのエウヘニオは、自分がさんざんな目に遭わされたことでいきり立ち、敷物も卓布も無視したばかりか、食事中の人々に遠慮することもなく、ドン・キホーテに飛びかかると、両手で首を絞めにかかったものだから、もしもそのとき、サンチョ・パンサが慌てて駆け寄り、若者の背中にしがみついて、皿や茶碗《ちゃわん》が割れて中身がこぼれ飛び散るのもかまわず、彼を食卓の上に倒さなかったとしたら、主人は間違いなく息の根が止まっていただろう。身をほどかれたドン・キホーテは、直ちに山羊飼いに反撃する。サンチョの足蹴りを食らって顔面血だらけになった若者は、四つん這《ば》いになって這いずりながらも、血で血を洗う復讐をしようというのだろう、食卓のナイフをつかもうとする。だが、参事会員と司祭がそれを許さない。しかし、床屋が手を貸すことで、山羊飼いはドン・キホーテに馬乗りになり、下にある彼の顔をしこたま殴りつけたので、哀れな騎士も相手と同じくらい顔中血だらけになった。

それを見て参事会員と司祭は笑い転げ、警護の役人たちは小躍りして面白がり、犬の喧嘩を煽るように、盛んに二人を煽り立てた。唯一サンチョ・パンサだけが憤慨していたが、それは、参事会員の手下のひとりに阻まれて、主人の助太刀ができずにいたからである。

要するに、傷だらけになりながらも殴り合っている二人を除き、すべての人間がこの有様を喜び、楽しんでいた。そのときラッパが鳴ったが、その響きがあまりに悲しげなので、彼らは音が聞こえてくるらしき方向に顔を向けた。しかし、それを聞いて最も興奮を隠せなかったのがドン・キホーテだった。このとき彼は山羊飼いにのしかかられ、自分の意思どおりにならないことにうんざりし、相当痛手を受けていたにもかかわらず、相手にこう言った。

「なあ、悪魔の兄弟よ、こう呼ぶのはそなたがそれ以外の何かではありえないからだ。なにしろ、そなたは私を凌ぐ勇気と力を示したからな。そこで頼みたいのだが、ほんの一時間ばかり休戦してはもらえないだろうか。というのも、今聞こえているあのラッパの悲しげな音《ね》が、私を何やら新たな冒険へと誘っているらしいからだ」

山羊飼いは、殴ったり殴られたりするのにもはやくたびれはてていたので、直ちに賛成し、ドン・キホーテを放してやった。そこで騎士は立ち上がり、音のするほうに顔を向けた。そのとたん、苦行者を思わせる白装束の男たちが大勢、斜面を下ってくるのが見えた。

種を明かすと、その年は、雲が雨を降らせることを拒んだので、その地方ではどの村でも、神が慈悲深くも手を開いて雨を降らせるように願い、人々は雨乞いの聖体行列や祈禱、苦行などを盛んに行っていた。そして隣村の人々も、同じことを祈願するために、隊列を組み、その谷間の斜面に立つご利益のある礼拝堂に向かう途中だったのだ。

ドン・キホーテは、苦行者たちの奇妙な身なりが目に入ると、それまでにもたびたび目にしていたはずなのに、その事実を思い出しもせず、すわ冒険の到来と、それも遍歴の騎士である彼のみがたずさわるべき冒険が訪れたのだと思い込んだ。そのうえ、黒衣の聖像が運ばれていくのを、どこかの貴婦人が卑怯で無礼なごろつきどもに無理やりさらわれて行くところだと見なすと、その思い込みは確かなものとなった。その考えに囚われた彼は、のんびり草を食《は》んでいたロシナンテのもとにすぐさま駆けつけ、鞍に掛けてあった轡と盾を手に取るとあっという間に轡をかませ、サンチョには剣を持ってこさせた。そして愛馬に跨って、盾

に腕を通してから、そこにいた一同に向かって大声で言った。

「それでは、かけがえのない仲間の皆さん、遍歴の騎士道を信奉する騎士がこの世に存在することがいかに重要であるかを、今からご覧に入れましょう。囚われの身であそこを行くご婦人が自由の身となるのを見れば、遍歴の騎士が尊重されるべきであることに、納得がいくはずです」

そう言うと彼は両腿で、というのは拍車がなかったから、ロシナンテの脇腹を締め、目一杯の早足で、というのはこの真実の物語を通じて、ロシナンテが疾駆したと述べられてはいないので、苦行者一行に迫ろうとする。司祭と参事会員と床屋が引き留めようとしたがその甲斐はなく、サンチョが発したこんな声などなおさら役に立たなかった。

「どこに行くつもりかね、ドン・キホーテさま？　カトリックの信仰に逆らえとそそのかすなんて、ご主人さまの胸ん中にいったいどんな悪魔が入り込んじまったんだ？　参ったな、ありゃ苦行者の行列だよ、それに台座に乗ってんのは純真無垢の聖母さまのありがてえ像だってわかんねえかな。いいかね、自分のすることにゃ気をつけてくれねえと。だって今度ばかりは自分が思ってることとはちがうんだから」

サンチョがいくら叫んでも無駄だった。主人は白装束の人間たちのところへ行って、黒衣の婦人を救うことしか頭になく、他人の言葉など聞こえていなかったからだ。それに、聞こえたとしても、たとえ国王が命じたところで戻ってはこなかっただろう。さて、行列に近づいた彼は、少し休みたがっているロシナンテの脚を止め、濁ったしわがれ声でこう言った。

「貴様たち、おそらくは怪しい者どもであるがゆえに、顔を覆い隠しているのだろう。耳を澄ませて、今から私の言うことをよく聞け」

まっ先に立ち止まったのは、聖母像を担いでいた者たちで、連禱を唱えていた四人の司祭のひとりが、ドン・キホーテの奇妙な風貌とロシナンテの痩せこけ具合に目を止め、ドン・キホーテのうちに他にも笑うべき要素があるのに気づいたもののこう応えた。

「兄弟よ、我らにご用がおありなら、早く言ってください。仲間の信徒らが、こうして自分の身を鞭で切り裂きながら進んでいますから。それに、せいぜい二言で済むくらい短くなければ、ここで止まって伺うことはできないし、そうする理由もありません」

「ならば一言で言おう」とドン・キホーテが応じる。「つまりこうだ。その美しいご婦人を直ちに自由にしてさしあげろ、その涙と悲しみに満ちた表情は、貴様たちがその方を本人の意に反して連れ去ろうとしていること、そして何らかの不埒《ふらち》極まりない真似を働いたことの明らかな証拠だ。このような非道を粉砕するために私はこの世に生を享けたからには、その方が望まれ、また本来備えているべき自由を取り戻してさしあげるまで、たとえ一歩でも貴様たちが先に進むことを許さないぞ」

この言葉を聞いた者たちは皆、ドン・キホーテが頭のおかしい人間にちがいないと気づき、どっと笑った。この笑いが火種となって、ドン・キホーテの怒りが爆発する。その証拠に、それ以上口をきかず、剣を抜くと、台座に襲いかかったのだ。台座を担いでいた者たちのひとりは、その荷を仲間たちに預け、台座の支柱《オルキーリャ》すなわち休憩時間に台座を支えておく棒を一本振りかざすと、ドン・キホーテを迎え撃った。そして、ドン・キホーテが浴びせた激しい一太刀を、その棒で受け止めたので、棒は真っ二つになった。だが、担ぎ手の男は、手元に残った半分で、ドン・キホーテの剣を握る側の肩に猛烈な一撃を食らわせた。田舎者のばか力を盾で防ぐことができなかったため、哀れなドン・キホーテは馬から地面に転げ落ち、そのまま伸びてしまった。

息をはずませながらドン・キホーテを追ってきたサンチョ・パンサは、主人の落馬を目撃すると、担ぎ手の男に声を掛け、もう棒で殴るのはやめてくれ、これは魔法に掛かった哀れな騎士で、これまで一度だって他人に悪さをしたことがないのだからと言った。だが、田舎者の担ぎ手を押しとどめたのは、サンチョの声ではなく、ドン・キホーテの手足が微動だにしないのに気づいたことだった。そこで、相手を死なせてしまったと思い込み、白装束の裾を急いで尻っぱしょりすると、野原をダマジカみたいな速さで逃げ去った。

そのとき、ドン・キホーテが倒れ伏す場所に、同行者たちが残らずやってきた。すると、聖母像の行列の連中は、彼らが走って近づいてくるうえに、その中に石弓を持った役人たちが交じっているのを見て、何かよからぬことが起こるのではないかと恐れ、聖母像を囲み全員で円陣を組んだ。彼らは先のとがった頭巾を脱ぎ、鞭を握り、司祭たちは燭台《しょくだい》をつかみ、襲撃を待ち受けた。自分たちの身を守るだけでなく、可能ならば自分たちから打って出ようと覚悟を決め、襲撃を待ち受けた。ところが幸運にも予想を裏切る結果がもたらされる。サンチョがいきなり主人の身体にすがりつき、死んでしまったと早とちりして、身も世もなく、痛ましくも笑いを誘う泣き声を上げたからだ。

おまけに駆けつけた司祭は、なんと行列の一行に交じっていた司祭と顔見知りだった。これにより、両陣営が互いに抱いていた相手に対する恐怖はすっかりやわらいだ。こちら側の司祭があちら側の司祭に、ドン・キホーテがどんな人物かをかいつまんで話して聞かせた。そこであちら側の司祭と苦行者たち全員が、哀れな騎士が実際に死んだのかどうかを確かめようと近づいてみると、サンチョ・パンサが涙ながらにこう言っているのが聞こえた。

「ああ、騎士道の華だったご主人さまが、棒で一発殴られただけで、あんなにも苦労を重ねてきた生涯を終えちまうとは！　ああ、一族の栄誉を担い、ラ・マンチャ全体にとどまらず、全世界の名誉にして偉人のご主人さまが欠けると、悪事を懲らしめられる恐れがなくなり、世界にはいろんな悪がはびこっちまうよ！　ああ、どこのアレクサンドロスにも増して寛大な方だったよ、だって、たった八か月仕えただけで、四方を海に囲まれた一等いい島をくれるってんだから！　ああ、偉そうにする連中には控えめで、控えめな連中には偉そうにして、危ねえことに立ち向かい、恥ずかしい目にはじっと耐え、根拠もねえのに恋をして、善人たちの真似をして、悪人どもを鞭打って、卑怯者の敵となる、とどのつまりが遍歴の騎士だった、これ以上は何も言えねえよ！」

サンチョの声と嘆きに、ドン・キホーテは息を吹き返し、開口一番こう言った。

「優しいが上にも優しいドゥルシネアよ、あなたなしに生きる者は、これどころかもっと悲惨な目にさえ遭わざるを得ないのです。我が友サンチョ、手を貸してくれ、あの魔法の荷車に乗せてもらえないか。こちらの肩全体が砕けているので、ロシナンテの鞍に跨れないのだ」

「喜んで手助けするよ、ご主人さま」とサンチョが応える。「でもって、ご主人さまが達者でいてもらいてえと思ってくれてるこの人たちと一緒に村に帰《けえ》って、向こうで、もっと得して、名も上げられることをしにまた出かける算段でもしようよ」

「よく言ってくれたな、サンチョ」とドン・キホーテが応じる。「それに、今巡ってきた星々の悪しき力をやり過ごすのは、至極賢明というものだろう」

　参事会員と司祭と床屋も、彼が今述べたとおりにするのが一番いいと口を揃えて言った。こうしてサンチョ・パンサの単純素朴さを堪能《たんのう》した一同は、ドン・キホーテを、前と同様、荷車に乗せた。一方、聖像の行列も隊列を整え直すと、行進を再開した。ここで山羊飼いは全員に別れを告げた。聖同胞会の役人たちは、さらに先に進むことを嫌ったので、司祭が彼らに払うべき手間賃を払った。そして参事会員は、その後のドン・キホーテの様子、彼が狂気から覚めるのか、あいかわらず狂気のままでいるのかを、知らせてほしいと言い残すと、彼らに村に帰る旅を続けることを許可した。

　最後に残ったのは司祭と床屋、ドン・キホーテとサンチョ・パンサ、そして主人同様、すべてのことに我慢強く立ち会ってきた善良な馬のロシナンテだけになった。牛飼いは牛を荷車につなぎ、ドン・キホーテを干し草の上に楽な姿勢で座らせてやると、司祭の指示にしたがって、いかにも牛車らしくのんびりと道を辿った。そして六日目にドン・キホーテの村に着いたのだが、真昼時で、しかもちょうど日曜日だったため、ドン・キホーテの牛車が通り

G. Doré
H. PISAN

抜けようとする広場全体が人々でにぎわっていた。彼らは何が牛車で運ばれているのかを見ようと一斉に駆け寄り、積荷の正体が地元の人間だとわかるとびっくりした。そのときひとりの少年がドン・キホーテの家政婦と姪のところへ走って行き、家政婦の主人にして姪の叔父がげっそりやせ、顔は黄色に変色し、牛車に積まれた干し草の山の上に寝かされて帰ってきたことを伝えた。二人の善良な女性が叫び声を上げ、自分の頬を平手で打ち、呪われた騎士道物語にふたたびののしりの言葉を浴びせるのは、何とも痛々しい光景だったが、ドン・キホーテが戸口から入ってくるのを見た二人は、そっくり同じことを繰り返したのだった。ドン・キホーテが帰ってきたという知らせに、サンチョ・パンサの女房もすっ飛んで駆けつけた。自分の亭主が従者として一緒に旅に出たことをすでに知っていたからだ。だがサンチョの顔を見るなり、真っ先に尋ねたのは、ロバは無事かということだった。するとサンチョはこう答えた。あいつならてめえの飼い主より元気さ。

「そりゃありがたいね」と彼女が応える。「神さまのおかげだね。でもあんた、言っとくれ。従者になって旦那さまと出かけて、何かいいことあったのかい？　あたしにスカートでも持ってきてくれたかい？　子供たちには靴でもあるのかい？」

「そんなもんは何にもねえよ」とサンチョが応える。「だがな、母ちゃん、もっと値打ちのあるすげえもんを持ってきたぜ」

「そりゃ嬉しいね」と女房が応じる。「じゃあ、そのもっと値打ちのあるすごいものを見せておくれよ、あんた。早く見たいよ、あたしの心を喜ばせてやりたいからさ、だって、長いことあんたがいないあいだ、ひどくさみしくてつらい思いをさせちまったんだから」

「家に帰ったら見せてやるよ」とサンチョが言う。「だが、今喜んでいいことがある。いいか、神さまの思し召しで、おれたちがまた冒険を探して回る旅に出ることになったらだな、お前は、おれがたちまち伯爵か、〈島《インスラ》〉の領主になるのを見ることになるぞ。島といったって、そこらにあるのとはわけがちがう。一等いいやつだ」

「神さまのお力でそうなるといいねえ、あんた。だって家にはそれが要るもの。ところで、教えておくれ、そのインスラっていったい何なのさ？　あたしにゃわかんないよ」

「こりゃロバに蜂蜜だな」とサンチョが応じる。「ま、そのときになりゃお前にもわかるさ。しかも、お前だって、家来のみんなから奥方さまと呼ばれて、びっくらこくぞ」

「サンチョったら、何のこと言ってるのさ、奥方だとか、インスラだとか、家来だとか？」とフアナ・パンサが返す。これがサンチョの女房の名前で、亭主と同じ姓だったが、二人が親戚だったというわけではなく、ラ・マンチャ地方では、妻が自分の名に夫の姓をつけるのが慣わしだからである。

「何もかも急いで知ることはねえよ、フアナ。そうあわてるなって。おれが本当のことを言うだけで十分だ。だから口はふさいでおきな。ついでにひとつだけ教えておくと、世の中で、正直な男が、冒険を探す遍歴の騎士の従者になるより楽しいことはねえってことだ。たしかに、冒険といったって、出くわすのは大抵こっちが望んでるほど面白いもんじゃねえ。なにせ百のうち九十九は、よこしまでねじくれた冒険だ。おれは自分の経験で知ってるよ。だって、毛布上げされたり、殴られるは蹴られるは散々な目に遭ったときもあるからな。だけど、そういうことがあっても、何かが起こることを期待して、山を越えたり、森に入り込んだり、岩を踏んだりして、お城に行き、旅籠屋に泊まって勝手なことして、でもって宿代踏み倒して出てきちまったりするのは、楽しいことなんだ」

サンチョ・パンサとその妻フアナ・パンサのあいだでこのような会話が交わされた。その一方、ドン・キホーテの家政婦と姪は、彼を寝室に連れて行き、着ていたものを脱がせ、彼の古いベッドに横たわらせた。そうされながら彼は二人を横目で見ていたが、自分がどこにいるのかわからずじまいだった。司祭は姪に、叔父の世話をして、いたわってやるように言いつけ、家に連れ戻すのにいかに苦労したかを話したうえで、二度と抜け出さないよう注意を怠らないようにと言った。ここで姪と家政婦は、ふたたび天を仰いで叫び声を上げ、あらためて騎士道物語に悪罵《あくば》を投げつけると、嘘と戯言の塊の作者どもを地獄の底のまん真ん中へ突き落とすよう天に訴えた。要するに、二人は、自分たちの主人にして叔父が、容体がいくらかでもよくなりしだい姿を消すのではと恐れかつ当惑していたのだ。そして果たせるかな、まさに彼女たちの想像どおりになったのである。

ところが、この物語の作者は、ドン・キホーテが三度目の旅で挙げた手柄を、好奇心を抱いて熱心に探したものの、その情報を、少なくとも信頼に足る文書の形で見つけ出すことはできなかった。それでもラ・マンチャの人々の記憶には、ドン・キホーテが三度目の出奔の際にサラゴサに行き、その市で開催された名高い馬上槍試合に出場したこと、そこで彼の勇気と分別にふさわしいことがいくつも生じたということが、噂としてとどめられている。その最期と死没についても作者は何ら情報を得ていない。したがって、幸運にも、ある老医師が、所蔵していた鉛の箱を提供してくれていなければ、手がかりは一切得られなかっただろう。その箱は、本人によると、改築のために取り壊された古い礼拝堂の崩れた礎石の中から見つかったという。その中に、ゴシック体の文字ではあるがカスティーリャ語の韻文が書かれた羊皮紙が何枚か入っていて、そこにドン・キホーテの偉業の数々とともに、ドゥルシネア・デル・トボソの美しさやロシナンテの容姿、サンチョ・パンサの忠実ぶりに関する情報、さらにドン・キホーテの墓とその生涯および習慣について刻んだ様々な墓碑銘と賛辞のことが記されていた。

それらのうち明らかに読み取れたのは、この新しくしかも前例のない物語の信頼できる作者が以下に引用するものだけである。この作者は、件の騎士の伝記を出版するために、ラ・マンチャ地方のありとあらゆる古文書館を訪れて文献を渉猟したが、それに要した多大な労力への報奨として、読者に唯一要求するのは、思慮を備えた人々が、現在世の中で大流行している騎士道物語に与えるのと同じ評価を本書に与えることである。それが叶えば、作者は十分報われて満足し、それが励みとなって、信憑性の点では及ばないまでも、少なくとも創意と娯楽性において決して劣らない他の物語を見つけ出すことだろう。

鉛の箱の中から見つかった羊皮紙に書かれていた言葉は次のように始まる。

ラ・マンチャ地方、ラ・アルガマシーリャ村学士院会員諸氏、勇猛果敢なドン・キホーテ・デ・ラ・マンチャの生涯とその死没について

以下のごとく記す

ラ・アルガマシーリャ村学士院会員《コンゴの黒猿》が
ドン・キホーテの墓に捧げる

碑　銘

クレタのイアソンを凌ぐ戦利品で
ラ・マンチャを飾った狂気の男
その鋭い判断力は風見鶏《かざみどり》のごとく瞬時に働くが
切れ味がやや控えめならばなお良かったものを
その腕力の名声はナポリ湾から果ては中国まで
あまねく行き渡り

思慮に満ち畏怖すべきその詩才は
青銅の板に詩句を刻ませる
　その恋と武勇において
アマディス一族を後方《しりえ》に従え
ガラオールらも及ぶことなく
　ベリアニス一族も兜を脱ぐ
ロシナンテに跨り遍歴を続けた男
この冷やかな墓石の下に眠る

ラ・アルガマシーリャ村学士院会員《太鼓持ち》作
ドゥルシネア・デル・トボソ賛歌

ソネット

　このとおり顔は肉厚
胸の突き出た決然たる物腰の女性こそ
偉大なドン・キホーテが恋焦がれた
トボソ村の女王ドゥルシネア。

ドン・キホーテは彼女を想うがゆえ
シエラ・ネグラの大山脈をくまなく歩き
名高いモンティエルの野を
さらには草生い茂るアランフエスの平原を
疲れた足で歩き続けた。
落ち度はロシナンテに。おお、酷き星の巡り合わせよ！
このラ・マンチャの女性
そしてこの不敗を誇る遍歴の騎士
彼女は若く美しいままこの世を去り
彼は恋と怒りと錯誤を免れなかったものの
大理石にその名を刻まれる。

ラ・アルガマシーリャ村の才知溢れる学士院会員《気まぐれ者》による
ドン・キホーテ・デ・ラ・マンチャの愛馬ロシナンテ賛歌

ソネット

軍神マルスが血まみれの足跡を残した

威厳ある金剛石の玉座に
熱狂したラ・マンチャの男が
奇妙な力でその旗を翻す。
　そこに吊るされた甲冑と鋭い剣
敵に斬りつけ、斬り裂き、真っ二つに断ち斬ったあの剣だ。
新たな武勲！　だが武芸は
新たな勇士に新たな流儀を生み出させる。
　かりにガウラの地がアマディスを誇示し
ギリシャがその勇猛なる子孫が得た
千回に及ぶ勝利を誇り名声を広めようとも
戦の女神ベローナが司《つかさど》る王宮が
ドン・キホーテに栄冠を授け
今日ラ・マンチャはギリシャやガウラに増してそのことを誇る。
　忘却は決して彼の栄光を汚さない
ロシナンテすらも凜々しいことでは
ブリリャドロやバヤルドを凌ぐのだから。

ラ・アルガマシーリャ村学士院会員《冗談好き》による

サンチョ・パンサ賛歌

ソネット

サンチョ・パンサは身体こそ小さいが
その勇気の大きさは稀《まれ》に見る驚異だ！
この世に現れた最も純真素朴な従者であることを
私は誓って請け合える。
　彼はもう一歩で伯爵になれるところだった
もしもロバをも看過しない
狭量な時代に傲慢で無礼な輩が
結託して邪魔をしなかったなら。
　ロバの上を歩いて（失礼、これは冗談）
この従順な従者は
従順な馬ロシナンテと主人のあとに従った。
　ああ、人の希望の虚《むな》しさよ！
憩いを約束しておきながら
しまいには影と煙と夢と化すのだ！

ラ・アルガマシーリャ村学士院会員《悪魔の海賊》が
ドン・キホーテの墓に捧げる

碑　銘

ロシナンテに運ばれて
あの道この道歩いては
痛い目辛い目に遭った
遍歴の騎士ここに眠る。
　従者の肩書がこれまでに見た
最も忠実な従者にして
愚かなサンチョ・パンサもここに眠る。

ラ・アルガマシーリャ村学士院会員《時計の針》が
ドゥルシネア・デル・トボソの墓に捧げる

碑銘

ドゥルシネアここに眠る
豊満だったにもかかわらず
身の毛のよだつ醜悪な死は
彼女を埃と灰に変えた。
彼女は由緒正しい家に生まれ
どこか貴婦人を思わせた
偉大なるドン・キホーテにとっては炎であり
その生まれ育った土地の栄光だった。

以上が読むことが可能だった詩文である。その他の詩文は、文字が紙魚《しみ》に食われている箇所があったので、判読の仕事は学士院会員のひとりの手に委ねられた。彼はいく晩も寝ず、必死に取り組んだあげく、ついに解読し、ドン・キホーテの三度目の旅立ちを期待して、結果を公にするそうだ。

おそらく他の誰かがより上手にうたうだろう。

完

（野谷文昭＝訳）

（ギュスターヴ・ドレ＝挿画）

美しいヒターノの娘

『模範小説集』より

1

ヒターノ［スペインに居住するロマ］は男も女も、泥棒になるためだけにこの世に生まれたように思われる。泥棒の両親から生まれ、泥棒たちの間で成長し、泥棒の練習を重ね、ついにはどんな状況でも泥棒を働けるようになるのである。[*1]盗みの欲求と盗む行為は、ヒターノにとっては皮膚の色のようなもので、死によってしか消えることはないと思われる。さて、ヒターノ族のある老婆——すでに現役の盗みからは退いていたに違いない——が、孫だといってプレシオサと名づけた娘を育てていた。そして老婆が持っているヒターノのあらゆる技能と、詐欺のテクニックや盗みの方法を孫娘に教えこんだ。プレシオサは、ヒターノ生活を送る者たちの中でも希有《けう》な踊り手となり、またヒターノばかりでなく、すべての美しく思慮深いと讃《たた》えられる女性たちのなかでも、最も美しく慎み深い女性となったのである。他の人びとにくらべてヒターノがその影響を受けやすい、太陽も、風も、過酷な天候さえも、彼女の顔のつやを奪ったり、その手を褐色に日焼けさせることはできなかった。加えて、プレシオサが粗野な躾《しつけ》しか受けずに育ったことを考えると、彼女が生まれつきヒターノの女性をはるかに凌《しの》ぐ美点を備えていることは明らかだった。彼女はとても礼儀正しく、考え方もしっかりしていたからである。にもかかわらず、いくぶん奔放な面もあったが、露骨に淫《みだ》らな印象を与えるものではなかった。それどころか、彼女は機知に富んではいても、慎み深かったので、彼女の前ではどんなヒターノの女性も、老いも、若きも、あえて淫らな歌を歌うことや、野卑な言葉を口にすることはできなかったのである。そして、ついに祖母は孫娘が持っている宝物を察知した。年老いた鷲《わし》は、子鷲をひっぱりだして飛ばし、自分の爪で生きる方法を教えようと決心したのである。

プレシオサはビリャンシーコ、コプラ、セギディーリャにサラバンダ、さらに他の歌も上手だったが、なかでもロマンセは独特の魅力のある歌い方をした。悪知恵のはたらく祖母は、孫娘の若さと美貌に、歌と技巧が備われば、至福といえる魅力に富んだ女性になり、そのおかげで自分もひと儲《もう》けできるに違いないと気づいた。そこで老婆はあらゆる手段で詩を手に入れ、かつ探し求めた。詩を提供してくれる詩人には不自由しなかった。盲人のために奇跡をでっち上げて詩を書き、分け前に与《あずか》る詩人がいるように、ヒターノと協調し、彼らに作品を売る詩人たちもいるのである。世の中にはあらゆる人びとがいる。飢えをしのぐために、ときに才能はとんでもないことをしでかすのである。

プレシオサはカスティーリャの各地を移動しながら育ったが、十五歳になると、祖母とされる女が、彼女を王都にある昔ながらの野営地に戻した。それはヒターノが常設しているもので、[*2]サンタ・バルバラの野にあった。老婆はそこで自分の商品である孫娘を売り出したいと考えた。王都では何でも買えたし、何でも売れたのである。プレシオサが初めてマドリードに入ったのは、町の守護聖人であるサンタ・アナの祝日のことで、踊り手の一団と一緒だった。この一団には、四人の古参の女と四人の娘、合わせて八人のヒターノの女たちと、ひとりの偉大な踊り手であるヒターノの男がいて、その男が女たちを率いていた。女たちは全員が身ぎれいに美しく装っていたが、プレシオサの身拵《みごしら》えは大変なもので、次第に見る者すべての視線を惹《ひ》きつけていくのであった。小太鼓とカスタネットの音色、そして踊りの盛り上がりの中から、このヒターノの娘の美しさ、あでやかさを讃えるざわめきが起こり、少年たちは彼女を見物するために、男たちはじっと見つめるために走って行った。そして、彼女の歌が聞こえると、というのは踊り[*3]が歌を伴っていたからだが、美しいヒターノの娘の評判は一段と高まったのである。祭りを主催する役員たちの一致した見解で、即座に最高の踊り手の賞と賞品が、彼女に与えられることに決まり、サンタ・マリア教会のサンタ・アナの像の前で、踊りを披露することになった。全員が踊ったあと、プレシオサはタンバリンを手にとって、長々と軽やかな回転を繰り返しながら、次のロマンセを歌った。

　サンタ・アナは価値ある樹木だが、
　実を結ぶのに時間がかかり、

子が生まれたときには
夫[*4]ヨアヒムの喪に服していた。
妻の長い年月にわたる不妊に
ヨアヒムの清らかな欲望は
子を持つことを確信できず
希望を失いかけたのである。
子が生まれるのが遅れたために
最も正しい人が
跡継ぎがいないという理由で
神殿[*5]から追い出される不幸な事態が起こった。
聖なる不毛の地であるアナは、
ついには世界を支えるほどの
素晴らしい豊穣《ほうじょう》を
生み出すことになった。
人の姿を持つ神イエスに
その形を与える
打ち型である聖母マリアを鍛造した
貨幣鋳造所となったのである。

アナはマリアの母。
娘マリアのうちに
神は人の統治を超える
偉大な御子を示した。
あなたとマリア、
アナよ、お二人は
世の不幸な人びとが
救いを求める避難所となるのです。
確かに、お二人が
あなたの孫イエスに人の願いを取り次ぐ
慈悲深い影響力を持つことを
わたしは疑いません。
あなたはいと高き神の城の
共有者であるから
多くの親族が
あなたと共にありますように。
マリアはなんと素晴らしい娘、イエスは素晴らしい孫！
そしてヨセフはなんと素晴らしい婿でしょう！

正しい理由のあることだから、すぐにも、
あなたは勝利を歌ってもよいのに。
でもあなたは、謙虚で、
あなたの娘がそこで謙遜を学ぶ
場所となったほどなのである。
そして今は彼女のそばで、
神様のすぐ近くで、
わたしには予想もできない
高みを享受している。

プレシオサの歌は、すべての聴衆の賞賛の的であった。ある者たちは言った。「お嬢さんに神のご加護を！」別の者たちは、「この娘がヒターノだとは残念なことだ！　立派な人の令嬢でもおかしくはないのに、本当に」もっと下品な者たちは、こんなことを言った。「この小娘も成長すれば、ヒターノの本性をあらわすだろうさ！　男たちの心を一網打尽にする、えげつない引き網をしかけるに決まっている！」もっと人間味のある、無作法でぼんやりした者は、彼女がとても軽やかに踊るのを見てこう言った。「いいぞ、姉ちゃん、いいぞ！　恋なんて糞《くそ》くらえ、木っ端微塵《こばみじん》だ！」すると彼女は、踊り続けながら答えた。「木っ端微塵よ！」

サンタ・アナの前夜祭と本祭が終わると、プレシオサは幾らか疲れたけれど、美しく、才気があって慎み深い、優れた踊り手であると絶賛され、王都では人が集まれば彼女の噂《うわさ》でもちきりだった。それから十五日後、タンバリンと新しい踊りを携えて、他の三人の娘たちと一緒にマドリードに戻った。彼女たちはロマンセと陽気な小曲を用意していたが、それらはいずれも慎み深いものばかりだった。プレシオサは彼女と共演する者たちが、下品な歌を歌うことを許さなかったし、自分もそのような歌は決して歌わなかった。多くの人はこのことに注目し、彼女を評価したのである。彼女が掠奪《りやくだつ》されるのを恐れたヒターノの老婆は、彼女のアルゴス［ギリシア神話に出てくる百の目を持つ巨人。ゼウスの妻ヘーラーが夫の愛人イーオーを見張らせた］となって、片時もそばを離れようとしなかった。彼女を孫と呼び、彼女も老婆を祖母だと思っていた。プレシオサと三人の娘たちがトレド通りの日陰で踊り始めると、すぐに後をついて来た者たちの大きな人だかりができるのだった。彼女たちが踊っている間に、老婆が周囲の者たちに施しを求めると、オチャーボ［二マラベディ相当の銅貨］やクアルト［四マラベディ相当の銅貨］が、あられのように降り注いだ。美しさにもまた、眠っている慈悲心を目覚めさせる力がある。踊りが終わるとプレシオサは言った。

「四クアルトいただければ、わたしのソロでロマンセを一曲歌いましょう。とても美しいものので、マルガリータ王妃陛下が、ご出産の感謝のミサに臨席されるためにバリャドリードのサン・リョレンテ教会にいらした時のことを歌っています。有名なロマンセで、大隊の隊長みたいな名だたる詩人によって作られたものですよ」

こう言うやいなや、周囲を取り巻いていたほとんどすべての者たちが大声で言った。

「歌ってくれよ、プレシオサ、ほら、俺の四クアルトだ！」

そして、彼女にクアルト銅貨が雨あられと降り注いだので、老婆はそれを拾う手を休める暇もなかった。銅貨を拾い集めてしまうと、プレシオサはタンバリンを鳴らしながら、陽気に自由な調子でロマンセを歌った。

人としての価値とマルガリータの名において
豪華で感嘆すべき宝石である
ヨーロッパ一の王妃が
出産のミサに出かけた。
その信仰とその豪華さを
見て驚嘆するすべての者たちの
目を奪うように
すべての魂を奪う。
地上のどこであっても
それは天国の一部であると示すために
片側にはオーストリア[*6]の太陽[*7]を、
もう一方の側には年若いアウロラを伴う。

その背後に続くのは
[*8]時ならぬときに上った大きな星、
天と地が涙を流す
その日の夜に。
[*9]天に輝く馬車を造る
星があるなら、
別の馬車にある
生きた星たちがその天を飾る。
ここで[*10]老人のサトゥルヌスが
あご髭《ひげ》を整え一新し、
ゆっくりだが、軽やかに進む、
喜びで痛風は治癒するから。
[*11]おしゃべりな神がへつらいと
愛の言葉を語りつつ行く、
クピドーはルビーと真珠で飾る
判じ絵をまとって。
自分の影に驚く、
何人かの優雅な若者の

優雅な代理として、
[*12]怒れるマルスがそこを行く。
[*13]太陽宮のそばに
ユピテルが行く、賢明な
業績に基づく
寵愛《ちょうあい》には
困難なことはない。
ひとりともうひとりの人間の女神の
頬には月が行く、
この天が形成する
美の中には、純潔なヴェヌス。
[*14]小さなガニュメデスたちは
この驚嘆すべき天空の
飾られた獣帯を
横切り、行きつ戻りつ、また戻る。
すべてを魅了し
すべてを驚かせるために、
気前の良さから浪費の極みに

達しないものはない。
ミラノはその豪華な布を
インディアスはそのダイヤモンドを、
アラビアはその香を持って
好奇のまなざしの中を行く。
悪意の者たちとともに
毒舌家の妬みが行く、
スペインの忠誠の
心には善意が。
全世界の喜びが、
悲しみから逃れて、
取り乱しほとんど正気を失《な》くして
街路と広場をめぐる。
無数の声なき祝福に
沈黙が口を開く、
そして男たちが述べたことを
少年たちがくり返す。
ある者はいう。「多産なぶどうの木よ、

伸び、這《は》い上がり、巻きつき、触れよ
おまえの幸いな楡《にれ》に、
楡は末永くおまえに影をつくれ、
おまえ自身の栄光のために、
スペインの善と名誉のために、
教会の支えのために、
マホメットの恐怖のために」
別の声が叫んで、言う。
「万歳、おお、白い鳩よ！
おまえは私たちに子供として
二つの王冠を戴く鷲たちを与えるだろう、
獰猛《どうもう》な盗人の鷲たちを
空から追い払うために、
臆病な美徳たちを
それらの翼で覆うために」
別の、さらに賢明で厳粛な、
より鋭く優雅な声が、
喜びをまき散らしながら言う。

「オーストリアの真珠層が
私たちに与えた、この素晴らしい大粒[*15]の真珠は、
なんと多くの策略を破壊するか！
なんと多くの決定を撤回させるか！
なんと多くの希望を抱かせるか！
なんと多くの欲望の成就を阻むか！
なんと多くの恐れを増すか！
なんと多くの困難を克服するのか！」
このとき、ローマで焼かれ
名声と栄光のうちに生き残った
聖[*16]なるフェニックスの寺院に着いた。
生命の像に、
天の貴婦人に、
謙遜であるために
いま星を踏むものに。
母であり処女《おとめ》であるものに、
神の娘であり
妻であるものに、ひざまずいて、

マルガリータはこのように述べる。
「あなたが私に与えたものをあなたに与えます、
いつも思いやりに溢《あふ》れた手よ、
あなたの恩寵が欠けたところには、
いつも不幸が有り余るのですから。
私の子宝の初物を
あなたに捧げます、美しい聖母様、
それらをあるがままに見てください、
受け取って、保護して、よりよいものにしてください。
その父をあなたに委ねます、
彼は天空を背負うアトラスのように、
たくさんの王国と遠くにある
場所の重さに背を曲げています。
私は知っています、王の心は
神の手の上に暮らしていると、
そしてあなたが神とともに
慈悲深く望むことは何でもできると」
この祈りを終えると、

地上に栄光があると
示している讃歌《さんか》と声が
また別の祈りを唱える。
王家の儀式をともなう
典礼が終わると、
この素晴らしい天界の一行は
もとの場所に戻った。

プレシオサがそのロマンセを歌い終えるやいなや、それを聞いていた身分の高い聴衆や、しかつめらしい観客たちは、口をそろえてこう叫んだ。

「もう一度歌ってくれ、プレシオサ、クアルト銅貨ならいくらでもあるぞ!」

二百人以上がヒターノの女たちの踊りを見て、歌を聞いていた。盛り上がっている最中に、たまたま助役の一人がそこを通りかかった。多くの人が寄り集まっているのを見て、何事かと尋ねると、美しいヒターノの娘が歌っているので、それを聞いているのだと返事があった。好奇心の強い助役は、近づいてしばらく聞いていたが、節度を守り、ロマンセを最後まで聞くことはしなかった。そのヒターノの娘は実に素晴らしいと思われたので、小姓の一人を老婆のもとに使いにやり、妻のドニャ・クララに聞かせたいので、夕暮れ時に娘たちと一緒に家に来るように、と伝えさせることにした。小姓はそのとおりにし、ええ、伺いましょう、と老婆は答えた。

踊りと歌が終わると、女たちは場所を変えることにした。そのときである、とても良い身なりをした小姓がプレシオサに近づくと、折りたたんだ紙を渡しながら言った。

「プレシオサちゃん、そこに書いてあるロマンセはとても良いから歌ってごらん。君が世界一のロマンセ歌いという評判が得られるように、ときどき新しいロマンセを渡してあげるよ」

「喜んで覚えますよ」とプレシオサは答えた。「いいですか、セニョール、お話の新作ロマンセは必ずわたしにくださいね。上品であることが条件です。お支払いをお望みでしたら、十二篇の契約にいたしましょう。十二篇歌ったら、十二篇分支払うのです。わたしには、前払いはできませんから」

「プレシオサさんからは、紙代さえいただければ」と小姓は言った。「僕は満足です。それどころか、ロマンセの出来がよくなかったり、品のないものだったら、お支払いは必要ありません」

「選ばせていただきましょう」とプレシオサは答えた。

こうして道を進んで行くと、格子窓の向こうから数人の紳士がヒターノの女たちを呼んだ。プレシオサが低い格子窓の向こうを覗《のぞ》くと、美しく装飾された風通しの良い広間には大勢の紳士がいて、ある者たちは歩き回り、ある者たちはいろいろな賭け事をして、それぞれに楽しんでいるのが見えた。

「心づけをくださいませんか、みなさん《セニョーレス》？」とプレシオサはヒターノらしく、舌先を歯に挟《はさ》んでセの音を発音しながら言った。ヒターノの女のこうした発音は技巧であって、生まれつきのものではない。

プレシオサの声が聞こえ、振り向いてその顔を見ると、賭けをしていた者も、歩いていた者も動きを止めた。そして、誰も彼もが彼女を見るために格子窓に駆け寄った。すでに彼女の噂は聞いていたので、こう呼びかけた。

「いらっしゃい、いらっしゃい、ヒターノの娘さんたち、心づけをあげましょう」

「わたしたちにちょっかい出すと」とプレシオサは答えた。「高くつきますよ」

「そんなことはしないよ、紳士の名誉にかけてね」と一人が答えた。「入って来ても大丈夫だよ、お嬢ちゃん、誰も君の靴には触らない。胸につけている騎士団の徽章《きしょう》にかけて、なにもしないと誓うよ」

そう言うと、彼は胸のカラトラバ騎士団の徽章に手を置いた。

「あんたが入りたければ、プレシオサ」と一緒にいた三人のヒターノの女の一人が言った。「しようがない、入ればいいわ。あたしは、男があんなに大勢いるところに入ろうとは思わないね」

「あのね、クリスティーナ」とプレシオサは答えた。「あんたが身を守らなければならないのは、男と二人きりになった場合で、こんなに大勢の男が一緒のときじゃないわ。反対に、男が大勢でいるときは、危害を加えられる恐れも心配もないの。わかって、クリスティーナ、ひとつ肝に銘じてほしいの。貞潔を守ろうと決意した女は、軍隊の兵士たちの中でも、貞潔でいることができる。たしかに、危うい状況からは逃げたほうが良いけれど、それは密室のような状況のことであって、このようにオープンな状況とはまったく違うわ」

「入ろうか、プレシオサ」とクリスティーナは言った。「あんたは学者よりも世の中がわかってる」

ヒターノの老婆に励まされて、彼女たちは入って行った。プレシオサが入るとすぐに、胸元に入れた紙片を目にした騎士団員の紳士が、近づいてそれを取り上げた。プレシオサは言った。

「お返しください、セニョール、たった今わたされたばかりのロマンセで、まだ読んでもいないのです！」

「おまえは字が読めるのか？」と誰かが言った。

「書くこともできます」と老婆が答えた。「あたしは孫を法律家の娘のように育てましたから」

紳士は紙片を開き、中に一エスクードの金貨があるのを見て言った。

「プレシオサ、なんとこの手紙には運賃が入っている。ロマンセに入って来た、このエスクード金貨をとっておきなさい」

「まったく、もう」とプレシオサは言った。「詩人さんはわたしを貧乏人扱いしたのね。でもたしかに、わたしが金貨をもらったことより、詩人が金貨をくれたことが不思議でならない。詩人さんのロマンセにこんなおまけがついてくるなら、『ロマンセ全集』をまるごと書き写して、一作ずつ送ってくだされば、わたしは脈を測るように触ってみるわ。そして、もし硬かったら、わたしは心をやわらげて受け取るでしょう」

ヒターノの娘の話を聞いていた者たちは、彼女の思慮深さと同様に話し方の面白さにも感心した。

「読んでください、セニョール」と彼女は言った。「大きな声で読んでください。この詩人さんが、気前の良さと同じくらい、機知に富んでいるかどうか見てみましょう」

そこで紳士は次のように読んだ。

ヒターノのお嬢さん、美しいから
人は君にお祝いを言うかも知れない。
君は石の心の持ち主だから
人は君を宝石《プレシオサ》と呼ぶ。
この真実を私に保証するのは
このこと、君のなかに君が見るように。
愛想のなさと美しさは
決して離れることがないと。
成長すると値打ちが上がるように

君の傲慢が増すのなら、
君が生まれた時代が
思いやられるというもの。
君の中にはまなざしで人を殺す
バシリスクが育っている、
また、優しくても、
私たちには横暴と思われる統治が。
貧しい人びとと野営地の中から、
どうしてこれほどの美しさが生まれたのか？
おお、乏しいマンサナーレス[*17]が
どうやってこんなものを育てたのか？
これゆえ有名になるだろう
金色のタホ川にひとしく、
そして価値あるプレシオサゆえに
水量豊かなガンジス以上に。
君は運勢を占う
そしていつも不運をもたらす、
君の意向と君の美しさは

同じ道を行かない。
なぜなら、君を見つめる、凝視する、
大きな危険のなかで、
君の意向は弁解に向かい、
君の美しさは死を与えようとするから。
君の種族の女性たちは皆
妖術師だと言われている、
だが君の妖術こそは
もっとも強力でもっとも本物だ。
君を見たすべての者たちから
戦利品を持って行くために
おお少女よ、君はその妖術を
君の目に集中させる。
その力においても君は抜きん出る、
踊っては私たちを驚かし、
私たちを見ては、殺し、
歌えば、私たちを魅了する。
君は無数の方法で魔法をかける、

話す、黙る、歌う、見つめる、
君は近づいても、離れても、
愛の炎をかきたてる。
もっとも自由な心をも
君は支配し領有する。
その証人は君の支配に
満足している僕の心。
プレシオサ、愛の宝石よ、
へりくだってこれを書くのは
君ゆえに死に、そして生きる、
貧しい謙虚な、恋する男だ。

「最後の行に『貧しい』があるのは」とこのときプレシオサが言った。「不吉な前兆だわ。恋する者たちは、決して貧しいなどと口にしてはいけない。なぜならば、わたしの考えでは、貧しさは最初は愛の大敵なのですから」

「お嬢ちゃん、誰からそんなことを教わったの？」と一人が言った。

「誰から教わったかですって？」とプレシオサは答えた。「わたしの体には魂がないというのですか？　もう十五歳ですよ？　手も、足腰も不自由ではないし、知恵が足らないわけでもありません。ヒターノの女の才知は他の人たちとは違った目標に向けられていて、いつも年齢よりもませています。ヒターノには馬鹿な男もいなければ、愚鈍な女もいません。彼らは機知に富んでいて、狡猾《こうかつ》で、上手に人を騙《だま》して生計を立てるので、たえず才知を研ぎすまし、片時もぼんやりと過ごすことはありません。わたしの仲間の少女たちをご覧ください。黙りこんでいるから、馬鹿に見えるでしょう？　ためしに彼女たちの口に指を入れて、知恵歯を探ってみてください。そうすればおわかりになるでしょう。ヒターノの娘たちは誰でも十二歳になれば、二十五歳の女と同じくらいの知識を持っているのです。彼女たちは悪魔と体験を先生にして、人が一年かけて教わることを一時間で覚えるのです」

このような美しいヒターノの娘の話は、聞いている人びとを魅了した。そして、賭博をしていた者たちも、していなかった者たちも、彼女に心づけを与えた。木箱に三十レアルはたまったので、老婆は復活祭よりも豊かになり、上機嫌で自分の子羊たちを追い立てるのだった。気前の良い紳士たちには、後日またこの娘たちを連れてきますから、と約束して助役殿の屋敷へ向かったのである。

助役殿の奥方ドニャ・クララは、ヒターノの女たちが屋敷に来ることを知らされていたので楽しみに待っていた。奥方とその小間使いと女中頭たちは、隣家の奥方とその使用人たちと一緒に、みんなでプレシオサを見ようと集まっていた。ヒターノの女たちが入って来た。プレシオサは娘たちのなかで、小さな光の群れのなかの松明《たいまつ》の光のように輝いていたので、誰もが彼女のもとへと走って行った。ある者たちはプレシオサを抱擁し、別の者たちは見つめ、こちらの人びとが祝福すれば、あちらの人びとは褒め讃えた。ドニャ・クララは言った。

「これこそ黄金の髪と言えます！　これこそエメラルドの瞳！」

隣家の奥方はプレシオサの全身をつぶさに検討し、その手足から関節まで検査した。そしてプレシオサの顎にある、小さなくぼみを褒めるところまでくると、こう言った。

「なんというくぼみでしょう！　この子を見た者たちは、一人残らずこのくぼみにつまずくに違いありません」

ドニャ・クララ夫人の外出時の従者の一人で、長いあご髭をはやした高齢の男がその場にいたが、これを聞いて言った。

「奥様、あなた様はそれをくぼみとお呼びになりますか？　私はくぼみのことはよく知りませんが、それはくぼみではなく、激しい欲望の墓穴ではないでしょうか。なんと、このヒターノの娘は、銀や砂糖衣でこしらえたよりも美しい！　運勢は見られるかね、お嬢ちゃん？」

「三つか四つの方法でなら」とプレシオサは答えた。

「そんなにあるの？」とドニャ・クララは言った。「主人の助役の命にかけて、黄金の娘、銀の娘、真珠の娘、ルビーの娘、天の娘、私に思いつくのはこれが精一杯だけれど、おまえは私の運勢を占わなくてはいけないわ」

「さあ、手のひらをこの子に差し出してください、それと何か十字を描くものを」と老婆は言った。「そうすれば何か申し上げるでしょう。この子はお医者様より物知りですから」

助役夫人はポシェットに手を入れたが、小銭が見つからなかった。使用人たちに一クアルトを求めたが、誰も持っていなかった。隣家の夫人も持っていなかった。それを見てプレシオサが言った。

「すべての十字は、十字なのですから、良いものです。でも、金か銀で描けば言うことなしです。また、手のひらに銅貨で十字を描くと幸運を逃がします、少なくともわたしの占いではそうなります、と皆様に申し上げておきましょう。ですから、最初の十字はエスクード金貨か八レアル銀貨、少なくとも四レアル銀貨で描くことにしています。わたしは教会の香部《こうべ》屋係《やがかり》と同じで、献金が多ければ大喜びです」

「おまえは頭がいいね、本当に」と隣家の夫人が言った。

それから従者を振り返って言った。

「ちょっと、コントレラスさん、四レアル銀貨をお持ちかしら？ 私にくださいな、夫の医者先生がお帰りになったら、お返ししますから」

「銀貨はございますが」とコントレラスは答えた。「あいにく昨夜の私の夕食代二十二マラベディの担保にとられてしまいました。夕食代をいただけるのでしたら、その四レアル銀貨を大急ぎでとり返して来ます」

「私たち誰ひとり一クアルトの持ちあわせがないのよ」とドニャ・クララが言った。「なのに二十二マラベディよこせと言うの？ もういいわ、コントレラス、あなたはいつも不調法なんだから」

その場にいた小間使いたちの一人が、屋敷にお金がないのに気づいてプレシオサに言った。

「ねえ、銀の指ぬきで十字を描くことはできない？」

「それどころか」とプレシオサは答えた。「銀の指ぬきなら世界一すばらしい十字が描けますよ、たくさんあればですが」

「ひとつ持っているから」と小間使いが答えた。「これで足りるなら、さあどうぞ、私の運勢も占うのが条件よ」

「指ぬき一個で幾つもの運勢を占うですって？」と老婆のヒターノが言った。「早いとこ済ませとくれ、おまえさん、夜になっちまうよ」

プレシオサは指ぬきと助役夫人の手をとって言った。

きれいな、きれいな、
銀の手の持ち主さん、
あなたの夫はあなたを愛しています、
[*18]アルプハッラスの王様が愛する以上に。
あなたはおとなしい鳩、
でもときには獰猛です
オランの雌ライオンのように、
[*19]オカニャの虎のように。

でもすぐに、あっという間に、
あなたの怒りは治まり、
あなたは砂糖のペーストのように、
おとなしい羊のように静かになる。
あなたはたくさん小言を言い、少ししか食べず、
少しばかり嫉妬しています。
だって助役さんはいたずら好きで、
杖[*20]を寄せかけるのが好きですから。
乙女の頃に、あなたを愛した
一人の美しい顔の男が、
愛情を壊します
女衒《ぜげん》たちには災いあれ。
もしあなたが修道女だったら、
今頃は修道院を率いていたでしょう、
なぜなら院長になる
四百以上の筋を手に持っているから。
これは言いたくないことだけれど
まあ、かまわないです、

あなたは寡婦になり、もう一度寡婦になり、
あと二回、結婚するでしょう。
泣かないでください、奥様、
ヒターノの女たちがいつも
福音[*21]を言うわけではないから、
奥様泣かないで、泣くのはやめて。
もしあなたが助役さんより
先に死んだら、それで
あなたを脅かす寡婦生活の
害を救済することになります。
あなたは間もなく、とても豊かな
財産を相続するでしょう。
聖堂参事会員の息子を持つでしょう。
どこの教会かは示されていません。
トレドではあり得ません。
金髪で色白の娘をひとり持つでしょう。
修道女になれば、
やはり修道院長[*22]になるでしょう。

あなたの夫が四週間後に
死んでいなければ、
ブルゴスかサラマンカの
代官になるでしょう。
ホクロがあるのね、なんて可愛《かわい》らしい！
ああ、イエス様、なんと明るい月でしょう！
何という太陽、対蹠地《たいせきち》の
暗[*23]い谷を照らす。
二人以上の盲人たちがそれを見るために
四ブランカ以上をくれるでしょう。
あら、今、笑いましたね！
ああ、その洒落《しゃれ》っ気《け》に祝福を！
とくに背中からは、
転ばないように気をつけて。
地位の高い婦人たちには
危険なものになりがちですから。
まだあなたにはいうことがあります。
金曜日にわたしを待っていてくれたら、

聞かせてあげましょう、嬉《うれ》しいことを、
不幸なことも幾つかはありますが。

プレシオサは占いを終えた。周囲にいたすべての女性たちは、自分たちの運勢を知りたいという願望を抑えきれなくなり、誰もが占ってくれるように懇願した。しかし、プレシオサは占いを次の金曜日まで延期したうえで、一同に十字を描くためのレアル銀貨を持参することを約束させたのである。

このとき助役殿が帰って来たので、人びとは彼にヒターノの娘の素晴らしさを語って聞かせた。助役殿はヒターノの娘たちに少し踊らせてみて、人びとがプレシオサを賞賛するのはもっともなことだと思った。そしてポケットに手を入れて子細に調べ、振ったり、何度も引《ひ》っ掻《か》きまわしたりしたあげく、空っぽの手を出して言った。

「なんたることだ、小銭がない。ドニャ・クララ、あなたからプレシオサに一レアルあげてくれないか、あとであなたにあげるから」

「あら、まあ、それはけっこうですね、旦那様！　どこに一レアルがあるとおっしゃるのかしら！　私たちの誰も、十字を描く一クアルトの持ちあわせがないのよ。なのにあなたは、一レアルあげろとおっしゃるの？」

「では、あなたの襟飾りか何かをあげなさい。こんどプレシオサが来たときには、もっと素敵なものをあげることにしよう」

それに対してドニャ・クララは言った。

「じゃあ、ぜひまた来てくれるように、プレシオサには今日のところは何もあげないことにしましょう」

「何もくださらないのなら、むしろ」とプレシオサは言った。「もうここには二度と伺いません。いいえ、これほど地位の高い旦那様たちのリクエストですから来ることになるでしょうが、何もいただけないものと承知して、我慢して心づけを待つようなことはいたしません。助役さん、賄賂を受け取りなさい、そうすればお金ができる。慣例［賄賂を受け取ること］を改めてはいけません。飢え死にすることになりますよ。あのね、奥様、そのあたりでこんな話（若いわたしにも、ふざけた言い分だということはわかります）を聞いたのですが、職務の遂行にあたっては、収支決算のときに課金の支払いにあてる金と、別の公職を手に入れるための資金を着服しておくべきである、と」

「そう言われてるね、実際に腐った連中はそうしている」と助役は答えた。「しかし、きちんと収支決算ができる役人は、そもそも課金を払う必要がない。また自分の職務に精励することこそが、新しいポストを手にする最良の道といえるだろう」

「助役さん、まるで聖人のようにお話しになるのね」とプレシオサは答えた。「では、そうなさってください。わたしたちは、[*24]あなたのぼろ着を切り取って、聖遺物にいたしましょう」

「おまえは物知りだね、プレシオサ」と助役は言った。「それはそうと、おまえをどうにかして、国王陛下御夫妻にお目にかけることにしよう。おまえは王様のものだから」[25]

「わたしを道化になさりたいのでしょう」とプレシオサは答えた。「でも、わたしは道化にはなれないでしょうから、うまくはいきませんよ。わたしを賢者として使いたいのなら、行かないこともありませんけれど、幾つかのお城では、道化のほうが賢者より出世しています。わたしは貧しいヒターノの娘で満足しています。そして、わたしの運命は神の御心に委ねています」

「さあ、おまえさん」とヒターノの老婆が言った。「それくらいにしときな。まあよく喋《しゃべ》るね、おまえさんはあたしが教えてもいないことを知っている。そんなに利口ぶると潰されるよ。年相応のことを話していればいいのさ。わかりもしないことに頭を突っこむものじゃない。落ちる危険は誰にでもあるからね」

「このヒターノの女たちの体には悪魔が棲《す》んでいる！」とこのとき助役は言った。

ヒターノの女たちが別れを告げて帰ろうとしたとき、指ぬきの小間使いが言った。

「プレシオサ、あたしの運勢を言ってちょうだい、いやならあたしの指ぬきを返して。針仕事ができないわ」

「小間使いさん」とプレシオサが答えた。「もう占いましたよ。だから新しい指ぬきを用意してください。さもなければ、金曜日まで針仕事はなさらないことです。わたしは金曜日にまたやって来て、騎士道物語よりたくさんの冒険と運勢を話してあげましょう」

彼女たちは助役の屋敷を去り、自分たちの村に帰るために夕暮れ時にマドリードを出ることになっている、多くの農婦たちと合流した。その時刻にとりわけ多くの農婦たち――ヒターノの女たちがいつも一緒に行動して安全に帰って来た――が、帰って行くのである。それというのもヒターノの老婆は、プレシオサが掠奪されないように、絶えず心配して暮らしていたからだ。

ある朝のことである、金を稼ぎに他のヒターノの女たちと一緒に、またマドリードに行く途中、五百歩ほど町の手前にある小さな谷で、贅沢《ぜいたく》な旅行服を着た凜々《りり》しい若者を見かけた。若者が持っている剣と短剣は、いわゆる燃える黄金のようにまばゆく輝き、帽子は豪華なリボンとさまざまな色の羽根で飾られていた。ヒターノの女たちは彼を見かけると凝視し、こんな時刻に、こんな場所を、美しい若者が一人で歩いていることに驚いて、さらに詳細に眺めはじめるのだった。

若者は女たちに近づいて、最年長の老婆にこう話しかけた。

「お願いです、アミーガ、あなたとプレシオサだけこちらにきて、お手間はとらせませんから、私の話を聞いていただけませんか。お二人にとって良い話だと思います」

「そんなに道を外れず、時間もかからないなら、いいですよ」と老婆は答えた。

そしてプレシオサを呼び、他の女たちから二十歩ほど離れたところまで行った。三人は相変わらず立ったままでいたが、若者は二人に話しはじめた。

「私はプレシオサの才知と美しさに打ち負かされてやって来ました。このような振る舞いに出ることは避けようと必死で努力しましたが、結局、さらにこっぴどく打ち負かされ、気持ちを抑えることはもはや不可能な状態になったのです。私のセニョーラたち——神が私の願いを助けるなら、いつもこのようにあなたたちを呼ぶつもりです——この徽章が示すとおり、私は貴族です」と言って短いマントを開き、胸につけたスペインでもっとも権威のある騎士団章のひとつを見せた。「私は某《なにがし》（支障があるといけないので、ここでは名を伏せる）の息子で、その監督と保護のもとにあります。私は一人息子なので、かなりの財産を相続することになっています。私の父はここの宮廷にいて、ある職務を希望しておりますが、すでに国王陛下に推薦されていますから、おそらくその職に就くことになるでしょう。今お話ししたような身分の貴族なので、もうあなたたちは感じとられていると思いますが、それにもかかわらず、生まれの卑しいプレシオサを、私と同等の者、私の妻として、私と同じ高さまで引き上げるために、私は立派な人になりたいと思っています。私は彼女を愚弄するために彼女を求めているのではありません。私が彼女に抱いている真実の愛には、いかなる種類の愚弄もしのびこむ余地がないのです。私はただ、彼女が最も好ましいと思う方法で彼女に仕えたいのです。彼女の意思が私の意思です。私の心は彼女のための蠟《ろう》です、彼女の好きなことをそこに刻めばよいのです。そしてそれを保管して護《まも》るために、それは蠟に刻まれたものから、長い時の流れに耐える硬い大理石に彫られたものになるでしょう。あなた方がこの真実を信じてくださるなら、私の希望が落胆に変わることはないでしょう。だが私を信じてくださらないなら、私はいつもあなた方の疑念に怯《おび》えることでしょう。私はこういうものです」と彼は自分の名前を言った。「父の名前はすでに申しました。私が住む屋敷は某通りにあり、かくかくしかじかの特徴があります。近所の人たちに聞けば、情報が得られるでしょう。近隣でない人たちでも同じです。父と私の身分と名前は卑しくはないので、王宮の中庭はもとより、王都じゅうに知らぬ者はないからです。花嫁への贈り物として、またこれからあなた方にさしあげるものの前金として、ここに金貨百エスクードを用意して来ました。心を捧《ささ》げる者が、どうして財産を惜しむでしょう」

貴族がこう話しているあいだ、プレシオサは彼を注意深く見ていた。疑いもなく、彼の言ったことも、体つきも、彼女の気に入ったのである。彼女は老婆を振り返ってこう言った。

「お祖母《ばあ》さん、この激しい恋をしている紳士に、わたしが返事をするのを許可してくださるかしら」

「孫娘よ、おまえさんの好きに答えればいい」と老婆は言った。「おまえさんが万事に慎重だってことはわかってる」

そこでプレシオサは言った。

「騎士様、わたしは貧しいヒターノで、卑しい生まれではありますが、この胸のうちには、創造的な魂が宿っていて、それがわたしを立派なことへと導くのです。わたしの心が約束で動かされることはないし、贈り物もわたしを崩せない。聞こえのよい言葉がわたしの気持ちを変えることもなければ、優しい愛の言葉がわたしを怖がらせることもない。お祖母さんの計算では、わたしは今年のサン・ミゲルの日に十五歳になるそうですが、思考においてはすでに老成しています。考え方も年齢よりは成熟していますが、それは経験によるのではなく、生まれ持った美質によるものです。でも、どちらにしても、恋に落ちたばかりの者の愛の情熱が、自制心を失わせる、無分別な衝動のようなものだとはわかっています。自制心を失った愛情は、障害を押し倒しながら、無謀にも欲望に身をまかせ、美しいものを見ようと思いつつ、悪夢の地獄に落ちる。もし望むものを手に入れたら、欲望は望んだものを所有することによって萎えてしまう、そして、おそらくそのとき判断力が目覚め、かつて崇拝したものを嫌悪するようになっても、それは責められることではないと思います。そうなるのを恐れて、わたしは用心をするようになりました。どんな言葉も信じないし、多くの行動に対しても疑いの目を向けます。わたしはたった一つの宝石を持っていて、それを命よりも大切にしています。それはわたしの清らかな処女性です。わたしは約束や贈り物と引き換えに、それを売るべきではないでしょう。なぜなら、要するに、売りに出され、買うことができるものだとしたら、大した値打ちはないからです。策略もペテンも、わたしからそれを奪うことはできません。キメラや空想の産物どもがそれに襲いかかって、いじくりまわす、そんな危険に曝《さら》すくらいなら、むしろわたしはそれを持って墓場に行こうと考えています。そして、おそらく天国へ行くことになるでしょう。処女性の花は、叶《かな》うのならば、想像によってすら傷つけてはいけないものなのです。薔薇園《ばらえん》の薔薇は切りとられると、なんと短時間にあっけなく萎《しお》れることでしょう！　この人が触れ、あの人が香りを嗅ぎ、もう一人が摘みとり、そして最後に、たくさんの粗野な手のなかで崩壊する。セニョール、もしあなたが唯一《ただひと》つ、このもののためにいらっしゃったのなら、それを結婚という縛り、絆《きずな》でしばっていくのでなければ、連れて行くべきではありません。処女性が屈することがあるとすれば、この聖なるくびきに対してでなければなりません。そのときは、それを失うのではなく、幸せな利益を約束する市《フェリア》でそれを使用するのです。あなたがわたしの夫になりたいのなら、わたしもあなたの妻になりましょう。でも先に、たくさんの条件と確認があります。まず、あなたがおっしゃるとおりの人かどうか、知る必要があります。それから、それが本当だということがわかったら、あなたはご両親の家を出て、わたしたちのキャンプで暮らさなければなりません。ヒターノの服を着て二年間、わたしたちの学校で学ぶのです。この期間に、わたしはあなたの、そしてあなたはわたしの性格を理解するでしょう。この期間が終わり、あなたがわたしに、そしてわたしがあなたに満足すれば、わたしはあなたの妻になりましょう。しかしその時までは、わたしはあなたと妹のような関係で、あなたに召使いとして仕えることになります。この見習い期間中にあなたは、今は失っている、あるいは少なくとも濁っていると思われる視力を取り戻し、今はこんなに熱心に追いかけているものから、逃げたほうがよいと考えるかも知れないのです。そうして失った自由をとり戻し、正しく後悔すればどんな罪も赦されます。このような条件であなたがわたしたちの軍隊の兵士になりたいというのなら、あとはあなた次第です。この条件のどれが欠けても、あなたはわたしに指一本ふれることはできません」

若者はプレシオサの言葉に驚き、魅入られたかのように地面を見つめて、何と答えたものかと考えている様子であった。それを見てプレシオサは、ふたたび彼に話しかけた。

「これは今ここで解決できる、またそうすべきであるような、そんな簡単なことがらではありません。セニョール、どうぞ町にお帰りになってください。そして時間をかけて、あなたに最も都合がよいと思うやり方を考えてください。あなたが望むのなら祝日はいつでも、マドリードへの行き帰りに、この同じ場所で、わたしと話をすることができます」

これに対して紳士は答えた。

「神の思し召《おぼめ》しにより私があなたを愛するようになったとき、私のプレシオサよ、私はあなたのために、求められることはなんでもしようと決心した。今あなたが求めているようなことは、思ってもみなかったけれど。しかし私の喜びとあなたの喜びをぴったりと重ね合わせるのが、あなたの喜びなのだから、今から私をヒターノとみなして、望むだけ私を試すがいい、私という人間が常に変わらないのがわかるだろう。いつ服を替えればいい、私はすぐにもそうしたい。フランドルに出征するという口実で両親を騙して、当面の資金を引き出してこよう。家を出るのに要するのはせいぜい八日だ。目的が達成できるように、なんとか同行の者たちを騙すことができるだろう。お願いがある(はやくも私が不躾にも何かを求め、懇願できるのであれば)、私や私の両親の身分についての情報を得るためだから、今日はともかく、もう二度とマドリードには行かないでほしい。あそこではどんな危険なことも起こりうるから、私が苦労して手に入れた幸運を奪われてはたまらないからだ」

「それはだめですよ、色男さん」とプレシオサは答えた。「わたしはいつも、嫉妬の鬱陶しさに圧迫されたり、乱されたりすることなく、のびのびと自由でいなければならないことをわかってください。それに、貞潔よりも奔放さのほうが勝っている、と遠くからでも見てとれるほど過度に自由にするつもりはないとわかっていてください。あなたに第一にお願いしたいのは、わたしを信頼することです。嫉妬から始める恋人たちは、お人好しからうぬぼれ屋ではありませんか」

「お嬢、おまえさんの胸には悪魔が棲んでるよ！」とこのときヒターノの老婆が言った。「サラマンカの大学生でも言えないことを言うじゃないか！　おまえは愛について、嫉妬について、そして信頼についても知っている。これはどういうことだろう、あたしの気がふれたのか。知りもしないラテン語で喋る、悪魔に憑《つ》かれた者の話を聞いているみたいだよ」

「もういいわ、お祖母さん」とプレシオサは答えた。「言っておきますが、今の話はみんなつまらない冗談です。もっとたくさんの真実の物語は、この胸のなかにしまってあるの」

プレシオサが語るすべてを聞き、彼女の賢明さを目《ま》の当たりにして、恋する貴族の胸で燃えていた火は、一段と燃えあがるのだった。結局、それから八日後に同じ場所で会うことになった。その時には、彼は自分の計画がどうなっているか説明できるだろうし、彼女はその間に彼の言ったことが事実かどうか情報を確認しているだろう。若者はブロケードの袋を取り出し、百エスクードあると言って、老婆にそれを渡した。だがプレシオサはどうしてもそれを受け取ろうとしなかったので、老婆は彼女に言った。

「お黙り、お嬢。この負けた旦那がくださる最高のおしるしは、降伏のあかしに武器を渡すということなのさ。与えることはどんな場合も、寛大な心の証明だからね。諺《ことわざ》にもあるだろう、『[*26]天には願い、木槌《きづち》で打って［天は自ら助くるものを助くの意］』と。それに、ヒターノの女たちが何世紀もかけて頂戴した、欲張りで、金にうるさいという名声を、あたしのせいで失わせたくはないからね。おまえさんは百エスクードを捨てようというのかい？　プレシオサ、金貨だ、これを二レアルもしないおまえさんのスカートのタックに縫い込んで、それを身につけてエストレマドゥーラの牧草地の所有者のようにしていられるというのに。そして、もしあたしたちの子供か孫か親戚の誰かが、なにかしらの不運に見舞われて司直に捕まったら、判事や公証人にこのエスクード金貨をつかませる以上のサポートがあるだろうか。あたしはこれまでに三つの異なる罪で三度、危うく驢馬《ろば》の背に乗せられて鞭打《むちう》ちの刑を受けるところだった。最初は銀の水差しで釈放された。次は一連の真珠で。そして最後は、クアルト銅貨を八レアル銀貨に両替して四十枚と、さらに二十レアルが両替の手数料として必要だった。わかるだろう、おまえさん、あたしたちはとてもあぶない、困難や避けられない危険に満ちた仕事をして暮らしている。そして、すぐに救いの手をさしのべて助けてくれる、偉大なフェリペ二世の無敵の軍隊[*27]ほど頼りになるものはない。金貨に刻まれているように『プルス・ウルトラ（もっと向こうへ）』[*28]は行かなくてすむのさ。カトリック両王の肖像が表と裏に刻まれたドブロン金貨を見れば、悲しげな検事もすべての死の執行者たちも陽気になる。連中はあたしたち哀れなヒターノの女たちのハルピュイア［ギリシア神話の怪物で女性の頭を持つ猛禽《もうきん》、人をさらい物を掠《かす》め取る］だよ、街道の追いはぎを捕まえるよりも、あたしたちを身ぐるみはがし、痛めつけることに熱心だ。どんなに破れたぼろぼろの服を着ていても、決してあたしたちが貧乏だとはみなさない。あたしたちはベルモンテ[*29]のフランス人のようだと連中は言うのさ。破れて油じみた服だが、ドブロン金貨でいっぱいだとね」

「お願い、お祖母さん、もうやめてください。お金を自分のものにしたい一心で、それを正当化するためにいろいろなことを言っているのね、いくらでも好きに理屈を並べればいいでしょう。お金はお持ちください。どうぞお役に立ててください。そのお金を、二度と太陽の光を見ることも、見る必要もない墓の中まで持って行くといいわ。ところで、そこにいる仲間たちに何かあげる必要があるでしょう。長いこと待たされて、むっとしているに違いないわ」

「このお金を見たら、あの子たち」と老婆が答えた。「トルコ[*30]の皇帝にばったり会ったような顔をするよ！ この立派なセニョールはまだいくらか、銀貨かクアルト銅貨をお持ちでしょうかね。お持ちなら、あの子たちにあげてください。ほんの少しで満足しますよ」

「持っています」と伊達男《だておとこ》は言った。

そして、ポケットから八レアル銀貨を三枚とり出して、三人のヒターノの女たちに分けあたえた。すると女たちは、まるで劇団の座長が、張り合っている座長と競い合って勝ち、街角に「勝利者は誰々」と顔料で書かれているのを見たときにも勝る喜びようで、大満足の様子だった。

そんなわけで、彼らはすでに述べたように、八日後にそこで会う約束をした。また彼がヒターノになったときには、アンドレス・カバリエロと名乗ることになった。彼らの中にこの苗字《みょうじ》のヒターノがいたからである。

アンドレスは――とこれから彼を呼ぶことにするが――プレシオサを抱擁する勇気はなかった。それどころか、彼女に視線で魂を送り、もしそう言えるのであれば、魂を失《な》くして、彼女たちと別れてマドリードに入った。そして、彼女たちはしごく満足して同じことをした。プレシオサは、愛からというよりも好意からだが、アンドレスの美しい容姿にいくぶん心を惹かれて、彼が自分で語ったとおりの人物かどうかをすぐに知りたがった。マドリードに入って、いくらか通りを行くうちに、歌とエスクード金貨をくれた、小姓姿の詩人に出会った。彼は彼女を見ると、こう言いながら近づいて来た。

「ようこそ、プレシオサ、このあいだ君にあげた歌は読んでくれた？」

これにプレシオサは答えた。

「あなたにお返事をするまえに、本当のことを言ってくださいい、あなたが最も愛する人の命にかけて」

「誓うよ」と小姓は答えた。「それを言うことが、僕の命にかかわろうと、決して拒絶したりしない」

「わたしが聞きたいのは」とプレシオサは言った。「あなたはもしかして詩人なのですか」

「そうだとすれば」と小姓は答えた。「必然的に、幸運によってということになるだろう。でも言っておくが、詩人の名にふさわしい者はほとんどいない。よって、僕は詩人ではないけれど、詩を趣味にしているから、詩が必要になったときは、誰かに詩を注文したり、借用したりはしない。君にあげたのは僕のオリジナルだ。今あげるものもそうさ。でも、だからといって、僕が詩人というわけではない。それはとんでもないことだ」

「詩人であることは、そんなに悪いことですか？」とプレシオサがきいた。

「悪くはない」と小姓は言った。「でも、詩人でしかないというのは、あまり良いことではないと思う。詩は、とても貴重な宝石のように扱わなくてはならない。持ち主はそれを毎日のように身につけて、行く先々で相手かまわず見せるべきではない。適切なとき、それを見せるのが正当なときだけしか見せてはならない。詩はこよなく美しい乙女のようなものだ。純潔で、誠実で、慎み深く、機知に富み、隠遁《いんとん》し、そして分別の最も高い領域に静止しているのである。孤独の友であり、泉が楽しませ、牧場が慰め、木々がなだめ、花が喜ばせる。そして、結局、詩はこれと交わるすべてのものを楽しませ、教化する」

「それなのに」とプレシオサは答えた。「詩人はとても貧しく、物乞いのような者もいるというのを聞いたことがあります」

「むしろその反対だ」と小姓は言った。「豊かでない詩人はいない、みんな自分の状況に満足して生きている。限られた者しかたどりつけない達観というやつさ。でも、プレシオサ、なぜ君はこんな質問をするの？」

「それは」とプレシオサが答えた。「すべての詩人、あるいは多くの詩人は貧乏だと思っていたので、あなたの詩で包んだエスクード金貨にびっくりしたからです。だけど今、あなたは詩人ではなく、詩が趣味だと知りましたので、お金持ちかも知れないと思います。でも、ちょっと疑わしいわね。歌をつくるという仕事をするために、あなたはご自分の財産を全部つぎこんでいるはずでしょう。聞くところによれば、詩人には自分の財産を管理できる人も、ゼロから財産を築くことができる人もいないそうです」

「僕はそのどちらでもない」と小姓は答えた。「詩は作るけど、僕は金持ちでも貧乏でもない。だから、饗宴を催すときのジェノヴァ[*31]人たちみたいに悲しんだり、値切ったりすることもなく、僕がそうしたいと思う人に一、二エスクードあげることくらいは楽にできる。美しい真珠《プレシオサ》さん、この二枚目の紙片とそのなかの二枚目のエスクード金貨を、僕が詩人かどうかなんて悩まずにとっておきなさい。僕が君に考えてほしい、信じてほしいことは、君にこれをあげる者は、君にあげるためにミダス〔手に触れるものをすべて黄金に変える力を持った古代ギリシアの王〕の富を持ちたいと思っていることだ」

こう言って一枚の紙を渡した。プレシオサはそれを触ってみて、なかにエスクード金貨があることを確かめると言った。

「この紙は長く生きることでしょう。二つの魂を持っているからです。エスクード金貨の魂と詩の魂、あなたの詩はいつも『魂』と『心』でいっぱいね。でもお小姓さん、申し上げておきますが、わたしはそんなにたくさんの魂を持っていたくないのです。金貨をお取りにならなければ、詩を受け取ることはできませんよ。わたしは気前の良いあなたではなく、詩人のあなたが好きなのです。こうしておけば、友情は長続きするでしょう。エスクードは強いけれど、長く残るのは一篇のロマンセということもありえますから」

「つまり」と小姓は答えた。「プレシオサ、どうしても僕に貧乏であってほしいのなら、その紙片にこめて送る魂は拒まないで、エスクード金貨を返してほしい。君がその手で触れたから、僕は生涯それを聖遺物として持っていることにしよう」

プレシオサは紙片からエスクード金貨を取り出し、紙片だけをもらったが、街路でそれを読もうとはしなかった。小姓はいとまを告げると、大いに満足して去って行った。プレシオサがとても優しく話をしてくれたので、もう彼の気持ちを受け容《い》れたと思ったのである。

プレシオサはアンドレスの父親の屋敷を探すことだけを考えていたので、どこかに立ち止まって踊ることもせず、すぐに屋敷がある通りまで来た。それは彼女がよく知っている通りで、中程まで進んだとき、目印として教えられていた金色に塗った鉄格子のあるバルコニーを見上げると、そこには胸に赤い十字の徽章をつけた、重々しく威厳のある風貌の五十歳になるかならぬかの紳士がいた。紳士もまたヒターノの娘たちに目をとめ、すぐにこう言った。

「上がっておいで、お嬢ちゃんたち、お金をあげよう」

この声を聞いてさらに三人の紳士がバルコニーに現れたが、そのなかには恋するアンドレスがいた。彼はプレシオサを見て青ざめ、もう少しで気を失うところだった。彼女を見た驚きはそれほどだったのである。ヒターノの娘たちはみんな上がって行ったが、老婆は下に残り、屋敷の使用人たちからアンドレスについて本当のところを聞きとることにした。

ヒターノの娘たちが広間に入って行くと、年長の紳士が他の者たちにこう話しているところだった。

「あれがきっと、マドリードで噂の美しいヒターノの娘にちがいない」

「そうです」とアンドレスが答えた。「そしておそらく、世界で最も美しい娘にちがいありません」

「そういう噂ですが」と入ってくる時にすべてを聞いていたプレシオサが言った。「本当に、話半分とはこのことです。自分をかわいいとは思いますが、みなさんがおっしゃるほど美しいとは、考えたこともありません」

「わが子であるドン・フアニーコの命にかけて」と年長の紳士は言った。「あなたは言われているよりもずっと美しいよ、麗しいヒターノの娘さん」

「息子のドン・フアニーコとはどなたですか？」とプレシオサは尋ねた。

「あなたの横にいる好男子だよ」と紳士は答えた。

「あらまあ、わたしは」とプレシオサは言った。「旦那様が二歳の子供さんにかけて誓っていらっしゃるのかと思ってしまいました。なんて素敵なかわいらしいドン・フアニーコでしょう！　本当に、もう結婚してもいいでしょうね、彼の額にある何本かの筋から見て、三年以内に結婚なさるでしょう。とても幸福な結婚です。これから三年のうちに、彼が心変わりしたり愛がさめたりしなければですが」

「もういい！」とその場にいた一人が言った。「ヒターノの娘に、筋の何がわかるというのか？」

このとき、プレシオサに同行していた三人のヒターノの娘たちが、広間の一隅に近づいていった。互いに黙っているように合図をしながら、音も立てずに集まったのである。

クリスティーナが言った。

「ねえ、みんな、あれは今朝あたしたちに八レアル銀貨を三枚くれた紳士だよ」

「ほんとだね」と二人が答えた。「でも、それは黙っていよう、セニョールが黙っているのなら、あたしたちも何も言わずにおこう。セニョールは正体を隠したいのかしら？」

こんな話を三人がしているあいだに、プレシオサは筋のことを言った男に返事をした。

「わたしは目[32]で見たことを、指で言い当ててるのです。ドン・フアニーコ様のことは、筋を見なくてもわかっています。いくらか惚《ほ》れっぽくて、衝動的で、そそっかしい、そして不可能に思われることを、平気で約束なさる方です。どうか嘘《うそ》つきではありませんように、それは最悪ですからね。フアニーコ様は、これからとても遠いところへ旅をなさるはずです。鹿毛《かげ》の馬にも考えがあり、鞍《くら》をつける者には別の考えがある。人は提示するだけで、決定するのは神である。オ[33]ニエスに行くものと思っていて、ガンボアに着く」

これにドン・フアンが答えた。

「確かに、ヒターノの娘さん、君は私の状況の多くのことを言い当てた。だが嘘つきというのは、真実ではない。私はすべての出来事において真実を言うことを自慢にしているのだから。長い旅については当たっている。たしかに、神がお望みになれば、四、五日後に、私はフランドルに向けて出発するつもりだ。君は私が道を変更することになると脅かすけれど、私の道中を妨げるような不運が起こってほしくないと思っている」

「お黙りください、お坊っちゃま」とプレシオサは答えた。「そしてご自分を神様に委ねるのです。すべてはうまく行くでしょう。そして、わたしは自分の言っていることについて何も知らないということを、わかっていてください。わたしはたくさん、それも大雑把に話すので、何かしら正しいことを言っていても不思議ではありません。わたしが正確に伝えたいことは、あなたを出発しないように説得することです。心を落ち着けて、ご両親のそばにいて、二人に良い老後を過ごさせてあげてください。わたしは、とくにあなたのような若いひとが、フランドルに行き来するという考えに賛成できません。戦争に従事するのはもう少し大人になってからにしましょう。今は家のなかにいて十分すぎるほどの戦いをしています。あなたのこころを大きな愛の戦いがおののかせています。どうか落ち着いてください、慌てん坊さん、結婚するまえに自分のしていることを考えなさい、そして神様と自分自身のために、わたしたちに施しをしてください。本当にあなたは高貴な生まれだと思います。それに正直な人間となることが加われば、自分があなたに言ったことは正しかったと勝利を祝いましょう」

「私は君に言ったはずだ、お嬢さん」と、アンドレス・カバリェロになるはずのドン・フアンが答えた。「君は全部正しいが、私があまり正直でないのではないかという、君の心配だけは正しくない。この点では君は完全に間違っている。私は田園で言ったことは都会でも、またどこであっても、頼まれなくても果たすつもりだ。嘘つきという悪徳に触れる者は、紳士を自任することはできない。神と私のために、父が君に施しをするだろう。実は今朝、持っているものをすべて何人かのご婦人がたにあげてしまった。みんな、美しく気持ちのよい人たちで、とくにそのうちの一人はそうなので、私はどうなることか」

　これを聞くとクリスティーナは、前と同じように気をつけながら、他のヒターノの女たちに言った。

「まあ、あんたたち、今朝、あたしたちにくれた三枚の八レアル銀貨のことだよ、そうでなけりゃくそったれだ」

「そうじゃないよ」と二人のうちのひとりが答えた。「ご婦人がた、と言ったよ。あたしたちはそうじゃないもの。彼がいうとおりの正直者なら、そんな嘘をつくはずがない」

「たいした嘘じゃないよ」とクリスティーナは答えた。「誰の害にもならず、それを言う人の利益と信用になる嘘はね。でも、それはともかく、あたしたちにはなにもくれないし、踊らせてももらえないようだね」

　このときヒターノの老婆が上がって来て言った。

「孫や、おしまいにしなさい。もう遅いし、おしゃべりよりもすることはたくさんあるよ」

「で、どうなの、お祖母さん？」とプレシオサは尋ねた。「男の子[*34]、女の子？」

「男の子だよ、とてもかわいい」と老婆は答えた。「おいで、プレシオサ、とても良いことを聞かせてあげよう」

「産褥《さんじょく》で死にませんように！」とプレシオサは言った。

「万事よく考えて世話するだろうさ」と老婆は答えた。「ここまではすべて問題のないお産で、赤ん坊は黄金のように美しい」

「どなたかが出産されたのかな？」とアンドレス・カバリェロの父親が尋ねた。

「はい、旦那様」とヒターノの女が答えた。「こればかりは、プレシオサとあたしと、もう一人だけしか知らない秘密の出産ですので、誰かは申せません」

「こっちも聞きたくはないさ」とそこにいる一人が言った。「しかし、おまえたちの口に自分の秘密を預け、おまえたちの助けで名誉を守ろうとは、そのご婦人も不幸なことだ」

「わたしたちはみなが悪人ではありません」とプレシオサが答えた。「わたしたちの中にも、たぶん、この広間にいる最も高貴な方と同じくらい秘密が守れる誠実な者はおります。では、お祖母さん、帰りましょう。ここではわたしたちは低く見られています。わたしたちは泥棒なんかではないし、誰にも頭は下げません！」

「怒らないでくれ、プレシオサ」と父親は言った。「少なくともおまえについては、悪いことは考えられないと私は思う。その美しい容貌がおまえを保証し、良い行いの保証人となっている。プレシオサちゃん、お願いだ、おまえの仲間と一緒に、少し踊ってくれないか。ここに二つ[*35]の顔がついたドブロン金貨を一枚持っている。二つの顔のどれも、国王のものではあっても、おまえほどではないのだが」

　これを聞くやいなや老婆は言った。

「さあ、おまえさんたち、スカートを腰に、そしてこの殿方をお喜ばせするんだ！」

プレシオサはタンバリンを手にし、彼女たちは旋回して、とても優美に軽快に踊りの輪を作ったり崩したりしたので、彼女たちを見ていたすべての者たちの目が足の動きに釘付けになった。とくにアンドレスの目は、プレシオサの足のあいだを、まるでそこに彼の天国の中心があるかのように追いかけていた。しかし運命は天国を乱し、地獄に変えた。つまり、こういうことが起こったのである。踊りのクライマックスで、プレシオサが小姓からわたされた紙を落とした。落ちるやいなや、ヒターノの女たちを良く思っていなかった紳士がそれを拾い上げ、すぐさまそれを開いて言った。

「おや、これはソネットだ！　踊りをやめて、聞いてくれないか。最初の行から見て、駄作とはとても思われない」

プレシオサは心を痛めた。そこに何が書かれているか知らなかったからだ。読まないでくださいさい、返してくださいと懇願したが、熱心にそうしたことが、かえってアンドレスのそれを聞きたいという願望に拍車をかけたのである。結局、その紳士はそれを大声で読み上げたが、このようなものであった。

プレシオサがタンバリンを鳴らし
甘美な音色が虚空に響くとき、
それは両手でまき散らす真珠、
口からこぼれる花の数々。
甘美な神技に

魂は呆然《ぼうぜん》とし正気を失う、
清らかで、慎み深く、完全であるゆえに、
その名声は高い天に届く。
その頭髪の最も細い一本に
千の魂がぶら下がって行く、その足下には
愛の神[*36]が一つともう一つの屈服した矢を置く。
彼女はその美しい太陽で目を眩《くら》まし照らし、
愛の神はその帝国をそれらによって維持し、
それはさらに大きいのではないかとさえ疑っている。

「なんと！」とソネットを読み上げた男は言った。「これを書いた詩人には才気がある！」

「詩人ではありません、旦那様、とても美しいお小姓で、誠実な人です」とプレシオサは言った。

（プレシオサよ、おまえが言ったこと、そしてこれから言おうとしていることをよく考えてごらん。それは小姓の賛美ではなくて、それを聞いていた、アンドレスの心臓を貫く槍《やり》なのだ。彼の様子を見たいかな、お嬢さん？　では目をそちらに向けなさい。そうすればアンドレスは椅子の上で、ひどい汗をかいて気を失っているのが見えるだろう。乙女よ、アンドレスはおまえをほんの冗談で愛しているのだから、ほんの少しないがしろにしたくらいでは傷つきも恐れもしない、などと考えてはいけない。彼のところへ行ってあげて、心臓にまっすぐ届いて意識を取り戻させるような言葉を何か、耳元でささやいてやりなさい。いや、そうではなくて、毎日、おまえを賛美するソネットを持って来るのだ。そしたら彼がどうなるかわかるだろう！）

こういう、今言ったようなことが起こったのである。アンドレスは、ソネットを聞いているうちに、無数の嫉妬を燃え立たせる想像に襲われた。気を失いはしなかったが、顔色が蒼《そう》白《はく》になり、それを見ていた父親は息子に言った。

「どうした、ドン・フアン、すっかり顔色が悪くなって、気を失いそうに見えるが？」

「お待ちください」とこのときプレシオサが言った。「わたしに、耳元で幾つかの言葉を言わせてください。そしたら気を失わないようにしてみせます」

そして彼のそばへ行って、彼に、ほとんど唇を動かさずにこう言った。

「ヒターノに大きな力を！　紙きれの拷問に耐えることができないなら、アンドレス、どうやって頭巾の拷問［水責め］に耐えることができるの？」

そして彼の心臓の上に半ダースの十字を描くと、彼のそばから離れた。そのときアンドレスが少し息をして、プレシオサの言葉が彼に効いたことを示した。

こうしてプレシオサは二つの顔を持つドブロン金貨を与えられたが、彼女は仲間の女たちに、これを両替して気前良くみんなで分けるつもりだと言った。アンドレスの父親は、ドン・フアンに言った言葉を書き残しておいてほしい、いつでも使えるように、それを知っておきたいと言った。プレシオサは喜んで言いましょう、いいですか、冗談のように思われますが、心臓病の予防とめまいに特別の効果があるのですと言った。それは次のような言葉だった。

頭さん、頭さん、
動かないで、滑らないで、
祝福された忍耐の
二本の支柱を準備なさい。
可愛い娘は
信頼を
求めなさい。
卑劣な考えに
傾いてはいけません。
奇跡といえることを
あなたは見るでしょう。
神様のお助けを、
聖クリストフォロスは巨人だよ。

「めまいを起こしている人に、この言葉を半分だけ言って、心臓の上に六回、十字を描けば」とプレシオサは言った。「すっかりよくなりますよ」

ヒターノの老婆は、その祈禱《きとう》と大噓を聞いて啞然《あぜん》とした。すべてが彼女の鋭い機知による思いつきだと知ったアンドレスは、もっと啞然とした。ソネットの紙片は紳士たちが持ったままだった。プレシオサは、アンドレスをこれ以上苦しめたくなかったので、それをよこせとは言い出せなかったからだ。熱烈に恋する者たちに驚きと苦しみと、嫉妬深さによる恐怖を抱かせるのがどういうことなのか、教えられなくとも彼女はすでに知っていたのである。

ヒターノの女たちはいとまを告げた。帰り際に、プレシオサはドン・フアンに言った。

「いいですか、セニョール、今週はどの日も旅行運に恵まれます。不吉な日はありません。なるべく早くお発《た》ちください。あなたにその生活をする意思があれば、気ままで自由でとても愉快な生活が、あなたを待っています」

「兵士の生活は、それほど自由ではないと思うな」とドン・フアンは答えた。「自由よりは拘束が多いだろうが、それはともかく、郷に入っては郷に従うつもりだ」

「百聞は一見に如《し》かず」とプレシオサは答えた。「あなたのご立派な風采にふさわしい、良い旅をなさいますよう神様にお祈りいたします」

アンドレスは、プレシオサの最後の言葉に満足して、その場に残っていた。ヒターノの女たちは、大いに満足して去っていった。

ドブロンを両替して、全員で山分けしたが、監視役の老婆だけはいつも五十パーセント増しの取り分を手にした。老婆は年長なうえに、踊りに次ぐ踊り、道化じみた口上、さらにはペテンといった大騒ぎのなかで、娘たちを導く羅針盤のような存在でもあったからだ。

ついに出発の日が訪れた。その朝アンドレス・カバリェロは、最初に彼が姿を見せた場所に、借りた雌騾馬《めすらば》に乗って、召使いも連れずにやって来た。すでにプレシオサと老婆が待っていて、アンドレスを見ると大喜びで迎えた。誰かが捜しに来るかも知れないので、自分の特徴が人目につかないように、日が昇る前にヒターノの集落に連れて行ってほしい、とアンドレスは二人に言った。プレシオサと老婆は、用心して二人だけで来ていたが、それを聞いて、来た道を引き返した。それから間もなく、彼女たちの小屋が並ぶところに着いた。

アンドレスは、集落で最も大きい小屋に案内された。すると、すぐに十人か十二人のヒターノたちがやって来た。全員が若者で、誰もが凛々しく端麗であった。すでに老婆が、新しい仲間が来ることを知らせていたが、彼らに口止めは必要なかった。前に言ったとおり、ヒターノたちは、見たこともないほど抜け目なく、秘密を厳守するのである。ヒターノたちはすぐに雌騾馬に目をとめた。そのなかの一人が言った。

「これは木曜日にトレドで売れるだろう」

「だめだ」とアンドレスは言った。「貸し騾馬は、スペイン全土で働くすべての騾馬追いに知られているから」

「頼みますよ、アンドレスさん！」とヒターノの一人が言った。「この騾馬に、最後の審判[*37]

の前のように、多くの印がついていたとしても、これを産んだ母騾馬にも、育てた持ち主にもわからないような姿に変えてみせます」

「たとえそうでも」とアンドレスは答えた。「今回は私の考えに従ってもらいたい。この騾馬は殺して、骨も出てこないように埋めなければならない」

「大罪ですよ！」と別のヒターノが言った。「罪のない動物の命を奪ってよいものでしょうか？ アンドレスは善人なのだから、そんなことを言わないで、こうしてください。今この騾馬をよく見て、特徴を全部記憶に焼きつけてください。そうしたら、騾馬を連れて行かせてください。今から二時間後に、この騾馬を見分けられたら、どうぞ逃亡奴隷[*38]のように私を罰してください」

「私は絶対に」とアンドレスは言った。「どんなに姿を変えると確約されても、騾馬を生かしておくことには反対だ。騾馬を埋めなければ、私が見つかる恐れがある。売れば金儲けになるということなら、私だって無一文でこの生活に加わろうとしているわけではない。入会金として、騾馬四頭分以上の金は支払おう」

「アンドレス・カバリエロさんがそうなさりたいなら」と別のヒターノが言った。「騾馬は罪もなく死ねばいい。私の心痛は神様がご存知だ。悲しく思うのは、騾馬が若いことだ。まだ歯が生え変わっていない［七歳になっていないの意］。これは貸し騾馬には珍しいことだ。良い騾馬らしいのも、悲しいと思う理由だ。脇腹に痂皮《かひ》もなければ、拍車の傷もない」

騾馬の死は夜まで延期されたので、その日の残っていた時間に、アンドレスがヒターノになるための入会の儀礼が行われたが、それは次のようなものであった。手早く集落で最も良い小屋のひとつを片づけて、樹木の枝とカヤツリグサで飾った。そしてアンドレスがコルク樫の切株の上に座ると、その両手に鎚とヤットコを持たせて、二人のヒターノが弾く二本のギターの音色に合わせて、二回カブリオールをさせた。それから片腕を露《あら》わにし、新しい絹の紐《ひも》と棍棒《こんぼう》で、そっと二回ひねってしめあげた。

この儀式にはプレシオサと、老婆から娘まで、多くのヒターノの女たちが同席していたが、ある者たちは驚嘆しながら、他の者たちは愛情を込めて、彼を見つめていた。アンドレスの容姿はとても美しく、ヒターノの男たちさえ夢中になるほどだった。

さて、以上のような儀式が終わると、ひとりの老人がプレシオサの手をとり、アンドレスの前に立って言った。

「私たちが知っているスペインに住むヒターノの美女たちのなかで、最も美しいこの娘を、おまえに委ねることにする。妻にでも、恋人にでも、どちらでもおまえの好きにするが良い。私たちの自由で気ままな生活は、上品ぶった気どりや、多くの儀式に縛られてはいないからだ。彼女をよく見て、おまえの気に入るかどうか、あるいはなにか不足があるかよく考えるのだ。不足があるなら、ここにいる乙女たちのなかから、最も気に入った者を選ぶが良い。選んだ女をおまえにやろう。だが、覚えておきなさい、ひとたび選んだら、その女を捨てて他の女のところへ行くことはできない。飽きることも、既婚か処女かにかかわらず、別の女に手を出すことも許されない。私たちは友愛の掟《おきて》を不可侵のものとして守っている。誰も他は、人のものを欲しがらない。嫉妬という苦い疫病から解放されて生きている。私たちの間では、近親相姦《きんしんそうかん》は蔓延《まんえん》しているが、姦通はひとつもない。自分の妻が姦通を行ったとき、あるいは恋人になんらかの不貞があったとき、司法に訴えて処罰を求めたりはしない。私たちが自分たちの妻、あるいは恋人の裁判官であり、死刑執行人なのだ。私たちは、まるで害獣のように、いともたやすく彼女たちを殺して、山や砂漠に埋めてしまう。彼女たちの復讐をする親族もいなければ、私たちに娘の死について説明を求める父親もいない。こうした恐怖と怯えから、女たちは貞節であろうと努めるので、私たちは、すでに言ったように、安心して暮らせるのである。私たちはほとんどすべてのものを共有しているが、妻や恋人は別である。私たちが望むのは、女たちの一人ひとりが、運命によって選ばれた男だけのものであることだ。私たちの間では、死と同じく老いも離婚理由となる。男が若ければ、望むなら年とった妻を捨て、年齢にふさわしい新しい女を選ぶことができる。このような掟や戒めのおかげで、私たちはいつも陽気に暮らしている。私たちは、野原や、畑や、森や、山や、泉や、川の主人なのである。山々は私たちに薪を無料で提供する。樹木は果実を、葡萄園《ぶどうえん》は葡萄を、農園は野菜を、泉は水を、川は魚を、そして禁猟区は獲物をくれる。岩は日陰を、峡谷は涼しい風を、そして洞窟は住居をくれる。私たちにとって、厳しい天候は爽やかな風、雪は涼しい安らぎ、雨は水浴び、雷鳴は音楽、稲妻は松明である。私たちにとって、硬い地面は柔らかな羽毛の敷き布団であり、私たちの体の日焼けした肌は、刃を通さない甲冑《かっちゅう》として私たちを守るのである。私たちの敏捷《びんしょう》さを足枷《あしかせ》は阻めず、断崖も止められず、壁も遮らない。私たちの気力を、綱[*39]はくじかず、滑車も損なわず、頭巾も窒息させず、子馬も抑えつけない。私たちは都合に合わせて、真実とは関係なく、肯定したり否定したりする。私たちはいつも、証聖者[*40]よりも殉教者であることを自慢する。私たちは田舎では野原で育てられている荷役獣を盗み、都会では人びとのポケットを切って金を盗む。儲かりそうな匂いのするチャンスに、飛びかかるときの私たちの素早さには、出て来た獲物に飛びつくときの鷲や猛禽類もかなわない。つまり、私たちは幸福な結末を約束する多くの能力を持っている。なぜなら、私たちは牢獄《ろうごく》では歌う、拷問台では黙る、昼間は働き、夜は盗む、いや正しくは、人はどこに自分の財産が置いてあるか常に気を配れ、と警告するのである。名誉を失う恐怖で、私たちが疲れることはないし、名誉を高めようとする野心のために、夜も眠れないなどということもない。徒党を組みもしないし、請願書を渡すために、権力者に同行するために、またひきたてを求めるために早起きをすることもない。金色の天井と豪奢《ごうしゃ》な宮殿のかわりに、ここにある小屋と移動可能な集落を好む。フランドルの絵画と景色のかわりに、歩むにつれて私たちの目の前に現れる、聳《そび》える岩山と雪を戴いた岩、広々とした牧場と生い茂った森を好む。私たちは田園の占星術師である。ほとんどいつも露天で眠るので、私たちは、昼であれ夜であれ、時刻を知っているからである。どのように曙《アウロラ》が天の星を隅に追いやり、一掃してしまうか、そしてどのようにアウロラが空を輝かせながら、水を冷却し地面を湿らせながら、その伴侶である夜明け《アルバ》とともに現れるか、そしてその後から太陽が、ある詩人が言ったように『頂に金メッキをしながら』『そして山々を波立たせながら』出て来るかを見ているからである。冬に太陽の光が斜めに射しても、日照不足で凍えることを恐れないし、夏にその光が激しく照りつけても、焼けることを恐れない。私たちは太陽にも氷にも表情を変えない。不毛にも肥沃にも顔色を変えない。つまり私たちは『教会[*41]か、海か、王室か』という古くさい諺にこだわることもなく、自分の才能と弁舌をたよりに生きる者たちである。私たちは欲しいものは持っている。だから持っているもので満足する。こうしたことをおまえに話したのはひとえに、高貴な若者よ、おまえのこれからの生活と、従うことになる習慣について知らせておくためだ。そうした事柄について、ここで私は大まかに描写してみせた。おまえに話したことに劣らず重要な、その他諸々の無数の事柄は、いずれ時間がたてば理解できるようになるだろう」

これだけ言うと、雄弁なヒターノの老人は黙りこんだ。新参者は、これほど賞賛すべき規約の数々を知ってとても嬉しい。そのような理性と洗練された基盤の上に設立された集団に入るために、私は誓願を行おうと考えている。ただ残念に思っていることは、もっと早くこんな陽気な生活を知りたかったということだ。これからは騎士の誓願や、名門の家系といううぬぼれを捨て、そのすべてを束縛の下に、というよりも、ヒターノたちが遵守して生活している法の下に置こうと思う。なぜならば、ヒターノたちは、彼らに仕えたいという自分の願望に対して、自分を神々しいプレシオサに与えるという非常に高い報酬で報いようとしているからである。プレシオサのためなら、自分は王冠も帝国も捨てるだろう、そして、彼女に仕えるためだけに、それらを望むだろうと言った。

これに対してプレシオサは答えた。

「この立法者の方々が、その法に従ってわたしがあなたのものであると認め、わたしをあなたのものとして、あなたに渡したのであっても、わたしはわたしの意思の法により、それはあらゆる法のなかで最も強いものですが、あなたがここに来る前に二人のあいだで取り決めた条件でなければ、あなたのものになるつもりはありません。あなたはわたしの愛情を享受する前に、二年間わたしたちと一緒に暮らさなければなりません。あなたが軽率であったと後悔することのないように、またわたしが結婚を急いで、裏切られることにならないように。条件は法律にまさります。わたしが課した条件をあなたはご存知です。あなたがそれを守るつもりなら、わたしがあなたのものに、あなたがわたしのものになることもあるでしょう。そうでないならば、まだ騾馬は死んでいない。あなたの服はそのままですし、あなたのお金にもまったく手をつけていません。あなたが失踪してから、まる一日と経《た》っていないのだから、残りの時間を有意義に使えます。あなたにとって何が最善か考える時間があります。ここにいる男の人たちは、簡単にわたしの肉体をあなたに与えることができますが、魂を与えることはできません。わたしの魂は自由です、生まれながらに自由です。ですから、わたしが望む限りは自由でなければならない。あなたがここに残るのなら、わたしはあなたを高く評価しましょう。帰るとしても、だからといってあなたを軽蔑することはないでしょう。なぜなら、わたしが思うには、愛の激しさは、理性か幻滅と出会うまでは無軌道に突っ走る。わたしに対して猟師のようであって欲しくはない。猟師は、追いかけている野兎《のうさぎ》に追いつくと、それを捕まえ、逃げているもう一頭の野兎を追いかけるために、それを放す。最初は真《しん》鍮《ちゅう》もまた黄金に見えるというふうに、目がものを見誤ることがあります。しかし、少し時間が経てば、上質なものと偽物の違いがよくわかります。わたしが持っているとあなたが言う、わたしの美しさ、あなたが太陽より評価し、黄金よりも上に置くそれが、近くでは影に見え、触ってみると偽物だと思うかも知れないではないですか？　あなたが選ぶものが良いかどうか、捨てることは正しいかどうか、よく調べて考えるために、二年間という時間を差し上げます。一度買ったら死ぬまで捨てられない品物は、それにどんな欠点や長所があるか、時間を、それも十分な時間をかけて考えるのが良いのです。なぜならわたしは、ここにいる親族たちが許可している、いつでも好きなときに女を捨て、あるいは処罰する野蛮で横暴な慣行に従うつもりはありません。処罰されるようなことをするつもりはありませんから、自分の好きにわたしを捨てるような人を伴侶にしたくありません」

2

「おお、そのとおりだ、プレシオサ！」とこのときアンドレスが言った。「だから、もし私があなたの命令に絶対服従を誓い、あなたの不安を払拭して疑念を晴らしてほしいというのであれば、どんな誓いをすれば良いのか、また他にどんな保証をすれば良いのか考えてください。私はどんなことでもする用意があります」

「捕虜が自由を得るためにする誓いや約束は、自由になればほとんど守られません」とプレシオサは言った。「そして、恋する男の場合も同じように思われます。自分の欲望を遂げるためなら、ある詩人がわたしに約束したように、メルクリウスの翼やユピテルの稲妻を約束するでしょう。詩人はそれを大真面目に誓いました。アンドレス様、わたしは誓いも約束もいりません。ただ二年間の見習い期間の経過から、すべてを判断したいと思っています。あなたがわたしを侮辱しようとするなら、身を守る責任はわたしにあります」

「そういうことなら」とアンドレスは答えた。「仲間である皆さんに、ただひとつだけお願いがあります。せめて一カ月の間は、私に盗みを強制しないでほしい。事前に修業を積まなければ、泥棒をやってもうまくはいかないでしょうから」

「何も言うな、息子よ」とヒターノの老人が言った。「ここで私たちが鍛えれば、おまえは鷲のように盗みの上手な男になるだろう。盗みを覚えたら、やみつきになるほど好きになるだろう。そうなれば、朝にはから手で出かけても、夜にはどっさり獲物を持って集落に帰ることなどお茶の子さいさいだ！」

「そのから手で出かけたうちの何人かが、鞭打たれて帰って来るのを見ました」とアンドレスは言った。

「ズボンを濡らさなければ、鱒《ます》はとれない」*42と老人は答えた。「世にあるすべての物事は、さまざまな危険と背中合わせだ。泥棒行為には、ガレー船、鞭打ち、それに絞首台といった危険がつきものだ。だが、一隻の船が嵐に遭った、または沈没したからといって、他の船が航海をやめるはずもない。戦争で人や馬が死ぬからといって、兵士がいなくなったら結構なことだろう！　ましてや、私たちの仲間では、警察に捕まって鞭打ちの刑を受けた者は、背中に名誉の徽章を持つのだ。彼にとっては胸につけた騎士団員の徽章より、もっとすばらしい徽章なのだ。大事な点は、青春の盛りに、まだ罪を重ねないうちに縛り首にだけはならないことだ。背中の鞭打ちも、ガレー船での漕刑《そうけい》も、われわれにとっては何でもないことだ。息子アンドレスよ、今は巣の中で、私たちの翼の下で休むがよい。時が来たら、おまえを巣から出して空に飛ばそう。そのときには、おまえが獲物なしに戻って来ることはないだろう。そして、もう言ったとおりだ。おまえは、盗むたびに満足することだろう」

「それでは」とアンドレスは言った。「私を免除してくださるこの期間に、私が盗み得たものの埋め合わせとして、金貨二百エスクードを集落の全員に分配したいと思います」

こう言うか言わないうちに、大勢のヒターノたちがアンドレスに向かって突進し、彼を抱え上げ肩に担いで、「勝利、勝利！」「偉大なアンドレス！」と歌い、こうつけ加えた、「万歳、万歳、プレシオサ、彼から愛されたひと！」

ヒターノの女たちもプレシオサに対して同じようにしたものの、その場にいたクリスティーナや他の娘たちが嫉妬していたことは否めない。嫉妬は王侯の宮殿と同様に、蛮族の集落にも牧人の小屋にも宿る。自分より優れているとは思えない隣人が、出世するのを見るのはつらいものである。

それから一同はたっぷりと食事をし、約束の金を平等に公正に分け、アンドレスをあらためて賛美し、プレシオサの美しさを天に届けとばかり讃えた。

夜になるとヒターノたちは、騾馬の首筋を殴って殺し、埋めてしまった。これでアンドレスの正体が、騾馬から露見する恐れはなくなった。高価な宝石類も一緒に埋葬するインディオの風習のように、鞍や馬銜《はみ》や腹帯などの装具も、騾馬とともに埋めたのである。

アンドレスは見聞したすべての事柄や、ヒターノたちの才知に驚嘆していた。そして、自分の計画を続行し、やり遂げるためには、彼らの風習にまったく手を染めずに、あるいは少なくとも、あらゆる方法でできる限りそれを避け、彼らから悪事を命じられた場合には、金の力で免除してもらおうと考えた。

翌日アンドレスはヒターノたちに、ここにいると見つかる恐れがあるので、場所を移動してマドリードから離れるように頼んだ。彼らはすでにトレドの山岳地方に行くことを決めていて、その周辺で盗みを働くつもりだと言った。

それからヒターノたちは集落を撤収し、アンドレスが乗るための若い雌驢馬をよこしたが、彼はそれよりも徒歩で行くことを望んだ。別の若い雌驢馬に乗って行くプレシオサに、馬丁として仕えたかったのである。プレシオサは美しい従僕を屈服させた自分の器量に大満足であったが、アンドレスは自分の意思を支配するレディーをそばで眺めることができて、彼女に劣らず満足していた。

甘美な苦しみの神――われらの無為と不注意が与えた称号である――と呼ばれるものは、なんと力強いのだろうか、なんとゆるぎなく私たちを支配し、なんと不遜な態度で私たちを弄ぶことか！　アンドレスは貴族である。とても頭のよい若者で、全人生のほとんどを王都の豊かな両親のもとで、何不自由なく育った。それなのに、昨日から今日までにすっかり変わり果て、自分の召使いと友人を騙し、両親の彼に対する期待を裏切り、彼という人間の価値を発揮し、一族の名誉を高める場所であるフランドルへの道を捨てて、一人の娘の足下に跪《ひざまず》き、その馬丁となるためにやって来た。彼女は素晴らしく美しいが、所詮はヒターノの娘だった。最も冷静な意思を持つ者さえ、力ずくで自分の足下に服従させる美の特権である。

それから四日後に、トレドから二レグア［一レグアは五キロに相当］の距離にある村に到着した。村とその管内で決して盗みをしないことの担保として、まず幾つかの銀器を村長に預けてから、そこにキャンプを設営した。この後すべての年長の女たち、数人の若い娘たち、そして男たちはキャンプを設営したところから、少なくとも四、五レグア離れたあらゆる場所に散らばった。アンドレスは、最初の泥棒のレッスンを受けるために、ヒターノたちと一緒に出かけることになった。しかし、出がけに多くのことを聞かされたにもかかわらず、ひとつも彼にはしっくりこなかった。それどころか、彼の血筋の良さにふさわしく、自分の先生たちが盗みを働くたびに心が痛んだ。被害者たちの涙に同情して、ときには仲間が行った盗みをアンドレスが弁償したこともあった。これにはヒターノたちもいらいらし、それは心に慈悲を抱くことを禁じる、ヒターノの掟や戒めに反するものだと言った。慈悲心を持てば泥棒をやめなければならない、それはあってはならないことだと言ったのである。これを見てアンドレスは彼らに、自分は誰とも組まず単独で盗みをしたいと思う、自分には危険を回避する敏捷さもあれば、危険に立ち向かう勇気もある、だから盗みの報償も罰も自分一人で引き受けたいと言った。

ヒターノたちは、襲撃する場合も、防御する場合も、仲間が必要な状況は起こりうるし、一人では大きな獲物は手に入らないと言って、彼に翻意を促した。しかし、どんなに言葉を尽くしても、アンドレスは一匹狼の泥棒になるのだと言って譲らなかった。仲間から離れ、自分の金で買った物を盗品だと偽《いつわ》ることで、なるべく良心の呵責《かしゃく》を感じないですむようにしたいと思ったからである。

このような策を弄《ろう》して、アンドレスはひと月もしないうちに、最も腕利きの泥棒四人を合わせたよりも多くの実入りを集落にもたらした。自分の優しい恋人が、素晴らしく有能な泥棒でもあることを知って、プレシオサは大喜びだった。しかし、それにもかかわらず、彼女は不運を恐れていた。アンドレスが罪人として辱められるのを見ないですむのなら、プレシオサはヴェネツィアの全財宝だって犠牲にしただろう。アンドレスの大いなる献身や、山ほどの贈り物によって、当然ながら彼女はそのような優しい気持ちになっていた。

ヒターノたちは一カ月ちょっとの間、トレド周辺に逗留《とうりゅう》し、九月ではあったが、そこで彼らの八月［収穫の時。荒稼ぎを意味する］を過ごした。そこからエストレマドゥーラに入ったのは、豊かで暖かい土地だったからである。アンドレスはプレシオサと、慎み深い、分別のある、愛情に溢れた会話を交わして過ごした。彼女は恋人の分別と礼儀正しい態度に、少しずつ恋心を抱きはじめていた。それはアンドレスにしても同じことで、これ以上は愛しようがないほどに愛を募らせていた。プレシオサの慎み深さ、分別と美しさはそれほどだったのである。行く先々で、徒競走でも跳躍でも、アンドレスは賞金や賭金を獲得した。九柱戯やペロタ［木製のラケットで行う球戯］はほとんど完璧に近かった。棒投げも腕力と技巧で見事にこなした。そんなわけで、彼の名はあっという間にエストレマドゥーラじゅうに知れわたり、至るところでアンドレス・カバリェロというヒターノの凜々しい姿、その美しさや能力が噂になっていた。そして、ヒターノの娘の美しさも同じくらい有名になったので、あらゆる町が、村が、集落が、守護聖人に捧げる祭りを盛り上げるために、あるいは個人的な祝い事の余興のために、こぞって彼らを招いたのである。このようにしてキャンプは豊かに繁栄し、満ち足りて、恋人たちはただ見つめ合うだけで幸せだった。

街道から少し離れた樫の林の中にキャンプを設営していたときのこと、ある晩、ほとんど真夜中近くに、ヒターノたちの犬がひどくしつこく、いつもより激しく吠《ほ》えたてるのが聞こえた。数人のヒターノたち、それに彼らと一緒にアンドレスも、犬が何に吠えているのか確かめようと外に出てみると、白装束の男の片足に二頭の犬が噛《か》みついていて、男がそれを追い払おうとしているのが見えた。ヒターノたちはそばに行って犬を引き離し、そのうちの一人が男に尋ねた。

「ちょっと、あんた、一体どういうわけで、こんな時刻に、こんな街道から外れた場所に来たのかね？　もしや盗みでもしようというのか？　まったくいいところに来たものだ」

「盗みに来たのではない」と噛まれた男が答えた。「街道から外れているかどうかも知らない。僕が道に迷ったことはよくわかるがね。でも、皆さん、教えてください。このあたりに今晩泊まることができて、あなたたちの犬に嚙まれた傷の手当ができる、宿屋かなにかありませんか？」

「お教えできる宿屋もなにもありませんよ」とアンドレスが答えた。「しかし傷の手当をして、今晩寝るだけなら、私たちの小屋で十分でしょう。ついて来なさい、われわれはヒターノだが、ヒターノらしくない慈悲心があるのです」

「皆さんに神のお慈悲がありますように」と男は答えた。「さあ、どこへでも連れて行ってください。この足の痛みは耐えがたい」

アンドレスともう一人の親切なヒターノ（悪魔にも悪さの優劣があり、多くの悪人の中には善人もいる）がそばに来て、二人で男を運んで行った。

月の明るい夜だったので、男が顔も体つきも美しい若者であることがわかった。全身に白いリンネルを纏《まと》っていて、リンネルのシャツか袋のようなものを背中に担ぎ、それを胸のところで結わえていた。彼らはアンドレスの小屋というかテントに着くと、素早く火を熾《おこ》して明かりをつけた。まもなくプレシオサの祖母が、若者の傷の治療にやって来た。若者のことはすでに知らせてあったのだ。老婆は何本か犬の毛を抜いて、それを油で揚げた。それから、左足の二つの嚙み傷をまずワインで洗い、油がついた毛を傷口に貼りつけた。その上に緑色のローズマリーを嚙んだものを少し置いて、清潔な布で上手に巻いてから、傷の上で祈りを唱え、十字を描いて言った。

「眠りなさいな、あなた、神様のお助けによって、じきに治りますよ」

老婆たちが怪我人の治療をしているあいだ、プレシオサは前にいて、若者をじっと見ていた。若者も同じように彼女を見つめていた。アンドレスは、若者が彼女を凝視していることに気づいたが、それをプレシオサの並外れた美しさが彼の目を引いたのだと解釈した。さて、治療が終わると一同は、乾いた干し草の上にこしらえた寝床に若者だけを残して行った。当面は彼の旅程やその他のことを尋ねないことにしたのである。

若者から離れるとすぐに、プレシオサはアンドレスを脇に呼んで言った。

「覚えているかしら、アンドレス、あなたの家でわたしが仲間たちと踊っていたとき落とした、あの紙片のこと？　あなたをちょっと嫌な気持ちにさせたと思うけど」

「うん、覚えている」とアンドレスは答えた。「君を讃えるソネットで、出来は悪くなかった」

「では言っておくけど、アンドレス」とプレシオサは言い返した。「あのソネットを作ったのは、小屋においてきた犬に嚙まれた若者なの。絶対に人違いじゃない。マドリードでわたしに二、三度話しかけて、とても素敵なロマンセをくれた。あの時は小姓だったような気がする。それも普通の小姓ではなく、どこかの王族の寵愛でも受けているような。ねえ、アンドレス、本当に、あの若者は分別があり、道理もわきまえていて、そして並外れて誠実なの。だから、あんな服装でここに現れたことを、どう考えたものか、わたしにはわからない」

「どう考えるかって、プレシオサ？」とアンドレスは答えた。「私をヒターノにしたのと同じ力が、若者を粉挽《こなひ》きの姿にして、君を探しに来させたのさ、それ以外にないじゃないか。ああ、プレシオサ、プレシオサ、わかってきたよ、君は、自分の崇拝者は他にもいると自慢するのが好きなんだ！　もしそうなら、最初に私を殺せ。その後で、あいつを殺せばいい。どうか私たちを同時に生《い》け贄《にえ》とすることはやめてくれ、君の美しさの祭壇、いや、そうではない、裏切りの祭壇で」

「なんということを！」とプレシオサは答えた。「アンドレス、あなたはなんと傷つきやすく、あなたの希望とわたしの信用は、なんと細い髪の毛に繫《つな》がれているのでしょう。そんなに簡単にあなたの心に、嫉妬の硬い刃が入ってしまうとは！　言ってください、アンドレス、もしわたしに策略が、あるいはなんらかの裏切りがあったのなら、黙って若者の正体を隠しておくこともできたでしょう？　もしかしたら、わたしは愚かにも、あなたに自分の潔白や正しい心がけを疑うきっかけを与えたのでしょうか？　何も言わないで、アンドレス、お願いだから。明日、あなたの恐怖の原因である若者に問いただして、どこへ行こうとしているのか、何をしに来たのか聞き出してみてください。あの若者はわたしが言った小姓に間違いありませんから、あなたの疑いが思い違いだとわかるはずです。あなたにもっと満足してもらえるなら、というのは、あなたに満足してほしいからですが、その若者がどのような方法で、どんな意図を持って来たのであれ、すぐに若者を追い出してどこかへ行かせてください。わたしたちの仲間は皆あなたに従うから、あなたの意志に反して彼を自分の小屋に引きとろうという者はいないでしょう。もしそうしてもらえないのなら、わたしは自分の小屋にひきこもり、若者と目を合わせることもしなければ、あなたが望まない人に会うこともしないと約束します。いいですか、アンドレス、わたしは嫉妬するあなたを見ることはつらくない、でも分別を失くしたあなたを見るのはとてもつらいのです」

「プレシオサ、頭がおかしくなったのかと君に思われないのなら」とアンドレスは答えた。「嫉妬による妄想の苦しさやつらさがどれほどのものか、どれだけ人を疲弊させるかわかってもらうためなら、私がどんなふうに見えようと、それは小さなこと、いや何でもないことだ。しかし、それはともかく、君が命じるとおりにしよう。そして、小姓詩人さんが何を望んでいるのか、どこへ行くのか、あるいは何を求めているのか、できれば聞いてみることにしよう。何気なく見えている糸のどれかから、私をからめとる恐れのある、糸玉の全体をたぐりよせることができるかも知れない」

「わたしの想像ですけれど、嫉妬はかならず」とプレシオサは言った。「物事をありのままに判断する、分別を奪ってしまいます。嫉妬はいつも拡大鏡で見る。小さなものを大きく見せる。小人を巨人に、疑念を真実に見せる。あなたの命にかけて、またわたしの命にかけて、アンドレス、この件において、そしてわたしたちの取り決めに関わるすべての事柄において、慎重かつ賢明に行動してください。そうしてもらえれば、あなたのおかげで、わたしは慎み深く節度があり、どこまでも極めて誠実であるという評判が得られるでしょうから」

こう言ってプレシオサはアンドレスのもとを去った。アンドレスは怪我人を白状させようと、混乱しきった心で、無数の対立する想像をめぐらせながら、夜が明けるのを待った。彼にはあの小姓が、プレシオサの美しさに惹かれてここに来たとしか考えられなかった。なぜならば、泥棒は誰もが自分と同じだと考えるからである。一方で、プレシオサがもたらした満足は、彼にはとても強力に感じられたので、自信を持って暮らし、彼女の善良さにすべての運を委ねるほかはないとも思ったのである。

朝が来てアンドレスは、犬に噛まれた若者のところへ行った。名前と目的地、それに、どうしてあんな遅い時刻に、こんな街道から外れた場所を歩いていたのかを尋ねた。最初に、気分はどうか、噛み傷の痛みはなくなったか、と聞きはしたけれど。これに対して若者は、良くなった、痛みはまったく感じないので、旅を続けることができると答えた。名前と目的地については、名はアロンソ・ウルタード、ある用件でペニャ・デ・フランシアの聖母「サラマンカ県の高地フランシア山脈の山頂にある聖母像を祀《まつ》る教会」まで行くのだが、急ぐので夜間も歩いていたところ、昨夜は道に迷ってしまい、たまたまこのキャンプに行き当たった。そこで番犬が自分に襲いかかったのは、ご覧のとおりであるとしか言わなかった。

アンドレスにはこの答えが、本当とは思えなかった。それどころか真っ赤な嘘に思えたので、彼の心のなかでは再び疑念がうずき始めた。そこで、このように言った。

「兄弟、かりに私が裁判官で、あなたが何らかの罪で私のもとで裁かれることになって、今あなたにしたような質問をする必要に迫られた場合、あなたのなさった返事では、もっと拷問台の綱をきつくせよと言わざるをえませんよ。私はあなたが誰であるか、何という名前で、どこに行くのかを知りたいわけではないのです。しかし、おわかりいただきたいのですが、今回の旅について嘘をつかないと都合が悪いなら、もう少し本当らしい嘘をついてください。ペニャ・デ・フランシアに行くと言われるが、もう通り過ぎていますよ。私たちがいる場所の右手、それもゆうに三十レグアは後方です。急いでいるから夜も歩いていたと言うが、あなたは街道を外れてほとんど小道もない、まして街道などあるはずもない、森と樫の林の中に入り込んでいます。友よ、立ち上がり、上手な嘘のつき方を覚えて、運の良い旅をしてください。しかし、私が差し上げるこの良い警告に対して、本当のことを言ってはくれませんか？　言いますよね。だって、あなたは嘘をつくのが下手だから。言ってください。あなたはもしや私が何度も王都でお見かけした、小姓とも貴族ともつかない方ではないですか？　偉大な詩人との名声があり、その頃マドリードに出没して、特別な美しさの持ち主だと思われていた、若いヒターノの娘のためにロマンセとソネットをお作りになった方では？　言ってください。私はヒターノの紳士の信用にかけて、あなたが秘密にしておきたいことを他に漏らさないと約束します。あなたが私が言う人物であるという真実を否定するなら、旅は続けられないと思ってください。ここで私が見ている顔は、私がマドリードで見た顔なのですから。間違いなく、あなたの能力は大評判になっていたので、稀《まれ》に見る著名な人物として、しばしば私はあなたを惚れ惚れと見ていました。それであなたの風貌が私の記憶に焼きつき、あなたが以前に見たときとは違う服装をしていても、顔であなたがわかるようになっているのです。動揺しないでください。元気を出してください。泥棒たちの村にやって来たとは考えないでください。ここは世界中からあなたを守り、防衛することができる避難所です。あのですね、私はある想像をしているのですが、もし想像するとおりなら、私と出会ったことは、あなたにとって幸運でした。想像というのは、あなたは詩を捧げた美しいヒターノの娘プレシオサに恋をして、彼女を探しにやって来たというものです。だからといって、私はあなたを馬鹿にしたりはしません、その反対です。ヒターノではありますが、愛の強い力がどこまで届くか、愛の力に支配され虜《とりこ》となった者たちが、どれほど変わり果てた姿になってしまうか、私は身をもって知っています。そういうことならば、つまり私が確信しているとおりなら、そのヒターノの娘はここにいます」

「そう、ここにいますね。僕は昨夜、彼女を見ました」と嚙まれた男は言った。この言葉にアンドレスは死人のように青ざめた。ついに自分の疑念が確かめられたと思えたのである。

「昨夜、彼女を見ました」と若者は再び言った。「しかし、名乗る勇気はありませんでした。そうできない事情があったのです」

「それでは」とアンドレスは言った。「あなたは私が言った詩人なのですね」

「そうです」と若者は答えた。「それは否定できないし、否定するつもりもありません。もしかしたら、僕は破滅するだろうと思った場所で、味方を得る結果になったようですね。森にも誠実さが、山にも快い歓待があるならの話ですが」

「もちろん、ありますとも」とアンドレスが答えた。「そして私たちヒターノの間では、世の中で最高に秘密が守られます。これを信じて、あなたは心にあることを私に打ち明けてかまいません。私の心のなかは、あなたが見たとおりで、何の裏表もないとわかるでしょう。あの娘は私の親戚で、私の思いどおりになります。彼女を妻にしたいのなら、私も彼女の親戚もみんな喜ぶでしょう。気取りは一切なしで言いますと、恋人にしたいのなら、それは金次第です。強欲が私たちのキャンプから出て行くことは決してないからです」

「金は持って来ていますか」「金は持って来ています」と若者は答えた。「体にくくりつけて来たシャツの袖の中に、金貨四百エスクードが入っている」

これを聞いてアンドレスは、もう一度死ぬほど驚いた。そんな大金を持って来たということは、愛する者を征服するためか、あるいは買うためでしかないと思ったからである。それで早くも、もつれた舌で言った。

「たいした額ですね。あなたの正体を明かして、本題にかかりましょう、あの娘は馬鹿ではありませんから、あなたのものになることがどんなに良いか、わかるでしょう」

「ああ、友よ！」とこのとき若者が言った。「僕に衣服を替えさせた力は、あなたの言う愛ではなく、プレシオサが欲しいからでもありません。美しいヒターノの女たち同様に、あるいはさらに上手に心を盗み、魂を屈服させてしまう美しい女性たちは、マドリードにはたくさんいます。あなたの親戚の女性の美しさは、僕がこれまでに会った、どの女性にもまさると告白しますが。ぼくがこのような徒歩の旅装をして、犬に嚙まれる羽目になったのは、愛のせいではなく、僕の不運のせいなのです」

若者が語るこれらの言葉を聞いて、想像とは別の結末に向かっていると思われたので、アンドレスは止まっていた息を徐々に吹き返した。勘違いを一掃したくて、若者に対して再び、本当のことをうち明けても大丈夫だと強調した。すると、若者は話を続けた。

「僕はマドリードのとある貴族の屋敷にいました。僕はその方に家来としてではなく、親戚として仕えていました。その方には息子が一人いて、唯一の相続人でした。その息子は親戚でもあり、僕とは年齢も一緒なら性格も似ていたので、親しく深い友情をもって遇してくれました。この息子がとある高貴な乙女に恋をしたのです。彼が良き息子として、両親の意思に服従していなかったら、この女性を大喜びで妻に選んだことでしょう。両親は息子に、もっと身分の高い女性との結婚を望んでいました。しかし、それにもかかわらず、自分の恋心を噂の種にするかも知れない人たちの目を盗み、息子はこのお嬢さんに仕えました。僕の目だけが、彼の目的の証人だったのです。そしてある晩、これからお話しするような不運な出来事が起こりました。僕たち二人が、この女性の住む通りの戸口の前を通りかかると、風采の良い二人の男性が、その戸口に寄りかかっているのが見えました。男たちが誰なのか知りたいと思い、息子が彼らの方に向かうやいなや、彼らは素早く剣と小型の盾を手にとり、われわれに向かって来ました。われわれも応戦し、同じ武器で戦いました。争いはすぐに終わりました。二人の敵手があっけなく死んでしまったからです。親戚の息子の嫉妬による二突きと、僕の援護で彼らは命を失いました。不思議な珍しい事件でした。われわれは不本意な勝利をおさめて家に帰ると、こっそり有り金を残らずかき集め、サン・ヘロニモ修道院[*43]に逃げ込んだのです。そこで朝になって事件が発覚し、容疑者が特定されるのを待ちました。われわれに嫌疑がかかるような手がかりは何もないとわかっていましたし、用心深い修道士たちからは、失踪したことで嫌疑がかからないように、家に帰ったほうがいいと助言されました。それで、その意見に従おうと決めたとき、次のような知らせが届いたのです。王都の判[*44]事たちが、お嬢さんの両親とお嬢さん本人を屋敷で逮捕し、使用人たちから証言をとりました。その中のお嬢さん付きの女中が、僕の親戚の息子が昼となく夜となく、お嬢様に言い寄っていたと証言しました。これを手がかりにして、判事たちはわれわれを探したのですが見つかりませんでした。逃亡を疑わせる多くの痕跡から、われわれがあの二人の貴族（彼らは貴族で、とても身分の高い人たちでした）を殺した犯人であると、王都じゅうの者たちが確信することになりました。結局、僕の親戚の伯爵と修道士たちの意見に従って、十五日間修道院に隠れていたあと、親戚の息子は修道士の僧服を着て、修道士の一人とともにアラゴン方面に向かいました。イタリアに行き、そこからフランドルに渡って、事件の決着がつくまで待つことにしたのです。同じ進路をたどって共倒れにならないように、僕は運を分散することにして、親戚の息子とは別の道を行きました。修道士の下男の服を着て、別の修道士と徒歩で出発しましたが、その修道士とはタラベラで別れました。そこからここまでは一人で、街道を避けて旅を続け、昨夜この樫林に着きました。そこで私に何が起こったかはご覧になったとおりです。僕がペニャ・デ・フランシアへの道を聞いたのは、質問されたことに適当に答えるためでした。本当はペニャ・デ・フランシアがどこにあるかも知りません。サラマンカより高地にあることくらいは知っていますが」

「それは本当です」とアンドレスは答えた。「もう通り過ぎていますよ。右手後方の、ここから二十レグアほどのところです。だからそこへ行くつもりなら、ずいぶん回り道をしたのがお分かりでしょう」

「僕が向かおうとしていたのは」と若者が答えた。「他でもない、セビーリャです。そこには親戚の伯爵の偉大な友である、ジェノヴァ人の紳士がいて、ジェノヴァに大量の銀を送っているのですが、銀を運ぶ者たちの一人として雇ってもらう計画なのです。この作戦で安全にカルタヘナまで移動し、そこからイタリアに行くことができるでしょう。なぜならば、すぐに銀を載せるために二隻のガレー船がやって来るでしょうから。良き友よ、これが僕の物語です。どうです、不首尾な恋愛から生まれたというより、むしろ純粋な不運から生まれた物語と言えませんか。だがここにいるヒターノの皆さんが、僕に同行してセビーリャまで案内してくだされば、皆さんに行く予定があればですが、謝礼はたっぷり差し上げます。皆さんと一緒なら、今のような不安もなく、もっと安全に旅ができると思うからです」

「ええ、案内してくれますよ」とアンドレスは答えた。「このグループでなければ、二日後に出会うはずの別のグループと行けばいい。というのも、今はまだ、私たちがアンダルシアに行くかどうかわからないからです。あなたが持っている金貨を少し分けてあげれば、もっときつい仕事だって請け負ってくれますよ」

アンドレスは彼をその場に残し、その他のヒターノたちに若者が自分に語ったこと、十分な報酬を支払う約束で彼がしようとしていることを説明しに行った。みんなの意見は、若者にこの集団にいてもらおうということだった。ただプレシオサだけが反対し、老婆は自分はセビーリャにもその周辺にも行くことができない、昔セビーリャでトリギリョスという有名な帽子職人を騙したことがあるからだと言った。彼を裸にして頭に糸杉の冠をかぶせ、水瓶《みずがめ》に入れて首まで水につけた。ちょうど真夜中まで待ったら水瓶から出て、その屋敷のある場所に埋めてあると彼女が信じ込ませた、莫大な財宝を掘り出しにいくためである。お人好しの帽子職人は朝課［午前零時から日の出まで行う祈り］の鐘が鳴るのを聞くと、チャンスを逃すまいと慌てて水瓶から出ようとしたので、水瓶も彼も床に倒れてしまった。床に打ちつけたのと、瓶の破片で体に痣《あざ》ができた。水が流れ出したので、帽子職人はその中を泳ぎ、溺れる、と大声をあげた。彼の妻と近所の者が飛んで来ると、彼は息を吐き出し、腹を床でこすりながら、大急ぎで腕と脚を振りまわして泳ぐ身振りをしながら、大声で叫んでいた。「助けてくれ、誰か、溺れる！」彼は恐怖にとり憑かれていたので、本当に溺れかけていると思ったのである。人びとが彼を抱きかかえて危険から救い出すとわれに返り、ヒターノの女に一杯食わされたと話した。それにもかかわらず、皆がヒターノの女に騙されたのだと制止しても、帽子職人は教えられた場所を一エスタード［長さの単位で人の平均身長程度。当時は一・五メートル余］も掘った。隣家の土台まで掘り進んだために、隣家の持ち主が止めに入ったが、もしそうせずに、彼に好きなだけ掘らせていれば、二軒とも倒壊してしまっただろう。この話は市中に知れわたり、子供たちまで帽子職人を指さして、彼の信じやすさとヒターノの女の大嘘を話題にしたのだった。

以上がヒターノの老婆が語った、セビーリャに行かない理由である。ヒターノたちは、アンドレス・カバリェロを通じて、若者が多額の金を持っていることを知っていたので、すんなり彼が自分たちと生活することを受け入れた。若者が望むだけの期間、彼を守り、匿《かくま》うことを約束し、進路を左に変えて、ラ・マンチャ地方を通ってムルシア王国に入ることに決めた。

ヒターノたちは若者を呼んで、彼のためにしようとしていることを説明した。若者は感謝して、皆で分けるようにと金貨百エスクードを与えた。この贈り物にヒターノたちはとても喜んだが、プレシオサだけはドン・サンチョがここに残ることをあまり喜ばなかった。ドン・サンチョというのが若者の本名だったが、ヒターノたちは彼の名をクレメンテに変え、以後はそう呼ぶことになった。アンドレスもまた、クレメンテの残留にやや不機嫌になり、あまり喜んではいなかった。大した根拠もなく、最初の計画を放棄したように思えたのである。しかしクレメンテは、その心を見抜いたかのように、何をおいてもムルシア王国に行くことを喜んでいる、カルタヘナが近いからだ、そこに自分が考えているとおりにガレー船が来たら、簡単にイタリアに行けるだろうからと言った。そういうわけで、クレメンテをもっと自分の近くに置いて、彼の行動を観察し、彼の考えを細かく調べるために、アンドレスは彼が自分と同室になることを希望した。クレメンテはこの友情を、自分に対する大きな好意と受けとった。二人はいつも一緒にいて気前よく金を使い、エスクードを雨と降らし、徒競走でも、跳躍でも、踊りでも、棒投げでも、ヒターノの誰よりも優れていたので、二人はヒターノたちから半端でなく愛され、限りなく尊敬されたのだった。

それからヒターノたちは、エストレマドゥーラを出てラ・マンチャに入り、ゆっくりとムルシア王国へと進んで行った。彼らが通過する町や村では、かならずペロタ、剣術、徒競走、跳躍、棒投げ、その他の力と技と敏捷さを競う競技が行われていて、その全種目で、以前はアンドレスの一人勝ちだったが、アンドレスとクレメンテが勝者となった。そしてその間、ひと月半以上だったが、クレメンテがプレシオサと話す機会は一度もなく、クレメンテもそれを求めなかった。しかしある日、アンドレスと彼女が一緒にいるときに呼ばれて会話に加わったとき、プレシオサが彼に言った。

「あなたがこのキャンプにやって来た最初の日に、あなただということがわかり、マドリードであなたがくれた詩を思い出したわ。でも、あなたがわたしたちのキャンプに来た目的がわからないうちは、何も言いたくなかった。あなたの災難を聞いたときは同情して悲しんだけれど、わたしの心も落ち着きました。世の中の大勢のドン・ホアン[*45]がアンドレスに変わるように、別の名前に変わる大勢のドン・サンチョがいてもおかしくないと考えて、わたしは怯えていたの。こんなことを話すのは、アンドレスが、自分の正体とヒターノになった目的をあなたに話したと言ったから——そのとおりだった。アンドレスは彼に自分の考えを伝えるために、自分のすべてを彼に知らせていたのである——わたしたちが知り合いだったことが、あなたにはほとんど無益だったとは思わないでください。あなたに対するわたしの尊敬と、わたしがあなたについて述べたことが、あなたの受け入れを容易にしたのです。神様がここであなたの望みをすべて叶えてくださいますように。このわたしの善意に報いてくださ い、どうかアンドレスの目的の低さを非難しないでください。この状態を続けることが、アンドレスにとってどれほど不幸か、彼に言わないでください。彼の意思はわたしの意思に縛られていると思っているので、彼が少しでも後悔している様子を見るのはつらいのです」

これにクレメンテは答えた。

「類《たぐい》まれなるプレシオサ、ドン・フアンが軽い気持ちで、僕に自分の正体を明かしたとは考えないでください。初めに僕が彼が誰であるかに気づき、初めにその目が僕に彼の目的を明かしたのです。初めに僕が自分が何者かを言い、初めに僕が、彼の意思が、あなたがおっしゃる囚《とら》われの状態にあることを見抜きました。彼は当然ながら僕を信頼し、口の堅さを信じて秘密を明かしてくれたのです。そして、愛に身を捧げた彼を、僕が賞賛したことをよく知っています。おお、プレシオサ！　美の力がどこまで届くかを理解しないほど、僕は愚かではありません。そしてあなたの美しさは、美の極致をすら越えるので、そのために大きな過ちをおかしても、十分な言い訳になるのです。避け難い理由で行ったことを、過ちと呼ぶべきならですが。セニョーラ、僕を信じて話してくださったことに感謝します。そして僕は、次のように願うことで、それに報いたいと思います。この愛の物語が幸せな結末を迎えますように。そしてあなたはアンドレスと、そしてアンドレスはプレシオサと、両親の同意と喜びのうちに幸せに暮らしますように。このうえなく美しい夫婦によって、この世界に善意に満ちた自然が形成しうる、最も美しい子供が誕生しますように。プレシオサよ、僕はそう祈りましょう。そして、僕はいつも、あなたのアンドレスにそう言いましょう。正しい思考から彼を逸脱させるようなことは決して言いません」

深い愛情を込めてクレメンテはこのような言葉を連ねたので、アンドレスは彼がそれらを恋する者として言ったのか、礼節から言ったのか疑うのだった。嫉妬という地獄の病はとても繊細なので、そんな具合に微小な塵《ちり》になってまとわりつき、愛するものに塵が触れるたびに、恋する男は疲弊し絶望する。しかし、それにもかかわらず、恋人たちがいつも望むものに到達しないあいだは不幸だと思い込むような自分の運などより、プレシオサの善良さを信じていたので、嫉妬が根を生やすようなことはなかった。そういうわけで、アンドレスとクレメンテは互いに同志であり、大切な友人だった。クレメンテの善意とプレシオサの慎みと分別がすべてを保証していて、アンドレスが嫉妬するような機会を決して作らなかったのである。

クレメンテには、プレシオサに渡した詩でわかるように、少しばかり詩人のようなところがあったし、アンドレスも詩作を少しは嗜《たしな》んでいた。そして二人とも音楽が好きだった。だから、集団がムルシアから四レグアの地に宿泊していたある夜のこと、気晴らしに二人は——アンドレスはコルク樫の下に、クレメンテは樫の下に——各々がギターを抱えて座っていたのだが、夜の静寂《しじま》に誘われて、はじめにアンドレスが歌い、それにクレメンテが応じるかけあいで、このような詩を歌った。

アンドレス

ごらん、クレメンテ、美しい
光に飾られた空に
寒い夜が、昼と輝き競う、
星くずを鏤《ちりば》めたヴェールを、
そして、この肖像画のなかに、
君の天才は描けるだろうか、
あの面影
美の極みが宿るところ。

クレメンテ

美の極みが宿るところ、
そこに向かって貴重《プレシオサ》な
美しい慎みが
すべての善の極みとともに急ぐ、
一人の女性のなかに、

彼女を讃えうる天才はない、
神のみが讃えるだろう、
高く、希有に、荘重に、素晴らしく。

アンドレス

高く、希有に、荘重に、素晴らしく、
これまでにない様式で、
天に聳えている、
世にも甘美で、比類なき道、
私が名声を得られたら、
感嘆を、驚きを、賞賛を呼び起こす、
君の名を、おおヒターノの娘よ！
第八天球[*46]まで連れて行く。

クレメンテ

第八天球まで連れて行く

それは適切で正しいことだろう、
天を喜ばせる、
その名の調べが彼方に聞こえるとき、
甘美な名が響きわたる
地上にもたらされるだろう、
耳に音楽が、
魂に平和が、五官に栄光が。

アンドレス

魂に平和が、五官に栄光が
最も用心深い者さえ魅了し麻痺させる
セイレンが歌うときにも、
感じられるというのなら、
私のプレシオサはそれほどなのだ、
美しさは彼女にとって些細《ささい》なこと、
彼女は私の甘美な楽しみ《レガーロ》、
優雅さの冠、凜々しい栄誉である。

クレメンテ

優雅さの冠、凛々しい栄誉である
君は美しいヒターノの娘よ、
朝の涼しさ、
燃える夏の穏やかなそよ風、
盲目の愛の神が
雪のような胸を火に変える稲妻、
彼女は愛の力が命じるままに
優しく殺し悦《よろこ》ばせる。

恋から自由な者と恋に囚われた者は、自分たちの歌をもっと続けたい様子だったが、そのとき背後でプレシオサの歌声が響いた。彼女は彼らの歌を聞いていたのである。彼女の声が聞こえると、二人は歌を中断して、じっとしたまま驚くほど熱心に耳を傾けるのだった。プレシオサは（即興なのか、以前に作った歌の詩かわからないが）このうえなく優美に、まるで二人の歌に応えるために作ったかのように、こんな歌を歌った。

わたしの愛をひきとめる
この愛の企てにおいて、
美しさよりも慎みを
大きな幸運と考えます。
もっとも卑しい植物も、
上を向いてまっすぐ伸びれば、
恩寵か天性によって
天に向かって聳えるのです。
わたしは卑しい銅だけど、
美徳がそれを磨いてくれる、
いつも善意を忘れない、
財産なんか必要ない。
愛されなくても軽んじられても、
わたしは少しも悲しくはない、
わたしは自分で自分のために
運命と幸運を築いてみせるから。
わたしを善へと導いている
心に素直に振る舞いたい、

そのあとは神様お願い
あなたのお気に召すままに。
わたしは知りたい、美しさには
そんなにわたしを出世させたり、
最高位までも熱望する、
特権でもあるのでしょうか。
もしも魂が平等なら、
農民の魂には
皇帝たちのそれと
同じ価値があるのでしょう。
わたしの魂は、わたしを高みに
引き上げるのを感じます、
なぜなら権力と愛は
同じ椅子には座れないから。

プレシオサの歌はここで終わり、アンドレスとクレメンテは彼女を迎えるために立ち上がった。三人はひかえめに言葉を交わしたが、プレシオサの言葉には分別、慎み深さ、そして、機知が明らかだった。クレメンテはアンドレスがヒターノになってまで、彼女と結婚したがるのは無理もないと納得した。アンドレスの勇敢な決心を、正気ではなく若さゆえと判断していたクレメンテは、その時まで彼の決心を容認してはいなかったのである。

朝になるとキャンプは撤収された。一団はムルシアの管轄区域内の首都から三レグアの村まで行って宿泊することになったが、そこでアンドレスは危うく命を失いかけるような災難に遭遇した。ヒターノの習慣にしたがって、その村で担保物件としていくつかのコップその他の銀器を預けたあと、プレシオサと老婆、クリスティーナと二人のヒターノの娘たち、それにクレメンテとアンドレスの七人は、裕福な未亡人が経営する宿屋に泊まった。未亡人には美しいというより色っぽい十七、八歳の娘がいて、名前をフアナ・カルドゥチャといった。この娘はヒターノの男女が踊るのを見て悪魔にとり憑かれ、アンドレスに激しい恋心を抱いたので、彼にそのことを告白し、彼が望みさえすれば親戚じゅうが反対しても夫にしようと決心した。そこでアンドレスに告白する機会を窺《うかが》っていると、彼が囲い場《コラル》にいるのを見かけた。彼は二頭の若い驢馬を探して、そこに入っていたのである。娘はアンドレスのそばに行くと、人に見られないように急いで彼に言った。

「アンドレス」と言ったのは、すでに彼の名前を知っていたからだ。「わたしは処女で金持ちよ。お母さんにはわたしの他に子供はいない。この宿屋はお母さんのものだし、大きな葡萄園をいくつも持っている。その他にも家が二軒あるの。あなたが気に入ったわ。わたしを妻にしたければ、あなた次第よ。早く答えてちょうだい。おりこうさんなら、ここにいなさい。いい暮らしができるわ」

アンドレスはカルドゥチャの決断力に舌を巻いたが、言われたとおりすぐに返事をした。

「お嬢様、私には結婚の口約束をした相手がいますし、ヒターノの男はヒターノの女としか結婚しません。私に施そうとなさったご好意により、神様があなたをお護りくださいますように。私はあなたに相応《ふさわ》しい人間ではありません」

カルドゥチャはアンドレスの無愛想な返事を聞いて、もう少しで倒れて死んでしまうところだった。何か言おうとしたが、他のヒターノたちが囲い場に入ってくるのが見えた。彼女は恥じ入り、ひどく傷ついて出て行った。できることなら喜んで復讐しただろう。アンドレスは思慮深い男らしく、大急ぎで逃げ出して、悪魔が差配したとしか思えない危機を回避しようとした。カルドゥチャがアンドレスに、婚前に愛情のすべてを捧げようとしていることは、彼女の目からはっきりと読みとれた。だからアンドレスは、彼女と二人きりで会うような状況を避けたかった。そこで、晩には村を出発してほしいとヒターノ全員に頼んだ。ヒターノたちはいつもアンドレスには従ったから、すぐに村を出ることになり、その日の午後には担保物件を取り返して立ち去ったのである。

カルドゥチャは、アンドレスが去ってしまうと心の半分が失われ、自分の欲望を遂げるために言い寄る時間もなくなってしまうことに気づき、アンドレスが進んでここに残ってくれない以上、力ずくで行かせないことにした。そこでカルドゥチャは、邪悪な考えをめぐらせて策略を練り、見覚えのあるアンドレスの貴重品のなかに、すばやくこっそりと、いくつかの高価な珊瑚《さんご》と銀の飾り板［信心の印を刻んで胸に下げた女性の装身具］二枚をいくつかの飾り《チャーム》と一緒に入れておいた。そしてアンドレスたちが宿屋を出発するとすぐに、あのヒターノたちがわたしの宝石を盗んで行った、と大声をあげたので、その声を聞いた村の警吏や村びと全員が集まって来た。

ヒターノたちは移動を休止した。そして、全員がきっぱりと、誰も盗品など持っていない、自分たちの袋の中身も荷物も、全部調べてもらってかまわないと言いきるのだった。ヒターノの老婆は、このなりゆきにひどく不安になった。捜査の過程で、老婆が厳重に用心深く保管している、プレシオサのチャームとアンドレスの衣服が見つかってしまうのではないかと気が気ではなかったのだ。しかし、ご立派なカルドゥチャが、あっという間にけりをつけてしまった。というのは、人びとが二つ目の包みをあらためているときに、あの踊りが上手な男の荷物はどれか聞いてちょうだい、あの男が二度も自分の部屋に入るのを見たから、彼が宝石を持って行った可能性があるわ、と言ったからである。アンドレスはそれが自分のことだと気づくと、笑いながら言った。

「お嬢様、これが私の荷物で、これが私の若い驢馬です。どちらかからあなたが失くしたものが出てきたら、泥棒として法律が定めた刑罰に服するのはもちろんのこと、盗品の七倍の賠償金を払いますよ」

すぐに警吏たちが驢馬に積んである荷物をおろしたが、そう何度も中身をひっくり返さないうちに盗品を発見した。これにはアンドレスは本当にびっくりし、呆気《あっけ》にとられて言葉もないまま、その姿は硬い石像にしか見えなかった。

「わたしが思ったとおりでしょう？」そのときカルドゥチャが言った。「善良そうな顔をしているけれど、大泥棒が猫をかぶっているだけよ！」

その場には村長も立ち会っていたが、アンドレスとヒターノ全員に罵詈雑言《ばりぞうごん》の限りを浴びせはじめ、ヒターノたちは名うての泥棒であり街道の追い剝ぎであると罵《ののし》るのだった。そのあいだアンドレスは黙ったまま呆気にとられ考え込んでいたが、まだカルドゥチャにはめられたことには気づいていなかった。そのとき村長の甥《おい》の颯爽《さっそう》とした兵士が、こう言いながら近づいて来た。

「盗みで腐ったヒターノ野郎の面《つら》を見たか？　賭けてもいいが、こいつは盗んだその手をつかまれても、おつにすまして盗みはしていないと言いはるのさ。こいつらみんなまとめてガレー船に送りたいものだ。この悪党は村から村へと踊り歩き、宿屋から山へと盗みを働いて暮らすよりも、ガレー船で国王陛下に仕えていたほうがましだったんじゃないのか！　兵士の名誉にかけて、こいつに一発びんたを食らわせ、俺の足もとにぶっ倒してやるさ」

これだけ言うといきなり手を上げ、こっぴどい平手打ちを食らわせたので、アンドレスは茫然自失《ぼうぜんじしつ》の状態から目を覚まし、自分はアンドレス・カバリェロではなくドン・フアンであり、貴族であるということを思い出した。彼は激高し、目にもとまらぬ早さで兵士に襲いかかった。そして相手の剣を鞘《さや》から抜きとると、それを兵士の体に深く突き刺した。兵士は絶命し、その場に倒れてしまった。

村びとは叫び声をあげ、伯父の村長は怒り、プレシオサは気を失い、アンドレスは彼女が気を失ったのを見て動転し、全員が武器をとりに走り、殺人犯を追いかけた。混乱は増し、騒ぎは大きくなった。アンドレスは気絶したプレシオサが気にかかり、自分の身を護るどころではなかった。幸運にもクレメンテは、騒ぎをよそに騾馬に乗ってすでに村を出ていた。結局、アンドレスの上に大勢が飛び乗って押さえつけ、彼を捕らえて二本の太い鎖に繋いだ。村長はできることなら、即刻アンドレスを縛り首にしたかったにちがいない。しかし、村はムルシアの管内であったため、彼の身柄をムルシアに送らなければならなかった。移送は翌日に決まったので、村にいるあいだアンドレスは、怒り狂った村長とその部下、および村びとたちがさまざまな拷問を加えたり、罵倒を浴びせるのに耐えたのだった。村長はヒターノたちを片っ端から捕らえたが、多くの者が逃亡した。その中には、捕まって身元が割れることを恐れたクレメンテもいたのである。

そんなわけで、事件の起訴状を持った村長とその部下たちは、武装した大勢の者たちを従え、ヒターノたちをしょっぴいてムルシアに入った。その中にはプレシオサと、鎖を巻かれて雄騾馬に乗せられ、手錠と首枷をつけられた哀れなアンドレスもいた。ムルシアじゅうの者たちが、囚人たちを見物するために出てきた。すでに兵士の死の知らせが届いていたからだ。しかし、その日のプレシオサは一段と美しかったので、彼女を見て褒め讃えない者はいなかった。彼女の美しさについての評判は代官夫人の耳にも届いた。夫人はその娘を見たいという好奇心から夫の代官に頼んで、他の者たちはみんな投獄してかまわないが、そのヒターノの娘は牢獄に入れないようにという命令を出させた。アンドレスは狭い地下牢に入れられた。その暗さのなかでプレシオサという光を失ったアンドレスは、ここを出るときは墓に入るときだろうと覚悟したのである。プレシオサは老婆とともに代官夫人にお目通りした。夫人はプレシオサを見ると言った。

「彼女を美しいと讃えるのは当然です」

夫人はプレシオサを自分のそばに来させて、やさしく抱擁した。そして飽きることなく彼女を見つめながら、この少女はいくつになるのかと老婆に尋ねた。

「十五歳と」と老婆は答えた。「約二カ月になります」

「私の不運なコンスタンサも、今はそれくらいの年齢でしょう。ああ、どうしましょう、この子のせいで我が身の不幸をまた思い出してしまったわ！」と代官夫人は言った。

するとプレシオサは代官夫人の両手を握り、何度も口づけしてその両手を涙でびしょ濡れにしながら言った。

「奥様、捕らえられているヒターノの男に罪はありません。彼は挑発されたのです。泥棒呼ばわりされましたが、それは違います。顔に強い平手打ちを受けました。あのように彼の顔には心の善良さが表れているのに。奥様、神様のために、そしてあなた様ご自身のために、彼に正義を貫かせてあげてください。そして代官様におかれましては、法律による彼の処罰をお急ぎにならないでください。そして、もしわたしの美しさに少しでも喜びをお感じになったのなら、囚人を生かし続けることで、その美しさを保たせてください。彼の命が終われば、わたしの命も終わるのですから。彼はわたしの夫になるはずですが、正当で妥当な婚姻禁止期間を設けたために、まだ今日まで結婚はしないでおります。訴訟の原告から許しを得るためにお金が必要なら、わたしたちのキャンプ全体を公営の競売場で売りましょう。そうすれば要求される以上のお金になるでしょう。奥様、愛がどんなものかご存知なら、かつて誰かを愛したことがあり、今あなたの旦那様を愛しておいでなら、わたしのために心を痛めてください、わたしは深く誠実に婚約者を愛しております」

こう話しているあいだずっと夫人の両手を放さず、その目は苦く情愛に満ちた涙をぼろぼろとこぼしながら、一瞬もそらすことなく夫人を見つめているのだった。代官夫人も同じだった。プレシオサに負けないほど熱心に同じように滂沱《ぼうだ》の涙を流し、同じように娘を注視しながらその手をつかんでいた。そのとき代官が入って来て、そんなふうに涙にくれて手を握り合っている妻とプレシオサを見て、その涙にも美しさにも呆気にとられた。二人の心痛の理由を尋ねると、プレシオサは夫人の手を放して代官の両足にしがみつき、こう言ったのである。

「旦那様、お慈悲を、お慈悲を！　夫が死ねば、わたしも死にます！　彼に罪はありません。でも、もしあるとおっしゃるなら、罰はわたしが受けます。それができないなら、少なくとも彼を救う方法を探しているあいだは、訴訟を継続してください。悪意なく罪を犯した者には、天の恩寵がないとも限りません」

ヒターノの娘の思慮深い言葉を聞いて、代官は驚きをあらたにした。弱い男という印象を与えずにすむなら、不覚にも涙をこぼしたかも知れない。このなりゆきを目の当たりにしながら、ヒターノの老婆はさまざまな重要な事柄をあれこれ考えこんでいた。そして、逡巡《しゅんじゅん》と夢想のあとで言った。

「少しお待ちいただけますか、旦那様方、あたしが皆さまの涙を笑いに変えてご覧に入れましょう、たとえこの命を落とそうとも」

そう言うと、老婆の言葉にぽかんとしている者たちをその場に残し、すばやく部屋を出て行った。

老婆が戻って来るまでのあいだも、プレシオサは泣きながら、アンドレスの訴訟を引き延ばしてほしいという嘆願をやめなかった。アンドレスの父親に知らせて来てもらい、訴訟に関わってもらおうという算段だった。ヒターノの老婆は、小さな宝石箱を脇にかかえて戻って来ると、代官夫妻と自分の三人だけで別の部屋に移らせてほしい、内密で大事な話があるからと言った。代官は、四人の裁判を有利に運ぶために、ヒターノたちの盗品をいくつか見せたいのだろうと思い、すぐに老婆と夫人を連れて自分の部屋にこもった。するとヒターノの老婆は、二人の前に跪いて言った。

「旦那様方、これからお伝えする良い知らせも、あたしの大きな罪を許す理由にはならないとお考えになるなら、お二人がお望みになる罰を甘んじて受けるつもりでおります。ですが、告白する前にまず、旦那様方、この宝石類に見覚えがありますか」

そう言うと老婆は、プレシオサの宝石箱を見せて、それを代官に手渡した。代官は箱を開いて子供用のチャームを見たが、それが何を意味するのか見当もつかなかった。代官夫人もじっと見たが、やはり何だかわからず、ただこう言った。

「これはどこかの小さな女の子の飾りでしょう」

「そのとおりです」とヒターノの老婆は言った。「どこの女の子のものかは、その折りたたんだ紙に記されています」

代官は急いでそれを開いて読みあげた。

《女の子の名はドニャ・コンスタンサ・デ・アセベド・イ・デ・メネセス、母はドニャ・ギオマール・デ・メネセス[47]、父はドン・フェルナンド・デ・アセベド、カラトラバ騎士団の騎士。一五九五年のキリスト昇天の祝日の午前八時に私が誘拐した。女の子はこの箱の中にあるチャームをつけていた》

代官夫人は紙に書かれた内容を耳にするや、見覚えのあるチャームだと気がつき、それらを口もとに寄せて、何度も何度も口づけしながら気を失って倒れた。娘のことを老婆に尋ねるのはあとまわしにして、代官は妻に駆け寄った。代官夫人はわれに返って言った。

「あなたは良い人です、ヒターノではなく天使です。所有者は、そうそう、このチャームを持っている女の子は、どこにいるのですか？」

「どこにとお尋ねですか、奥様？」と老婆は答えた。「このお屋敷の中にいらっしゃいます。あなたが涙を流された、あのヒターノの娘が持ち主です。そして間違いなくあなたの娘です。

あたしがあなたのお屋敷から、その紙にあるとおりの日時に誘拐しました」

これを聞いて動転した夫人はコルクの厚底靴を脱ぎ捨て、慌てて部屋を走り出て、プレシオサを残してきた広間に向かった。プレシオサは小間使いや召使いに囲まれて、相変わらず泣きつづけていた。夫人は彼女に飛びかかり、何も言わずにせわしく胸のホックを外した。もしや左の乳房の下に、生まれた時からあった白斑のような小さな跡がありはしないかと目をこらすと、大きめの跡が見つかった。成長とともに大きくなったのだ。それから、同じように性急に彼女の靴を脱がせた。雪か、象牙にろくろをかけて仕上げたような白い素足に夫人は探していたものを見つけた。右足の薬指と小指の真ん中あたりの肉が、わずかに繋がっていたのである。それは子供だった娘に苦痛を与えたくない一心から、夫妻が決して切り離そうとしなかったものだった。胸と、足の指と、チャームと、記された誘拐の日付、ヒターノの老婆の告白、なによりプレシオサに会ったときに両親が感じた驚きと喜び。これらすべてが代官夫人の心に、プレシオサは間違いなく自分の実の娘である、という確信をもたらしたのである。夫人はプレシオサを両腕に抱くようにして、代官とヒターノの老婆がいるところへ戻って行った。

プレシオサは困惑していた。あのように忙《せわ》しく体を調べた目的がわからなかったし、代官夫人が自分を抱くようにして、口づけの雨を降らせていたからなおさらであった。やがてドニャ・ギオマールは美しい荷物《プレシオサ》とともに夫の前に出ると、彼女を自分の腕から代官の腕に渡して言った。

「お受け取りください、旦那様、娘のコンスタンサです。間違いありません。どうか信じてください、あなた。くっついた指も、胸の白斑も確認しました。いいえ、そんなことより彼女を見た瞬間から、私には心に感じるものがありました」

「信じるとも」と腕にプレシオサを抱きしめながら、代官は答えた。「私もあなたと同じ印象を受けた。多くの証拠も一致している。これが奇跡でなくてなんだろう?」

家中の者たちはあっけにとられて、何が起きているのか互いに探り合っていたが、誰ひとり真相を知らなかった。ヒターノの娘が代官夫妻の娘だなどと、誰に想像できただろうか? この件は自分が発表するまで秘密にしておくように、と代官は妻と娘とヒターノの老婆にむかって言った。また老婆には、最愛の娘を盗んだ無法は許してやる、それが娘を返してくれたことに対する祝儀だが、ただひとつ残念に思うのは、老婆がプレシオサの出自を知りながら、ヒターノなんかと、それも泥棒の殺人犯と婚約させたことである、と言った。

「ああ!」と、そのときプレシオサは言った。「旦那様、彼はヒターノでも泥棒でもありません。人は殺しましたが、彼の名誉を傷つけた者を殺したのです。彼は自分が誰であるかを示し、その男を殺す他はなかったのです」

「ヒターノではないとはどういうことです、娘よ?」とドニャ・ギオマールは言った。

そこでヒターノの老婆は、簡略にアンドレス・カバリェロの身の上を語った。彼はサンチアゴ騎士団の騎士ドン・フランシスコ・デ・カルカモの息子で、ドン・フアン・デ・カルカモといい、同じ騎士団員である。彼の衣服はヒターノに身をやつしたときから自分が保管している、と。プレシオサとドン・フアンのあいだで、結婚するかどうかを決めるために二年間待つ、という取り決めをしたことも話した。二人の貞潔とドン・フアンの素晴らしい性格についてほめるのも忘れなかった。夫妻はそれを聞いて、娘が見つかったのと同じくらい驚いた。代官はヒターノの老婆に、ドン・フアンの衣服を持って来るように命じた。言いつけ通りに老婆は、衣服を運ぶヒターノの男を従えて戻って来た。

老婆が行って戻るあいだに、両親はプレシオサに十万もの質問をし、彼女はそれになかなかの才気と可愛らしさで答えたので、彼女を娘と認識していなかったとしても、二人を魅了したことであろう。二人はプレシオサに、ドン・フアンが好きかと尋ねた。自分のためにヒターノに身を落とすことも厭《いと》わなかった人に対してならば、当然抱くべき好意くらいは持っている。しかし今となっては彼に対する感謝よりも、お父様とお母様がお望みになることに従いますと答えた。

「わかった、娘プレシオサよ」と彼女の父は言った。「と呼ぶのは、おまえを失い、そして見いだした記念に、おまえがプレシオサという名を名乗り続けることを私は望むからだが、わたしはおまえの父として、おまえの身分に相応しい結婚をさせる役目を引き受けよう」

これを聞いてプレシオサはため息をついた。すると彼女の母親は、思慮深い人だったので、ため息をつくのはドン・フアンに恋をしているからだと判断して夫に言った。

「あなた、ドン・フアン・デ・カルカモはとても立派な人ですから、そういう人が、私たちの娘をそれほど愛しているのなら、彼女を妻として与えるのは悪くはないでしょう」

すると代官は答えた。

「私たちは今日、彼女を見つけたばかりなのだ。それなのに、もう彼女を失えと言うのか？　もう少し彼女との生活を楽しもうではないか。結婚してしまえば、私たちのものではなく、夫のものになるのだから」

「そうですね、あなた」と彼女は答えた。「でもドン・フアンを出すように命令してください、どこかの地下牢にいるはずですから」

「ええ、そうでしょうね」とプレシオサは言った。「泥棒で人殺し、そのうえヒターノとくれば、それよりましな部屋が与えられることはないでしょう」

「私が会いに行くことにしよう、彼から自白を引き出すふりをして」と代官が答えた。「だからもう一度頼んでおく、妻よ、私が言うまで、この件については誰にも知らせないように」

それからプレシオサを抱擁すると、すぐに牢獄へ行きドン・フアンのいる地下牢に下りたが、誰もついて来ないように命じた。ドン・フアンは両足を木製の枷に置き、両手には手錠をはめて、まだ首枷もつけたままだった。室内は暗かったので、上部の採光窓《あかりまど》を開けさせて、ごくわずかだが光が入るようにした。こうしておいて、彼を見ながら言った。

「兄さん、どうだね？　そんなふうにスペインにいるヒターノを、ひとまとめにして縛りつけておきたいものだ！　ネロがローマに対してそう願ったように、たったの一撃で、一日のうちにヒターノどもを根絶やしにするためにな。誇り高い泥棒よ、私はこの都市の代官だ。

おまえと差しで話しに来た。おまえと一緒に来たヒターノの娘が、婚約者だというのは本当か」

これを聞いてアンドレスは、代官がプレシオサに恋をしたに違いないと想像した。嫉妬はとても微小なものなので、他のものの中に、それを壊したり、離したり、分けたりすることなしに入り込むのだ。しかし、それにもかかわらず、彼は答えた。

「私が彼女の婚約者であると、彼女が言ったのなら、それは間違いなく本当です。でも、そうではないと言ったのなら、やはり本当のことを言ったのです。プレシオサが嘘を言うことはあり得ないからです」

「彼女は、そんなに正直なのか?」と代官は言った。「ヒターノでありながら、嘘をつかないとは見上げたものだ。ところで、若者よ、彼女はおまえの婚約者だが、まだ結婚の承諾は与えていないと言った。おまえが罪を犯した以上、そのために死ななければならないことを彼女は理解していて、おまえが死ぬ前に、彼女と結婚させてほしいと私に頼んだ。おまえのような大泥棒の未亡人となる名誉を持ちたいというのだ」

「お代官様、どうぞ彼女が願うとおりになさってください、彼女と結婚できるのであれば、私は喜んであの世に行きましょう、彼女のものとなってこの世から旅立つのですから」

「深く彼女を愛していると見える!」と代官は言った。

「とても」と囚人は答えた。「とても言葉には尽くせないほど。つまり、お代官様、私の申し立ては終わりにしてください。私は私の名誉を奪おうとした者を殺しました。私はあのヒターノの娘を熱愛しています。彼女の寵愛のうちに死ねるのなら喜んで死にましょう。私たちには神の恩寵も必ずあるだろうと思っています。二人とも誠実に、互いの約束を遵守したのですから」

「それでは今夜おまえに使いをよこそう」と代官は言った。「私の屋敷でプレシオサと結婚するのだ。そして、明日の正午には絞首台にのぼることになる。こうして私は司法の要請を果たすとともに、お前たち二人の願いも叶えることになるだろう」

アンドレスは代官に感謝を述べた。代官は自分の家に帰り、ドン・フアンとの面談の詳細や、このあとの計画を夫人に語った。

代官がいない間にプレシオサは母親に自分の全人生を語り、いつも自分がヒターノで、あの老婆の孫であると信じていたこと、しかしいつもヒターノの女性とは思えないほど強い自尊心を持ち続けてきたことを語った。母親は彼女に、本当のことを言ってほしい、ドン・フアン・デ・カルカモを愛しているのですかと尋ねた。彼女は恥じらい、目を床に落として、自分はヒターノだと思っていて、騎士団員の貴族、それもドン・フアン・デ・カルカモのような高貴な人と結婚すれば境遇を良くすることができるだろうから、そして実際にこの目で彼の良い性質と誠実な態度を見てきたので、ときには愛情をもって彼を見つめてきた、しかし、結局のところ、わたしには両親の望むとおりにすること以外の意思はない、すでに言ったとおりであると答えたのである。

夜になった。十時頃にアンドレスは牢獄から出された。手錠と首枷は外されたが、足から全身に巻きつけられた、太い鎖はそのままだった。このような姿で、彼を連れて行く者たち以外の誰にも見られずに代官の屋敷に入った。彼はこっそりと用心深くとある部屋に案内された、そこに一人で置き去りにされた。しばらくすると司祭が入ってきて、告解をするように、明日には死なねばならないのだからと言った。これに対してアンドレスは答えた。

「喜んで告解しましょう。しかし、先に結婚させてくれませんか？　結婚させてくださっても、私を待っている初夜の床はひどく不吉なものに違いありませんが」

ドニャ・ギオマールは、このやりとりをすべて聞いていたが、夫がドン・フアンにしかけているサプライズは度が過ぎていると言った。もう少し穏やかにできないかしら、びっくりして死んでしまうかも知れませんから、と。代官は良い助言だと思った。そこで部屋に入り、告解を聞こうとしていた司祭を呼び、まずヒターノをヒターノの娘プレシオサと結婚させるように、そのあとで告解して心から神に身を委ねることになるだろう、神の慈悲は多くの場合、希望が枯れ果てたときに、雨のように降り注ぐものだからと言った。

確かに、アンドレスが広間に入って行くと、そこにはドニャ・ギオマール、代官、プレシオサと屋敷の使用人二人だけがいた。しかしプレシオサはドン・フアンが太い鎖で縛られ、拘束され、青ざめた顔で、目を泣き腫らしているのを見ると、両手を胸に当てて悲しみを露わにしながら、そばにいた母親の腕に寄りかかった。母親は彼女を抱きしめて言った。

「しっかりするのよ、今あなたが目にしていることは、あなたの喜びと利益になるのだから」

何のことだかわからないプレシオサは、どう自分を慰めてよいか分からず、ヒターノの老婆は狼狽《ろうばい》しており、周囲の者たちはこの出来事がどういう結末を迎えるのか見守っていた。

代官は言った。

「助任司祭さん、このヒターノの男とヒターノの女を結婚させなくてはなりませんぞ」

「こういう場合に必要な条件が、事前に満たされていなければ執り行うことはできません。婚姻公示はどこで行われたのですか？　結婚式を挙げるための私の上長の許可はどこにありますか？」

「うっかりしとった」と代官は答えた。「だが、主任司祭に許可を出させよう」

「では、それをお見せいただくまでは」と助任司祭は答えた。「皆さま、御免くださいな」それから何か面倒が起きてもいけないので、司祭はそれ以上は何も答えず屋敷から逃げ去った。全員が呆然としたまま残された。

「神父は実に正しいことをした」とそのとき代官が言った。「これはアンドレスの処刑を延期するための神の摂理だったのかもしれない。なぜなら、確かにアンドレスはプレシオサと結婚しなければならないが、そのためにはまず、それに先立つ婚姻公示がなければならない。そのあいだに機が熟すのを待てば、多くの苦しい難関にも、心地よい解決が与えられるものである。そして、それにもかかわらず、私はアンドレスに聞いてみたいことがある。もし、彼がこのような驚くべき恐ろしいなりゆきに翻弄されることもなく、すんなりとプレシオサの夫になる運命だったとしたら、彼は自分が幸せだと思っただろうか、アンドレス・カバリエロであろうと、あるいはドン・フアン・デ・カルカモであろうと」

アンドレスは、自分が本名で呼ばれるのを聞くと言った。

「プレシオサが沈黙を守り通すことを望まず、私の素性を明かしたのであれば、幸運にも私が世界の君主になろうとも、私は彼女を至上に評価するので、彼女が私の望みの頂点となるでしょう。天国の幸福以外のものを、あえて望むことはありません」

「ドン・フアン・デ・カルカモ殿、あなたの正しい心をお聞きしましたから、折りをみてプレシオサがあなたの正式な配偶者となるようにいたしましょう。そして今はあなたの妻となることを期待して、彼女を私の家の、私の人生の、私の魂の最も高価な宝石としてあなたに与え、委ねます。お言葉どおりに彼女を評価してください。なぜなら、あなたに差し上げるのは私の一人娘、ドニャ・コンスタンサ・デ・メネセスなのです。彼女は愛情においてあなたと同等ですが、家柄についてもあなたにそぐわないところはないのです」

アンドレスは、彼らから示される愛情に驚いた。ドニャ・ギオマールは娘を失い、そして見いだしたこと、ヒターノの老婆が出した確かな誘拐の証拠について簡単に語った。それを聞いてドン・フアンは呆気にとられ、びっくりもしたのだが、喜んですべてを褒め讃えた。義理の父母を抱擁し、彼らを両親、自分の主人と呼んだ。プレシオサの両手に口づけすると、彼女は涙ながらに彼の手を求めた。秘密は明かされ、その場にいた使用人たちが出て行くとともにこの件についての知らせが広まった。知らせは死者の伯父である村長にも届いたので、彼は復讐の道が閉ざされたことを知った。なぜならば、代官の婿に公正な裁きが下ることとなどあるはずがなかったからである。

ドン・フアンは、ヒターノの老婆が持ってきた旅行服を着た。手錠と鉄の鎖は自由と黄金の鎖に変わった。捕らえられたヒターノたちの悲しみは喜びに変わった。翌日、保釈金によって自由になったからである。死者の伯父は告訴を取り下げてドン・フアンを許すことと引き換えに、二千ドゥカードを約束され受け入れた。ドン・フアンは同志クレメンテのことも忘れていなかったので探させたものの、見つからず、どうなったかもわからなかった。それから四日後に確かな情報として、カルタヘナの港に停泊していた二隻のジェノヴァのガレー船の一隻に、クレメンテが乗り込んですでに出発したことが伝えられた。

代官はドン・フアンに、彼の父ドン・フランシスコ・デ・カルカモが、マドリードの代官に任命されたことを信頼できる情報として伝え、だから父親の承認と同意を得て婚礼が行われるように、彼を待つほうがよいだろうと言った。ドン・フアンは代官の言いつけに背くつもりはない、しかし、なによりも先にプレシオサと婚約[*48]したいと言った。

大司教はたった一度の婚姻公示で婚約の許可を与えた。代官はとても人望が厚かったので、婚約の日には町をあげてイルミネーションと、闘牛と、爆竹が鳴り渡る祝祭を開催した。ヒターノの老婆は屋敷に残った。孫のプレシオサのそばを離れたくなかったのである。

王都に今回の事件とヒターノの娘の結婚の知らせが届いた。ドン・フランシスコ・デ・カルカモは自分の息子がヒターノであり、プレシオサは彼が会ったことのあるヒターノの娘だということを知った。娘の美しさが自分の息子の軽率さを容認させた。フランドルに行かなかったことを知ったとき、もう息子は失われたものと考えたからである。ドン・フェルナンド・デ・アセベドのような身分の高い貴族で裕福な人物の娘と結婚することが、息子にどんなに良いことかを知ったので、なおさら息子を許す気になった。息子夫婦に会うために早く着きたいと急いで出発し、二十日後にはもうムルシアにいた。ドン・ファンの父の到着で喜びはあらたになり、婚礼が行われ、至るところで二人の数奇な人生が語られた。町の詩人たちは、というのはこの都市には何人か、それもとても良い詩人がいたが、彼らはこの不思議な出来事を祝い、同時にヒターノの娘の比類ない美しさを讃えることを担当した。あの有名なポソ学士も婚礼を祝う詩を書いている。学士の詩のなかでプレシオサの名声は、世の終わりまで続くであろう。

言い忘れていたが、恋する宿屋の娘は警察にヒターノのアンドレスの窃盗事件が狂言だったことを証言し、自分の恋と罪を自白した。だが、彼女は何の罰も受けなかった。新婚夫婦の発見をめぐる歓喜の中で、復讐は葬り去られ、寛容が復活したからである。

（吉田彩子＝訳）

「美しいヒターノの娘」訳注

1―**盗みの欲求と盗む行為は、ヒターノにとっては皮膚の色のようなもの**　ヒターノを泥棒と断じる考えは当時のスペインでは一般的なものであった。そのような社会的糾弾に歩調を合わせると見せかけながら、作品の展開のなかでセルバンテスは終始、ヒターノに対して肯定的な視点を示している。

2―**サンタ・バルバラの野**　オルタレサ通りの終点。コロン広場から近い都心にあり、現在は同名の広場がある。

3―**踊りが歌を伴っていた**　当時のダンスには、歌を伴うものと音楽だけのもの、さらには朗誦を伴うものの三種類があった。

4―**夫ヨアヒムの喪に服していた**　イエス・キリストの母マリアを産んだサンタ・アナは老年になってマリアを身ごもったので、生まれたときには、夫のヨアヒムはすでに死んでいた。

5―**神殿から追い出される不幸な事態が起こった**　ヨアヒムは神殿に捧げものを持って行ったが、子がないことを理由に拒絶された。

6―**オーストリアの太陽**　フェリペ三世。

7―**アウロラ**　フェリペ三世の長女アナ・デ・アウストリア。

8―**時ならぬときに上った大きな星、／天と地が涙を流す／その日の夜に**　フェリペ王子（後のフェリペ四世）は聖金曜日の夜、誕生した。

9―**天に輝く馬車**　大熊座、小熊座はメソポタミアでは馬車と呼ばれた。

10―**老人のサトゥルヌス**　フェリペ王子に洗礼を授けたレルマ公爵のおじ、トレド司教で枢機卿のフェルナンド・サンドバル・イ・ロハスのこと。

11―**おしゃべりな神**　雄弁の神メルクリウスという説と、詩人で音楽家でもある知恵の神アポロンという説がある。

12―**怒れるマルス**　行列で王妃の馬車のステップにいた、近衛兵の射手隊長ファルセス侯爵と思われる。

13―**太陽宮のそばに／ユピテルが行く**　太陽宮はフェリペ三世、ユピテルはその寵臣レルマ公爵を指す。

14―**小さなガニュメデスたち**　女のような少年のお小姓たち。

15―**大粒の真珠**　王妃の名前マルガリータには大粒の真珠の意味がある。

16―**聖なるフェニックス**　聖ロレンソ（ラウレンティウス）はローマで、網の上で焼かれて殉教した。伝説の鳥フェニックスは自分の体を焼いた灰の中から蘇るので、聖人をフェニックスに喩《たと》えた。

17―**マンサナーレス**　マドリードを流れる川。水量が少ないので多くの詩人たちの笑い物であった。

18―**アルプハッラス**　キリスト教に改宗したモーロ人（モリスコ）がグラナダから移住した山地。スペインの圧政に抗議して一五六八年に反乱を起こした。したがってアルプハッラスに王は存在しないが、ここではモーロの王というほどの意味。モーロ人は嫉妬深い（＝情愛の濃い）男の象徴である。

19―**オカニャ**　獰猛な虎の生息地であるとされるイルカニア（中央アジア、カスピ海の南部にあり、現在はイランとトルクメニスタンに属する）をオカニャ（スペインの町）と言わせている。民謡らしい滑稽な間違い。

20―**杖を寄せかける**　「杖」には男根、「寄せかける」には情交を結ぶの意味があり、性的なほのめかしである。

21―**福音**　「良い知らせ」と「真実」の二つの意味がある。

22―**修道院長**　売春婦の意味もある。

23―**暗い谷**　「谷」には性器の意味もある。

24―**あなたのぼろ着を切り取って、聖遺物にいたしましょう**　カトリック教会ではキリスト、聖家族、聖人の遺骸や衣服などの遺品を崇敬の対象にし、多くの場合は、その一部を切り取って専用の容器に入れ、聖堂内に保管する。王侯であれば、装身具のように身につけることもあった。

25―**おまえは王様のもの**　「王様のもの」は「価値あるもの」の意味だが、王宮に仕える道化などの身分の低い者たちもこう呼ばれた。皮肉で「悪党」を意味することもあった。

26―**天には願い、木槌で打って**　日本語の辞書では「太鼓」となっているが、CVCの諺集（Centro Virtual Cervantes, Refranero multilingüe, Ficha Paremia.）では「木槌」である。

27―**軍隊**　「軍隊 armas」は「盾形紋章 escudo de armas」に通じ、フェリペ二世の名が刻まれたエスクード金貨を指す。同時に「無敵の軍隊」は一五八八年に敗北した無敵艦隊を揶揄している。

28―**もっと向こうへ**　「もっと向こうへ Plus ultra」はカルロス一世のモットーであり、幾つかの貨幣の裏面には、この銘を刻んだヘラクレスの柱が彫られていた。司直に捕まって「もっと向こうへ」行くとは、投獄されて刑罰を受けることである。

29 **ベルモンテのフランス人**　フランス人の鍋釜職人はスペインで働いて得た金を服に縫い込んで持ち帰った。ベルモンテ（クエンカ県の町）の領主ビリェナ侯爵は彼らに新しい衣服を贈って、服に縫い込んだ金を取り上げたという話がある。

30 **トルコの皇帝**　王立アカデミー版では「トルコ人に出会う ver al turco」であるが、Rodríguez Marín および Sevilla Arroyo, Rey Hazas の版では「al Turco」であり、後者の注に「これはトルコの皇帝 el Gran Turco のことであり、当時の一般的な表現」とあるので、こちらを採用した。

31 **ジェノヴァ人たちみたいに悲しんだり、値切ったりする**　ジェノヴァ商人がスペインの富を横取りするという悪評の一例として、次のような話が流布していた。彼らがスペイン人の商売相手を宴会に招く場合、スペイン商人に対する最初の支払い金額から、宴会の経費を差し引いた。それも、スペイン商人の食事代だけではなく宴会に要した全金額を差し引いたので、招待客であるスペイン人は、実際には客ではなく、全員を招待していることになる。ジェノヴァ人のずるい策略により、彼らの宴会では、招かれた者が招いている人である（Ed.Rodríguez Marín, 1962, p.50, nota.）。

32 **目で見たことを、指で言い当てる**　明白なことを占ったふりをして言う、という諺。

33 **オニェスに行くものと思っていて、ガンボアに着く**　オニェスとガンボアは中世バスクで激しく対立した二つの党派。

34 **男の子、女の子？**　待っている知らせが良いか悪いかを尋ねるときの言い方。男の子は女の子に比べて喜ばれなかったから。

35 **二つの顔がついたドブロン金貨**　カトリック両王が鋳造させた最も価値の高い金貨で、両面に両王の顔が彫られていた。

36 **愛の神が一つともう一つの屈服した矢を置く**　愛の神は金と鉛の二本の矢を持っていて、心に金の矢が刺さると愛が、鉛の矢が刺さると憎悪が生まれる。詩では、誰もがプレシオサに恋心を抱き、愛の神も彼女に屈服してその武器を足下に置いた。

37 **最後の審判の前のように、多くの印がついていた**　最後の審判では、生前の行為に基づいて、あらかじめ名前が印されていた死者だけが復活する。騾馬に、復活すべき死者よりもしっかりした目印があっても、という意味。

38―**逃亡奴隷のように私を罰してください**　原文を忠実に訳せば「逃亡奴隷のように、私にラードを塗りなさい」。逃亡奴隷への懲罰として、鞭打ったあと、豚の脂身を火で炙《あぶ》って、鞭の傷口に油を垂らす拷問を行った。

39―**綱はくじかず、滑車も損なわず、頭巾も窒息させず、子馬も抑えつけない**　綱と子馬、滑車、頭巾はいずれも拷問の道具である。

40―**証聖者よりも殉教者であることを自慢する**　証聖者confesorはカトリックの聖人と福者で殉教しなかった人だが、「告白をする者」の意味もあることから、ヒターノは罪を白状しないで殺されるほうを自慢にしている、という意味になる。

41―**教会か、海か、王室か**　「三つのものが人を出世させる。教会と海と王室である」という諺。教会は聖職、海は軍隊、王室は官僚と王立アカデミー版の注にあるが、『ドン・キホーテ前篇』では教会を学問、海を交易、王室を軍隊と説明している。

42―**ズボンを濡らさなければ、鱒はとれない**　危険をおかすことなしに何も得られないという諺である。「虎穴に入らずんば虎子を得ず」と同義。

43―**サン・ヘロニモ修道院に逃げ込んだのです**　当時の習慣では、教会の至聖所（聖体が安置してある場所）に逃げ込んだ者を警察は捕らえられなかった。

44―**判事**　alcaldesと複数で示されているので、これは市長ではなく判事である。

45―**ホアン**　原文ではここのみがJuanではなくJoanと表記されている。誤記か。

46―**第八天球**　古代の天文学では第八天球に恒星が集まっていると考えられていた。

47―**キリスト昇天の祝日**　復活祭から四十日目の木曜日。

48―**婚約**　この「婚約」は教区の司祭による結婚の許可に基づいて行われる婚姻の公認であり、単なる約束ではない。

ビードロ学士　『模範小説集』より

大学に通う二人の紳士が、トルメス河畔を散策していて、農夫の服装をした、十一歳になるかならぬかの少年が、木陰で眠っているのを見かけました。二人は召使いに、少年を起こすように命じました。少年が目を覚ますと二人は、どこの生まれか、こんな人けのない場所で寝て、何をするつもりなのか、と尋ねました。すると少年は、故郷の名は忘れました、サラマンカに行って、勉強させてもらえるなら、誰かに仕えようと思います、と答えました。二人が、字は読めるのか、と聞くと、少年は、読み書きはできます、と答えました。

「だとすると」と紳士の一人が言いました。「故郷の名を忘れたというのは、記憶力が乏しいからではないだろう」

「それはともかく」と少年が答えました。「故郷の名も、両親の名も、私が彼らを有名にするまでは、言っても誰も知りませんよ」

「では、どうやって有名にするつもりなのか」ともう一人の紳士が尋ねました。

「学問をおさめて」と少年は答えました。「私の名をあげるのです。だって、司教様も、もとはただの人間だと聞いたことがありますから」

この受け答えに心を動かされた二人の紳士は、少年の後見人となり、召使いにも勉学の機会が与えられるという慣例に従って、彼をサラマンカ大学で学ばせるために連れて行くことにしたのでした。少年はトマス・ロダーハと名乗りました。この名前と服装から、主人たちは彼がどこかの貧しい農民の息子だろうと推量しました。数日後トマスに黒いガウンを着せてやると、何週間もしないうちに、彼は類いまれな才能の持ち主であることを示したのでした。主人たちに奉仕する以外のことは念頭にないかのように、忠実に、几帳面《きちょうめん》に、勤勉に仕えるいっぽうで、自身の勉学にも非の打ち所のないくらいに励みました。主人はよく働く使用人の待遇を改善しようと思うものなので、まもなくトマス・ロダーハは彼らの召使いではなく、仲間になったのでした。結局、紳士たちとともに過ごした八年間に、彼の優れた創意と際立った能力は、大学で知らぬ者はないほどとなり、あらゆる階層の人たちから尊敬され愛されました。

彼が主に学んだのは法律学でしたが、その才能が顕著に示されたのは人文学でした。素晴らしい記憶力の持ち主で、これは賞賛に値しました。彼の頭の良さは記憶力を輝かせるのと同時に、その頭の良さ自体でも名を馳《は》せたのでした。

やがて主人たちが勉学を終え、アンダルシアで最も繁栄している都市の一つである故郷に帰る日がやってきました。トマスも連れて行ったので、彼は何日かを主人たちと過ごすことになりました。しかし、自身の勉学とサラマンカに戻りたいという願望には抗し難かったのでしょう（そこでの穏やかな生活を経験した者たちは、誰しも帰りたいという願望にとらわれるので）、トマスは主人たちに戻る許可を求めました。彼らは物わかりよく承知し、おまけに三年間は暮らして行けるだけの資金まで持たせるという気前の良さを示しました。

トマスは感謝の言葉を繰り返しながら別れを告げて、主人たちの故郷であるマラガを発《た》ちました。そして、アンテケラに向けてサンブラの坂を下っていると、馬に乗り、颯爽《さっそう》と旅行着をまとった紳士が、やはり馬に乗った二人の召使いを連れているのに出会いました。紳士と道づれになり、行き先が同じだということを知りました。打ち解けてさまざまな話をするうちに、すぐにトマスには希有《けう》な才能があり、紳士は身分が高い宮廷人らしい物腰を身につけていることがわかりました。紳士は国王陛下の歩兵隊の隊長で、旗手である部下の少尉が、現在サラマンカ地方で中隊を組織しているところだと言いました。軍人生活を讃《たた》え、ナポリの町の美しさ、パレルモの享楽、ミラノの豊かさ、ロンバルディアの饗宴《きょうえん》と、各地の宿屋の豪華な食事を活写してみせるのでした。[*1]「亭主、注文ヲ聞イテクレ」「大将、コッチコイ、悪党メ」「肉団子ト、若鶏ト、マカロニヲ持ッテキナサイ」といった調子のスペイン訛《なま》りのイタリア語で、おどけて、そっくりに真似《まね》して見せたのです。隊長は兵隊の放縦な生活と、イタリアの自由を絶賛しました。しかし、歩哨《ほしょう》に立つ寒さ、襲撃されるリスク、戦闘の恐怖、[*2]包囲されたときの飢餓、坑道の崩壊、その他これに類することにはまったく言及しませんでした。ある者たちはそれらを軍人生活における副次的な負担であると考えていますが、それこそが軍隊の主たる仕事なのです。結局のところ、彼は多くの事柄を、言葉巧みに、滔々《とうとう》と語って聞かせたので、われらがトマス・ロダーハの分別がぐらつき、死と隣り合わせの生活を好ましく思いはじめたのでした。

隊長は、ドン・ディエゴ・デ・バルディビアという名前でしたが、トマスの美しい容姿、ウイット、そして屈託のない物腰がいたく気に入り、よかったら、物見遊山がてらでもよいから、一緒にイタリアに行こうではないか、と熱心に誘うのでした。食卓をともにしてもかまわない。いや、もし必要なら、隊の旗を預けてもいい、というのも、部下の旗手がまもなく辞めることになっているから。トマスは逡巡《しゅんじゅん》することなく申し出を受け入れました。瞬時に心のうちで、こんなふうに素早く考えをめぐらしたのです。長い放浪は分別のある人間をつくるから、イタリアやフランドルや、その他のさまざまな土地や国々に旅をするのは良いことだろう、そして、これに要するのは長くても三、四年だろうから、自分の若さを考えれば、それから勉学に戻っても、さほど遅れをとるわけでもない。そして、万事が自分の意のままになるかのように、隊長にこう言いました。イタリアにお伴できるのは嬉《うれ》しいのですが、中隊の兵籍に編入したり、兵隊として登録したりしないというのが必須の条件です。兵隊に登録してもかまわないではないか、そうすれば中隊の兵士に与えられる援助や報酬を受けることができるし、君が辞めたいときには、私はいつでも許可を出すつもりでいるのだから、と隊長は言いました。

「それでは」とトマスは言いました、「私の良心にも、隊長殿の良心にも反することになりましょう。ですから私は、義務を負うよりは自由な状態で行きたいのです」

「そのような融通の利かない良心は」とドン・ディエゴは言いました、「兵隊よりは修道士にでもくれてやればいい。しかしまあ、君の好きにしなさい、もう我々は仲間なのだから」

その晩アンテケラに到着すると、それから僅《わず》かな日数でかなりの行程をこなして、組織されたばかりの中隊がいる場所に着きました。中隊はカルタヘナに向かって行軍を開始しようとしていました。それは他の四個中隊とともに、行く先々の適当な村で宿営しながらの行軍でしたが、そこでトマスは、主計官の権限の大きさ、何人かの隊長たちのうっとうしさ、宿営担当者らの気配り、支払い担当者らの裏技と計算、民衆の不満、宿泊証の買い戻し、新兵たちの横柄さ、宿泊人同士の喧嘩《けんか》、荷物を運ぶ家畜を必要以上に徴発していることなどに気づきました。そして結局のところ、彼が気づき、よくないことだと感じた上述のすべては、受《う》け容《い》れる必要があるというよりも、ほとんど不可避であることを知ったのでした。

その頃になると、トマスは学生が着る黒いガウンを脱ぎ捨て、オウムのように色鮮やかな衣服を身にまとっていましたが、その姿はどうみても詐欺師でした。持ち運んでいた立派な蔵書は処分し、『聖母の時禱書《じとうしょ》』と注釈なしの『ガルシラソ詩集』だけを二つのポケットに入れて持ち歩きました。

望んでいた以上に早くカルタヘナに着きました。それというのも宿営地の暮らしは自由で変化に富んでいて、毎日新しい楽しいことが起こるからです。当地でナポリに駐留するスペイン艦隊の四隻のガレー船に乗りこみましたが、ここでもトマス・ロダーハは、昼夜をおかずナンキンムシに苦しめられ、漕刑囚《そうけいしゅう》たちが盗みを働き、水夫たちが傍若無人にふるまい、ネズミどもが食いつぶし、反復する大きなうねりに苛《さいな》まれる、海に浮かぶ家の不思議な生活を知ることになったのでした。大時化《おおしけ》と嵐、とくにリヨン湾で遭遇した二度の時化は、彼を恐怖に陥れました。最初の時化ではコルシカ島へ流され、二度目はフランスのトゥーロンまで押し戻されました。一睡もできず疲労困憊《こんぱい》してずぶ濡《ぬ》れになり、目に隈《くま》をつくりながら、ようやく晴れあがった、美しいジェノヴァの都に到着したのでした。奥まった新港から上陸して教会を訪れた後で、隊長が部下全員を、とある宿に連れて行くと、目の前で繰り広げられる祝宴のお祭り騒ぎが、過去のすべての大時化を忘れさせてくれるのでした。

彼らがそこで知ったのは、トレビアーノの口当たりの良さ、価値のあるモンテフィアスコーネ、濃厚なアスペリーノ、カンディアとソーマ、この二つの上品なギリシャ・ワイン、シ[*3]ンコ・ビーニャスの偉大さ、甘くまろやかな[*4]グアルナーチャ姫、素朴な味わいのチェントラ等々だったが、これらすべての名酒ワインのあいだに、間違ってもローマの卑しい地ワインが顔を見せることはありませんでした。宿の主人は、多くのさまざまなワインについてざっと説明したあとで、物の姿を変える魔法を使うわけでも、幻想でもなく、現実に、確かに、マドリガル、コカ、アレホス、笑いの神の故郷である、[*5]王都というより帝都であるシウダード・レアルのワインを、そこに並べてみせたのです。エスキビアス、アラニス、カサーリャ、グアダルカナルそれにメンブリーリャも出ました。リバダビアとデスカルガマリアも忘れませんでした。最後に主人は、さらに多くのワインの銘柄を列挙し、本物のバッカスの酒蔵にさえ貯《た》めきれないほど多くのワインを彼らに提供したのでした。

ジェノヴァ女性たちの金髪、男たちの優雅で颯爽とした気質、黄金に嵌《は》めこまれたダイヤモンドのように、岩に家々が嵌めこまれている都市の賞賛に値する美しさは、お人好《ひとよ》しのトマスを驚嘆させせました。

翌日、ピエモンテに向かうすべての中隊が、ジェノヴァの港に上陸したが、トマスはピエモンテへの旅よりも、ここから陸路ローマを経てナポリへ向かいたいと思い、そうしました。偉大なるヴェネツィアとロレトを経由してミラノに戻り、ピエモンテに向かうという約束になっていました。そこで会えるだろう、もし言われているように、すでに中隊がフランドルに送られていなければの話だが、とドン・ディエゴ・デ・バルディビアは言いました。トマスはその二日後には隊長と別れ、最初に小さな都市ながらよく設計され、イタリアの他のどこよりもスペイン人に好感を持ち、歓迎してくれる、ルッカの町を見物してから、五日後にフィレンツェに到着しました。

フィレンツェでは、その立地の心地よさはもちろん、清潔さ、豪奢《ごうしゃ》な建物、涼しく流れる川、街路の静かさなどがひどく気に入りました。この町で四日間を過ごしてから、都市の中の女王であり、世界の貴婦人であるローマに向かいました。そこで数々の教会を訪ね、聖遺物を礼拝し、ローマの壮大さに驚きました。ライオンの爪からその大きさと獰猛《どうもう》さが知られるように、大理石のかけらや、半身や全身の彫像、崩れたアーチと倒壊した浴場、素晴らしい柱廊と大きな円形劇場、いつも岸辺を水で潤し、そこに埋められた殉教者たちの遺骸《いがい》の無数の聖遺物で岸辺をさらに幸あるものとしている名高い聖なる川、互いに見つめあっているかのような橋の数々、名前だけでも世界の都市のすべての町にまさる権威を持つ、アッピア街、フラミニア街、ジュリア街、および類似の街路等々から、彼はローマの壮大さを推量したのでした。市を区分する山々、その名がローマの巨大さと威厳をはっきりと示している、チェリオ、クイリナーレ、ヴァチカン[*6]と、その他の四つの丘も彼を瞠目《どうもく》させました。枢機卿《すうきけい》会《かい》の権威と教皇の威厳、多様な人種と国籍の人びとがせめぎあう様子も印象に残りました。彼はすべてを見て、心にとどめ、そして正しく評価しました。七つの教会を訪問し、特別聴罪司祭に告解し、教皇聖下の御足《みあし》に接吻《せっぷん》したあと、神の子羊[*7]と数珠を山ほど持って、ナポリに行くことにしました。気候の変化が激しく、この時期に陸路でローマに出入りすることは、誰にとっても危険だったので、海路でナポリに上陸しました。そこでローマを見た感銘に、彼に限らず、そこを訪れたすべての者たちがヨーロッパ一、いや世界一の都市であると考える、ナポリを見たことによる感嘆が付け加えられました。

　そこからシチリアに渡り、パレルモとメッシーナを見物しました。パレルモはロケーションも美しさも申し分なく、メッシーナはその港が素晴らしく、シチリア島全体としては、物資が豊かで、「イタリアの穀倉」と呼ばれるのは実に的確で、そのとおりであると思われました。ナポリからローマに戻り、そこからロレトの聖母に詣でましたが、その聖なる寺院では、壁も城壁も見えませんでした。壁はどこもかしこも松葉杖《まつばづえ》、埋葬用の布、鎖、足枷《あしかせ》、手錠、頭髪、蠟製《ろうせい》の半身像、絵や祭壇画で覆われており、これらは多くの者たちが、聖なる母の仲立ちによって神の手から受けた、数限りない慈悲の明白な証拠なのです。そこにある至聖の聖母像は、前述のようなタピストリーで自分の家の壁を飾ってくれた者たちが、彼女に対して抱く信心に報いるために、多くの奇蹟《きせき》によって神の慈悲を称揚し、権威づけようとしていました。彼は、聖母の居室を見学しましたが、そこは天国の誰ひとりとして、すべての天使たちも、永遠のすみかのすべての住人たちも、その目で見ながら理解することがなかった、至高の最も重要な告知［受胎告知のこと］が伝えられた場所なのでした。

そこを発ち、アンコーナから船に乗ってヴェネツィアに行きました。コロンブスがこの世に生まれてこなければ、これに匹敵する都市は世界中になかったでしょう。それは神と偉大なエルナン・コルテスのおかげでした。彼が偉大なメキシコ［テノクティトラン、現在のメキシコシティー］を征服したので、大都市ヴェネツィアはどうにか自分と対抗するものを持てたのでした。これら有名な二つの都市は、すべての街路が運河であるところが似ていて、ヨーロッパのそれが旧世界の賞賛の的なら、アメリカのそれは新世界の驚異なのです。ヴェネツィアの富は限りなく、その統治は賢明で、場所は難攻不落、豊かさはけたはずれで、郊外もにぎやかであると彼には思われました。つまり、都市はその全体も部分も、世界の隅々まで伝わっている、その素晴らしさについての評判にふさわしいもので、それが真実であることをさらに証明しているのが、ガレー船や、その他の無数の船を造っている有名な造船所の壮大な建築構造である、と彼は考えたのでした。知識欲に溢《あふ》れるわれらの主人公が、ヴェネツィアで見いだした楽しみと気晴らしに比べれば、カリュプソーがオデュッセウスに提供した楽しみもささやかだったといえるでしょう。そのため彼は旅の当初の目的をほとんど忘れるほどでした。しかし、そこでの滞在は一カ月で打ち切り、フェラーラ、パルマ、そしてピアチェンツァを通って火と鍛冶《かじ》の神ウルカヌスの仕事場［武器を生産する町の意］として、フランス王国の妬みを買っているミラノにたどり着きました。ここでは言われているとおりのことが実現していて、都市そのものと寺院の大きさ、それに人間の生活に必要なものがすべて揃《そろ》う素晴らしい豊かさが、この都市を壮麗なものにしていました。

　そこからアスティに行き、翌日フランドルに向けて出発することになっている連隊に合流するのに間に合いました。友人の隊長から大歓迎されたトマスは、彼と一緒に同志としてフランドルに渡り、イタリアで見た都市におとらず素晴らしいアントワープに着きました。ゲントとブリュッセルを訪ねたときは、翌年[*8]の夏の遠征に赴くために、国中が武器をとる用意をしているのを目撃しました。

　こうして自分が見たいと思ったものは見て、望みをかなえたので、彼はスペインに戻り、サラマンカに行って勉学を終えることに決めました。こう考えたのでそれを実行に移しましたが、隊長はひどく悲しんで別れぎわに、サラマンカに着いたら健康や旅の様子について知らせてほしいと言いました。そのとおりにすると約束して、フランス経由でスペインに戻りましたが、戦闘[*9]が起こっていたのでパリには立ち寄りませんでした。やっとのことでサラマンカに着くと、友人たちが温かく迎えてくれました。彼らがあれこれ世話をやいてくれたおかげで、快適に勉強を続け、法律の学士号を取得することができました。

　その頃、町にひとりの売春婦がやって来ました。すぐにこの地のすべての鳥たちが、その罠《わな》と鳥笛に群がって来て、彼女を訪問しない学生は一人もいませんでした。トマスはその女性がイタリアとフランドルにいたと言っていると聞いて、知り合いかどうかを確かめるために彼女を訪ねました。この訪問で彼女はトマスに一目惚《ひとめぼ》れしたのでした。彼はそれに気づかず、誰かに無理やり連れて行かれる以外は、彼女の家に入ろうとはしませんでした。ついに彼女は彼に気持ちを打ち明け、自分の財産を差し出しました。しかし彼はどんな気晴らしよりも書物に夢中だったので、彼女の気持ちなどまったく意に介しませんでした。彼女は自分が無視され、どうやら嫌われていて、ありふれたまともな手段では、トマスの岩のような意志を征服することはできないと見てとり、自分の欲望を遂げるために、もっと効果覿面《てきめん》の方法を探すことにしたのでした。

そういうわけで、とあるモーロ人の女の助言にしたがい、トレド産のマルメロの中に、媚《び》薬《やく》と呼ばれるものを仕込んでトマスに与えました。この世に人の自由意志を思いのままにできる、薬草か、魔力か、呪文でもあるかのように、彼の心が自分を愛するようになるものを与えるのだと考えながら。このように媚薬効果のある飲み物や食べ物を与える女性たちは、「毒を盛る女」と呼ばれます。なぜなら彼女たちがしていることは、多くのさまざまな場合の経験からもわかるように、それを口にする者に毒を与える結果にしかならないからです。

運の悪いことにマルメロを食べたトマスの手と足は、すぐに発作のように痙攣《けいれん》し始めました。それから何時間も気を失っていましたが、意識を取り戻したときには惚《ほう》けたようになっていて、もつれた舌で口ごもりながら、マルメロを食べたために死にかけたと語り、それを与えた者についても証言したのでした。警察はこの通報を受けて犯人逮捕に向かったのですが、彼女は事の不首尾を知ると、さっさと安全な場所に逃げてしまっていて、二度と姿を現わすことはありませんでした。

トマスは六カ月のあいだ病床に伏していましたが、その間にやせ細って、いわゆる骨と皮だけになってしまい、すべての感覚が麻痺《まひ》している様子でした。出来る限りの手当はしたものの、治ったのは体の病気だけで、判断力は回復しませんでした。健康ではあるが、これまで見たこともない、実に奇妙な狂気に取《と》り憑《つ》かれていました。不幸な男は自分の全身が、ガラスでできていると思い込んでいたのです。この思い込みのために、誰かが彼に近づくと恐ろしい声をあげ、整然とした言葉と論理で頼み、懇願するのでした。近づかないでください、壊れてしまいますから、私は事実、本当に、他の人たちとは違うのです、頭から足まで全身がガラスでできているのです、と。

この奇妙な思い込みから彼を救い出すために、多くの人たちが彼の大声をあげての懇願に耳を貸さず、彼にとびかかり彼を抱擁して、ほらご覧、壊れないじゃないかと言いました。しかしその結果、哀れな男は地面に横たわって、叫び声をあげ続け、しまいには気を失って、四時間ものあいだ意識が戻らなかったのです。意識が戻ると、あらためて二度と自分のところに来ないでほしいと祈り、懇願しました。遠くから話しかけ、遠くから聞きたいことを聞いてください、そうすれば何にでも、より優れた判断力でお答えしましょう、肉体ではなくガラスでできている人間なのですから。薄くて繊細な物質でできているので、魂はそこでは、重い俗界の肉体のなかでよりも、素早く効果的に働くことができるからです、と。

何人かの人たちは、彼の言っていることが本当なのかどうか、試そうとしました。そこで、彼に多くの難しい事柄について尋ねると、彼はそれらに、すぐさま素晴らしい才知の鋭さをもって答えたのです。自分がガラスでできていると考えるような、途方もない狂気に陥っている人物に、あらゆる質問に的確に鋭く答えられるような立派な判断力が備わっているのをみて、大学の最も博識な人たち、ことに医学や自然哲学の教授たちは驚いたのでした。

トマスは、窮屈な服を着て壊れてはかなわないので、コップのように壊れやすい自分の体をつつむ、枕カバーのような服が欲しい、と言いました。そこで茶褐色の上着と、とてもゆったりしたシャツを与えると、彼はそれを非常に用心深く着て、木綿の紐《ひも》のベルトをしました。靴については、断固として履くことを拒みました。そして近づかずに食べ物を届けるために彼が命じたやり方は、棒の先におまるを運ぶのに使う籠をぶら下げ、そこに季節ごとに収穫された果物を置いてもらうというものでした。肉も魚も欲しがらず、水は泉か川から、それも手で掬《すく》って飲みました。街路を歩くときは真ん中を、屋根を見上げながら歩きました。どこかから落ちて来た瓦が当たって、自分が壊れてしまうのを恐れたのです。夏は野外の露天で寝ました。冬はどこかの宿屋に入り込み、わら置き場で首まで埋まって、それがガラスの人間にとって最も適した安全なベッドなのだと言うのでした。雷が鳴るときは水銀中毒の者のように震えて野外に出て、嵐が過ぎるまで市内に入ろうとはしませんでした。そのため友人たちは長い間、彼を閉じ込めることにしていたのですが、かえって彼の病状がひどくなるのをみて、彼の望みどおりにさせることに決めました。つまり自由に歩き回らせてほしいと言うので、そうさせることにしました。こうして彼は町に出て行きましたが、彼を知っていた者たちは一様に愕然《がくぜん》とし、残念に思ったのでした。やがて子供たちが彼を取り囲みました。しかし彼は杖で彼らをふりはらい、ガラスの人間はとても脆《もろ》くて壊れやすいから、壊さないように、私から距離をおいて話してくれ、と頼むのでした。子供たちというのは、世の中で最悪の種族ですから、彼が声を限りに嘆願したにもかかわらず、男が言うように本当にガラスでできているのか確かめようと、ぼろ切れや石ころまでも投げつけ始めました。しかし、彼があまりにも大声をあげて喚《わめ》いたので、大人たちが同情して、彼に物を投げてはいけないと子供たちを叱り、殴りつけました。しかし、ある日子供たちが彼をひどくいじめていると、彼は振り返ってこう言いました。

「私にどうしてほしいのかね、蠅《はえ》のようにしつこく、ナンキンムシのように汚い、ノミのように無遠慮な子供たちよ。それほどたくさんの陶器のかけらや瓦を投げつけるとは、もしかしてだけど、私は捨てた陶器の欠片《かけら》でできた、ローマのテスタッチョ山なのだろうか」

彼が怒ったり、皆に返答したりするのを聞くために、いつも大勢がついて歩きました。そして子供たちも、彼に物を投げつけるよりも、彼の語ることを聞こうと決心したのでした。

あるときサラマンカの服屋の前を通りかかると、店の女が彼に言いました。

「学士さん、あなたのご不幸を心から悲しく思います。でも私は泣けないのです。どうしたらよいでしょうか」

彼は女のほうを振り返ると、えらく重々しくこう言いました。

「エルサレムの娘《むすめ》たち、自分《じぶん》と自分《じぶん》の子供《こども》たちのために泣《な》け」[*10]
女の亭主が、この言葉の悪意に気づいて彼に言いました。[*11]

「ビードロ学士さんよ」と亭主が言ったのは、本人がそう名乗っていたからです。「おまえさんは、変人というより悪党だね」

「私にはどうでもいい」と学士は答えました。「愚か者には見えないということだから」

あるとき売春宿の前を通りかかり、戸口に売春婦が群れているのを見て、あなた方は地獄の宿屋に投宿している、悪魔の軍隊の荷を運ぶ家畜だと言いました。

妻が別の男と逃げてしまって悲しみに沈んでいる友人に、どんな助言あるいは慰めを言ったものだろうか、とある男が学士に尋ねました。

それに対して彼は答えました。

「神に感謝するようにと彼に言いなさい。家から敵を追い出すことをお許しくださったのですから」

「では、妻を捜しに行かなくてよいのですか？」と別の男が言いました。

「とんでもない！」とビードロは答えました。「彼女を捜し出すことは、その人の不名誉の、永遠かつ本物の証人を捜し出すことですよ」

「それはそうだとしても」とその男は言いました。「女房と仲直りをするために私はどうしたらよいのでしょう」

彼に答えて、

「彼女が必要とするものを与えなさい。家のすべての者に彼女が命令するのを許しなさい。しかし、あなたに命令することだけは許してはいけない」

ひとりの男の子が彼に言いました。

「ビードロ学士さん、しょっちゅう鞭《むち》で打たれるので、父親から離れたいと思うのですが」

すると彼に答えました。

「覚えておきなさい、坊や、親が子供に与える鞭打ちは名誉をもたらすが、鞭打ちの刑罰を受けることは屈辱でしかない」

彼が教会の入口に立っていると、旧《ふる》いキリスト教徒であることをいつも自慢している農夫が入って行き、その後から素性について評判が良くない別の男が入って行くのを見ました。すると学士は、大声で農夫を呼びとめました。

「待ちなさい、ドミンゴ[*12]、土曜日のあとから入りなさい」

小学校の教師たちについて、彼らはいつも天使を相手にしているから幸せだと言いました。その天使たちが、鼻水をたらしていなければ最高に幸せなのだが、と。

誰かが彼にやり手ばばあをどう思うか尋ねると、それは遠くに住む者たちではなく、私たちの隣人である、と答えました。

彼の奇行と、その受け答えや警句についての噂《うわさ》は、カスティーリャ全土に広まり、とある君主、つまり王都の大貴族の知るところとなりました。彼は学士を迎えにやりたいと考え、サラマンカに住む友人の紳士に、彼をこちらに送ってよこすようにと頼みました。その紳士は、ある日学士に出会うと、こう言いました。

「申し上げますが、ビードロ学士さん、都の大貴族があなたに会いたいとお迎えをよこしています」

これにはこんなふうに答えました。

「あなたからそのお方に、どうか私のことはご放念くださいとお伝え願います。私は宮殿にふさわしい者ではございません、恥を知っておりますので、お世辞を申し上げることもできませんし」

そんな調子だったにもかかわらず、紳士は彼を王都に送ることができました。紳士は学士を連れてくるために、こんな工夫をしました。馬の背に荷鞍《にぐら》のように振り分けた二つの大籠の片方に、ガラスを運ぶときに使う麦わらを詰めて学士を入れ、もう一方の大籠には石を入れて重さを均等にしました。彼がガラスのコップのように運ばれていることを納得させるために、麦わらの間にガラス器をいくつかしのばせておきました。

バリャドリードに到着すると、夜を待って市内に入りました。彼を迎えによこした、大貴族の館で籠から出されました。貴族は学士を大歓迎し、こう尋ねました、

「ビードロ学士殿、ようこそおいで下さいました。ご旅行はいかがでしたか？　お体の具合はどうです？」

これに答えて言うには、

「絞首台への旅を別にすれば、終わってしまえば悪い旅などございません。体調は良好です。

と申しますのも、脈拍と脳のバランスがとれておりますので」

ある日、止まり木に多くのハヤブサやオオタカ、その他の狩猟用の猛禽《もうきん》がいるのを見て、鷹《たか》狩りは君主や立派な貴族にふさわしい嗜《たしな》みだが、収益の二千倍の出費を余儀なくされる、金食い虫の道楽だということを忘れてはならない、と言いました。ウサギ狩りは楽しいが、借りてきたグレイハウンドで行えばさらに楽しいものである、と。

貴族は学士の奇行が気に入って、子供たちが彼に悪さをしないように注意する人物の保護と監視のもとに、彼に自由に街なかを歩かせました。六日もたつと彼のことは、子供たちや都中に知られることになりました。彼は行く先々の通りや街角で、一歩あるくごとに投げかけられる、どんな質問にも回答しました。そんななかで一人の学生が、あなたは詩人ですか、と尋ねました、どんな分野にも才能をお持ちのように見えますから。学士はこう答えました。

「これまで私は、それほど愚かだったことも、幸運だったこともありません」

「愚かと幸運の意味がわかりませんが」と学生は言いました。

するとビードロが答えて、

「私は劣悪な詩人になるほど愚かではなかったし、良い詩人になれるほどの幸運にも恵まれませんでした」

別の学生が、詩人をどのように評価するか、と尋ねました。詩学については高く評価するが、詩人はまったく評価しない、と答えました。なぜそんなことを言うのか、と人びとは彼を問いつめました。詩人は数限りなくいたが、良い詩人はごく少なく、ほとんどいないに等しい。つまり、詩人はいないに等しいのだから評価しようがないが、詩学には賞賛を惜しまないし、畏敬の念さえ抱いている。詩学は他のすべての学問を包含し、すべての学問を利用し、すべての学問で飾り、ブラッシュアップして、素晴らしい作品を世に出すことで、世界を益し、楽しみと驚きで満たすからである、と言いました。

さらにこう付け加えたのです。

「オウィディウスの詩篇を覚えているので、良い詩人を敬うべきであることはよく承知しています。次のような一節です。

[*13]そのかみ詩人たちは神々や王侯に寵愛されていたものだ。往古の合唱隊は大きな報酬を得ていたし、伶人たちには聖なる威厳と尊敬すべき名が認められていて、しばしば惜しみなく富が与えられていたものである。

私は詩人たちの優れた資質を忘れているわけでもありません。プラトンは彼らを神々の通訳者と呼んでいます。それについてオウィディウスはこう言います。

[*14]私たちの中の神に駆り立てられて私たちは高揚する。

また、こう言ってもいます。

[*15]私たち詩人は、予言者にして神に愛された者と呼ばれる。

これは良い詩人たちについて言われることです。劣悪な詩人たち、饒舌《じょうぜつ》な似非《えせ》詩人たちについては、戯言《ざれごと》であり、俗世の傲慢である、という以外に何も言うことはありません」

さらに付け加えて、

「このような劣悪な詩人のひとりに会っての第一印象はどんなものでしょうか。彼が周りにいる人たちにソネットを聞かせようとしているとき、彼らにする挨拶はこんなふうです。『皆様、私が昨夜ふと思いついて作りました、ちょっとしたソネットをお聞きください。私が思いますには、何の価値もないのですが、いわく言い難い美しさがあります』こう言って唇をゆがめ、眉をつり上げ、ポケットを引《ひ》っ掻《か》きまわして、数千ものソネットが書いてある、汚れきって半ば破れたたくさんの紙の間から、読み上げたいものを取り出し、ようやく甘ったるい気どった調子で読むのです。そして、もしそれを聞いている人たちが、陰険さからか、それとも無知のためか、彼を賞賛しない場合はこう言います。『皆様がソネットを理解なさらなかったか、私の読み方が悪かったのでしょう。ですから、もう一度朗誦《ろうしょう》するのがよろしいですね。皆様もっと注意深くお聞きになってください。本当に、本当に、その価値のあるソネットなのですから』そして、初めてそれを朗誦するかのように、新たな身振りと、新たな間のとり方で繰り返すのです。彼らが互いを非難しあう様子ときたら！　新入りの子犬が、古参のどっしりしたマスティフ犬に吠《ほ》えたてるのを、何と言ったものでしょうか。知らないことに意見を述べ、理解できないことを嫌悪する、小心な愚か者の意に反して、詩を自分の多くの厳粛な仕事の息抜きであり娯楽であるとみなしながら、その才能の素晴らしさと、思索の高潔さを示している、真の詩の光に輝く高名な傑出した詩人たちを中傷し、天蓋の下に座る暗愚、高座にもたれる無学を尊敬し、高く評価しようと望む者には、何と言ったものでしょうか」

あるとき学士は、詩人たちの多くが貧しい原因はなにか、と尋ねられました。それは彼らがそう望んでいるからで、彼らが讃える女性たちの手で刻々と運ばれてくる、チャンスを利用することさえ知っていれば、彼らは容易に豊かになることができる、と答えました。その女性たちは皆、とんでもなく豊かではないか。だって髪の毛は黄金、額は磨いた銀、目は緑のエメラルド、歯は象牙、唇は珊瑚《さんご》、喉は透明な水晶、流す涙は液体の真珠、さらに彼女らが足を踏みいれると、どんなに硬く不毛な大地にも、たちまちジャスミンや薔薇《ばら》が姿を見せ、彼女らの吐く息は、混じりけのない竜涎香《りゅうぜんこう》、麝香《じゃこう》、ムスクなのだから。これらすべてのものは、大いなる豊かさの印や証拠ではないか、と。彼は劣悪な詩人たちについてはあれこれ言いましたが、良い詩人たちについてはいつもよく言い、口を極めてほめ讃えるのでした。

ある日、サン・フランシスコ教会の石畳《いしだたみ》に下手な絵が描かれているのを見て、上手な画家は自然を真似るが、下手な画家は自然を醜く変形する、と言いました。

ある日、学士はとても注意深く、壊れないように用心しながら、本屋の店先に近づいて主人にこう言いました。

「たった一つの欠点さえなければ、あなたのお仕事はとても私の気に入るんですがね」

それは何か教えてほしい、と主人が言うと、こう答えました。

「本の版権を買うときには甘言を弄し、著者が自費で出版するときには騙《だま》すことですよ。千五百部だと言いながら三千部印刷し、半分は他人のものを売るのですから」

同じ日に、広場で六人の罪人に鞭打ちの刑が執行されました。「まず最初は泥棒から」とお触れ役人が通達するのを聞いて、学士は自分の前にいる見物人たちに大声でこう言いました。

「離れるんだ、兄弟、あんたらの誰かが鞭を食らわないとも限らない」

そして役人が最後に「尻に［本来は後ろの男の意］……」と言ったときには、彼は言いました。

「それは少年たちのお尻に違いない」

ひとりの少年が彼に言いました。

「ビードロ兄さん、明日は売春を斡旋《あっせん》した女が、鞭打ちに引き出されるよ」

彼は答えました。

「*16おまえが女衒《ぜげん》と言ったら、馬車を鞭打ちに引き出すのかと思うところだった」

そこに担いだ輿《こし》で人を運ぶ男たちのひとりがいて、彼に言いました。

「私たちには、学士さん、言うことはないのかね？」

「うん」とビードロは答えました。「ひとつだけある。おまえたちはそれぞれに、聴罪司祭よりもたくさんの罪を知っている。違いは、聴罪司祭は秘密にしておくためにそれを知るが、おまえたちは酒場で公表するために知るということだ」

ひとりの騾馬追《らば》いがこれを聞きました。あらゆる種類の人たちがいつも聞き耳を立てていたのです。そこで学士に言いました。

「私たちについては、ガラス瓶さん、ほとんど何も言うことがないでしょう。私どもは善意の人間で、社会に必要な者たちです」

これに対してビードロは答えました。

「主人の名誉は、召使いの名誉に表われる。それに従えば、おまえが仕える相手を見れば、おまえの名誉がどれほどかわかるのだ。おまえたちは大地が支えている、最もさもしい悪党の使用人である。昔、私がまだガラス製ではなかった頃、貸し騾馬で旅をしたが、騾馬には百二十一の欠点があり、どれも重大なもので人類に敵対するものであった。すべての騾馬追いは少しばかり女衒で、少しばかり泥棒で、少しばかりごろつきである。もし旦那様(彼らは騾馬に乗せて運ぶ客たちをそう呼ぶ)が扱いやすいとみると、彼らに対して、この都市で過去に行われたよりも多くのペテンを仕掛ける。外国人には盗みをはたらく。学生なら悪態をつく。宗教者は冒瀆《ぼうとく》する。兵士は脅して震えあがらせる。騾馬追いと船乗りと荷車引きと馬子は、特別な彼らだけの暮らし方を持っている。荷車引きは人生の大部分を一バーラ半[約一・二五メートル]の空間で過ごすのだ。騾馬のくびきから荷車の先端まではせいぜいそれくらいだろう。時間の半分は歌い、半分は悪態をついて過ごす。『後ろのほうにお願いします』と言っているうちに、人生の残りは過ぎる。万一どこかのぬかるみから車輪のひとつを引っ張り出さなければならなくなったら、三頭の騾馬よりも二つの悪態に助けられる。船乗りというのは、信仰心の薄い無作法な連中で、船で使う言葉しか知らない。凪《なぎ》のときは勤勉だが、暴風雨のときは怠け者である。嵐のなかでは命令する者ばかり多くて、従う者がほとんどいないからだ。船こそが彼らの神なのである。そして彼らの趣味といえば、乗客たちが船酔いしているのを眺めることなのだ。馬子たちはシーツと離婚して、荷鞍と結婚した者たちである。彼らはとても勤勉で急いでいるから、一日の旅程を守ることと引き換えに、魂を失うことになるだろう。彼らの音楽は乳鉢のたてる音。そのソースは飢餓。朝の日課は飼料を与えるために起きること。そして、彼らがミサに行くことはない」

こう言っているうちに薬屋の戸口に来ました。学士は主人を振り返るとこう言いました。

「あなたはとても有益な仕事をお持ちですね。そんなにご自分のランプの敵でなければよいのに」

「私が私のランプの敵とは、どういう意味でしょうか？」と薬剤師は尋ねました。

するとビードロが答えました。

「私がそう言うのは、何らかの油が不足すると、いちばん手近なところにあるランプの油で補充するからですよ。それにこの仕事には、この世の最高の名医の信用を失墜させかねない、別の問題もあるのです」

それはどういうことかと尋ねると、ある薬剤師が、自分の薬局に医者が処方したものがないとは言いたくなくて、切らしているもののかわりに別のものを混ぜた、彼は同じ効果と品質を期待できると考えたのだが、そうはいかなかった。こうして間違った配合をした薬は、正しく調製された薬とは正反対の働きをしたのである、と答えました。そこで誰かが、医者についてはどう思うかと尋ねると、こう答えました。

*17「『医者《いしゃ》をその仕事《しごと》のゆえに敬《うやま》え。主《しゅ》が医者《いしゃ》を造《つく》られたのだから。いやしの業《わざ》はいと高《たか》き方《かた》から授《さず》かり、それによって、王《おう》からは褒美《ほうび》を受《う》ける。医者《いしゃ》はその博識《はくしき》によって高《たか》い身分《みぶん》を与《あた》えられ、権勢《けんい》ある人々《ひとびと》の前《まえ》で驚嘆《きょうたん》される。主《しゅ》は大地《だいち》から薬《くすり》を造《つく》られた。分別《ふんべつ》ある人《ひと》は薬《くすり》を軽《かろ》んじたりはしない』このように」と学士は言います。「『集会の書』は薬と良い医者について語っている。悪い医者については、まったく反対のことが言える。彼らほど社会に害をなす連中はいないからだ。裁判官は私たちに対して正義を歪《ゆが》めたり、その実行を引き延ばしたりすることができる。弁護士は自分の利益のために、私たちの不正な要求を守ることができる。商人は私たちから財産を巻き上げることができる。最後に、私たちが必要性から付き合うすべての人たちは、私たちに何らかの危害を加えることができる。しかし、何人《なんぴと》であろうと、何の罰を恐れることもなく私たちから命を奪うことはできない。ただ医者だけが、私たちを殺すことができる、それも恐れることなく、大した努力もせずに、処方箋以外の剣を抜くこともせずに。そして、速やかに死者たちを埋葬してしまうので、彼らの犯罪が発覚することもない。思い出すのは、私が今のようなガラス製ではなく、肉体を持った人間だった頃、

とある病人が、別の医者にかかるために、このような二流の医者を解雇した。最初の医者はそれから四日後に、たまたま二番目の医者の処方で薬を調製していた薬局の前を通りかかり、自分にかかるのをやめた患者はどんな具合か、別の医者はその人に何か下剤でも処方したのか、と薬剤師に尋ねた。薬剤師はそこに患者が翌日飲むことになっている下剤の処方箋があると答えた。それを見せてほしいと言って、見ると処方箋の最後に『[*18]明け方に飲む』と書いてあったので、彼は言った。『この下剤に入っているものはすべて気に入った、この「尻を洗う」以外は。これでは濡れてしまう』」

　あらゆる職業について、学士があれやこれや言っているのを聞こうと、人びとは彼に危害は加えないものの休む暇も与えず、後をついて行きました。しかし、それにもかかわらず、彼の護衛が守ってくれなければ、子供たちから身を守ることはできなかったでしょう。ある人が彼に、どうすれば誰も妬まずにいられるかと尋ねました。

　それに答えて、

「眠りなさい、眠っている間はずっと、おまえが羨む相手と同等だから」

　別の者が、二年前から志願している任務を手に入れるためには、どんな手段があるだろうかと尋ねると、彼に言いました。

「馬に乗って出発しなさい。その任務に就いている人を注意深く観察し、[*19]町を出るまでその人について行きなさい。そうすれば任務とともに出て行くことになる」

　あるとき偶然、彼の前を任務を帯びた判事が通りかかりました。刑事事件の訴訟に出向く途中で、大勢の者たちと警吏二人を従えていました。学士があれは誰かと尋ね、周りの者たちが教えてやると、こう言いました。

「私は断言するが、あの判事は懐に毒蛇を、腰には小型ピストルを、両手には稲妻を持っている。自分の訴訟に関わるすべてのものを破壊するためである。私は覚えているが、むかし友人が関わったある刑事訴訟で、罪状よりもはるかに重い刑罰を被告人に科すという、不当な判決を下したことがある。私は彼になぜあんな冷酷な判決によって、明白な不正義を行なったのかと尋ねた。彼は上訴を認めるつもりだった、と答えた。そうすることで最高法院のお歴々が、厳しい原判決を和らげ、しかるべく調和のとれた完全なものとし、温情を示す余地を残してあげたのだ、と言った。私は彼に、彼らが余計な仕事をせずにすむ判決を下したほうがよかったのではないか、そうすればあなたは、公正で、的確な判断をする判事だと思われたでしょうに、と言ってやったものだ」

すでに述べたように、いつも彼の周りには聴衆の輪ができていたのだが、その中に法官の服を着た知り合いがいて、誰かが彼を「学士殿」と呼びました。ビードロは、学士と呼ばれた男が、得業士[*20]の学位さえ持っていないのを知っていたので、彼に言いました。

「ねえ、君、イスラム教徒から捕虜を身請けする、修道士[*21]たちに学位が見つからないように気をつけなさいよ。持ち主不明の財産として彼らに没収されてしまうからね」

これに対して友人は答えました。

「喧嘩を売るのはよそうや、ビードロ氏、君はこの私が高く、かつ深く学問を修めたことを、ちゃんと知っているじゃないか」

ビードロが答えました。

「私が知っているのは、君が学問において、永遠の飢渇に苦しむタンタロスだということさ。高い学問は君から逃げ去り、深いものに君の手は届かない」

あるとき仕立屋の店の前まで来た学士は、店主の手持ち無沙汰な様子を見て、彼にこう言いました。

「どうやら、ご主人、あなたは救済の途上にあるようですね」

「なぜわかるのですか?」と仕立屋が尋ねました。

「なぜわかるかって?」ビードロが答えました。「あなたには何もすることがないので、嘘《うそ》をつく機会もないだろうというわけです」

そして付け加えました。

「嘘をつかず、休日返上で仕事をする仕立屋は不幸だ。すべての仕立屋を見渡しても、でたらめな服を作る者はたくさんいるのに、きちんとした服を作る者が滅多にいないのは、驚くべきことである」

靴屋は、私の見たところでは、悪い靴を作ったことは一度もないことになる、と学士は言いました。作った靴を履かせてみて、窮屈できつければ、足にぴったりの靴を履くのが男前というものですよ、それに、二時間も履いていれば布製のサンダルよりもゆるくなりますから、と言う。出来上がった靴がゆるければゆるいで、どうです、痛風にはこれが一番ですな、と宣《のたま》うのである、と。

裁判所の書記をしている頭の良い少年は、多くの質問や要求で学士を苦しめる一方で、都で起きたばかりのニュースを伝えてくれました。というのも、学士は何でも論じ、何にでも答えたからです。少年があるとき彼に言いました。

「ビードロ、絞首刑の判決を受けていた銀行家《バンコ》［banco＝ベンチの意味もある］が今夜、牢獄《ろうごく》で死んだよ」

これに対する答は、

「処刑人が彼に座る前に、先手をうって死ぬとはやるもんだね」

サン・フランシスコ教会脇の石畳に、ジェノヴァ人たちが集まっていて、学士が通りかかると、そのうちのひとりが呼びかけて言いました。

「ビードロの旦那、ここに来てお話《クエント》［cuento＝大金の意味もある］を聞かせてください」

彼は答えました。

「いやだね。*22（大金《クエント》を）ジェノヴァに持って行かれちゃかなわない」

あるとき学士は、食料品店の女店主に出会いました。彼女は、ひどく醜いが、豪華な宝石や真珠で飾り立てた、自分の娘の後ろを歩いていました。そこで彼は母親に言いました。

「娘さんを石で飾る［舗装するの意味もある］とは気がきいてますね、その上を散歩できますから」

パイ職人について学士は、彼らは何年も前から処罰されることなく倍賭けのゲームをしている、なぜなら自分だけの気まぐれな思いつきで、二マラベディのパイを四マラベディに、四マラベディのそれを八マラベディに、八マラベディのそれを半レアル［十七マラベディに相当］にしたからだ、と言いました。

操り人形師について学士は、さんざん悪口を言いました。彼らは放浪の生活をし、神聖な事柄を下品に扱っている。というのは人物に似せた人形は、信仰を笑いに変えるからだ。旧約と新約の聖書のすべてか、大部分の人物を彼らは大袋に詰め込み、その上に座って、安食堂や居酒屋で食べたり飲んだりする。つまり、どうして誰も彼らの人形劇を永久に上演禁止にもしなければ、国外追放にもしないのか不思議に思っている、と学士は言うのでした。

あるとき彼のいるところに、王子様のような扮装《ふんそう》をした役者が通りかかりました。それを見て彼が言ったことは、

「私はこの人が顔に白粉《おしろい》を塗り、羊革の上着を裏返しに着て、劇場に出演しているのを見た記憶がある。にもかかわらず、舞台の外では一歩あるくごとに、貴族の名誉にかけて、といって誓いを立てる貴族きどりだ」

「そうに違いないです」と誰かが答えました。「だって、とても生まれが良い、貴族の喜劇役者はたくさんいますからね」

「それはそのとおりだろうね」とビードロは答えました。「しかし、芝居に生まれの良い人間はそれほど必要ではない。容姿端麗で、弁舌さわやかな二枚目が必要なのだ。私はまた、役者たちが耐えがたい仕事をこなし、額に汗してパンを得ていることも知っている。絶えず

台詞《せりふ》を暗記しながら、村から村へ、宿屋から旅籠《はたご》へと終わりのないヒターノ暮らしを続け、観衆を喜ばせることだけに身を捧げ尽すのである、それというのも、彼らの生活は、観衆を満足させられるかどうかにかかっているからだ。まだある、彼らはその仕事で誰も騙すことはない、それというのも、役者たちは刻々とその商品を公開の場に、万人の判断と視線に曝《さら》しているのだから。座長たちの仕事は信じがたいほどで、その心労は途方もないものである。さらに一年の終わりに借金がかさんで、債権者との訴訟が避けられないような事態にならないよう、十分な利益を上げなければならないのである。以上のような事情にもかかわらず、彼らは社会に必要なのである。森や並木道が、また心地よい眺めがそうであるように、慎み深く人を楽しませる事どもがそうであるように」

ひとりの女優に仕える者は、彼女の中の大勢の女性たち、女王、ニンフ、女神、女中、女羊飼いに同時に仕えている、というのが自分の友人の意見であると学士は言いました。しばしば、その友人は、彼女のなかの小姓や従僕に仕えるという幸運に巡りあったが、女優はこれらすべての人物や、さらに多くの役柄を演じるからである、と学士は言いました。

ある者が、世界で最も幸福だった者は誰でしょうか、と尋ねました。誰もいない、と学士は答えました。「誰も自分の父を知らない」「誰も罪を犯さずに生きることはできない」「誰も自分の運命に満足することはない」「誰も天国に昇ることはない」からである、と。

あるとき彼は剣術家についてこう述べました。彼らは知識または技術の師匠であるが、その知識あるいは技術が必要なときには、それを活用できない、幾分うぬぼれ屋に近いのである。というのも、彼らは敵の動きや、怒りの思考を、絶対に確実な、数学的な証明に単純化しようとするからである、と。

髭《ひげ》を染めている者に対しては、特に敵意を持っていました。あるとき彼の前で二人の男が喧嘩をしていて、一人はポルトガル人でしたが、彼は自分の黒々と染めた髭をつかんで、カスティーリャ人に言いました。

「この顔にはやした髭にかけて！」

ビードロが彼のところへ行って、

「ねえ、あなた、『はやした』[*23]ではなく『染めた』と言いなさい！」

粗悪な染料のせいで、髭が何色ものまだら模様になってしまった男に対してビードロは、あなたの髭は卵色のごみ溜《た》めだ、と言いました。手入れを怠って根もとが伸びたために、黒い部分と白い部分が半々になった髭をたくわえた別の男には、誰とも喧嘩しないように気をつけなさい、髭の真ん中で嘘をつく［厚かましく嘘をつくの意］と今にも言われかねない状態だから、と言いました。

ある時、彼はこんな話をしました。「おとなしく、物わかりのよい娘が、両親の意向に応えて、髭も髪もまっ白な老人との結婚を承諾した。老人は婚礼の前夜に、老女たちが言うようにヨルダン河[*24]に行くのではなく、硝酸銀を入れたガラス瓶を手にとった。それで彼の髭を若返らせたので、寝るときは雪のようだった頭髪が、起きたときはタールのような黒い毛髪になっていた。結婚式を挙げるときが来て、娘は化粧し、毛を染めた老人の顔つきに気づくと、両親に、前に会わせてくれたのと同じ婿《むこ》をよこしてほしい、別の人では嫌だ、と言った。両親はいま目の前にいるのが、おまえの婿になる人で、前に会わせた同じ人だと言った。彼女は彼ではないと反論し、両親が彼女の夫になる人だと連れて来たのは、年配の白髪の男だったが、今ここにいる人は白髪ではないから同じ人ではない、というような証拠をいくつか挙げて、自分は騙されている、と嘆くのだった。彼女はそう言い募ったので、毛を染めた男は恥じ入り、結婚は破談になった」

学士は女中頭に対しても、毛を染めた男に対するのと同様の嫌悪を抱いていました。彼女たちの「誓って《ペルマフォイ》（permafoy）」というフランス語まがいの口癖、埋葬用の布みたいな白い頭巾、気取り、要らぬお世話、そして並外れた吝嗇《りんしょく》の驚異を語りました。彼女たちの虚弱な胃袋、すぐめまいを起こす頭、頭巾の襞《ひだ》より多くの言葉を費やす、まわりくどい話しぶり、そして最後にその役立たず加減と、彼女たちの針仕事が彼をむかつかせました。

ある人が彼に言いました。

「学士殿、あなたが多くの職業の悪口を言うのを耳にしましたが、書記についての悪口はついぞ聞いたことがありません。言うことはたくさんあるでしょうに、これはどういうことですか？」

それに答えて、

「私はガラス製ではありますが、多くの場合は間違っている、大衆の傾向に流されるほど脆《ぜい》弱《じゃく》ではありません。陰口屋の文法、声楽家のラ、ラ、ラに当たるのが書記である、と私には思われます。なぜならば、文法の扉を通らなければ、その他の学問に移ることはできません。また、音楽家は歌う前に、最初はラ、ラ、ラとつぶやくものです。陰口屋たちは、書記と警吏と、そしてその他の裁判官を悪く言うことからその毒舌を示し始めるのです。書記の仕事というのは、それなしには真実が辱められ虐待されて、世界から隠されてしまうものなのですが。『集会の書』はこのように言っています。『人の権威は主の御手《みて》にある、そして君主《しゅ》にその誇りを授ける』[*25]書記は公人であり、裁判官の職務も書記の仕事がなければ遂行できません。書記は自由人であり、奴隷ではないし、奴隷の息子でもありません。嫡出子であり、庶出でも、いかなる悪い人種の生まれでもありません。彼らは秘密を守り忠誠をつくすこと、そして高利の証書を作成しないことを誓います。友情や敵対感情、利害に動かされることなく、善良なキリスト教徒の良心をもって職務を果たすことを誓います。この職業がそれほど良い要素を必要とするのなら、スペインにいる二万人以上の書記から、あたかも葡萄園《ぶどうえん》の葡萄のように、悪魔がその果実を刈り取って行くなどと、どうして考えるべきなのでしょうか。私はそう信じたくありませんし、誰にもそう信じてほしくはありません。なぜならば、つまり、書記は秩序ある国に存在した、最も必要な人たちだからだと申せましょう。もし彼らがあまりに多くの報酬を手にしたとすれば、それはあまりに多くの不正を行なったからです。この両極端のあいだに、書記たちが仕事を清廉に行なうための中庸が生じることがあり得るでしょう」

警吏については、敵がいても当たり前だと学士は言いました。警吏の仕事といえば、あなたを捕まえるか、あなたの家の財産を取り上げるか、あるいはあなたを自分の家に連れて行って保護しながら、あなたのお金で食べることなのだから、と。検察官や弁護士の怠慢や無知は、医者をひきあいにだして非難しました。医者は病人が治っても治らなくても、謝礼金を受け取る。検察官と弁護士も、自分たちがかかわった訴訟に勝っても負けても、同様に報酬を受け取るのである、と。

ある人が、最良の土地とはどんな土地でしょうか、と尋ねると、学士は、作物が早く生《な》り、労働に応えてくれる土地だと答えました。すると別の男が言い返しました。

「聞いているのはそうではなくて、バリャドリードとマドリードと、どちらが住みやすい都市かということなのです」

すると答えて、

「マドリードなら両端、バリャドリードなら中間です」

「わかりませんね」と質問した男がさらに尋ねました。

すると言うには、

[*26]「マドリードなら天と地、バリャドリードなら中二階です」

ビードロはある男が別の男に、バリャドリードに入るやいなや、妻が重い病気になった、この土地が彼女を試した［「気候が合わなかった」の意］からだ、と言うのを聞きました。ビードロは彼に言いました。[*27]

「いっそこの土地に食べられてしまえばよかったのに、もし彼女が嫉妬深い女性なら」

音楽家と徒歩の飛脚について学士は、彼らの希望や幸運なんて知れたものだと言いました。一方は騎馬の飛脚になれば、もう一方は宮廷音楽家になれば、願望の成就だからである、と。「宮廷の婦人」[*28]と呼ばれる女性たちは、健康であるよりもむしろ礼儀正しいと学士は言いました。

ある日教会にいると、老人が埋葬されるために、子供が洗礼を受けるために、そして女性が結婚するために同時に連れてこられるのを見て、寺院とは、そこで老人が死に、子供が勝利し、女性が凱旋《がいせん》する戦場であると学士は言いました。

ある時スズメバチが学士の首を刺しましたが、無理をしないように、あえて振り払いはせず、それでも大いに痛がっていました。ある人が、体がガラスなのに、どうしてスズメバチに刺されたのを感知するのか、と尋ねました。あのスズメバチは陰口屋に違いない、陰口を言う人の舌と能弁は、ガラスばかりか青銅の体でも崩壊させるから、と答えました。

とても太った聖職者が偶然、学士のいるところを通りかかると、彼の話を聞いていた一人が言いました。

「神父さんは倫理的《エティコ》［ético＝痩せこけている、の意味もあり、神父への厭味《いやみ》］なので動きが悪い」

ビードロは怒って言いました。

「誰も聖霊の言葉を忘れてはなりません。『わたしが油《あぶら》を注《そそ》いだ人々《ひとびと》に触《ふ》れるな』[*29]」

そして、さらに怒り狂い、こう言いました。よく調べてみれば、近年、教会が列聖して浄福者の数に加えた多くの聖人たちのなかに、某隊長殿とか、何々秘書官殿とか、どこそこの伯爵、侯爵、公爵とかは誰一人おらず、全員が、ディエゴ師、ハシント師、ライムンド師などと呼ばれる、修道士や聖職者であったことがわかるだろう。修道会こそは天上のアランフエスであり、その果実は神の食卓に上るのである、と。

陰口を言う者どもの舌は鷲《わし》の羽のように、それに触れるすべての別の野鳥の羽を蝕《むしば》み、損壊してしまう、と学士は言いました。賭博場の主人と賭博師については驚くべきことを言いました。賭博場の経営者は公然たる背任者である。なぜならば、彼は勝っているプレイヤーからチップを受け取りながら、そのプレイヤーが負けて、相手が親になることを願っている。そうなれば、今度はその相手からチップが貰えるし、同時に手数料も転がりこむからである。学士はとあるギャンブラーの忍耐強さを賞賛しました。彼は一晩中負け続けていたが、短気ですぐに逆上する性格だったにもかかわらず、彼の相手が負けてゲームを下りるまでは、口を閉ざしたまま、地獄のような拷問に耐えたのである。学士はまた、自分の賭博場で「ポーリャ」と「シエントス」以外のゲームを行うことなど思ってもみない、正直な賭博場の経営者の良心も賞賛しました。彼がこのように悪評をたてられる気配も心配もなく、こつこつと稼いだ手数料は月末には「レパロロ」や「シエテ・イ・リェバール」「ピンタ・エン・ラ・デル・プント」などの射幸性の高いゲームを容認している、賭博場の経営者の稼ぎよりも多額になったのである、と。

結局、学士はこのように語ったので、誰かに触れられたり寄りかかられたときに大声で叫んだり、着ている服、質素な食事、飲み物を飲む様子、夏は野外で、冬はわら置き場でしか眠りたがらないことなど、狂気の明らかな兆候である、上述のようなことがなければ、彼をこの世でもっとも思慮深い者のひとりであると、誰もが思わずにはいられなかったでしょう。学士の病気は二年か、二年ちょっと続きました。[30]聖ヒエロニムス会の修道士で、聾唖者《ろうあしゃ》に話していることを理解させ、何らかの方法で喋《しゃべ》ることができるようにしたり、狂人を治療する恩寵《おんちょう》と学識を備えた人が、慈悲心からビードロの治療を引き受けました。彼を治療して癒し、もとの判断力、理解力、論理力に戻しました。修道士は学士が治癒したのを見て、弁護士の服を着せ、彼を王都に帰すことにしました。そこでは、狂人としてかいまみせた学識を、正気の人間として発揮することにより、その仕事で名声を得ることができるに違いないと考えたからでした。

　このようにして、彼はロダーハではなく、ルエダ学士と名乗り、都に戻りましたが、都に入るや否や、子供たちに見つかりました。しかし、学士が以前とはずいぶん違った服を着ているのを見た子供たちには、怒号をあげたり、質問をしたりする勇気はありませんでした。それでも後をついて歩いて、互いにこう言い合っていました。「これは頭のおかしなビードロじゃないか？」「たしかに彼だ」「今は正気になっている、でも悪い身なりの頭のおかしな人がいるように、良い身なりの頭のおかしな人もあり得るよね」「何か聞いてみようよ、そうすれば疑問が解ける」学士はすべてを聞きながら黙っていました。そして正気を失《な》くしていたときよりも、もっと困惑し、恥ずかしがっていました。[31]

　このことは子供たちから大人たちに伝わり、学士が顧問会議の中庭に到着する前に、二百人を超えるあらゆる種類の人たちが後ろに続いていました。大学の新任教授よりも大勢の随行団を従えて、彼が中庭に到着すると、その場にいた人たちは彼を取り囲みました。彼は輪になった大勢の群衆に囲まれているのを知って、声を張り上げて言いました。

「皆さん、私はビードロ学士です。しかし、以前に存在していた者ではありません。今はルエダ学士なのです。神の許しによって世に存在する出来事と不幸が、私から正気を奪いましたが、神の慈悲がそれを私に返してくれました。私が正気を失っていた時期に言ったと噂されていることから、皆さんは正気の私が言ったりしたりするだろうことを判断できるでしょう。私はサラマンカ大学で法律学を修めました。貧乏ながら勉強して、二番の成績で学士号を取りました。このことから、情実ではなく実力で、私が今持っている学位を得たことがおわかりになるはずです。この首都という大海の中で、弁護士として生計を立てるために私はここに来ました。しかし、皆さんがそれを許さないのであれば、私は死ぬために航海して来たことになるのでしょう。神の愛にかけてお願いします。私の後についてきて、私を迫害することはおやめください、私の頭がおかしかったがゆえに手に入れたもの、つまり生活の糧《かて》を、正気ゆえに失わせることはしないでください。皆さんが広場で私に尋ねていたことを、これからは私の家で尋ねてください。そうすれば、皆さんに即興でうまく答えたと言われる者が、熟慮してもっと上手に答えることがおわかりになるでしょう」

一同は彼の言うことを聞いていたが、何人かがその場を去りました。来たときとほぼ同数の同行者とともに、彼は宿に帰りました。翌日も出かけましたが、同じことでした。そしてもう一度演説をしても、なんの役にも立ちませんでした。多くを失い、得るものはありませんでした。彼は空腹で死にそうになり、主都を去ってフランドルへ戻る決心をしました。自分の才知の力を用いることができないのだから、彼の地で腕力を用いようと考えました。それを実行に移すことにして主都を出るときに、彼はこう言いました。

「おお、王都よ、おまえは、厚かましい官職志願者たちの希望はつなぐのに、内気な有徳の士の希望は断ち切るのか！　多くの恥知らずなペテン師たちには糧を与えるのに、恥を知る思慮深い者は餓死させるのか！」

こう言って、彼はフランドルに赴きました。そこで、学問によって不朽のものにしようと始めた人生を、良き友であるバルディビア隊長のもとで、武勲によって不朽のものにして終えることになりました。その死に際しては、賢明で勇敢この上ない兵士という名声を残したのでした。


（吉田彩子＝訳）

「ビードロ学士」訳注

1―**注文ヲ聞イテクダサイ〜マカロニヲ召シアガレ**　原文は当時スペインの兵士が使った、不正確なイタリア語を真似ている。

2―**包囲されたときの飢餓**　RAE版のテキストでは、「飢餓、包囲（de la hambre, de los cercos）」となっているが、前後の文脈から、ここでは従来のテキストの「包囲されたときの飢餓（de la hambre de los cercos）」を採用する。

3―**シンコ・ビーニャス**　原文にはCinco Viñas（五つの葡萄園）とあるが、これはCinque Terre（五つの地）の葡萄畑のことと思われる。

4―**グアルナーチャ**　葡萄の品種ガルナーチャと思われる。

5―**王都というより帝都であるシウダード・レアルのワインを、そこに並べてみせたのです**　作者は当時、高い評価を得ていたバルデペニャスのワインを念頭に置いている。

6―**ヴァチカン**　ヴァチカンの丘はローマの七丘には含まれない。

7―**神の子羊と数珠**　神の子羊は、板状の蠟に羊の姿を刻んだお札のようなもので、信心の対象だった。数珠はロザリオ。いずれも教皇の祝別を受けたものである。

8―**翌年の夏の遠征に赴くために、国中が武器をとる用意をしているのを目撃しました**　翌年の夏の遠征とは、一五六六年のオランダの反乱のこと。一五六八年にアルバ公爵によって鎮圧された。

9―**戦闘が起こっていたので**　一五六七年のユグノーの蜂起か。

10―**エルサレムの娘たち、自分と自分の子供たちのために泣け**　新約聖書「ルカ伝」二三章二八節に基づいている。

11―**この言葉の悪意**　女が改宗ユダヤ人であることと、子供の父親が、この亭主ではないことをほのめかしている。

12―**ドミンゴ、土曜日のあとから入りなさい**　ドミンゴは男子の名であるとともに、日曜日の意味もある。ユダヤ人は土曜日を安息日としていたので、農夫のあとから入って行った男を土曜日と呼ぶのは彼が改宗ユダヤ人であることを示唆する。

13―**そのかみ詩人たちは〜惜しみなく富が与えられていたものである**　沓掛良彦訳『恋愛指南』（岩波文庫）

第三巻、一二〇頁。

14―**私たちの中の～高揚する**　『祭暦』第六巻、五行。

15―**私たち詩人は～と呼ばれる**　『恋の歌』Ⅲ、哀歌Ⅸ、一七行。

16―**おまえが女衒と言ったら、馬車を鞭打ちに引き出すのかと思うところだった**　当時は馬車で売春が行われたので、「馬車」を「女衒」に見立てた皮肉。

17―**医者をその仕事のゆえに敬え～分別ある人は薬を軽んじたりはしない**　旧約聖書「シラ書（集会の書）」三八章一～四節。

18―**「明け方に飲む」と書いてあったので～すべて気に入った、この「尻を洗う」以外は。これでは濡れてしまう**　「明け方に（dilúculo）」というラテン語が理解できず、スペイン語混じりで「尻を洗う（dilúculo）」と勝手に解釈した。

19―**町を出るまでその人について行きなさい。そうすれば任務とともに出て行くことになる**　スペイン語で salir con ～ は「～を手に入れる」「～とともに出て行く」の両方の意味になることからの言葉遊び。

20―**得業士**　大学の教養課程修了程度の学位。

21―**修道士たちに学位が見つからないように～没収されてしまうからね**　所有者不明の財産は三位一体会かメルセス会の所有になった。この人物は学士の服装をしているが学士ではないので、学位は所有者不明である。

22―**（大金を）ジェノヴァに持って行かれちゃかなわない**　ジェノヴァ商人は当時のスペイン経済を動かしていて、スペインの富を奪っているという悪評があったことを踏まえている。

23―**「はやした」ではなく「染めた」と言いなさい**　ポルトガル語の「はやした＝持っている（teño）」と「染めた（tiño）」の言葉遊び。

24―**ヨルダン河に行くのではなく**　旧約聖書「列王記」下五章一四節の記述から、ヨルダン河に身を浸すと体が若返ると信じられていた。

25―**人の権威は主の御手にある、そして君主にその誇りを授ける**　旧約聖書「シラ書（集会の書）」一〇章五節「人《ひと》の成功《せいこう》は、主《しゅ》の御手《みて》にある。立法者《りっぽうしゃ》に栄誉《えいよ》を授《さず》けるのも、主《しゅ》である」セルバンテスはトレント公会議以前のヴルガタ版を使用していた。

26―**マドリードなら天と地、バリャドリードなら中二階です**　バリャドリードの空はいつも曇っていて、地面は冬は泥でぬかるみ、夏は埃っぽかった。一方で、建物（部屋）は新しく、マドリードに勝っていた。

27―**いっそこの土地に食べられてしまえばよかったのに、**

もし彼女が嫉妬深い女性なら　「嫉妬深い女は大地にのまれろ」という諺がある。

28―**「宮廷の婦人」と呼ばれる女性たちは、健康であるよりもむしろ礼儀正しい**　「宮廷の婦人（cortesana）」には高級娼婦の意味があり、これを「礼儀正しい（corte）」と「健康な（sana）」の二語に分けた言葉遊び。

29―**わたしが油を注いだ人々に触れるな**　旧約聖書「詩篇」一〇五編一五節。

30―**聖ヒエロニムス会の修道士**　聾唖者が話をするシステムを発明したペドロ・ポンセ・デ・レオン修道士であるという説がある。

31―**顧問会議の中庭**　マドリードの旧王宮にあった中庭を指している。王都をバリャドリードとする記述とは整合性を欠いている。

＊聖書の引用は共同訳を使用した。

嫉妬深いエストレマドゥーラ男

『模範小説集』より

そんなに昔の話ではない、エストレマドゥーラのある村をひとりの貴族が出て行った。身分の高い両親の間に生まれた彼は、新たな[*1]放蕩《ほうとう》息子として、スペイン、イタリア、そしてフランドルのあちこちを、財産も年月も消尽しつつさすらった。長い放浪の果てに——すでに両親は亡くなり、その遺産も使い果たしていた——偉大なる都市セビーリャに流れ着いたが、そこで残っていた僅かな有り金をはたく、絶好の機会にめぐりあったのである。彼は金銭的にひどく困窮した状態で、友人も多くはなかったので、その都市で身を持ち崩した多くの者たちが選ぶやり方に、自らの活路を求めた。それは[*2]インディアスに渡ることである。そこはスペインで望みを失《な》くした者たちが避難し、保護を求める場所であり、破産者たちが逃げこむ教会、殺人者たちの救済の地、[*3]トランプの玄人《くろうと》たちがいかさま師と呼ぶ賭博師たちの隠れ家、自由気ままな女たちを堕落させる罠《わな》であり、多くの者たちにとって普通は落とし穴に過ぎず、そこで成功をおさめるのは、ほんの一握りの者だけなのである。

そうこうするうちに、艦隊が[*4]ティエラ・フィルメに向けて出発することになったので、彼は提督と話をつけて、食糧と[*5]エスパルトの埋葬用の筵《むしろ》を用意し、カディスから乗船してスペインに別れを告げた。船団は、一斉にわき起こる歓声の中を、おだやかな順風に帆をあげて出発した。何時間もしないうちに陸地は見えなくなり、偉大なる水の父[*6]の果てしなく広がる平原である、大西洋へと乗り出したのである。

われらの乗客は、過ぎ去りし遍歴の年月に遭遇した、多くのさまざまな危難と、これまでの人生の無軌道ぶりを思い返して物思いに沈んでいた。そして次のような結論を導き出した。生き方を変えるのだ、神が自分に与えてくださる財産は、これまでのように浪費せずに蓄え、女性には以前にもまして慎重にふるまうことにしよう、と断固として決意したのである。

フェリポ・デ・カリサレス、というのがこの小説の題材を提供してくれた人物の名前なのだが、彼が心の嵐を経験している間、艦隊はおだやかな凪《なぎ》の海を航行していた。ふたたび風が吹き始め、誰も自分の席に座っていられないほど激しく船を揺らしたので、カリサレスの夢想は中断され、航海がもたらす厄介だけに気をとられることになった。航海はごく順調で、事故や災難に見舞われることも、風向きの突然の変化もなくカルタヘナ[*7]の港に着いた。この物語の目的と関係のない事柄は端折《はしょ》ることにしたいので、フェリポが新大陸に渡ったのは四十八歳頃のことであり、そこでの二十年間に、彼はその能力と勤勉さで、純銀十五万ペソ以上の財産を蓄えたことだけ言っておくことにする。

さて、豊かな金持ちになってみると、誰もがいだく自然な望郷の念にかられ、約束された少なからぬ権益には目もくれず、彼が莫大《ばくだい》な財産を築いたペルーを去り、全財産を金と銀の延べ棒に替え、それを入国の際に面倒が起きないように登録[*8]して、スペインに帰国したのだった。彼は財産も増えたけれど、ずいぶん年もとってサンルーカル[*9]に上陸し、セビーリャにたどり着いた。そこの通商院で難なく延べ棒を引き出してから、古い友人を探してみたが、生きている者は一人としていないとわかったので、親族は残らず亡くなったという知らせを受けてはいたものの、故郷の村に帰ろうと考えたのだった。貧しく困窮して新大陸に向かったときは、大洋の波間で、幾多の悩みに瞬時も心やすまることがなかったが、いま陸地の平穏の中にあっても、原因は異なるものの、以前に劣らずさまざまな思いに苛《さいな》まれていた。昔は貧しさゆえに眠れなかったが、今は富裕であるがためにやすらげなかった。富は、それを所有することに慣れておらず、その使い方を知らない者には、絶えず貧しい者にとっての貧困がそうであるように、非常な重荷なのである。黄金は不安をもたらすが、その不足もまた同様である。ただし貧乏の不安が、幾ばくかの金銭を手に入れることで改善されるのに対し、富める者の不安は、多くを持てば持つほど増大するのである。

カリサレスは自分の延べ棒をじっと見つめていた。それは欲の深さのためではない、兵隊[*10]だった数年間に、彼は気前の良さを学んでいたからである。彼はそれをどうしたものかと考えていた。このまま延べ棒として持っていても無益であるうえに、それを家に置いておけば、強欲な者たちの好餌となるか、泥棒を刺激するだけの話である。

もはや彼のなかで不安定な商品取引の仕事に復帰したいという気持ちは消え失せていた。また自分の年齢を考えると、手持ちの財産は残りの人生を過ごすには有り余るものだと思えた。故郷で余生を過ごそう、土地を買って不動産収入を得て、静けさと安らぎのうちに晩年を過ごすのだ、これまで世の中には、自分が得た以上のものを還元してきたのだから、これからは神様にできる限りのものを捧《ささ》げよう、と考えたのである。一方でこうも考えた。自分の故郷*11はひどく困窮しており、人びとは貧しさに喘《あえ》いでいる。そこに行って暮らすということは、金持ちの隣人として、貧乏人たちからありとあらゆる迷惑を蒙《こうむ》るのに甘んじることなのである。自分たちの貧しさを訴える人間が、村には他にいないとなればなおさらだ。自分の死後に、財産を残してあげる者が欲しかった。そう思って脈拍をはかり、自分の頑健さを調べてみたところ、まだ結婚の重荷に耐えられそうに思われた。この考えが彼の脳裏を過《よぎ》った瞬間、彼はひどい恐怖にかられて動転し、風に吹かれた霧のように取り乱し、その場に崩れてしまったのである。というのも、彼は生まれつき世の中で最も嫉妬深い性質の男であり、まだ結婚もしていないのに、それを想像するだけで嫉妬に傷つき、疑念に疲れ、妄想に怯《おび》え始めるのだった。それは身に堪《こた》える、激しいものだったので、彼は絶対に結婚はすまいと心に決めたのである。

こう決心はしたが、どのように人生を送るべきか迷っているうちに、彼の運命は次のような展開をみせたのである。ある日ある街路を通りかかって顔を上げると、窓辺にいるひとりの乙女が目に入った。年の頃は十三、四歳で顔立ちは愛くるしく、こよなく美しい容姿をしていたので、お人好《ひとよ》しのカリサレス老人には身を守る術《すべ》もなく、その老いの弱さがレオノーラ——というのが美しい乙女の名前だったが——の若さの前に屈服したのである。彼はとまどうこともなく、次から次へと際限もなく考えをめぐらせ、こんなふうに自分自身に語りかけるのだった。

「この娘は美しい、また家の構えを見ると豊かではないに違いない。彼女は幼く、まだ年端もゆかないから、私の疑念が昂《こう》じるようなこともないだろう。この娘と結婚することにしよう。屋敷に閉じ込めて、私の思いどおりに育てるのだ。そうすれば彼女は、私が教育したとおりの性格になるだろう。私は相続人となる子供を持つ希望を失うほど、老いているわけではない。持参金の有無など問題ではない、神様は私にすべてを与えてくださったのだから。金持ちは結婚に財産ではなく、喜びを求めるべきなのだ。喜びは寿命をのばすが、夫婦の不仲は寿命を縮めるからな。よし、これで決まりだ。この決心が私の天命だ」

このような独り言を一遍ではなく、百遍も繰り返したあげく、数日後にはレオノーラの両親と話し合いを持った。そして、彼らが貧しい生活をしているが、高貴な家柄であることを知った。カリサレスは彼らに自分の意向と社会的な身分や財産について伝え、お嬢さんを妻に迎えたいと懇願した。すると両親は、あなた様のおっしゃることについて調べる時間をいただきたい、そうすれば、あなた様のほうでも、私どもが主張する高貴な家柄が本当であるとおわかりになるでしょうから、と言うのであった。

両者は別れを告げると、[*12]それぞれに調査をして、互いに相手の言っていたことが事実であることを確かめた。そして、ついにレオノーラはカリサレスの妻となった。まずは結婚の支度金として彼女に二万ドゥカードを与えたが、嫉妬深い老人の胸は、それほど恋に燃えていたのである。彼は新郎としての誓いをたてるやいなや、激しい嫉妬の嵐に襲われ、理由もないのに心配し、これまでになく警戒心をあらわにするようになった。彼の嫉妬深い性質の最初の兆候は、妻にたくさんの服を作ってやりたいと考えた彼が、仕立屋に妻の寸法をとらせるのをいやがったことであった。そこで、彼はレオノーラと同じ体型、体格の女を探し歩き、ひとりの貧しい女を見つけた。その女の寸法で服を一着だけ作らせ、妻に試着させるとぴったりだったので、その寸法でその他の服も作らせることにした。たくさんの贅沢《ぜいたく》な服に、妻の両親は、こんな良い婿《むこ》に恵まれて、自分たちも娘もよい生活ができる、自分たちは果報者だと考えた。少女は数多くの晴れ着を見て驚嘆した。これまでの人生で彼女の晴れ着といえば、スリットの入ったスカートとタフタの上着だけだったからである。

フェリポの嫉妬深い性格の二つ目の兆候は、新しい家に妻を住まわせることができるまで、彼女との同居を拒んだことである。彼は新居をこんなふうに準備した。市の一等地にある屋敷――敷地内を小川が流れ、庭園にはオレンジの木が繁る――を一万二千ドゥカードで買うと、街路に面したすべての窓を塞ぎ、空だけが見えるようにした。家のすべての窓を同じようにした。セビーリャでは「玄関《カサ・プエルタ》」と呼ばれる、街路に面した入口には雌の騾馬《らば》のための厩舎《きゅうしゃ》を作り、その上にわら置き場と世話をする男――年老いた去勢した黒人――の部屋をこしらえた。屋上には壁を築いたので、この屋敷に入った者は、直線で囲まれた空のほかには、何も見ることができなかった。玄関には中庭に通じる回転式の窓口を作った。

豪華な家具一式を買いそろえて屋内を装飾したので、贅を尽くしたタペストリーや応接用[*13]の壇、天蓋などからは、立派な人物の屋敷であることが知れた。白人の女奴隷四人を買って頬に焼き印を入れ、さらにスペイン語を話せない黒人の女奴隷二人も買った。

食糧を運んだり、買い入れたりする食糧係とは、屋敷で寝泊まりせず、屋敷の中に入らず、玄関の回転式の窓口まで来たら、かならずそこから運んで来た食糧を差し入れるという条件で雇用契約を交わした。こうしておいてから、財産の一部をさまざまな良い場所にある不動産に投資し、残りを銀行に預け、幾らかは急な出費に備えて手もとに残しておいた。また屋敷のすべての鍵が開けられるマスターキーを作り、通常は収穫期ごとに買い入れるものを、全部まとめて一年分の食糧として屋敷に貯蔵した。このようにすべての準備を整えてから、舅《しゅうと》夫婦の家を訪ねて妻を求めた。彼らは娘を滂沱《ぼうだ》の涙とともに引き渡した。彼女が墓場に連れ去られるように思えたからである。

あどけないレオノーラには、自分の身に何が起こっているのかまだわかっていなかった。だから、両親とともに泣きながら、彼らの祝福を求めたのである。両親と別れ、女奴隷や召使いたちに囲まれて、夫に手を引かれながら自分の屋敷にやって来た。家に入るときに、カリサレスは一同にむかって、おまえたちにレオノーラの監視を任せるから、どこからも、どんな方法でも、二番目の扉より中には誰も入れてはならない、たとえ去勢した黒人であっても、と訓戒を垂れた。レオノーラの監視と世話の最高責任者は、レオノーラの養育係として、また屋敷で行なわれる一切を差配する監督として、奴隷たちと、レオノーラと同い年の二人の小間使い――レオノーラが同い年の者たちと気晴らし[*14]ができるようにと雇った――に命令を出すために雇われた、とても慎重で、真面目な女中頭だった。

カリサレスは一同にこんな約束をした。おまえたちが閉じ込められていることを意識しないようにあらゆる優遇を考えているし、おまえたちの好きにしてくれてかまわない、みんな揃《そろ》って祝日にはミサを聞きに行かせてあげよう、ただし、互いの顔が見分けられないほどの早朝に限るが、と。召使いと奴隷たちは命じられたすべてのことを、苦にせず、速やかに、喜んで実行すると約束した。新妻は肩をすぼめて頭を垂れた。そして自分には夫であり主人である人の意思以外のものはなく、いつもその夫に従うと言った。

このように用心深い準備をして屋敷に閉じこもったお人好しのエストレマドゥーラ男は、結婚の果実をできる限り楽しみはじめた。それは、レオノーラにとっては、それ以外の経験もなかったので、楽しくもなければ、つまらなくもなかった。このように彼女は女中頭、小間使い、女奴隷たちとともに時を過ごしていたが、彼女たちはより愉快に過ごすために、甘いものを楽しむようになり、ほとんど毎日のように蜂蜜と砂糖を使った、美味な食べ物を次から次へと作らずにはいられなかった。そのために必要な食材は有り余るほどだったが、彼女たちにそれらを喜んで提供したいという主人の気持ちも、それに劣らず溢《あふ》れんばかりだった。こうして彼女たちを忙しく楽しませておけば、閉じ込められていることについて考える暇もないだろうと思ったからである。

レオノーラは召使いたちと同等に付き合い、彼女たちと同じことを楽しんだばかりでなく、無邪気に人形を作ったり、その他の子供らしい遊戯に興じたが、それは彼女の飾り気のない性格と幼さを示していた。嫉妬深い夫には、すべてが大満足であった。想像できなかったほど素晴らしい生活を選び当てた、悪賢さも人の悪意も、どんな方法をもってしても自分の平穏を乱すことはできない、とカリサレスは思うのだった。というわけで、彼は妻に贈り物を届けることと、思いついたことは何でも自分に言いなさい、すべてかなえてあげるから、と繰り返すことだけに心を砕いていたのである。

ミサに行く日には、それはすでに述べたように明け方だったが、彼女の両親も教会にやって来て、カリサレスを前にして娘と話をした。カリサレスは両親にたくさんの贈り物をしたので、二人は娘が窮屈な生活をしていることに心を痛めていたが、気前の良い婿からの贈り物の山が、その痛みを和らげてくれるのだった。

朝、目を覚ますと、カリサレスは食糧係が来るのを待った。食糧係には前夜、回転式窓口に置いたメモで翌日までに調達するべきものを知らせてあった。食糧係が来てしまうと、カリサレスは二つの扉——街路に面した扉と内側の扉——を閉め、二つの扉の間には黒人を残し、多くの場合は徒歩で屋敷を出て行った。

彼は商談に出かけたが、商談はほとんどなかったので、すぐに帰宅するのだった。それから屋敷にこもって妻にお世辞を言い、召使いたちには優しく接しながら時を過ごした。召使いたちは皆、彼が好きだった。飾り気のない親切な性質で、そしてとりわけ、誰に対しても気前よくふるまったからである。

このようにして見習い期間ともいうべき一年が過ぎると、屋敷の誰もが誓いをたて、人生の終わりまで同じ生活をおくる決心をしたのだった。だから、もし人類の抜け目のない攪乱《かくらん》者《しゃ》である悪魔が、これからお話しするように、それを妨害しなかったとしたら、平穏な生活が続いていたことだろう。

自分が最も用心深く慎重であると思っている方があれば、今すぐお答えいただきたい。フエリポ老人は自身の安全のために、これ以上どんな用心ができただろうか。彼は自分の屋敷の中に、どんな動物であれ、雄というものがいることを許さなかったのである。この屋敷の鼠《ねずみ》を雄猫が追いかけることは決してなかったし、雄犬の吠《ほ》える声が聞こえることもなかった。どれも雌だったからである。昼間はあれこれ思案し、夜は眠らなかった。彼は自分の屋敷の夜警であり、歩哨《ほしょう》であり、愛する者のアルゴス［ギリシア神話に登場する百の目を持つ巨人］だったからである。男性が中庭の扉から内側に入ることはなかった。友人たちとは街路で商談をした。屋敷の広間や次の間を飾るタペストリーに描かれているのは、すべて女性か花か風景だった。この屋敷全体に貞潔と隠棲《いんせい》と慎みが香っていた。冬の夜長に暖炉の傍《そば》で召使いたちが語る昔話にしても、彼がいる前では少しでも艶《つや》っぽい話が出ることはまったくなかった。老人の銀の白髪は、レオノーラの目には純金の頭髪に見えていた。乙女が抱く最初の愛は、蠟《ろう》に押される封印のように魂に刻まれるからである。彼の過剰な監視も、彼女には老練な慎重さと思われた。彼女が経験していることは、結婚したばかりのすべての女性が経験することだと考え、そう信じたのである。彼女の思いが屋敷の壁から外に逃げてしまうことはなく、夫が欲すること以外は望まなかった。ミサに行く日だけは表通りを眺めたが、朝まだきだったので、教会からの帰りでなければ、周囲が見えるほどの光は射《さ》していなかった。

これほど閉ざされた修道院も、これ以上の隠遁《いんとん》生活をおくる修道女も、これほど監視の厳しい黄金の林檎《りんご》[*15]もなかった。それにもかかわらず、危惧《きぐ》していたことが起こるのを予見することも、避けることも決してできなかったのである。少なくとも、すでに起きているとは、考えもしなかった。

セビーリャには一般に「ヘンテ・デ・バリオ」[*16]と呼ばれる、何もしていない、怠惰な種類の者たちがいる。これは各教区に住む富裕な家の子息たちで、ぶらぶらしている、着飾った、甘ったるい者たちである。彼らについては、その服装、生き方、気質、仲間うちで守られている掟《おきて》についてなど、言いたいことは山ほどあるが、支障があってはいけないので、ここでは言わずにおくことにする。

このような連中のひとりで、仲間の間で「投げ矢」――独身の若者という意味で、新婚の者は「ショール」という――と呼ばれる男が、用心深いカリサレスの家に目をつけた。屋敷がいつも閉ざされているのを見て、「投げ矢」は、中に誰が住んでいるのかをどうしても知りたくなった。好奇心にかられ勇んで調べたので、知りたかったことはすべて明らかになった。

老人の性質、その妻の美しさ、彼女をどのように監視しているかを知った。すると、力ずくで、あるいは策を弄して、これほど守りの堅い要塞を攻め落とすことができるかどうか試したい、という欲望に火がついた。そこで友人である二人の「投げ矢」と、一人の「ショール」に相談すると、仕事にとりかかろうということで話がまとまった。こうした仕事には助言をしたり、手伝おうという者が必ず出てくるものである。

　そんな困難の多い大仕事をなしとげるために、どんな方法をとるかは難しい問題だった。何度も討論を重ねて、以下のような段取りが決まった。まずロアイサ――この独身男の名前である――は、何日間か町を留守にするふりをして、友人たちの前から姿を消す。そうしておいて、ロアイサは清潔な麻の半ズボンとシャツの上から、そんなむさ苦しい身なりの貧乏人は町中探しても見当たらないと思われる、破れたツギハギだらけの服を重ね着した。短いあご髭《ひげ》を剃《そ》り、片方の目に眼帯をかけ、片足にきつく包帯を巻いて、両脇に松葉杖《まつばづえ》を抱え、本当の身障者も及ばないくらい、気の毒な足の不自由な男に扮装《ふんそう》したのであった。

　こういうスタイルで毎晩、ロアイサは祈り[*17]の時刻にカリサレスの屋敷の玄関口に立った。扉はすでに閉まり、ルイスという名の黒人が二つの扉のあいだに閉じこもっていた。いくらか音楽の心得があったロアイサは、そこに立ったまま、少し油で汚れ弦が何本か足りないギターをとり出すと、気づかれないように声色を変えながら、楽しげで愉快なコードをかき鳴らした。それから急いでモーロの男と女のロマンセを狂おしく《ア・ラ・ロケスカ》、面白おかしく歌い始めたので、街路を通りかかった者たちは皆、足をとめて聞《き》き惚《ほ》れていた。歌っている間は、ロアイサはいつも子供たちに囲まれるようになったが、黒人のルイスも、扉の隙間から耳をすまして、「投げ矢」の音楽に心を奪われていた。扉を開けて彼の歌をもっと心ゆくまで聞くことができるなら、片腕さえ差し出したことだろう。楽士になりたいという彼ら黒人たちの情熱は、それほどまでに激しいのである。ロアイサは自分の演奏を聞いている者たちがうっとうしくなると、歌うのをやめてギターをしまい、松葉杖にすがりながら行ってしまうのだった。

四回か五回、ロアイサが黒人に――実は彼ひとりのために――演奏を聞かせたのは、この屋敷を崩す蟻《あり》の一穴は、この黒人に違いないと思ったからだが、その思いつきは見当ちがいではなかった。ある夜のこと、いつものようにロアイサが戸口に行きギターの調律を始めると、黒人がすでに耳をすましているのに気づいたので、扉の敷居まで近づき低い声で言った。

「ルイス、水を少しもらえないか？　喉が渇いて死にそうだ。歌うどころじゃないよ」

「だめです」と黒人は言った。「あたしは扉の鍵を持っていないし、水を渡そうにも、穴がありません」

「では、誰が鍵を持っているの？」とロアイサが尋ねた。

「旦那様です」と黒人が答えた。「この世で最も嫉妬深いお方ですよ。今ここで誰かと話していることを知られたら、あたしは殺されますよ。ところで、水をくれとおっしゃるのはどなたですか？」

「俺は」とロアイサは答えた。「片足が不自由な哀れな乞食さ。奇特な方たちからのお恵みで暮らしてる。そのかたわら黒人や貧しい者たちに演奏を教えているのさ。これまでに三人の市参事会員の黒人奴隷三人に教えて、どんな舞踏会でも、どんな酒場でも歌って演奏できるようにしてやった。彼らからは結構な報酬をもらったよ」

「あたしはもっとたくさん払いますよ」とルイスは言った。「稽古さえつけてもらえるならね。でも、旦那様のせいで無理なんです。旦那様ときたら朝でかけるときには表の扉を閉めて行き、帰って来たときも同じようにします。あたしを二つの扉の間に閉じ込めておくんですよ」

「お願いだ、ルイス」とロアイサは返事をした。すでに黒人の名前を知っていたのである[18]。「幾晩かおまえに稽古をつけに入れるように算段してくれるなら、十五日もしないうちに、おまえをどこの街角でも堂々と演奏できる、ギターの名手にしてあげようじゃないか。言っておくけど、俺は教えるのがとても上手だし、そのうえおまえはとても器用だと聞いている。その声を聞いて判断すると高音だから、きっと歌が上手に違いない」

「下手ではないですよ」と黒人は答えた。「でも、私が知っている歌といえば、『ヴェヌスの星』と『緑の牧場を抜けて』と、今はやりのこんなのくらいですから、何にもなりませんよ。

わたしは震える手で[19]

鉄の格子をつかんだのか？」

「俺がおまえに教えられるものに比べたら」とロアイサは言った。「どれもこれも、とるに足らないものだ。俺はモーロ人アビンダラエス[20]とハリファ姫の恋にまつわる歌を全部知ってる。偉大なスフィー教徒トムニベヨ［十六世紀初頭のアレキサンドリアの指揮官トムンベヨのことか］の物語をめぐるすべての歌と、宗教的な替え歌にしたサラバンダを知っているから、ポルトガル人たちさえ驚くほどさ。これをとても上手に、簡単に教えてやるから、おまえが急いで覚えなくても、塩を三、四モヨ[*21]も食べないうちに、おまえはあらゆるタイプのギターを弾きこなす、今風の楽士になってるだろう」

これを聞いた黒人は、ため息をついて言った。

「そんなことを言われても、何にもならないですよ。あなたを中に入れる方法なんか思い浮かびませんからね」

「いい方法がある」とロアイサは言った。「おまえは旦那様から鍵を手に入れてくれ。おまえに蠟をひとかけらあげるから、それに鍵を押しつけるのだ。蠟に鍵の切り込みが刻まれるようにね。おまえが気に入ったから、友人の錠前屋に頼んで合鍵を作らせよう。そうすりゃ俺は夜には中に入って、おまえにインドのプレスター・ジョン[*22]に教えるよりも鄭重《ていちよう》に教えてあげられる。おまえのような素晴らしい声が、ギターの伴奏がないからといって人に聞かれないのは、とても残念なことだと思う。わかってほしい、ルイス、世界一の美声でも、楽器の伴奏がなければ値打ちが下がるものだ。楽器はギターでもハープシコードでも、オルガンでもハープでもいいが、おまえの声に最もふさわしいのはギターだ。楽器のなかではいちばん扱いやすいし、それほど高価ではないからね」

「それは良い考えだと思いますが」と黒人は答えた。「ありえませんよ。だって鍵があたしの手に入ることは決してないのですから。旦那様は昼間は鍵を手から離さないし、夜は枕の下に入れて寝ています」

「それなら別のやり方があるよ、ルイス」とロアイサは言った。「おまえがちゃんとした楽士になりたいのならね。そうでないなら、これ以上おまえに助言する理由もないが」

「なりたいですとも！」とルイスは答えた。「なりたくてたまりません。ですから、もし楽士になれるんでしたら、あたしにできることは何だってしますよ」

「そういうことなら」と「投げ矢」は言った。「この扉の下からおまえに渡すことにしよう。つまり、おまえが敷居のところから幾らか土を掘り出して隙間を作ったら、釘抜《くぎぬ》きと鎚を渡すから、それを使えば簡単に錠前から釘を抜きとることができる。釘が抜かれていることがわからないように、プレートをもとに戻して置くのも同じように簡単だ。中に入ったら俺は、おまえと一緒にわら置き場か、おまえの寝室に閉じこもって、素早く仕事にとりかかることにする。俺が約束した以上の成果が得られるはずだ。それは俺にとって得な話だし、おまえの腕前も上達するだろう。食べるものについては心配ない。俺が二人分の食糧をゆうに八日分は用意して持ってこよう。俺には弟子や友人がいて、苦しいときには助けてくれるのさ」

「食事については」と黒人が答えた。「心配はありません。旦那様があたしにくださる食糧と、女奴隷たちがあたしにくれる残り物で、三人分でも余るほどです。さあ、あなたの言う釘抜きと鎚を持って来てください。この敷居の真下に隙間を作り、あとを土で覆ってふさいでおきましょう。錠前のプレートを外すときに何回か打ちつけますが、旦那様はずっと離れた場所で寝ているので、その音を聞きつけたとしたら奇跡か、よほどあたしたちの運が悪いということとなります」

「では神の御手《みて》にゆだねるとしよう」とロアイサは言った。「ルイス、これから二日のうちに、俺たちの高潔な目的の遂行に必要なものは、すべておまえに渡そう。痰《たん》が出るようなものは食べないことだ。おまえの喉に害ばかりあって何の益もないからね」

「声を嗄《しわが》れさせるものといえば」と黒人は答えた。「ワインをおいて他にありません。でも、世界中のどんな美声をくれると言われても、あたしはワインを絶つ気はありませんよ」

「そうは言っていない」とロアイサは言った。「神様もそんなことはお許しにならない。飲みなさい、わが子ルイスよ、飲みなさい、きっと滋養になる。ほどほどに飲むワインが病気の原因になったことはない」

「ちゃんと計りながら飲みますよ」と黒人は答えた。「ここにちょうど一アスンブレ［二リットル］がしっかり入る水差しがあります。女奴隷たちが旦那様に知られないように、それを酒で満たしてくれます。食糧係はこっそりとちょうど二アスンブレ入る革袋を持って来てくれますが、それで水差しの不足分が補えるのです」

「なるほど」とロアイサは言った。「そんな結構な生活がしたいものだ。渇いた喉は、唸《うな》りも歌いもしないからね」

「神がお守りくださいますように」と黒人は言った。「でも、この中に入るのに必要なものを用意するのに手間どっている夜も、歌を歌いに来るのはやめないでください。あたしは早くギターに触りたくて、もう待ちきれないのですから」

「もちろん、来るとも！」とロアイサは答えた。「新しい歌も仕入れて来るよ」

「そう願いたいです」とルイスが言った。「いい気分で眠りにつけるように、さあ、何か一曲歌ってくださいな。お代のことならご心配なく、哀れな旦那さん、そこらの金持ちよりたっぷりとお支払いするつもりです」

「そんなことは気にしていないよ」とロアイサは言った。「俺が教えたときに払えばいい。今はこの歌を聞きなさい。中に入ったら、最高の演奏を見せてあげるよ」

「それは素晴らしいでしょうね」と黒人は答えた。

長い対話が終わってロアイサは、最終音節にアクセントがある小ロマンセを歌い、黒人はとても楽しく満足した気分になり、今から扉を開けるときを楽しみにするのだった。

ロアイサは戸口から離れるやいなや、松葉杖を使用しているとは思えないほどの敏捷《びんしょう》さで、相談相手たちに会いに行った。期待しているハッピーエンドの前兆といえる、幸先《さいさき》のよい始まりについて知らせるためである。友人たちに会い、黒人と取り決めたことを話すと、彼らは翌日には、どんな釘でも棒きれのように破壊する道具を見つけていた。

「投げ矢」は怠りなく黒人に音楽を聞かせるためにもどってきたし、黒人も同様に怠りなく、彼の先生が持ってくる筈《はず》のものが入る穴を掘り、よほど疑ってかからない限り、穴があいているとは気づかないようにそれを覆ったのである。

二日後の晩にロアイサは道具を渡した。ルイスがそれを試してみると、あっけなく釘が壊れたので、錠前のプレートを手にして扉を開け、彼のオルフェウスであり、先生である人物を中に入れたが、二本の松葉杖をつき、ボロをまとい、足に包帯を巻いた姿を見たときには驚いた。ロアイサは目に眼帯をつけていなかった。その必要がなかったからだ。そして入るとすぐに、自分の善良な弟子を抱きしめ、頬に口づけした。それからルイスの手に大きなワインの革袋と、ジャムその他の甘い物が入った箱を持たせたが、それらは振り分け袋に周到に準備してきたものだった。それから松葉杖を投げ捨てると、どこも悪いところなどないかのように、飛び跳ね始めた。それを見て黒人がさらに驚いたので、ロアイサは彼に言った。

「いいかい、兄弟のルイス、俺の足の障害は、病気のせいではなく知恵から生まれたものだ。その知恵によって、俺は神の愛をよりどころに物乞いをして糧《かて》を得ている。俺は知恵と音楽のおかげで、この世で最高の暮らしをしているのさ。この世では、愚かで無策な者たちは飢え死にするしかない。俺たちの友情が深まるにつれて、おまえにもそれがわかるだろう」

「そうですね」と黒人は答えた。「でも、細工に気づかれないように、このプレートをもとの場所に戻して修復しておきましょう」

「いい指摘だ」とロアイサは言った。

そして振り分け袋から釘を取り出し、二人は錠前を以前とまったく同じようにうまく取りつけた。その出来ばえに黒人はいたく満足した。ロアイサは黒人がわら置き場に持っている部屋に上り、寛《くつろ》いで体を休めた。

やがてルイスが蠟燭《ろうそく》の撚《よ》り糸《いと》に火をつけると、ロアイサは、それ以上じっと待つことなくギターをとり出し、静かに優しくそれを弾いて、かわいそうな黒人を夢中にさせるのだった。ルイスはわれを忘れて聞き惚れていた。少し弾いてから、また食べ物をとり出して弟子に与えた。ルイスは甘い物と一緒にではあるが、上機嫌で革袋のワインを飲んだ。それは音楽にもまして彼の意識を陶然とさせた。休憩が終わると、これから稽古をするようにとルイスに命じた。かわいそうな黒人はすっかり酩酊《めいてい》状態だったので、フレットを的確に押さえることもできなかった。にもかかわらず、ロアイサは彼に、すでに少なくとも二つの歌を覚えたと信じこませた。結構なことに黒人はそれを信じた。おかげで彼は一晩中、調律されてもいなければ、必要な弦がそろってもいないギターを、ただひたすら弾き続けることになったのである。

明け方、彼らはほんの少しのあいだ眠った。やがて朝の六時にはカリサレスが下りて来て中庭の扉を開け、それから通りに面した表側の扉も開けて食糧係を待っていた。食糧係はそれからまもなくやって来て、回転式窓口から食材を入れて帰って行った。カリサレスは黒人を呼び、下りて来て雌騾馬の餌の大麦と自分の食べる分を受け取るように、と言った。ルイスがそれを受け取っているあいだに、カリサレス老人は二つの扉を閉じて出かけたが、表側の扉になされた細工に気づくことはなかった。これには師弟も大いに喜んだものである。

主人が屋敷から出て行くやいなや、黒人はギターを奪いとって弾き始めたので、使用人たちがそれを聞きつけて、回転式窓口のむこうから尋ねた。

「どうしたの、ルイス? あんた、いつからギターを持ってるの、それ誰からもらったの?」

「誰からもらったかって?」とルイスは答えた。「世界一の楽士さんからだ。その方はあたしに、六日もたたないうちに六千曲以上教えてくれることになっているのさ」

「で、その楽士はどこにいるの？」と女中頭が尋ねた。

「ここからそう遠くないところです」と黒人は答えた。「恥ずかしいのと、主人が怖くさえなければ、すぐにもおまえさんに紹介するんですが。あの方に会ったら、気に入るに違いありません」

「お会いできるですって、その方どこにいらっしゃるの？」と女中頭は答えた。「この屋敷には旦那様以外の殿方は入ったことがありませんのよ」

「それはそうですが」と黒人は言った。「あたしが覚えたことや、いま言った短い期間にあの方が教えてくれることをお見せするまで、何も言いたくありません」

「確かに」と女中頭は言った。「教えてくれるのが悪魔か何かでなければ、そんな短期間に誰があんたを楽士にできるのかわからないね」

「もう、いいですよ」と黒人は言った。「いつかあの方の演奏を聞いたり、会ったりする機会があるでしょう」

「ありえないわ」と別の小間使いが言った。「誰かを見たり聞いたりしようにも、表に面した窓がないんですもの」

「それはそうだけどね」と黒人は言った。「死を逃れること以外なら、何にでも方策はあるものだ。まして、おまえさんたちが黙っていられるか、黙っていようと思う場合はなおさらだ」

「もちろん喋《しゃべ》らないわよ、兄弟のルイス」と女奴隷の一人が言った。「口のきけない人よりも黙っていますとも。ルイス、誓うわ、素敵な声を聞くためなら死んでもいいって。この壁の中に閉じ込められてからというもの、鳥の歌声さえ聞いたことないんだから」

こんなおしゃべりの一部始終を、ロアイサは満足して聞いていた。すべては彼が目指す結末へと向かっており、幸運が先に立って彼の望みどおりに女たちのおしゃべりを導いているように思えたからである。

召使いたちは黒人に、いつか思いがけないときに、おまえさんたちを呼んで美声を聞かせてあげよう、と約束させて別れを告げた。主人が帰って来て、女たちと話しているところを見つかっては大変と、ルイスは彼女たちを残して自分の部屋に引きこもった。稽古をしてもらいたかったが、主人に聞かれたくないので、昼間に楽器を弾くことは憚《はばか》られた。主人はそれからまもなく帰って来て、いつものように扉を閉めると屋敷に閉じこもった。その日、食事を運んで来た黒人女が、回転式窓口から食べ物を渡そうとするとルイスは言った。今晩、旦那様が眠ったあと、約束の美声を聞かせるから、みんなして回転式窓口のところまで下りて来るように、一人も欠けてはいけないよ、と。実はこう決まる前にルイスは先生に向かって、今晩、回転式窓口のところへ行って歌って演奏してくださいな、召使いたちに美声を聞かせると言ってしまったので、その約束を果たしたいのです、彼女たちの誰もが大喜びすることは請け合います、としつこく頼みこんでいたのである。先生は自分がもっとも望んでいることをルイスのほうから懇願させていたのであるが、最後にこう言った。大事な弟子の頼みとあっては断れないな、弟子の喜ぶ顔が見たいだけだよ、他意はない、と。

黒人はロアイサを抱きしめると、慈愛に満ちた言葉に大喜びしている証拠に頻に口づけした。その日はロアイサに自分の家と同じくらいの美味《おい》しい食事をふるまった。いや、おそらく自分の家より美味しかったと言えるだろう。というのも、自分の家でも不足はありうるからである。

夜になった。真夜中か、真夜中に近い時間に回転式窓口のあたりで、人を呼ぶ舌打ちの音が聞こえ始めた。ルイスはすぐに、彼女たちがやって来たのだとわかった。ルイスは先生を呼んだ。二人はきちんと弦を張り完璧に調律したギターを持って、わら置き場から下りていった。ルイスは誰が聞きに来ているのか尋ねた。奥様の他はみんないます、奥様は旦那様と眠っておられるので、という答えがかえってきたので、ロアイサはがっかりした。だが、めげることなく自分の計画にとりかかることにして、弟子を喜ばせようと思った。ゆっくりとギターを爪弾くと、その音色に黒人は感嘆し、聞いている女たちもうっとりとわれを忘れるのだった。

彼が「ペサメ・デーリョ」を演奏し、まだ当時のスペインでは新しいものだった、サラバンダの悪魔に憑《つ》かれたような音で締めくくるのを聞いたとき、彼女たちが感じたものについて、何と言えばよいのだろうか。年輩の女中頭も踊りださずにはいられなかったし、娘たちは夢中で踊り続けたが、すべては静かに、不思議な沈黙の中で、老人が目を覚ましたら知らせるように、見張りやスパイを立てて行なわれたのである。

ロアイサはまたセギディーリャも歌ったが、これで聴衆の歓喜は決定的なものとなった。

彼女たちは、この素晴らしい楽士は誰なのかどうしても教えてほしい、と黒人に頼んだ。哀れな乞食をしておられる、セビーリャのすべての貧乏人のうちで最もおしゃれで粋なお方なのだ、と黒人は答えた。

お姿を見られるようにしてほしい、その方を大いにもてなして、必要な物は何でも運んで来るから、十五日間は屋敷から出て行かせないでほしい、と彼女たちはルイスに頼んだ。どうやって家に入れたのかとも尋ねられたが、黒人はこれにはひとことも答えなかった。他の頼みには次のように答えた、彼の姿を見たければ、回転式窓口に小さな穴をあけることだね、見たあと蠟でふさいでおくのを忘れないように。屋敷に引きとめる件については、努力してみる、と答えた。

ロアイサも彼女たちに話しかけ、哀れな乞食風情の才知の及ぶところではない、と彼女たちにわかるような思慮深い調子で、みなさんのお役に立ちたく存じます、と申し出たのである。明日の夜もこの場所に来てください、と彼女たちは頼んだ。旦那様の眠りは浅いのですが、どうにか奥様があなたの歌を聞きに下りてくるようにしますから、旦那様の眠りの浅さは、老齢のためではなく、嫉妬深さが原因なんですよ。これに対してロアイサは、あなたたちが老人に怯えることなく、私の歌を聞きたいのであれば、ワインの中に入れる粉薬をさしあげましょう、それを飲めば老人は普段よりも長時間、深い眠りに落ちるでしょう、と言った。

「まあ、なんと素晴らしい！」と小間使いのひとりが言った。「それが本当なら、なんと素晴らしい幸運が、思いがけなく扉から入ってきてくれたことでしょう。それは旦那様には眠りの粉でしょうが、わたしたち全員にとっては命の粉ではないでしょうか。旦那様の妻であるお気の毒な奥様、レオノーラ様にとっても同じです。奥様を日向《ひなた》にも日陰にも出さず、一瞬も奥様から目を離さないのです。ああ、どうかあなた様、その粉薬を持って来てくださいませ。そして、神様があなたに望むだけの幸福を与えてくださいますように。さあ、ぐずぐずなさらないで。それを持って来てくださいませ、あなた様、わたしがそれをワインに混ぜて、お酌をする役目を引き受けます。どうか神様がご老人を三日三晩眠らせてくださいますように。そうすればわたしたちは、同じだけの至福の時間が持てるでしょう」

「では持って来よう」とロアイサは言った。「飲んで害があるようなものではない、とても深く眠るだけだ」

女たちの誰もが、早くそれを持って来てほしいと、ロアイサに懇願した。翌日の夜、錐《きり》で回転式窓口に穴をあけ、奥様を連れて来て彼の姿をお見せし、演奏をお聞かせすることに決めて、女たちは別れを告げた。もうほとんど明け方だったが、黒人が稽古をしたがったので、ロアイサはつきあった。そして、自分が教えた弟子の中で、おまえほど優れた聴覚を持つ者はいない、とまるめこんだのだが、哀れな黒人はクルサードの奏法も知らなかったのである。

ロアイサの友人たちは夜になるとやって来て、表扉のあいだから聞き耳をたて、ロアイサから伝言がないか、何か必要としているものはないかと気を配っていた。あらかじめ決めておいた合図によって、ロアイサは彼らが戸口にいることを知り、敷居の穴から彼の計画がうまく進んでいることを手短かに報告してから、眠りを誘うものを探してほしい、としきりに頼んだ。カリサレスに飲ませるためだが、そういう効果をもつ粉末があると聞いたことがある、と。友人たちは、友人に医者がいるから、そういう薬があるなら、彼が知っている一番効き目のある薬がもらえるだろう、と言った。友人たちは企《たくら》みを進めるようにロアイサを励まし、明日の夜には粉薬を調達してくると約束すると、急いで別れを告げた。

その夜になり、雌鳩《めすばと》たちの一団はギターの鳥笛に集まって来た。彼女たちと一緒に無邪気なレオノーラも、夫が目を覚ますことを恐れて震えながらやって来た。彼女は恐怖に打ち負かされて、来るのを嫌がっていたが、女中頭を中心に召使いたちがいろいろなことを言い、とくに女中頭は、優美な音楽と貧しい楽士のさっそうとした容姿を見てもいないのに賞賛し、アブサロムやオルフェウス[*23]よりも美しいとほめちぎったものだから、哀れな奥様は、彼女たちに必死に説得され、望んでもいなければ、望むはずもないことをするほかはなかったのである。彼女たちが最初にしたことは、楽士を見るために回転式窓口に穴をあけることだった。彼はもはや貧しい者の服装はしておらず、赤みがかった黄色のタフタの大きな半ズボン、それも船乗り風の幅広なものをはき、同じ生地の胴着には金の飾り紐《ひも》をつけ、同じく金色のサテンの狩猟帽をかぶり、大きなレースの飾りがついた糊《のり》のきいた襟《えり》をつけていた。それらは服を着替えたほうがよい場合のことを考えて、振り分け袋に用意してきたのである。

そこにいたのは凜々《りり》しい姿をした、顔立ちの美しい若者だった。長い間、誰もが自分たちの主人である老人だけを見てきたので、天使を見ているような心地がした。一人が彼を見るために穴の前に立つと、もう一人があとに続いた。彼の姿がよく見えるように、黒人は蠟燭に火をともして、彼の体にそって上から下へと動かしていた。スペイン語を理解しない女奴隷たちにいたるまで、全員が彼の姿を見終えると、ロアイサはギターを取り上げた。その夜の歌は素晴らしく、年輩の女中頭も若い娘たちも、こぞって驚き感嘆した。そこで全員がルイスに、彼の先生である紳士が屋敷の中に入れるような計画を練ってほしいと頼んだ。照準孔のような小さな穴から覗《のぞ》き見《み》するのじゃなくて、もっと近くで、あの方のお声を聞き、お姿が見たいの。それに旦那様の寝室からこんなに離れたところにいると、いつ旦那様が突然現れて、悪事の現場を押さえないとも限らないけれど、あの方を屋敷の内部に隠せば、そのような恐ろしい事態も避けられるでしょう、と。

これには若奥様は、本気で強く反対した。そんなことはできません、あの方を入れることもできません。今いる場所から無事に、名誉を失う恐れもなく、あの方を見て、お声を聞くことができるのに、そんなことをすれば、良心の呵責《かしゃく》を感じることになるでしょう。

「どんな名誉ですか」と女中頭は言った。「名誉はわたくしたちにはもう十分ですよ。奥様はご自分のメトシェラ［旧約聖書「創世記」に出てくるノアの祖父で九百六十九年生きたとされる人物］と閉じこもってお暮らしになればよろしいですわ。でも、わたくしたちにはできる限り楽しませてくださいな。ましてや、この方はとても誠実そうですもの、わたくしたちが望まないことはなさらないでしょう」

「淑女のみなさま、私は」とこのときロアイサが言った。「みなさまに魂と命を捧げてお仕えするためだけにここに参りました。外に姿を見せることのない修道院のような暮らしと、この狭い世界の生活で過ぎてゆく時間に同情してのことです。私の父の命にかけて申しますが、私は実に気さくで穏やかな、気だての良い従順な男なので、命じられたことしかいたしません。そして、みなさまの中の誰かが、『先生、ここに座ってください。先生、あちらに行ってください。こっちに来なさい、あっちに行きなさい』と言えば、[*24]フランス王のためにジャンプする、よく飼いならされ、しつけられた犬のようにそうするでしょう」

「そういうことなら」と愚かなレオノーラが言った。「先生がこちら側に入るためにはどんな方法があるでしょうか？」

「そうですね」とロアイサは言った。「あなたはどうにかして蠟でこの内側の扉の鍵型をとってください。そうすれば、明日の夜には合鍵を作って持って来させ、それを使うことができます」

「その合鍵を作れば」と小間使いが言った。「屋敷中の鍵ができることになります。それはマスターキーですから」

「だからといって、とくに問題はないでしょう」とロアイサは答えた。

「そのとおりです」とレオノーラは言った。「でもこの方は、まず、誓ってくださらなければなりません。中に入っても、命じられたときに歌うことと演奏すること以外は何もせず、私たちが指定した場所に閉じこもって、静かにしていると」

「誓いますとも」とロアイサは言った。

「その誓いは何の役にも立ちません」とレオノーラは答えた。「あなたのお父様の命にかけて誓わなければ、また十字架にかけて誓い、私たちみんなが見ている前で十字架に口づけしなければ」

「私の父の命にかけて、誓います」とロアイサは言った。「またこの十字の印にかけて。それに私の汚れた口で口づけします」

そして二本の指で十字を作ると、それに三度口づけした。

これがすむと、もうひとりの小間使いが言った。

「あの、先生、例の粉薬を忘れないでください、それが肝心ですよ」

これでその夜の会話は終わり、全員が取り決めに満足していた。そして、ロアイサの仕事をますます順調に導いていた運命は、その時刻、つまり真夜中から二時間たった頃だが、街路に彼の友人たちを連れてきたのである。彼らはいつもの合図である口琴《こうきん》を鳴らした。ロアイサは彼らに自分の計画が最終段階を迎えていることを説明し、前夜に注文したように粉薬か、カリサレスを眠らせる別の何かを持って来るように頼んだ。さらにマスターキーのことも話した。明日の晩には粉薬、いや塗り薬を持って来るつもりだ、その効き目ときたら、手首の内側と額に塗れば深い眠りに落ちて、塗った部分すべてを酢で洗わないかぎり二日間は目を覚まさないというものだ、と友人たちは言った、そのときに蠟の鍵型を渡してくれないか、合鍵も簡単に作らせることができるだろうから、と。

こうして友人たちは帰って行き、ロアイサと弟子は夜明け前の少しの時間だけ眠った。ロアイサは、鍵についての約束を果たしてもらえるかどうか知りたくて、大いなる期待をいだきながら翌日を待った。時間というものは、待っている者たちには遅く、怠惰に思われるけれど、結局それは思いの伴侶として一緒に流れてゆき、止まることも、休むこともない。やがて望んでいる時刻が訪れるのである。

そういうわけで夜と、回転式窓口に行くいつもの時刻が訪れた。窓口には家中の召使いが、おとなも子供も、黒人も白人もみんなやって来た。全員が楽士さんに彼女たちのハーレムの中で会うことを望んでいたからだ。しかしレオノーラは来なかった。ロアイサが彼女のことを尋ねると、女たちは言った、旦那様と床に入っておられます。旦那様は部屋の扉に鍵をかけてから、鍵と一緒に眠るのです。鍵をかけたあと鍵を枕の下に置くのですが、奥様は老人が眠っているあいだに、なんとかしてそのマスターキーを取り上げ、蠟で型を取るつもりだと、私どもにおっしゃいました。すでに奥様は、柔らかくなった蠟を準備して持って行きました。しばらくしたら、寝室の猫の通り穴から鍵型のついた蠟を受け取ることになっています、と。

ロアイサは老人の用心深さに驚きはしたが、そのために欲望が萎えるようなことはなかった。そうするうちに口琴が聞こえた。彼がいつもの場所に行くと、友人たちがいて、説明したとおりの効能のある、塗り薬が入った容器を渡してくれた。ロアイサはそれを受け取り、彼らに鍵型を渡すから少し待つようにと言った。回転式窓口のところに戻り、彼が屋敷の中に入ることを切実に願っている様子を見せていた女中頭に言った。これをレオノーラ奥様に持って行って効能を説明し、気づかれないように、用心して旦那様に塗るように、そうすれば見事な効き目があらわれるだろう、とお伝えください。女中頭は言われたとおりにした。猫の通り穴まで来ると、そこにはレオノーラが、床に体を伸ばして横向きに寝て、穴に顔をつけて待っていた。女中頭がやって来て、レオノーラと向かい合うかたちで横たわり、奥様の耳に彼女の口を当てて、小さな声で塗り薬を持ってきたことと、どうやってその効能を試すべきかを彼女に伝えた。彼女は塗り薬を受け取り、女中頭に答えて言った。なぜ、なかなか夫から鍵をとりあげられないかというと、いつものように枕の下にではなく、二枚のマットレスの間、それもほとんど彼の体の真ん中あたりに置いているの。でも楽士の先生にはこう伝えなさい、塗り薬に先生の言うような効き目があるとするなら、簡単に何度でも自由に鍵を持ち出すことができるでしょうから、蠟で型をとる必要はないでしょう。すぐに行ってそう伝えなさい、それから塗り薬の効き目をたしかめにもどってきなさい、今すぐ旦那様に塗ろうと思うから、と。

女中頭は下りてそれを伝えたので、ロアイサ先生は鍵型を待っていた友人たちを帰した。息を詰め、震えながらそっと、レオノーラは嫉妬深い夫の両手首の内側に薬を塗り、また小鼻にも塗った。小鼻に触れたとき夫がピクッとしたように思われ、盗みの最中に捕まったような気がして、彼女は死んだように凍りついた。実際には必要だと言われたすべての部位に、できるだけうまく塗り終えたが、その様子はまるで埋葬される死体に防腐処置を施しているみたいだった。

催眠剤をふくんだ塗り薬の効き目があきらかになるまでに、それほど時間はいらなかった。まもなく老人は、街路にまで聞こえるほどの大きないびきをかき始めたからである。それは妻の耳には、召使いの黒人の先生が奏でるよりも美しい音楽だった。目にしていることにまだ確信が持てず、夫に近づいて少し揺すってみた。それからさらに何度か揺すって、夫が目を覚ますかどうか調べた。ついには大胆にも、転がして体の向きを変えてみたが、夫は目を覚まさなかった。ここまで調べてから、レオノーラは扉の猫の通り穴のところに行き、最初ほど小さくない声で、そこで待っている女中頭を呼んで言った。

「おめでとうと言ってちょうだい、カリサレスは死体のように眠っているわ！」

「では、ぐずぐずしないで鍵をとるんですよ」と女中頭は言った。「楽士さんは一時間以上もお待ちなのですから」

「待ってちょうだい、今すぐにとってくるから」とレオノーラは答えた。

ベッドに戻って、マットレスの間に手を差し込み、そこから鍵をとり出したが、老人には気づかれなかった。鍵を持って喜びに飛び跳ね始め、間髪を容《い》れず扉を開け放ち、鍵を女中頭に見せた。女中頭は狂喜しながらそれを受けとった。

レオノーラは鍵を開けて楽士を迎え入れ、中庭の回廊に連れて来るように命じた。用心のために、自分はその場を離れたくなかったのである。しかし、すべてに先立ち、彼女たちが命じること以外は何もしないという、すでに行なった誓いを、彼にあらためて認めさせること、もしこれを確認しあらためて誓おうとしないのであれば、決して彼に扉を開けないように、と命じた。

「そうしますとも」と女中頭は言った。「まず誓って、もう一回誓って、十字架に六回口づけしなかったら、絶対に入れませんから」

「あなたが強制するのではなく」とレオノーラは言った。「彼が十字架に、回数は好きなだけ、口づけすればいいわ。でも彼が自分の両親の命にかけて、また彼が愛しているすべてのものにかけて、誓うかどうか確認してください。そうすれば私たちは安心して、存分にあの方の歌と演奏を楽しむことができるでしょう。なにしろ、彼はとても上手なんですもの。さあ、これ以上ぐずぐずしないで。おしゃべりしているうちに、夜が明けてしまうわ」

人のよい女中頭はスカートをたくし上げると、見たこともない素早さで回転式窓口の前に向かった。そこでは屋敷中の者たちが彼女を待っていた。彼らに持ってきた鍵を見せるやいなや、全員が大喜びして、講座を獲得した大学教授にするように、「万歳、万歳」と言いながら女中頭を肩車で担ぎあげた。合鍵を作る必要はありません、旦那様が薬を塗られて眠っている様子からすると、屋敷の鍵はいつでも好きなときに使えそうですから、と言ったときには、騒ぎは一段と大きくなった。

「さあ、それでは」と小間使いの一人が言った。「扉を開けて、その方をお通ししてください！　随分前からお待ちですよ。それから私たちは音楽を楽しみましょう、もう問題はないですから」

「まだ問題はありますよ」と女中頭は答えた。「昨夜と同じように誓っていただかなくてはなりません」

「彼はとても良い人だから」と女奴隷の一人が言った。「いくらでも誓うと思いますよ」

ここで女中頭は扉の鍵を外し、扉を半開きにして、ロアイサを呼んだ。彼は回転式窓口の穴から全部を聞いていた。戸口まで来て、さっと入ろうとしたが、女中頭は彼の胸に手をあてて言った。

「旦那様、神様とわたくしの良心にかけて申し上げますが、この家の扉の内側にいる者はみな、奥様以外は母親から生まれたままの処女でございます。[*25]わたくしは四十歳に見えるかも知れませんが、まだ三十歳までに二カ月半あります、情けないことにわたくしもまた処女でございます。私が年より老けて見えるとすれば、それは不運や苦労や味気ない生活のためだと申せましょう。そういうわけですから、二つか三つ、あるいは四つ歌を聞くのと引き換えに、ここに閉じ込められている多くの処女性を、わたくしたちから奪うのは正しいことではないでしょう。この黒人女性さえ、ギオマールという名前ですが、処女なのです。ですから、旦那様、あなた様はわたくしたちの王国に入ったらまず、命じられたこと以外はなさらないと、厳かに誓わなければなりません。この要求が度をこしているとお思いになるなら、わたくしたちはもっと危ない橋を渡っていることをお忘れなく。あなた様は善意でここにいらっしゃったのですから、誓いを立てることに不都合はないはずです。借金を返すつもりの人には、担保は問題ではないですから」

「マリアロンソ様はとても正しいことを言いました」と小間使いの一人が言った。「つまり、分別のある物事の道理をわきまえた人らしくね。この方が誓いたくないというのなら、中には入って来ないでください」

これに対して黒人女のギオマールは、それほどスペイン語が得意ではなかったが、こう言った。

「誓っても、誓わなくても、悪魔ぜんぶ連れて入りなさい。誓っても、こっち来たら、みんな忘れる」

ロアイサは、とても穏やかに女中頭マリアロンソの熱弁を聞いた。そして重々しくゆったりと威厳をもって答えた。

「たしかに、わが姉妹であり仲間であるご婦人のみなさま、私の目的は、これまでもいまも、そして未来も、私の力が及ぶ限りみなさんを楽しませ、満足させることでしかありません。ですから、私は喜んで、お望みどおりの誓いをたてるつもりですが、私の言葉を少しは信じていただきたいと思います。なぜならば、私のような人間が何かを言えば、それは法的な義務を負うのと同じことなのです。みなさんには、人を外見で判断してはいけない、立派な人物が、粗末なマントを着ていることも珍しくないのだと申し上げておきましょう。しかしみなさんが私の善意を確信なさるために、思いきってカトリック教徒で善良な男子として誓うことにいたします。最も[*26]聖なるものとして長きにわたり保たれている不朽の効力にかけて、聖なるレバノン山の入口と出口にかけて、巨人フィエラブラスの死と、シャルルマーニュの真実の物語の序言に書かれているすべてにかけて、この誓いや、ここにいらっしゃるご婦人がたの中で最も身分が低く、ないがしろにされている人の命令にも背くようなことはしないと誓います。もし背いたり、それを望んだりした場合は、現在からその時まで、その時から遡って現在まで、私の誓いは無効であり、事実でも有効でもないと認めます」

善良なロアイサがここまで誓いを述べたとき、二人の小間使いの一人が、注意深く彼の言うことを聞いていたが、大声をあげてこう言った。

「これこそ石をも和らげる誓いですよ！　もし私がこれ以上の誓いを望んだら呪われますように！　これまでの誓いだけで、ほかでもないカブラ[*27]の頂上に入ることができるのですから」

そして幅広ズボンをつかんで彼を中に入れ、すぐに他の女たち全員が彼を取り囲んだ。それから一人が奥様に知らせに行ったが、彼女は眠っている夫を見張っていた。知らせに来た者が、まもなく楽士が上がって来ると言うと、喜ぶと同時にうろたえて、誓いは立てたのかと聞いた。はい、これまで見たこともない新しいやり方でと答えたので、

「誓ったのなら」とレオノーラは言った。「もうあの方は、私たちの言いなりよ。あの方に誓わせることを思いついた私は、なんと賢明なのでしょう！」

このとき楽士を中心に、全員が一団となってやって来た。黒人と、黒人女のギオマールが明かりをかかげていた。ロアイサはレオノーラを見ると、その手に口づけするために、足もとに身を投げ出そうとしたが、彼女は黙って身振りで彼を立たせた。全員が主人に聞かれるのを恐れて声を出す勇気がないまま、口が利けない者のように黙っていたのである。ロアイ

サはこの様子を見て、大声で話してもかまわない、ご主人に塗った薬は、命は奪わずに、人を死人のように眠らせる効能があるのだから、とみんなに言った。

「そうだと思います」とレオノーラは言った。「そうでなければ、旦那様はあちこち体調不良のせいで眠りが浅いので、もう二十遍も目を覚ましていたことだろうと思います。でも私が薬を塗ってからは、動物のようにいびきをかいています」

「それならば」と女中頭は言った。「向かいの広間に行きましょう。あちらで私たちは、この方が歌うのを聞いて少し楽しむことができるでしょう」

「行きましょう」とレオノーラが言った。「でも、ギオマールはここに残って見張りをしてください。カリサレスが目を覚ましたら、私たちに知らせるのです」

これにギオマールが答えた。

「私、黒人女、残る。白人たち行くよ。神様、みんなを、お許ししてね！」

黒人女は残り、一同は広間へ移ったが、そこには豪華な応接用の壇があり、楽士を中心に全員が座った。お人好しのマリアロンソは蠟燭を手に、立派な楽士をすみずみまで点検し始めた。一人が言った。「まあ、なんて美しい、縮れた前髪でしょう！」もう一人が、「まあ、歯がまっ白なこと！皮を剝《む》いた松の実も形無しね、こんなに白くも、美しくもないのだから」もう一人が、「まあ、なんと大きな、切れ長の目でしょう！断言しますけど、緑ですよ。エメラルドでできているようにしか見えないわ！」こちらが口を褒めれば、あちらは足を褒め、全員が一緒になって、彼の体のあらゆる部分を細かく解剖し、詳細な検査を行なったのである。ただレオノーラだけが黙って、彼を見つめていた。そして、自分の夫よりも美しい体つきだと思いはじめたのである。このとき女中頭が、黒人が持っていたギターをとりあげて、それをロアイサの手に持たせ、それを弾きながら、この頃セビーリャで大流行している歌を歌ってほしいと頼んだ。こういう歌である。

お母さん、私のお母さん、
あなたは私に見張りをつける。

ロアイサは彼女の願いを聞き入れた。全員が立ち上がって、無我夢中で踊り始めた。女中頭は歌詞を知っていたので、美しくというよりも味わい深く、それを歌った。こんな歌詞だった。

お母さん、私のお母さん、
あなたは私に見張りをつける、
私は自分を見張らないから
あなたも私を見張らないで。

決まっているって、

そのとおりだわ、本当に、
貧乏すれば、
食欲がわく。
閉じ込めた愛は
無限に育つ、
だからあなたは私を
閉じ込めないほうがいい。
私は自分を（以下くり返し）

もしも愛がおのずから
わが身を守らないのなら、
恐怖も、身分も
愛を守りはしない。
愛は言いつけに背くだろう、本当よ、
まさに死によって
あなたには理解できない
幸せ見つけるまで。
私は自分を（以下くり返し）

惚れっぽい
癖がある女は、
蝶々《ちょうちょう》に似て
自分の炎に飛んでゆく。
見張り番の一団を
彼女につけても、
あなたがすること見習えと
いくら説教してみても。
私は自分を（以下くり返し）

愛の力は
それほどだから
いちばん奇麗な娘を
キメラに変える。
蠟の胸、
火の欲望、
羊毛の手、

フェルトの足、
私は自分を見張らないから
あなたは私を見張れないよ。

ようやく、とんでもない女中頭が音頭をとる、輪になった女たちの歌と踊りが終わったとき、見張り役のギオマールが慌てふためき、まるで発作でも起こしたように、その足と手を震わせながらやって来て、しゃがれた小声で言った。

「奥さま、旦那さまが目さめる。奥さま、旦那さまが目さめる、起きる、こっち来る！」

他人が種を蒔《ま》いてくれた作物を、畑でのんきに食べていた鳩の群れが、猟銃を撃つ恐ろしい大音響に驚いて飛び立ち、餌のことも忘れてうろたえ、算を乱して空中を飛び交うのを見たことがある人には、ギオマールの思いがけない知らせを耳にして気が動転し、怯えきった踊り手たちの輪のありさまが想像できるだろう。めいめいが言い訳を考えるいっぽうで、全員一緒に窮地をきりぬける方法をさぐりながら、ある者はあちらへ、別の者はこちらへと右往左往し、屋根裏部屋や屋敷の隅々に身をかくしてしまった。楽士だけがとり残された。彼はすっかり動揺してギターも歌も中断し、どうすればよいのかわからずにいた。

レオノーラはその美しい両手を握りしめていた。女中頭マリアロンソは、軽くではあるが、自分の頬を平手で打っていた。つまり、混乱、驚愕《きようがく》、そして恐怖だけが支配していた。それでも、ずる賢く自制心があった女中頭は、ロアイサに自分の部屋に隠れるように指示した。

奥様と私は広間に残ります、ここで旦那様に見つかっても、言い訳は必要ございませんでしょう、と。

ロアイサはすぐに隠れた。女中頭は雇い主がやって来るかと耳をすましたが何の物音も聞こえないので元気をとりもどし、少しずつゆっくりとゆっくりと、主人が寝ている部屋まで歩いてゆくと、前と同じようにいびきをかいているのが聞こえた。旦那様が眠っていることを確認すると、女中頭はスカートをたくし上げ小走りに戻って行った。そのことを奥様に知らせて喜んでもらおうと思ったのである。奥様は大喜びで吉報を聞いた。

あきれた女中頭は、たまたま転がり込んだ、楽士が抱いているだろう感謝の気持ちを、誰よりも早く享受する好機を逃そうとはしなかったのである。だから、レオノーラには先生を呼んで来るから、広間で待っているようにと言い置いて、彼女を残したまま、ロアイサがいる部屋に入って行った。彼は塗り薬を塗った老人がどうしているのか、新しい知らせを待ちつつ、訝《いぶか》りながら考え込んでいた。偽物の塗り薬を呪い、疑うことを知らない友人たちの軽卒さと、カリサレスに使用する前に別の人間で試さなかった、自身の能天気さを嘆いていた。

そこへ女中頭がやって来て、老人は完全に眠り込んでいると保証したので、彼は胸をなでおろし、マリアロンソがささやきかける愛の言葉に耳を傾けた。それを聞いて女中頭のけしからぬ考えに気がついた彼は、彼女を釣り針にしてレオノーラを釣り上げるのはどうだろうかと心の中で考えた。二人が話していると、屋敷のさまざまな場所に隠れていた使用人たちが、あちらこちらから、主人が目を覚ましたというのは本当なのか確かめに戻って来た。静まり返り、物音ひとつしないのを確認しながら、奥様を置き去りにした広間まで来ると、彼女から旦那様が眠っていることを知らされた。楽士と女中頭はどこにいるかと聞くと、居場所を教えてくれたので、全員が来たときと同じように足音を忍ばせて女中頭の部屋へ行き、扉越しに二人が話していることを聞いたのである。

この連中のなかには黒人女のギオマールも加わっていたが、黒人ルイスはいなかった。主人が目を覚ましたと聞いた途端、彼はギターを抱きかかえたまま、自分のわら置き場へ行って隠れた。そして粗末な寝床の毛布にくるまって、恐怖のために汗をぐっしょりとかいていた。そんな状況にもかかわらず、ルイスはギターの弦を触り続けていた。彼が音楽に寄せる愛情は（こんな男は悪魔にさらわれるがいい！）それほど強かったのである。

女中頭の口説き文句がかすかに聞こえてくると、娘たちはそれぞれ言いたい放題に彼女をののしった。誰もが、「妖術使いの」とか、「ひげもじゃの」とか、「むら気の」とか、その他とても口にするのは憚られる形容や形容詞をつけて女中頭を呼ぶのだった。しかし、その場で聞く者を抱腹絶倒させたのは、黒人女ギオマールの言い回しだった。彼女はポルトガル人でスペイン語はさほどできなかったから、彼女が女中頭を非難する面白さは独特なものであった。さて、女中頭とロアイサの話し合いは、女中頭がまず、ロアイサが奥様への思いを遂げる仲立ちをしてくれるなら、彼も女中頭の愛情に応じるということで落着した。

楽士の要求に応じることは、女中頭には楽なことではなかった。しかし、すでに彼女の魂と、肉体の骨と髄にとりついた欲望を満たすことと引き換えなら、どう考えても不可能に思えることでも、彼に約束したことだろう。奥様と話すために彼を残して出ていった。入口に使用人たちが全員集まっているのを見て、自分たちの部屋に引きあげるように、明日の晩はそれほど怖い思いをせずに、あるいはのんびりと、楽士と過ごす時間を持てるだろう、今夜の騒ぎで先生はすっかり興がそがれてしまったから、と言った。

みんなには女中頭がひとりになりたがっていることがよくわかった。しかし彼女は目上だったので従わないわけにはいかなかった。使用人たちは去り、彼女は広間に行って、ロアイサの愛情に応じるようにレオノーラを説得にかかったが、それは長く整然とした熱弁であったので、何日もかけて練りあげたものにみえたほどだった。ロアイサの上品さ、勇気、才知、そして彼のさまざまな魅力を褒《ほ》め讃えた。若い恋人の抱擁が、年取った夫のそれに比べてどれほど心地よいものかを大げさに言い立てた。秘密は守るから長期間にわたって楽しむことができると確約し、また、その他これに類する多くのことを言ったが、これらは悪魔が彼女に言わせたもので、言葉を飾りたてた、決定的で効果的なものだったから、純粋で無防備なレオノーラの未熟で感じやすい心ばかりか、大理石のように硬い心をも動かしたことだろう。おお、無数の慎み深い善意を堕落させるために生まれてきた女中頭たち！　おお、高貴な婦人たちの広間と応接用の壇に重みを添えるために選ばれた、縁を折り返した修道女風の長い頭巾よ、やむを得ずに就いた職業を、なんと本来の目的とは反対のことに使用するのか！

結局のところ、女中頭は滔々《とうとう》と喋って説き伏せたので、レオノーラは陥落し、騙《だま》され、そして破滅したのである。こうして、慎重なカリサレスが自分の名誉の死である眠りを貪っている間に、彼のあらゆる用心が水泡に帰したのである。

マリアロンソは奥様の手をとり、ほとんど力ずくで、目に溢れんばかりの涙をためた彼女を、ロアイサのいるところへ連れて行った。悪魔の作り笑いを浮かべて二人に祝福を与えると、後ろ手に扉を閉めて彼らを閉じ込め、彼女は応接用の壇で眠る——もっと正しく言えば、彼女に返ってくるはずの喜びを待つ——ことにした。しかしここ数日、十分に寝ていなかったので、応接用の壇で眠り込んでしまった。

このときカリサレスに——彼が眠っていることを知らなければ——こう質問するのが適切だっただろう。彼の抜かりない用心、不信、警戒、説得、屋敷の高い塀、そこには影といえども、男性の名を持つ者が入ったことがないこと、狭い回転式窓口、厚い壁、明かりの射さない窓、徹底した監禁、レオノーラに与えた多額の支度金、彼女への頻繁な贈り物、彼女の使用人や奴隷たちを大切に扱うこと、彼女たちが必要である、欲しいかもしれないと彼が想像したものは、何一つなおざりにしないこと、それらはどこに行ってしまったのかと。しかし、すでに述べたとおり、彼にそれを聞いてみる意味はなかった。なぜならばいたずらに眠り込んでいたからである。また彼が万一それを聞いて答えたにしても、肩をすくめ眉をつり上げて、こう言う以外にはなかっただろう。「私が思うには、怠惰で不道徳な若者の狡知《こうち》と、不誠実な女中頭の邪心と、懇願され、説き伏せられた若い娘の不注意とが一緒になって、そのすべてを基盤から崩してしまったのだ」神が私たち一人ひとりをそのような敵たちからお守りくださいますように。彼らに対抗して身を護る分別の盾もなければ、斬りつける慎重の剣もないのである。

しかし、こうしたすべてのことにもかかわらず、レオノーラはとても勇気があったので、最も適切なタイミングで、ずる賢いペテン師の下劣な暴力に対してそれを発揮したのである。彼の体力をもってしても、彼女を征服するには十分ではなく、彼は無駄に疲れ、彼女は勝利して、二人とも眠ってしまった。このとき神の思《おぼ》し召《め》しにより、塗り薬の効能にもかかわらず、カリサレスが目を覚ましたのである。そして、彼はいつもの習慣で寝床の隅々まで探ってみて、愛する妻がいないことに気づき、恐れおののき、唖然《あぜん》として、彼の高齢からは想像できないくらい敏捷に勢いよく寝床から飛び起きた。妻が室内にはおらず、扉が開いていて、マットレスの間に鍵がないことを知ったときには、正気を失うかと思った。しかし、どうにか感情をコントロールして廊下に出た。そこから足音を聞かれないように少しずつ歩いて、女中頭が眠っている広間に来た。彼女ひとりだけで、レオノーラはいないのを見て、女中頭の部屋に行き、ゆっくりと扉を開けると、見たいはずもなかったものを目にした。それを見るくらいなら、両目を失ったほうがましだと思うようなものを目にした。レオノーラがロアイサの腕の中で、塗り薬の効能が嫉妬深い老人にではなく、彼らに働いてでもいるかのように、ぐっすりと眠っているのを見たのである。

カリサレスは不快な光景を目《ま》の当たりにして息が止まった。声は喉に絡まり、両腕はだらしなく垂れ、冷たい大理石の彫像のように固まってしまった。怒りによって、ほとんど止まっていた息は自然と吹き返したが、苦痛は激しく、生気を取り戻すことはなかった。にもかかわらず、手近に武器があれば、その大きな罪悪にふさわしい復讐《ふくしゅう》を行なったことだろう。そこで、部屋に帰って短剣を手にとり、二人の敵の血と、さらには屋敷の者たち全員の血で、彼の名誉の汚れをぬぐい去るために戻って来ることに決めた。名誉を尊ぶ不可避の決心をして、来たときと同じように、静かに用心深く自分の部屋に戻ったが、悲しみと苦悶《くもん》が彼の心臓をはげしく締めつけたので、何もすることができないまま、失神して寝床の上に倒れてしまった。

じきに夜が明け、朝の光が、互いの腕をからみあわせている、新たな姦通者《かんつうしゃ》たちを照らした。マリアロンソは目を覚ますと、自分もおこぼれ――と彼女は思っていた――に与《あずか》ろうと考えたが、もう遅いのに気がつき、今夜まで待つことにした。レオノーラは日が高いのを知って動揺し、わが身といまいましい女中頭の油断を呪った。それからレオノーラと女中頭は、まだ旦那様がいびきをかいていますように、と口の中で神に祈りながら、慌ててドタバタとカリサレスのところへ行った。彼が黙ってベッドの上にいるのを見て、まだ薬が効いているのだと思った。彼が眠っていたからだ。二人は大喜びして抱き合った。レオノーラは夫のそばに行って、片腕を摑《つか》んで彼を転がして体の方向を変えた。酢で洗わなくても目を覚ますかどうか、確かめたのである。意識を取り戻させるには薬を塗った部分を酢で洗う必要があると言われていたが、失神していたカリサレスは動かしただけで我にかえった。そして、深くため息をつき、悲しげな弱々しい声でこう言った。

「ああ、情けない、悲しみのどん底につき落とされる運命なのか！」

レオノーラには、夫が何を言っているのかよくわからなかったが、目を覚まして話をしているので、塗り薬の効力が言われていたほど長く続かないことに驚いて夫に駆け寄り、頰ずりをしながら強く抱きしめて言った。

「どうなさったの、旦那様、悲しんでいらっしゃるように見えますが？」

不幸な老人はその優しい敵の声を聞くと、驚き魅入られたかのように目を大きく見開いて、彼女をじっと見つめた。そして懸命に、瞬きもせずに長いあいだ彼女を見ていたが、最後に言った。

「お願いだ、妻よ、すぐに、すぐに使いを出して、私から用があるとおまえのご両親をここに呼びなさい。心臓に何かあるらしく、ひどい痛みと不快を感じる。まもなく私はこの世を去るかもしれないから、死ぬ前にご両親にお会いしたいのだ」

もちろん、レオノーラは夫が自分に言っていることが本当だと信じた。彼が目撃したものではなく、塗り薬の強さが彼を瀕死《ひんし》の状態に至らしめたのだと考えたのである。そこで彼に、命じられたとおりにすると答えて、黒人に今すぐ両親を呼びに行くように命じた。それから夫を抱擁し、これまでにしたこともないほど優しく撫《な》でて、彼こそがこの世でもっとも愛するものであるかのように、優しい愛情に満ちた言葉で、どんな気分かと尋ねた。彼はすでに述べたように、魅入られたように彼女を見つめていた。彼女の言葉や愛撫《あいぶ》のひとつひとつが、槍《やり》のように彼の心臓を貫くのだった。

すでに女中頭が家の者たちとロアイサに、主人の病気について伝えていた。黒人が奥様の両親を呼びに出かけたとき、街路の扉を閉めるように命じるのを忘れるくらいだから、重篤な病状にちがいないと強調した。使者には両親も驚いた。娘が結婚してからというもの、両親のどちらも屋敷の中に入ったことはなかったからである。

要するに、誰もが黙って不思議に思いながら歩きまわっていたが、旦那様の体調不良について、本当の原因には気づかなかった。旦那様は時々、深々と悲しげなため息をつき、ひとつのため息ごとに、まるで彼の体から魂が引き抜かれるかのようであった。

レオノーラは彼のそんな様子を見て泣いていた。妻の涙が偽りであることを考えて、夫は放心した笑いを浮かべた。

そこにレオノーラの両親が到着した。彼らは街路の扉も中庭に通じる扉も開いていて、屋敷中が静まり返っていることに驚き、少なからぬ恐怖を感じた。彼らが婿の部屋に行くと、すでに述べたように、カリサレスは相変わらずじっと妻を見据えたまま、妻の手を握っており、二人ともさめざめと涙を流していた。彼女は、夫が涙を流すのをこれ以上見ていられなかったからだが、夫は、妻が偽りの涙を流す様子を見たためであった。

彼女の両親が入ると、カリサレスが語りはじめた。

「ご両親様は、どうぞそこにおすわりください。他のみんなはこの部屋から出て行きなさい。ただしマリアロンソさんだけは残りなさい」

言われるとおりにして五人だけが残ると、他の人が話すのを待たずに、落ち着いた声で、こんなふうにカリサレスは言った。

「敬愛するご両親様、私が今あなた方に申し上げることが真実であることを信じていただくために、ここに証人を連れて来る必要はないと確信しております。どれほどの愛をもって、どれほどの優しさをもって、今日から一年一カ月、五日と九時間前に、あなた方の愛する娘さんを正妻として私に委ねたかを、よく覚えておいででしょう、忘れることはできませんから。私がどれほど気前よく彼女に支度金を持たせたかも、ご存知のとおりです。それは彼女と同じ身分の女性三人以上が、裕福な花嫁と羨まれて結婚できるほどの金額でした。同様に、私がどんなにまめに、妻が欲しいと思い、妻にふさわしいと思ったすべてのもので、妻を装わせ美しく飾ったかを思い出してください。何もかもあなた方はご存知のはずです。私の生来の性質もありますが、疑いもなく私がいずれ病気で死ぬことになるのを憂慮し、また長い人生でさまざまな奇妙な出来事を経験していることもあり、私が選びあなた方が与えてくださった宝石を、可能な限り用心深く守ろうとして参りました。この屋敷の周りの壁を高くして、窓から街路が見えないようにしました。扉の鍵を二重にし、扉に修道院のように回転式窓口をつけ、男性の気配や、人間に限らずあらゆる雄を永久に追放しました。妻に仕えさせるために、女性の使用人と奴隷たちを与えました。彼女たちにも妻にも、欲しがるものはなんでも与えました。妻を私と対等に扱いました。彼女には私が心の奥底で考えていることをすべて伝えました。私の全財産を彼女にわたしました。こうした行為のすべては、よく考えてみれば、私がそれほど高い代価を払って手に入れたものを、脅かされることなく安心して享受しながら生きるためであり、またいかなる種類の嫉妬による疑いも抱く機会がないように、妻に努力してもらうためでした。しかし、人がどんなに熱心であっても、望みと期待を完全に神意に任せることをしない者たちに、神の意志が与える罰を予見することはできないので、私の行為が失敗に終わること、また私自身が自らの命を奪うことになる毒の製造者になることも、あり得ないことではないのです。しかし、皆さんは、私の口から出る言葉を聞いていて、全員が結末を待っていらっしゃるようなので、この話の長い前置きを、何千もの言葉を費やしても言うことができないことを皆さんにひとことで言って、終わらせたいと思います。つまりですね、皆さん、私が言ったりしたりしたすべてのことは、今日の早朝に終わったのです。私の安らぎを破滅させ、私の命を絶つために生まれて来た、この者を（と言って妻を指さし）、今この性悪な女中頭の部屋に閉じこもっている、美しい若者の腕の中に見たときに」

カリサレスがこの最後の言葉を言い終わらないうちに、レオノーラの胸は悲しみにうちひしがれ、気絶して夫のちょうど足下に倒れた。マリアロンソは青ざめ、レオノーラの両親は喉が詰まって一言も話すことができなかった。しかしカリサレスは続けて言った。

「この侮辱に対して私が行なおうとしている報復は、通常行なわれるようなものではないし、そうであってはならない。私のしたことが度を超えていたように、私の報復もそうあることを望んでいます。報復を、この罪[*28]においてもっとも咎《とが》められるべき者である、私自身に対して行なうのです。十五歳の娘と八十歳に近い私、二人の年齢を考えれば、うまくはいかないだろうし、互いにいたわりあえるはずもないということを、もっとよく考えるべきだったのでしょう。私は蚕のように、自分が死ぬ家を建てたのです。私はおまえを責めない、おお、浅はかな娘よ！（こう言いながら身をかがめて気を失っているレオノーラの頰に口づけした）私はおまえを責めない、絶対に。なぜなら、ずる賢い女中頭の説得と恋する若い男の口説きの前では、年端もいかぬ小娘の知恵などひとたまりもないからね。しかし、私がおまえを愛した愛情と信念は完全なものだった、その値打ちを誰もが知るように、私の人生の最後の時に、私はそれを世の中に、善良さというのが適切でなければ、せめてこれまで見たことも聞いたこともない無邪気さの模範として示し、残したい。だから、今すぐここに公証人をひとり連れて来てほしい。あらたに遺言書を作成し、レオノーラに与える遺産を二倍にするよう命じよう。そして彼女には、私が死んだら、それは間もなくだろうと思うが、あの若者との結婚を決めるよう懇願する、彼女に法的にそれを強制するのではないが。この傷ついた白髪の老いぼれが、あの青年に対して侮辱を加えたことはなかった。だから、生きているときに妻を喜ばせること以外は、これっぽっちも考えたことがない私は、死に際しても同じことをする。そして、妻が深く愛する人と幸せになってほしいと私が願っていることを彼女は知ることになるだろう。残りの財産は慈善団体に寄付しよう。そしてご両親様、あなた方には、終世体面を保って暮らせるだけのものを差し上げたいと思います。公証人はまだですか。病状はひどくなっているので、あまり手間どるようだと命がもたないでしょう」

こう言うと彼は意識を失った。そしてレオノーラのすぐそばに倒れたので、二人は頰を寄せ合った。愛《いと》しい娘と愛する婿を見つめていた両親にとっては、不思議な悲しい光景だった。邪悪な女中頭は奥様の両親から叱責されるだろうと考え、それを待っているつもりはなかった。それで、部屋を出てロアイサのところへ行き一部始終を話し、今すぐに屋敷を出て行くように助言した。これから起こることは、自分が責任をもってルイスに知らせに行かせる、もうそれを阻む扉も鍵もないから、と。この知らせにロアイサは驚き、助言を聞き入れて、ふたたび貧乏人らしく装い、自分の恋愛の不思議な見たこともないような顛末《てんまつ》を友人たちのところへ話しに行った。

さて、二人が気を失っているあいだに、レオノーラの父は自分の友人である公証人を呼びに行かせたのだが、公証人は折よく娘と婿が我にかえったところに到着した。カリサレスはすでに語ったとおりの内容で遺言書を作成した。レオノーラの過ちには言及せず、自分が死んだら、以前二人だけのときに彼女に話したことのある青年と結婚してほしいと、彼女の体面が傷つかないように配慮しながら求めたのである。これを聞くとレオノーラは夫の足下に身を投げて、胸も張り裂けんばかりにこう言った。

「長生きしてください、私の大切な旦那様、私が何を言おうとあなたにそれを信じる義務はないのですけれど、私があなたの名誉を傷つけたのは、ただ考えの中でだけだということを知っていてください」

弁明を始めて、事件の真相を長々と語ろうとしたが、舌がもつれて、ふたたび気を失った。悲しみにくれた老人は気を失ったままの彼女を抱きしめた。彼女の両親も彼女を抱擁した。

誰もが悲痛きわまりない涙を流し、遺言書を作成した公証人もお義理で、というより強制的にもらい泣きさせられたのである。その遺言書によって、屋敷のすべての使用人には一生暮らして行けるものが残され、女奴隷たちと黒人は自由の身になったが、嘘《うそ》つきのマリアロンソには給金が支払われただけだった。しかし、何があったにせよ、悲しみはカリサレスを痛めつけたので、七日後には埋葬されることになったのである。

レオノーラは、涙にくれる金持ちの寡婦になった。ロアイサは夫が遺言書の中で命じたことをすでに知っていたので、彼女がそれを実行するのを待っていると、彼女は一週間後に、市中で最も隠棲の戒律が厳しい修道院に入ってしまった。ロアイサは絶望した、というより恥じ入って、インディアスに渡った。レオノーラの両親はひどく悲しんだが、婿が遺言書によって彼らに遺したもの、また命じてくれたもので慰められた。使用人たちも同様だった。女奴隷たちと黒人は自由を享受した。悪い女中頭は、自分の邪悪な考えのせいで貧乏になり落胆していた。

さて私は、この事件の結末までたどり着きたいと願っている。この事件は、鍵や回転式窓口や壁は、自由意志があるところでは当てにはできない、ましてや、黒くて長い修道女のような服と、白くて長い頭巾をつけた、このような女中頭に唆《そその》かされるような環境では、未熟な若さは危ういものであるということの一例であり鏡である。ただひとつわからないのは、なぜレオノーラがもっと熱心に弁明し、その出来事において自分の身は汚れておらず、名誉も傷つかなかったことを、嫉妬深い夫に理解させようとしなかったかである。しかし狼狽《ろうばい》が彼女の舌を縛り、その夫が死に急いだために、彼女には弁明の機会が与えられなかった。

（吉田彩子＝訳）

「嫉妬深いエストレマドゥーラ男」訳注

1―**放蕩息子**　新約聖書の登場人物。放蕩して父親から分け与えられた財産を使い果たし帰郷したが、父親は喜んで彼を迎えた。「ルカ伝」一五章。

2―**インディアス**　十五世紀から十九世紀にかけてスペインの植民地だった地域の総称。現在の西インド諸島、南北アメリカ大陸、フィリピン諸島をさす。

3―**トランプの玄人たちがいかさま師と呼ぶ賭博師**　インチキをするためのカードを複数用意しているプロのいかさま賭博師。

4―**ティエラ・フィルメ**　Tierra Firme　インディアスのうちアメリカ大陸の一部をこう呼び、カリブ海の島々（西インド諸島）と区別した。現在の中米パナマから南米北部のコロンビア、ベネズエラにかけての地域をさしている。

5―**エスパルトの埋葬用の筵**　船員たちが甲板で眠るときに使用した筵。眠りは死に通じ、筵は実際に死者を包むのにも使用した。

6―**偉大なる水の父**　大洋のこと。大洋＝オケアノスはギリシア神話では水の神で、すべての河川の父。

7―**カルタヘナ**　現在のコロンビアの港カルタヘナ・デ・インディアスのことで、スペインのカルタヘナとは異なる。当時はペルー副王領に属し、スペインと新大陸の交易の拠点だった。

8―**入国の際に面倒が起きないように**　当時のスペインでは、財産の国内持ち込みは制限されており、貴金属も入国の際には厳しく審査された。

9―**サンルーカル**　セビーリャの南約百キロに位置する、カディス県の港町サンルーカル・デ・バラメダのこと。コロンブスはここから三度目の新大陸への航海に出発した。

10―**兵隊だった数年間に**　軍隊生活では金銭にこだわらない気前の良い性格が身につくというのは、セルバンテスの持論で、『ドン・キホーテ（前篇）』にも軍隊で浪費癖を覚えた男が破産を恐れ、三人の息子に財産を生前分与する話が出てくる。

11―**故郷はひどく困窮しており**　当時のエストレマドゥーラは、一般にスペインでも貧しい地方として知られていた。いっぽうで、アメリカ大陸の征服者であるコルテスはバダホス、ピサロはトルヒーヨ、いずれもこの地方の出身である。

12―**それぞれに調査をして**　当時は血の純潔を求める法

令が出ていたため、結婚に際しては、相手方にユダヤ教徒の血が混じっていないかを調べることは普通に行われた。

13―**応接用の壇**　壇に絨毯を敷きクッションを置いて、婦人たちが客人を迎える場所。

14―**女中頭**　貴族や名家で召使いの監督を任された女性。多くの場合、しかるべき階層でありながら夫に死別した女性が生計を立てるための職業となっており、修道女のような服装をしていた。気取った偽善者として文学作品のなかで揶揄されることが多い。『ビードロ学士』でも「女中頭」という職業が風刺されている。

15―**黄金の林檎**　ギリシア神話で、ヘスペリデスの園にあり竜（または蛇）に守られていた。ヘラクレスがこれを手に入れた。

16―**ヘンテ・デ・バリオ**　フェリア通り界隈はフェリア地区と呼ばれ、この地域に住む裕福な家庭の子弟には無為に遊び暮らす不良が多いことで知られていた。『ドン・キホーテ（前篇）』に旅館の庭で輪になって毛布でサンチョ・パンサを空高く投げ上げるセビーリャから来た悪戯好きの旅人が登場するが、彼らもこの地域の若者である。

17―**祈りの時刻**　日没時に行なうアンジェラス（お告げ）の祈り。

18―**すでに黒人の名前を知っていたのである**　ロアイサはルイスの名を前頁ですでに呼んでいる。このような不整合は、セルバンテスの作品にはしばしば見られる。

19―**わたしは震える手で**　当時の流行歌の一節。

20―**モーロ人アビンダラエスとハリファ姫の恋**　グラナダ王国を追放された名門アベンセラヘ一族の出である青年アビンダラエスとハリファ姫の生い立ちと恋、キリスト教徒の貴族ナルバエスとの出会いを歌ったロマンセが幾篇も存在する。

21―**モヨ**　moyo は酒・穀物の容量単位で、二百五十八リットルに相当する。塩を三モヨ食べるとすれば大変な年月が必要である。ロアイサは黒人の無能さをからかっている。

22―**プレスター・ジョン**　十二世紀にアジア・アフリカに興ったとされる伝説のキリスト教国の司教にして統治者であった。

23―**アブサロム**　旧約聖書「サミュエル記」に登場する容姿の美しい男性。

24―**フランス王のためにジャンプする**　盲目の乞食たちの中には、自分の飼い犬に「フランス王のために」というかけ声でジャンプする芸を仕込んだ者たちがいた。

ロアイサはそうした犬を引き合いに出して、自分の従順さを強調している。
25―**わたくしは四十歳に見えるかも知れませんが……ためだと申せましょう**　女中頭の年齢や処女性は本人の自己申告に過ぎず、物語の語り手はこれを追認していない。大きくサバを読んでいると考えられる。
26―**最も聖なるものとして……誓います**　このくだりは大仰な言葉を使い、法律的な言い回しを用いて誓約をもっともらしく見せているが、ロアイサのはったりである。
27―**カブラの頂上**　コルドバ県の町カブラの山の頂きにある洞窟が地獄の入口だという伝説があった。
28―**八十歳に近い私**　四十八歳頃に新大陸に渡った主人公が帰国したのは二十年後とあり、その後間もなく結婚しているから、主人公は七十歳くらいだったはずである。

解説——野谷文昭

ゲーテからカフカまで、本シリーズを彩るのは、基本的には十九世紀の作家であり、一七四九年生まれのゲーテと一八八三年生まれのカフカの間に生まれている。ところが、ブロンテ三姉妹を含めると十五人に及ぶ作家たちの中にあってセルバンテスのみが一五四七年生まれと、年表にすればその生年が極端に離れていることがよくわかるだろう。では、なぜ別の世紀の作家を選ぶというアナクロニズムともいえる選び方をしたのか。答はありきたりなものだ。それら華やかな十九世紀作家たちを生んだのが、他ならぬセルバンテスだからである。セルバンテスを「近代小説の父」と呼ぶことを否定する者はいないはずだ。ただし、スペインにだってピオ・バロッハやペレス・ガルドスがいるではないかという声が、スペイン文学研究者から聞こえてくるかもしれない。僕自身、本シリーズの候補として彼らの名を挙げてもみた。だが、検討の結果、研究者たちを失望させることを覚悟のうえで言えば、世界というレベルで考えると、本シリーズの作家たちと並べることは難しいということになった。

しかも、今年、二〇一六年は、セルバンテスの没後四百年にあたり、母国スペインでは様々な関連行事が続いた。また、これは偶然に近いが、セルバンテスという名の、さいだん座の恒星の周りにある四つの惑星の名前として、キホーテ、ドゥルシネア、ロシナンテ、サンチョという彼の代表作『ドン・キホーテ』のキャラクターに因《ちな》んだものが、国際投票によって選ばれるという微笑《ほほえ》ましいニュースもあった。やはり世界に通用する顔はセルバンテスなのだ。このセルバンテス・イヤーに本書を刊行できることは、訳者はもちろん協力者にとっても大きな喜びである。僕は現代文学が専門だが、短篇の翻訳を担当した吉田彩子さん、そして協力者として資料篇と『ドン・キホーテ』の梗概を担当した三倉康博君の二人は古典を専門としている。これほど心強いことはない。

さて、スペインを代表する作家をひとり挙げるとすれば、もちろん、このセルバンテスが選ばれるに違いないが、ボルヘスはある本に付した序文で、各国を代表する作家についてこんなことを言っている。

イギリスはイギリスの作家の中で最もイギリス人らしからぬシェイクスピアを選んでいる。ドイツは、おそらく自分たちの欠点を相殺するためであろうが、ドイツ語という称賛すべき道具を軽視していたゲーテを選んだ。イタリアは反論の余地なく、(……) ダンテを、ポルトガルはカモンイスを、スペインは、学識豊かなケベードやロペ (・デ・ベガ) を驚かせたであろう崇拝によって、無学の才人セルバンテスを、そしてノルウェーはイプセンを選び出す (……)。

(『お尋ね者《エル・マトレーロ》』『序文つき序文集』内田兆史訳)

ボルヘスらしく、ひねりのきいた簡潔なコメントを付しての列挙だが、彼もセルバンテスを挙げることに異を唱えてはいない。セルバンテスは若いころに人文学者フアン・ロペス・デ・オヨスからエラスムス主義を学んでいるが、この思想はスペインで後に異端とみなされるようになるから、彼は正統なカトリック文化においては異端の存在といえるだろう。作家として送った実人生でも、バロック詩人ゴンゴラや劇作家ロペ・デ・ベガ、詩人で作家のケベードらを輩出したいわゆる〈黄金世紀〉にあって、彼らの華々しい活躍ぶりに比べ、セルバンテスは『ドン・キホーテ』の成功にもかかわらず不遇な生涯を送っている。彼は挫折した劇作家であり、詩人としても大きく羽ばたくことなく、作家としても牧人小説など古いジャンルを手掛けていたときにはそれほど注目されなかった。その意味で、『ドン・キホーテ』がベストセラーになったことは、彼にとって代打逆転満塁ホームランぐらいの価値があった。しかし、版権という概念が希薄だったために小説を売り渡してしまい、そのため爆発的な売れ行きにもかかわらず、彼自身はさして収入を得られなかったという。それでもセルバンテスは今や堂々とスペインを代表するのだ。

セルバンテスの生涯は、巻末の年譜にあるように、決闘で相手を傷つけ官憲に追われる身になったり、レパントの海戦で左手を負傷し生涯使えなくなったり、海賊の捕虜となったり、他人の負債や冤罪《えんざい》などが原因で繰り返し投獄されたりと、哀れを催す悲喜劇的エピソードに事欠かない。そのため、人は小説の主人公と作者をしばしば重ねあわせることになる。市川染五郎すなわち後の松本幸四郎が主役を演じ日本でもヒットしたミュージカル『ラ・マンチャの男』やそれをベースにしたピーター・オトゥール主演の同名の映画は、まさに作者セルバンテスの人生が傑作小説と不可分の関係にあることを自明のものとしている。もし彼が、自伝を書いていたら、それは今日まで読み継がれるような刺激的ノンフィクションになったのではないかと想像させられるが、それは見果てぬ夢でしかないだろう。だがどうやら彼の経験は、生《なま》ではなく形を変えて作品に溶かし込まれているようだ。したがって、実人生と虚構を単純に結びつけるコノテーションは容易ではなく、ともすれば強引なこじつけになってしまう恐れがある。それにしても、年譜にあるような波乱に満ちた人生が、小説執筆という創造行為によってここまで昇華された例はきわめてまれであり、それが不朽の名作を生むことになった。作家と主人公の関係についてボルヘスはこう述べている。

というのも作家がひとりの人物で小説を、非常に長い小説を書かねばならないのですから、その小説と主人公に生気を保たせる唯一の方法は自分と一体化することになるわけです。嫌いな主人公とかほとんど知らない人物とかで小説を書くとしたら、作品がばらばらになってしまいますからね。だから私の思うには、セルバンテスもいくぶんそういうところがありました。『ドン・キホーテ』を書きはじめたとき、彼は主人公のことがほとんどわからなかった。それで書きすすむにつれて、自分自身をドン・キホーテと一体化しなければならなかった。(……)だからしまいに彼はドン・キホーテになったのです。
(『ボルヘスとの対話』柳瀬尚紀訳)

彼の代表的短篇のひとつ「『ドン・キホーテ』の作者ピエール・メナール」の解説のような発言だが、セルバンテスがドン・キホーテと一体化していたとすれば、ボルヘスもメナールと一体化していたであろうことが窺《うかが》えそうだ。それは取りも直さず、メナールを通じてセルバンテス、セルバンテスを通じてドン・キホーテと一体化することを意味するだろう。

ブロードウェイ発のミュージカル版が日本でもロングランを続けたのは、そこに理想主義と挫折、そして高邁《こうまい》な「見果てぬ夢」といった、とりわけ弱者や虐《しいた》げられた人々を勇気づける要素が取り入れられたことが大きいと思われるが、そのような要素を強調して原作を読む読み方は、実はドイツロマン派による読みの大転換に由来する。その滑稽本から哲学書に変わるほどの読みの変化によって、ドン・キホーテに変身するラ・マンチャの郷士は、書痴の奇人ではなく憂いに満ちた思索型の人物と見なされるようになるのだ。

永遠のアイコン、チェ・ゲバラについて語られるときよく引き合いに出されるエピソードに、彼がゲリラとして戦いに赴く際に、『ドン・キホーテ』の本を携えていたというのがある。それが捏造《ねつぞう》された神話でなければ、確かに彼もまた理想主義に燃え、挫折し、それでも見果てぬ夢を追い続けるという主人公の姿に自らを重ねていたのかもしれない。日記や伝記などを読むとまさに正義感に満ち、キリストのような受難者に似たイメージが浮かび上がるが、その彼がセルバンテスの小説の主人公にそのような要素を見ていたとしたら、彼もまたロマン派的解釈を行っていたことになる。

かつてツルゲーネフは評論『ハムレットとドン・キホーテ』で、ドン・キホーテを空想的で正義感が強く、行動的、ハムレットは対照的に、懐疑的で思索的と二項対立的に分類してみせ、以後この分類が人口に膾炙《かいしゃ》した。我々が今日〈ドン・キホーテ的〉と形容するのは(かなり強引な場合が少なくないが)、元を正せばこの分類に起因する。

こうした見方は、実は翻訳とも関わってくる。というのも、キャラクターをどのように設定するかというときに、影響を及ぼすからだ。かつて会田由はドン・キホーテの仇名《あだな》を「憂い顔の騎士」と訳した。これはまさに名訳である。ここにはドイツロマン派の考え方が明らかに木霊《こだま》している。牛島信明の「愁い顔の騎士」も綴《つづ》りこそ変えているが、同じ考えによるだろう。

ところがナボコフは、小説が当初提供していたはずの滑稽な読みを、ロマン派が捨象あるいは隠蔽してしまったことを批判するのだ。彼が指摘するように、この作品には残酷な場面、要するに主人公たちが暴力を振るい振るわれ、大けがをする場面が頻出する。彼が指摘するように、前篇では特に身体的残酷さが顕著であり、後篇では精神的残酷さが描かれる。前篇を読まれた方はお気づきだろうが、ドン・キホーテもサンチョもそしてロシナンテすら本当は満身創痍《まんしんそうい》のはずだ。棒で殴られ、石をぶつけられ、彼らは絶えず散々な目に遭う。その姿は残酷である一方、滑稽でもある。セルバンテスは感傷性を拭い去って、主人公らを冒険、災難（これも冒険に不可欠の一部だが）に直面させる。そこで起きる事件はほとんどスラップスティックであり、読者は笑いかつ呆《あき》れ、それでいて彼らに共感を抱いてしまうだろう。だから当初は完結した作品として発表された前篇を書き終えただけでセルバンテスがその生涯を終えていたら、今我々が前篇と呼んでいる作品が『ドン・キホーテ』として残るはずだったのだ。

この作品は、未読の読者が想像しているよりいくつもの点ではるかに面白い。しかも可笑《おか》しい。あとで触れるが、そこここに感じられるユーモアに、僕は自分の訳文を読み返しながら繰り返し笑ってしまった。笑いどころはたくさんあるが、たとえば妄想に取りつかれ始めた郷士が、手に入れた本の中でも、彼を狂わせるもとになったと思《おぼ》しきフェリシアノ・デ・シルバ作の物語をさんざん褒め上げておいて、次のように言う。

> ただし、ドン・ベリアニスが受けたり負わせたりした刀傷について述べたくだりは、それほど見事ではなかった。なぜなら、どんな名医たちが治療にあたったとしても、顔をはじめ体中傷跡だらけだったはずだからである。

このようにボルヘスを思い起こさせる冷静な批評をしておきながら、本書の中でドン・キホーテもサンチョもそしてロシナンテも、(回数は覚えていないが) 繰り返しけがをしているにもかかわらず、いつの間にかまた旅を続けている。前の章でひどいけがをしたときなどはさすがに次の章でその後遺症について触れていることもあるが、本当ならドン・キホーテなどは生きているのが不思議なくらい傷ついているはずだ。だから、語り手にそのように言わせること自体、この小説が騎士道物語のパロディーであることを物語っているのだ。

このような書物への言及性は本書の大きな特徴で、ボルヘスや日本の書痴作家、室井光広などは大いに共感したにちがいない。もっともこれを言い出したらきりがない。レムもボラーニョも皆セルバンテスの末裔《まつえい》ということになってしまう。しかし、それは事実なのだ。ところでこれまで世に出た訳は、前篇の特徴をうまく訳し得ているだろうか。僕は翻訳を意識的に読むようになってから、些《いささ》か懐疑的になってしまった。ときおり批評的に読んでしまい、そんな疑問を抱くのだ。読者として不幸と言えば不幸である。

中野好夫はその訳書『ロミオとジュリエット』で、翻訳は解釈であることを強調している。実際、『ドン・キホーテ』には異なる邦訳がいくつもあるが、そこには解釈のちがいが見られる。もっとも、大きく言えばすべてロマン派以後の解釈に属する点で共通していることは確かだ。ただ荻内勝之訳は例外的に作品の身体性を重視し、演劇的な面を強調している点で他とは一線を画している。仲代達矢が主役を演じた『ドン・キホーテ』の舞台の脚本が彼の訳を下敷きに書かれたというのは、その戯曲的性格が注目された結果だろう。

実は今回新訳を手掛けるに当たり、既訳をいくつか参照した。そこでわかったことは、僕とは読み方すなわち解釈が違う部分がかなりあるということだ。自明なことを初めて発見したかのように言うのは、セルバンテス的レトリックで、当たり前と言ってしまえばそれまでなのだが、解釈次第でユーモアの表現として捉えることができる。後で見るように、ガルシア＝マルケスもこのレトリックを自家薬籠中《じかやくろうちゅう》のものとして使っている。

この小説のユーモアを担うのは、やはり何と言ってもドン・キホーテとサンチョ・パンサ、主《あるじ》と従者のコンビによる行動と会話だろう。彼らは、実は、同じ人物の二つの側面を表しているという見方もある。ナボコフは「二人の主人公たちは相互に影響が重なり合い、一つに融合して、一つの統一体を成しているのであって、われわれはそれを受け入れるしかない」（『ナボコフのドン・キホーテ講義』行方昭夫訳）とまで言っている。その特徴は後篇において顕著だが、前篇でも、無知だったはずのサンチョが遍歴の騎士道とは何かを語って聞かせたりする場面があり、両者融合の兆しが表れている。それだけに、この二人のキャラが立つことは、作品を生かすか殺すかというほど重要だと思う。

そのために僕がまず思い切って選んだのは、ドン・キホーテに士言葉《さむらいことば》や古語をあまり使わせないということだった。もちろん、今を生きるサンチョと違い、彼が一義的な古い世界の住人であることを示すには、そうした死語を使うのも悪くないが、僕自身はその手の言葉を使いこなす自信がない。それはもはや外国語に近いとさえいえる。また既訳を読んでも、滑らかに使いこなせてはいないと思う。だから無理して使えば、古《いにしえ》の人から、ぎくしゃくしたとんでもない訳だ、もっと時代考証をちゃんとやれと叱られかねない。もちろん、この作品が騎士道物語のパロディーである以上、当時全盛期を迎えていたというこの古いジャンルを踏まえていなければならない。だとすると、何とも回りくどい、時代がかった言葉遣いや言い回しがあることはむしろ自然なのかもしれない。実際、ドン・キホーテの頭には多くの騎士道物語がインプットされているのだ。

とはいえ、テレビから時代劇がほとんど消えてしまった今、若い読者は士言葉に馴染《なじ》みがないだろうと僕は考えた。それに最近出たアンドレス・トラピエリョによる現代語訳を見ても、実はほんのわずかしか〈現代語訳〉になっていない。というか、『ドン・キホーテ』のスペイン語はそれだけ現代スペイン語に近いということだ。

一方、サンチョには疑似農民言葉を使わせることにしたが、尊敬語は控えさせる。その理由のひとつは、士言葉と尊敬語あるいは謙譲語、丁寧語の乱用は、何よりもまず会話の速度を遅くする。そうすると、読者を会話の勢いに乗せることができず、結果として最後まで読み通してもらえない原因となる可能性がある。特にドン・キホーテの延々と続く独り語りのところで、うんざりしてしまうだろう。自分が絶えずその過ちを犯しているドン・キホーテ自身、「長話にはろくなものがない」と言っているくらいなのだ。

またサンチョの中途半端な尊敬語、謙譲語、丁寧語も会話の速度を緩めてしまう。その結果、読者はドン・キホーテばかりかサンチョの長広舌を読み通すのも億劫《おっくう》になるとともに、今の自分に彼らを引きつけることが難しくなるだろう。さらに、二人の関係は確かに主従ではあるが、かなりいい加減な主従で、サンチョは従者としての訓練を受けてはいないし、騎士道物語に通暁しているわけでもない。だから絶えず無知をさらけ出し、不遜なことを平気で言ってしまう。つまりここにあるのは疑似身分制であり、サンチョが現実レベルとの折り合いをいとも簡単につけられるのに、妄想の中にいるドン・キホーテにはそれができない。そこでサンチョは現実レベルにおいてはドン・キホーテと対等あるいはむしろその世知によって上に立つほどの存在となる。現実レベルにおける主従の逆転である。いずれにせよ、日本語は身分を反映する言葉であるから、戦国大名と農民ではあまりに開きがある。そこで二人をできるだけフラットな関係にすべく、士言葉を薄めるとともに、サンチョには、均質な疑似農民言葉を使わせてやり、言いたいことをのびのび言わせることにした。それでこそ彼一流の諺《ことわざ》も生きてくる。ただし、原文を変えてしまうわけではない。

ドン・キホーテの主語を、サンチョを遠ざける「拙者」ではなく「私」にしたのは、そのあたりを考慮してのことだ。一方、サンチョは「おれ」である。最初は「おいら」にしたのだが、岩波版ですでに使われているので、あえて変えてみた。ただ、「おら」や「わし」では些かそぐわない気がする。

また士言葉「ござる」は使わないことにした。後付けではあるが、これを後押ししてくれたのが、脚本や演出を手掛ける三谷幸喜や『村上海賊の娘』を書いた小説家の和田竜の意見である。彼らは時代劇や時代小説の登場人物にどんな言葉を使わせるかを考えている点で共通している。たとえば、「感情や個性を豊かに伝えようとすると、時として『ござる』が邪魔になる」と和田は言っている。ましてや古語辞典を引き引き読むことを今の読者はしないだろう。さらに、サンチョには疑似農民言葉を当てたが、彼には誰が相手でも同じ調子の言葉を使わせた。そのことでサンチョの個性が際立つと思ったからだ。

こうすると何が生じるか。二人が渡り合うとき、その言説がクッションなしに衝突するのだ。そう、漫才のボケと突っ込みである。今の読者はあのしゃべりのスピードに慣れているはずだから、主人公の対話をそのスピードとリズムで読んで、言葉の衝突から生まれるユーモアを味わってもらいたいのだ。もちろん古典としての風格や重みは減ることになるかもしれないが、それは覚悟のうえである。それより対話の衝突を優先したい。これは他の登場人物にも当てはまる。女性もあまり悠長にしゃべってほしくない。姪《めい》だって乳母だって、旅籠《はたご》屋《や》の女たちだって、もし映画に出ていれば、アルモドバルの女たちほどではないにしても、皆はるかに姦《かしま》しくしゃべっているだろう。ナボコフは前掲書で、「本書における会話のごく自然な調子とリズムの素晴らしさは翻訳でも伝わると思う」と評している（ただし、英訳は原文より読みやすくなる傾向があることも確かだ）。ならばその素晴らしさをこそ今に合う言葉で再現しなければならないし、そう努めたつもりだ。

それを実践したことで思わぬ発見があった。なんとセルバンテスの文体が、ガルシア＝マルケスのそれに似ていることがわかったのだ。いや、実際の関係は逆である。ガルシア＝マルケスの『百年の孤独』は祖母の語り口がヒントになったと作者が明かし、それが魔術的リアリズムを生んだ一因であるというのが定説となっている。だが、そこには、大げさに言えば『ドン・キホーテ』のパスティーシュにさえ見える表現や言い回しが遍在する。

例をいくつか挙げてみよう。たとえば自明なことを新発見として披露する点は早々に見られる。ブエンディア一族の初代族長ホセ・アルカディオがジプシーからゆずってもらった地図や航海用の器具と取り組み、長い間の不眠ののち、熱に浮かされたようになり、ついに新発見の報告をする。彼は家族を前に言う。「地球はな、いいかみんな、オレンジのように丸いんだぞ！」別の機会に彼は錬金術に成功したと称し、工房へやってきた息子に壺《つぼ》の底にたまった黄色っぽい塊を見せて訊《き》く。「何だと思う、これを？」すると息子が応える。「犬のくそだろ」父親のホセ・アルカディオは手の甲で、血が吹きだし、涙がこぼれるほど強く、彼の口のあたりをなぐった（鼓直訳）。

家族たちが今という現実を生きているのに対し、父親は妄想の中で生きている。ここで行われている対比はまさしくセルバンテスがドン・キホーテとサンチョによって行っているそれに等しいと言えるだろう。しかも、『ドン・キホーテ』前篇に特徴的な残酷ささえここには見られるのだ。

さらに言えば、文学性に気づかない人々からしばしばジャーナリズム作品と見なされる『予告された殺人の記録』にもセルバンテス体験は顔をのぞかせる。次の二つの文を比べてみよう。白装束で遺体を運ぶ人々を幽霊だと思ってロシナンテに乗ったドン・キホーテが槍《やり》を構え、突っ込んだときの様子である。

白装束の者たちはいずれも臆病で、武器を携えていなかった。そしてあっけなく抵抗するのを止《や》めて、火の点《つ》いた松明《たいまつ》を手に野原を走って逃げたのだが、その有様は、まるで歓《よろこ》びあふれる宴《うたげ》の夜に仮面をつけて仮装した人々が走り回っているかのようだった。

次に引用するのは『予告された殺人の記録』の一節で、大物政治家の御曹司《おんぞうし》が結婚に失敗し、やけ酒を飲んで急性アルコール中毒に罹《かか》ってしまう。それを迎えにきた彼の母親と姉妹、伯母たちの様子が語られる。

一行は、土を踏む前に靴を脱ぎ、真昼の焼けつく土埃《つちぼこり》の上を裸足《はだし》で歩き、通りをいくつも横切って丘まで行った。彼女たちは長い髪を掻《か》きむしり、あまりに激しく声を上げて泣いたので、嬉《うれ》し泣きをしているように見えたほどだった。

いずれも凄惨な、あるいは悲劇的な場面を淡々と描いているように見えて、最後のところでカーニバル的にしてしまう点で共通している。『フランソワ・ラブレーの作品と中世・ルネサンスの民衆文化』で『ドン・キホーテ』を俎上に載せているバフチンが、ガルシア＝マルケスの作品を論じていたらどう評価しただろうと想像を誘われるのは僕だけではないだろう。

ラテンアメリカ文学に接してきたおかげで、新大陸にセルバンテスの末裔を数多く見出《みいだ》すことができるのは嬉しいことだ。新大陸という、現代の中に中世とルネッサンスが併存しているような世界にあって、この大陸の作家たちにとっては二つの時代に跨《またが》って活動したセルバンテスは、格好のモデルとなる。『セルバンテスまたは読みの批判』という評論で、カルロス・フエンテスはセルバンテスとジョイスをいずれも二つの時代に跨る作家として捉えているが、彼自身やボルヘス、一九六〇年代の〈ラテンアメリカ文学ブーム〉の作家たちをもそうした存在として見ているのだろう。

おそらくここで〈プレブーム〉の作家カルペンティエルの名を挙げなければならないのだろうが、そのわかりやすい例よりも、ここではあえて〈ポストブーム〉のマヌエル・プイグの名を挙げることにしたい。というのも、代表作『蜘蛛女《くもおんな》のキス』は、主人公のひとりであるゲイの存在に目が行くあまり、これをクイア小説と捉える向きがある。そのこと自体は間違いではないのだが、そのレッテルを貼ってしまうと、プイグもまたセルバンテスの末裔であるということが見えなくなってしまう。この小説の主人公すなわち革命家の青年とゲイの中年男はいわばドン・キホーテとサンチョにあたる。二人はセルバンテスが度々経験した獄中にいる。そして言葉を交わすのだが、そのうち革命という大義のために禁欲的に過ごすことを自らに課していた青年が多様な世界の豊饒《ほうじょう》さに目覚め、一方、映画という幻想の世界に身を浸すばかりだったゲイの男は相手の正義感に惹《ひ》かれるようになる。つまり対話によって両者は変化し始めるのだ。これはサルバドル・マダリアガが指摘したドン・キホーテとサンチョの相互浸透に相当する変化と言えるだろう。

印象的なのが、サブカルチャーを見下す高学歴の青年バレンティンに対し、ゲイのモリーナが意外な知識を示すところだ。

「そりゃ、口で言うのは簡単よ。でも、それと気持とは別問題よ」
「だったら、理論的に考えて、自分を納得させるんだ」
「ええ、でも理屈じゃ割り切れない、心の問題というものがあるじゃない。それに、フランスのすごく有名な哲学者がそう言ってるわ。だからあたし、こだわったの。名前だって覚えてるわよ、パスカルよ。どう、参った？」

モリーナの、してやったりという顔が見えるような場面だが、これは『ドン・キホーテ』の第二十章にある、次の箇所《かしょ》を思い出させる。すなわちサンチョが突然、ローマのカトーの名を持ち出す場面である。謎の物音に怯《おび》えた彼が、気を紛らせるために主に話をする。

いいかね、旦那さま、昔の連中が昔話の頭にくっつけた始まりの文句は、勝手気ままに作ったもんじゃなく、ローマの検閲官カトーの有名な台詞なんだ。

サンチョの得意げな顔が目に浮かぶ。ただし、必ずしもドレの版画のサンチョというわけではない。彼が羊飼いだったときの経験から得た星座の運行の知識を披露する箇所はあるが、いわば世界史に属する知識を示すのは読者にとっても意外だろう。プイグが実際にこの箇所を意識していたかどうかはわからないが、この小説の基盤にあるのが『ドン・キホーテ』だとすれば、ボルヘスといいガルシア＝マルケスといい、スペイン語圏の作家は子供のころからこの小説が血肉となっているのかもしれない。ガルシア＝マルケスとセルバンテスの類似は早くから指摘されてきたが、マルケスがセルバンテスの再来と言われたりもするのもうなずける。

マルケスの『エレンディラ』の後半で、突然語り手の〈わたし〉が登場して物語の成立の経緯を説明するあたりはわかりやすい例だが、ここでひとつ紹介したいのが、『族長の秋』に見られる作者の遊びと思われる例である。この長篇を通じて独裁者の名は一度しか出てこない。それはスペインの詩人バリエ＝インクランの独裁者小説『暴君バンデラス』から採られたサカリアスという名前だが、これが一回限りというのは、実はドン・キホーテはサンチョに語る〈従者論〉(第二十章)で、ドン・ガラオールの従者ガサバルの名が「一大長篇を通じてたった一回しかその名は挙がっていない」というドン・キホーテの指摘と符合するのだ。とても単なる偶然とは思えない。

次に解釈ということで僕が冒険を行ったのが、例の「憂い顔」の場面だ。仇名のなかったドン・キホーテがサンチョに名づけてもらって喜ぶのだが、サンチョは本当に「憂い顔」と言ったのだろうか。つまり彼はそのような文学的ニュアンスでその言葉を使ったのだろうかという疑問が訳すうちに湧いてきたのだ。そこは例の残酷な場面で、主の顔は目も当てられないほどけがをしている。それをサンチョに「憂い顔」と呼ばせるのには抵抗がある。そこで僕が考えたのは言葉の多義性である。つまり、使われているスペイン語 triste で、この形容詞は「悲しげな」という意味だが、「痛ましい」とか「残念な」といった意味もある。だからサンチョは最初後者の意味で言ったのに、ドン・キホーテが前者の意味に取ったのではないか。そしてその後、サンチョも「憂い顔」という意味を追認し、それが定着したという仮説を僕は立て、思い切って「情けねえ顔」と訳してみたという次第である。ちなみに荻内訳は「窶《やつ》れ顔」としている。しかし、この仮説は深読みの産物で、作者はそこまで考えてはいないだろうという反論もありそうだが、それは覚悟のうえだ。このように、『ドン・キホーテ』を自分で訳してみるといくつも疑問が湧いてくるのであり、読者が謎や矛盾を見出せば、この小説はますます面白くなるだろう。

そうした矛盾のひとつにサンチョのロバ失踪事件がある（第二十三章）。すなわち、ドン・キホーテが解放してやった囚人のヒネス・デ・パサモンテにロバが盗まれ、サンチョを悲しませるのだが、前篇ではそのロバの盗難について一切書かれていない。ところが後篇では語り手がこの作者のミスに言及し、作者が書き忘れたせいであるといったことが語られる。こうした言い訳が小説の中で行われ、小説の虚構性を明らかにしているため、『ドン・キホーテ』はポストモダン小説を先取りしているといわれるのだ。

＊

僕が『ドン・キホーテ』に出会ったのはいつだろう。明確な記憶はないが、学生のときに筑摩書房の世界文学大系の旧版に入っていた会田由の訳で読んだことは確かだ。だが原書となると、きちんと読んだのはこれが初めてかもしれない。だから訳していてとても新鮮に感じられる一方、ラテンアメリカの作家たちにこの古典が及ぼした影響の大きさをあらためて知った。一九六〇年代の終わりに大学でストライキがあり、学部時代はスペイン語をろくすっぽ学べなかった。それでも大学院に入り（そういえば入試問題に『ドン・キホーテ』の一節が出た）、長南実先生の授業で『エル・シドの歌』や『ラ・セレスティーナ』のような古典の原文をかじった。それから半世紀近くの月日が経《た》ったのが嘘《うそ》のような気がする。

本書で僕が担当したのは、『ドン・キホーテ』の前篇の抄訳である。今回訳せなかった章はいずれ手掛けてみたいと思っている。なお底本には、Miguel de Cervantes, *Don Quijote de la Mancha*, Edición de Francisco Rico, Prisa Ediciones, Madrid, 2014. を用いたが、大きく重いので、普段行きつけのカフェで訳すときは、Miguel de Cervantes, *Don Quijote de la Mancha I* (Edición de John Jay Allen), Ediciones Cátedra, Madrid, 2012. を使った。また最近出たアンドレス・トラピエリョによる現代語訳 *Don Quijote de la Mancha*, Puesto en castellano actual íntegra y fielmente por Andrés Trapiello, Ediciones Destino, Barcelona, 2015. を参照した。

作品解題

『ドン・キホーテ』*Don Quijote*（1605/1615）

ミゲル・デ・セルバンテス・サアベドラ著『ドン・キホーテ』は、一六〇五年にマドリードで前篇が出版された。正式なタイトルは『機知に富んだ郷士ドン・キホーテ・デ・ラ・マンチャ』（*El ingenioso hidalgo don Quijote de la Mancha*）である。たちまち好評を博し版を重ね（そのなかにはいわゆる海賊版もあった）、その後、他言語にも翻訳された。セルバンテスが前篇執筆開始時から後篇執筆を予定していた形跡はないが（前篇はその後後篇が出版されたために遡及的に前篇と呼ばれているのであり、その原タイトルに「前篇」に相当する語句はない。ただし、前篇の結末部分には後篇を意識した言葉がある）、この成功を受けて、他の作品と並行しながら後篇の執筆にも取り掛かることとなる。後篇執筆中の一六一四年、アロンソ・フェルナンデス・デ・アベリャネーダを名乗る謎の人物が偽の後篇をタラゴナで出版し、これに激怒したセルバンテスは自らの後篇を翌一六一五年に再びマドリードで出版する。後篇のタイトルは『機知に富んだ騎士ドン・キホーテ・デ・ラ・マンチャ後篇』（*Segunda parte del ingenioso caballero don Quijote de la Mancha*）で、前篇タイトルの「郷士」が「騎士」に変わっているが、これには後述する理由がある。作者の死の前年のことであった。

『ドン・キホーテ』は、騎士道物語（十六世紀のスペインで絶大な人気を博した）の読み過ぎで頭がおかしくなり、そこに登場する遍歴の騎士たちの活躍を現実の出来事と思い込み、自らも遍歴の騎士となって冒険に乗り出す田舎郷士の物語である。前篇冒頭では本名が曖昧にされているこの郷士は、ドン・キホーテ・デ・ラ・マンチャと改名し、さらに近くの村の農家の娘を貴婦人に仕立て上げ、ドゥルシネア・デル・トボソと命名、「思い姫」にする。そして騎士道物語の遍歴の騎士にならって自分も世の不正を正すべく、愛馬ロシナンテとともに遍歴の旅に出て、次々と騒動を巻き起こす。

前篇の第一〜第五章では、ドン・キホーテが一人で冒険に乗り出し、とある旅籠屋《はたごや》で強引に騎士に叙任してもらう(この一件が後篇のタイトルに反映されている)が、その後騒動を起こし痛い目に遭って、いったん村に戻る。前篇の第七章、ドン・キホーテが同じ村の農夫サンチョ・パンサを「獲得した島の領主にしてやる」という約束で従者とし、ともに村を出るところから物語の基調が確立する。これ以降、後篇の一部を除いてドン・キホーテとサンチョ・パンサはほぼ常に行動をともにし、出奔したドン・キホーテのことを案じて連れ戻そうとする村の人々も巻き込んで、数多くの奇想天外な冒険を繰り広げることになる。ドン・キホーテ主従がいったん帰郷することで、前篇は終わる。

後篇は、村で休養していた主従が再度村を出発するところから始まり、二人は再び多くの冒険を経験するが、前篇を読んでドン・キホーテ主従を愚弄の種にしようとする公爵夫妻の関与するエピソードが重要な要素を占める(後篇の登場人物たちの多くが前篇を読んでいて、またドン・キホーテとサンチョ自身も自分たちの事績が書物になっていることを知っているというメタフィクション的設定が、後篇の展開に大きな影響を与える)。最終的には、故郷を遠く離れたバルセロナの海岸で「銀月の騎士」（主従を連れ戻そうとする同郷の学士サンソン・カラスコが変装している）との決闘に敗れたドン・キホーテがサンチョとともに故郷に帰り、正気を取り戻したドン・キホーテが死ぬことをもって、後篇は完結する。

前・後篇を通して、ドン・キホーテとサンチョの主従は、上はバルセロナの副王から下は貧しい牧夫まで、スペイン社会各層の膨大な数の人々と出会い、次から次へと事件に遭遇する。ドン・キホーテの狂気がそうした事件を引き起こしストーリーを動かす動力となっているが、その構図は、実はかなり複雑である。

ドン・キホーテが関与する騒動のなかでは、「ドン・キホーテが騎士道物語の枠組みに沿って現実を一方的に歪曲《わいきょく》する（たとえば、風車を巨人と、羊の大群を軍勢とみなす）」→「実際には存在しない敵と戦うために突撃して痛い目に遭う」→「失敗を魔法使いのせいにする（たとえば、魔法使いが巨人を風車に、軍勢を羊の群れに変えたという論理で）」という、ある意味「わかりやすい」パターンのものがよく知られている。

だがその一方で、ドン・キホーテの周囲の人々があえてドン・キホーテの狂気に自分たちを合わせるという場面も多く、それらは前篇の最初からみられる。前篇第二章から第三章にかけて、ドン・キホーテが第一回目の出発で立ち寄った旅籠屋の主人は、最初は彼を愚弄しようと思って、その後は彼の狂気に恐れをなして厄介払いするため、その願いを受け入れて騎士叙任の儀式をおこない、また、遍歴の騎士の必需品についてアドバイスしている。前篇第六〜第七章で、ドン・キホーテの姪《めい》や村の司祭たちが彼の蔵書を調べて有害と思われるものを処分する場面は非常に有名だが、処分のあとにドン・キホーテに対して、本が消えたのは魔法使いのしわざだと説明している。またドン・キホーテ主従の冒険と並行して、主従を故郷の村に連れ戻すための村の人々——前篇では司祭と床屋——の努力がサブプロットとして描かれている。彼らが考え出した方策は、ドン・キホーテの騎士道的狂気の枠組みに自ら入り込むことであり、道中で出会った女性ドロテーアを加え、アフリカにあるミコミコン王国の王女ミコミコーナ姫が自分の王国を失い、騎士の庇護《ひご》を求めてスペインにやって来たという架空の物語にドン・キホーテを誘い込もうとする（第二十九章）。騎士道物語とは無縁の目の前の現実を騎士道物語の世界に置き換えようとするドン・キホーテが現実と衝突するという物語の基本的構図に、ドン・キホーテの身近にいる人々が、その場を繕うために、あるいは彼を村に連れ戻すために、ドン・キホーテの狂気の発動に追随したり、彼の周囲に騎士道物語の世界を捏造《ねつぞう》して彼を巻き込んだりしていくという構図が加わるのである。しかも、後篇では構図はいっそう複雑化し、単なる娯楽のためにドン・キホーテの前に騎士道物語世界を構築する人々（公爵夫妻など）が出現し、ドン・キホーテはしばしば疑念に駆られつつも、その世界を受け入れざるを得ない。つまり、ドン・キホーテの狂気の世界はドン・キホーテ一人だけのものではなく、騎士道物語のコードを共有する他の多くの人物たちもさまざまな形でそこに参加して拡大しているという側面も備えているのであり（それは同時に、騎士道物語が当時いかに広く読まれていたかを如実に証言してもいる）、そのことが多種多様な事件の単調にならない連鎖を可能にしているのである。

『ドン・キホーテ』は膨大な事件を描く小説であると同時に、膨大な会話を描く小説でもある。騎士道の狂気に捕らわれ、遍歴の騎士としての理想を追い求めるドン・キホーテと、現実に根ざしたサンチョ・パンサという対照的なコンビは、それ自体興味深く、二人の交わす会話だけで一冊の本ができてしまうが、二人とその他の人物たちのあいだでも、会話が洪水のようにあふれる。これは、ドン・キホーテが一流の知識人であり、しかも騎士道に関係する事柄でしか彼の狂気が発動しないことに大きな要因がある。高踏的な書物の知を体現するドン・キホーテは、生活に根ざした庶民の知を体現するサンチョと議論し、また旅の道中に出会った人々にユートピア的な黄金時代や文と武の比較について演説をぶって感嘆させたり、文学の教養ある人々と文学論を戦わせたりする（そこには作者セルバンテス本人の文学理念が投影されているかもしれない）。

こうした膨大な量の事件と会話によって、この物語は、同時代のスペイン社会の実情と、そこに生きる人々の思いや価値観を、万華鏡のように映し出す作品となっている。

だが、『ドン・キホーテ』の魅力はそれだけにとどまらない。この小説が登場人物たちの複雑な、かつ物語を通して変化する内面を鮮やかに描いていることも指摘しておく必要がある。人物造形のこうした多面性、流動性は、近代以前の西洋文学によくみられた類型《アーケタイプ》的人物からの脱却を意味し、ここに『ドン・キホーテ』の「近代性」があるとしばしば指摘される。内面描写の見事さは、先述のように狂気と英知をあわせ持つドン・キホーテの心理、あるいはドン・キホーテの狂気のせいでさんざん痛い目に遭いながらも彼から離れられないサンチョの複雑な心理の描写にみられる。また、サルバドール・デ・マダリアーガ（「主要文献案内」参照）をはじめとする批評家たちによってしばしば指摘されていることだが、当初は対照的な性格の持ち主だったドン・キホーテとサンチョは相互に影響を及ぼしあい、ドン・キホーテはサンチョの影響でしだいに慎重になり、狂気のレベルが下がってゆく。逆に現実主義者だったサンチョにはドン・キホーテの狂気がしだいに感染し、ドン・キホーテがサンソン・カラスコに敗れたさいは、ドン・キホーテの狂気の枠組みで目の前の現実を否定するに至る。こうした変化プロセスの描写にも、人間の内面についての深い洞察がみられる。

今日、『ドン・キホーテ』は世界文学史上の最高傑作の一つとみなされ、聖書の次に多くの言語に翻訳されていると一説では言われている。またスペイン語世界共通の古典ともみなされ、作者の名を冠した文学賞「セルバンテス賞」が一九七六年に創設され、スペイン語圏のすぐれた作家に授与されている。そして今日まで、多くの作家たちが、自分たちの文学創作において、『ドン・キホーテ』からさまざまな影響を受けてきた。だが出版から今日までの約四百年におよぶ時間の経過のなかで、この作品は、当然のことながら、さまざまな解釈の変化をたどってきた。

作者セルバンテスは、前篇冒頭の「序文」において、十六世紀のスペインで大人気を博した騎士道物語をその地位から引きずりおろすことが『ドン・キホーテ』の執筆目的だと述べている。つまりこの作品は、騎士道物語の読み過ぎで頭がおかしくなった男の珍道中を描くことで騎士道物語を笑い飛ばす、パロディだというのである。

出版当時は、そうしたパロディの意図がそのまま受容され、パロディがパロディとして理解され、『ドン・キホーテ』は笑いを誘う娯楽小説として評価された。騎士道物語の時代が遠くに去っても、十八世紀までは、風刺・娯楽文学の傑作という評価が続く。ドン・キホーテは、あくまで喜劇的人物とみなされた。一方で、複数の人物による遍歴を通して、ユーモアと風刺を込めて、社会を全体的に描くという手法は、すでに多くの作家が模倣している。影響を受けた十八世紀の文学作品を一つ挙げると、イギリスのヘンリー・フィールディングの『ジョウゼフ・アンドリューズ』(一七四二)がある。

十九世紀になると、ヨーロッパの知識人、読書人のあいだで、『ドン・キホーテ』解釈の大転換が起こった。ここでは、ハイネ、シュレーゲル兄弟、シェリングなど、ドイツ・ロマン派の作家たちが大きな役割を果たしている。ドン・キホーテは理想に殉じる悲劇的人物とみなされるようになった。またドン・キホーテとサンチョの対照性が、人間精神の二面性（理想的側面と現実的側面）を見事に象徴したものと評価されるようになった。そして、このように解釈し直された『ドン・キホーテ』は、十九世紀文学に大きな影響を与えることになる。有名なところでは、アメリカ合衆国のハーマン・メルヴィルの『白鯨』（一八五一）、フランスのギュスターヴ・フローベールの『ボヴァリー夫人』（一八五七）、ロシアのフョードル・ドストエフスキーの『白痴』（一八六八）が、『ドン・キホーテ』に強い影響を受けた文学作品として挙げられる。

このような『ドン・キホーテ』解釈の変化は今日まで影響を及ぼしているが、しかし作品の生みの親であるセルバンテス自身に対する評価にすぐ結び付くことはなかった。セルバンテスは長期にわたり「無学の天才」(ingenio lego) とみなされ、『ドン・キホーテ』という傑作が生まれたのは、緻密な創作意図によるものではなく、偶然の産物だとされてきた。

だが二十世紀になると、一九二五年にスペインの碩学《せきがく》アメリコ・カストロが『セルバンテスの思想』（「主要文献案内」参照）を出版し、セルバンテスが決して「無学の天才」ではなく、当時の文学思想を熟知し、方法論を強く意識していたのだと主張した。このカストロの研究は大きな反響を呼び、その後セルバンテスの世界観、文学思想、小説技法に関する研究が深化した。今日の『ドン・キホーテ』解釈は、十九世紀の解釈転換を受け継ぎつつ、この小説の「近代小説の始祖」としての性格を強調している（ただし、セルバンテス本人がもともと意図していたのはあくまで騎士道物語のパロディを書くことだったと強調する研究者たちもいる)。二十世紀以降に『ドン・キホーテ』から影響を受けた文学作品のなかに、小説創作そのものをテーマとした小説が現れている――ホルヘ・ルイス・ボルヘスの短編小説「『ドン・キホーテ』の著者、ピエール・メナール」(一九四四)や、大江健三郎の長編小説『憂い顔の童子』(二〇〇二)など――のは、こうした『ドン・キホーテ』解釈の新たな潮流と無縁ではあるまい。

(三倉康博)

『模範小説集』 *Novelas ejemplares* (1613)

一六〇五年初頭に出版された『ドン・キホーテ』前篇が成功を収めてから八年後の一六一三年に出版された『模範小説集』は、十二の中編と短編からなる作品集である。『ドン・キホーテ』前篇、同後篇と同じく印刷はファン・デ・ラ・クエスタ、版権を買い取って出版したのは「国王の書籍商」という肩書きを持つフランシスコ・デ・ロブレスであった。

この作品集を皮切りに、翌一六一四年には長編詩『パルナソ山への旅』、一六一五年には『いまだかつて上演されたことのない新作コメディア八篇と新作幕間劇八篇』および『ドン・キホーテ』後篇が出版される。セルバンテスの文学的な成果は最晩年に集中しているのが特徴的とされるが、その旺盛な文学活動の始まりを告げる、円熟期の記念碑的な作品である。

『模範小説集』の巻頭に付された書類によれば、セルバンテスがこの作品集の原稿をまとめ、出版の認可を得る手続きを始めてから出版までに一年余の歳月を要している。海賊版の出版を阻むために、カスティーリャに加えてアラゴン王国での認可と版権を獲得するためであった。

【セルバンテスと短編小説】

『ドン・キホーテ』で知られるセルバンテスは、長編小説の作者という印象が強い。たしかに一五八五年の処女作『ラ・ガラテア』も、遺作となった一六一七年の『ペルシーレスとシヒスムンダの苦難』も長編であった。しかし『ドン・キホーテ』前篇には主人公のドン・キホーテや従者のサンチョ・パンサの騎士道の遍歴の旅とはまったく関わりのない物語が、劇中劇のようなかたちでしばしば挿入されている。ドン・キホーテを連れ戻しに来た村の司祭が、旅人が宿に置き忘れたという原稿に書かれた物語を読み聞かせる「愚かな物好きの話」と、宿泊客の身の上話である「捕虜の物語」は、明らかに作品の本筋から逸脱しており、独立した作品として解釈することが可能である。いっぽうで、作品の本筋のなかに収まっているかに見える「牧人マルセラとグリソストモの物語」という悲恋物語、シエラ・モレナ山中の出会いに始まる「カルデニオとルシンダ」「ドン・フェルナンドとドロテーア」という二組の男女のハッピーエンドの恋愛喜劇も、独立した作品としてとらえることが可能で、前者は牧人小説、後者はイタリアから輸入された都市を舞台にした風俗小説の系列に属する、中編ないし短編小説の要件を満たしていると考えられる。とくに「カルデニオとルシンダ」は、これに触発されてウィリアム・シェークスピアが『カルデニオ』（原稿は散逸）と題する戯曲を共作して上演したほどの名作である。

『ドン・キホーテ』後篇では作中の人物が、本筋と無関係な物語を挿入する前篇の手法が、無意味に暴力的な描写などとともに、作品の欠点として読者から非難されたと述べる（第三章）。また「原作者」シデ・ハメーテ・ベネンヘーリも同様の批判に対応して、物語の挿入を避けているようすが窺《うかが》われる（第四十四章）。このことから、セルバンテスは『ドン・キホーテ』後篇に挿入する予定ですでにかなりの数の短編小説を書きためていたものの、それらの作品を後篇に挿入するプランを断念せざるを得なくなり、『模範小説集』として一巻にまとめたのである、というのが研究者のあいだで十九世紀を通じて行われた解釈であった。しかしながら、長編の中に短編を挿入すること自体は、セルバンテスの独創ではなく、一六〇五年当時の作家たちがよく用いた手法であった。したがって、ドン・キホーテとサンチョ・パンサの絶大なる人気を考慮しても、そうした手法がとくに厳しい批判にさらされたとは思えないし、ましてそれを受けてセルバンテスが後篇の構想自体を変更したとする説明には無理があると思われる。

一方で時代の潮流が、短編小説を独立した文学作品として評価しようとする方向に向かっていたことも事実である。フランスでは一六〇八年に「愚かな物好きの話」の翻訳が『ドン・キホーテ』から独立した短編小説の形で出版された。長編の中に挿入されたのでは、短編小説の価値が読者に見過ごされてしまう恐れがあるので、独立させたほうが良いという、後篇第四十四章に述べている考えを、セルバンテスはずいぶん早い時期から抱いていたと思われる。『模範小説集』の構想は『ドン・キホーテ』後篇のそれと並行して練られたものと考えられる。

【表題が意味するもの】

『模範小説集』という題名が何を意味するのかをめぐっても、研究者の間で長く議論されてきた。「novela（小説）」は十六、十七世紀のスペインではイタリアからの外来語として、主に短編小説を指すものと理解されていた。代表的な短編作家であるボッカッチョの『デカメロン』は、道徳的な模範とはほど遠い好色な文学と受け取られていたので、『模範小説集』という題名それ自体が、小説を背徳的なものと考える当時の社会通念に反する、矛盾したものであった。

序文のなかで作者は、作品の倫理性を強調している。「幾つかの小説に見いだされる愛の言葉は慎み深く、キリスト教的な考え方に合致しているので、それを読む注意深いひとも不注意なひとも、邪悪な考えへと動かされることはない」そして作品が模範（＝道徳的な手本）を提供することについて、次のように言明した。「私はこれらの小説を『模範的』と名付けた。よく見ていただければ、そこからなんらかの有益な模範を引き出せない小説は一つもない」

作者自身がそう説明しているにもかかわらず、『模範小説集』という題名が依然として問題とされ続けてきた理由は、あからさまに教訓を与える作品がきわめて少ないことによるだろう。こうしたことから、作者がこの作品集の刊行に当たって道徳的な目的を強調したのは、対抗宗教改革の倫理観に欺瞞的《ぎまんてき》に迎合しているに過ぎないという解釈が生まれたのである。一方で、セルバンテスの道徳性は、中世のそれのような、明らかで決まりきった教訓に帰せられるものではない、新しい道徳性なのだと主張する研究者がいる。

セルバンテスの考える「模範」とは、芸術性と結びついたものであった。優れた文学作品には道徳的真実が付随するものであり、必然的に読者は作品から教訓を得ることになる。その模範（教訓）があからさまに示されないのは、それを見いだすのは読者の役割だからである。思想的な系譜においては、ルネサンスの人文主義とエラスムス思想の継承者であったセルバンテスにとって、道徳とは読者が自由意志で作品のなかから読み取るものでなければならず、中世のように読者に押しつけてはならないものであった。同様に作者にとっても、道徳とは作品の創造を通じて生まれるものであり、アプリオリに存在して作者を拘束するものではないのである。作家と読者の自由な個人としての協力関係から、人が生きるための手本が示されていくという道徳性は、作家と読者、双方の人間としての自由と尊厳を擁護するものなのである。

文学の目的は楽しませつつ教えることだという道徳性と芸術の結び付きは、セルバンテスの時代に広く認識されていたことである。楽しませるためには驚異が、教えるためには真実らしさが必要であり、優れた芸術は人を驚かす虚構と、それを真実と思わせるテクニックを併せ持つものでなければならない。これも繰り返し語られた理論である。しかし、理論として浸透していたことと、それを実現することのあいだには大きな隔たりがある。芸術が道徳であると同時に芸術であるためには、最も真実らしくないもの（驚異）を真実だと思い込ませなければならないとするバロックの芸術論は、芸術家たちにほとんど不可能に近い課題、あえていえば無理難題をつきつけるものだった。『模範小説集』は、この課題に対する数少ない見事な回答といえるだろう。課題の難しさは、芸術が道徳性を担保することにあったことを忘れてはならない。

【内容について】

『模範小説集』を構成する十二篇は以下の通りである。

「美しいヒターノの娘」「寛大な恋人」「リンコネーテとコルタディーリョ」「イギリスのスペイン娘」「ビードロ学士」「血の呼び声」「嫉妬深いエストレマドゥーラ男」「身分のよいおさんどん」「二人の乙女」「コルネリア夫人」「いつはりの結婚」「犬の対話」。

前にも述べた通り「novela」はもともとイタリアで始まった短編小説のことであった。セルバンテスが序文で「自分はカスティーリャ語で『novela』を書いた最初の人間である、カスティーリャ語で小説と呼ばれるものはすべて外国語からの翻訳であるが、ここに出版するものはいずれも私の作品であり、外国の作品の模倣でも盗作でもない」と述べているとおり、十二篇にはイタリア小説の影響という範囲にはおさまらない、さまざまな傾向の作品が含まれている。そのために十八世紀以来、これらの作品は幾つかのグループに分類されて論じられてきた。とくに二十世紀に入り、セルバンテスが十九世紀写実主義の文芸批評に準拠して論じられるようになると、十二篇の作品は理想主義から写実主義への発展の軌跡であると位置づけられ、後者に属する作品はしばしば前者に属するものより高く評価されるようになった。一例として、以下に二十世紀初頭のゴンサレス・デ・アメスーア（一八八一―一九五六）による分類を示しておきたい。

⑴ イタリア小説の影響を脱しない、心理的な深まりのないもの、「二人の乙女」「寛大な恋人」「コルネリア夫人」。

⑵ 近代小説への移行期にあたる、深い心理洞察が見られるもの、「美しいヒターノの娘」がその入口にあたり、「嫉妬深いエストレマドゥーラ男」では格段に深まる。

⑶ 完全に写実主義的なもの、「リンコネーテとコルタディーリョ」「ビードロ学士」「犬の対話」。

このような分類と評価は、セルバンテスの創作活動の実態からも、その時代の評価からもかけ離れているという認識が、二十世紀後半の研究では主流となった。セルバンテスの最後の作品が、理想主義的な『ペルシーレスとシヒスムンダの苦難』であることひとつを見ても、作家の創作活動（作風）が理想主義から写実主義へと発展、変化したとする単純な図式自体が疑わしいものといわねばならない。十七世紀に英国で出版された『模範小説集』の選集に選ばれたのは、「嫉妬深いエストレマドゥーラ男」を除けば、アメスーアが低い評価の⑴に分類し、一九一四年に刊行されたロドリゲス・マリンによる同選集にも漏れた理想主義的な作品群だった。一説には『ドン・キホーテ』よりも売れ行きが良好だったとされる『模範小説集』の出版当時の人気は、二十世紀の批評家が必ずしも高い評価を与えていない作品群によって支えられていたことになる。

このような反省をふまえて、英国の研究者エドワード・C・ライリー（一九二三―二〇〇一）は、伝統的な分類の見直しを試みた。『模範小説集』およびセルバンテスの小説に存在する二つの傾向を、ノヴェル（近代的な写実小説）とロマンス（中世以来の伝奇小説）と定義し、作品を次の三種に分類したのである。

⑴ ロマンスの手法が優位なもの、『ラ・ガラテア』『ペルシーレスとシヒスムンダの苦難』『模範小説集』のなかの五篇、「寛大な恋人」「血の呼び声」「イギリスのスペイン娘」「二人の乙女」「コルネリア夫人」

⑵ ノヴェルの手法が優位なもの、『ドン・キホーテ』の前篇と後篇、『模範小説集』のなかの五篇、「リンコネーテとコルタディーリョ」「ビードロ学士」「嫉妬深いエストレマドゥーラ男」「いつはりの結婚」「犬の対話」

⑶ 双方の混交したもの、『模範小説集』のなかの二篇、「美しいヒターノの娘」「身分のよいおさんどん」

ライリーによるロマンスとノヴェルの区分は、伝統的な理想主義と写実主義の区分に重なり、作品の分類も一部はアメスーアと共通するが、ライリーの視点がそれらと決定的に異なるのは、セルバンテスの作品には二つの傾向が生涯を通じて共存したとしていること、作家はノヴェルの手法を獲得する一方でロマンスを愛し続けたとしていることである。セルバンテスにおいて、物語の基盤はむしろロマンス的なものにあった。

このような認識に立脚して、ライリーは前述の分類を示しつつも、そこから個々の作品をノヴェルかロマンスかに確定するような結論が導き出されることに警鐘を鳴らす。ロマンスとノヴェルを二つの極として対置するのはある種の単純化にすぎない。セルバンテスの作品のジャンルとしての特徴はこのような図式のなかに安定して収まっているものではない。ロマンスはしばしばノヴェル方向へと移動する。ノヴェルと見なされる作品の大部分がしばしばロマンス方向への移動を示す。二つの傾向が相互に作用する複雑さが『ドン・キホーテ』で頂点に達するのである、と。

セルバンテスの小説においては、異なるジャンルが結び付き、共存する。そこにセルバンテスの独創性があると力説するのは、スペインの内戦後の世代の研究者セビーリャ・アロヨとレイ・アサスである。

セルバンテスはイタリアの短編小説の特徴と長編で複雑なビザンティン小説を結び付け、さらに、それまでにスペインに存在した小説のあらゆるジャンルと、バロック演劇と、ルネサンス期の対話を混交させ、それまでに存在したことのない、まったく新しい小説を生み出した。短編小説とビザンティン小説の混交のなかに、ピカレスク小説や牧人小説、騎士道小説が出現する。さらには小話や笑い話、哲学的な物語とルキアノス風の対話までも。

このようなジャンルの混交、越境は、当時の新しい文学がそれぞれの場所で実験しつつあったことだった。ロペ・デ・ベガの黄金世紀演劇（コメディア）の創出、ルイス・デ・ゴンゴラの「新しい詩」と同様に、セルバンテスは小説におけるバロック的革新を、ジャンルの混交と越境によって実現したと言えるのである。

十二篇の短編小説が、ライリーの言うように、いずれもノヴェルとロマンスの間を移動し続けるのであれば、またレイ・アサスらが指摘するように、一つのジャンルのなかに収まることがないのであれば、それらを幾つかのグループに分類することに意味はないことになる。なぜならば、十二の作品は個々の特徴を持つ以上、いかなる分類も一時的で恣意的《しいてき》であることを免れないからである。このような見地から、近年では十二の作品の分類よりも、同時代の他の作品との、あるいはセルバンテスの他の作品との関係、間テクスト性に研究者の関心が移ってきている。後者ではとくに『ドン・キホーテ』との関連性が問題になるだろう。『ドン・キホーテ』は『模範小説集』によって補完されるところが少なくないからである。

十二作品の執筆時期については、多くの研究や学説が存在するが、いずれも仮説の域を出ない。一七八八年になってはじめて存在が知られることになった、セビーリャ司教座聖堂の聖職者フランシスコ・ポッラス・デ・ラ・カマラが編纂した手稿集のなかに「リンコネーテとコルタディーリョ」および「嫉妬深いエストレマドゥーラ男」が含まれているので、この二作についてはある程度の特定が可能である。手稿集（「ポッラス手稿」と呼ばれる）の成立時期は十七世紀初頭から一六〇九年以前（一説には一六〇六年）と推定されるので、後者についてはその頃、前者についてはさらに『ドン・キホーテ』前篇でも言及されていることから一六〇四年以前に、執筆されていたと思われる。しかしその内容は一六一三年に出版されたものとは大きく異なるため、この二作についても、一六一二年まで推敲《すいこう》と改変が続けられていたと考えられる。

【本書で取り上げた三作品について】

『美しいヒターノの娘』*La gitanilla*

〈あらすじ〉

主人公のプレシオサは、ヒターノの老婆から孫として育てられ、カスティーリャの各地を転々としながら成長する。やがて、マドリードに帰るとサンタ・アナの祭りで踊ると、彼女のきわだった美貌はマドリード中の評判になっていった。チップを稼ぐ孫の人気に老婆は上機嫌であった。そんなある日、マドリードに踊りに行く途中の谷で、プレシオサは貴族の息子ドン・フアンから愛を告白され、いきなり求婚された。これに対しプレシオサは、二年間の結婚見習い期間を貴族の息子に求めた。二年間ヒターノとして一緒に生活し、それでも気持ちが変わらなければ、そのときには求愛を受け入れると言うのである。激しい恋に分別を失った貴族の息子は、彼女の要求を受け入れ、フランドルの戦争に出征するという口実で家を出て、ヒターノと生活をともにすることを約束し、八日後に同じ場所で落ち合うことにして別れた。

マドリードに着いたプレシオサは仲間を引き連れ、ドン・フアンの屋敷に乗り込み、老婆と手分けをして身元調査をした。ドン・フアンの父に呼ばれて屋敷の広間に入ったプレシオサは、そこでドン・フアンと再会し、身分を確認した。踊っているときに床に落とした紙片を紳士の一人が読み上げると、そこには彼女の美しさを賛美するロマンセが書かれていた。彼女に興味を持っている小姓が書いたものである。ドン・フアンは嫉妬で顔面蒼白《そうはく》になった。

ドン・フアンは約束通り出征を口実にして失踪し、アンドレス・カバリェロの名でヒターノの仲間になった。しかし、家柄の高貴なアンドレスは、ヒターノの泥棒稼業にはなじめず、自腹で買った品を盗品として持ち帰ることで、ヒターノのキャンプに大きな利益をもたらした。こうして彼らと放浪の生活をともにしながら、行く先々の町や村でさまざまな競技に出て勝ち続ける、美しいヒターノのアンドレスは、美貌の踊り手プレシオサとともに人気者になり、ヒターノたちはあちこちの祭に呼ばれ、大いに潤ったのである。

ある真夜中、樫林《かしばやし》の中のヒターノのキャンプに迷い込んだ男が犬に嚙《か》まれ、老婆の手当を受けたが、それが例の詩を書いた小姓だとプレシオサはアンドレスに告げた。それを聞いてアンドレスは嫉妬に苦しむが、小姓の話によれば、彼の親戚の伯爵の息子が恋敵を殺害したために、一緒に逃亡中で、イタリアに逃げた息子を追ってジェノヴァに向かう途中だという。ヒターノたちは進路を変えてムルシアまで彼を案内することになり、ドン・フアンは小姓の本心を探ろうと同室で暮らすことにした。小姓はクレメンテと名を変えた。町や村で二人はさまざまな競技大会に出たが、二人のどちらかが優勝する大活躍だった。

ある村で、たまたまヒターノのうちの七人が宿泊した宿屋の娘カルドゥチャが、アンドレス（ドン・フアン）に恋をし、母親の不動産をちらつかせて求婚するが拒否される。復讐《ふくしゅう》に燃える宿屋の娘は、アンドレスの貴重品の中に自分の宝石類をこっそりと入れ、アンドレスに泥棒の罪をきせて逮捕させた。ところが、村長の甥《おい》の兵士がアンドレスを侮辱したため、貴族の誇りに目覚めたアンドレスは、相手の剣を抜いて刺し殺してしまう。怒った村長は、アンドレスだけでなく、プレシオサやヒターノたちを片っ端から逮捕したが、身元が割れるのを恐れたクレメンテは逃亡し、行方がわからなくなった。

村長たちは法の裁きを受けさせるために、アンドレスたちをムルシアに連れて行ったが、町の者たちはプレシオサの美しさをほめ讃《たた》えた。その噂《うわさ》は代官夫人にも届いたので、プレシオサは牢屋《ろうや》に入れられることなく、夫人のところに連れてこられた。プレシオサが、アンドレスの命乞いをしながら、夫人の手を握ると、二人は初対面にもかかわらず、見つめ合って涙をながす。代官はこの様子を目にしてあっけにとられた。プレシオサが、代官の足にしがみついて命乞いをすると、そばで様子を見ていたヒターノの老婆は、思案の末に覚悟を決め、代官夫妻に過去の罪を命がけで告白する。プレシオサは、その昔老婆が誘拐した代官夫妻の実の娘だというのである。驚いた夫妻は身体の特徴などから娘であることを確認すると大喜びで、娘を返してくれたことに免じて老婆の罪を赦《ゆる》した。また、プレシオサの婚約者が、ヒターノではなく、代官に劣らぬ家柄であることを聞かされ、夫妻は二人の結婚を認めた。村長たちは、人殺しが代官の婿になると知って訴えを取り下げ、金銭で解決する。クレメンテは無事にイタリアに向かったという知らせが届いた。マドリードからドン・フアン(アンドレス)の父も駆けつけ、ムルシアの町をあげて二人の結婚を祝った。カルドゥチャは自首して盗難事件が横恋慕による狂言であることを告白したが、お咎《とが》めはなかった。

〈作品について〉

『模範小説集』巻頭を飾るものであり、作品集の多様な特徴を兼ね備えている。新しい、独創的な短編小説を世に問おうとしている作者の姿勢をよく伝える作品である。

作中の出来事は、作品にちりばめられた時系列を整理すると、一六一〇年に起きたという設定であると考えられる。老婆がプレシオサを誘拐したのが一五九五年、ムルシアの代官夫人に会ったときには十五歳と言っているからである。作品の冒頭には、プレシオサがサンタ・アナの祝日にマドリードに入ったとある。それは一六一〇年七月二十六日ということになるだろう。王都がバリャドリードからマドリードに戻ったのは一六〇六年だから、遷都から四年しか経《た》っていないことになるが、これもバリャドリードでの皇太子誕生がまだ新しい出来事として歌われていることと符号する。作品の執筆時期は不明であるが、一六一〇年以降と考えるのが自然であり、『模範小説集』のなかでも最も後期の作品に属することになる。まさに円熟期ならではの完成された作品といえよう。

作品の独創性は、上流貴族の世界と、ヒターノ（スペインのロマ）という社会の周縁に位置する集団を結び付けているところにある。冒頭の記述はヒターノを非難し、排斥しているかのように見えるが、貴族の青年のプレシオサに対する扱いはあくまでも丁重であり、作者が彼女に語らせる言葉は賢明で思慮深く優美である。当時の文学作品にヒターノが登場する場合は、滑稽な人物か悪党と決まっていた。醜いアヒルの子のようなプレシオサの意外な出自が明らかになる終盤のどんでん返しがあるとはいえ、身分の高い青年がヒターノの娘に恋をし、その集団の一員として暮らすなどという荒唐無稽とさえいえる設定を作者はどこから思いついたのだろうか。セルバンテスの従妹《いとこ》の一人が、ヒターノの血をひいていたことが二十世紀後半の研究で明らかになっている。

他のヨーロッパ諸国と同様に、スペイン社会でも十五世紀末からヒターノに対する抑圧をくりかえしてきた。抑圧とは、ヒターノたちに対する定住と同化の強制や、不服従に対する処罰などである。カルロス一世、フェリペ二世がそれぞれ勅令を出してヒターノの服装や言語を禁止した。一六一九年にはフェリペ三世がポルトガル議会の要請を受けて、服装と言語に加え、集団に属する者たちがヒターノという名称を名乗ることを禁止している。こうしたことから、この作品が書かれた一六一〇年頃のヒターノをめぐる状況も、相当に過酷なものであったと考えられるが、ヒターノたちを描くセルバンテスの筆致は、反時代的といえるほどの優しさに満ちている。

伝統的な分類では、心理的洞察が深まっていることから、写実主義小説への移行期にあるとされ、ライリーの分類ではロマンスとノヴェルの混交とされた作品であるが、具体的にはどのようなジャンルの融合が指摘できるだろうか。まず、ロマンスの系統について言えば、田園でのヒターノの暮らしを、自然で自由なものと賛美するヒターノの老人の演説には、牧人小説の理想主義が指摘できるだろう。プレシオサの自由への希求と抑圧を退けようとする論理も、『ドン・キホーテ』前篇に登場する、まるで牧人小説のヒロインのようなマルセラの弁舌を彷彿《ほうふつ》させる。一方で、アンドレスのプレシオサに対する徹底した恭順は、騎士道小説のものである。ノヴェル的な要素としては、ヒターノの法に反する生き方を自覚し、しかも誇りにするところはピカレスク小説、小姓詩人クレメンテの友人の恋愛と刃傷《にんじょう》沙汰は都市を舞台にした恋愛風俗小説、さらに、恋愛ではないがヒターノの踊りを喜ぶ見物人、賭博《とばく》場《じょう》の紳士たち、貧乏な助役の家庭など、当時の現実生活の風景を活写している部分も多くみられる。

都会の青年アンドレスとクレメンテの二人が、名前を変え身分を隠して遭遇する運命の変転と、プレシオサの出自が明らかになることでハッピーエンドを迎える手法は、ビザンティン小説の流れをくむものといえる。一つの作品のなかで、複雑な織物のようにさまざまなジャンルの文学の混交と越境がおこなわれている。

物語の登場人物と筋書きのリアリティをめぐって、これまでさまざまな議論がなされてきた。貴族の血筋とはいえ、ヒターノとして育っているプレシオサの人物像も、恋をしたからといって名前を変えてヒターノの集団に加わるドン・フアン（アンドレス）も、二人を捕らえたムルシアの代官がプレシオサの親であるという偶然も、いずれも現実味に欠けるといえばそのとおりであろう。これらノヴェルというよりはロマンス的な要素が、十九世紀写実主義の影響下に育った批評家たちを困惑させたことは理解できるが、そのような評価を相対化できる二十一世紀の読者にとっては、そうしたことがただちに物語を楽しむための障害となるものではない。ライリーはロマンスが文学の歴史のなかで長く生命を保ってきたこと、さらに現代のさまざまなジャンルのなかに生き続けていることを指摘して、ノースロップ・フライ（一九一二―九一）の「ロマンスはすべてのフィクションの核である」という言葉を引用する。だとすれば読者はまず、フィクションを真実らしく感じさせるための作者の手腕、すなわち作品の芸術性に身を委ねてみるだけで十分であろう。バロックの芸術家たちが掲げた「驚異」と「真実らしさ」の結合という稀《まれ》にしか達成できない理想は、セルバンテスの作品のなかに確かに実現されているからである。

『ビードロ学士』 *El licenciado Vidriera*

〈あらすじ〉

名もない村に生まれたトマス・ロダーハは、学問で身を立てることを志して故郷を出た。トルメス河畔で野宿していたときに、サラマンカ大学で学ぶ二人の紳士と出会い、気に入られて彼らの召使いとなった。仕事のかたわら、励んだ学業でも頭角をあらわしたので、紳士たちはトマスを仲間として扱い、その優れた能力は大学じゅうに知れ渡った。やがて学業を終えた紳士たちの故郷マラガに同行するが、学問への思いは断ちきれず、紳士たちに暇乞《いとまご》いをする。紳士たちは快諾し、三年分の資金まで持たせてくれた。こうして学業を続けるためにサラマンカに向かったトマスだったが、旅の途中で出会ったバルディビア隊長に言葉巧みに軍隊に勧誘され、ヨーロッパ各地を広く見てから学問に戻っても遅くはないと考え、とりあえず物見遊山ついでに隊長に同行することにした。サラマンカからカルタヘナに向かう行軍で、トマスは軍隊生活には不可避のさまざまな不正を目の当たりにした。カルタヘナからジェノヴァに向かう船は何度も時化《しけ》に遭ったが、そうした苦労も隊長が案内してくれた旅館での豪勢な酒宴が忘れさせてくれた。トマスはジェノヴァでいったん隊長と別れ、ルッカ、フィレンツェ、ローマ、ナポリ、シチリア、ロレト、アンコーナ、ヴェネツィア、フェラーラ、パルマ、ピアチェンツァ、ミラノとイタリア各地を一人でめぐり見聞を広める。アスティで隊長たちと合流してフランドルに向かった。アントワープ、ゲント、ブリュッセルを訪ね、見たいものをすべて見たトマスは、サラマンカに戻って学業を終えることにした。隊長は別れを惜しんだ。

サラマンカ大学の仲間たちはトマスを温かく迎え、あれこれ世話を焼いてくれたので、無事に学士号を取得することができた。ところが、たまたまサラマンカの町にやって来た売春婦がトマスに一目惚れ《ひとめぼ》れした。売春婦は全財産を差し出して求愛するが、トマスにその気がないのを知ると、あやしげな惚れ薬を注入したマルメロの実を食べさせた。トマスは発作でも起こしたかのように手と足をふるわせ気絶してしまい、半年間病床に伏したのであった。

やがて、トマスの体は回復したものの、判断力がおかしくなってしまった。彼は正気を失い、自分の体が壊れやすいガラスでできていると信じ込む、前代未聞の奇妙な思い込みにとらわれていたのである。人が体に触れようとしたり、そばに寄ったりすると奇声を発し、水はコップを使わず手で掬《すく》って飲み、棒の先に吊《つ》るしたおまる用の籠にいれた季節の果物だけを食べた。夏は野外で、冬はわら置き場で寝た。

彼はビードロ学士と呼ばれた。枕カバーのような上着をまとって町を歩く学士のあとを、子供たちのみならず、大人たちまでがついて歩いた。学士の話や、質問に対する当意即妙の受け答えを楽しむためである。学士はさまざまな問いかけに、機知に富んだ受け答えをした。この評判は王都バリャドリードにも伝わり、ある大貴族に招かれ、ガラス食器のようにわらを詰めた大きな籠に入れられて運ばれた。

大貴族は学士の才知が気に入り、護衛をつけて町を歩かせた。学士はたちまち評判になり、彼のまわりには人だかりができた。人びとの質問に答えるかたちで、詩人、書店、薬剤師、医師、仕立て屋、靴屋、役者、賭博場の経営者等々、あらゆる職業について、学士は辛辣な批評を浴びせ、どんな事柄に関しても深い人間洞察に裏打ちされた持論を展開するのだった。

このようにして二年が過ぎた頃、聖ヒエロニムス会の修道士が学士に同情して病の治療を引き受け、正気と判断力を回復させた。そして、黒いガウンを着せて王都に戻した。学識を生かし、弁護士として名をなしてもらうためだった。

正気に戻ったビードロ学士は、あらためてルエダ学士と名乗り、自分についてくる者たちに、これからは弁護士として事務所で皆さんの相談にのりたいと訴えるが、事務所を訪ねる者はなく、相変わらず大勢が彼について歩くのだった。こうして彼は飢え死に寸前の暮らしに陥り、フランドルの軍隊に戻る決心をする。王都を去るとき彼はこう呼びかける。

「おお、王都よ、おまえは、厚かましい官職志願者たちの希望はつなぐのに、内気な有徳の士の希望は断ち切るのか！　多くの恥知らずなペテン師たちには糧を与えるのに、恥を知る思慮深い者は餓死させるのか！」

フランドルに戻ったトマスは、バルディビア隊長の下で勇敢な戦死を遂げる。学問によってその名を不朽のものにしようと始めた人生を、武勲によって不朽のものにすることで終えたのである。

〈作品について〉

正気を失った男を主人公にしているため、『ドン・キホーテ』との関連で注目されることが多い作品である。『ドン・キホーテ』同様に、心理学的ないし哲学的解釈の対象となることもあれば、警句の羅列が多くの部分を占めているため、文学（小説）のジャンルには馴染《なじ》まない作品とみなされることもあった。

作中で主人公には三つの名前が与えられる。最初は「トマス・ロダーハ」、正気を失ってからは「ビードロ学士」となり、正気に戻ってからは「ルエダ学士」である。作品で設定された時代について、はっきりしているのは「ビードロ学士」と呼ばれるようになってからである。それはバリャドリードが王都だった一六〇一年から一六〇六年のあいだで、主人公を招いた王都の大貴族がバリャドリードに住んでいるからである。主人公の病気は約二年後に回復し、「ルエダ学士」と名乗って都に戻ると、「ビードロ」を見知っていた子供たちにつきまとわれるので、このときも王都はバリャドリードのままのはずなのだが、マドリードの王宮にしかない「顧問会議の中庭」という場所が登場する。この不整合は作者の不注意によるものと思われるが、作者がこのくだりを書いていた、あるいは推敲していたのは、王都がマドリードに戻った一六〇六年以降ということになるだろう。「トマス・ロダーハ」と名乗った十一歳からの八年間はサラマンカで暮らし、その後マラガ滞在を経てイタリア、フランドルを旅することになるが、旅行の期間はわからない。フランドルでは人びとが翌年の夏の遠征の準備をしていたと書かれており、「遠征」はオランダの反乱（一五六六年または一五六八年）であるとする解釈が一般に認められているが、王都バリャドリードの人気者だった「ビードロ学士」の時代より三十年以上も前ということになる。ビードロ学士は五十歳を越えている計算になり、この解釈が指摘する年にフランドルにいたとは考えにくい。

作品の主人公は正気を失った人物であることから、モデルが実在した可能性、当時の文献に見いだされる、似たような症状の病人の記述、現代や昔の医学による主人公の病気の特定などが話題になってきた。なかでもセルバンテスがヒントを得た可能性がある文献として、ディオゲネス・ラエルティオスの『ギリシア哲学者列伝』にある犬儒派の哲学者ディオゲネスの伝記が挙げられている。また狂気をテーマとすることについては、『ドン・キホーテ』とも共通することであるが、エラスムスの『痴愚神礼賛』の影響が指摘されている。

ドン・キホーテとビードロ学士という二人の主人公に共通するのは、遍歴の騎士になるか、学問を修めるかという方法の違いはあっても、名声を得ることを目標にしているところである。ドン・キホーテは騎士道物語を読み耽《ふけ》ることによって正気を失い、名声を求めて遍歴するが、銀月の騎士に破れ、名声を得ることが叶《かな》わなくなったときに正気に戻って死ぬ。ビードロ学士は、学問で名声を得ようとしている矢先、媚薬《びやく》を盛られて正気を失うが、その辛辣で風変わりな言動が面白がられ評判になる。正気に戻って弁護士事務所を開業しても、町の人たちは相変わらず彼の風変わりな警句を聞くためにあとをついて歩くだけだった。出費だけが嵩《かさ》み、飢え死に寸前に追い込まれた主人公は、弁護士として名をあげることを断念し、フランドルで軍人として名誉の戦死を遂げる。

ドン・キホーテが名声を求めて行動を起こすのは、正気を失っているときだが、ビードロ学士は正気のまま名声を求めて行動する。二人とも、正気でない状態のときの言動が人びとに喜ばれ、人気を博する。まるで狂気こそが人生の本質であるかのようだ。二つの物語は主人公の死で締めくくられる。一人はラ・マンチャ地方の故郷の村で近親者にみとられて病死し、一人はフランドルの戦場で、兵士として勇敢な戦死を遂げる。二人の人生の軌跡はまったく異なっているように見えて、時に交わり、補完し合う。ビードロ学士はドン・キホーテの弟である、と評されるゆえんである。『ビードロ学士』の評価で問題にされてきたのは、一人の男の生涯という小説的な枠組みと、そのなかで展開される警句集との結び付きを、どう捉えるかであった。警句が連続する部分が作品全体の半分以上を占めている上に、警句自体はその時代に流布していたありふれたものばかりであるとする否定的な見解も少なくない。主人公の人物像を描くと思われた作品の始まりと乖離《かいり》し過ぎると思われるからである。しかし、当時の読者（読み聞かされる字の読めない者たちは聴衆でもある）にとって、言葉遊びやジョークで構成された警句集は楽しいものであり、それを頭のおかしい人物が語ればなおさら面白かった。セルバンテスが意図したのは、ルネサンスに始まり、当時流行をきわめていた警句文学と物語の合体であったとする見解もある。すでにイタリアの短編小説には、警句を連発するだけの人物を登場させるものがあった。セルバンテスは、そのような文学をディオゲネス・ラエルティオスの伝記文学と結び付ける新しい工夫をおこなったのであると。一方で、これら警句の連続はルネサンスの警句文学を踏襲しているのではなく、ピカレスク小説の骨格を示しているという説もある。その説に従えば、警句を発し続けるビードロ学士は、ここではピカロ（反社会的なアウトロー）として社会を批判していることになる。

十六世紀末のサラマンカの描写から始まり、軍隊生活やイタリアの風物を活写する写実的な物語には、このように教訓や風刺、ピカレスク小説の要素も加わっていることを概観した。さらに、警句に取り入れられた小話に見られる民間伝承など、じつに多彩な要素がこの短い物語のなかに融合して、悲劇性と娯楽性が共存する不思議な作品となっている。

『嫉妬深いエストレマドゥーラ男』 *El celoso estremeño*

〈あらすじ〉

若い貴族フェリポ・デ・カリサレスは、エストレマドゥーラの村を出て、聖書の放蕩《ほうとう》息子さながらに、ヨーロッパ各地を放浪する。両親が世を去り、遺産もあらかた使い果たして大都会セビーリャにたどり着いた。困窮したフェリポは四十八歳頃に新大陸に渡り、心を入れ替えてペルーで仕事に励んだ。二十年が過ぎ、莫大《ばくだい》な財産を蓄えたフェリポは、望郷の念にかられて帰国するが、セビーリャの友人たちは誰も生きておらず、係累はみんな死んでしまっていた。故郷へ帰っても、貧乏な村人たちから迷惑をかけられることを想像すると、なかなか踏み切れずにいた。財産を相続する子供は欲しいのだが、結婚と考えただけで、彼は猜疑心《さいぎしん》と激しい嫉妬に襲われ、妄想に怯《おび》えるのだった。そう、フェリポは、世界一嫉妬深い男なのである。

そんなある日、フェリポは少女レオノーラを見かけた。その美しさと若さの虜《とりこ》になり、恋に落ちた彼は、両親に結婚を申し込み、少女と結婚することになった。それは世にも奇妙な結婚生活であった。フェリポは一等地に豪邸を買い込むと、通りに面したすべての窓を塞ぎ、壁を高くした。玄関には雌騾馬《めすらば》の厩舎《きゅうしゃ》があり、上階には去勢された黒人のルイスが住んでいた。黒人は通りに面した扉と、中庭に面した扉のあいだに、監禁されるかたちで暮らしていた。屋敷には召使いはもちろん、犬猫にいたるまで雄と名のつくものは入ることが許されなかった。早朝の教会のミサのほかには、屋敷の者たちは外出することも許されなかった。玄関には、回転式の窓口が設置され、日々の食材はそこから差し入れられた。フェリポは午前中、商談のために町へ出かけたが、すぐに戻り、昼間はあれこれ気を配り、夜は眠ることなく屋敷を監視していた。美しく若い妻を他の男に奪われるのではないか、という異常なまでの嫉妬と疑念が、屋敷を修道院か要塞のようにしてしまったのである。こうして一年が過ぎた。極度の嫉妬深さを別にすればフェリポは気前も良く、召使いの女たちは、ふんだんな食材で料理三昧の毎日であった。誰にも不満はなく、レオノーラも屋敷の全員もこのまま終生、同じ生活を続けようと決心していた。

だが、セビーリャの町で無為に遊び暮らす、ロアイサという美貌の青年の登場で、屋敷の生活は崩壊へと向かう。閉ざされたフェリポの屋敷に興味を抱いたロアイサは、嫉妬深い夫と美しい妻のことを調べ上げ、この守りの堅い屋敷を攻略したいと考えた。仲間たちと相談して段取りを決めた。ロアイサはぼろをまとって毎日屋敷の戸口に立ち、ギターを弾いて歌を歌った。道行く人たちは足を止めて聞き惚れた。ロアイサがこんなことをしたのは、楽士になりたくてたまらない黒人のルイスに聞かせるためだった。扉越しに聞いているルイスにギターを教えるから中に入れるようにしてほしいと頼み、扉の下に小さな穴を掘らせ、そこから工具を渡して錠前を壊させる。こうして中に入ったロアイサはルイスの部屋に隠れ、立派な服に着替えて真夜中に回転式の窓口のところで演奏する。召使いたちは久しぶりに聞く男の美声に感動する。翌晩にはレオノーラもやって来た。錐《きり》で開けた小さな穴から覗《のぞ》いたロアイサの凜々《りり》しい姿に一同は興奮する。

ロアイサは毎晩戸口まで様子を見にやって来る仲間に頼み、眠り薬を手に入れてもらう。それは塗った場所を酢で洗わない限り、二日間眠り続けるという塗り薬である。ロアイサに恋心を抱いた女中頭にそそのかされたレオノーラは、フェリポの体に薬を塗り、眠り込んだところでマットレスのあいだからとりだした鍵を女中頭に渡した。ロアイサは命じられたこと以外は何もしないと誓って屋敷に入る。一同は、ロアイサの演奏と女中頭の歌で、輪になって踊るが、見張りに残された黒人の女奴隷が、ふるえながらフェリポが目を覚ましたと告げた。驚いた一同は、右往左往し、屋敷のあちこちに隠れた。女中頭はロアイサを自分の部屋にかくまい、主人の様子を見に行ったが、フェリポは相変わらず眠っていた。部屋に引き返した女中頭は、この機会を逃すまいとロアイサに愛の言葉をささやく。ロアイサは、女中頭がレオノーラとのあいだをとりもってくれるなら、自分も女中頭の愛を受け入れると約束する。女中頭は強引にレオノーラを説得し、ロアイサのところに連れて行った。こうして若い二人は一夜をともにするが、レオノーラが激しく抵抗したために、最後の一線は越えないまま眠り込んでしまった。朝が来て、目を覚ましたフェリポはレオノーラがいないことや、鍵がなくなっていることを知って正気を失いそうになる。そして、女中頭の部屋で腕をからませて寝ている妻と若者を目にした。逆上したフェリポは、復讐するための武器をとりに部屋に引き返したが、激しい心痛でベッドに倒れてしまった。

我にかえり、自分の最期が近いことを知ったフェリポは、レオノーラに両親を屋敷に呼ぶように命じた。両親の前でフェリポは結婚の顚末《てんまつ》を語り、すべての非が自分にあることを認め、不義を働いたレオノーラを許し、十分な遺産を残すので、自分の死後はロアイサと結婚してほしいと言い残した。フェリポが世を去ると、ロアイサの期待に反し、レオノーラは修道院に入った。ロアイサはわが身を恥じ、インディアスに向けて出発した。

〈作品について〉

出版以来きわめて評価の高い作品であり、その完成度は『ドン・キホーテ』に匹敵するという意見もある。

執筆の時期は一六〇五年前後と考えられる。先に述べたポッラス手稿のなかに本作品が含まれているからであるが、手稿と一六一三年に出版されたものの内容には重要な相違があり、それについては後述する。

十八世紀から十九世紀を通じて、この物語には実在のモデルがいたと思われていたが、現代ではこのような見解は完全に否定されている。二十世紀になって盛んになったのは、文学上の手本をめぐる研究であった。本作品が基本的にイタリアの短編小説の規範にのっとって書かれていることは間違いないのであるが、さらに多様な文学伝統からの影響が指摘されるようになったのである。一つは中世から伝わる口承文芸「フローレスとブランカフロールの物語」、もう一つは民話で、具体的にはスペイン十二世紀の説話集『ディスキプリナ・クレリカリス』にある、奇妙な家を作って妻を閉じ込める夫の話（第十四話「井戸」）や、シャルル・ペロー以前にヨーロッパに広く流布していた「赤ずきん」の民話である。イタリア小説の影響については、ボッカッチョ、バンデッロを始めとする、嫉妬をテーマとする数多くの作品が挙げられており、セルバンテスはそれらの要素を集大成する形で本作に注入したと考えられている。口承文芸、イタリア小説そして民話といった多様な文学伝統をもとにしながら、新大陸との交易で繁栄するセビーリャを舞台に、この大都会の退廃的な風俗を代表する不良青年と新大陸で成功して帰国した主人公、アンダルシア独特の家の造りなどのさまざまな写実的な要素を配して、この驚くべき物語が生まれたことになる。

登場人物の造形は写実的であると同時にユニークである。カリサレス老人は若いときは金を浪費し色恋に明け暮れる人生を送りながら、老境を迎えてからは、老いたといえばそれまでだが、若いときとは正反対の人格に変化している。外見的には「立派な成功者」なのだが、その嫉妬深さは異常である。ロアイサは、良家の子弟にもかかわらずピカロである。幕間劇の登場人物のような喜劇的な性格も持っているが、モラルのなさは悪魔的ですらあり、後に演劇の世界に誕生する色事師ドン・フアンの前身でもある。少女レオノーラは純真だが、愚かでもあり、無邪気なのか邪悪なのかわからないところがある。窓辺に立って自分の姿をわざとカリサレスに見せたのかも知れない。黒人のルイスは人間らしく描かれていて、ただの滑稽な黒人ではない。同じく奴隷のギオマールも、話し方は滑稽だが、ロアイサの性根を見破っており、単なる愚かな黒人女ではない。女中頭もはじめは立派な女性として描かれるが、レオノーラの不倫に決定的な役割を果たしている。これも悪魔めいた性格である。

二十世紀後半の批評においては、一六一三年版とポッラス手稿との異同がしばしば問題にされてきた。とくに重要な相違は、以下の二点である。

(1) ポッラス手稿では女主人公イサベラがロアイサと性的な関係を結ぶが、一六一三年版ではレオノーラが果敢に抵抗したために、性交渉には至らない。

(2) ポッラス手稿では、ロアイサは軍隊に入ってフランドルに赴き、銃の暴発で死ぬことになるが、一六一三年版ではインディアスに渡る。

不義を未遂に終わらせたのは、作者が対抗宗教改革以後の倫理に配慮したからだという説もあるのだが、果たしてそうだろうか。最後に語り手が登場して、なぜレオノーラはもっと熱心に、不義は実行されなかったとカリサレスに伝えなかったのだろうかと問いかけて、物語は終わる。この問いに答えようとして、私たちはレオノーラの「罪」についての洞察と自覚に思い至ることになる。行為として実行されたかどうかは問題ではない。彼女は自分のなかに精神的な不義が成立していたことに気がついた。だから強いて弁明することもしなかったし、またロアイサと結婚もしなかった。カリサレスが許しても意味はない。罪を罰するのが神であるように、許すのもまた神だからである。ロアイサの絶望と恥ずかしさも、そこに由来する。罪を自覚し、それを償おうとしているレオノーラには、ロアイサの肉体の誘惑がつけ込む余地はない。待っていても、もうチャンスは二度と訪れないだろう。「恥じて」という言葉には、悪魔のような男の更生の可能性が示唆されている。

ロアイサが戦死する結末が、インディアスへの出発に変わった点については、物語の循環性が示されているとする説がある。その説に従えば、レオノーラを誘惑している不良青年ロアイサは、かつての放蕩息子カリサレスである。カリサレスを死に追いやったロアイサの受ける罰は、彼自身がカリサレス老人になることなのである。ロアイサもそれまでの行いを反省して、新大陸で身を粉にして働くのだろう。そして財産を蓄えてスペインに戻り、新しいレオノーラと出会い、このようにして物語は繰り返されるのである。

＊底本には *Novelas ejemplares*, edición, estudio y notas de Jorge García López, Real Academia Española,

Madrid, 2013を用いた。
＊翻訳に当たっては以下を随時参照した。

Novelas ejemplares, edición y notas de Francisco Rodríguez Marín, 2 vols., Espasa-Calpe, Clásicos Castellanos, Madrid, 1962.

Novelas ejemplares, ed. Florencio Sevilla Arroyo y Antonio Rey Hazas, 2 vols., Espasa-Calpe, Colección Austral, Madrid, 1991.

Cervantes, *El licenciado Vidriera*, edición, prólogo y notas de Narciso Alonso Cortés, Valladolid, 1916.

Cervantes, *The Complete Exemplary Novels*, edited by Barry Ife and Jonathan Thacker, Aris & Phillips, Hispanic Classics, Oxford, 2013 (First published in four volumes 1992).

会田由訳『セルバンテス短篇選集』(上)　白水社　一九四三年
会田由訳『セルバンテス短篇選集』(下)　白水社　一九四四年
牛島信明訳『模範小説集』国書刊行会　一九九三年

＊解題執筆には *Novelas ejemplares* (2013) の Estudio および Notas、*Novelas ejemplares* (1991) の Introducción の他に以下を使用した。

González de Amezúa y Mayo, Agustín, ed., Miguel de Cervantes, *El casamiento engañoso y Coloquio de los perros*, Real Academia Española, Madrid, 1912.

Rosales, Luis, *Cervantes y la libertad*, Cultura Hispánica, Madrid, 1985, 2 vols. (primera publicación, Gráficas Valera, Madrid, 1959-1960).

Riley, Edward C., «Una cuestión de género», *Antología de la crítica sobre el Quijote en el siglo XX*, recopilación de José Montero Reguera, 4. El género del Quijote, Centro Virtual Cervantes, ISBN: 84-690-1621-0. (primera publicación en español: «Cervantes: una cuestión de género», trad. de Mercedes Juliá, en *El Quijote*, ed. de G.Haley, Taurus, Madrid, 1984, pp. 37-51).

※本書に翻訳したもの以外の作品名は既訳に拠った。複数の既訳が存在するものについては、そのうちの一つを選択した。

（吉田彩子）

セルバンテス　著作目録

〈スペイン語による校訂版〉

スペイン語での近年の重要な校訂版を挙げる。個々の主要作品については、解説・注釈・文献リストが充実した校訂版がそれぞれ複数刊行されているが、そのなかでも二十一世紀に入って刊行が始まった、スペイン王立アカデミーによる「古典叢書」（Biblioteca Clásica）シリーズに収録されている主要作品が校訂版として特に充実しているので、ここに挙げる。

【全集】

一九九〇年代にフロレンシオ・セビーリャ・アロヨとアントニオ・レイ・アサスの校訂による全集が三つの異なる出版社から刊行されているが、解説・注釈・文献リストが最も充実しているのは、以下に挙げるアリアンサ社版である。ただし、全二十一巻となる計画だったが、現時点では十八巻の刊行にとどまっている。

• *Obra completa*, 18vols., ed.de Florencio Sevilla Arroyo y Antonio Rey Hazas, Madrid: Alianza, 1996-1999.

【『ドン・キホーテ』】

• *Don Quijote de la Mancha*, 2vols., ed. del Instituto Cervantes dirigida por Francisco Rico, Madrid: Real Academia Española, 2015.

【『模範小説集』】

- *Novelas ejemplares*, ed. de Jorge García López, Madrid: Real Academia Española, 2013.

【『ラ・ガラテア』】

- *La Galatea*, ed. de Juan Montero en colaboración con Francisco J. Escobar y Flavia Gherardi, Madrid: Real Academia Española, 2014.

【『幕間劇集』】

- *Entremeses*, ed. de Alfredo Baras Escolá, Madrid: Real Academia Española, 2012.

〈翻訳〉

日本語への翻訳は、近年の入手しやすいものに限定して紹介する。同一訳者の翻訳が複数の出版社から出版されている場合は、出版年の最も新しいもののみを挙げる。

【全集】

水声社より全七巻+別巻で本邦初の『セルバンテス全集』が二〇一七年より刊行予定である。構成は以下の通り。

第一巻『ラ・ガラテア』本田誠二訳
第二巻『ドン・キホーテ（前篇）』岡村一訳
第三巻『ドン・キホーテ（後篇）』岡村一訳
第四巻『模範小説集』樋口正義／斎藤文子／井尻直志／鈴木正士訳
第五巻『戯曲集』樋口正義／田尻陽一／古屋雄一郎／野村竜仁／三倉康博訳

第六巻『「パルナソ山への旅」および詩作品』本田誠二訳
第七巻『ペルシーレスとシヒスムンダの苦難』荻内勝之訳
別巻『セルバンテスと批評』

【『ラ・ガラテア』】
【『パルナソ山への旅』】
二作品を合本とした翻訳がある。
・『ラ・ガラテア／パルナソ山への旅』本田誠二訳、行路社、一九九九年。

【『ドン・キホーテ』】

『ドン・キホーテ』の翻訳は、英語等からの重訳という形では明治時代からおこなわれてきたが、スペイン語原典からの完訳が世に出たのは第二次大戦後である。近年の入手しやすいもの（すべて前・後篇の完訳）を挙げると、
・『ドン・キホーテ』会田由訳、全四冊、ちくま文庫、一九八七年。
・『ドン・キホーテ』牛島信明訳、全六冊、岩波文庫、二〇〇一年。
・『ドン・キホーテ』荻内勝之訳、全四冊、新潮社、二〇〇五年。
・『新訳ドン・キホーテ』岩根圀和訳、全二冊、彩流社、二〇一二年。
また、アロンソ・フェルナンデス・デ・アベリャネーダの偽の『後篇』も翻訳がある。
・アベリャネーダ『贋作ドン・キホーテ』岩根圀和訳、全二冊、ちくま文庫、一九九九年。
なお、『ドン・キホーテ』の抄訳・要約については、「主要文献案内」を参照されたい。

【『模範小説集』】

『模範小説集』は戦前から一部が翻訳されているが、この小説集に含まれる全作品（十二篇）のスペイン語原典からの翻訳が出そろったのは、二十一世紀に入ってからである。

- 『セルバンテス短篇集』牛島信明訳、岩波文庫、一九八八年。
これには『模範小説集』から「やきもちやきのエストレマドゥーラ人」「ガラスの学士」「麗しき皿洗い娘」が訳出されている（加えて、『ドン・キホーテ』前篇に入れ子状に組み込まれた短編「愚かな物好きの話」も訳出されている）。
- 『模範小説集』（「スペイン中世・黄金世紀文学選集」第五巻）牛島信明訳、国書刊行会、一九九三年。
全訳ではない。訳出されているのは、「ジプシー娘」「リンコネーテとコルタディーリョ」「ガラスの学士」「血の呼び声」「やきもちやきのエストレマドゥーラ人」「麗しき皿洗い娘」「偽装結婚」「犬の会話」の八篇である。
- 『セルバンテス模範小説集』樋口正義訳、行路社、二〇一二年。
牛島信明訳『模範小説集』で訳出されなかった「コルネリア夫人」「二人の乙女」「イギリスのスペイン娘」「寛大な恋人」の四篇を訳出している。これによって、『模範小説集』の全作品の翻訳が出そろった。

【戯曲】

セルバンテスの戯曲は、彼の作品のなかで最も日本語への翻訳が進んでいないジャンルである。作家生活初期の二篇のコメディア『アルジェ生活』『ヌマンシアの包囲』および、晩年に出版された『いまだかつて上演されたことのない新作コメディア八篇と新作幕間劇八篇』に収録された諸作品が、現存するセルバンテスの戯曲作品であるが、計十篇のコメディアのうちでは、現在のところ『ヌマンシアの包囲』だけが訳されている。

- 「ヌマンシアの包囲」牛島信明編訳、『スペイン黄金世紀演劇集』牛島信明編訳、名古屋大学出版会、二〇〇三年に収録。

八篇の幕間劇のうち、「トランパゴスという幸運なやもめのならず者」を除く七篇「離婚係の判事さん」「ダガンソの村長選挙」「忠実なる見張り番」「贋もののビスカヤ人」「不思議な見世物」「サラマンカの洞穴」「焼餅やきの爺さん」は翻訳がある。

•「戯曲（『幕間劇集』より）」会田由訳、『セルバンテス2』（「世界文学大系」第一一巻）会田由訳、筑摩書房、一九六二年に収録。


【『ペルシーレスとシヒスムンダの苦難』】

•『ペルシーレス』荻内勝之訳、全二冊、ちくま文庫、一九九四年。


〈詩〉

セルバンテスは詩作品を多く残しているが、長編詩『パルナソ山への旅』（前述）を除けば、現在のところ、体系的な翻訳はなされていない。二〇一七年以降刊行予定の水声社によるセルバンテス全集（前述）第六巻が初めてとなる。


（三倉康博＝編）

セルバンテス　主要文献案内

セルバンテスに関する参考文献は非常に多い。ここでは、日本語で読むことのできる近年の主要参考文献に限定して紹介する。

〈伝記・評伝〉

• ジャン・カナヴァジオ『セルバンテス』円子千代訳、法政大学出版局、二〇〇〇年。
ジャン・カナヴァジオはフランスを代表するスペイン文学研究者で、セルバンテスに関し多くの重要な研究を著している。伝記『セルバンテス』は、フランスで初版が一九八六年に出版された。丹念かつ慎重な資料調査・分析に基づき、かつセルバンテス文学の深い理解に裏打ちされており、セルバンテスの数多い伝記のなかでも決定版とされている。フランスの重要な文学賞であるゴンクール賞も受賞している。

• P・E・ラッセル『セルバンテス』(「コンパクト評伝シリーズ」13) 田島伸悟訳、教文館、一九九六年。
ラッセルはイギリスのスペイン研究者で、原著初版は一九八五年に出版された。セルバンテスの生涯を概観したあと、『ドン・キホーテ』の内容を紹介しつつ、当時の歴史的・文化的・社会的背景のなかでその文学的魅力を論じ、さらに『ドン・キホーテ』出版直後から今日に至るまでの欧米における『ドン・キホーテ』受容史を概観している。ラッセルは『ドン・キホーテ』を「喜劇的作品」ととらえており、いわゆるロマン派的解釈には批判的である。

〈総論〉

・アメリコ・カストロ『セルバンテスの思想』本田誠二訳、法政大学出版局、二〇〇四年。

アメリコ・カストロは内戦後アメリカ合衆国に亡命し活躍したスペイン人学者で、歴史学の分野で、ユダヤ、イスラームのスペイン史における重要性を唱えたが、セルバンテス研究でも重要な業績を残している。原著初版は一九二五年に出版された（翻訳底本は一九七二年の増補改訂版）。セルバンテスが決して「無学の天才」（ingenio lego）ではなく、当時の文学思想を熟知し、方法論を強く意識していたルネサンス的知識人であったことを明らかにし、セルバンテス研究にコペルニクス的転換をもたらした。

・アメリコ・カストロ『セルバンテスへ向けて　「わがシッドの歌」から「ドン・キホーテ」へ』本田誠二訳、水声社、二〇〇八年。

カストロの論文集『セルバンテスへ向けて』（初版一九五七年、翻訳底本は一九六七年の大幅改訂された第三版）と著書『文学的闘争としての「セレスティーナ」』（初版一九六五年）の翻訳を合本にしたもの。二作とも、『セルバンテスとスペイン生粋主義』と同じく、後期のカストロの重要作品である。『セルバンテスへ向けて』は、前期の『セルバンテスの思想』からセルバンテス観に変化がみられ、「血統」概念を軸にスペイン文学史を再構成したなかにセルバンテスを新たに位置づけている。

・アメリコ・カストロ『セルバンテスとスペイン生粋主義　スペイン史のなかのドン・キホーテ』本田誠二訳、法政大学出版局、二〇〇六年。

原著初版は一九六六年に出版された。「セルバンテスと新たな視点からみた『ドン・キホーテ』」「スペイン人の過去についての更なる考察」「フライ・バルトロメ・デ・ラス・カサスまたはカサウス」「不安定なスペインとインディアスとの関係」の四篇からなる論文集であるが、『セルバンテスへ向けて』同様、新旧キリスト教徒の「血統」という問題を最重要視するスペイン史観から黄金世紀スペイン文化を論じ、そのなかにセルバンテスを位置づけている。『セルバンテスへ向けて』が文学史的記述に重きを置いているのに対し、この『セルバンテスとスペイン生粋主義』は歴史記述に重点を置いている。

・本田誠二『セルバンテスの芸術』水声社、二〇〇五年。セルバンテス文学の総体を単著の形で論じた、日本で初めての、かつ現時点では唯一の学術研究書である。『ドン・キホーテ』だけでなく、牧人小説『ラ・ガラテア』、戯曲、短編集『模範小説集』、長編詩『パルナソ山への旅』、遺作長編『ペルシーレスとシヒスムンダの苦難』、詩人としてのセルバンテスについても詳しく論じている。さまざまな文学ジャンルのそれぞれについてセルバンテスがどのような理念を抱いていたのかを明らかにし、「生の芸術」としてのセルバンテス芸術の全体像を提示している。

〈『ドン・キホーテ』論〉

・イワン・ツルゲーネフ『ハムレットとドン・キホーテ　他二篇』河野与一／柴田治三郎訳、岩波文庫、一九五五年。
表題作の「ハムレットとドン・キホーテ」は、一八六〇年の講演である。内省的、懐疑的で優柔不断なハムレットと、理想実現のために不屈の意志ですべてを捧げるドン・キホーテに、人間精神の相反する二つの型を見出したことで知られる。

・ミゲル・デ・ウナムーノ『ドン・キホーテとサンチョの生涯』(「ウナムーノ著作集」2)アンセルモ・マタイス／佐々木孝訳、法政大学出版局、一九七二年。
ミゲル・デ・ウナムーノはスペイン、バスク地方出身の哲学者で、米西戦争敗北後にスペイン再生の道を希求した「九八年の世代」に属する。一九〇五年に初版が出版された『ドン・キホーテとサンチョの生涯』は彼の代表作の一つで、『ドン・キホーテ』のストーリーを追いつつ、作者セルバンテスの存在を極力捨象したうえで、ウナムーノ自身の哲学思想を自由に展開するというスタイルの著書である。ドン・キホーテ的狂気のなかにスペイン再生につながる哲学を見出そうとしている。

・ホセ・オルテガ・イ・ガセット『ドン・キホーテをめぐる省察／現代の課題』（「オルテガ著作集」1）長南実／井上正訳、白水社、一九七〇年。新装復刊、一九九八年。

・ホセ・オルテガ・イ・ガセット『ドン・キホーテをめぐる思索』佐々木孝訳、未来社、一九八七年。

ホセ・オルテガ・イ・ガセットはウナムーノと並びスペインを代表する哲学者だが、一九一四年に出版された彼の最初の著作 *Meditaciones del Quijote* の邦訳が二種類ある。必ずしも緊密な構成を備えた著作ではないが、前半の「読者に……」「予備的な考察」においてオルテガ哲学の基本認識が示されており、「私は、私と私の環境である。そしてもしこの環境を救わないなら、私をも救えない」という有名な一節もみられる。後半の「第一の思索」で『ドン・キホーテ』を論じており、古代ギリシア以来のヨーロッパ文学の流れを俯瞰したうえで、神話や叙事詩の対蹠的存在としての小説の出発点として、『ドン・キホーテ』を位置づけている。

・ヴィクトル・シクロフスキー『散文の理論』水野忠夫訳、せりか書房、一九七一年。

ヴィクトル・シクロフスキーはソビエト連邦の文学研究者で、ロシア・フォルマリズムを代表する存在である。原著初版は一九二五年に出版された。本書に収録されている論考「『ドン・キホーテ』はいかにつくられたか」において、『ドン・キホーテ』前・後篇にみられる、さまざまなエピソードや本筋と関係のない物語を挿入しながら長編小説を構成する原理と手法を分析している。

・サルバドール・デ・マダリアーガ『ドン・キホーテの心理学』牛島信明訳、晶文社、一九九二年。

サルバドール・デ・マダリアーガはスペインの外交官・作家。内戦後はイギリスに亡命した。「イギリス人は歩きながら考える。フランス人は考えた後で走り出す。スペイン人は走った後で考える」という言葉で有名である。『ドン・キホーテの心理学』はスペイン語で初版が一九二六年に出版された（翻訳底本は一九六一年の英語による増補版）。『ドン・キホーテ』の歴史的・文学史的背景を論じたあとに、カルデニオとドロテーアのカップル、ドン・キホーテとサンチョ・パンサがストーリーの進行とともに相互影響を及ぼし合い、「サンチョのドン・キホーテ化」「ドン・キホーテのサンチョ化」が生じていることを指摘した点で、『ドン・キホーテ』解釈史上の重要性を持つ。

• ポール・アザール『ドン・キホーテ頌』円子千代訳、法政大学出版局、一九八八年。
ポール・アザールは二十世紀前半に活躍したフランスの比較文学者・思想史家で、原著初版は一九三一年に出版された（翻訳底本は一九七〇年の第三版）。同時代のスペインおよびヨーロッパの思想的、宗教的、文化的、文学潮流的背景のなかで、『ドン・キホーテ』の文学的特質を論じている。また、『ドン・キホーテ』出版直後から二十世紀前半に至るまでのヨーロッパにおける、『ドン・キホーテ』受容史を概観している。

• エーリッヒ・アウエルバッハ『ミメーシス　ヨーロッパ文学における現実描写』篠田一士／川村二郎訳、全二冊、筑摩書房、一九六七―六九年。ちくま学芸文庫、一九九四年。
エーリッヒ・アウエルバッハはドイツ出身の文献学者・比較文学者。一九四六年初版の『ミメーシス』は、古代ギリシアから二十世紀に至るまでのヨーロッパ文学における現実描写の歴史を、具体的作品の文体分析によって論じている。一九四九年のスペイン語訳出版に合わせ、第十四章「魅せられたドゥルシネーア」（この章題は誤訳で、「魔法にかけられたドゥルシネーア」とすべきところ）が付け加えられた。ここでは、後篇第十章の、サンチョが農民の娘をドゥルシネーアだと言い張ってドン・キホーテを騙す場面を分析している。

• ウラジーミル・ナボコフ『ナボコフのドン・キホーテ講義』行方昭夫／河島弘美訳、晶文社、一九九二年。
ウラジーミル・ナボコフはアメリカ合衆国に亡命したロシア人作家で、長編小説『ロリータ』で有名である。本書は、彼が一九五一―五二年にハーバード大学でおこなった講義を元にした『ドン・キホーテ』論で、原著が出版されたのはナボコフの死後、一九八三年のことである。六回の講義の記録と、ナボコフによる『ドン・キホーテ』の要約（ナボコフのコメントがしばしば加わる）によって構成されている。ナボコフは先行する批評家たちの解釈を批判的に検証して『ドン・キホーテ』の本来の姿を明らかにすることをめざしたが、彼の体系的な『ドン・キホーテ』解釈が明確に打ち出されているわけではない。むしろ、『ドン・キホーテ』という作品の細かな構成や細部の描写について、傑出した小説家ならではの鋭い分析が多くみられ、それが本書の魅力となっている。

・マルト・ロベール『古きものと新しきもの　ドン・キホーテからカフカへ』城山良彦／島利雄／円子千代訳、法政大学出版局、一九七三年。

マルト・ロベールはフランスのドイツ文学研究者・文芸評論家で、原著初版は一九六三年に出版された。この著作では、セルバンテスの『ドン・キホーテ』とカフカの『城』をヨーロッパ文学史の流れのなかで比較検証しつつ、近代小説の特質を論じている。

・大江健三郎『小説の方法』岩波書店、一九七八年。新装版、一九九八年。

ロシア・フォルマリズムの「異化」理論を手掛かりに、小説家の視点から小説創作の方法について論じている。第Ⅶ章「パロディとその展開」で『ドン・キホーテ』を取り上げており、セルバンテスが『ドン・キホーテ』を通しておこなっている多面的なパロディ、とりわけ小説の手法の意識的パロディ化について論じている。

・カルロス・フエンテス『セルバンテスまたは読みの批判』牛島信明訳、書肆風の薔薇、一九八二年。水声社、第二版（新装版）、一九九一年。

カルロス・フエンテスはメキシコの小説家で、現代ラテンアメリカを代表する作家の一人である。評論でもすぐれた業績を残している。原著初版が一九七六年に上梓されたこの評論は、メキシコ人の視点からスペインおよびヨーロッパの歴史と文化を再考するという枠組みのなかで『ドン・キホーテ』を分析したもの。セルバンテスが『ドン・キホーテ』によって、中世文学における世界の一元的な読みを、近代以降の文学の特質である多元的な読みへと転換させたと論じている。

・牛島信明『反＝ドン・キホーテ論　セルバンテスの方法を求めて』弘文堂、一九八九年。

『ドン・キホーテ』を単著の形で論じた、日本で初めての学術研究書。スペイン論の一環としてではなく言語芸術として『ドン・キホーテ』を論じるという前提のもと、近代小説のモデルとしてこの作品を位置づけ、「多義性」と「アイロニー」の概念を手掛かりにして、その文学空間の特質を論じている。

・山田由美子『ベン・ジョンソンとセルバンテス　騎士道物語と人文主義文学』世界思想社、一九九五年。

十七世紀イギリスの詩人・劇作家ベン・ジョンソン（一五七二―一六三七）が同時代の文化的背景のなかでセルバンテスの『ドン・キホーテ』をどのように受容したかを論じ、二人に共通する人文主義的文学観を明らかにしている。

・岩根圀和『贋作ドン・キホーテ　ラ・マンチャの男の偽者騒動』中公新書、一九九七年。
アロンソ・フェルナンデス・デ・アベリャネーダの偽の『ドン・キホーテ』後篇の内容を、セルバンテスと比較しながら概観し、アベリャネーダの正体について、先行研究を紹介している。

・牛島信明『ドン・キホーテの旅　神に抗う遍歴の騎士』中公新書、二〇〇二年。
著者が研究者として積み上げてきた『ドン・キホーテ』解釈を、新書という形で一般読者向けにまとめ直して提示し、この作品の魅力を伝えようとしたもので、著者の遺作となった。作者やストーリーの単なる紹介にはとどまっておらず、さまざまな角度から、先行研究を踏まえつつ、『ドン・キホーテ』という作品と、ドン・キホーテとサンチョ主従の人物像を論じている。

・山田眞史『物語を探して　ボルヘス、ベッケル、セルバンテスへの旅』近代文芸社、二〇〇二年。
ボルヘス、ベッケル、セルバンテス、探偵小説をテーマに計七篇の論考を収録しているが、「『ドン・キホーテ』の記号論」「ラ・マンチャの命名好きな貴紳」の二つの論考で、記号論の立場から、ドン・キホーテによる騎士道物語コード形成行為と命名行為について論じている。

・片倉充造『ドン・キホーテ批評論』南雲堂フェニックス、二〇〇七年。
『ドン・キホーテ』前・後篇の具体的なエピソードに即しながら、作中で奇異な場面を描きその種明かしをするさいのさまざまな手法、作中に描かれる冒険と狂気の多様なパターンについて論じている。

・鈴木正士『「ドン・キホーテ」における創造世界　非騎士道世界から騎士道物語世界への変換行為をとおして』行路社、二〇〇八年。
神戸市外国語大学に二〇〇二年に提出された学位論文を元にしている。自分を取り巻く現実の非騎士道世界を騎士道物語世界に変換＝「翻訳」しなければ生存できないフィクショナルな存在としてドン・キホーテを位置づけ、他の登場人物たちの介入などによりドン・キホーテの周囲の世界が変容してこの変換＝「翻訳」が困難になるとともに、彼の衰弱が進んでいくと論じている。

• 室井光広『ドン・キホーテ讃歌　世界文学練習帖』東海大学出版会、二〇〇八年。
世界文学についての十篇の論考を収録しているが、その中の一篇「『ドン・キホーテ』私註」で、バフチンのカーニバル論を踏まえ、ラブレーおよびシェークスピアと比較しつつ、ルネサンス文学としての『ドン・キホーテ』の特質を論じている。

〈研究論文集・事典・辞典〉

• 川成洋／坂東省次／山崎信三／片倉充造編『ドン・キホーテ讃歌　セルバンテス生誕四五〇周年』行路社、一九九七年。
セルバンテス生誕四百五十周年を記念し、大学関係者にとどまらず作家、画家、映画評論家、写真家、ジャーナリストなど各界のセルバンテス愛好家の論考やエッセイをまとめたもの。

• 坂東省次／蔵本邦夫編『セルバンテスの世界』世界思想社、一九九七年。
セルバンテス生誕四百五十周年を記念し、『ドン・キホーテ』が世界文学および日本文学に与えた影響、セルバンテスのスペイン語と言語観に関する論考をまとめたもの。

• 京都外国語大学イスパニア語学科編『「ドン・キホーテ」を読む』行路社、二〇〇五年。
『ドン・キホーテ』前篇出版四百周年を記念した論文集。二〇〇三年に京都外国語大学で三回にわたって開催された、「日本における『ドン・キホーテ』」と題した記念シンポジウム・記念講演会でのさまざまな発表を母体としている。

• 樋口正義／本田誠二／坂東省次／山崎信三／片倉充造編『「ドン・キホーテ」事典』行路社、二〇〇五年。

『ドン・キホーテ』前篇出版四百周年を記念して、セルバンテスと『ドン・キホーテ』に関する知識を網羅的にまとめた事典。「作者セルバンテス」「名著『ドン・キホーテ』」「『ドン・キホーテ』名場面断章」「『ドン・キホーテ』のことわざ選集」「基本語彙集」「ヨーロッパ文学と『ドン・キホーテ』」「スペイン黄金世紀文学と『ドン・キホーテ』」「日本における『ドン・キホーテ』」の各章に、代表的な日本人研究者（一部、外国人研究者の寄稿もある）たちの解説が掲載されている。

・山崎信三『ドン・キホーテのことわざ・慣用句辞典』論創社、二〇一三年。
『ドン・キホーテ』に現れる約三百七十例のことわざ・格言と約一二〇〇例の慣用句を収録している。

・坂東省次／山崎信三／片倉充造編著『ドン・キホーテの世界　ルネサンスから現代まで』論創社、二〇一五年。
『ドン・キホーテ』後篇出版四百周年を記念した論文集。後篇を分析した論考を多く収録している。

〈『ドン・キホーテ』抄訳・要約など〉

・会田由／大林文彦編訳『ドン・キホーテ』白水社、一九六七年。新装復刊、一九九八年。
会田由訳『ドン・キホーテ』（「セルバンテス著作目録」参照）を三十三話に再編集した抄訳。

・ハイメ・フェルナンデス『ドン・キホーテへの招待　夢、挫折そして微笑《ほほえみ》』柴田純子訳、西和書林、一九八五年。
『ドン・キホーテ』の内容を一般向けにわかりやすく要約したもの。セルバンテスと『ドン・キホーテ』について紹介したあと、前篇・後篇の各章の内容を要約し、また各章から「主題」と「名言」を抽出している。

・清水憲男『「ドン・キホーテ」をスペイン語で読む』ＰＨＰ研究所、一九八六年。
『ドン・キホーテ』の内容と魅力の紹介と、スペイン語学習を組み合わせたもの。学習の素材として『ドン・キホーテ』原文を用いている。

・草鹿宏訳『ドン・キホーテ』（「少年少女世界名作の森」９）集英社、一九九〇年。

小学五年生〜中学生向けの抄訳。前・後篇の内容を十二章に圧縮している。
・牛島信明編訳『ドン・キホーテ』岩波少年文庫、一九八七年。新版、二〇〇〇年。
中学生向けの抄訳である。前・後篇のストーリーをつなげて、ドン・キホーテの旅立ちを一回にまとめている。
・中丸明『丸かじりドン・キホーテ』日本放送出版協会、一九九八年。新潮文庫、二〇〇二年。
前・後篇の抄訳のほか、『ドン・キホーテ』の歴史・文化・社会的背景を論じた「『ドン・キホーテ』を読み解く一三の鍵」「セルバンテスの生涯」「ドン・キホーテとサンチョ・パンサ名言百選」によって構成されている。
・ホセ・マリア・プラサ『ぼくのドン・キホーテ』鈴木正士訳、行路社、二〇〇六年。
スペインの作家ホセ・マリア・プラサが少年少女向けに『ドン・キホーテ』前篇を要約したものを翻訳している。
・工藤律子（文）、篠田有史（写真）『ドン・キホーテの世界をゆく』論創社、二〇〇九年。
『ドン・キホーテ』の舞台となったスペインのさまざまな土地をめぐる紀行文と写真、ストーリーの背景となるスペインの歴史と文化に関するエッセイ、ストーリーの要約を組み合わせたもの。
・ヘスス・マロト／粕谷てる子『スペイン語で読むやさしいドン・キホーテ』ＮＨＫ出版、二〇一〇年。
中級レベルのスペイン語で要約した『ドン・キホーテ』とその日本語訳という対訳形式になっている。
・ヴィルジリ・妙子／ヴィルジリ・クリスティーナ・幸子編訳『ドレの絵で読むドン・キホーテ』新人物往来社、二〇一一年。
前・後篇の抄訳と、十九世紀のギュスターヴ・ドレによる有名な銅板挿絵を組み合わせたもの。
・谷口江里也訳・構成『ドレのドン・キホーテ』宝島社、二〇一二年。
前篇の抄訳と、ギュスターヴ・ドレによる銅板挿絵を組み合わせたもの。
・吉田彩子『教養としてのドン・キホーテ』ＮＨＫ出版、二〇一六年。
ＮＨＫカルチャーラジオでの十三回にわたる放送を収録したもの。『ドン・キホーテ』のあらすじ、読みどころを的確にまとめつつ、歴史的・文化的背景と作者セルバンテスの生涯に関する記述も多く盛り込んでいる。

〈同時代の文化〉

• 荻内勝之『ドン・キホーテの食卓』新潮社、一九八七年。

『ドン・キホーテ』に描かれた食文化を紹介しつつ、この作品が生まれる背景となったスペインの社会・文化にも広く目を向けている。

• 清水憲男『ドン・キホーテの世紀　スペイン黄金時代を読む』岩波書店、一九九〇年。「岩波人文書セレクション」として再刊、二〇一〇年。

スペイン黄金世紀の社会・文化の諸相を、同時代のさまざまな書物からの豊富な引用で裏付けつつ詳述している。

（三倉康博＝編）

セルバンテス 年譜

一五四七年　九月二十九日、スペイン、カスティーリャ地方の大学都市アルカラ・デ・エナーレスに、父ロドリーゴ・デ・セルバンテスと母レオノール・デ・コルティーナスのあいだに生まれる。キリスト教に改宗したユダヤ教徒（コンベルソ）の家系だったという説があるが、確証はない。祖父フアン・デ・セルバンテスは社会的成功をおさめた人物だったが、父ロドリーゴは外科医となるものの成功したとは言えず（当時の「外科医」は「医者」の下働きのような扱いで、社会的地位は高くなかった）、スペイン各地を転々とした。

一五五一年（四歳）　一家はバリャドリードに転居。

一五五二年（五歳）　借金を返済できなかったため、父ロドリーゴが十月に収監される。

一五五三年（六歳）　四月、父ロドリーゴが釈放される。一家はコルドバに転居。ミゲルはコルドバで初等教育を受けたと推定される。

一五五六年（九歳）　三月、祖父フアン・デ・セルバンテスが死去。

一五五八年（十一歳）　一家はロドリーゴの兄（ミゲルの伯父）アンドレスが市政で有力な地位にあったカブラに転居し、一六六四年まで滞在したと推定される。

一五六一年（十四歳）　トレドからマドリードに遷都。

一五六四年（十七歳）　父ロドリーゴがセビーリャに転居。ミゲルはセビーリャでイエズス会の学校に通った可能性があるが、彼が父と行動をともにしたことを疑う説もある。

一五六六年（十九歳）　一家はマドリードに転居。

一五六七年（二十歳）　十月、スペイン国王フェリペ二世の次女カタリーナ・ミカエラ王女の誕生を祝い建立された凱旋門に取り付けられたメダルを飾る詩編のなかに、ミゲルのソネットが加えられた。現存する彼の最初の文学作品である。

一五六八年（二十一歳）　人文学者ファン・ロペス・デ・オヨスのもとで学ぶ。この人物からエラスムス主義思想を吸収したと考えられている。

一五六九年（二十二歳）　イタリアに渡る。決闘でアントニオ・デ・シグーラなる相手を負傷させ、官憲に追われたため、スペインから逃亡したとの有力説がある（ミゲル・デ・セルバンテスという名の男の投獄を命じた九月十五日付の令状が存在する。その後の欠席裁判で、この男には右手切断と十年間の国外追放の判決が下った）。国王フェリペ二世の三番目の王妃であったイサベル・ド・ヴァロワの死を悼む詩文集にミゲルの詩が四篇掲載され、ファン・ロペス・デ・オヨスが序文で称讃する。ローマで働くため、「血の純潔」（ユダヤ教徒やムスリムの祖先を持たないこと）証明書をスペインから取り寄せる。

一五七〇年（二十三歳）　四月まで、ローマでアックアヴィーヴァ枢機卿に仕える。その後イタリア半島を南へ向かう。

一五七一年（二十四歳）　ナポリでスペイン軍に入隊。国王フェリペ二世の異母弟ドン・ファン・デ・アウストリアが率いるキリスト教諸国連合艦隊がオスマン帝国艦隊に勝利したレパントの海戦（十月七日）に参加し、銃兵として病にもかかわらず奮戦した。左手を負傷し、生涯不具合が残ったが、本人は「名誉の負傷」と誇りにした。メッシーナで療養中にドン・ファン・デ・アウストリアから直接見舞いを受けた。

一五七二年（二十五歳）　七月から十月にかけて、キリスト教諸国連合艦隊はオスマン艦隊を追撃するが撃破できなかった。ミゲルもこの戦いに加わっていた。

一五七三年（二十六歳）ドン・フアン・デ・アウストリアのチュニス攻略に参加。残された駐留部隊は翌年オスマン軍の反撃に遭い壊滅するが、ミゲルはそこには加わらず南イタリアに帰還している。

一五七五年（二十八歳）軍務を離れたミゲルは帰国を決意し、九月、祖国での求職のためにドン・フアン・デ・アウストリアとセッサ公の推薦状を携えて、弟ロドリーゴとともに、バルセロナ行きの船に乗る。しかし、祖国の海岸を目前にして、船はアルジェの私掠船に襲われ、乗員乗客はアルジェに連行された。ミゲルはアルジェで五年間の虜囚生活を送ることになる。前述の推薦状が災いして高位の人物と誤解され、高額の身代金をかけられた。

一五七六年（二十九歳）一月ないし二月、最初の脱走計画を実行した。陸路でオラン（北アフリカのスペイン領城砦都市）を目指したが失敗。棒たたきの刑を受けたが、罪状からすると軽い罰（通常は死罪）であった。

一五七七年（三十歳）四月、弟ロドリーゴが身請けされ、八月に帰国した。これを機にミゲルは二回目の脱走計画を企てた。大勢のキリスト教徒たちとアルジェ近郊の洞窟に隠れ、帰国したロドリーゴの手配した船で脱走する計画であったが、密告により九月に失敗に終わった。首謀者であったミゲルは五か月にわたりアルジェ王（オスマン帝国のアルジェ総督）の牢獄に監禁されたが、これも罪状からすると軽い罰であった。

一五七八年（三十一歳）三月、三回目の脱走計画を企てる。モーロ人の密使をオランに送り救援を求める計画だったが、モーロ人が捕まり失敗。ミゲルは厳罰に処せられるはずのところを免除される。

一五七九年（三十二歳）九月、四回目の脱走計画を企てる。バレンシア人商人らの協力を得て船を入手し、大勢のキリスト教徒たちとともに脱走する予定であったが、密告によって失敗した。ミゲルはまたもや死罪を免れ、アルジェ王の牢獄に五か月にわたり監禁された。

一五八〇年（三十三歳）家族の必死の金策と、身請け修道会である三位一体会のフアン・ヒル師の尽力により、アルジェ王によってオスマン帝国の首府イスタンブルに連行されるところであったミゲルは、奇跡的に身代金により自由を回復した（九月十九日）。十月二十四日にアルジェを出港、二十七日にデニアに上陸してスペインへの帰国を果たす。バレンシアに滞在後、十二月にマドリードで家族と再会する。その後、猟官活動のため、フェリペ二世の宮廷のあったポルトガルのトマールへ移動した。

一五八一年（三十四歳）　五〜六月、王命を受け、北アフリカに関する情報収集のためオランに渡航した。その後、フェリペ二世の宮廷のあったリスボンに滞在。本人の言によれば、一五八〇年代前半に約三十篇の戯曲（コメディア）を発表したようであるが、そのほとんどが散逸している。

一五八二年（三十五歳）　マドリード滞在。二月、インディアス（新大陸）渡航許可を求めるが、得られず。

一五八四年（三十七歳）　二月、牧人小説『ラ・ガラテア』（一部はアルジェで執筆したという説がある）の出版許可を得る。人妻アナ・フランカ・デ・ロハスとの恋愛の結果、十一月頃に婚外子イサベル・デ・セルバンテスが生まれる。十二月十二日、トレド近郊のエスキビアスという村で、カタリーナ・デ・サラサール・イ・パラシオス（当時十九歳）と結婚した。ミゲルは妻の実家の家産を管理することになった。

一五八五年（三十八歳）　三月、『ラ・ガラテア』が出版された。六月、父ロドリーゴの死。

一五八七年（四十歳）　九月、無敵艦隊の食料調達官としてセビーリャを拠点にアンダルシアで働き始める。以後、妻とは長期にわたる別居が続くことになった。ミゲルは一五九八年まで政府官吏の仕事に従事しアンダルシアを転々とするが、それによってスペイン社会の実情を知ることができた。彼は官吏として有能であり仕事ぶりも熱心であったが、それがかえって災いし、トラブルにもしばしば巻き込まれた。また給与支払いも遅れがちであった。この年の十月にはセビーリャ近郊のエシーハで、十二月にはカストロ・デル・リオで職務執行中に教会と紛争が生じ、二度にわたり破門される。

一五八八年（四十一歳）　二月から三月にかけて、破門を解かれる。七～八月、無敵艦隊の敗北。ミゲルは無敵艦隊に捧げる二篇の詩を書く。その後も海軍の食料調達官として働き続ける。

一五九〇年（四十三歳）　五月、インディアス枢機会議議長に宛てて請願書を提出し、新大陸植民地での職を求めるが、翌月に却下される。この頃から「サアベドラ」を姓に加えるようになる。これは遠縁のゴンサロ・デ・セルバンテス・デ・サアベドラという人物から借用したものと思われる。またこの年に、『ドン・キホーテ』前篇に挿入された短編「捕虜の話」を執筆したと考えられている。

一五九二年（四十五歳）　カストロ・デル・リオで横領行為の罪を着せられ、一時投獄される。九月、劇団の座長ロドリゴ・オソリオとのあいだで六篇の戯曲の執筆契約を交わすが、実現には至らなかった。

一五九三年（四十六歳）　ロマンセ「嫉妬の館」がこの年出版された詩のアンソロジーに匿名で掲載される。十月、母レオノールの死。

一五九四年（四十七歳）　六月、食料調達官の仕事を終える。九月、グラナダで徴税吏として働き始める。

一五九五年（四十八歳）　五月、サラゴサで開催された詩のコンクールに参加し優勝。同月、ミゲルが徴収した税金を預けていたポルトガル人商人シモン・フレイレが破産して逃亡した。

一五九六年（四十九歳）　七月、イギリス艦隊がカディスに襲来し、三週間にわたり占領・略奪した。救援軍を率いたが迅速さに欠けたメディナ・シドニア公を風刺した「メディナ公爵のカディス入城に捧げるソネット」執筆。

一五九七年（五十歳）　フレイレの逃亡により国庫に対し過剰な負債を負わされ、それを返済できなかったミゲルは、九月、セビーリャで投獄される。彼がこの獄中で『ドン・キホーテ』の着想を得たという説がある。

一五九八年（五十一歳）（おそらく）四月、国王の命令で釈放される。五月、かつての恋人アナ・フランカ・デ・ロハスの死。九月、フェリペ二世死去、フェリペ三世即位。「フェリペ二世の墓前に捧げるソネット」執筆。

一六〇〇年（五十三歳）七月、弟ロドリーゴがフランドルで戦死。この年から一六〇四年までのミゲルの消息はよくわからない。

一六〇一年（五十四歳）マドリードからバリャドリードに一時的遷都（一六〇六年まで）。

一六〇四年（五十七歳）九月、『ドン・キホーテ』前篇出版許可を得る。この頃バリャドリードへ転居する。妻も同行し、夫婦の同居が再開する。

一六〇五年（五十八歳）一月、『ドン・キホーテ』前篇出版。好評を博し版を重ね（いわゆる海賊版を含む）、ミゲルの文学的名声は高まったが、その経済状況が大きく改善することはなかった。六月、ガスパル・デ・エスペレータなる男がミゲルの住居近くで恐らくは不倫相手の夫に襲われ負傷し、ミゲルの家族に介護されたのち死亡する事件が起こった。ミゲルとその家族は、隣人の誹謗が原因で、容疑者として一時投獄された。

一六〇六年（五十九歳）バリャドリードからマドリードに遷都。ミゲルはエスキビアスに滞在したものと思われる。

一六〇七年（六十歳）マドリードに転居。以後、生涯の最後をこの町で過ごした。

一六〇九年（六十二歳）四月、「聖体秘蹟の奴隷修道会」に入会。

一六一〇年（六十三歳）ミゲルの文学パトロンで『模範小説集』の献呈相手となるレーモス伯爵がナポリ副王に任命され、ミゲルは彼に同行する作家たちのリストに加えられることを期待したが、かなわなかった。

一六一二年（六十五歳）イギリスでトーマス・シェルトンによる英語訳『ドン・キホーテ』前篇が出版される（後篇は一六二〇年出版）。

一六一三年（六十六歳）　九月、短編小説集『模範小説集』出版。これも好評を博し、版を重ねた。

一六一四年（六十七歳）　九月、アロンソ・フェルナンデス・デ・アベリャネーダを名乗る男の偽の『ドン・キホーテ』後篇がタラゴナで出版される。激怒したミゲルは自分の後篇の完成を急いだ（偽作出現当時、後篇の第五十九章を執筆中だったようである）。また偽作の内容を意識し、自分のドン・キホーテの移動ルートに変更を加えている。十一月、長編詩『パルナソ山への旅』出版。

一六一五年（六十八歳）　セザール・ウーダンによるフランス語訳『ドン・キホーテ』前篇が出版される。七月、『いまだかつて上演されたことのない新作コメディア八篇と新作幕間劇八篇』出版。十一月、『ドン・キホーテ』後篇出版。

一六一六年（六十八歳）　四月二日に病床につく。四月二十二日に死去。死の直前に、すでに完成していた『ペルシーレスとシヒスムンダの苦難』の献辞をレーモス伯爵宛に書いている。

一六一七年　一月、遺作長編小説『ペルシーレスとシヒスムンダの苦難』出版。

※この「年譜」作成にあたっては、以下の文献を主に参考にした。

・ジャン・カナヴァジオ『セルバンテス』円子千代訳、法政大学出版局、二〇〇〇年。

・Donald P. McCrory, *No Ordinary Man: The Life and Times of Miguel de Cervantes*, London: Peter Owen, 2002.

（三倉康博＝編）

執筆者紹介

野谷文昭

（のや・ふみあき）1948年神奈川県生まれ。東京外国語大学大学院ロマンス系言語科修士課程修了。東京大学名誉教授。現在、名古屋外国語大学教授。専攻、スペイン語圏の文学・文化。著書に『越境するラテンアメリカ』(PARCO出版局)、『マジカル・ラテン・ミステリー・ツアー』(五柳書院)、訳書にガブリエル・ガルシア＝マルケス『予告された殺人の記録』(新潮文庫)、マヌエル・プイグ『蜘蛛女のキス』(集英社文庫)、バルガス＝リョサ『フリアとシナリオライター』(国書刊行会)、ロベルト・ボラーニョ『2666』(共訳、白水社)など。

吉田彩子

（よしだ・さいこ）1946年北九州市生まれ。清泉女子大学卒、上智大学大学院博士課程満期退学。清泉女子大学教授。スペイン王立コルドバ・アカデミー(RAC)会員、国際スペイン学会(AIH)理事(2010−2013年)。著書に『ルイス・デ・ゴンゴラ「孤独」―翻訳・評釈―』(筑摩書房)、『教養としてのドン・キホーテ』(NHK出版)、『バロックの愉しみ』(共著、筑摩書房)、訳書にフアン・バレーラ『ペピータ・ヒメネス』(主婦の友社)、エミリオ・オロスコ『ベラスケスとバロックの精神』(筑摩書房)、バリェ＝インクラン『冬のソナタ』(西和書林)など。

三倉康博

（みくら・やすひろ）1975年大阪生まれ。東京大学大学院総合文化研究科地域文化研究専攻博士課程修了。博士(学術)。広島修道大学商学部教授。専門はスペイン黄金世紀文学・文化。論文に「『トルコへの旅』におけるオスマン帝国のイメージ」(『HISPÁNICA』第49号)、「オスマン帝国事情報告としての『トルコへの旅』」(『HISPÁNICA』第55号)など。

読者のみなさまへ

『ポケットマスターピース』シリーズの一部の収録作品においては、身体的なハンディキャップや疾病、人種、民族、身分、職業などに関して、今日の人権意識に照らせば不適切と思われる表現や差別的な用語が散見されます。これらについては、著者が故人であるという制約もさることながら、作品の歴史性および文学的な価値を重視し、あえて発表時の原文に忠実な訳を心がけました。

偏見や差別は、常にその社会や時代を反映し、現在においてもいまだ存在しています。あらゆる文学作品も、書かれた時代の制約から自由ではありません。現代の人々が享受する平等の信念は、過去の多くの人々の尽力によって築きあげられてきたものであることを心に留めながら、作品が描かれた当時に差別があった時代背景を正しく知り、深く考えることが、古典的作品を読む意義のひとつであると私たちは考えます。ご理解くださいますようお願い申し上げます。

（編集部）

ブックデザイン／鈴木成一デザイン室

ポケットマスターピース

01 カフカ
多和田葉子＝編
「変身（かわりみ）」「火夫」「流刑地にて」
「巣穴」「訴訟」「公文書選」「書簡選」ほか

02 ゲーテ
大宮勘一郎＝編
「若きヴェルターの悩み」
「ファウスト第二部（抄）」「親和力第二部」

03 バルザック
野崎 歓＝編
「ゴリオ爺さん」「幻滅（抄）」
「浮かれ女盛衰記 第四部」

04 トルストイ
加賀乙彦＝編
「戦争と平和（ダイジェストと抄訳）」
「セルギー神父」「ハジ・ムラート」ほか

05 ディケンズ
辻原 登＝編
「デイヴィッド・コッパフィールド（抄）」
「骨董屋（抄）」「我らが共通の友（抄）」

06 マーク・トウェイン
柴田元幸＝編
「トム・ソーヤーの冒険」
「ハックルベリー・フィンの冒険（抄）」ほか

07 フローベール
堀江敏幸＝編
「十一月」「ボヴァリー夫人（抄）」
「ブヴァールとペキュシェ（抄）」ほか

集英社文庫ヘリテージシリーズ

08 スティーヴンソン
辻原 登＝編
「ジーキル博士とハイド氏」「自殺クラブ」「死体泥棒」「驢馬との旅」ほか

09 E・A・ポー
鴻巣友季子
桜庭一樹 ＝編
「お前が犯人だ！（翻案）」「黒猫」「アーサー・ゴードン・ピムの冒険」ほか

10 ドストエフスキー
沼野充義＝編
「白夜」「四大長篇読みどころ『罪と罰』『白痴』『悪霊』『カラマーゾフの兄弟』」ほか

11 ルイス・キャロル
鴻巣友季子＝編
「不思議の国のアリス」「鏡の国のアリス」「シルヴィーとブルーノ 正・続（抄）」ほか

12 ブロンテ姉妹
桜庭一樹＝編
「エミリー詩選集」「ジェイン・エア（抄）」「アグネス・グレイ」

13 セルバンテス
野谷文昭＝編
「ドン・キホーテ（抄）」「ビードロ学士」「美しいヒターノの娘」ほか

全13巻 好評発売中

集英社文庫ヘリテージシリーズ

ポケットマスターピース13
セルバンテス

2016年12月25日　第1刷　　定価はカバーに表示してあります。

編　者　野谷文昭《のやふみあき》
発行者　村田登志江
発行所　株式会社 集英社
東京都千代田区一ツ橋2-5-10　〒101-8050
電話　【編集部】03-3230-6094
【読者係】03-3230-6080
【販売部】03-3230-6393（書店専用）
印　刷　凸版印刷株式会社
製　本　凸版印刷株式会社

フォーマットデザイン　アリヤマデザインストア　　マークデザイン　居山浩二

Printed in Japan
ISBN978-4-08-761046-8 C0197